愛經典

閱讀經典，成為更好的自己。

# 白鯨記

## Moby-Dick

赫曼・梅爾維爾 Herman Melville —— 著
馬永波 —— 譯

# 緣起

卡爾維諾說：「『經典』即是具影響力的作品，在我們的想像中留下痕跡，並藏在潛意識中。正因『經典』有這種影響力，我們更要撥時間閱讀，接受『經典』為我們帶來的改變。」因為經典作品具有這樣無窮的魅力，時報出版公司特別引進大星文化公司的「作家榜經典文庫」，期能為臺灣的經典閱讀提供另一選擇。

作家榜經典文庫從二〇一七年起至今，已出版超過一百本，迅速累積良好口碑，不斷榮登各大暢銷榜，總銷量突破一千萬冊，本書系的作者都經過時代淬鍊，其作品雋永，意義深遠；所選擇的譯者，多為優秀的詩人、作家，因此譯文流暢，讀來如同原創作品般通順，沒有隔閡；而且時報在臺推出時，每部作品皆以精裝裝幀，質感更佳，是讀者想要閱讀與收藏經典時的首選。

現在開始讀經典，成為更好的自己。

推薦詞

# 《白鯨記》究竟價值何在？

世上沒有一部小說，可以被輕易叫做史詩，除了《白鯨記》；

世上沒有一位小說家，可以被輕易叫做莎士比亞，除了梅爾維爾；

究竟是怎樣一部小說？以至於偉大的巴布．狄倫，要在諾貝爾文學獎的答謝詞裡，花去整整一千八百字去談論它？

杜象說沒有藝術，只有藝術家。就是說，與其談論小說，不如談論小說家，與其談論白鯨，不如談論梅爾維爾。

傳說，一個好作家必須有一個悲慘的童年，按這個標準，梅爾維爾一開始就滿足了一個好作家的條件。

他十三歲喪父，失學。十五歲獨自謀生，先後做過銀行職員、農場工人、鄉村教師。十七歲逃到船上做水手，期間，還被關進大溪地島上的監獄裡。接著，越獄，重回大海，做了整整五年的捕鯨勞工。

然後，人生風雨交加，心頭百感交集；

然後，毅然上岸，決定當作家；

然後，世上有了一部叫《白鯨記》的巨著。

寫出偉大小說的作家，會過上怎樣紙醉金迷的生活？

他過上了超越你想像的生活。

《白鯨記》出版了，整整一年，賣出了五本。

對以版稅謀生的寫作者而言，這當然是一記棍棒。怎麼辦？一個闖蕩過大海的傢伙是不會輕易低頭的。失敗了，繼續寫，繼續寫，繼續失敗，他寫了整整六百萬字，最終，沒能換得應有的名聲。

而名聲之外，愈加悲慘。他二十八歲結婚，妻子是州法院首席大法官之女。本來琴瑟相和，比目連枝，但命運莫測，一場大火燒毀了他的書房，而他最鍾愛的兒子又自殺而死，他抑鬱、酗酒，家暴。妻子公開宣布：丈夫已經精神失常，並差點將他送到瘋人院。

從喪子之痛到家庭破裂，作家的生活已然一塌糊塗。

彷彿為了更加完美的失敗，晚年，他甚至開始無可救藥地寫了整整三本詩集，並自費出版了它們。

終於，在貧病交加中，梅爾維爾撒手人寰。

時光一去如棍棒。如同松尾芭蕉的這句禪語，他七十二年的人生，遭遇的是一連串棍棒的打擊。而滑稽的是無常弄人，尤其喜歡作弄藝術家、作家與詩人。

在他離開人世半個世紀之後，人們彷彿從夢中驚醒，一夜之間，荊玉紛飛，價值連城。人們捧讀《白鯨記》，如見和氏之璧。

與梭羅一樣，與梵谷一樣，與卡夫卡一樣，與王小波一樣，一個生前寂寞的傢伙，乾坤斗轉，死後封神。

因為孤高拔俗一騎絕塵，他把時代拋得太遠。

那麼，說到底，《白鯨記》究竟價值何在？

人性邪惡的傑作？海洋的百科全書？深刻的人類寓言？《聖經》一樣的啟示錄？是從莎士比亞那裡獲得靈感？還是從艾斯奇勒斯那裡獲得靈感？是從卡萊爾的詩歌中獲得靈感？抑或是從《舊約》中獲得靈感？「皮廓號」是不是「諾亞方舟」？莫比·迪克是不是上帝？

諸如此類，不是我關心的。

我所知道的是，它是一顆巨大的寶石，而每個人都能從中目睹他目力所及的光輝，才是寶石的真義。

我還確信，詩人馬永波先生的譯本會給這頭白鯨披上奇異的色澤，因為，卡萊爾說，詩人是世界之光。我一直深信不疑。

何三坡

# 目次

## 詞源

（以下資料由一名患有肺病的初中助理教員所提供。）

這名臉色蒼白的助理教員——衣服、心靈、身體和大腦都已破爛不堪；他此刻浮現在我眼前。他總是在用一塊手帕擦拭他的辭典和語法書，手帕上嘲諷地點綴著世界上所有已知國家的鮮豔旗幟。他喜歡為他的舊語法書拭去灰塵；不知怎的，這總會讓他溫柔地想起自己是個必死的凡人。

當你著手去教育別人，教給他們在我們的語言中如何稱呼一頭鯨魚時，出於無知，你忽略了字母H，而單單是這個字母才使得那個詞富有意義，你的確把它教錯了。（哈克魯特）

鯨　瑞典文和丹麥文作Hval。這種動物的命名源自牠全身滾圓或是打滾；因為在丹麥文中Hvalt就是弓形或拱狀之意。（韋氏字典）

鯨　更直接的詞源來自荷蘭文和德文的Wallen；例如Walw-ian，意為滾動、打滾。（理查森辭典）

תן，希伯來文

κητος，希臘文

CETUS，拉丁文

HWÆL，古英文

HVAL，丹麥文

WAL，德文

HWAL，瑞典文

HVALUR，冰島文

WHALE，英文

BALEINE，法文

BALLENA，西班牙文

PEKEE-NUEE-NUEE，斐濟文

PEHEE-NUEE-NUEE，埃羅芒阿文

# 摘錄

（由一個等而下之的圖書館員提供。）

你將會看到，這個等而下之、煞費苦心、尋章摘句的剽竊者，這個可憐又淘氣的區區書蟲，似乎已經走遍了世界上長長的圖書館和路邊書攤，無論是什麼書，神聖的書也好，低俗的書也罷，但凡發現有偶爾提及鯨魚的地方，他都摘錄下來。所以，在任何情況下，無論這些片段有多麼真實，你都不必把這些亂七八糟的關於鯨魚的說法，當作是名副其實的鯨類學著作。事實遠非如此。就像那些通常令人感動的古代作家，和此處出現的詩人的作品一樣，這些片段唯一有所價值或是令人愉悅的地方，僅僅在於它們可以讓你藉此對包括我們在內的許多國家和一代代人，有關這海中巨怪的亂紛紛的所說、所想、所虛構和所歌唱的一切，做一次短暫的鳥瞰。

因此，祝你好運吧，你這等而下之的淘氣的可憐蟲，我就是你的評論人。你屬於毫無希望、臉色蠟黃的那夥人，這個世界上的酒永遠不會讓你們溫暖；甚至那淡而無力的雪莉酒也會烈得讓你們紅頭漲臉；但是有時候人們喜歡和你們坐上一會兒，也讓自己感覺可憐兮兮，並且一掬清淚讓自己高興起來，然後睜圓了眼睛，把酒杯一傾而盡，以略帶愉快的悲哀，直率地對你說——放棄吧，你這等而下之的傢伙！無論你怎樣費盡心思，想讓世界滿意，你也永遠是吃力不討好！如果那樣，我就能把漢普頓宮和杜樂麗宮騰出來給你了！

還是嚥下你的眼淚，趕緊一心一意爬到頂桅上去；因為領先於你的那些朋友們，為了你的到來，正在清理七重天，把長期被縱容的天使長加百列、米迦勒和拉斐爾變成難民。在這裡，你只能捶打破碎的心——在那裡，你就能捶打打不碎的玻璃杯了！

神就造出大魚。（《創世記》）

牠行的路隨後發光，令人想深淵如同白髮。（《約伯記》）

耶和華安排一條大魚吞了約拿。（《約拿書》）

那裡有船行走；有你所造的大魚，在海裡嬉戲。（《詩篇》）

到那日，耶和華必用祂剛硬有力的大刀刑罰鱷魚，就是那快行的蛇，刑罰鱷魚，就是那曲行的蛇，並殺海中的大魚。（《以賽亞書》）

此外，凡是落入這怪物一片混沌的嘴裡，無論是獸、是船，還是石頭，都會被牠無節制的汙穢的大嘴一口吞下，毀滅在牠那大肚子的無底深淵之中。（霍蘭德所譯普魯塔克《道德小品》）

印度洋哺育了世上最多最大的大魚，其中稱作Balæne 的鯨魚和漩渦，有四英畝大。（霍蘭德所譯《普林尼》）

我們出海剛剛兩天，大概在日出時分，一大群鯨魚和其他海獸就出現了。鯨魚中有一頭大得極其怪異……牠朝我們迎面而來，張開大嘴，在四面八方捲起波浪，把牠前面的海水擊打出一片泡沫。（圖克所譯琉善《真實的故事》）

他來到這個國家另有目的，就是要捕捉海象，海象的牙骨有非常大的價值，他曾經帶了一些獻給國王。……在他本國捕到的海象才是最好的，有的長達四十八碼，有的五十碼。他說他們六個人兩天殺了六十頭。（他人或奧瑟口述，由國王阿爾弗雷德筆錄於西元八九〇年）

然而，所有其他的東西，無論是獸還是船，只要進入這怪物（鯨魚）可怕的深淵般的嘴，都會立即被吞掉，消失無蹤，作為誘餌的白楊魚進了牠的嘴裡就極其安全了，可以在那裡睡覺了。（蒙田〈為塞蓬辯護〉）

我們逃吧，我們逃吧！如果這不是高貴的先知摩西在善於忍耐的《約伯記》中描繪的大海獸，那就讓魔鬼把我抓走吧。（拉伯雷）

這頭鯨魚的肝可裝兩大車。（史鐸《年鑑》）

大海獸使得海洋像燒開的鍋一樣翻騰。（培根爵士所譯《詩篇》）

觸摸那頭鯨魚的龐大身軀，我們還是難以確定。牠們格外肥碩，就此而言，一頭鯨可以提取

的油多得令人難以置信。（培根爵士《生與死的歷史》）

鯨腦是醫治內傷的特效祕方。（《亨利四世》）

頗似一頭鯨。（《哈姆雷特》）

如何才能無憂，沒有任何醫術
對他有效，他只能再回去尋找
讓他受傷的人，他以卑劣的標槍
刺入了他的胸膛，給他帶來無盡的痛苦，
於是他像受傷的鯨魚穿過大洋飛回岸邊。（《仙后》）

牠們鯨魚一般巨大，身子一動就能平靜地把海洋攪得沸騰起來。（威廉．達文南特爵士《貢迪伯特》序）

鯨腦為何物，人們盡可懷疑，既然博學的霍夫曼努斯在他用三十年寫成的著作裡說得明白，不知何物。（T. 布朗爵士《關於鯨腦和抹香鯨》）

就像斯賓塞筆下的塔羅斯用他現代的連枷，
鯨魚用牠沉重的尾巴帶來毀滅的威脅。

牠的身側插著刺中的標槍，
牠的背上露出一片魚槍。（沃爾特《夏島之戰》）

那個用巧技創造出來的利維坦，被稱作聯邦或國家——（拉丁文為Civitas），其實只是一個人造人。（霍布斯《利維坦》開篇）

愚蠢的曼蘇爾嚼都不嚼就吞了下去，好像那是鯨魚嘴裡的一條小鯡魚。（《聖戰》）

那海獸
利維坦，上帝的造物中
游在大洋激流中的最大者。（《失樂園》）

——那利維坦，
生靈中的最大者，伸展在深淵中
沉睡時猶如一座海岬，游動時則如同
一片移動的陸地；牠把一座大海
從腮中吸進來，吐氣時又噴出去。（《失樂園》）

強大的鯨魚群游在水的海洋中，牠們裡面則是一片油的海洋。（富勒《瀆神與神聖之國》）

大鯨們緊靠在海岬後面，
專心等待牠們的獵物上門，
牠們毫不容情，一口吞掉，
誤入牠們張開的大嘴的小魚。（德萊頓《奇蹟之年》）

他們砍掉了漂浮在船尾的鯨魚腦袋，用小艇拖著頭盡可能靠近岸邊，但是到了十二、三尺深的地方它就會擱淺。（〈記湯瑪斯．埃奇的十次斯匹茨卑爾根之航〉載《珀切斯遊記》）

他們在路上看見了很多鯨魚在大洋中嬉戲，用大自然安置在牠們肩膀上的管子和通風孔盡情地噴濺出水來。（〈赫伯特爵士的亞非航行記〉載哈里斯．科爾所編）

他們在這裡看見這麼一大群鯨魚，他們不得不萬分小心地行進，唯恐自己的船會撞上牠們。（斯考滕《第六次環球航行記》）

我們從易北河啟航，風向東北，船名為「約拿在鯨腹號」。……有人說鯨魚張不開嘴，但那是無稽之談……他們經常爬上桅杆，看是否能看見一頭鯨魚，因為最早發現鯨魚的人會得到一塊金幣作為酬勞……我聽說在設德蘭群島附近打到一頭鯨魚，肚子裡有一桶還多的鯡魚……我們的一個標槍手告訴我，他曾經在斯匹茨卑爾根逮到過一頭全身皆白的鯨魚。（〈西元一六七一年格陵蘭航行記〉載哈里斯．科爾所編）

西元一六五二年，一些鯨魚來到了這片海岸（法夫），其中一頭的鯨骨長達八十英尺，（據我所得到的消息稱）除了大量鯨油，光是鯨鬚就有五百磅重。牠的大嘴相當於皮特菲倫公園的一扇門。（西伯爾德《法夫和金羅斯》）

我自己同意一試，看是否能征服和殺死這頭抹香鯨，牠是如此凶猛和敏捷，我從未聽說有人殺死過這種鯨魚。（理查．斯塔福〈百慕達群島來信〉，載《哲學彙刊》，一六六八）

海中的鯨魚
聽上帝的話。（《新英格蘭初級讀本》）

我們還看見了數量相當巨大的大鯨魚，南方海洋中大鯨魚更多，我敢說，有我們北方海洋的一百倍。（考利船長《環球航行記》，一七九二）

……鯨魚呼吸時常常伴隨有一股難以忍受的氣味，會讓人頭昏腦脹。（烏略亞《南美洲之旅》）

襯裙事關重大，我們把這個責任，
交託給五十名特選出來的窈窕仕女。
我們深知七重的籬笆也不管用，
哪怕武裝上鯨魚的肋骨，把裙襯撐起來。（《秀髮劫》）

如果就大小而論，我們把陸地動物和那些居住在深海中的動物相比，就會發現，牠們相形之下微不足道。鯨魚無疑是所有受造物中最大的動物。（戈德史密斯《博物志》）

如果你想為小魚寫一篇寓言，你就要讓牠們像大鯨魚那樣說話。（戈德史密斯致詹森書）

下午我們看見了一個東西，起初以為是塊礁石，卻發現原來是一頭死鯨，一些亞洲人把牠殺死之後正在拖上岸來。他們似乎極力要把自己藏在鯨魚後面，不讓我們發現。（庫克《航行記》）

他們很少冒險去攻擊個頭較大的鯨魚。其中一些鯨魚讓他們極其害怕，以致到了海上他們都不敢提到牠們的名字，他們在小艇裡攜帶了糞便、石灰石、松木，以及其他同類性質的東西，為了把大鯨嚇走，防止牠們靠得太近。（烏諾．馮．特洛伊有關一七七二年班克與索蘭德的冰島航行的信）

南塔克特人所發現的抹香鯨，是一種活躍凶猛的動物，捕鯨者需要具備高超的技巧和無畏的勇氣。（湯瑪斯．傑弗遜一七七八年致法國外交部長的鯨魚備忘錄）

那麼請問，先生，世上有什麼能和牠相提並論的呢？（艾德蒙．伯克在議會上提到南塔克特捕鯨業時說的話）

西班牙——擱淺在歐洲海岸邊的一頭巨鯨。（艾德蒙．伯克，出處不詳）

國王普通稅收的第十項，據說其根據是他保衛了海洋不受海盜和劫匪的侵擾，作為報答，鯨魚和鱘魚的所有權歸皇家所有，無論是被沖上岸來的，還是在岸邊捕獲的，牠們都是國王的財產。（布萊克斯通）

水手們迅速恢復了死亡的遊戲：
雷德蒙舉著有倒鉤的鐵矛，
每一回合都準確地刺中牠的腦袋。（法爾康納《海難》）

照亮了屋宇、圓頂和尖塔，
火箭自行升空，
把它們短暫的焰火
懸掛在天穹之下。

大海湧起高高的浪頭，
要讓水與火比個高低，
一頭鯨魚噴出水柱，
表達牠笨拙的歡喜。（古柏《女王訪問倫敦記》）

一刀下去，心臟就猛地躥出十到十五加侖的血來。（約翰·亨特記敘肢解一頭小鯨的過程）

鯨魚主動脈的內徑比倫敦橋上的自來水管還粗，水在水管裡嘩嘩流淌的衝力和速度，都比不過鯨魚心臟中湧出的血。（佩利《神學》）

鯨魚是一種沒有後腳跟的哺乳動物。（居維葉男爵）

在南緯四十度，我們看見了抹香鯨，但一頭都沒有捕殺，直到五月一日，那時，海面就被鯨魚覆蓋了。（科爾內特為拓展捕抹香鯨業所做的航行報告）

在我下面那自由的元素中，
游著各種顏色、形狀和種類的魚，
翻騰，潛泳，嬉戲，追逐，打鬥；
語言簡直無法描繪，水手們
也從未見過；從可怕的鯨魚
到每個浪頭都含有千百萬的蟲豸般的小魚：
聚集成巨大的一群群，像浮島，
在神祕本能的引導下穿過
荒涼而無路可循的水域，四面八方
都有貪婪的敵人向牠們攻擊，
鯨鯊和怪物，都在腦袋前面或是嘴上，
武裝著刀、鋸、螺旋形的角或是勾牙。（蒙哥馬利《大洪水前的世界》）

啊，讚美吧！啊，歌唱吧！
這有鰭的魚族之王。
在浩瀚的大西洋，
沒有任何鯨魚比牠強大；
也沒有魚兒比牠更肥壯，
在極地海洋中到處撲騰。（查理斯．蘭姆《大鯨的勝利》）

一六九〇年，一些人在一座高高的小山上觀察鯨魚們噴水和彼此嬉戲，一個人指著大海說道：「那裡，一片綠色的牧場，我們兒女的孫輩們將在那裡謀生。」（奧貝德．梅西《南塔克特史》）

我給蘇珊和我自己造了一座茅屋，把一頭鯨魚的齶骨豎起來，做成一道哥德式的拱門。（霍桑《重講一遍的故事》）

她來為她初戀的情人預約修建一座紀念碑，四十多年前他在太平洋上為一頭鯨魚所害。（霍桑《重講一遍的故事》）

「不，先生，那是頭露脊鯨，」湯姆回答道，「我看見牠噴水了，牠噴出一對彩虹，和基督徒想看到的彩虹一樣美。牠是個真正的大油桶，那傢伙！」（古柏《舵手》）

報紙拿了進來，我們看見《柏林公報》上說，鯨魚被搬上了那裡的舞臺。（艾克曼《歌德談話錄》）

「我的上帝！蔡斯先生，怎麼回事啊？」我回答，「我們的船被一頭鯨魚撞破了。」（南塔克特捕鯨船艾塞克斯號遇難記，該船在太平洋遭到一頭大抹香鯨攻擊，最終被毀。該船大副，南塔克特人歐文·蔡斯，一八二一年發表於紐約。）

一名水手夜裡坐在側支索裡，風自由自在地吹著；
蒼白的月光時明時暗，鯨魚在海洋中游過；
浪跡裡磷光閃閃。（伊莉莎白·奧克斯·史密斯）

為捕獲這頭鯨魚，所有小艇上放出去的拖曳索長度總計為一萬零四百四十碼，近六英里長……有時候鯨魚在空中擺動起巨大的尾巴，鞭子一樣劈啪作響，聲音傳出去三、四英里遠。（斯科斯比）

新近的攻擊讓牠痛苦得發狂，這被激怒的抹香鯨不停地翻滾；牠豎起巨大的頭部，張開大嘴向周圍的一切亂咬；牠用腦袋向小艇撞去，小艇被撞得在牠前面飛速滑開，有時被徹底摧毀……

非常讓人吃驚的事情在於，這麼一種有趣的、在商業角度來看又極其重要的動物（例如抹香鯨），其習性會被徹底忽略，竟然很少引起為數眾多的人的好奇之心，他們中很多是有能力的觀察家，近年以來，他們一定有大量極為便利的機會親眼見識到鯨魚的種種習性。（湯瑪斯·比爾

《抹香鯨史》，一八三九）

抹香鯨頭尾兩端都擁有強大的武器，牠不僅裝備上強過格陵蘭鯨或露脊鯨，而且也更多地顯示出使用這些武器進行攻擊的脾性，在攻擊方式上也極具技巧、膽量和惡意，以至於被認為是已知鯨類中攻擊起來最危險的一種。（弗雷德里克·戴貝爾·貝內特《環球捕鯨記》，一八四〇）

十月十三日。

「牠在那裡噴水了。」桅頂上有人大聲叫道。

「在哪裡？」船長追問道。

「船首下風處三點方位，先生。」

「舵輪轉上來，穩住！」

「穩住，先生。」

「桅頂上的，喂！你現在還能看見那頭鯨嗎？」

「是，是，先生！一大群抹香鯨！在那裡噴水！在那裡躍出水面了！」

「大聲通報！每一次都要大聲通報！」

「是，是，先生！在那裡噴水！那裡——那裡——在那裡噴水——噴水——噴——水！」

「距離多遠？」

「兩英里半。」

「天打雷劈的！這麼近！召集所有人手。」（約翰·羅斯·布朗《捕鯨巡航版畫集》，一八四六）

「環球號」捕鯨船屬於南塔克特島，我們將要敘述的可怕交易就發生在這艘船上。（西元一八二八年，倖存者雷和赫西所述《「環球號」譁變記》）

一頭被他打傷的鯨魚追擊上來，他用魚槍抵擋了一陣子，但這暴怒的怪獸終於撞上了小艇，他和自己的同伴們看到事所難免，便跳下海中，保全了性命。（泰爾曼和班內特的教務日誌）

「南塔克特本身，」韋伯斯特先生說，「是國家利益的一個非常顯著和獨特的部分。有八九千人在海中的島上生活，他們所從事的行業需要無比的勇氣和不屈不撓的精神，他們每年為國家增添了大量財富。」（丹尼爾．韋伯斯特一八二八年在美國參議院為申請在南塔克特修建防波堤一事所做的談話）

鯨魚直接落在他的身上，可能一下子就要了他的命。（亨利．契弗神父《鯨魚和捕鯨者，或捕鯨者的冒險與鯨魚的檔案，由普雷布爾船長在回航途中蒐集》）

「如果你弄出該死的一丁點動靜，」撒母耳回答道，「我就送你下地獄。」（《〈譁變者〉撒母耳．康斯托克的生活》其弟威廉．康斯托克作。這是「環球號」事件的又一版本）

荷蘭人和英國人向北方海洋航行，是想看看能否發現由此通往印度的航路，儘管他們的主要目標沒有實現，但卻意外地發現了鯨魚時常出沒的地方。（麥卡洛克《商業辭典》）

這些事物是互相作用的；球彈回來只是為了再次彈出去；如今既已發現鯨魚出沒之地，捕鯨者們似乎就間接發現了那同樣神祕的西北航道的新線索。（選自未發表的某一手稿）

在大洋之上遇見一艘捕鯨船，你不可能不為它們近似的外觀所打動。船帆收得很低，每根桅頂上都有瞭望員，急切地掃視著周圍遼闊的海面，氣氛完全不同於那些從事常規航行的船隻。（〈洋流與捕鯨〉載《美國考察船隊遠征記》）

倫敦附近及其他地方的行人可能還會記得，他們曾見過豎立在地面上的彎曲的大骨頭，或是作為門道上的拱門，或是作為通往凹室的入口，他們也許聽說過那些都是鯨魚的肋骨。（《北冰洋捕鯨航行記》）

追獵這些鯨魚的小艇返回之後，白人們才發現，他們的船已經落入了水手中招募來的野蠻人的血腥之手。（關於霍伯莫克號捕鯨船被占領後又重新奪回的新聞報導）

人們通常知道，（美國）捕鯨船上的水手很少有乘出發時的同一條船返回的。（《乘捕鯨船巡航記》）

突然，一個龐然大物從水中出現，垂直地射向空中。那就是鯨魚。（《米里亞姆．柯芬或捕鯨者》）

鯨魚確實被標槍擊中了，但你想一想，憑區區一條繫在馬尾巴根上的繩子，你怎麼能控制住一頭強壯有力、野性未馴的小馬駒呢。（《關於船肋和桅頂捕鯨的一章》）

有一回我看見這些怪物（鯨魚）中的兩頭，也許是一雄一雌，緩慢地泅游著，一先一後，距離海岸（火地島）不到一石之遙，岸上有山毛櫸伸展著枝椏。（達爾文《一個博物學家航行記》）

「全速向後！」大副驚叫道，他剛轉過頭，就看見一頭大抹香鯨張大了嘴靠近艇首，小艇馬上就要面臨毀滅的危險——「全速向後，保命要緊！」（《屠鯨者沃頓》）

振奮起來，我的夥伴們，永遠不要心灰意懶，勇敢的標槍手正在打擊著鯨魚！（南塔克特歌謠）

啊，這罕見的老鯨，置身於狂風暴雨，
牠的家就是大海汪洋，
那裡強權就是公理，這強權的巨人，
就是無邊無際的瀚海之王。（鯨魚之歌）

# 第一章 蜃景隱現

叫我以實瑪利吧。

很多年以前——別在意到底有多久——我囊中羞澀，甚或分文不名，陸地上已經沒有什麼特別的東西能夠吸引我了，我想我應該出去航海，看一看作為這個世界一部分的那些水域。我總是以這種方式消愁解悶，調節血液循環。每當我發現自己的嘴角變得冷酷；每當我的靈魂猶如潮濕、細雨濛濛的十一月天；每當我發現自己不由自主地在棺材鋪前駐足，遇見任何一場葬禮都尾隨其後；尤其是每當我的憂鬱症又將我支配，需要強大的道德原則才能阻止我故意走到街上，一一地敲掉人們的帽子——那時，我就知道又到盡快出海的最佳時間了。這是我用以代替手槍和子彈來了此一生的東西。加圖帶著一種哲學的炫耀飲劍自盡；我則悄悄地上船，一走了之。這絕非驚人之舉。如果他們知道，幾乎所有的男人，或多或少，在某個時刻，都和我一樣對海洋懷有一種非常相似的感情。

這就是曼哈托島城，腰帶般環繞著一座座碼頭，就像那些西印度小島為珊瑚礁所環繞——商業的浪潮已將其包圍。左右兩邊的街道都將你帶向水邊。城的最南部是炮臺，氣勢非凡的防波堤被海浪沖刷著，被微風吹拂著，幾個小時之前從陸地還看不見它。看看那一群群看海景的人。

一個夢幻般的安息日下午，在城中巡行。從柯里爾斯岬到康恩堤街，從那裡經過白廳往北。你看見了什麼？——環繞全城，到處都站滿了成千上萬必死的凡人，像沉默的哨兵一樣，沉浸在對海洋的幻想之中。有的斜倚著木樁；有的坐在碼頭邊上；有的俯視著來自中國的船隻的舷牆；有的高懸在索具上，好像是要盡力取得一個更好的望海位置。但這些都是居住在陸地上的人；工作日裡都被關在板

條灰泥的房子裡——或拴在櫃檯上，或釘在板凳上，或困在書案旁。那這是怎麼回事呢？綠色的原野都消失無蹤了嗎？他們在這裡幹什麼？

但是，看哪！這裡又來了一群群的人，徑直走向水邊，似乎要去跳水。奇怪！除了陸地的盡頭，已經沒有什麼能滿足他們了；在遠處陰涼背風的倉庫那邊閒蕩還嫌不夠。不，他們非得盡可能靠近水邊，只要別掉進水裡。他們站在那裡——有幾里長，甚至十幾里長。全都是內陸人，來自小巷、大街和林蔭道——來自東南西北。然而，在這裡他們都混在一起了。告訴我，是那些船上羅盤針的磁力把他們吸引來的嗎？

還有，假設你住在鄉村，在布滿湖泊的高地。隨便你擇路而行，十有八九它會把你引向一座山谷，讓你在溪流的池塘邊停下腳步。那裡有一種魔力。即便是最為心不在焉的人，沉浸在他最為深沉的夢想之中，只要他站起身來，邁開腳步，只要那帶地方有水，他都會萬無一失地把你領到水邊。如果你的商隊碰巧配備了一位形上學教授，如果你在美國大沙漠中焦渴難耐，不妨嘗試一下這個方法。是啊，盡人皆知，沉思和水始終是緊密相關的。

但是，這裡有一位藝術家。他要把薩科河谷所有充滿夢幻、濃蔭密布、幽靜至極、無比迷人的浪漫美景統統描繪給你，他會使用什麼樣的元素呢？他的樹就挺立在那裡，每一棵的樹幹都是空心的，彷彿有一位隱士和一個十字架藏在裡面；這邊是他沉睡的草地，那邊是他沉睡的牛羊；遠處的茅屋那邊，升起一縷睡意沉沉的炊煙；遙遠的林地之中，蜿蜒著迷宮般的小徑，延伸向群山重疊的崗巒，沐浴在山坡的藍色之中。但是，儘管這畫面讓人恍惚出神，儘管這松樹在搖落它的歎息，像樹葉落在牧人的頭上，一切依然是徒勞的，除非那牧人的眼睛一直盯在面前的神奇溪流上。六月裡去遊覽一下大草原，那時，你要在上百里沒膝深的卷丹百合叢中跋涉——那裡缺少的魅力是什麼呢？——是水——那裡沒有一滴水！如果尼加拉瀑布僅僅是一道沙瀑，你還會旅行幾千里去一睹究竟嗎？為什麼田納西

的那位窮詩人，突然得到了兩把銀幣之後，會糾結到底是給自己買一件迫切需要的外套，還是用這筆錢徒步去洛克威海灘旅行一番？為什麼幾乎每一個身心同樣健全的小夥子，總有一段時間會發瘋般想要出海航行？為什麼你初次作為旅客出海航行，第一次有人告訴你，你和你的船現在已經望不見陸地了，那時，你的心頭會感受到一種神祕的震顫？為什麼古波斯人視海為神聖？為什麼希臘人單獨設立一位海神，作為宙斯的兄弟？這一切的確不是毫無意義的。納西瑟斯的故事涵義就更深了，那位少年因為抓不到映在泉水中那折磨人的、雅致的影像，便投身水中，溺水而亡。但是我們自己，在所有河流與海洋中，都看見了那同樣的影像。那是掌握不住的生命幻影；這就是一切的關鍵所在。

如今，每當我的眼睛開始變得朦朧，開始對我的肺部過分敏感的時候，我就習慣到海上去，我這麼說並非是想讓人以為我是作為旅客而出海的。因為作為旅客你一定得需要一個錢包，而除非你在裡面裝上點什麼，否則這錢包僅僅是塊破布。此外，旅客會暈船——變得愛爭吵——晚上睡不著覺——一般來說，日子並不太享受；不，我從來也不以旅客的身分出海；儘管我算得上是個水手，我卻從來沒有做過艦隊司令，也沒有做過船長或是廚師。我放棄了這些職位的榮耀和顯赫，把它們讓給喜歡的人。就我而言，我厭惡所有各種各樣高貴的、受人尊敬的苦工、考驗和磨難。能夠照顧好自己，就已經是相當不錯了，哪裡顧得上什麼大船、三桅帆船、雙桅橫帆船、雙桅縱帆船以及諸如此類。至於作為廚師出海，儘管我承認那工作相當體面，廚師在船上也屬於長官之列，但我從未想過烤雞鴨這類事情；儘管雞鴨一旦烤熟，明智而審慎地塗上奶油，恰到好處地撒上鹽和胡椒，儘管談不上崇拜，沒有人會比我對之還要稱讚有加。正是由於古埃及人對燒朱鷺烤河馬有一種偶像崇拜的偏愛，你才能在他們金字塔的那些巨大烤房裡看到這些動物的木乃伊。

不，我出海，總是以普通水手的身分，就站在船桅正前方，直下到船頭水手艙，或是高高爬到主桅的頂端。的確，他們當然會吩咐我做這做那，讓我從一根圓木跳向另一根圓木，像一隻五月草地上的蚱蜢。起初，這種事情實在讓人不快。它觸及一個人的榮譽感，尤其是如果你來自陸地的一個古老世家，范．倫塞勒、藍道夫，或哈迪卡紐特等家族。而且，更甚者的是，就在你將手放進柏油桶之前，你還是一名威嚴的鄉村小學校長，最高大的男生在你面前也要心懷敬畏。我可以向你保證，從小學校長到水手的轉變是一種切膚之痛，需要一劑塞內卡和斯多噶學派的猛藥，才能讓你面帶微笑地忍受它。不過，甚至這種精神也會隨著時間逐漸磨滅。

如果一個性情乖僻的老船長命令我拿起掃帚去清掃甲板，那又有什麼呢？我指的是，要是把這種侮辱放到《新約聖經》的天平上稱一稱，又會有多大分量呢？你以為在那個特殊場合我馬上恭敬地服從了老船長的命令，大天使加百列就會小看我嗎？誰又不是奴隸呢？告訴我。那麼，無論老船長們怎樣把我呼來喝去，無論他們怎樣把我敲到東敲到西，我都會感到滿足，知道一切都事屬平常；別人不也是差不多同樣在充當奴隸嘛——也就是說，從形而下或形而上觀點上看，都是如此。所以，普遍存在的敲敲打打一輪輪傳遞下去，所有人都用手摸摸彼此的肩胛骨，心安理得才是。

還有，我總是以水手身分出海，是因為他們一定會為我的勞動付費，我從未聽說他們會付給旅客一分錢的報酬。相反地，旅客必須自己掏錢。在這個世界上，掏錢和掙錢有著天壤之別。掏錢這件事也許是那兩個果園裡的小偷，遺傳給我們的最不爽的懲罰了。但是掙錢，有什麼能和它相比的呢？人們接受金錢時的那種溫文爾雅的舉動真是不可思議，考慮到我們如此誠摯地相信，金錢是世上的萬惡之源，有錢人絕對沒有理由進天堂。啊，我們多麼快樂地把自己委身給了地獄！

最後，我總是作為水手出海，還在於前艙甲板上有益身心的運動和純淨的空氣。在這個世界上，頂風的時候遠遠要多過順風的時候（換言之，你永遠不要違背畢達哥拉斯的準則），在大多數情況下，後甲板上的船長所呼吸的空氣，是前甲板上水手呼吸過的二手貨。他以為自己先呼吸到了空氣，但事實並非如此。在許多別的事情上，平民百姓也大致同樣引導著他們的領袖，與此同時，領袖們對

此卻甚少懷疑。但是為什麼，在我作為商船水手一再呼吸過大海的氣息之後，我現在居然產生了要開啟一次捕鯨之旅的念頭；命運那無形的警察持續不斷地監視我，祕密地跟蹤我，以某種莫名其妙的方式左右我——他的回答是再好不過的了。而且，確鑿無疑，我即將開啟的這次捕鯨之旅，構成了上帝在很久以前就已籌劃好的偉大計畫的一部分。它是範圍更為宏大的演出之間的某種短暫插曲和獨奏。我認為在海報上這個部分一定是這樣寫的：

**阿富汗爆發大血戰。**

一個叫以實瑪利的人出海捕鯨。

美國總統大選。

儘管我無法說清，為什麼是那些作為舞臺監督的命運諸神，迫使我扮演這出海捕鯨的卑賤角色，而其他人則扮演崇高悲劇的高貴角色，文雅喜劇裡的輕鬆角色，以及鬧劇中的歡快角色——儘管我無法說清其中的確切原因；不過，如今我把所有的情況都回憶了一番，我自認為略微窺見了一點源頭和動機，它們狡猾地以各種偽裝出現在我面前，引誘我開始扮演我的角色，還哄騙我，讓我誤以為完全是我那不偏不倚的自由意志和明辨是非的判斷，做出了這個選擇。

首要動機，就是那頭大鯨本身引起的壓倒一切的想法。這般凶猛異常又神祕莫測的怪物，勾起了我全部的好奇心。其次，是那狂野而遙遠的大海，而那怪物就在那裡翻滾著它島嶼般的身軀，還有那巨鯨帶來的不可言喻、無以名狀的危險；這些，連同相伴隨的千百種巴塔哥尼亞式的異聲奇景，都有助於讓我產生出海的願望。也許，對其他人來說，這樣的事情不足以成為誘惑；但是在我而言，遙遠的事物一直在持續不斷地折磨著我。我熱愛禁海上的遠航，熱愛停靠在荒蠻的海岸。我不會對善的事物視而不見，也會迅速感知到恐怖之事，並且能與人交往，只要對方允許；因為與你要棲留之地的居民友好相處總是件好事。

由於這些原因，這一次的出海捕鯨便是件賞心樂事；奇妙世界的閘門已轟然打開，在促使我做此決定的狂想之中，那無盡的鯨魚佇列，便成雙成對地游進了我的靈魂深處，在牠們當中，有一個頭戴兜帽的壯麗幻影，像一座雪山聳立在空中。

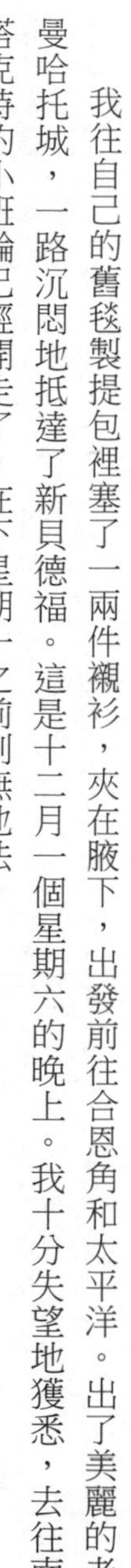

# 第二章 旅行包

我往自己的舊毯製提包裡塞了一兩件襯衫，夾在腋下，出發前往合恩角和太平洋。出了美麗的老曼哈托城，一路沉悶地抵達了新貝德福。這是十二月一個星期六的晚上。我十分失望地獲悉，去往南塔克特的小班輪已經開走了，在下星期一之前別無他法。

大部分年輕新手準備去經受捕鯨的痛苦與懲罰時，都得先在這新貝德福停留，從此登船啟航，這裡有必要交代一下，我可沒有這樣的打算。我主意已定，只乘南塔克特的船出發，因為與那座聞名遐邇的老島有關的一切都是如此美好而熱烈，這讓我驚訝而愉快。此外，儘管新貝德福近期已經逐漸壟斷了捕鯨業，儘管在這方面，可憐的老南塔克特如今已望塵莫及，但它曾是新貝德福的偉大源頭——相當於古城提爾與迦太基的關係——第一頭美國鯨魚就擱淺並死在那裡。不正是從南塔克特，那些土著捕鯨者，那些紅種人，最初駕駛著獨木舟出發去追逐海中巨怪的嗎？同樣地，不正是從南塔克特，第一艘勇於冒險的小單桅帆船破水啟航，裝著不少的進口鵝卵石（故事就是這麼說的），去向鯨魚投擲，看看什麼時候才能觸及，可以冒險從船首斜桅上投出標槍了？

眼下，在新貝德福，我還要度過一個晚上、一個白天，以及另一個晚上，才能啟程前往我命定的港口，於是，在哪裡吃飯睡覺成了一件讓人憂慮的事。這是個非常曖昧，不，是一個非常黑暗沮喪的夜晚，寒冷刺骨，陰鬱慘澹。我在此地沒有熟人。我焦慮的手指像錨一樣掏摸了一遍口袋，只發現了幾枚銀幣——於是，扛著旅行包站在街頭，比較著北邊的陰鬱和南邊的黑暗，我自言自語道，以實瑪利，究竟你要去哪裡呢——憑你的智慧決定去哪裡過夜吧，我親愛的以實瑪利，一定記得要詢價，切勿太過挑剔。

我腳步蹣跚地走在街道上，從「十字標槍」的招牌下經過，但那裡看起來太貴也太舒適了。我繼續前行，從「劍魚客店」明亮的紅色窗戶中發出如此熾熱的燈光，似乎將房前的積雪和堅冰都融化掉了，因為除了這裡以外，任何地方的冰雪都有十英寸厚，凍成一條堅硬的柏油路——對於我來說，這樣的路讓人相當疲倦，當我的腳踩到路面燧石般凸出的部分時，我的靴子經過艱苦無情的跋涉，靴底已經被磨得極其悲慘。太貴也太舒適了，我再次這樣想，我停了片刻，看了看映到街道上的寬闊明亮的燈光，聽見從屋裡傳來叮噹的碰杯聲。繼續走吧，以實瑪利，我最後對自己說；難道你沒有聽見嗎？從門前離開吧；你打了補丁的靴子擋住人家的路了。於是，我繼續前行。現在憑本能我沿著街道而行，它把我帶向水邊，因為那裡，無疑有最便宜的客棧，即便不是最舒適的。

如此沉悶的街道！兩邊漆黑一團，那些塊壘哪裡是房屋啊，不時地有一根蠟燭燃亮，像是在墳墓周圍移動的幽光。在夜晚的這個時辰，在一週的最後一天，城市的這個地區一片淒涼，寂無行人。但是此刻，我來到了一盞冒煙的燈下，它後面是一座低矮而寬敞的建築，大門引人心動地敞開著。它的外觀顯得很隨便，彷彿是一座公共建築；於是，我走了進去，首先的遭遇是被走廊裡的一個垃圾箱絆了一跤。哈哈！飛揚的塵埃幾乎讓我窒息，我想，這些灰燼是從那座被毀滅的罪惡之城蛾摩拉來的嗎？不過，前邊不是有「十字標槍」和「劍魚客店」的招牌嗎？——這一家，一定應該掛一塊「陷阱」的招牌。我爬了起來，聽見裡面傳出響亮的說話聲，便繼續向前，打開了第二道內門。

裡面像是個偉大的「黑人議會」在托非特開會。足有一百張黑色面孔從一排排座位上轉過來盯視我；那一邊，一個命運的黑天使正在講壇上敲打一本書。這是座黑人教堂；傳道者講的經文正是有關墨黑的幽暗，以及那裡的人如何悲泣切齒的慘狀。哈，以實瑪利，我嘟囔著，退了出來，「陷阱」的招牌果真是個卑鄙的消遣。

繼續前行，我隨後來到離碼頭不遠的一盞暗淡的燈下，聽到空氣中有荒涼的吱嘎聲，抬頭看去，只見一個招牌在門上搖晃著，上面用白漆模糊地畫著一根又高又直的霧濛濛的水沫柱子，下面寫著：噴水鯨客棧——彼得・柯芬[1]。

棺材？——噴水鯨？——我想，那特殊字音上產生的聯想可是相當不吉利。但是，據說在南塔克特這是個常見的姓，我推測這位彼得準是從那邊過來的移民。因為光線十分暗淡，這地方當時又顯得足夠安靜，那殘破的小木頭房子本身彷彿是從火災廢墟中運到這裡的，而招牌搖晃的吱嘎聲似乎在訴說著貧窮，我想這準是個便宜地方，適合我入住，而且一定有最好的土咖啡。

這個地方有點古怪——一座有山形牆的老房子，一面牆好像得了癱瘓一般，悲慘地歪斜著。它立在一個荒涼的尖角裡，狂暴的友拉革羅[2]暴風不停地怒號著，比當年將可憐的使徒保羅的船颳壞時還要猛烈。然而，對於身處室內、將腳放在壁爐架上安靜地烤火準備就寢的人來說，友拉革羅只是令人愉快的和風而已。「在評價狂暴的友拉革羅方面，」一位老作家說道——他的著作我恰好擁有一冊現存的孤本——「有兩種大相逕庭的方式，那要取決於你是透過玻璃窗向外看，冰雪全都在外面，還是你透過沒有窗框的窗戶向外看，窗裡窗外都是冰雪，而死神是唯一的玻璃裝配工。」的確夠真切的，當這段話湧入我的腦海，我不禁想到——老倒楣蛋，你很有道理啊。是的，這些眼睛就是窗戶，我的這個身體就是房屋。天可憐見！他們沒有把縫隙和窟窿堵上，這裡那裡塞上點棉絨。現在要做出改進已經太晚了。宇宙已經完成；房頂石已經上好，木屑碎片一百萬年前就用車拉走了。可憐的拉撒路，用路邊石當枕頭，牙齒格格打戰，渾身發抖，要把他那身破衣服都抖掉了，他也許可以用碎布把兩隻

1 柯芬是「棺材」一詞的音譯。
2 暴風的名字，見於《使徒行傳》二十七章十四節，意即東北風。

耳朵堵上，嘴裡銜一根玉米穗軸，但那也擋不住狂暴的友拉革羅。老財主穿著大紅絲綢的晨衣（他以後還有一件顏色更深的袍子穿），他說，友拉革羅！呸，呸！一個多麼美好的嚴寒之夜，獵戶座閃閃發光，北極光多棒啊！讓人家談論他們永恆溫室一般的東方之夏的氣候吧；我只想擁有一種特權，用自己的煤炭製造自己的夏天。

但是，拉撒路會怎麼想？他能將凍得發青的雙手舉向壯麗的北極光來取暖嗎？難道拉撒路不是寧可待在蘇門答臘也不願意待在這裡嗎？難道他不是更願意四仰八叉躺在赤道上嗎？是的，諸位神明！為了抵禦這嚴寒，哪怕下到地獄灼熱的深坑都行啊。

現在，那拉撒路竟然躺在財主門前的路邊石上，這可比一座冰山靠上摩鹿加群島的一個島還要奇妙。至於財主本人，他自己也像個沙皇一樣，住在用冰凍的歎息造成的冰宮裡，而且，作為戒酒協會的會長，他也只能啜飲孤兒們微溫的眼淚。

不過，還是不要再這樣哭哭鬧鬧地訴苦了，我們就要去捕鯨了，這種事情還多著呢。讓我們刮掉凍在靴子上的冰，看一看這「噴水鯨客店」究竟是個什麼樣的地方。

## 第三章
# 噴水鯨客店

進入那家有山形牆的噴水鯨客店，你會發現自己置身於一條又寬又矮、彎彎曲曲的過道，帶有老式的護牆板，讓你想起某艘該死的舊船的舷牆。過道一側懸掛著一幅很大的油畫，煙薰火燎，已經徹底損壞了，你借著不對稱的交叉光線端詳著它，只有憑藉費盡心力的研究，反覆周密的考察，再仔細諮詢鄰居們，你才能多少理解它的涵義。如此不可理解的大大小小的陰影，起初讓你幾乎以為是某個野心勃勃的年輕藝術家，在新英格蘭女巫猖獗的時代，致力於描繪巫術造成的混亂景象。但是，經過一番認真端詳和反覆思索，尤其又將過道後面的小窗戶猛地打開，你終於得出了結論，這種描繪混亂的想法，無論多麼瘋狂，卻並非全然沒有根據。

但是，最讓你迷惑不解的是，畫面中央有一長溜柔軟而不祥的黑東西，盤旋在三條暗藍色的垂直線條之上，這些垂線又漂浮在一片莫名其妙的泡沫中。真是一幅沼澤般潮濕而沉悶的畫面，足以讓一個神經衰弱的人為之心煩意亂。不過，有一種無限的、不可企及的、難以想像的崇高氣息彌漫其中，剛好讓你為之留步，身不由己發誓要找出這神奇畫面的涵義。可是啊，不時地有一個聰明但具有欺騙性的想法將你貫穿。——那是午夜大風中的黑海。——那是四大元素的非自然戰役。——那是一叢枯萎的石楠。——那是一幅北方樂土的冬景。——那是冰封的時間之流的迸發湧流。但是到了最後，這一切幻想都被畫面中間那團不祥之物所取代了。一旦弄明白這個東西，其他一切就一清二楚了。但是且慢，那東西難道不是和一條大魚有所相似，甚至就是那大海怪本身嗎？

事實上，藝術家的意圖似乎是這樣的：我就此畫與許多上了年紀的老人交談過，我的結論多少是以他們的綜合意見為基礎的。這幅畫表現的是猛烈颶風中的合恩角；半擱淺的船在風中起伏，只能看見三根已經失去船帆的桅杆；一頭憤怒的鯨魚正企圖從船上躍過，這個凶猛的動作只怕會把牠自己釘在三根桅杆上。

過道對面的牆上掛滿了一排排野蠻怪異的棍棒和魚槍。有的上面密密麻麻地釘滿了類似鋸齒的閃光尖齒；有的裝飾著人類毛髮編織的穗子；有一根是鐮刀形的，帶有一個橫過來的巨大把手，就像長臂割草機在新割過的草地上留下的痕跡。你一邊凝視著，一邊聳聳肩膀，奇怪是什麼怪異的食人者和野蠻生番才能用這樣一把可怕的鐮刀去收割死亡。混雜在這些東西中間的，還有一些古老生鏽的捕鯨槍和標槍，全都折斷變形了。有的還是傳說中赫赫有名的武器。五十年前，內森·斯溫就是用這把捕鯨槍，從日出到日落一天之間就殺死了十五頭鯨魚，現在它已經彎曲得和人的肘部一樣了。而那把魚槍——現在已經像把螺絲錐了——曾經被投進了爪哇海，被一頭鯨魚帶走，數年後，這頭鯨才在布蘭科角被殺死。起初魚槍刺中的是鯨尾附近，它像一根不肯安分的針，留在鯨魚體內，移動了足足四十英尺，最後發現它嵌在鯨魚的背峰裡。

穿過昏暗的過道，繼續經過一條低矮的拱道——一定是從過去通向各處火爐的巨大的總煙囪管中開闢出來的——你便進入了客店的堂屋。這是個更為昏暗的地方，上方是低矮笨重的房梁，下方是陳舊起皺的地板，你恍惚間幾乎以為自己踏上了一艘老船的舵手座，尤其是在這麼一個狂風呼嘯的夜晚，這艘困在角落裡的古老方舟還在劇烈地顛簸搖晃。堂屋另一側立著一個又長又矮的架子似的桌子，上面擺滿了破裂的玻璃瓶，裝著從這個廣闊世界的天涯海角收集來的灰撲撲的稀罕物品。房間對面的角落裡突顯出一個黑洞洞的窩巢——酒吧間——粗略設計成一頭露脊鯨腦袋的形狀。不管怎麼樣，那裡立著一塊巨大的拱形的鯨魚下顎，寬得很，幾乎都可以從下面通過一輛馬車。酒吧間裡面是一些破舊的架子，陳設著舊的細頸圓瓶、狹頸小口瓶、長頸瓶；在這足以迅速導致毀滅的鯨顎裡，一

個瘦小枯乾的老頭正在忙碌，就像另一個受詛咒的約拿（他們也真的叫他約拿），為了水手們的錢，而向他們高價兜售譫妄和死亡。

令人作嘔的是他傾注毒藥的玻璃杯。儘管外表是真實的圓筒——而內裡，這些混帳的綠杯子呈騙人的錐形，愈往下收縮得愈小，一直到杯子底部。這些好似攔路強盜的酒杯外壁，粗糙地刻著一圈圈平行的刻度線。酒斟到這個線上，你就得支付一便士，再斟到那個線上，就再付一便士，如此這般，直到把杯子斟滿——這種合恩角的計費方式，你能一口喝掉一個先令。

一進到這個地方，我就發現有一大幫年輕海員，正聚攏在桌旁，在暗淡的燈光下仔細察看著各式各樣水手自製的工藝品。我找到老闆，告訴他我要一個房間，回答是房間全都滿了——一張空床都沒有。「且慢，」他拍打著自己的前額，又補充道，「你不反對和一個標槍手共用一條毯子吧？我猜你是來捕鯨的，所以你最好習慣習慣這種事。」

我告訴他我從來都不喜歡兩個人睡一張床；如果非得這樣，那也得看那標槍手是個什麼樣的人，如果他（店老闆）真的沒有別的地方給我住，而那標槍手又確實不令人討厭，在這麼淒苦的夜晚，與其在一座陌生城市裡繼續遊蕩，我寧可和一個正派人分享一條毯子。

「我也是這樣想的。好了，坐吧。晚餐呢？——你需要晚餐嗎？晚餐馬上就好。」

我在一張陳舊的木製高背長靠椅上坐下，椅子上到處是刻痕，和炮臺公園裡的椅子一樣。這長靠椅的另一端，一個心事重重的水手在用他的大折刀為它添加裝飾，他彎腰弓背，孜孜不倦地在兩腿之間的空檔裡忙活著。他是想試試手藝，刻一艘扯了滿帆的船，但是看來進展不大。

最後，我們四、五個人被叫到隔壁房間吃飯。房間裡冷得像冰島一樣——根本沒有生火——老闆說他生不起火。只有兩根淒涼的牛油蠟燭，結著蜿蜒的燭淚。我們不得不將緊身短上衣的鈕子扣緊，用半凍僵的手將滾燙的熱茶杯湊近自己的嘴唇。不過食物倒是實惠極了——不但有肉和馬鈴薯，還有

湯糰；老天爺！晚餐有湯糰！一個穿綠色披肩外套的小夥子，正以極其可怕的吃相來解決這些湯糰。

「小夥子，」老闆說，「你今晚肯定要做噩夢的。」

「老闆，」我低聲說，「他不會就是那個標槍手吧？」

「哦，不是，」他說，表情顯出一種惱人的狡黠，「那個標槍手是個黑皮膚的傢伙。他從來不吃湯糰，他不吃——他除了牛排什麼都不吃，而且他喜歡半生不熟的。」

「讓他見鬼去吧，」我說，「那個標槍手在哪裡？在這裡嗎？」

「他很快就會來了。」老闆回答說。

我忍不住開始懷疑起這個「黑皮膚」的標槍手來了。無論如何，我打定主意，如果到最後我們真要睡在一起，他必須先脫衣上床。

吃過晚餐，大家又回到酒吧間去了，我不知道接下來要做什麼，就決定做個旁觀者，消磨掉傍晚剩餘的時光。

這時，外面傳來一陣喧鬧聲。老闆跳了起來，叫道：「那是『逆戟鯨號』上的水手。我今天早晨看見它在附近海面上發信號了；出海三年，滿載而歸。太好了，小夥子們，我們現在馬上就能聽到斐濟島的最新消息了。」

一陣水手靴子的踩踏聲在過道裡響起；門轟然而開，大搖大擺地進來一群野性十足的海員。他們裹著粗糙蓬鬆的水手大衣，頭上蒙著羊毛圍巾，全都縫縫補補，破爛不堪，僵硬的鬍鬚上結著冰碴，活像一群從拉布拉多跑出來的北極熊。他們剛剛從船上來到陸地，這是他們進入的第一座建築。毋庸驚奇，他們隨後便直奔鯨嘴，也就是酒吧間而去，那個乾癟的小老頭約拿正在那裡行使職責，很快就給他們每個人都倒了滿滿一杯。一個水手抱怨自己得了重感冒，頭很痛，約拿便用杜松子酒和蜜糖為他調了一杯瀝青一般的飲料，發誓說那絕對是包治所有感冒傷風的靈丹妙藥，絕不用擔心病症拖了多久，也不論是在拉布拉多沿岸得病的，還是在一座冰島的迎風面得的，都會藥到病除。很快，酒勁就上頭了，通常都是這樣，哪怕是新近上岸的十足的酒徒。於是，他們開始喧鬧無比地歡呼雀躍起來。

不過，就我的觀察來看，他們之中有一個人一直保持著某種冷漠的態度，儘管他顯然不想用他那副冷靜的面孔來敗壞同伴們的歡鬧，但是從整體上來看，他有所節制，沒有像其他人那樣弄出那麼大的噪音。這個人馬上引起了我的興趣；既然海神已經預定了他不久就會成為我的同船夥伴（儘管就這個故事而言，他不過是一個同床而眠的宿伴），我這裡願意稍微冒點風險，把他描繪一番。他站起身時足足有六英尺高，肩寬背厚，胸脯就像一道圍堰。我很少在一個男人身上看見這樣發達的肌肉。他面呈深棕色，滿是風吹日晒的痕跡，這種對比使得他潔白的牙齒炫目耀眼；同時，在他雙眼深深的暗影中，浮動著似乎並沒有給他帶來多少快樂的回憶。他的口音一聽就是南方人，從他那健美的身材上看，我認為他一定是那些高大的山民的一員，來自維吉尼亞州的阿勒格尼山脈。當他同伴的狂歡到極點時，這個男人悄悄地溜走了，在他成為我的航海同伴之前，我就再也沒有看見過他。然而，幾分鐘之後，他的同伴們就想起他來了，而且，他們似乎非常喜歡和他在一起，他們發出叫喊：「巴金頓！巴金頓！巴金頓在哪裡？」並且衝出屋子，追隨他而去。

此時已時近九點，在這些縱情狂歡之後，房間裡顯得異常寂靜，我開始為自己慶幸，就在那些水手進來之前，我已經想到了一個小小的計畫。

沒有人喜歡與人共睡一床。事實上，你很可能連和自己的兄弟同睡都不樂意。我不知道這是怎麼回事，但是在睡覺的時候，人們喜歡獨自一人，無人打擾。至於和一個素昧平生的陌生人睡在一起，在一間陌生的客棧，一個陌生的城市，而那陌生人還是個標槍手，那麼你的反感便會無限加重，不知道要加重多少倍。作為水手，為什麼我就要和人同睡一床，而不能和其他人一樣，這裡面沒有什麼實在的理由；因為水手在海上也不是兩人同睡一床的，岸上的單身國王也都是一個人睡的。當然，水手們全都睡在一個艙裡，但是每人會有自己的吊床，蓋自己的毯子，可以睡得很自在。

對這個標槍手我愈是琢磨，愈是憎惡要和他同睡，一想到就心煩。很明顯，我相信，作為一個標槍手，他的亞麻布或羊毛襯衫，正如通常的情況那樣，一定不會太乾淨，當然也不會是最柔軟的。我開始為這一切感到痙攣般的難受。此外，天色已經很晚了，我那正派得體的標槍手也該回屋就寢了。假設他深更半夜跌跌撞撞地摸進我的被窩——誰又能說清他是從什麼骯髒的鬼洞裡出來的呢？

「老闆！我改變主意了，那個標槍手——我不和他一起睡了。我就在這裡的凳子上湊合一下吧。」

「隨你的便；很抱歉，我沒有多餘的桌布可以給你當床墊了，這凳子板又粗糙得要命。」老闆撫摸著凳子上的結子和凹痕，「但是且慢，獵鯨者，我這酒吧間裡剛好有木匠的鉋子——等等，我說，我會讓你睡得足夠舒適的。」他一邊這樣說著，一邊取來了鉋子，先是用他的舊綢手絹撣了撣凳子上的灰，然後使勁地在我要用作床鋪的凳子上刨開了，一邊還像頭猿猴一般齜著牙笑。刨花向兩邊飛散，直到鉋子碰上了一個刨不動的節疤。老闆幾乎扭傷了手腕，看在老天爺的分上，我要他別再做了——床已經夠軟，夠我睡的了，況且，隨你怎麼刨，我都不知道一塊松木板怎麼能變成羽絨墊子。於是，他又是齜牙一笑，收拾起刨花木屑，拋進房間中央的大爐子裡，便繼續忙他的事情去了，留下我一個人獨自出神。

現在我開始打量起這條凳子來，發現它短了一英尺；不過，可以用一把椅子來彌補。但它還是窄了一英尺，而房間裡其他的凳子大約都比刨過的這條高出四英寸左右——都沒有適合搭配的。於是，我沿著唯一空著的牆壁將那第一張凳子安置好，在凳子和牆壁之間留了一點點空隙，以便我的背部可以安頓在裡邊。但是，很快我就發現，一股冷空氣從窗臺下方湧了進來，吹在我身上，這個計畫根本不管用，尤其還有另一股氣流，來自搖晃的大門，與窗戶吹進來的氣流相遇，共同形成了一連串小小的旋風，直接吹在我打算過夜的這塊地方。

我心想，讓魔鬼抓走那個標槍手吧，不過，等等，難道我不能搶在他前頭嗎？——從裡邊把門閂上，跳上他的床，隨他把門敲得多響，都絕不醒過來？這主意似乎不賴，可是轉念一想，我又打消了這個念頭。誰能知道第二天早上會怎麼樣呢？說不定我從房間一露頭，那個標槍手就已經站在房門口，早就等著要把我打翻在地呢！

我又四下打量了一番，明白不可能有什麼機會湊合一晚了，除非我與另一個人同床而眠，我開始想到，也許我對這個素昧平生的標槍手懷有的偏見，到頭來是毫無根據的。我盤算著，我要等上一會兒，他很快就會闖進來。我得好好看看他，也許我們最後會成為一對快樂的床伴呢——這誰也說不得準啊。

可是，儘管其他的住客陸陸續續或單獨或三兩成雙地進來，上床睡覺了，我那位標槍手卻依然不見蹤影。

「老闆！」我說，「他是個什麼樣的傢伙啊——他總是這麼晚回來嗎？」此刻已經接近午夜十二點了。

店主人又輕聲地咯咯乾笑起來，似乎被我無法領會的什麼東西逗樂了，顯得十分開心。「不，」他回答道，「通常他是個早鳥——早睡早起——對啦，就是那種早起有蟲吃的鳥兒。但你知道，今天晚上他出去兜售東西了，我不知道什麼事情拖住了他，這麼晚還沒回來，除非是他賣不掉他的頭。」

「賣不掉自己的頭？——你和我說的是什麼騙人的鬼話？」我大發雷霆起來。「老闆，你真的是說，這個標槍手果真在這個上帝保佑的星期六晚上，或者不如說是星期天早上，在全城四下兜售他的頭嗎？」

「的確是這樣，」店主人說道，「我告訴過他，在這裡他別想賣出去，市場飽和了。」

「賣什麼啊？」我叫道。

「當然是人頭了；世上的人頭難道還不夠多嗎？」

「我告訴你是怎麼回事吧，老闆，」我相當平靜地說，「你最好別再和我胡扯——我可不是菜鳥。」

「也許吧，」他拿出一根火柴棍，削成牙籤，「不過我倒以為，如果那個標槍手一聽到你在誹謗他的頭，你可就有好瞧的了。」

「我會替他打破他的頭。」我說，店主的這些莫名其妙、亂七八糟的胡話讓我火冒三丈了。

「他的頭已經破了。」他說。

「破了，」我說，「破了，是真的嗎？」

「當然了，我猜那正是他的頭賣不出去的原因。」

「老闆，」我走到他跟前，冷靜得就像暴風雪中的赫克拉山，「老闆，別削了。你和我一定要彼此了解了解，片刻都不要耽擱。我來到你的店裡，我需要一張床位，你告訴我只能給我半張床；另一半屬於一個什麼標槍手。而關於這個標槍手，我還沒有見到過，你一直在對我說些陰陽怪氣令人氣惱的鬼話，讓我對你安排和我同睡一床的人產生一種很不舒服的感覺——老闆，同睡一床是一種關係，是一種最高程度的親密和信任的關係。我現在要求你說清楚，告訴我這個標槍手是誰，是什麼樣的人，我和他過夜是否絕對安全。首先，你最好收回那個關於他出售自己腦袋的鬼話，如果事情是真的，這便再好不過地證明這個標槍手是個十足的瘋子，我不想和一個瘋子睡在一起；而你，先生，我指的是你，老闆，你，先生，你故意哄騙我和他睡在一起，你這樣做，就有資格面臨刑事指控了。」

「好啊，」店主人深深地吸了口長氣，「對於一個偶爾發點小脾氣的人來說，這真是個長篇說教啊。不過放輕鬆些，放輕鬆，我和你說的這位標槍手剛好來自南海一帶，他在那裡買了很多塗了香脂的紐西蘭人頭（你知道，那可是了不起的古董），他全都賣了，只剩下一顆，他打算今晚把它賣掉，因為明天是星期天，人們都會去教堂做禮拜，那時候滿街叫賣人頭是不合體統的。上個星期天他就想賣，他剛要出門時我把他攔住了，他用繩子串著四顆人頭，那樣子就像提著一串洋蔥頭。」

這個解釋澄清了整件事那莫名其妙的神祕色彩，表明店主人畢竟沒有愚弄我的意思——但是與此同時，在星期六晚上夜不歸宿，兜售偶像崇拜者的死人頭，還要把這種凶殘的買賣一直做到神聖的安息日，對於這樣的標槍手，我能做何感想呢？

「就憑這一點，老闆，那個標槍手就是個危險人物。」

「他按時付帳的，」店主人回答說，「好啦，天色不早了，你最好還是鑽進被窩去吧——那是張不錯的床；薩爾和我結婚時睡的就是那張床。床上空間夠大，兩個人足可以踢來踢去的了；那是張非常大的大床。嘿，我們在放棄它之前，薩爾習慣把山姆和小強尼放在我們的腳邊。但是，有一天我做夢時，把山姆踢到地上，差點摔斷手臂。從那以後，薩爾就說這樣睡不行。這邊來吧，我給你點個亮。」這樣說著，他點燃了一根蠟燭，向前舉著，要為我帶路。我猶豫不決地站在那裡；這時，他望望牆角裡的鐘，叫了起來：「我敢發誓，這已經是星期天了——今晚你不會看見那個標槍手了；他肯定停留在什麼地方了——那就來吧，快點，你到底來不來？」

我思忖了片刻，然後我們來到樓上，我被領進一個很小的房間裡，冷得不得了，果真有一張驚人的大床，大得幾乎足夠並排睡下四名標槍手的。

「就在那裡，」店主人說，一邊把蠟燭放在一個古怪的舊水手櫃上面，那櫃子有雙重用途，既當洗臉架又在屋中間當桌子用，「就那裡，請不要拘束，晚安。」我收回打量床鋪的目光，轉回身，他已經消失了。

我把床罩疊起來，彎身把床打量了一番。儘管根本談不上雅致，它依然經得起端詳，差強人意。

長的標槍。

然後我巡視了一下房間；除了床架和屋中間的桌子，再也看不到其他屬於此地的家具了，只有一個粗糙的架子，四堵牆壁，一張紙糊的壁爐遮板，畫著一個男人在擊打一頭鯨魚。還有些東西完全不屬於這個房間，一張捆紮起來的吊床，丟在一個角落的地板上；一個大水手包，裝著標槍手的行頭，無疑在陸上權充旅行箱了。此外，還有一捆異國風情的魚骨架吊在火爐上方的架子上，床頭處立著一支長長的標槍。

但這櫃子上是什麼東西？我把它拿起來，湊近燭光，摸了摸，又聞了聞，嘗試了每一種可能的方法，想得出與之有關的滿意結論。我無法拿它和任何東西做比，它就像是一張門墊，邊緣裝飾著叮叮噹噹的小穗子，有點類似於印第安人鹿皮鞋上染了色的豪豬刺。這個門墊中央有個洞或是裂縫，和你在南美洲看見的毯狀斗篷一個樣。但是哪個冷靜的標槍手會穿上這樣一塊門墊子，以這種裝扮，在基督徒的城市裡到處遊逛呢？我把它穿起來，試了試，沉重得就像一件必要而又礙事的船具，又粗又厚，異乎尋常，我覺得還有點潮濕，彷彿這個神祕的標槍手在雨中穿了一整天。我穿著它走近黏在牆壁上的一塊小鏡子，那模樣，我一生中還從未見過。我趕緊把它扯了下來，慌忙中居然扭了脖子。

我在床邊坐下，開始琢磨起這個兜售人頭的標槍手和他的門墊子來。在床邊想了一會兒之後，我起身脫掉了緊身短上衣，站在屋中央繼續思考。接著，我又脫掉了上衣，穿著襯衫想了一小會兒。我幾乎脫光了半身，開始感覺冷得厲害，於是想起店主人曾經說過，標槍手晚上根本就不會回來的，夜已經很深了，我不再自找麻煩，甩掉褲子和靴子，吹滅蠟燭，滾上床，把自己託付給了上帝。

床墊子裡塞的是玉米穗軸，還是碎陶器，沒有人能說得清，總之我翻來覆去地折騰，很長時間無法入睡。最後終於有點睏倦想睡了，正準備進入黑甜之鄉的當口，卻聽到走廊裡響起了沉重的腳步聲，一束微光從門縫下面照進了房間。

上帝保佑我吧，我心想，肯定是那個標槍手，那個可惡的人頭販子。我一動不動地躺著，決定一句話都不說，除非他先跟我說話。這時，那陌生人一手舉著蠟燭，另一隻手拎著那獨一無二的紐西蘭人頭，進了房間，他一眼都沒有向床上望，就把他的蠟燭好心地放在離我很遠的一個角落的地板上，開始忙著解開我之前說過的那個大袋子上的繩結。我急於看清他的臉，但是有一陣子他一直背著我，專心地解著口袋嘴。然而，等這件事辦完，他轉過頭來——老天爺！怎樣一副德行啊！怎樣的一張臉啊！黑裡透紫，還帶點黃，到處黏著發黑的大方塊。是的，就像我想的那樣，這是個可怕的床伴；他一定是和誰打仗了，受傷不輕，這是剛從外科醫生那裡回來。但就在這時，他偶然將臉轉向火燭，我清楚地看見，他兩頰上的那些黑方塊根本不可能是貼的膏藥，它們是某種汙跡。起初我不知道這是怎麼回事，但是很快地我就意識到了真相。我記起一個白人的故事——也是一個捕鯨者——他落入了食人族手中，被強行文身。我推斷這個標槍手，在他遙遠的航行中，一定遭遇過類似的風險。我又想，這畢竟也算不了什麼！這僅僅是他的外表；一個誠實的好人無論是什麼膚色，都還是誠實的好人。但是，他怪異的膚色又是怎麼回事呢？我指的是那些紋過的小方塊周圍、與其毫無關係的那部分皮膚。確定無疑，那可能只是熱帶太陽晒出來的，但我從未聽說過烈日能將一個白人晒成黃中帶紫。不過，我從未到過南部海洋；也許那裡的太陽的確能在人的皮膚上造成這樣非同尋常的效果。現在，所有這些念頭都像閃電一樣穿過我的腦海，而這個標槍手卻根本沒有注意到我。在費了很大勁才終於打開袋子之後，他開始在裡面笨拙地摸索，掏出一把短柄斧頭，和一個帶毛的海豹皮皮夾。他把這些東西放在屋中央的舊水手櫃上，然後拿起那顆紐西蘭人頭——一顆很是嚇人的東西——把它塞進袋子。他摘掉帽子——一頂嶄新的海狸帽——我吃驚得幾乎叫了出來。他的頭上根本沒有頭髮——至少是沒有稱得上頭髮的東西——只有一小綹頭髻，蜷在前額上。他的光頭發紫，活像顆發了黴的骷髏頭。如果這陌生人不是站在我和門之間，我就會逃出門去，比我奔向晚餐還要迅速。

即便如此，我也還在想著怎麼從窗戶溜出去，但房間位在二樓後面。我不是懦夫，但是這個兜售人頭的紫色魔鬼是個什麼東西，實在是超出了我的理解能力。無知是恐懼之父，我完全被這個陌生人弄得困窘不安，糊裡糊塗，我承認自己非常害怕，就好像是魔鬼本人在深更半夜闖進了我的房間。事實上，我嚇得連向他打招呼的勇氣都沒有了，更不要說是要求他就他這些莫名其妙的事情給我一個滿意的解釋呢。

與此同時，他繼續脫衣服，最後露出了胸膛和手臂。的的確確，這些平時遮住的地方也和他的臉上一樣布滿了黑方塊；他的後背也全都是同樣的黑方塊；他就像是參加了三十年戰爭，剛剛渾身貼滿膏藥逃了出來。更有甚者，他的兩腿上也都是印記，彷彿一群暗綠色的青蛙爬上了小棕櫚樹的樹幹。現在，事情十分清楚了，他一定是個可憎的野蠻人，不知怎麼在南部海洋上了一艘捕鯨船，就這樣在這個信奉基督教的國家上了岸。一想到這個我不由得發起抖來。一個人頭販子——那些有可能就是他親兄弟們的腦袋。他也許還會覬覦我的腦袋呢——老天爺！看看他那把短柄斧吧！

但是已經沒有時間發抖了，此刻這野蠻人的行為完全吸引了我的注意力，讓我確信他就是個異教徒。他走向他沉重的粗布大外衣，或者說是兜帽斗篷，或者是厚呢子大衣之類的東西，他先前把它掛在一把椅子上，他在大衣口袋裡摸索一番，最後掏出一個怪異畸形的駝背小人像，和出生三天的剛果嬰兒一個顏色。我想起那個塗了香脂的人頭，起初幾乎以為這個黑侏儒就是個真正的嬰兒，用類似的方法醃製保存下來的。但是我發現它一點都不柔軟，而且像磨光的黑檀木一樣閃耀著光澤，便推斷它一定是一個木頭偶像，結果證明的確如此。現在這野蠻人來到空空的火爐邊，把紙糊的壁爐遮板挪開，把這個駝背的小木偶像十柱戲的一根柱子一樣，立在壁爐裡的柴架之間。壁爐煙囪的側牆和內裡所有的磚頭都蒙滿了煤灰，於是我想，這個火爐正適合做個小小的神龕或禮拜堂，來供奉他那個剛果偶像。

現在我瞇起眼睛，盡力盯著那半隱半現的人像，同時又感覺焦慮不安——要看看他接下來有何作

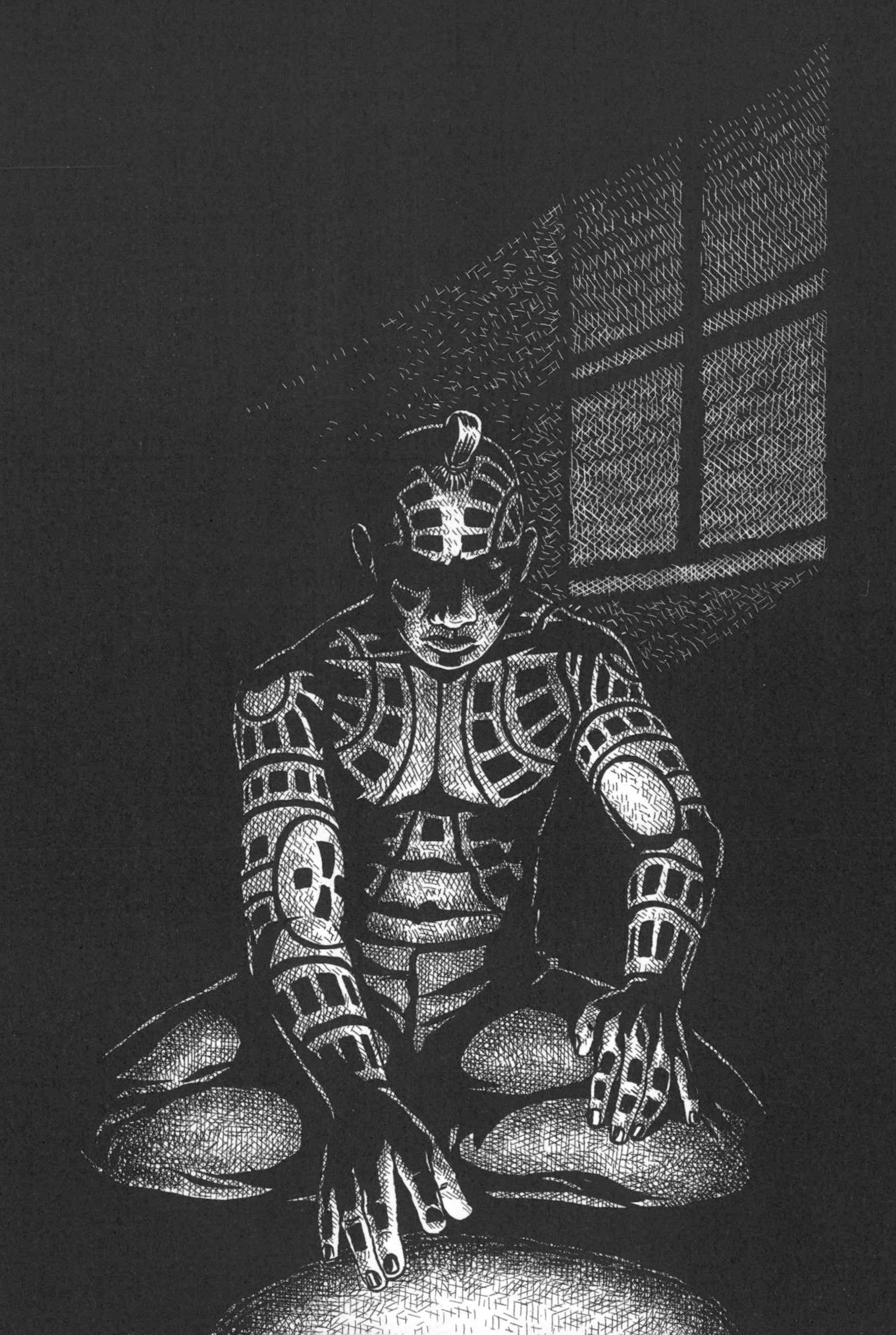

為。他先是從那件粗布大外套的口袋裡取出兩捧刨花，小心地放在偶像前面；然後在刨花上放了一小塊船上用的餅乾，借蠟燭的火苗將刨花點燃，燒成一堆祭火。片刻之後，他快速地伸手到火裡去抓餅乾，又更快地縮回來，反覆多次之後（他的手指似乎燙得很痛），他終於取出餅乾，隨後吹了吹上面的少許灰燼，涼一涼，便恭敬地供給那個小黑鬼。但是那小鬼似乎對這乾巴巴的食物毫無興趣，連嘴唇都沒有動一下。伴隨著這些奇怪而滑稽的動作，這個信徒喉嚨裡發出更為奇怪的聲音，似乎在用一種歌唱的方式來祈禱，或是在唱一首異教徒的聖歌，諸如此類，在此過程中，他的臉一直在極其不自然地抽搐著。最後他熄滅了火焰，毫不客氣地拿起偶像，又塞回他粗布外衣的口袋裡，彷彿一個獵手對待一隻死山鷸一樣漫不經心。

所有這些奇怪的舉動更增加了我的不安，看到他有即將結束這例行公事的明顯徵兆，就要跳上床和我睡在一起了，我想這正是空前絕後的良機，在蠟燭熄滅之前，把困了我這麼久的魔咒打破。

我正在盤算要說什麼的這段時間，真是成了性命攸關的時刻。他從桌子上抓起短柄斧，檢查了一下斧頭，然後把它伸向燭火，用嘴含住斧柄，噴出一大股煙霧來。緊接著燭光熄滅了，這野蠻的食人族，牙齒間咬著短柄斧，騰地跳上了床，和我躺在一起。我忍不住叫了出來；他發出一陣吃驚的咕噥聲，開始摸索著找我。

我結結巴巴不知說了些什麼，從他手底下滾過去，靠牆躺著，一邊懇求他，不管他是什麼人，是做什麼的，都得安靜下來，讓我起來把蠟燭重新點上。但是他咕噥的回應馬上讓我明白了，他根本沒有領會我的意思。

「該死的，你是誰？」他終於說話了，「你不說話，該死的，我就殺了你。」這樣說著，那燃著的短柄斧菸斗就在黑暗中開始向我揮舞起來。

「老闆，看在上帝分上，彼得．柯芬！」我叫喊道，「老闆！值班的！柯芬！天使們啊！救救我吧！」

「說話！告訴我你是誰，該死的，不然我殺了你！」這食人族再次咆哮道，並且可怕地揮舞著他的短柄斧菸斗，把灼熱的菸灰撒在我身上，我甚至以為我的亞麻襯衫都要著火了。謝天謝地，這時店主人拿著蠟燭進來了，我從床上一躍而下，向他奔了過去。

「現在別怕了，」他說，又齜牙笑起來，「魁魁格不會動你一根頭髮的。」

「別再齜牙笑了，」我嚷道，「為什麼你不告訴我這個可惡的標槍手是個食人族？」

「我以為你知道呢；——我不是告訴過你，他在城裡兜售人頭嗎？——好了，還是進被窩睡覺吧。魁魁格，你看著——你明白我，我也明白你——這個人和你一起睡——你明白嗎？」

「我大大的明白。」魁魁格咕噥著回答，坐在床上，抽著他的菸斗。

「你上床來！」他補充道，用他的短柄斧向我示意，把他的衣服拋到一邊。他這麼做不僅很有禮貌，而且的確和善可親。我站在地上，看了他一會兒。儘管滿身刺青，大體上他還是個整潔俊秀的食人族。我大驚小怪折騰了一大陣子，這算什麼呢？我暗自思忖——這個人和我一樣是個人：他有同樣的理由害怕我，就像我害怕他一樣。和一個頭腦清醒的食人族睡，總好過和一個醉醺醺的基督徒睡吧。

「老闆，」我說，「告訴他，把他的短柄斧，或者是菸斗，或者是隨便你叫它什麼東西，先給我放起來，別再抽了，總之，我會和他一起睡的。但是我不喜歡有人在床上抽菸，這很危險。再說，我也沒有買保險。」

這番話被轉述給魁魁格，他馬上照辦，並且再一次禮貌地向我示意，讓我上床——他自己盡量讓到另一邊去，彷彿在說：「我連你的腿都不會碰到的。」

「晚安，老闆，」我說，「你可以走了。」

我上了床，有生以來還從沒有睡得這麼香甜過。

## 第四章

# 被子

第二天早上醒來已是天光放亮，我發現魁魁格的一隻手臂搭在我身上，滿是柔情愛意。你幾乎會以為我是他老婆。被子是東拼西湊而成，滿是零零散散色彩紛亂的小方塊和小三角；他手臂上滿布的刺青，是克里特迷宮一般漫無止境的圖案，沒有任何兩處完全相同的色調——我推測這是因為，他出海時把手臂一會兒暴露在陽光中，一會兒又藏在陰影裡，他的襯衫袖子在不同時候挽的高低位置也毫無規律可言——我要說，他的這隻手臂，看起來就和那條百納被子一模一樣。的確，我剛醒時，那隻手臂的一部分壓在被子上，我幾乎分辨不出來，它們的色調混在一起，難解難分；憑我感覺到的重量和壓力，我才能斷定是魁魁格在摟著我。

我的感覺很奇怪。讓我來解釋一下。我還是個孩子時，我十分清楚地記得一種發生在我身上的類似情況；它到底是真事還是做夢，我始終無法完全確定。情況是這樣的。我正在砍一枝馬檳榔之類的東西，我覺得它想爬到煙囪上面去，就像幾天前一個小個子掃煙囪的人那樣；而我的繼母，不知為了什麼，一直在用鞭子抽打我，不讓我吃晚飯就上床睡覺——她抓住我的兩腿把我從煙囪裡拖出來，打發我上床，儘管才下午兩點，那是六月二十一日，在我們的半球那是一年中白晝最長的一天。我感到糟透了。但我束手無策，只好上樓，回到我三樓的小房間，盡可能慢地脫衣服，磨磨蹭蹭消磨時間，最後痛苦地歎息一聲，鑽到被窩裡。

我躺在床上沮喪地計算著時間，還有整整十六個小時，我才能起來。要在床上躺十六個小時！一想到這裡，我的背就隱隱作痛。而且天光是如此明亮；太陽透過窗戶照進來，街道上充滿了四輪大馬車嘎吱嘎吱的聲音，房子周圍迴盪著人們快樂的喧嚷聲。我的心情愈來愈糟糕——最後我從床上起來，穿好衣服，腳上只穿了襪子，輕輕地下樓來，找到我的繼母，猛地撲倒在她腳邊，懇求她用拖鞋好好打我一頓，作為對我不軌行為的一個特別恩惠；怎麼樣都行，只要別罰我難熬地在床上躺這麼長時間。但是，她是那種最好、最盡責的繼母，我只得又回到自己的房間。有幾個小時我十分清醒地躺在那裡，心情比以往任何時候還要糟糕，甚至在我後來遭遇到的最大的不幸當中，我也沒有這麼難受過。最後我一定是打了個盹，墜入一個不安的夢魘中；隨後我慢慢甦醒過來——半睡半醒的——我睜開眼睛，先前陽光明媚的房間現在完全陷入了黑暗。突然，我渾身一震，什麼都看不見，什麼都聽不見，只感覺一隻神祕的手就放在我的手上。我的手臂垂在被子上，而那無以名狀、難以想像、沉默不語的人或幽靈，那隻手的主人，似乎就緊靠著坐在我的床邊。彷彿過了一個又一個世紀，我躺在那裡，強烈的恐懼讓我動彈不得，彷彿凍僵了一般，我不敢抽回手；我也曾想過，只要我可以稍微動一下我的手指，這可怕的魔咒就會煙消雲散。我不知道這種感覺最終是怎樣悄悄消失的；但是早上醒來，想起這些我依然戰慄不已，後來，多少天，多少個星期，多少個月，我一直迷失在困惑之中，試圖弄清楚這件神祕莫測之事。不，直到此時此刻，我還經常為之冥思苦想。

現在，拋開強烈的恐懼不說，感覺到有一隻神祕的手放在我手上，和我現在醒來發現，魁魁格這個異教徒的手臂摟著我，其怪異的感覺非常類似。但是，過去一夜發生的事情終於一件一件清醒地回憶起來，確鑿無疑，實實在在，於是我才意識到自己陷入多麼滑稽的困境。我想把他的手臂挪開——掙脫他新郎式的擁抱——然而，儘管他還在沉沉大睡，卻依然把我摟得死死的，彷彿只有死亡才能將我們分開。我盡力想把他喚醒——「魁魁格！」——但他的回應只是一聲咕噥。隨後我翻過身去，我的脖子感覺就像是套上了馬軛，突然又感覺到有點輕微的擦傷。我把被子掀到一邊，被子下面放著那把短柄斧，就在這野蠻人的身邊，像一個生了斧頭臉的嬰兒。這可真是滑稽啊，我心想；在一個陌生的屋子裡，在光天化日之下，跟一個食人族和一把戰斧共處一床！「魁魁格！看在上帝分上，魁魁格，醒醒！」我猛力扭動，不斷地大聲告誡他，用那種結婚式的風格摟著一個同性是非常不得體的，最後我終於使他發出了一陣咕噥聲；現在，他收回手臂，像一條剛從水裡上岸的紐芬蘭犬似的抖動著全身，在床上坐起來，僵硬筆直，像一桿魚槍，注視著我，擦著他的眼睛，彷彿完全不記得我是怎麼到了床上的。不過，他似乎慢慢明白過來了，模模糊糊地知道與我似曾相識。與此同時，我安靜地躺著，看著他，心中已經沒有任何嚴重的疑慮了，而是專心致志地打量起這個奇怪的生靈來。終於，他的大腦似乎確認了他的這個床伴的品格，似乎接受了這個事實；他從床上跳到地板上，比比畫畫，咿咿呀呀，試圖讓我明白，如果我高興，他願意先穿衣服，然後把整個房間讓給我一個人來起床穿衣。我想，在這種情況下，魁魁格啊，這真是個非常文明的提議；不過，事實上，這些野蠻人天生有一種內在的敏感，隨你怎麼說，他們在本質上就優雅有禮，真是不可思議。這個魁魁格尤其令我稱道，因為他待我非常禮貌，殷勤周到，而我則對自己的粗魯深感內疚；我在床上盯著他，自始至終觀察他每一個盥洗打扮的動作，這時我的好奇心遠遠戰勝了我的教養。不過，像魁魁格這樣的人，你不是每天都能見到的，他和他的一舉一動都值得大加關注。

他從腦袋開始裝扮，先是戴上那頂海狸皮帽子，順便交代一句，那帽子相當之高，然後——褲子還沒有穿上——他就找到了他的靴子。老天爺在上，他都做了些什麼，我真是沒法說了，他的下一個動作就是手裡拿著靴子、頭上戴著帽子，擠到了床底下；從各種各樣猛烈的喘息和掙扎來判斷，他是在大費周章地給自己穿靴子；儘管我沒有聽說有任何成文的禮法，要求一個男人在穿靴子的時候要保持隱私。但是，你看見沒有，魁魁格還是一個過渡階段的生靈——既不是毛毛蟲，也不是蝴蝶。他的文明程度剛好可以讓他以最為奇怪的方式表現他的異國風情。他的教育還沒有完成，他還是個大學生。如果他不是稍微有一點教化，他也許就無須為了靴子費這麼大的麻煩了；不過，如果他只是個野蠻人，他就永遠連做夢都想不到要鑽到床底下去穿靴子了。最後，他頂著凹癟得十分厲害、一直壓到眼睛上的帽子出現了，開始嘎吱嘎吱瘸著腳在屋地裡亂走，彷彿還不太習慣他這雙潮乎乎皺巴巴的牛皮靴子——也許根本就不是訂製的——在嚴寒刺骨的早晨，這靴子剛一穿上就把腳夾得生疼，讓他倍感苦惱。

你知道，窗戶上沒有窗簾，街道非常狹窄，從對面的房子可以一清二楚地看見這房間裡的情況，觀察到魁魁格製造的這個愈來愈不得體的場面，他除了帽子和靴子，幾乎一絲不掛地在屋地當中晃來晃去；我極力懇求他加快盥洗的速度，尤其是盡快穿上褲子。他順從地照辦了，然後繼續梳洗打扮。早晨的那個時刻，任何基督徒都已經洗完了臉；但讓我大為吃驚的是，魁魁格卻滿足於只洗胸部、手臂和兩手。緊接著他套上了馬甲，拿起臉盆架檯面上的一塊硬肥皂，蘸了點水，開始往臉上塗肥皂沫。我正在觀察他把刮鬍刀放在哪裡，便瞧見他從床角裡抄起標槍，卸掉木頭長杆，從鞘中拔出槍頭，在自己的靴子上磨了磨，大步跨到牆上的那面小鏡子前，起勁地刮起臉來，或者毋寧說是在用標槍狠銼自己的兩頰。我想，魁魁格啊，這是在用羅傑斯最好的刀具來復仇啊。後來我對這種操作便沒有那麼驚奇了，我逐漸了解到，他那標槍頭是用精鋼打造，又長又直的刃口兩邊始終磨得無比飛快。

他的盥洗不久即告完成，他驕傲地步出房間，裹著他那了不起的領航員大外套，像一個元帥耍弄著指揮棒一樣操起標槍。

## 第五章 早餐

我迅速跟著穿好了衣服，下樓來到酒吧間，非常愉快地和齜牙微笑的店老闆搭訕。我對他並沒有心存惡意，儘管他在我的床伴這件事上和我開了個不小的玩笑。

不管怎樣，開懷大笑總是件大好事，可惜，這樣的大好事也太難得了。所以啊，如果有什麼人，以他自己特有的容貌，為所有人提供了笑料，他大可不必退縮，盡可以愉快地讓別人拿自己當消遣。而且，既然那人身上有可以引人發笑的地方，在他身上肯定就還會有更多這樣的品質，超乎你的想像。

酒吧間裡現在擠滿了住客，昨天晚上他們不斷地闖進來，我還沒有來得及好好打量打量他們。他們幾乎全是捕鯨者；大副、二副、三副、木匠、桶匠、鐵匠、標槍手，還有船老闆；一幫膚色棕黃肌肉強壯的傢伙，留著叢林般的鬍鬚，毛髮蓬亂，未經修剪，全都穿著緊身短上衣，而不是穿著晨袍。

你可以很清楚地分辨出每一個人已經上岸待了多久。這個年輕小夥子健康的面頰就像太陽晒過的梨子，似乎還散發出麝香味，他肯定從印度洋返航登陸還不到三天。他旁邊那個，看起來膚色淡了一些，可以說有點椴木的色調。第三個人的膚色還留有一抹熱帶的淡黃褐色，但已經稍稍有點漂白了，他無疑在岸上已經逗留幾週了。但是，誰能說得準魁魁格那樣的臉頰呢？它色彩斑駁，如同安地斯山脈西邊的斜坡，布滿一排排反差鮮明的氣候帶，一條跟著一條。

「開飯了，嗬！」店主人叫道，砰地推開一道門，讓我們進去吃早飯。

據說，見過世面的人，風度舉止會變得十分安逸從容，在同伴當中會顯得沉著鎮靜。其實也不盡然，偉大的新英格蘭旅行家萊迪亞德，和偉大的蘇格蘭旅行家蒙哥·帕克，這兩位到了上流社會的會客廳就會極其侷促不安。但是，單是像萊迪亞德那樣乘坐狗拉雪橇穿越過西伯利亞，或是像可憐的蒙哥，全部壯舉只是餓著肚子在黑非洲的腹地獨自長途跋涉了一番——這種旅行，我認為，未必就是獲得高雅的社交風度的最佳方式。而且，在極大程度上，這種事情到處都可以見到。

這些沉思完全是由這裡的具體環境引起的，大家在桌邊落座之後，我正準備傾聽一些動人的捕鯨故事，但讓我大感吃驚的是，幾乎每一個人都保持著意味深長的沉默。不僅如此，他們還顯得有些尷尬。是的，這裡坐著的是一群老水手，其中有很多人，在怒海中會毫不畏怯地登到巨鯨的背上——那可是他們一無所知的東西啊——眼都不眨地把鯨魚鬥死；然而，這時他們一起坐在公共的早餐桌上——同樣的職業，同樣的癖好——他們卻互相羞怯地打量著對方，彷彿是綠山[1]從未出過羊圈的綿羊。真是個奇怪的場面，這些羞怯的熊瞎子，這些溫順的獵鯨勇士！

至於魁魁格——哎呀，魁魁格也坐在他們中間——剛巧坐在桌子的一頭，整個冷靜得像一根冰柱。可以肯定的是，我沒法說他有多少教養。連他最狂熱的崇拜者也無法真誠地為他辯解，為什麼他吃早餐也要隨身帶著自己的標槍，並且在桌子上毫無禮貌地隨意施用，將標槍伸過整個桌子，幾乎刺到了許多人的腦袋，去把牛排勾到自己這邊來。但是，他這麼做時的確異常冷靜，而每個人都知道，在大多數人心中，無論你做什麼事，冷靜就是文雅。

我們這裡不再談論魁魁格所有的怪癖了；比如他怎樣不動咖啡和熱麵包卷，全神貫注地對付半生不熟的牛排。吃夠了，早餐結束，他就像其他人一樣撤到大堂裡，點燃他的戰斧菸斗，安靜地坐著，消化食物，吞雲吐霧，戴著他那片刻不離的帽子，而我則出門去街上閒逛了一圈。

1 位於美國佛蒙特州，屬阿巴拉契山脈。

# 第六章 街道

如果在一個文明城市文雅有禮的社交圈裡，我第一眼瞥見一個像魁魁格這般稀奇古怪的人物在往來應酬，我會感到震驚；但是，在我第一次在日光之下，穿過新貝德福的街道漫步時，這種震驚很快就煙消雲散了。

任何有一定規模的港口城市，在鄰近碼頭的街道上，經常都能看見來自異域他鄉的怪模怪樣難以形容的人物。甚至在百老匯和栗樹街的大街小巷，地中海水手有時也會推擠著受驚嚇的女士。攝政大街對東印度水手和馬來人也並不陌生；而在孟買的阿波羅公園，精力充沛的美國佬經常會嚇到當地人。但是，新貝德福徹底擊敗了水街和倫敦的沃平。在上面提到的這些地方，你只能看見水手；但是在新貝德福，活生生的食人族就站在街角閒聊；徹頭徹尾的野蠻人，有很多還赤身露體，大不合時宜。這會讓陌生人目瞪口呆。

但是，除了斐濟人、東加托布林人、埃羅曼戈亞人、潘南及亞人和布利及亞人，除了那些在街道上跌跌撞撞無人在意的捕鯨野人之外，你還會看見其他更為奇異、當然也更為滑稽的景象。每週都有幾十個佛蒙特和新罕布夏的新手來到這座城市，全都巴望著在捕鯨業中有所收穫，爭得榮譽。他們大部分非常年輕，體格強壯；這些小夥子們曾經砍伐過森林，現在卻要丟下斧頭，抓起捕鯨的長槍。許多人嫩得就和他們家鄉的綠山一樣。在某些事情上你會認為，他們不過是出生幾個小時的嬰兒。看那裡！那個昂首闊步走過拐角的傢伙。他戴著海狸皮帽子，穿著燕尾服，紮著水手腰帶，佩著帶鞘的刀子。這邊又來了一個頭戴防雨帽，身披斜紋布斗篷的傢伙。

沒有任何城市長大的花花公子能和鄉村長大的花花公子相比——我指的是十足的土包子花花公子——在炎炎夏日，他會戴著鹿皮手套割他那兩畝地裡的雜草，怕自己的手晒黑。當一個這樣的鄉村花花公子腦袋一熱，想要贏得令人尊敬的榮譽，於是乎加入了偉大的捕鯨業，你就能看見他剛剛抵達港口城市便會鬧出的笑話。為了顯示他的出海裝備，他給自己的馬甲訂製了鐘形鈕釦；為他的帆布褲子訂製了吊褲帶。啊，可憐的鄉巴佬！當你的吊褲帶、你的鈕釦及其他一切，都落入了暴風雨的咽喉，在第一陣呼嘯的大風中，那些吊褲帶就會悲慘地斷裂。

但是，不要以為這座名城能夠展示給訪客的只有標槍手、食人族和鄉巴佬。根本不是這樣。不過，新貝德福終歸是個古怪的地方。如果沒有我們這些捕鯨者，這片土地今天也許依然像拉布拉多海岸一樣滿目荒涼。的確，它的某些偏僻鄉村果真是夠嚇人的，它們顯得如此貧瘠荒涼。但城市本身也許是新英格蘭最宜居的地方了。它富得流油，真真確確，但與迦南不同；春季時節也沒有人用新鮮雞蛋鋪設路面。但是，儘管如此，在整個美國你也找不到比新貝德福這裡更有貴族氣派的房子了，公園和私人花園也更為富麗堂皇。它們從何而來？它們是如何扎根在這片曾經凸凹不平滿是火山渣的地方的呢？

去看看那邊那座高聳的大廈周圍典型的標槍柵欄吧，你的疑惑就會豁然開朗。是的，這些華麗的房子和鮮花盛開的花園都來自大西洋、太平洋和印度洋。它們全都是從海底被叉上來，拖到這裡來的。魔術大師亞歷山大先生能變出這樣的戲法來嗎？

在新貝德福，據說父親們給女兒的嫁妝是鯨魚，給侄女的賀禮是海豚。你一定要去新貝德福看看什麼叫盛大的婚禮；因為據說，那裡的每戶人家都有成池成池的鯨油，每個晚上都毫不在乎地徹夜點著鯨脂蠟燭。

夏天，城市親切怡人；城中到處都是美麗的楓樹——綠色和金色的漫長的林蔭道。而到了八月，

美麗而慷慨的七葉樹花高高掛在空中，宛如枝形燭臺，向過路人展示著它們圓錐形的群花。藝術真是無所不能，在新貝德福的很多街區，在上帝創世的最後一天被拋棄的貧瘠不毛的岩石上，都添置了鮮豔的梯田狀的花壇。

而新貝德福的女人，像她們自己培育的紅玫瑰一般鮮豔怒放。玫瑰僅僅在夏天才開放；而她們雙頰上健康的膚色則四季常新，就像九天上的陽光。除了這裡，哪裡會有能和她們媲美的鮮花，你找不到，除了在塞勒姆，她們告訴我，那裡的年輕女孩呼吸中有麝香味，她們的水手情人離岸數里就能聞到她們的氣息，彷彿他們即將登陸的是芳香的摩鹿加群島，而不是清教徒的沙灘。

# 第七章 禮拜堂

就在這同一個新貝德福，矗立著一座捕鯨者的小禮拜堂，來做禮拜的喜怒無常的漁民們寥寥無幾，他們不久就要啟航前往印度洋或太平洋，星期天來不及到這裡來了。我當然不會不來的。

早晨初次散步回來之後，我再次動身，來完成這個特殊的使命。天色從晴寒明媚，一變而下起了猛烈的雨夾雪，霧氣騰騰。我裹著我那件粗糙的熊皮夾克，頂著強勁的風暴艱難前行。進了禮拜堂，我發現只有零零散散不多的水手、水手的妻子和寡婦們來做禮拜。一片沉寂，氣氛壓抑，只偶爾能聽見風暴迸發出的尖聲呼嘯。

每一個沉默的信眾都似乎有意地和別人分開坐著，彷彿每一分無聲的悲哀都是與世隔絕和無法交流的。

神父還沒有到；這些男人和女人像沉默的孤島巋然而坐，眼睛望著講道壇兩側牆上鑲嵌著的帶黑邊的幾塊大理石碑牌。其中三塊刻有下面的字句，但是我不敢裝作引用得絲毫不差：

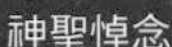

神聖悼念

**約翰・塔爾伯特**

一八三六年十一月一日，
於巴塔哥尼亞海面的荒島附
近，墜船失蹤，時年十八歲。

其姊特立此牌，以志紀念

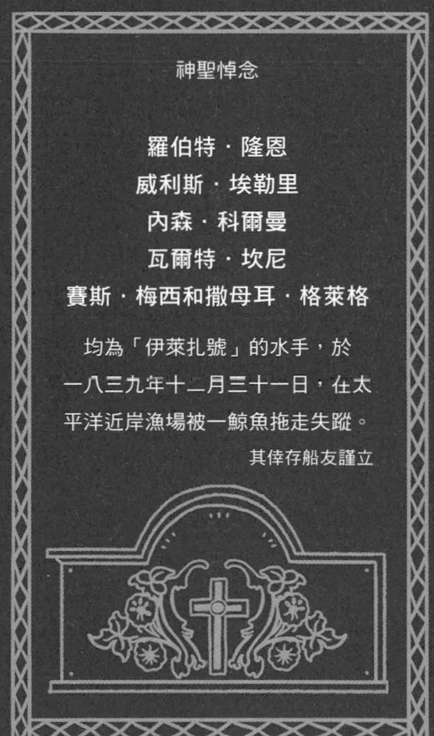

神聖悼念

**羅伯特・隆恩**
**威利斯・埃勒里**
**內森・科爾曼**
**瓦爾特・坎尼**
**賽斯・梅西和撒母耳・格萊格**

均為「伊萊扎號」的水手，於
一八三九年十二月三十一日，在太
平洋近岸漁場被一鯨魚拖走失蹤。

其倖存船友謹立

神聖悼念

已故船長
**伊齊基爾・哈迪**

一八三三年八月三日，於日本
海沿岸在其船首為一抹香鯨所害。

其未亡人特立此牌，以志紀念

抖掉結了明亮冰碴的帽子和夾克上的雨雪，我在門旁落座，轉頭向旁邊一瞧，吃驚地看見魁魁格就在我的身旁。被現場的情景所感染，他的表情裡帶著一種難以置信的好奇，疑惑地注視著周圍。這個野蠻人似乎是唯一注意到我進來的人；因為他是唯一一個不識字的人，因而也就沒有費心去讀牆壁上那些寒冷的銘文。來做禮拜的人當中，是否有那些名字刻在碑牌上的水手的親屬，我不得而知；不過，在捕鯨這個行業，有眾多事故未能記錄下來，在場幾名婦女的表情，即便沒有明顯的未曾止息的悲傷，我敢斷定，一看到那些淒涼的碑牌，她們尚未癒合的心還是會因憐憫而舊傷復發，重新流血。

啊！你們這些有親人長眠在茵茵綠草下的人，你們可以站在花叢中說——這裡，就在這裡，躺著我的親人；你們哪裡知道這些婦人心中淒涼的況味。那些黑邊大理石下面，連骨灰都沒有，那是何等的空空如也！那些不可改變的碑文中有著怎樣的絕望！那些字句裡有著怎樣致命的虛無和自覺自願的背信棄義，它們似乎在侵蝕著整個的信仰，拒絕讓那些死無葬身之地的人再次復活。象島石窟裡豎立的石碑，也許和這裡的毫無二致。

在哪種人口普查中，死者才會被包括在內；為什麼一句普遍流行的諺語說到死者時稱，他們不講故事，儘管他們知道的祕密要多過古德溫沙洲上的沙子；昨天啟程去往另一個世界的人，為什麼要給他的名字加上意味深長而又背信棄義的「已故」一詞，而如果他是動身去了活人居住的最為遙遠的西印度群島，我們就不會這樣稱呼他；為什麼人壽保險公司要為不朽之人支付死亡賠償金；六千年前就已死去的古人亞當，還在怎樣永恆而安寧的麻痺中，在致命而無望的恍惚中沉睡不醒；既然那些與我們密切相關的人安息於難以言傳的極樂之中，我們為什麼依然拒絕以此為安慰；為什麼所有活著的人都力求讓死者靜默不言；而一座墳墓裡有敲擊聲的傳聞卻會讓全城為之驚恐。所有這些都不是沒有涵義的。

但是信念如同一隻豺狼，在墓地裡覓食，甚至從這些死亡的疑慮中，也能獲得它最重要的希望。

幾乎無須再說，帶著怎樣的心情，在出發去南塔克特的前夜，我注視著那些大理石碑牌，就著那暗淡陰沉的天光，閱讀著在我之前死去的捕鯨者的命運。是的，以實瑪利，你可能也會遭遇同樣的命運。但是不知怎麼，我又高興起來。啟航的愉快誘惑，升遷的大好時機，似乎一條破爛的小船就能使我獲得不朽的榮譽。是的，捕鯨這個行業裡，死人是司空見慣的事——一句話不說，把人胡亂一裹，就發送進永恆。但那又如何？我認為在生死這件事上我們大錯特錯了。我認為在世上他們稱為我的影子的，才是我真正的本質。我認為在看待種種精神事物上面，我們太像是牡蠣透過水面觀察太陽，以為那厚厚的水不過是最為稀薄的空氣。我認為我的身體不過是我更高存在的殘渣。事實上，誰願意拿走我的身體，我說，那就請吧，它不是我。所以，為南塔克特乾杯，歡呼三聲吧；要來就來吧，破爛的小船也好，破爛的身體也好，要壓垮我的靈魂，就連諸神之父朱庇特也無能為力。

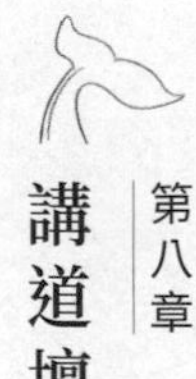

# 第八章 講道壇

我坐下還沒有多久，就進來一個氣度尊貴、體格健壯的男人；他剛剛進來，暴風雨拍打的門扇便一下子彈了回去，所有來做禮拜的人都充滿敬意地快速看了他一眼，這足以證明該老者就是神職人員。是的，他就是聞名遐邇的馬普神父，捕鯨者們都這樣稱呼他，在人們中間他極受歡迎。他年輕時曾是一名水手和標槍手，過去多年他獻身於神職。此書寫到這裡的時候，馬普神父已進入健康老年的嚴冬，但身體健康，這樣的老年似乎能夠花開二度，因為在他的重重皺紋中閃耀出那種新花初綻的柔光——春天的嫩綠即便在二月料峭的冰雪中也在悄悄探出頭來。以前聽過他的經歷的人，第一次看見馬普神父，都會不由自主地對他產生極大的興趣，因為他所具有的某些神職人員的特性，與他曾有過的充滿冒險的海上生活具有千絲萬縷的聯繫。他進來時，我觀察到他沒有帶雨傘，肯定也不是乘車來的，因為他的防水帽還在流淌著融雪，他的藍色粗呢夾克也吸飽了水，沉甸甸的，幾乎要把他拖倒在地。然而，他把帽子、上衣、套鞋一一脫下，掛在鄰近的一個小角落裡，換上一身得體的套裝，安靜地走向講道壇。

像大多數老式講道壇一樣，這個講壇很高，對於這樣的高度，如果使用常規的梯子，階梯與地面會形成很長的坡度，從而嚴重壓縮禮拜堂本就不夠寬敞的空間，建築師似乎根據馬普神父的提示，建造了一座沒有梯子的講道壇，作為替代的是一架垂直的邊梯，就像海上用來從小艇爬上大船的那種。一個捕鯨船長的妻子捐獻給禮拜堂一對漂亮的紅色精紡的舷梯扶索，作為邊梯扶手，邊梯本身有個非常好看的頂頭，染成桃花芯木的顏色，整個設計考慮到了禮拜堂的風格，品味堪稱不俗。馬普神父在邊梯腳邊停頓了片刻，用雙手抓住扶索裝飾性的繩結，向上望了一眼，然後以真正水手般敏捷又體面的動作，雙手交替，一級一級緣梯而上，就像登上他自己船隻的主桅樓。

邊梯的垂直部分像通常的情況那樣，兩邊是搖擺活動的用布包著的繩子，只有橫檔是木頭的，因而每一級都有個接結。我第一眼看到講道壇，它就沒有逃脫我的法眼，無論對於船來講有多麼方便，這些接結在目前的情況下卻是毫無必要。因為我沒有料到，馬普神父登上臺後，慢慢轉過身，又俯身謹慎地把梯子一級一級拖了上來，整個放進講道壇裡，把自己留在他堅不可摧的小魁北克中。

我思考了一段時間，還是沒有充分領會其中的原因。馬普神父因其誠摯和聖潔而享有如此廣泛的聲譽，我不能懷疑他純粹是用舞臺把戲來沽名釣譽。不，我思忖道，這件事中一定存在著某種嚴肅的原因；而且，它一定象徵了某種無形的東西。那麼，憑藉肉體上的隔絕之舉，他可能是在暗示自己此時精神上的退隱，擺脫了整個外在世界的束縛和關聯？是的，在精神上做好充分準備，對於上帝的虔誠信徒而言，這座講道壇，在我看來，就是一座自足的堡壘——一個高高聳立的艾倫布雷斯坦要塞，圍牆裡面就有四季不斷的水井。

但邊梯並不是這個地方唯一從神父以前的航海生涯中，借來的奇怪特色。在講道壇兩側的大理石紀念碑牌之間，構成背景的那面牆上裝飾著一幅大畫，描繪的是一條勇敢的小船，在一處黑岩雪浪的背風的岸邊，正在與可怕的風暴搏鬥。但是，在飛沫和翻滾的黑雲上方，高高地浮動著一片小島狀的陽光，從中閃現出一張天使的面容；這明亮的面容將一種獨特的輝光灑在小船顛簸的甲板上，類似於嵌在「勝利號」舷板上、紀念納爾遜將軍犧牲的銀盤子。「啊，高貴的船，」那位天使似乎在說，「戰鬥吧，戰鬥吧，你這高貴的小船，把舵掌牢；看哪！太陽正在突破雲層，烏雲正在消散——晴朗的碧空即將出現。」

除了軟梯和那幅畫所營造的海洋風情，講道壇本身也並非沒有同樣的痕跡。它嵌有飾板的前端就類似於一艘船陡峭的船首，那個擱《聖經》的突出的捲形托板，也是依照船隻小提琴琴捲狀的撞角做成的。

還有什麼能比這更有意義呢？——講道壇永遠是這個世界的最前端；所有其他一切都尾隨其後；講道壇引領世界。在那裡，可以首先發現上帝突如其來的盛怒風暴，承受最初衝擊的必定是船首。在那裡，上帝的風，無論是和風還是惡風，都首先被祈求轉為有利航行的順風。是的，世界就是一艘出航的大船，航行尚未完成，講道壇就是它的船頭。

第九章

# 佈道

馬普神父站起身子，以一種毫不裝腔作勢又具有權威性的溫和的聲音，吩咐零零散散的信眾集中一下。「右舷過道的向左舷靠——左舷過道的向右舷靠！向中間靠！向中間靠！」

從凳子中間響起一陣沉重的水手靴低沉的隆隆聲，夾雜著更輕些的女人腳步的拖曳聲，一切又重新恢復了寂靜，每雙眼睛都注視著傳道者。

他停頓了一下，然後跪在講道壇的前端，棕褐色的大手交叉握在胸前，垂下眼瞼，閉上雙眼，發出一陣虔誠深沉的祈禱，彷彿他是跪在海底禱告。

這個環節結束，他就拖著莊嚴的聲調，如同霧海上一艘正在沉沒的船發出持續不斷的鐘鳴——他便以這樣的聲調開始朗讀隨後的讚美詩；但在詩歌接近結尾的部分他改變了風格，迸發出響亮的狂喜和歡樂——

鯨魚的肋骨和種種恐懼，
把我籠罩在陰沉的昏暗之中，
上帝之光照亮的波浪滾滾而來，
把我舉起，拋進厄運的深處。

我看見地獄張開了喉嚨，

那裡是無盡的苦痛與悲哀；
只有親身感受過的人才能道明——
啊，我被拋進了絕望的深淵。

在淒慘的困境中，我呼喚上帝，
我幾乎不相信祂是我的救星，
祂俯身垂聽我的怨訴——
鯨魚就不再把我幽禁。

祂飛速趕來將我釋放，
彷彿乘著一隻燦爛的海豚；
莊嚴而明亮，當閃電照亮
我的救主，上帝的聖容。

我的歌曲將永遠記載
那可怕又歡樂的時光；
榮耀全部歸給我的上帝，
歸之於祂的恩慈和力量。

幾乎所有人都加入合唱，群情激昂，蓋過了暴風雨的嚎叫。接著是片刻短暫的停頓；傳道者緩慢

地翻動《聖經》，最後，把他握著的手放在要找的書頁上，說：「親愛的船友們，牢記《約拿書》第一章的最後一句——『耶和華安排一條大魚吞了約拿。』

「船友們，這卷書只有四章——四股紗線——是《聖經》這根粗纜中最細的一股。然而，約拿垂到深海裡的紗線探測出了怎樣的靈魂的深淵啊！這個先知的遭遇對於我們是多麼重要的一課啊！在大魚肚子裡唱出的那首讚美詩又是何等高尚！何其巨浪般喧騰而宏偉！我們感覺到海潮洶湧地漫過我們；我們和他一起探測水底；我們周圍都是水草和海底的爛泥！但是《約拿書》到底告誡了我們些什麼？船友們，這告誡是雙重的；這教訓面向我們全體罪人，也面向上帝屬下的我這樣的領航員。作為罪人，這教訓面向我們所有人，因為它是一個有關罪的故事，堅硬的心，突然醒悟到的恐懼，即刻到來的懲罰、懊悔、祈禱，最後是約拿的獲救與歡欣。和眾生中所有的罪人一樣，亞米太這個兒子的罪在於他故意違背上帝的指令——現今不要在意那指令本身是什麼，或者它是如何傳達的——我們發現這是一條艱難的指令。但是，上帝要我們去做的所有事情，對於我們都是艱難的——記住這一點——因此，祂經常命令我們，甚於盡力說服我們去做。如果我們順從上帝，我們就必須違背自己；在這種對我們自己的違背中，順服上帝之難就在於此。

「因為身上帶有這種不順服的罪，約拿還進一步地嘲笑了上帝，試圖從上帝那裡逃離。他以為一艘人造的船能夠把他載到上帝無法支配的國家，那裡只有這塵世的船長們實施統治。他偷偷摸摸地在約帕的碼頭上出沒，找到了一條前往他施的船。這裡也許存在著一個迄今未受人注意的涵義。據說，他施可能不是別的城市，就是現代的加的斯。學識淵博的人們都這麼認為。加的斯在哪裡，船友們？加的斯在西班牙；從約帕走水路去那裡，可能是古代的約拿能夠航行的最遠的路了，那時大西洋還幾乎是一片不為人知的水域。因為約帕就是現代的雅法，船友們，它位於地中海最東岸，在敘利亞；而他施或加的斯，是在西邊兩千多英里的地方，就在直布羅陀海峽的外面。你們看見沒有，船友們，約拿是想逃到世界另一端去避開上帝。可憐的人！啊！多麼讓人蔑視，真是可鄙；他用帽子遮面，眼中滿是罪疚，要避開他的上帝；他在船塢上潛行，像一個卑鄙的竊賊，急於漂洋過海。他的表情中充滿了慌亂和自我譴責，那時候如果有警察，只要懷疑有什麼事情不對頭，他就會在上船之前遭到逮捕。他顯然就是個逃亡者！沒有行李，沒有衣帽箱，沒有旅行袋，甚至沒有毯製的旅行袋——沒有朋友陪伴他到碼頭，為他送行。最後，經過一番躲躲閃閃的搜尋之後，他終於找到了開往他施的船，還能接收最後一宗貨物；當他踏上甲板，去見艙中的船長，正在吊裝貨物的所有水手都停下手，都注意到了這個陌生人罪惡的眼睛。約拿意識到；他試圖顯得從容和自信，他試圖露出可憐的微笑，都是徒勞。人類的強烈直覺讓水手們確信他不可能是無辜之人。以戲弄而又嚴肅的方式，他們彼此低聲說了起來——『傑克，他搶劫了一個寡婦。』『喬，你注意到他沒有，他一定是個重婚犯。』『小夥子哈里，我猜他是從那古老的蛾摩拉越獄的強姦犯，或許是索多瑪漏掉的殺人犯。』另一個人跑到船隻停靠的碼頭上，去看木樁上貼著的布告，上面懸賞五百金幣，逮捕一名殺父弒母的罪犯，布告裡還有一張罪犯的畫像。他看一眼布告，又看了看約拿，又去看布告；與此同時，他那些滿懷同情的船友們圍繞在約拿周圍，準備抓住他。嚇壞了的約拿渾身顫抖，鼓起所有的勇氣，但卻顯得更像個懦夫。他裝作自己沒有受到懷疑，而那本身就是一個極大的疑問。於是他盡力利用這一點，當水手們發現他不是布告裡懸賞捉拿的人，就放過了他，讓他下到船艙裡。

「『誰在那裡？』正在桌前忙碌的船長叫道，他正在忙著為海關整理文件——『誰在那裡？』哦！那無害的問話幾乎將約拿撕裂！片刻間他幾乎轉身再次逃走。但是他恢復了鎮靜。『我想乘這艘船去他施；你們多久才能啟航，先生？』迄今為止，忙碌的船長還沒有抬頭看過約拿，儘管他的人就站在他面前；但是一聽到約拿那空洞的聲音，他就投過來審視的目光。『我們下一次漲潮時啟航。』最後他慢條斯理地回答說，一邊還在專心地注視著約拿。『不能盡快嗎，先生？』——『對於任何忠厚可信的旅客這都已經夠快的了。』哈！約拿，那是又一下刺痛，但是他迅速轉移了船長的注意力。『我要乘您的船旅行，』他說，『旅費是多少？——我現在就付。』船友們，《聖經》上對此有過特殊交代，在這段歷史上這是件不可忽視的事情，在開船前『他就給了船價』。結合上下文來看，這裡面是意味深長的。

「現在，船友們，這位船長已經憑自己敏銳的眼光識破了約拿身上有罪，但是對錢財的貪婪蒙蔽了他的良知。在這個世界上，船友們，付得起費用的惡人可以暢通無阻，不需要護照；而正直的人，如果一文不名，也要到處受挫。於是，在對約拿做出判斷之前，船長準備先探一探他錢包的底。他的要價是正常的三倍；約拿也接受了。這時船長就知道約拿是個逃犯了；但是與此同時他也決定幫助約拿逃跑，因為有金子開路。當約拿當眾拿出他的錢袋，謹慎的船長依然滿懷疑慮。他把每塊硬幣都敲敲彈彈，看是不是偽幣。他嘟囔道，的確不是個造假幣的；於是約拿的旅程便被安排妥當。『我的特等艙怎麼走，先生，』約拿這時說，『我旅途勞頓，需要休息了。』『你看起來的確需要睡個覺，』船長說，『你的房間就在那邊。』約拿進到艙中，想把門鎖上，但鎖孔裡沒有鑰匙。聽到他笨手笨腳地在那裡摸索，船長不禁暗自好笑，嘟囔說牢房門從來不許從裡面上鎖的。穿著衣服，滿身塵土，約拿一頭倒在鋪位上，發現這小頭等艙的棚頂幾乎就壓在他的前額上。空氣稀薄，約拿喘息起來。隨後，在這個沉在船的吃水線以下的逼仄的洞穴裡，約拿強烈預感到了那個窒息的時刻，也就是鯨魚把他幽禁在魚腹最為狹窄處的時候。

「一盞吊燈用螺絲固定在艙壁的一根軸上，在約拿的房間裡輕輕搖擺；船體由於最後幾捆貨物的重量而向碼頭一側傾斜，那盞燈還在燃著，在輕微地擺動，仍與房間保持著一個相應不變的傾斜度，儘管事實上，它本身絕對是垂直的，但明顯有什麼地方不對頭，使得周圍傾斜得更厲害了。這燈讓約拿惶恐不已；他躺在床上，飽受折磨的眼珠滴溜溜亂轉，打量著周圍，這個迄今為止勝算在握的逃亡者發現，他不得安寧的目光找不到避難所。那盞燈的矛盾之處愈來愈讓他恐懼。地板、天花板、側壁，全都是歪斜的。『啊！我的良知也這樣懸著呢！』他呻吟著說，『讓它筆直朝上吧，讓它燃燒吧，我靈魂的艙室已歪斜不堪！』

「像一個人在徹夜的縱酒狂歡之後趕快上床，仍然頭腦暈沉，但良知還在刺痛著他，如同羅馬人的賽馬一樣，跑得愈快，騎手的鋼馬刺就刺得愈深；他置身於那種悲慘的處境，在眩暈的痛苦中輾轉反側，祈禱上帝讓他死掉，直到那陣痙攣過去；終於，在悲哀的昏亂中他感覺到一陣深沉的睡意悄然而來，就像一個流血至死的人，因為良知就是傷口，沒有任何東西能夠止血；就這樣，約拿在床上經過劇烈的掙扎，他那古怪沉重的悲哀將他拖進了睡眠深處。

「這時，海水已經漲潮，船已經解纜，這艘悶悶不樂的船離開了荒涼的碼頭，傾斜著滑向大海，駛往他施。那艘船，我的朋友們，是有史以來第一艘走私船！走私貨就是約拿。但是大海在反抗；它不願意承受這邪惡的負擔。一陣可怕的風暴吹起，船就像要被粉碎了一般。水手長趕緊命令所有人員行動起來，減輕船的負重；箱子、毛包、瓶瓶罐罐，都嘩啦啦被拋下甲板；風在尖叫，人在呼喊，約拿頭上的每一塊船板都被踩得咚咚直響；在這狂亂的騷動中，約拿還在可惡地睡大覺。他看不見黑色的天空和洶湧的海洋，感覺不到桅杆的顫抖，他聽不見也注意不到遠處奔來的巨鯨，已經張開了大嘴，正從他的後面劈波斬浪而來。是的，船友們，約拿被安置在底艙裡——在我上面說過的船艙的床鋪上，正在酣睡。驚恐萬分的船長來到他身邊，在他麻木的耳邊尖叫，『你可真是可鄙，喂，別睡了，快起來！』被這可怕的叫聲從昏睡中驚醒，約拿搖搖晃晃地站起來，跌跌撞撞來到甲板上，抓住一條桅索，向海上張望。就在這一瞬間，一個巨浪豹子一般躍過船舷撲在他的背上。波浪一個接一個躍進船中，一時尋不到快速的出口，便在船上怒吼著滾來滾去，直到水手們幾乎被淹死，漂在水裡。慘白的月亮從頭上陡峭黑暗的山壑中露出驚恐的臉，嚇呆了的約拿看見船首斜桅高高地指向天空，但不久又被浪頭打下去，指向痛苦的深淵。

「接連不斷的恐懼，吶喊著貫穿他的靈魂。從他諂媚的態度裡，人們再清楚不過了，他是個背離上帝的逃亡者。水手們都注意著他，對他的懷疑愈來愈大，最後，完全是為了驗證事實，他們把整個事情交託給上蒼，他們著手抽籤，要看看是誰招致了這場猛烈的風暴。約拿抽到了簽，真相大白，水手們憤怒地用一連串的問題圍攻他。『你是做什麼的？你從哪裡來的？你是哪國人？你什麼民族？』但是，我的船友們，現在注意一下這可憐的約拿的行為。急切的水手們只是問他是什麼人，從哪裡來；他們的這些問題不但得到回答，而且另一個他們沒有問的問題也得到了回答，這不打自招的回答是上帝嚴厲的手迫使約拿做出的。

「『我是希伯來人，』他哭著說，然後又說，『我敬畏創造了海洋和陸地的耶和華上帝！』啊約拿，你敬畏上帝嗎？是的，你那時的確害怕上帝的威力！於是，他直截了當地和盤托出；水手們愈來愈感到驚駭，但依然保持著憐憫之心。因為那時，約拿還沒有懇求上帝的憐憫，他深知自己的逃跑行為有多麼罪惡深重——這不幸的約拿向水手們哭叫著，讓他們把他拋進海裡，他知道正是因為他的緣故，這場巨大的風暴才降臨到他們頭上；水手們心中不忍，都轉身離開了他，想用別的辦法拯救自己的船。但一切都是徒勞；憤怒的大風嚎叫得更響了；於是，他們只得舉起一隻手向上帝呼求，另一隻手不無勉強地抓住了約拿。

「他們把約拿舉起來，像鐵錨一樣丟進海裡；馬上，東方便浮現出一抹油一樣的寧靜，大海平息了，約拿將大風帶走了，留下了平靜的水面。他徑直落入難以掌控的騷亂的漩渦中心，以致幾乎沒有注意到他掉進的是一個大張著等著他的血盆巨口；鯨魚合上牠象牙般的巨齒，像眾多的白色錨釘，將他幽禁在腹中。約拿在魚腹中向耶和華禱告。仔細觀察一下他的禱告，我們能吸取重要的教訓。儘管他罪孽深重，約拿沒有哭泣和悲號著祈求直接獲得拯救。他覺得他所受的可怕懲罰是公正的。他將所有獲救的希望交託給上帝，安心於此，儘管遭受著巨大的痛苦與折磨，他依然仰望著聖殿。這裡，船友們，這是真正深懷信心的懺悔；不是吵鬧著懇求寬恕，而是充滿感激地接受懲罰。約拿的這個行為是多麼受到上帝的悅納啊，這一點體現在上帝最終將約拿從大海與鯨魚那裡拯救了出來。船友們，我把約拿放在你們面前，不是要你們效法他犯罪，而是把他作為一個懺悔的典型。不要犯罪，但如果犯了罪，請注意，一定要像約拿那樣懺悔。」

他說這些話的時候，外面疾風勁雨的尖聲呼嘯，似乎為這個傳道者加增了新的力量，在描述約拿遭遇的海上風暴的時候，他似乎自己也被風暴拋來擲去。他的胸膛似乎隨著巨浪而深沉地起伏著，他揮舞的雙臂似乎受制於交戰的自然元素；雷霆從他黝黑的眉梢滾過，閃電躍出他的眼睛，使得所有心地單純的聽眾無不懷著一種迅猛而陌生的恐懼仰望著他。

這時，他的表情暫時平靜下來，他默默地再次翻動《聖經》的書頁；最後，一動不動地站在那裡，合上雙眼，有好一陣子，像是在與上帝和自己無聲地交流。

但是，他再次向信眾俯下身，慢慢地彎腰鞠躬，以一種極其深沉而具男子氣概的謙卑，說出下面這些話：

「船友們，上帝只把一隻手放在你們身上；卻把祂的雙手都壓在我身上。我已經憑藉我自己膚淺的理解，為你們宣講了約拿帶給所有罪人的教訓；所以這教訓適合於你們，也更適合於我自己，因為我是比你們更大的罪人。現在，我多麼願意從這個桅頂上下來，坐到你們所坐的艙口，像你們一樣傾聽，作為永生上帝屬下的一名領航員，由你們中的某人向我宣講約拿教給我的其他更為可怕的教訓。作為一個受過恩膏的領航員和先知，或者是真理的傳布者，上帝吩咐約拿去罪惡的尼尼微，向那些墮落的耳朵大聲傳達不受歡迎的真理，約拿被他可能引起的敵意嚇壞了，他背叛了自己的使命，試圖從約帕乘船逃開自己的責任和他的上帝。但是上帝無處不在；他永遠抵達不了他施。正如我們所見，上帝藉由大鯨來趕上他，把他吞進厄運的活地獄，用一陣陣斜風把他拖進『海中央』，在那裡，深淵的潮汐把他吸到了十萬英尋深處，『水草纏繞他的頭』，災禍的海水在他頭上旋轉。然而，甚至當巨鯨躺在海底的時候，在那鉛錘都無法觸及的深淵——『地獄的肚腹』——甚至在那時，上帝也聽見了這位懺悔的先知在魚腹裡的叫喊。隨後上帝便吩咐鯨魚，從冷得讓人發抖、漆黑一團的海底，曳尾而起，游向溫暖怡人的太陽，游向充滿歡樂的空氣和大地，『把約拿吐在旱地上』；那時，耶和華的話語第二次降臨到約拿，儘管他遍體鱗傷，精疲力竭，他的耳朵卻像兩隻海貝，仍在迴響著大海各式各樣的低語——約拿執行了全能上帝的命令。船友們，那是什麼呢？那就是當著謬誤的面傳播真理！就是這個！

「船友們，這就是那另一個教訓；作為永生上帝屬下的領航員，輕忽這個教訓的人有難了！受到這個塵世的誘惑而遠離了福音的本分的人有難了！在上帝已經把他們送進大風的時候，還想著往水上倒油的人有難了！尋求取悅於人而不是讓人驚駭的人有難了！把名聲看得比德行更重的人有難了！在這世間一味追求體面的人有難了！不存真心，甚至假惺惺救人的人有難了！是的，就像偉大的領航員保羅所說的，向別人傳道而自己反遭棄絕的人有難了！」

他低下了頭，失神了一會兒，然後又抬起頭面對信眾，眼中流露出一種深沉的歡樂神情，虔誠激昂地大聲說：「但是啊，船友們！每一個災禍的背後都有一種可靠的幸福；那幸福的峰頂之高要超過災禍的幽谷之深。船的主桅冠不是要高過內龍骨之深嗎？誰能反抗這個世界驕傲的眾神和船長，又能挺身而出，永遠保持他不屈不撓的本性，這樣的人就有福了——一種遠遠超乎其上又發乎內心的幸福。當這個卑鄙狡詐的世界之船在他腳底下沉沒，還能憑藉自己有力的雙臂支撐自己，這樣的人有福了。誰在真理之中毫不寬容，殺光、燒光、毀光所有的罪，即便這些罪孽是他從議員和法官的袍子底下揪出來的，這樣的人有福了。誰不承認任何法律或主人，只承認上帝，只忠實於天堂，這樣的人有

福了——至高無上的幸福。在所有烏合之眾喧鬧的巨浪衝擊下永不動搖，立定在這牢固的經年龍骨上的人有福了。那彌留之際能夠以最後一口氣說出——我的父啊——我認識祢主要是憑藉祢懲戒的杖——終有一死，還是永生不滅，現在我要死了，這樣的人就會有永恆的幸福和美滿。我曾努力要歸屬於祢，勝過了要屬於這個世界，或者屬於我自己。不過這一切都是虛無：我把永恆交託給祢；因為人算什麼，豈可比他的上帝還要活得長久呢？」

他不再說話，只是緩緩地揮手祝福，用雙手蒙住自己的臉，就那樣一直跪著，直到所有的人都已離開，把他孤零零地留在原地。

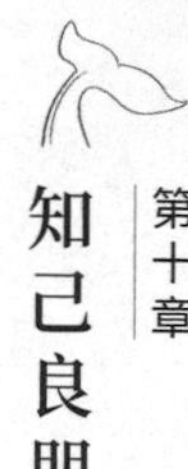

## 第十章
# 知己良朋

從禮拜堂回到噴水鯨客店，我發現魁魁格十分孤獨地待在那裡；他在神父的祝福之前就離開禮拜堂有段時間了。他坐在一條凳子上，向著火爐，把腳放在爐膛上，一隻手緊握著那個小黑鬼人偶，湊近臉頰，緊盯著人偶的臉，用一把水手刀輕輕削著它的鼻子，同時還一邊用他異教徒的方式哼著歌。

但是，現在一被我打斷，他便收起木偶，迅速來到桌邊，拿起桌上的一本大書，放在他的大腿上開始數起書的頁數來，數得謹慎而正規；每數到五十頁——我就是這麼以為的——就停上片刻，茫然地環顧一下周圍，發出一聲拖著長音的咯咯的驚嘆聲。然後，他會再次開始數接下來的五十頁；每次似乎都是從一開始，好像他不會數五十以上的數字，僅僅因為總共數出了這麼多個五十，就激起了他對這本書頁數之多的震驚之感。

我饒有興致地坐下來觀察他。儘管身為蠻夷，臉上滿是荒謬可笑的條紋——至少對我的趣味而言是如此——他的面容中有些什麼東西卻一點都不可憎。人的靈魂是無法隱藏的。穿過他所有怪異的文身，我想我看見的是一顆簡單而誠實的心；而他又大又深沉的雙眼中，那熾熱的黑色和勇毅，似乎象徵著一種敢於面對一千個惡魔的精神。除了這些，在這個異教徒身上還存在著某種高尚的印記，甚至他的缺乏教養也不能完全將其扭曲。他看起來很像一個從來不會畏縮，從來不曾舉債的人。而且，他的腦袋是否是因為剃了光頭，前額形如自由而明亮的浮雕，顯得比不剃光頭要更為豪邁，這一點我不想冒險做出定論；但可以肯定，他腦袋的骨相是相當出色的。這可能顯得有些荒謬，它讓我想起了華盛頓將軍的腦袋，就像流行的半身像所表現的那樣。從眉毛上方開始，它有著同樣長而勻稱的逐漸後

傾的斜坡，同樣也非常突出，像兩個長長的林木茂密的海角。魁魁格就是個食人族長成的喬治・華盛頓。

我便這樣就近打量著他，同時裝作是在望著窗外的風暴，他始終沒有注意到我的存在，甚至沒有費心地向我瞥上一眼；而是全神貫注地數著這本奇書的頁數。考慮到昨晚我們曾親密地睡在一起，尤其是考慮到早晨醒來時發現的那充滿友愛地摟著我的手臂，我覺得他的這種冷漠是非常奇怪的。但是，野蠻人就是奇怪的生靈；有時你真不知道該怎樣對待他們。起初他們顯得過於陰冷；他們單純的冷靜鎮定似乎是一種蘇格拉底式的智慧。我也注意到魁魁格從不與客店裡的其他海員為伴，或者是很少與之為伍。他沒有任何友好的表示；顯然是不想擴大他的熟人圈子。這一切異常強烈地打動了我；而且，你再仔細想一想，就會發現這裡有著某種幾乎稱得上崇高莊嚴的東西。這麼一個人，離家兩萬英里，取道合恩角而來——那是他能走的唯一一條路線——被拋入對他來說同樣陌生的人群當中，彷彿他來到的是木星；不過他顯得舒適自如，保持著最大程度的寧靜，滿足於獨自一人，總是不失身分。這一點當然有種美妙的哲學意味；儘管他無疑從未聽說過哲學這樣的東西。但是，要成為真正的哲學家，我們這些凡人也許不該意識到自己在這般生活、這般奮鬥。我一聽到某某人在致力於成為哲學家，我便斷定，他就像消化不良的老太婆一樣，必定是「把他的消化器官弄壞」了。

我坐在那裡，房間裡冷冷清清；爐火低低地燃著，在它最初的熾熱溫暖了空氣之後，它也已進入溫火階段，成了只能看得見的閃耀光亮了。傍晚的陰影和幽靈聚集在窗邊，窺視著我們這沉默、孤獨的一對兒。風暴在外面轟鳴，一陣緊似一陣；我開始產生一些奇怪的感覺。我感覺到我的內心在融化。我碎裂的心和瘋狂的手不再與這殘忍的世界作對。這讓人安慰的野蠻人已經替世界做出了補償。他坐在那裡，他的冷漠恰恰體現出一種本質，其中沒有潛藏任何有教養的虛偽和乏味的欺騙。他是野蠻人，是奇觀中的奇觀；我開始感覺自己神祕地為他所吸引。大多數人厭惡的事情恰恰成了吸引我的磁鐵。我要嘗試結交一個異教徒朋友，我想，既然基督徒的友善最後證明不過是空洞的客套。我把凳子挪近他身邊，發出一些友好的訊息和示意，同時盡力和他說話。起初他幾乎沒有注意到這些友好的表示；但是現在，在我提及他昨晚的殷勤友善之後，他便打手勢問我，是否我們要繼續睡一床。我告訴他是的，我頓時感到，他顯得很是開心，也許還有一點得意。

然後我們一起翻書，我竭力向他解釋印刷書的目的，以及裡面幾張圖的意思。我很快引發了他的興趣，於是，我們嘰嘰喳喳盡其所能地談論起這座名城裡各種各樣可以觀賞的景致。緊接著，我就提議我們一起抽兩口，他掏出菸草袋和短柄斧，默默地遞給我吸上一口。然後我們坐在那裡，開始用他那野蠻菸斗輪換著吞雲吐霧，把菸斗在兩人之間有規律地傳來遞去。

如果在這異教徒的心中還潛藏著對我的冷漠之冰，這一番愉快友好的吞雲吐霧很快就將其融化殆盡了，只留下一對密友。他似乎很自然很情願地就接受了我，我對他也是如此；當我們抽完了菸，他把前額抵在我的前額上，攔腰抱住我說，我們從此就結完婚了；按照他家鄉的習語，意為我們是知心朋友了；如果需要，他願意為我去死。對於本國人來說，這種突然迸發的友誼火焰似乎有點太快，是一件不大值得相信的事，但是對於這個單純的野蠻人而言，那些陳規舊習就不再適用了。

晚飯之後，我們又友好地閒聊、抽菸一陣子，便一起進屋了。他把他那個塗了油的死人頭送給我做禮物；取出他碩大的菸袋，在菸草下面摸索一陣，掏出大約三十塊銀幣攤開在桌上，機械地把銀幣分成同樣的兩份，把其中一份推到我面前，說是我的了。我正要表示異議，他便把銀幣全都倒進我的褲子口袋，讓我作聲不得。我只好讓它們留在那裡。然後他開始做晚禱，取出他的偶像，挪開紙包的壁爐遮板。憑藉某些手勢和跡象看，我認為他是急於想讓我加入；但我很清楚接下來會發生什麼，我頗費躊躇，如果他邀請我，我是應該答應還是不答應呢？

我是個虔誠的基督徒；出生和成長於絕對可靠的長老會的關懷下。我怎麼能和這個野蠻的偶像崇拜者一起崇拜他那一塊木頭呢？但是，何為崇拜？我不由得想道。你現在假設一下，以實瑪利，那寬宏大度的上帝執掌天地，也包括異教徒及其他一切，祂有可能嫉妒一塊微不足道的烏黑木頭嗎？絕不可能！但是，何為崇拜？——依照上帝的意志行事——那就是崇拜。而何為上帝的意志？——我願意讓我的同伴怎麼對我，我就怎麼對我的同伴——那就是上帝的意志。現在，魁魁格是我的同伴了。我希望這個魁魁格怎麼待我呢？哎呀，要他與我一起按照我獨特的長老會方式做崇拜儀式吧。這樣一來，我就必須和他一起做他的那種儀式，因此，我就得成為一個偶像崇拜者。於是我點燃了刨花，幫助他把那個無辜的小偶像豎起來，和魁魁格一起用燒過的餅乾供奉它，在它面前膜拜了兩三次，親吻它的鼻子，做完了這些，我們脫衣上床，自覺良心無憂，也對得起世界了。不過，我們又再閒聊了一會兒才入睡。

我不知道這到底是怎麼回事，但是，沒有任何地方像床一樣適合朋友之間信任的交流。據說，夫妻就是在床上向彼此敞開心扉的；有些老年伴侶經常躺在一起聊天，回憶過去的時光，直到黎明。於是，我和魁魁格——愜意友愛的一對，就那樣躺著，度著我們的心靈蜜月。

## 第十一章 睡衣

我們就那樣躺在床上，時而聊天，時而打盹，魁魁格不時友愛地把他有文身的棕色大腿擱在我的腿上，然後再收回去；我們如此友好、無拘無束、舒適愜意；結果，閒談使得那點殘留的睡意完全消散了，我們又都想起床了，儘管離天亮尚早。

是的，我們變得非常清醒；所以躺著的姿勢開始變得讓人厭倦，我們發現自己逐漸坐了起來；衣服裹在身上，斜倚著床頭板，膝蓋靠攏，鼻子埋在膝蓋上，好像我們的膝蓋骨就是暖爐。我們感覺非常美好和舒適，門外是如此寒冷，這種美好的感覺就更加強烈了；的確，我們沒有蓋被，房間裡也沒有生火。我認為，要真正享受身體上的溫暖，你身上有些部分必須要受點凍，因為在這個世界上，沒有比較就看不出事物品質的高低。沒有什麼事物僅憑自身存在。如果你自誇你完全是舒適的，這種舒適已經持續了很長時間，那麼你就不可能再說自己是舒適的了。但是，如果你像魁魁格與我那樣待在床上，鼻尖或是頭頂稍微有點冷，那時，從一般意義上講，你才能真真確確感覺到最大的愉快和明白無誤的溫暖。為此原因，臥室永遠不應該配備火爐，那是富人奢侈又不舒服的玩意。為了達到這種美滿的最高境界，什麼都不需要，只要一張毯子把你和你的那分舒適與戶外的冷空氣隔開就夠了。那時候你躺在那裡，就像北極冰晶核心裡一朵溫暖的火花。

我們就這樣蹲坐了一段時間，我突然想到，我應該睜開眼睛；因為每當我躺在被褥之間的時候，無論白天還是晚上，無論睡著還是醒著，我都習慣於閉著眼睛。因為沒有人能真確地感受到他自己的特性，除非他的眼睛是閉著的；彷彿黑暗真的是最適合我們本性的元素，儘管光明更加合宜於我們的

軀殼。那時候我睜開眼睛，脫出我自己創造的愉快的黑暗，進入午夜十二點那沒有照明的強加給我的粗糙的外部黑暗，我產生了一種不快的反感。既然我們都已經如此清醒了，我也一點都不反對魁魁格的示意，他認為也許最好是把火點著；此外，他還感覺到一股強烈的欲望，想用他的戰斧菸斗悄悄吸上幾口。我以前說過，儘管上個晚上我還非常厭惡他在床上抽菸，但是你看，當愛逐漸讓我們屈服，我們那些僵硬的偏見會變得何其有彈性啊。現在我最喜歡的，就是魁魁格在我旁邊抽菸，即便在床上，因為在這樣的時刻，他似乎渾身都充滿了居家的安詳和快樂。我不再那麼在乎店老闆的保險合約了。我只為這充滿信任的舒適而活著，與一個真朋友分享一只菸斗和一條毯子。我們把粗糙蓬鬆的短上衣圍在肩膀上，彼此傳遞著那把短柄斧，直到煙霧在我們頭頂慢慢形成一個懸垂的藍色華蓋，被新燃起的燈焰所照亮。

是不是因為這個波動起伏的華蓋將這野蠻人捲向遙遠的風景，我不知道，但是他現在主動說起他故鄉的島嶼；我也急於了解他的經歷，渴求他繼續說下去。他開心地答應了。儘管那個時候，他的話我還只能聽懂很少的一部分，但當我逐漸熟悉他斷斷續續的語言之後，我便可以從隨後的交談中理出整個故事的線索，儘管這可能只是個大概。

## 第十二章 身世

魁魁格是科科沃科的土著，那是個遠在西南方的島嶼。任何地圖上都沒有記載，真實的地方從來都是如此。

當一個新孵化的雞雛樣的小野蠻人在他家鄉的林地裡到處瘋跑，穿著草編的衣服，身後跟隨著一群見什麼啃什麼的羊，他就像一棵綠色的小樹苗；甚至那時，在魁魁格野心勃勃的靈魂中，就潛伏著一股強烈的欲望，想要看看基督教世界，而不是侷限在一兩艘傳統的捕鯨船上。他的父親是一位大酋長，一個國王；他的叔叔是一名大祭司；而他的母系那一方，他自吹他的姨媽們都嫁給了不可征服的勇士。他的血管裡流著高貴的血液——具有王室血統；儘管，因為他未受教化的青年時代養成了吃人的癖好，這血統恐怕已經遭到嚴重的汙染。

薩格港的一艘船來到他父親的海灣，魁魁格想要搭乘它去基督教的文明世界。但是船上人手已經滿員，他的懇求被拒絕了，他的國王父親的影響也無濟於事。魁魁格發了個誓。他獨自划著獨木舟來到遠處的一個海峽，他知道船在離島之後一定會經過那裡。海峽一面是珊瑚礁，另一面是一塊長條形的低窪地，覆蓋著茂密的紅樹林，一直蔓延到了水裡。他藏起獨木舟，讓它仍然漂浮在紅樹林裡，船首向著大海的方向，他坐在船尾，把槳低低地拿在手裡。當那艘船滑過的時候，他便像閃電一般射了出去，到了船身側面，用一隻腳向後猛蹬，把他的獨木舟蹬翻，沉入水中，藉此攀上鎖鏈，四肢張開地把自己拋到甲板上，緊抓住一個帶環螺栓，死也不鬆手，哪怕被砍成碎塊。

無奈中，船長威脅要把他拋下船去；他見魁魁格赤裸的手腕上懸掛著一把彎刀，知道他定是一個

國王的兒子，而魁魁格也毫不讓步。這種不顧一切的大無畏精神，以及他要訪問基督教文明世界的強烈願望打動了船長，船長終於發了慈悲，說他可以把這裡當作自己的家。但是，這個優秀年輕的野蠻人——這個海上的威爾斯王子，從來沒有見過船長的艙室。他們把他安置在水手中，讓他做一個捕鯨手。不過，像沙皇彼得滿足於在異國的船場裡做苦工一樣，魁魁格並不蔑視這種看似不體面的工作，只要他能有幸獲得力量，去啟蒙那些未受教化的同胞，那就再好不過了。因為從深心裡——他是這麼告訴我的——一種強烈的願望驅使他去向基督徒學習，以獲得技藝來讓他的人民過上更為幸福的生活；不僅如此，還要比以往更優秀。但是，天啊！捕鯨的實務不久就讓他確信，甚至基督徒也有可能是卑鄙邪惡的；而且程度要遠遠超過他父親所有的異教徒。他們最終抵達了老薩格港，目睹了水手們在那裡的所作所為；然後繼續前往南塔克特，看到他們如何在那個地方揮金如土，可憐的魁魁格失望地斷了念頭。他想，這是一個到處充滿邪惡的世界，我還是到死都做個異教徒吧。

就這樣，一個心中依然崇拜偶像的人，生活在基督徒中間，穿他們的衣服，努力說著他們莫名其妙的語言。因此，雖然他離家已經有一些時日，他的行為舉止依然十分古怪。

我暗示地問他，他是否有過回家的打算，接受加冕，據他說他最後離家的時候，他的父親已經非常老邁衰弱，現在很可能已經不在人世了。他回答說不，還沒有這個打算；又補充說，他很害怕基督教，或者毋寧說是基督徒，已經使他沒有資格在三十位異教國王面前登上那純潔無染的寶座。但是他馬上又說，他會回去的——一旦他感覺自己重新受了洗禮就回去。然而，就目前來說，他計畫到處航行一番，去四大洋瘋上一陣子。他們已經把他造就成一名標槍手，那帶倒鉤的鐵傢伙現在已經替代了權杖。

關於他未來的動向，我問他眼下打算做什麼。他回答，再次出海，做他的老本行。關於這點，我告訴他捕鯨是我自己的選擇，我計畫乘船去南塔克特，那是一個想冒險的捕鯨手出發啟程最有希望的港口。他馬上決定陪我去那座島，乘同一艘船，值同一個班，下同一艘小艇，吃同樣的伙食，總之是要和我同命運共患難了；我們攜手並肩，勇敢地去嘗嘗生死兩界的家常便飯。我對這一切欣然贊成；因為我現在不但很喜歡魁魁格，他也是個經驗豐富的標槍手，對於我這樣對捕鯨的奧祕一無所知的人，他可是大有用處，儘管我曾經做過商船的水手，對大海相當熟悉。

他的菸斗噴出最後一口稀薄的煙，他的故事也隨之結束了。魁魁格擁抱了我，把前額抵著我的前額，然後吹熄蠟燭，我們各自翻過身，背對著背，很快就墜入了夢鄉。

# 第十三章 手推車

第二天早晨，星期一，我把那顆經過防腐處理的人頭賣給一個理髮師，便付清了我和我同伴的帳單，不過，用的是我同伴的錢。咧嘴笑的店老闆，還有房客們，對於我和魁魁格之間突然迸發的友誼似乎感到既吃驚又高興——尤其是彼得．柯芬，他向我講過有關魁魁格的無稽之談，當時曾嚇得我夠嗆，而這個人居然成了我現在的同伴。

我們借了一輛手推車，裝上我們的東西，包括我自己那破爛的毯製提包，還有魁魁格的帆布口袋和吊床，就離開了客店，朝停在碼頭上定期開往南塔克特的貨運帆船「莫斯號」走去。我們一路上引起了人們的注意；他們並不怎麼看魁魁格——他們在街上已經見慣了這樣的野蠻人——而是看見他和我如此親密地走在一起，感到驚奇。但是，我們不理睬他們的目光，繼續輪流推著小車，魁魁格不時地停下來，整理一下標槍倒鉤的鞘子。我問他為什麼要不嫌麻煩把標槍帶到岸上，是不是所有捕鯨船上都不置備自己的標槍。對於這一點，他回答的大意是，儘管我說得很有道理，但是他對自己的標槍情有獨鍾，因為它的材質很可靠，經受過很多生死搏鬥的考驗，與大鯨的心臟有著不解之緣。簡而言之，像許多內陸的收割者和除草人一樣，他們喜歡隨身帶著自己的鐮刀去農場主的草坪工作——雖然自備工具並非明智之舉——正是如此，魁魁格出於個人原因，寧可用自己的標槍。

手推車從我手裡交到他手裡之後，他向我講了一個自己第一次看見手推車的滑稽故事。那是在薩格港。好像是他的船東借給他一輛手推車，讓他把自己沉重的箱子運到下榻之處。魁魁格裝作對這個東西並非一無所知——實際上，他完全不知道該怎麼用——他把自己的箱子放在車上，用繩捆緊，然後把車子扛在肩上，大搖大擺走上了碼頭。「哎呀，」我說，「魁魁格，你應該懂得更多點才是。大家不取笑你嗎？」

說到這個，他又給我講了一個故事。事情好像是，他老家科科沃科島上的居民，在婚禮宴席上，總是把嫩椰子香甜的汁水擠到一只類似潘趣酒碗的染色的大葫蘆裡，而這種潘趣酒碗又總是放在一塊擺酒席的帶流蘇的墊子中央，作為最主要的裝飾物。一次，一艘大商船剛好在科科沃科靠岸，船長——根據所有的跡象判斷，是一個非常拘泥於繁文縟節的紳士，至少對於一位船長來說是如此——應邀出席魁魁格的妹妹，剛滿十歲的漂亮小公主的婚宴。當時，所有來賓都聚集在新娘的竹屋裡，這位船長大搖大擺地走進來，被引到尊貴的首席就座，兩旁是大祭司和魁魁格的父親國王陛下，正面對著那只潘趣酒碗。做過了餐前感恩禱告——那些人和我們一樣也有餐前禱告——不過，魁魁格告訴我，與我們的做法不同，我們這時要低頭看著自己的盤子，而他們則相反，模仿鴨子的模樣，向上仰望賜予美食的偉大的神——且說感恩禱告之後，大祭司便以島上最古老儀式宣布開宴，那就是，在輪流飲用賜福的椰汁之前，先把他神聖的正在做著聖事的手指在那潘趣酒碗裡浸了浸。船長考慮到自己就坐在大祭司旁邊，也注意到了那個儀式，心想作為一船之長，自己顯然要比區區一個島國之王尊貴，尤其這又是在國王自己家裡——於是，這位船長沉著地在潘趣酒碗裡洗了洗手，我想他一定是把大酒碗當成洗指碗了。「現在，」魁魁格說，「你現在怎麼想呢？——我們的人不會笑他嗎？」

最後，付了船費，放好行李，我們站在縱帆船的甲板上。升起船帆，縱帆船順阿庫什內河而下。河的一側是新貝德福的梯形街道，結冰的樹木在清澈寒冷的空氣中閃閃發光。碼頭上的木頭堆積成大大小小的山頭，滿世界漫遊的捕鯨船終於安全地停泊在河邊，肩並肩沉默地躺在那裡；其他船上則傳來木匠和桶匠的喧鬧聲，摻雜著用來融化瀝青的火焰和熔爐的聲音，一切都預示著新的航行即將開始；一次極其危險和漫長的旅程剛剛結束，第二次便緊接著開始；第二次結束，第三次又馬上開始，如此這般，循環往復，無始無終。是的，人世間一切努力的不可忍受之處就在於這樣的沒有止境。

船行至更為開闊的水域，涼爽的微風變得清新起來；小小的「莫斯號」船首飛濺著輕快的泡沫，像一匹小馬駒噴著鼻息。我是怎樣貪婪地嗅著那韃靼的空氣！——我是怎樣蔑視那到處收取通行費的大地！——所有的公路都布滿了奴隸的腳踵和蹄子壓出的凹痕；這一切促使我讚美海洋的寬宏大量，它不允許任何的痕跡留下。

對於這浪沫的噴泉，魁魁格似乎和我一樣陶醉和歡欣。他大張開黑洞洞的鼻孔，露出自己整齊而尖利的牙齒。我們飛翔，飛翔；我們駛到從岸上視野可及的海面，「莫斯號」開始向疾風鞠躬致敬了，船頭一起一伏，如同一個奴隸站在蘇丹面前。船向哪一側傾斜，我們就向哪一側衝去；每根繩索都像金屬絲一樣鳴響；兩根高高的桅杆像印第安藤條在陸地龍捲風中一樣彎曲著。這情景讓我們頭暈目眩，我們站在搖搖擺擺的船首斜桅旁邊，有段時間並未注意到船上乘客投來的嘲笑的目光，他們笨拙地聚集在一起，驚奇於這兩個傢伙怎麼能如此友愛；好像一個白人無論怎樣都要比一個「漂白」的黑人要尊貴似的。但是，那裡有一些傻瓜和土包子，從他們緊張得發綠的臉色來看，一定是來自荒僻的綠野仙鄉。一個小夥子在魁魁格身後嘲弄地模仿他，被魁魁格發現了。我心想，這個土包子要倒楣了。丟下標槍，這個強壯的蠻夷抓住他的雙臂，以一種近乎神奇的敏捷和力量，將他整個高高地拋入空中，然後趁他翻筋斗的時候，在他臀部輕輕一拍，這個小夥子就雙腳著地了，肺都要炸裂了，而魁魁格則轉身把背衝著他，點燃了他的戰斧菸斗，遞給我，讓我抽一口。

「船髒（長）！船髒！」這土包子叫嚷著，奔到船長面前，「船髒，船髒，這裡有個魔頭。」

「嗨呀，您啊，先生，」船長，一個瘦如肋骨的海上行家，大步走到魁魁格面前，大聲喊道，「你這麼嚇唬他是什麼意思？你不知道你會要了那小子的命嗎？」

「他在說什麼？」魁魁格一邊說，一邊溫和地轉向我。

「他說，」我回答道，「你差點要了那小子的命。」我指著那個還在發抖的新手。

「要命，」魁魁格大聲說道，他滿是刺青的臉扭曲著，做出一副怪異蔑視的表情，「哈！他是條小魚，魁魁格不要這麼點小魚的命，魁魁格要大鯨魚的命！」

「看看你，」船長吼道，「我要殺了你，你這個食人族，如果你再敢在船上耍把戲，你可要當心點。」

但這時，卻是船長自己要好好當心的時候了。主帆因承受異常的壓力脫離了橫桅索，巨大的張帆杆從船的一側飛向另一側，從整個後甲板橫掃過去。那個被魁魁格粗暴耍弄過的小夥子被掃下甲板；所有人都慌作一團；誰要想抓住張帆杆，把它停住，那簡直是瘋了。它從右側飛到左側，又飛回來，時鐘幾乎只是滴答了一聲，而且它隨時都好像要崩斷碎裂。大家什麼都沒有做，似乎也做不了什麼。甲板上的人衝向船頭，站在那裡盯著張帆杆，彷彿那是一頭發怒鯨魚的下顎。就在這驚慌失措之中，魁魁格熟練地雙膝跪下，從橫掃的張帆杆下面爬了過去，猛地抓住一根繩索，把一頭繫在舷牆上，另一頭像套索一樣拋起來，在張帆杆從他的頭頂掃過的當下將其套住，接著猛地一拉，那圓杆就被牢牢拴住了，於是一切都安全了。班輪乘風前進，當船上的人忙著放下船尾的小艇去救人時，魁魁格脫光了上身，從船邊拖著長長的生動的弧線躍入水中。有三四分鐘時間，他像狗一樣游動著，長長的手臂拋向前面，交替著從冰冷的水沫中露出強壯的雙肩。我注視著這個高貴而光榮的夥伴，但是沒有看到有人被救起來。那個小夥子已經沉下去了。這時，魁魁格從水中筆直地射出來，向周圍迅速地掃了一眼，似乎是要看看周圍的情況，然後又潛下水去，消失不見了。幾分鐘之後，他再次浮出水面，一隻手臂仍在擊水，另一隻拖著一個了無生氣的人形。小艇馬上把他們拉了上來。可憐的土包子甦醒過來。所有人都交口稱讚魁魁格是個高尚的大英雄；船長也懇求他的諒解。從那一刻起，我就像一隻藤壺緊緊黏著魁魁格；是的，直到可憐的魁魁格最後一次拖著長長的弧線縱身躍入大海。

何曾有過這樣無知無覺的人呢？他似乎未曾想過，溺水者救濟會完全應該獎給他一枚勳章。他只要了點水——淡水——把身上的鹽漬擦洗掉；然後穿上乾衣服，點燃菸斗，斜倚在舷牆上，溫和地看著周圍的人，似乎在對自己說——「這是個相互依存、合夥經營的世界，到處都是如此。我們食人族必須幫助這些基督徒。」

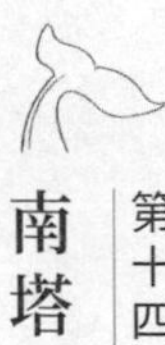

# 第十四章　南塔克特

旅途上一路無事，不值一提；就這樣，經過一次美好的航行，我們安全到達南塔克特。

南塔克特！拿出你的地圖看看。看看它在世界上占據了怎樣真實的一個角落，它屹立在那裡，遠離海岸，比埃迪斯通燈塔還要孤獨。看看它——僅僅是一個小山丘，一片彎曲狀的沙灘，一覽無餘，光禿禿的。那裡的沙子如果用來替代吸水紙，你二十年也用不完。有些愛開玩笑的人會告訴你，他們不得不在那裡種草，那裡沒有天生的雜草；他們從加拿大進口薊；他們得派人遠渡重洋，去找一塊木栓堵住油桶的漏洞；你在南塔克特攜帶幾塊木頭，就相當於在羅馬扛著真正的十字架；那裡的人在屋前種植毒蕈，就是為了夏天鑽到下面乘涼；一片草葉就能成為一片綠洲，走上一天遇到三片草葉就是一片大草原了；他們穿流沙鞋，類似於拉普蘭的雪地鞋；他們如此封閉，海洋將他們束縛，從四面團團包圍，使得這座島嶼完全成了孤島，有時你甚至會發現有小蛤蚌附著在他們的桌椅上，就像附在海龜背上一樣。但是，這些誇張的傳說僅僅表明南塔克特不是伊利諾州。

現在我們來看看紅種人如何在這個島上定居的奇妙傳說吧。故事是這樣的。在古時候，一隻鷹從天而降，俯衝到新英格蘭海岸，攫走了一個印第安嬰兒。看著自己的孩子被帶走，越過了寬闊的海面，嬰兒的父母悲嘆不已。他們決定向同樣的方向追蹤。他們乘坐獨木舟出發了，經過一段危險的旅行，發現這座島嶼，在島上找到了一只空的象牙盒——是那可憐的印第安嬰兒的骸骨。

那麼，這些生長在海灘上的南塔克特人，以大海為生，又有什麼奇怪的呢！他們最初在沙子裡捕捉螃蟹和簾蛤；膽子慢慢大了，就涉水用網捕捉鯖魚；經驗積累多了，他們就推船下水，去捕捉鱈魚了；最後，他們將大隊的大船開到海上，探索這個海洋世界；不斷地周遊世界；窺視白令海峽；不分季節地在海洋中與大洪水時代倖存下來的最強大的活物宣戰，戰爭一直在持續不斷；那是最為怪異的山一般的怪物啊，那是喜馬拉雅山，是鹹海中的乳齒象，秉有如此不祥的潛在威力，牠引起的恐慌比牠最凶惡無畏的攻擊還要危險。

於是，這些赤身裸體的南塔克特人，這些海洋的隱士，從他們海中的蟻丘中冒出來，四處蔓延，像無數個亞歷山大大帝一樣征服了水上世界；他們瓜分了大西洋、太平洋、印度洋，就像那三個海盜國家瓜分了波蘭一樣。讓美國把墨西哥歸給德克薩斯，把古巴退給加拿大，讓英國人一窩蜂地占領整個印度，讓他們耀眼的旗幟在太陽下飄揚；這個由水陸組成的地球，有三分之二屬於南塔克特人。因為海洋是他們的，他們擁有海洋，就像皇帝們擁有帝國；其他的海員只有從中經過的權利。商船不過是延伸的橋梁；兵艦不過是漂浮的堡壘；甚至海盜船和私掠船，雖然行於海上就像攔路盜匪行於大道通衢，他們卻只是搶劫別人的船，搶劫和他們自己一樣的小片陸地，未曾想過向深不見底的海洋本身去討生活。南塔克特人，只有南塔克特人居住在海上，在海上橫行無忌；用《聖經》的話說，他是獨自坐船下海的，他反覆耕耘大海，彷彿那是屬於他獨有的種植園。那裡就是他的家；那裡有他的生意，諾亞的洪水也不能把它打斷，儘管大水在中國淹沒了數以百萬計的人口。他生活在海上，就像草原雞生活在草原上；他隱身於波浪之中，他攀上波峰，一如追獵羚羊的獵手攀登阿爾卑斯山。很多年來，他不知有陸地的存在；以至於一旦抵達陸地，陸地的氣息就像是另一個世界，比地球人對月亮還要陌生。身無寸土的海鷗，日落時分就收攏翅膀，在海浪的搖晃下入睡；夜幕降臨，不見陸地的南塔克特人也是如此，他們捲起船帆，躺下來休息，就在他們的枕頭下面，成群的海象和鯨魚川流不息。

第十五章

# 雜燴濃湯

當小小的「莫斯號」舒適地停靠下來，夜色已經很深了，魁魁格和我才上得岸來；所以我們當天已經做不了什麼事了，只能吃晚飯，上床睡覺。噴水鯨客店的老闆向我們推薦過他的表弟何西阿．赫西的煉油鍋客店，他斷言那是整個南塔克特經營最好的客店，他還向我們保證，他表弟何西阿，他就是這麼稱呼的，以其雜燴濃湯聞名遐邇。簡言之，他很清楚地暗示我們去煉油鍋嘗嘗鮮、試試運氣，那是再好不過了。但是，他指給我們的方向卻相當複雜，我們要沿著道路右側的一所黃色倉庫，一直走到一座白色教堂，向左拐，繼續沿著路的左側走，直走到一個街角，在那裡按三點方向右拐，然後再向我們遇見的第一個人打聽那客店的所在。他這種曲折的走法起初讓我們相當困惑，尤其是出發的時候，魁魁格堅持認為那間黃色倉庫——我們出發的原點——一定是在路的左側，而我則認為彼得．柯芬說的是右側。然而，經過在黑暗中摸索了一會兒，不時地敲開門向溫和的居民問路，我們最終到了一個好像沒錯的地方。

一座舊房子門前，立著一根舊中桅，桅頂橫桁的兩端，各掛著一口拴住鍋耳、漆成黑色的大木鍋，來回擺動著。橫桁背面兩端的尖角都鋸掉了，因此這根舊中桅看起來有點像絞刑架。也許我當時對這樣的印象過於敏感，但是，我忍不住帶著一種模糊的疑慮凝視著這個絞刑架。當我抬頭打量剩下來的兩個尖角時，我的脖頸起了一陣痙攣；是的，有兩個尖角，一個是魁魁格的，一個是我的。我心想，這真是不祥的預兆。我第一次登陸捕鯨港，住的客店的老闆就姓棺材；去了捕鯨者的禮拜堂，那裡的墓碑又直瞪著我；而這裡又是一個絞刑架！還有一對大得驚人的黑鍋！這兩口鍋難道是在向我拐彎抹角地暗示那哀痛的地獄嗎？

這時，客店門廊上站出來一個女人，臉上有雀斑、一頭金髮、穿一件黃袍子，看見了她，我從這些沉思中清醒過來。她站在一盞搖晃的燈下，燈是暗紅色的，很像一隻受傷的眼睛，她還在繼續尖聲責罵一個穿紫色毛襯衫的男人。

「去你的吧，」她對那男人說，「不然我就給你鬆鬆筋骨！」

「來吧，魁魁格，」我說，「沒錯，那一定是赫西夫人。」

果真是她。何西阿．赫西先生不在家，赫西夫人全權打理他的生意，她完全有能力勝任。弄明白我們想要在這裡膳宿，赫西夫人就把責罵的事暫時擱下，把我們引進一個小房間，讓我們在一張桌子旁坐下，桌上還擺著殘羹冷炙，剛才肯定有人在此就餐，她轉過身問我們：「蛤蜊還是鱈魚？」

「鱈魚怎麼樣，太太？」我十分禮貌地說。

「蛤蜊還是鱈魚？」她又問了一遍。

「蛤蜊做晚餐？一隻冰冷的蛤蜊；妳說的是這個意思嗎，赫西夫人？」我說，「大冬天的，這招待可是冷冰冰黏糊糊的啊，不是嗎，赫西夫人？」

但是，赫西夫人正急著要繼續責罵那個穿紫襯衫的男人，後者正在門口等著，因而她似乎什麼也沒聽見，只聽見了「蛤蜊」這個詞，就匆忙走向一扇通往廚房的敞開的門，大叫了一聲「兩人一個蛤蜊」，便消失不見了。

「魁魁格，」我說，「你認為我們兩個能用一隻蛤蜊做為一頓晚餐嗎？」

然而，廚房裡飄出的溫暖噴香的蒸氣，足以證明我們以為前景不妙的想法是錯誤的。而當那熱氣騰騰的雜燴送進來，疑團就輕鬆愉快地解開了。啊，親愛的朋友們！請聽我說。它是用鮮嫩多汁的小蛤蜊做的，幾乎只比榛子大上一點點，摻了搗碎的硬餅乾，切成小片的鹹豬肉，還加了不少奶油，撒了胡椒和鹽。嚴寒的旅行讓我們胃口大開，尤其是魁魁格，看見他喜歡的海鮮擺在面前，而這雜燴又烹製得美味無比，我們便一陣狼吞虎嚥，把它打發了。我往後靠著坐了一會兒，想起點餐時赫西太太關於「蛤蜊還是鱈魚」的問法，我想不妨做個小小的實驗。於是，我起身來到廚房門口，用強調的口氣大聲說了一句「鱈魚」，說完又回到我的座位。沒過幾分鐘，那噴香誘人的蒸氣就又冒了出來，但是味道有所不同了，隨即，一盤鮮美的鱈魚雜燴濃湯就擺在了我們面前。

我們又開始吃了起來。我們的勺子在碗裡撈來撈去的時候，我暗自尋思著，這東西會不會對腦子有什麼影響？不是有句叫做雜燴腦袋的傻裡傻氣的話來著？「看哪，魁魁格，你碗裡那不是條活鰻魚嗎？你的標槍呢？」

天下魚味最濃的地方莫過於煉油鍋客店了，它的確名副其實；因為那裡的鍋裡一直煮著雜燴湯。早飯雜燴，中飯雜燴，晚飯還是雜燴，直吃到你生怕衣服裡扎出魚骨頭來。屋前的地方是用蛤蜊殼鋪的。赫西太太戴的是鱈魚椎骨磨光的項鍊；而何西阿．赫西的帳本是用上好的舊鯊魚皮裝訂的。牛奶裡也有魚腥味，我一點都不明白這是怎麼回事，直到一天早上我偶然沿著海灘散步，在漁民的船中間，看見何西阿的斑紋乳牛在吃魚雜碎，牠沿著沙灘走，每一隻腳上都套著一個被砍下來的鱈魚頭，我向你保證，那看起來很像是穿了防滑鞋。

用過晚飯，我們接過一盞燈，在赫西太太的指引下，沿著最近的路線去客房；但是，在魁魁格要在我前面上樓梯時，赫西太太伸出手臂，要他把標槍交出來；她客店的所有房間都不准帶標槍進去。「為什麼不行？」我問道，「每個真正的捕鯨手都是帶著自己標槍睡覺的——為什麼不行？」「因為那樣很危險，」她說，「自從斯蒂格斯那小夥子出海倒了楣，回到這裡——他去了四年半，只帶回來三桶魚肚腸——他就死在我一樓的後間，腰裡插著自己的標槍，從那時起，我就不准任何住客晚上帶著這麼危險的武器進房間。所以，魁魁格先生（她已經知道了他的名字），我一定要把這個鐵傢伙拿

走，替你保管到明天早晨。還有那雜燴濃湯，明天早餐是要蛤蜊還是鱈魚，夥計們？」

「兩樣都要，」我說，「再來兩份燻鯡魚，換換口味。」

## 第十六章 船

在床上我們商議了一下明天的計畫。但讓我感到意外且甚為擔憂的是，魁魁格現在想讓我明白，他一直在勤懇地向攸久請教——攸久就是他那個黑色的小神——而攸久已經給過他兩三次指令了，並且強烈堅持，我們千萬不要一起到港口的捕鯨船隊中去，也不要一起選擇我們要上的船；與此相反，攸久懇切地吩咐說，我應該一個人去選船，因為這是攸久對我們的一片好意；為了幫助我們，祂已經看中了一條船，如果這事完全由我來辦，我，以實瑪利，也肯定會發現，這條船完全像是偶然出現的；而且，我必須立刻上這條船做水手，暫時不去管魁魁格。

有件事我忘記提了，在很多事情上，魁魁格都對這個攸久的判斷以及驚人的預言能力深懷信心；他對攸久的珍視帶有相當大的尊敬成分，把祂奉為善良的好神，整體上講，攸久的用心也許足夠良苦，但是祂友善的計畫並非總是能夠成功。

現在，魁魁格，或者毋寧說攸久的計畫，涉及我們如何選擇要上的船，這個計畫我一點都不喜歡。我根本不相信魁魁格的頭腦能夠指出哪艘捕鯨船最適合我們，最能保證我們的幸運。但是，我所有的抗議對魁魁格都毫無作用，我不得不默認了；並相應地準備著手處理這件事，我決心全力以赴速戰速決，迅速解決這件微不足道的小事。第二天一大早，我把魁魁格留在小房間，和攸久關在一起——因為這一天似乎是魁魁格和攸久的某種大齋節或是齋月，或是禁食、謙卑和禱告的日子。這到底是怎麼回事，我始終沒有弄明白，雖然我實踐了好幾回，但始終掌握不了他那套儀式和三十九條信綱——於是，我留下魁魁格，讓他咬著他的斧頭菸斗，讓攸久用祂刨花燃起的祭火暖暖身子，我則動身前往碼頭。我閒逛了很長時間，隨便詢問了一些人，獲悉有三艘船要進行為期三年的航行——「魔母號」、「珍寶號」和「皮廓號」。「魔母號」的得名不得而知；「珍寶號」平淡無奇；「皮廓號」，你無疑還會記得，那是麻薩諸塞州印第安人一個有名的部落，現在已像古代米提人一樣滅絕了。我仔細窺探了一陣子「魔母號」，又從它跳上了「珍寶號」，最後上了「皮廓號」的甲板，到處看了好半天，斷定這就是我們要找的船。

在你們那個年代，你們可能見過許多稀奇古怪的船，這尚未可知——方頭斜桁四角帆船；山一樣的日本帆船；奶油盒似的小型兩排槳帆船，以及諸如此類；但是拿我的話說，你從未見過「皮廓號」這樣罕見的老船。它是一艘老式船，如果要說，它的規模相當之小；樣子老派而穩重。常年經受四大洋的狂風惡浪，也有過風平浪靜的時日，它的老舊船體黑得就像在埃及和西伯利亞戰鬥過的法國擲彈兵。它莊嚴的船首看起來像是生了鬍子。它的桅杆，是從日本某處海岸砍來的，原來的桅杆在那裡被大風吹下了海——這些桅杆僵硬地立著，就像科隆東方三王的脊柱。它古老的甲板已經磨損，起了皺紋，像貝克特喋血而亡的坎特伯雷大教堂裡，朝聖者頂禮膜拜的鋪路石板。除了這些陳舊的古物之外，它還增添了一些神奇的新花樣，均與它半個多世紀所從事的瘋狂事業有關。老船長法勒，曾在這艘船上做了多年的大副，後來又去指揮他的另一艘船，作為退休海員，他現在是「皮廓號」的主要股東之一——這個老「皮廓號」，在他任大副期間，就已經在它原初的奇形怪狀之上，又到處建造和鑲嵌了各種從材料到設計都相當奇怪的東西，除了托基爾·哈克那雕刻的盾牌或床架，沒有什麼可以與之媲美的。它的裝束就像野蠻的依索比亞皇帝，脖子上掛著沉重光潤的象牙掛鍊。它是件戰利品，是船中的食人族，裝扮著它獵獲的敵人的骨頭。它沒有嵌板、敞開的舷牆裝飾得如同一個長長的下顎，插著做釘子用的抹香鯨鋒利的長牙，用來固定那些舊麻繩和筋帶。那些麻繩不是從陸地出產的低劣的木板中穿過，而是巧妙地盤在一根根海產的象牙上。它不屑於在受人尊敬的船舵上安裝十字轉輪，而是開玩笑似的裝了一個舵柄，那舵柄好生奇怪，是一整塊的，用它世代相傳的宿敵又長又窄的下顎骨雕成。舵手在暴風雨中用它掌舵的時候，感覺自己就像是個韃靼人，緊勒著馬銜，來讓暴怒的駿馬止住腳步。它是艘高貴的船，也是無比憂鬱的船！所有高貴的事物都有點憂鬱色彩。

此刻我環顧著後甲板，想尋找一個掌權的人，自薦做水手，參加這次航行。起初我什麼人都沒有看見，但是我不由自主地注意到一頂奇怪的帳篷，或者更準確地講，是一頂小棚子，立在主桅後面一點的地方。它似乎是臨時搭建的，只在出港前暫時用一下。它呈圓錐形，大約有十英尺高，是用露脊鯨上下顎中部和最高部分取出的又長又大的黑色軟骨搭起來的。軟骨寬的一頭立在甲板上，這些骨頭綁成一圈，互相傾斜著支在一起，頂端處收束成尖簇狀，絨毛般蓬鬆的纖維前後搖擺，如同波特瓦泰米老酋長頭上的頂髻。一個三角形開口朝向船首，這樣，裡邊的人對前面的情況可以一目了然。

我終於發現了一個人，他半隱半現地藏在這古怪的帳篷裡，模樣好像是掌權的；時至中午，船上的工作停頓下來，他正在享受暫時的休息，拋開了發號施令的負擔。他坐在一把老式橡木椅裡，椅子上到處刻著蜿蜒奇怪的圖案，結實的椅子座也是用搭建棚屋的同一種富有彈性的材料編織而成。

我所見到的這位老者，外貌也許並沒有那麼特別；褐色的皮膚，體格強壯，和大多數老水手一樣，沉悶地裹著一件領航員穿的藍外套，按照貴格會的式樣剪裁；只是他的雙眼周圍交織著極其微細、幾乎用顯微鏡才能看清的皺紋，那一定是常年在猛烈的大風中航行，經常頂風瞭望才形成的——因為這樣會導致眼睛周圍的肌肉緊縮在一起。這樣的眼角皺紋在皺眉發怒時，會產生非常好的效果。

「這位是『皮廓號』的船長嗎？」我說，一邊向帳篷門口走過去。

「姑且算是吧，你找他幹什麼？」他問道。

「我想上船做水手。」

「你想，是你嗎？我看你不是南塔克特人——上過爐子船（汽船）嗎？」

PEQUOD

「沒有，先生，我沒上過。」

「你對捕鯨一無所知，我敢這麼說——對嗎？」

「的確一無所知，先生；但是我肯定很快就能學會的。我在商船上工作過，航行過幾次，我想——」

「跑過商船有個屁用，別和我說那些廢話。你沒看見那條腿嗎？——你如果再和我說商船，我就讓你那條腿和屁股分家。商船，真是的！我猜你現在感到相當了不起吧，就為了你在那些破商船上工作過。不過，算你僥倖！喂，是什麼讓你想要去捕鯨呢，嗯？——這看起來有點讓人懷疑啊，不是嗎，嗯？——你沒有做過海盜嗎，沒有嗎？——你沒有搶劫過你上一任的船長吧，沒有嗎？——等到了海上，你不會想要謀殺船上的長官吧？」

我為自己的清白辯護，聲稱從未做過這樣的事情。看得出，在這些半開玩笑含沙射影的話後面，這個老水手，這個與世隔絕的貴格會的南塔克特人，心中滿是島民的偏見，對所有外地人都相當不信任，除非他們出生於鱈魚角或是瑪莎葡萄園島。

「但是，你怎麼想要去捕鯨呢？在我考慮讓你上船工作之前，我想知道。」

「好的，先生，我想去看看捕鯨是怎麼回事。我想看看世界。」

「想看看捕鯨是怎麼回事，嗯？你可曾見到過亞哈船長？」

「誰是亞哈船長，先生？」

「好啊，好啊，我就知道是這樣。亞哈船長是這艘船的船長。」

「那麼是我搞錯了。我以為我正在和船長本人說話呢。」

「你是在和法勒船長說話——你正在與他說話，年輕人。我和比勒達船長負責檢查『皮廓號』是否適合出海航行，為它配備所需的一切，包括全體水手。我們都是股東，也是經紀人。不過，我要說的是，如果確實如你所說，你想知道捕鯨是怎麼回事，在你打定主意、斷了後路之前，我有辦法讓你弄明白。好好看看亞哈船長吧，小夥子，你會發現他只剩下一條腿。」

「你是什麼意思，先生？另一條腿是被鯨魚咬掉的？」

「被鯨魚咬掉的！年輕人，靠過來一點：它是被曾經咬碎過小艇的最最凶猛的一頭抹香鯨咬掉的，被牠一口咬住，嘎吱嘎吱一嚼，就給吞下去了！啊，啊！」

他說話的勁頭讓我有點吃驚，也許，他最後那番話裡由衷的悲哀也讓我有所感動，但是，我盡量鎮靜地說道：「你說的肯定是真的，先生；但我怎麼能知道那頭特殊的鯨魚有多凶猛呢，儘管我的確能從這個簡單的事件中大概推測出來。」

「現在看看你吧，年輕人，你的氣有點虛，你明白嗎？你沒有說一句假話。的確，你以前出過海，這是真的吧？」

「先生，」我說，「我想我告訴過你，我在商船上出過四次海——」

「別提那個！注意我說過關於商船的話——不要惹惱我——我不要聽。不過，讓我們彼此了解了解。我已經向你暗示了捕鯨是怎麼回事，你還想做這行嗎？」

「是的，先生。」

「很好。現在，你有膽量把標槍投進一頭活鯨魚的喉嚨，然後猛追過去嗎？回答我，快點！」

「我敢，先生，如果這麼做是勢在必行；也就是說，在不可避免的情況下；我認為這種情況不會發生。」

「還不錯。那麼，你不僅想要去捕鯨，親身體驗一下捕鯨是怎麼回事，你還想去見見世面？你說的不就是這個嗎？我想是的。好吧，往前走，去船頭的上風舷看看，然後回到我這裡來，告訴我你都看見了什麼。」

這個奇怪的要求讓我有點困惑，我在那裡站了片刻，不知道該怎麼辦，是把它當作玩笑，還是要認真對待。但是，法勒船長把他的魚尾紋扭成了一副怒容，嚇得我趕緊照辦。

我向前走去，從船首的上風舷望去，察覺到船體在潮水牽引下向下錨的一側搖晃，這時正斜對著開闊的海面。海面一望無際，極其單調，令人生畏，即使最輕微的變化也看不到。

「好吧，你有什麼可報告的？」我一回來，法勒就說，「你看見了什麼？」

「沒什麼，」我回答，「什麼都沒有，只有海水；不過，水平線很清晰，我想，就要起大風了。」

「嗯，那麼你還想去見見世面嗎？你希望繞過合恩角去看看更多的地方嗎，嗯？從你站的地方難道就不能見識世界了嗎？」

我有點動搖，但是我必須去捕鯨，這是我的心願；「皮廓號」和別的船一樣是艘好船——我想它是最好的——我把這些話向法勒複述了一遍。看到我如此堅決，他表示願意讓我上船。

「你最好是馬上就簽字，」他補充說，「隨我來吧。」這樣說著，他領我下了甲板，進入船艙。

坐在船尾肋板上的，是一個在我看來極其非凡和讓人吃驚的人物。結果證明這就是比勒達船長，他和法勒船長都是這條船的大股東；在這些港口，其他股東有時是一些拿退休金的老人、寡婦、無父的孩子和大法官監護的未成年人；每個人擁有的股份價值僅僅相當於船上的一塊木頭、一尺木板或是一兩根釘子。南塔克特人將自己的錢投資在捕鯨船上，就如同你購買國家批准的回報豐厚的股票一樣。

比勒達和法勒，還有許多其他南塔克特人，都是貴格會信徒，這個島嶼起初的定居者就屬於該教派；迄今為止，島上居民總體上還保持著罕見的貴格會特性，只不過由於外來的異質事物而具有了各種變化，多少變得有點反常罷了。同樣是貴格會信徒，其中有些人卻是所有水手和捕鯨者當中最嗜血殘暴的人。他們是好戰的貴格會，也是喜歡復仇的貴格會。

因此，他們當中就有這樣的慣例，以《聖經》人物為名——這是島上唯一普遍流行的風尚——從小就自然而然地吸取了貴格會的習語，莊重而戲劇化地把「你」稱作「汝」。儘管如此，這些經久不衰的特性，和他們後來在魯莽勇敢、無拘無束的冒險中形成的千百種彪悍的性格，奇怪地混合在一起，與北歐海上之王，或是具有詩意氣質的羅馬異教徒相比也毫不遜色。當這些東西結合在一個人身上，他便具有了超凡的力量，聞名世界的大腦和沉重的心，同時還具有在最遙遠的海域，在北方從未見過的星空下面，在許多漫長夜晚守望的那種沉靜和孤絕，如果這些能引導他進行無視傳統的獨立思考，從大自然那純潔無染、自覺自願和滿懷信任的心胸，接受所有或甜蜜或野蠻的新鮮印象，從而主要地憑藉這些，也憑藉某些偶然優勢的幫助，去學習一種勇敢無畏的高尚的語言，這個人就會成為整個國家中獨一無二的人，一個為崇高悲劇而生的強大的歷史性人物。如果從戲劇化的角度來看，無論是出身或是環境，都絲毫無損於他本性深處的那種近乎任性專橫的病態意志。因為所有悲劇人物的偉大，都是由某種病態造就的。相信這一點吧，野心勃勃的年輕人，所有凡人的偉大都不過是病態。但是，我們還用不著與這樣的人打交道，我們要打交道的是十分不同的另一種人，這種人如果確實與眾不同，那也只是從貴格會信徒性格的另一面產生出來的，且由於個體環境的差異而有所不同罷了。

和法勒船長一樣，比勒達船長也是個富裕的退休捕鯨手。不同的是，法勒船長對於所謂重大事情毫不在乎，而且實際上把這些彼此雷同的大事，當成微不足道的瑣事——而比勒達船長不僅原先就受過南塔克特貴格會最嚴格的教育，而且他隨後的航海生涯，他環繞合恩角航行所見到的那些赤裸可愛的島民——都絲毫沒有改變這位土生土長的貴格會信徒，甚至連他背心上的一個角都還是老樣子。不過，儘管一成不變，比勒達船長卻缺乏可敬的法勒船長身上那種大家都有的一致性。雖然，由於良心上的不安，他拒絕拿起武器對抗大陸來的入侵者，但他自己卻毫無限度地入侵大西洋和太平洋；他雖然誓死反對人類的流血鬥爭，自己卻身穿緊身上衣，一次又一次地讓鯨魚流血。在他耽於沉思的晚年，這位虔誠的比勒達如何與回憶中的這些事情和解，我還不得而知。不過，他似乎也不太在意，很有可能早已得出了下面這個明智的結論，一個人的宗教是一回事，這個現實的世界又是另一回事。這是個大家可以分得紅利的世界。從穿著最最土氣的淺褐色短衫的小船童，做到穿鯡魚肚色的寬背心的標槍手，再成為小艇領班、大副、船長，最後成為船東；比勒達，像我前面說的那樣，已經結束他的冒險生涯，徹底退休，遠離動盪的生活，在受人尊敬的六十歲的年齡上，安度晚年，靜靜享用他豐厚的收入。

不過，我要遺憾地說，比勒達卻有著一個不可救藥的老守財奴的名聲，在他出海航行的那些年頭，他更是一個苛刻嚴厲的工頭。在南塔克特，人們告訴我一個故事，儘管這故事顯得有點奇怪，說的是他駕駛那艘老「卡特古特號」捕鯨船的時候，他的水手們返航回家，一個個全都筋疲力盡，狼狽不堪，大部分都是從岸上直接抬進醫院。對於一個虔誠敬神的人，尤其是一個貴格會信徒，至少可以說，他的心腸實在狠了點。不過，人們說，他從不責罵手下的人；但不知怎麼地，他總能迫使他們沒完沒了地為他賣苦力。在比勒達還是大副的時候，只要他土黃色的眼睛專心地看著你，就會讓你忐忑不安，你只能抓起什麼東西——錘子也好，穿索針也好，去發瘋般地做事，不是做這個，就是做那個，總之不管是做什麼。偷懶怠惰、遊手好閒，在他面前蕩然無存。他本人就是功利主義性格的完美化身。他身材修長枯瘦，沒有任何贅肉，也沒有多餘的鬍子，下巴上只有一縷柔軟而精簡的細毛，就像他寬邊帽上磨損的絨毛一樣。

這就是我隨法勒船長下到船艙時，所看到的坐在船尾橫木上的那個人。船艙的空間很小，就在那裡，筆直地坐著這位比勒達老頭，他總是這樣坐著，從來也不向後靠，免得磨壞上衣的後襬。他的寬邊帽放在旁邊，兩腿僵硬地交叉著，土黃色上衣一直扣到下巴，鼻子上架著眼睛，似乎正在專心致志地讀一本大厚書。

「比勒達，」法勒船長叫道，「又在看書了，比勒達，嗯？據我所知，這三十年你一直在研究那些經文。你研究到哪裡了，比勒達？」

彷彿早就習慣了老船友這種褻瀆神聖的言談，比勒達並不理會他此刻的不敬態度，他安靜地抬起頭，看著我，又向法勒詢問地看去。

「他說他想加入我們，比勒達，」法勒說，「他想上船工作。」

「你想嗎？」比勒達用空洞的聲調說道，對我轉過身來。

「想。」我不知不覺地說，他是個非常認真的貴格會信徒。

「你認為他怎麼樣，比勒達？」法勒說。

「他可以的。」比勒達說，眼睛看看我，然後又繼續清晰可聞地喃喃讀起書來。

我想，他是我見過的最古怪的老教徒了，尤其相比之下，他的朋友和老船友法勒又是這樣一個愛吵吵嚷嚷的人。但是，我什麼都沒有說，只是警覺地環顧了一下四周。法勒打開一個箱子，取出船上的契約，把筆和墨水放在面前，自己坐在一張小桌子旁邊。我開始心想，這是最恰當的時機，我要自己想好，出海航行我願意遵守哪些條款。我已經意識到，在捕鯨業，是沒有薪水可拿的；但是，所有的人手，包括船長，都會收取利潤的某些比例，他們叫做「捕獲物分紅」，這些分紅根據船上人員各自職務的重要性來做相應的分配。我也知道，作為捕鯨新手，我自己的分紅不會很大；但是考慮到我過去出過海，能夠掌舵、接繩子等等，我毫不懷疑，從我所聽到的一切判斷，我應該得到至少二百七十五分之一的紅利——亦即，不管這次航海最後淨得多少利潤，我都占有其中的二百七十五分之一。儘管這二百七十五分之一的紅利被他們稱為長紅，那也總勝過一無所有；而且，如果出海碰上好運氣，很可能就抵得上我穿破的衣服了，更不用說還能在船上白吃三年牛肉，白住三年，這些都不用花我一分錢。

可能有人認為，要積累起巨萬財富，這實在是個可憐的方法——的確如此，這確實是個非常可憐的方法。但是，我是那種從不想發大財的人，在我要去掛著陰森的「雷雲」招牌的客店投宿時，如果這個世界能給我住給我吃，我就非常滿足了。整體來看，我認為二百七十五分之一的紅利應該是相當公平的，但如果給我二百分之一，考慮到我是個肩寬體壯的漢子，我也不會感到驚訝。

然而，有一件事卻讓我有點懷疑，我能否拿到豐厚的紅利：還在岸上，我就聽說了有關法勒船長和他那位難以理解的老友比勒達兩人的一些事；他們都是「皮廓號」的主要業主，因而其他股東和更加微不足道的零散股東，幾乎把船的業務全部交給他們兩人打理。我不知道那個吝嗇的老比勒達在雇用船上人手這事上也有相當大的權威，尤其是我現在發現他就在「皮廓號」上，十分舒適地待在船艙裡，彷彿在自己家壁爐旁那樣讀著他的《聖經》。而此刻法勒正在徒勞地想用水手刀修理一枝鋼筆，一想到老比勒達在這些程序上舉足輕重，這可讓我吃驚不小。比勒達始終不搭理我們，只是繼續喃喃地念書，「不要為自己積攢財寶在地上，地上有蟲子——」

「好了，比勒達船長，」法勒打斷他說，「你說，我們要給這個年輕人多少紅利？」

「你最清楚不過了，」他陰森森地回答，「七百七十七分之一不算太多吧，是不是？——地上有蟲子咬，能鏽壞，但是積存在——」

好一個「積存」，我心想，還是份這樣的紅利！七百七十七分之一！好吧，老比勒達，你鐵了心認定我不該在地上積存很多紅利，因為地上有蟲子咬，能鏽壞。那的確是份少得出奇的紅利；儘管那個巨大的數字，一開始能騙過一個在陸地生活的人，然而你稍微思考一下就會發現，雖然七百七十七是一個相當大的數字，但是，如果你用它來做除法，你就會明白，七百七十七分之一紅利和七百七十七塊金幣相差太多；我當時就是這麼想的。

「哎呀，該死，比勒達，」法勒叫嚷道，「你不是想騙這個年輕人吧！他得多拿一點。」

「七百七十七分之一。」比勒達再次說道，連眼皮都沒有抬一下，說完繼續喃喃地念書，「因為你的財寶在哪裡，你的心也在那裡。」

「我要給他登記三百分之一，」法勒說，「你聽到沒有，比勒達！三百分之一的紅利，我說。」

比勒達放下手中的書，轉過頭嚴肅地對他說：「法勒船長，你有一顆慷慨大度的心；但是你必須要考慮到，你對這艘船的其他股東負有責任——他們很多人都是寡婦和孤兒——如果我們給這個年輕人的勞動報酬過於豐厚，我們可能就是在從那些寡婦和孤兒嘴裡搶麵包。七百七十七分之一，法勒船長。」

「好你個比勒達！」法勒咆哮道，他站了起來，在船艙裡咔嗒咔嗒地走來走去，「該死，比勒達船長，如果我過去在這些事情上聽從你的建議，我早就要拖著一顆沉甸甸的良心了，重得足以將繞合恩角航行的最大的船壓沉。」

「法勒船長，」比勒達沉穩地說，「你的良心吃水十英寸還是十英尋，我可說不出來；但既然你還是個不知悔改的人，法勒船長，我非常擔心，你的良心恐怕已經漏水了；到最後會讓你沉底的，一直沉到地獄的火坑裡，法勒船長。」

「地獄的火坑！地獄的火坑！你竟敢侮辱我，好啊；是可忍，孰不可忍，你竟敢侮辱我。對人說他一定會下地獄，這是最大的冒犯。又是錨爪，又是火焰的！比勒達，你再對我說一遍，惹起我的肝火來，我會，我會，是的，我會活吞掉一頭山羊，連毛帶角。到艙外去，你這滿口黑話、假模假樣的土包子——你馬上給我滾出來！」

他咆哮著向比勒達衝過來，但是比勒達以神奇的速度，身子向旁邊一滑，及時躲過了他。

負責這艘船的兩個大股東之間爆發的可怕爭吵，讓我有所警覺，我有點不太想乘這麼一艘問題重重、管理草率的船出海了。我從門邊向一旁挪了幾步，給比勒達讓開路，我認為他肯定會急著從怒火勃發的法勒面前消失。但讓我震驚的是，他又在船尾橫木上安靜地坐下來，似乎沒有一點要撤退的跡象。他似乎已經非常習慣頑固不化的法勒和他的行為方式了。至於法勒，發洩完怒氣之後，似乎就洩了氣，他也坐了下來，像一頭羊羔，儘管還有點抽搐，有點激動。「唷！」他最後吹了聲口哨，「我想，暴風已經轉到了背風處。比勒達，你過去擅長削魚槍，幫我修修鋼筆吧，好嗎？我的折刀得磨磨了。給你，謝謝你，比勒達。哎，我的小夥子，你是叫以實瑪利吧，是嗎？好吧，給你寫在這裡啦，以實瑪利，三百分之一的紅利。」

「法勒船長，」我說，「我有個朋友和我在一起，他也想上船——我明天能帶他來嗎？」

「當然可以，」法勒說，「接他過來吧，我們要看看他。」

「他需要拿多少紅利？」比勒達嘟囔著，從他再次忙著閱讀的書上抬頭掃了一眼。

「啊！別操心那個了，比勒達，」法勒說，然後轉向我問道，「他以前捕過鯨嗎？」

「他殺過的鯨魚我數都數不清，法勒船長。」

「好的，那就帶他來吧。」

在文件上簽完字，我就離開了船。毫無疑問，這一早晨的工作我已經出色地完成了，「皮廓號」正是攸久選定的船，它將載著魁魁格和我繞過海角。

但是，我還沒有走遠，就想起那位我要隨同航行的船長還沒有見到；儘管，在很多情況下，在捕鯨船完全準備妥當，所有水手已經上船之後，船長才會出現，掛帥指揮。因為有些時候這些航行會為期很長，而在岸上家中盤桓的時間又是格外的短暫，如果船長有家，或是有極其牽掛的事情，他就不會過分操心港口中的船，而是把它交給船東，直到一切出海的準備工作已經就緒。然而，在你無可挽回地把自己交託到他的手裡之前，去看看他總歸沒有壞處。於是，我轉過身來和法勒船長搭訕，問他

在哪裡能找到亞哈船長。

「你找亞哈船長幹什麼？這裡的事情都辦妥了，你已經是水手了。」

「是的，但是我應該去見見他吧。」

「恐怕你現在見不到他。我真的不知道他是怎麼回事；他整天把自己關在屋裡；說是生病吧，但又不像。事實上，他沒有病；可是，不，他也不健康。無論如何，年輕人，他跟我也不常見面，所以，恐怕他也不會見你。他是個怪人，這位亞哈船長——有些人會這麼想——但他也是個好人。啊，你會非常喜歡他的；不要怕，不要怕。他是個了不起的、不是神又像神的人，亞哈船長；他說話不多，但一開口，你就要好好聽著。記住了，我這是預先提醒你；亞哈超乎常人；亞哈上過大學，也到過許多食人族的地界；他見過比海還深的奇蹟；他暴怒的標槍刺中過比鯨魚還要強大、還要奇怪的仇敵。他的標槍！嘿，是我們島上最快最準的！啊！他不是比勒達船長，不，他也不是法勒船長，他是亞哈，小子。古時候的亞哈，你知道，那是個戴王冠的王！」

「而且是個非常邪惡的王。那個邪惡的王被殺的時候，那些狗，不是都來舔他的血嗎？」

「到我這裡來——這邊，這邊，」法勒說，他眼中意味深長的神情幾乎讓我嚇了一跳，「你聽著，小夥子，永遠不要在『皮廓號』上說這些。在任何地方都不要說。亞哈船長從來不提自己的名字。那名字是他瘋顛寡母一時興起的愚蠢無知的怪念頭，他只有十二個月大時她就死了。但是蓋伊角的那個老婆子提斯提格說，那個名字將會證明是個預言。而且，其他和她一樣的傻瓜也許會告訴你同樣的事情。我希望提醒你一下。這是個謊言。我非常熟悉亞哈船長。很多年前我做大副時就和他一起航海了。我知道他怎麼回事——一個好人——不是那種敬神的好人，像比勒達那樣，但卻是個喜歡咒罵的好人——有點像我——只不過他要比我好得多。哎呀，哎呀，我知道他從來都不怎麼開心，我還知道在返航途中，他因為一個詛咒而有點失去理智；但那是因為他流血的殘肢痛得鑽心，任何人都能

明白的。我也知道，自從他上一次出海因為那頭該死的鯨魚失去一條腿，他就變得喜怒無常了——令人絕望的喜怒無常，有時很是粗魯。但那些都會過去的。還有，年輕人，我要一次和你說個明白，我向你保證，和一個喜怒無常的好船長出海，總勝過和一個嘻嘻哈哈的壞船長出海。那麼再見吧——不要誤解亞哈船長，他只是碰巧有個邪惡的名字。此外，我的孩子，他有妻子——結婚還不到三個航程——一個可愛順從的女孩。想想吧，幸虧那個可愛的女孩，這老頭才有了個孩子。既然如此，你還會認為亞哈是個徹頭徹尾、不可救藥的禍害嗎？不，不，我的小夥子；儘管倒了大楣，受了傷殘，亞哈還是很有人性的！」

我轉身走開，一路上思緒萬千。偶然得知的有關亞哈船長的事，讓我心中充滿了模糊而強烈的痛楚，並且不知怎麼地，當時我對他產生一種同情，為他感到悲哀，我不知道為什麼會這樣，除非是因為他悲慘地失去了一條腿。我還對他有一種奇怪的敬畏之感，那種敬畏，我根本無法描繪，它不完全是敬畏，我也不知道它到底是什麼。但是我感覺到它，它沒有讓我對他生出不願與之為伍的討厭之情，儘管我對他身上的神祕色彩有些不耐煩，畢竟那時我對他的了解還不夠徹底。然而，我的思緒終於轉向其他地方，於是，模糊難測的亞哈就暫時在我腦海中悄悄消失了。

# 第十七章 齋戒

因為魁魁格的齋戒，或者是禁食和謙卑，要持續一整天，所以在夜幕降臨之前，我並不想去打擾他；因為我對任何人的宗教義務都懷著最大的敬意，從不介意它有多麼滑稽，我心裡沒有絲毫輕蔑的意思，即便是一群螞蟻聚在一起崇拜一棵毒蕈；或者我們地球的某些部分，其他一些生靈以一種別的星球所沒有的奴顏婢膝，在一個死掉地主的屍骸前鞠躬致敬，只為了死者名下還擁有大量出租的產業。

我要說，我們善良的長老會基督徒應該對這類事情懷有仁慈之心，不要幻想著我們自己大大優越於其他生靈、異教徒以及其他等等，只因為他們在這些問題上懷有半瘋半傻的譫妄和幻想。現在就有個魁魁格，肯定對攸久和齋戒持有荒謬至極的觀念；——那又怎麼樣呢？魁魁格自以為知道他在做什麼，我推測，他似乎心滿意足，那就讓他安心於此吧。我們與他爭論是毫無意義的；隨他去吧，我說，上帝會憐憫我們大家的——長老會信徒也好，異教徒也好——因為我們的頭不知怎麼全都裂開了大口子，急待修理一番。

時近傍晚，我確信他所有的表演和儀式都已經結束了，我向他的房間走去，敲了敲門；沒有回應。我想把門打開，但它又從裡面鎖死。「魁魁格，」我輕聲對著鎖孔說道——一片寂靜。「喂，魁魁格！為什麼你不說話？是我——以實瑪利。」一切依然鴉雀無聲。我開始警覺起來。我讓他獨處了這麼長時間，我想他可能是中風了。我從鎖孔往裡看，偏偏門又朝向房間的一個僻角，從鎖孔裡只能看見偏左的一個拐角。除了床鋪踏腳板的一部分和一段牆壁，再看不到別的了。我吃驚地發現，牆上斜倚著魁魁格標槍的木頭槍桿，昨天晚上，老闆娘在我們上樓去房間之前，就已經把標槍收走了。我心想，真是奇怪；但無論如何，既然標槍立在那邊，他又很少或根本不會不帶標槍出門，那他一定在裡面，這不可能有錯。

「魁魁格！魁魁格！」毫無動靜。一定出了什麼事。中風！我想把門撞開，但是它牢牢地鎖住了。我奔下樓梯，急忙把我的懷疑說給了我遇見的頭一個人——女僕。「呀！呀！」她叫道，「我就覺得一定有什麼事。我早飯後去收拾床鋪時，門就鎖著；連隻老鼠都聽不到；從那以後就一直這麼靜悄悄的。我還以為你們兩個一起出去了，為了安全，就把行李鎖在屋裡了。呀！呀！太太！——夫人！出人命了！赫西太太！中風！」她一邊叫喊著，一邊奔向廚房，我跟在後面。

赫西太太很快出現了，一隻手拿著芥末罐，另一隻手拿著醋瓶子，她剛剛還在忙著整理調味料瓶，嘴裡責罵著手下那個黑人男孩。

「柴房！」我叫道，「哪條路能去柴房？看在上帝分上，快跑，去取個東西來把門撬開——斧頭！——斧頭！他中風了，肯定是這樣！」這麼說著，我手足無措地又空著手衝上了樓，這時，赫西太太把我攔住，手裡還拿著芥末罐和醋瓶子，整個表情可謂五味雜陳。

「你怎麼回事，小夥子？」

「取斧頭來！看在上帝分上，快跑著去找醫生，隨便什麼人去，我這邊把門撬開！」

「喂，」老闆娘說，迅速放下了醋瓶子，好空出一隻手來，「喂，你是說要撬開我家的房門嗎？」她一把抓住我的手臂，「你怎麼回事？你有什麼毛病，船夥計？」

我保持住鎮靜，想盡快讓她明白整個情況。她下意識地用芥末罐拍著鼻翼一邊，尋思了片刻，然後驚呼起來：「不好！我把它放在那裡以後就再也沒去看過。」她奔向樓梯下面的一個小櫥，向裡面掃了一眼，又返身回來，告訴我魁魁格的標槍不見了。「他自殺了，」她叫喊道，「這可是不幸的斯蒂格斯的悲劇重演了——又有一張床單糟蹋了——上帝憐憫他可憐的母親吧！——這會把我的房子給毀了的。這可憐的小夥子有姊妹嗎？那女孩在哪裡？——喂，貝蒂，去找油漆工斯諾爾斯，告訴他來給我漆一個告示牌，寫上——『此地不許自殺，大廳禁止吸菸』——乾脆把兩件事一起解決掉。解決？上帝憐憫他的鬼魂吧！那是什麼聲音？你，小夥子，住手！」

她從我身後追過來，在我再次準備用力撞門時，攔住了我。「我不准你這樣，我可不願意把自己的房子毀掉。去找鎖匠，離這裡大約一里地就有一個。住手！」她把一隻手伸到身側的口袋裡，「這把鑰匙應該能打開門，我們來試試。」說著，她就把鑰匙插進了鎖孔，可是老天！魁魁格在裡面把附加的門閂也插上了。

「得把它撞開了。」我說，然後在過道裡退遠了一點，準備衝刺。這時，老闆娘又抓住我，再一次發誓，我不該毀了她的房子，但是我掙開她的手，用盡力氣猛地向目標衝去。

一聲巨響，門被撞開了，門把手砰地彈在牆上，將石膏灰濺上了天花板。天哪，魁魁格坐在那裡，一派從容，鎮靜自若，他蹲坐在屋中央，用手扶著把攸久頂在頭上。他目無旁顧，只是那麼雕像般地坐著，幾乎沒有一絲活躍的生命跡象。

「魁魁格，」我說，向他靠攏過去，「魁魁格，你出了什麼事？」

「他不會這樣坐了一整天吧？」老闆娘說。

但是無論我們怎麼說，沒有一句話能讓他動上分毫；我差點想把他推倒在地，讓他換換姿勢，因為那姿勢幾乎讓人無法忍受，顯得十分痛苦和不自然，十分勉強；尤其是，很有可能他已經這樣直挺挺地坐了八個或十個小時，連他有規律的一日三餐都免了。

「赫西太太，」我說，「他總算還活著；所以你請便吧，我會自己處理這件怪事的。」

當著老闆娘的面，我關上房門，竭力想把魁魁格弄到椅子上去，但是徒勞。他坐在那裡，他能做的就是坐在那裡——我使盡渾身解數，說盡花言巧語——他卻紋絲不動，一句話也不說，也不看我，甚至對我的存在根本就不在意。

我很奇怪，心想，這有可能就是他齋戒的一部分；在他老家的島嶼上，他們就是這樣蹲坐著齋戒的。一定是這樣；是的，這是他的教條的一部分，我想，那麼好吧，隨他去；他早晚會起來的，這毫無疑問。他不可能一直這個樣子，感謝上帝，好在他的齋戒一年才一次，當時我還不相信它會那麼準時。

我下樓去吃晚飯。我坐了很長時間，聽一些水手滔滔不絕地講述見聞，他們剛剛從他們所謂的「葡萄乾布丁」航行歸來（就是那種乘縱帆船或是橫帆船的短途捕鯨航行，只限於赤道以北的大西洋）；聽完後已接近夜裡十一點，我上樓睡覺，很有把握魁魁格一定做完了齋戒。但是不然，他還坐在同一個地方，連一寸都沒挪動。我開始有些惱火起來，一整個白天和大半個晚上，就這樣坐在冰冷的房間裡，頭上頂著塊木頭，這簡直就是愚蠢和發瘋。

「看在老天的分上，魁魁格，起來吧，動一動；起來，吃點東西。你會餓死的；你會要了自己的命的，魁魁格。」但是他一聲不吭。

我真是對他絕望了，便決定上床睡覺；毫無疑問，要不了多久，他就會跟著我上床來的。不過，在上床之前，我脫下我那件沉重的熊皮外套，披在他身上，這是一個非常寒冷的夜晚；而他又什麼都沒有穿，只穿了件普通的圓夾克。好一陣子，我輾轉反側，一點睡意都沒有。我吹熄了蠟燭，但是一想到魁魁格——距離我不到四尺遠——正用那難受的僵硬姿勢，獨自坐在寒冷和黑暗中，就讓我覺得難過。想想看，整夜和一個醒著的異教徒共處一室，而他又蹲坐著，在做他那沉悶無聊莫名其妙的齋戒！

但不知怎的我終於睡著了，什麼都不知道了，直到天光破曉，我向床邊一看，魁魁格還蹲坐在那裡，彷彿被螺絲鎖在地板上。不過，當第一縷晨光照進窗扉，他就站起身來，關節僵硬，咯咯作響，但卻帶著一種歡快的表情，他跛著腳走到我躺臥之處，再次把他的額頭抵在我的額頭上，說他的齋戒結束了。

我在前面提到，我不反對任何人的宗教，他愛怎樣就怎樣，只要他不會因為別人不信他所信的宗教便實施殺害或是凌辱。但是，當一個人的宗教信仰變得過於狂熱，對他成了一種純粹的折磨，而且，到頭來，弄得我們這個地球成了一個住起來很不舒服的客棧，我認為那時，就該把那個人拉到一邊，好好和他理論一番了。

我現在就是這樣對魁魁格的。「魁魁格，」我說，「現在上床來，躺下聽我說。」然後我就繼續開說，從原始宗教的興起和進展，一直講到現時代的各種宗教，費盡心力地想向魁魁格說明，所有這些四旬齋、齋月和在寒冷沉悶的房間裡長時間蹲坐的行為，都純屬扯淡，既不利於健康，也對靈魂一無用處；簡而言之，這樣做明顯違背了衛生規律和常識。我還告訴他，作為一個在其他事情上極其理智和聰慧的野蠻人，看到他在這種荒謬齋戒上表現出的可悲的愚蠢，我感到痛心，非常非常痛心。此外，我還爭辯道，禁食會讓身體垮掉，精神因此也會垮掉。從禁食中誕生的思想，無一例外都是餓得半死不活的。這就是為什麼大多數消化不良的宗教家，會對他們的來生懷有如此憂鬱的看法。魁魁格，我再說一句題外話，地獄的觀念最初源自一個沒有消化的蘋果餡甜糕，從那時起，它透過齋戒培育出來的消化不良世代相傳，直到如今。

然後我問魁魁格，是否他自己曾受過消化不良的困擾；我把這個意思表達得非常清晰，以便他能夠理解。他說沒有，唯一的一次是在一個紀念儀式上。那是在他父王舉辦的一次盛宴之後，為慶祝一場大獲全勝的戰鬥，下午兩點左右殺了五十名敵人，當天晚上，就全都煮來吃掉了。

「別再說了，魁魁格，」我不由得顫抖起來，「夠了夠了。」因為無須他進一步的提示，我就知

道會是什麼情況。我曾經見過一個水手，他到過那座島，他告訴我那是島上的風俗，每當一場大戰獲勝，勝利者就會在院子或花園裡，把所有殺死的敵人拿來做燒烤；一個一個放在巨大的木頭盤子裡，像肉飯一樣，周圍加上配菜，有麵包果和椰肉，有的還在嘴裡塞上荷蘭芹，連同勝利者的問候一起，送給所有的親朋好友，彷彿這些禮物是聖誕火雞一般。

終究，我不認為我對宗教的看法給魁魁格留下了多少深刻的印象。因為，首先，他似乎很厭倦聽到這個重要話題，除非我說的合乎他自己的觀點；其次，儘管我把自己的思想盡可能表達得簡單明瞭，他聽懂的依然不到三分之一；最後，他無疑認為，他對真正的宗教懂得比我多很多。他用一種居高臨下的憂慮和同情的目光看著我，彷彿他覺得，這麼明智的年輕人竟然無可救藥地錯失了虔誠的異教徒的福音，實在可惜。

最後，我們終於起床，穿戴起來。魁魁格酣暢淋漓，大快朵頤，吃了一頓豐盛的各種雜燴早餐，這樣老闆娘就不會因為他的齋戒而賺了太多錢。之後，我們出門到「皮廓號」上去，一路閒逛，用大比目魚的骨頭剔著牙齒。

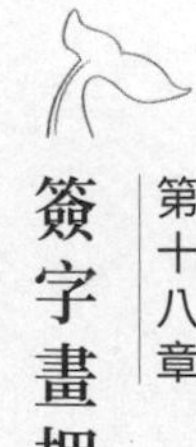

# 第十八章 簽字畫押

我們來到碼頭盡頭，朝船走去時，魁魁格扛著他的標槍，法勒船長用粗啞的嗓音從他的棚屋裡大聲招呼我們，說他沒有想到我的朋友是個食人族，還宣稱不許食人族上他的船，除非他們事先出示證件。

「你那是什麼意思，法勒船長？」我說，跳過了舷牆，把我的同伴留在碼頭上。

「我的意思嘛，」他回答，「他必須出示他的證件。」

「是的，」也在棚屋裡的比勒達船長從法勒的腦袋後探出頭來，用空洞的聲音說，「他必須說明他已經改宗了。小魔王，」他又轉頭向著魁魁格說，「你現在和基督教堂有聯繫嗎？」

「為什麼？」我說，「他是第一公理會的教友。」這裡應該說一下，很多在南塔克特船上工作的有文身的野蠻人最後都被變成了基督教徒。

「第一公理會，」比勒達叫道，「什麼！就是在迪特羅諾米・科爾曼執事的教堂做禮拜的？」他一邊這樣說著，一邊取出眼鏡，用黃色的印花大手帕擦擦鏡片，小心翼翼地戴上，從棚屋裡鑽出來，僵硬地斜靠在舷牆上，對著魁魁格仔細地打量了很長時間。

「他信教有多長時間了？」他隨後轉向我說道，「不會很長，我相當有把握，年輕人。」

「不，」法勒說，「他還沒有受洗，否則就會從他臉上洗掉一點那種魔鬼的藍色。」

「說實話吧，馬上，」比勒達叫道，「這個非利士人定期去迪特羅諾米執事的教堂做禮拜嗎？每個主日我都在那裡，但從未看見他去過。」

「我對迪特羅諾米執事或是他的教堂一無所知，」我說，「我只知道，這個魁魁格天生就是第一公理會的教友。他自己就是執事，魁魁格就是執事。」

「年輕人，」比勒達嚴厲地說，「你在和我開玩笑嗎——你自己解釋一下，你這個年輕的西臺人。你指的是什麼教會？回答我。」

發現自己遭到強烈逼迫，我回答道：「我指的是，先生，那同一個古老的天主教會，它屬於你和我，也屬於法勒船長和魁魁格，以及我們所有人，屬於每一個母親的兒子和我們的靈魂。這全世界崇拜的偉大而永恆的第一公理會，我們全都屬於它。只有某些懷有奇思怪想的人才與這個偉大信仰毫不相干，在這個信仰中我們大家都是手挽著手的。」

「捻接，你指的是手捻接著手吧，」法勒叫嚷道，向我靠近過來，「年輕人，你最好是登記去做傳教士，而不是做一名前桅的水手；我從未聽過比你講得更好的佈道了。迪特羅諾米執事——不，就連馬普神父本人也趕不上你，他還是個有點本事的人呢。上船來吧，上船來；不要在乎什麼證件了。我說，告訴夸霍格——你叫他什麼來著？告訴夸霍格過來吧。就憑這大鐵錨作證，我敢打賭他手裡那標槍可非同小可！看起來像是好料做的，而且他使得也不賴。我說，夸霍格，隨你叫什麼名字吧，你在捕鯨小艇頭上站過嗎？你刺到過大鯨嗎？」

魁魁格一言不發，野氣十足地縱身跳上舷牆，又從那裡跳上了懸掛在船旁的一艘捕鯨艇的艇首；然後撐住左膝，穩穩地端住標槍，如此這般地叫道：

「船長，你看見水面上那滴柏油沒有？看見了嗎？好，假設它是一隻鯨魚眼好啦，呔！」他瞄了瞄準頭，閃電般地一擲，標槍正好越過比勒達的寬邊帽，越過船甲板，將那滴閃耀的柏油擊得無影無蹤。

「瞧，」魁魁格平靜地收起標槍索，「如果那是鯨魚眼，哼，那就是頭死鯨了。」

「快點，比勒達，」法勒對他的夥伴說，後者被近在咫尺飛過去的標槍嚇得退到了船艙入口，「快點，我說，你這比勒達，把船上的文件拿來。我們必須把赫奇霍格留下，我指的是夸霍格，把他安排在我們的一艘小艇上。你聽著，夸霍格，我們會分給你九十分之一的紅利，南塔克特的標槍手中還沒人拿到過這麼多的紅利呢。」

於是我們下到船艙，讓我十分開心的是，魁魁格馬上就被錄用了，和我一樣成了這艘船上的人。當預備工作準備停當，法勒備好了用於簽字畫押的一切，他轉身對我說：「我想，夸霍格不會寫字，是嗎？我說，夸霍格，你這可憐的東西！你是簽名還是畫押？」

但是在這個問題上，魁魁格以前辦過兩三次類似的手續，絲毫沒有為難的意思，他接過鋼筆，在紙上合適的位置，仿照自己手臂上的文身，畫了一個一模一樣奇怪的圓形圖案；由於法勒船長硬是一再叫錯他的名字，結果魁魁格的畫押就成了這個樣子：

夸霍格

他的 ✠ 畫押

與此同時，比勒達船長坐在那裡，誠摯而堅定地緊緊盯著魁魁格，最後站起身來，嚴肅而笨拙地在他鑲著寬邊的土黃色上衣的大口袋裡摸索一番，取出一捆小冊子，選出一本題為《末日將臨，切莫遷延》的，放在魁魁格的兩手中，然後連同書一起緊抓住魁魁格的雙手，誠摯地注視著他的眼睛，說：「小魔王，我必須履行對你的責任；我是這艘船的合夥股東，我關心它所有水手的靈魂；如果你還抓住你那異教徒的一套不放，對此我甚為擔憂，我懇求你，不要再做魔鬼的奴隸了。拋棄那個魔鬼的偶像，還有那邪惡的毒龍；趁著上帝的暴怒尚未降臨，回頭吧，當心吧，我說，啊！慈悲的上帝！

避開那地獄的火坑吧！」

比勒達老頭的語言裡還徘徊著鹹澀海洋的氣息，混雜著來自《聖經》的短語和家鄉的土話。

「停住，停住，比勒達，現在給我停住，別糟蹋了我們的標槍手，」法勒叫道，「虔誠的標槍手永遠成不了好水手——虔誠會奪去他們身上的鯊魚性子，沒有點鯊魚性子的標槍手一根稻草都不值。那個小夥子納特．斯萬尼，曾是南塔克特和瑪莎葡萄園島最勇敢的小艇領班；他加入教會之後就一蹶不振了。他為自己討厭的靈魂而惶惶不可終日，從此見了鯨魚就退縮，就躲避，害怕出意外，萬一沉了船，就得去見海閻王。」

「法勒！法勒！」比勒達說，抬起眼睛，舉起雙手，「你，你自己，和我一樣，見識過多少危難時刻啊；你知道，法勒，什麼是對死亡的恐懼；那麼，你怎麼能裝出這種不敬神的樣子胡說八道呢。你心口不一，法勒。告訴我，『皮廓號』在日本被颱風捲走三根桅杆的時候，就是你和亞哈船長搭檔，做大副的那次航行，那時候難道你沒有想到過死亡和末日審判嗎？」

「聽他說，聽他說的，」法勒叫嚷道，大步穿過船艙，雙手深深地插到衣袋裡，「聽聽他說的，你們幾個。想想吧！我們以為船隨時就要沉了！死亡和末日審判？什麼啊？有那三根桅杆在不停地雷鳴般撞擊著船身，前前後後都有浪頭向我們頭上壓來，那個時候會想到死亡和末日審判嗎？不！沒時間想什麼死亡。亞哈船長和我想的只是活命，是如何救出船上的所有人，如何裝上應急桅杆，如何駛入最近的港口。那就是我當時想的。」

比勒達沒有再說什麼，只是扣好了上衣，昂首闊步地走上甲板，我們跟在他後面。他站在那裡，安靜地俯視著船腰修補中桅帆的幾個帆工。他時不時地彎身撿起一塊補丁，一段塗了柏油的麻繩，不然，這些東西也許就會給浪費了。

## 第十九章 預言家

「船友們，你們在那艘船上登記了？」

魁魁格和我剛剛離開「皮廓號」，正優哉游哉地從水邊閒逛著往回走，各自想著心事，這時，一個陌生人在我們前邊停住，用他粗大的食指平指著「皮廓號」，向我們問了上面那個問題。他穿得破破爛爛的，一件褪色的夾克，一條打了補丁的褲子，脖子上裹著一條黑圍巾。天花的疤痕從四面八方彙集到他的臉上，使得他的臉就像是一個激流乾涸後的河床，布滿了複雜的稜紋。

「你們在那艘船上登記了？」他重複問道。

「我猜，你指的是『皮廓號』吧。」我說，試圖多爭取一點時間，好好觀察一下他。

「是的，『皮廓號』——船就在那邊。」他說，收回整條手臂，又迅速地筆直向外伸出，食指像刺刀尖一樣朝著目標戳去。

「是的，」我說，「我們剛剛簽了約。」

「裡邊提到你們的靈魂嗎？」

「提到什麼？」

「啊，也許你們沒有靈魂，」他急促地說，「但是沒關係，我認識很多沒有靈魂的小夥子——祝他們好運；他們沒有靈魂更好。靈魂就像是大車的第五個輪子。」

「你嘰嘰喳喳地在說什麼啊，夥計？」我說。

「不過，他已經有足夠的靈魂了，足以彌補其他人在這方面的不足。」這陌生人唐突地說，在

「他」字上神經兮兮地加重了一下語氣。

「魁魁格，」我說，「我們走吧。這傢伙一定是從哪裡逃出來的；他說的事和人我們都不明白。」

「等一下！」陌生人叫道，「你們說真話——你們還沒有見過老雷公，是吧？」

「誰是老雷公？」我說，再次被他那種瘋狂的認真態度吸引住。

「亞哈船長。」

「什麼！我們船的船長，『皮廓號』的？」

「是的，在我們的一些老水手當中，他享有那個名號。你還沒有見到過他，對吧？」

「沒有，我們還沒有。他們說他病了，但是正在好轉，很快就會徹底沒事了。」

「很快就會徹底沒事了！」陌生人笑道，笑容中帶有一種嚴肅的嘲弄意味，「你看著吧，要是亞哈船長徹底沒事了，我的這隻左臂也很快會徹底沒事的。」

「你知道他的事嗎？」

「他們都告訴了你哪些事？說說看！」

「他們沒有說太多關於他的事；我只聽說他是個優秀的獵鯨者，對待水手也是個好船長。」

「那是真的，那是真的——是的，這兩點千真萬確。但是，他一旦下令，你就必須跳起來。走過來，吼一聲，吼一聲就走——人們就是這麼說亞哈船長的。但是，很久以前，在合恩角發生在他身上的事就沒人說了，當時他像個死人似的躺了三天三夜；在聖塔的祭壇前和西班牙人的那場殊死搏鬥，也沒人說什麼了吧？——這些事情都沒聽說過吧，嗯？沒聽說過他往銀葫蘆裡吐口水吧？沒聽說過他上一次航行失去一條腿吧，和預言中的一模一樣。這些還有更多的事，你們隻言片語都沒有聽到過，嗯？不，我想你們是不會聽到的。你們怎麼能聽得到呢？這些事有誰知道呢？我想，並不是所有南塔克特人都知道。不過，無論如何，你們也許聽人說起過腿的事，他是怎樣失去它的；是的，我敢說，你們聽說過。啊是的，幾乎每個人都知道——我指的是他們知道他只有一條腿，另一條被一頭抹香鯨給弄掉了。」

「我的朋友，」我說，「你這一派胡言亂語說的都是什麼啊，我不知道，我也不在乎；我看你一定是腦子有點壞了。但如果你說的是亞哈船長，那邊那艘船，『皮廓號』的船長，那麼讓我來告訴你，他的腿是怎麼失去的，我全都清楚。」

「全都清楚，嗯——你敢保證——全都清楚？」

「確鑿無疑。」

這乞丐樣子的陌生人用手指著「皮廓號」，用眼睛瞄著，站了片刻，彷彿陷入了不安的沉思，然後微微有點吃驚地轉過頭說道：「你們上船了，是不是？在文件上簽字了？好吧，好吧，簽就簽了，該來的總會來，再說，也許最後不會那樣。無論如何，一切都定了，早就安排好的。我想，總會有水手和他一起去的，是這些人去，還是其他人去，都是一樣，上帝憐憫他們！早安吶，船友們，早安；妙不可言的老天爺祝福你們；很抱歉，我耽誤你們了。」

「我說啊，朋友，」我說，「如果你有什麼重要事要和我們說，你就說吧，但如果你只是想哄騙我們，你是找錯對象；我要說的就是這些。」

「說得不錯，我也喜歡聽人這樣說話。你正是為他準備的人——你們這樣的人。早安吶，船友們，早安！啊！你到了那裡的時候，告訴他們，我決定不加入他們了。」

「啊，親愛的夥計，你那樣是耍弄不了我們的——你耍弄不了我們。世上最容易的事莫過於一個人裝得好像有什麼了不起的祕密。」

「早安吶，船友們，早安。」

「早安。」我說，「走吧，魁魁格，我們離開這個瘋子吧。不過且慢，告訴我你的名字，可以嗎？」

「以利亞。」

以利亞！我想了一下，我們便走開了，依據各自的習慣，我們對這個衣衫襤褸的老水手議論了一番，得出一致的意見，他不過是個想嚇唬人的騙子。但是，我們還沒有走出一百碼遠，偶然拐過一個街角，我往身後看了一眼，發現以利亞在跟著我們，儘管保持著一段距離。不知怎的，看見他讓我心中一震，我沒有告訴魁魁格他跟在我們後面，而是和我的同伴繼續向前走，急於想看看這陌生人是否會跟著我們拐彎。果不其然，他似乎真的在跟蹤我們，意圖何在，我卻怎麼也想不出來。這種環境，加上他模稜兩可、半明半暗、半遮半掩的話，讓我心中不由得生出各種模糊的疑問和憂慮，而這一切都與「皮廓號」有關，都彙集在亞哈船長身上，他失去的那條腿、合恩角的突然生病、銀葫蘆，昨天我離開船時法勒船長說的關於他的事，老太婆提斯提格的預言，我們必須履約的出海航行，還有許許多多其他影影綽綽的事情。

我決定要弄清楚這個衣衫襤褸的以利亞到底是不是在跟蹤我們，帶著這種目的，我和魁魁格穿過街道，從另一側往回走。但是，以利亞繼續前行，似乎並沒有注意到我們。這讓我感到釋然了，同時再一次，似乎對我也是最後一次，我在自己心裡認定了他就是個騙子。

## 第二十章 全體動員

又過了一兩天，「皮廓號」上顯出一派繁忙景象。不僅舊帆補了起來，新帆也運上了甲板，成捆的帆布，成卷的繩索，簡而言之，一切都表明船的準備工作已在繁忙中接近尾聲。船長法勒很少或根本不到岸上去，而是坐在他的棚屋裡，嚴厲地盯著水手們工作，比勒達則負責採購及備用品的供應。負責船艙和索具的人員整天都在忙碌，天黑之後還要工作很久。

魁魁格在文件上畫押的第二天，船上人員下榻的所有客店都接到指令，讓他們必須在入夜之前將行李運上船，因為沒人知道船什麼時候啟航。於是，魁魁格和我把隨身行李送上了船，但是我們決定在岸上睡到最後一刻。不過，他們似乎總是提前很長時間下通知，結果船要過好幾天才能開。這不足為奇，在「皮廓號」裝備妥當之前，還有大量的工作要做，誰也說不清有多少事情要考慮到。

誰都知道，有好多東西——床鋪、燉鍋、刀叉、鏟子、火鉗、餐巾、堅果夾，以及其他物品，全都是必備的日用品。捕鯨也是如此，需要在遼闊的海洋上生活三年，遠離雜貨商、小販、醫生、麵包店和錢莊。儘管商船也會面臨這種情況，但絕對不會達到捕鯨船的這個程度。因為，除了捕鯨航行的旅程非常漫長，所需特殊物品數量巨大，而且還無法從通常停靠的遙遠港口獲得補充，必須記住，在所有的船隻中，捕鯨船遭遇各種意外的風險最大，尤其是對於航行成功最為關鍵的那些東西，最容易遭受破壞和損失。因此，備用的小艇、圓材、繩子和標槍，還有種種備用的東西，幾乎都要準備，除了備用的船長和備用的捕鯨船。

我們來到島上的這段時間，「皮廓號」所需要的最重要的儲備幾乎已經齊全，包括牛肉、麵包、淡水、燃料、鐵環和棍棒。但是，如前所述，還需要一段時間，陸陸續續地將各式各樣零零碎碎、大大小小的用品或取或送地運到船上。

負責這些雜務的是比勒達船長的妹妹，一個瘦削的老婦人，具有堅韌不拔、不屈不撓的精神，同時也有顆非常善良的心，她似乎打定了主意，只要她能幫得上忙的，一定保證「皮廓號」順利下海，應有盡有，概不缺乏。她一會兒帶一罐子鹹菜，送到膳務員的配餐室；一會兒拿一捆鵝毛筆，放在大副記航海日誌的桌子上；再一會兒又帶一小卷法蘭絨，給一個有風濕病的人護背。沒有任何女人比她更配得上「慈善」這個名字了——「慈善姑媽」，每個人都這麼叫她。就像一個慈善團體的修女一樣，這個好心的慈善姑媽到處忙個不停，隨時準備用她全部身心面對一切，給和她摯愛的哥哥比勒達密切相關的這艘船上的所有人帶來安全、舒適和慰藉，而且，在這艘船上，她自己也投資有幾十塊辛苦積存的銀元呢。

但是，到了開船前的最後一天，大家吃驚地看見，這個心腸極好的貴格會女教徒上船來，一隻手拿著一支長柄油勺，另一隻手拿著一把更長的捕鯨槍。比勒達自己和法勒船長也沒有落人於後。就說比勒達吧，他隨身攜帶著一張長長的所需物品清單，每當有新物品送到，他就在清單上相應的地方做個記號。而法勒則每隔一段時間，就從他那鯨魚骨棚屋裡一瘸一拐地出來，向艙口下面的人吼上一陣，向桅杆頂上的索具工吼上一陣，然後再吼著回棚屋去。

在準備出航的這些日子，魁魁格和我經常要去船上看看，我也經常向人打聽亞哈船長，他情況怎麼樣了，他什麼時候能登船。對於這些問題，人們總是回答，他會愈來愈好的，隨時都有望登船；與此同時，兩位船長，也就是法勒和比勒達，也能照顧好一切事宜，保證順利出航。如果我對自己足夠誠實，我心裡應該很清楚，一旦到了廣闊的海上，這個人就會成為船上說一不二的獨裁者，而在此之前我還一次都沒見過他，就把自己託付給如此漫長的一次航行，這真的有點昏了頭。但是，當一個人

已經陷身其中，即便他懷疑哪裡不對頭，有時他也會不由自主地設法向自己隱瞞起這種疑慮。我現在就是這個樣子。我什麼都不說，也力圖什麼都不想。

終於傳出消息，明日某時，船肯定會出航。於是，第二天早上，魁魁格和我早早就起身了。

# 第二十一章 上船

我們走近碼頭的時候，已將近六點，但天色還是灰濛濛霧茫茫的。

「有幾個水手跑在我們前面，如果我沒看錯，」我對魁魁格說，「那不可能是影子；我想，一出太陽就要開船，快走！」

「等等！」有一個聲音叫道，喊話的人同時從後面靠過來，兩隻手分別放在我們兩人的肩頭，擠到我們中間，稍微向前俯著身，在模糊的晨光中，奇怪地盯著我們看，先看看魁魁格，又看看我。原來是以利亞。

「上船去？」

「把手拿開，可以嗎？」我說。

「聽我說，」魁魁格說，搖動著肩膀，「走開！」

「那你們不上船了嗎？」

「不，要上的，」我說，「但那和你有什麼關係？你知不知道，以利亞先生，我覺得你有點無禮了。」

「不，不，不；我一點都不覺得。」以利亞說，緩慢而驚奇地看看我，又看看魁魁格，帶著難以形容的表情。

「以利亞，」我說，「幫幫忙吧，離開我和我的朋友。我們要去印度洋和太平洋，我們不想耽擱。」

「你們是這樣嗎，你們早餐前就回來嗎？」

「他瘋了，魁魁格，」我說，「快走。」

「啊哈！」以利亞站著不動，向剛走出幾步的我們叫了一聲。

「別管他，」我說，「魁魁格，我們走。」

但是他又悄悄跟了上來，突然用手拍拍我的肩膀，說，「剛才你看見什麼像人一樣的東西向船那邊去了嗎？」

這個清清楚楚、直截了當的問題讓我心裡一動，我回答說，「是的，我想我確實看見了四、五個人，可是太模糊了，我說不準。」

「很模糊，很模糊，」以利亞說，「早安。」

我們再次擺脫他，但是他又悄悄跟了上來，又碰碰我的肩膀說：「看看你現在還能不說發現他們，好嗎？」

「發現誰？」

「早安！早安！」他回答道，又走開了。「啊！我還要提醒你們一下——但是不要介意，不要介意——萬物歸一，我們都是一家人；——今天早上霜很重，不是嗎？再見。我們不會很快就再見的，我想，除非在大陪審團面前。」說完這些瘋話，他終於離開了，把我們留在那裡，有一陣子，他這種瘋狂的冒失無禮讓我們甚感驚異。

最後，我們登上了「皮廓號」的甲板，發現到處都靜悄悄的，沒有一個活動的人影。船艙入口從裡面鎖住了。艙口蓋都關著，上面堆著成捆的繩子。我們走向船頭樓，發現小艙口的滑蓋開著。透出來一線燈光，我們走下去，只發現了一個老索具工，裹著破爛的厚呢上裝，直挺挺地撲在兩口箱子上，臉朝下，埋在交疊的兩臂之中，睡得正酣。

「我們看見的那些水手，魁魁格，他們能去哪裡呢？」我說，懷疑地看著睡覺的索具工。但在碼頭上的時候，魁魁格似乎根本就沒有注意到我現在提到的水手的事；如果不是以利亞那個莫名其妙的問題，我還真的以為是我自己看花了眼。不過，我把這件事放下了，再次打量起睡覺的人來，打趣地示意魁魁格，我們不妨守著這具屍體，坐一會兒，並要他照辦。他把一隻手放在那個睡著了的人的屁股上，彷彿是要摸摸是否夠軟，然後，二話不說，悄悄地就坐在上面了。

「天哪，魁魁格，別坐在那裡啊。」我說。

「啊！非常不錯的座位，」魁魁格說，「這是我家鄉的習慣，不會傷到他的臉的。」

「臉！」我說，「你管那個叫臉？那倒是一張很親切的臉，但他呼吸得好費勁，他喘不過氣來了，下來，魁魁格，你太重了，會把這可憐蟲的臉壓扁的。下來，魁魁格！瞧，他就要把你顛下來了。好奇怪，他居然沒醒。」

魁魁格挪動身子，坐到那人腦袋旁邊，點燃了他的戰斧菸斗。我坐在那人腳邊。我們就那樣在那睡著的人身體上方把菸斗傳來傳去。與此同時，在我的詢問下，魁魁格用他那支離破碎的語言，讓我明白了在他的家鄉，由於缺少各種類型的沙發，國王、酋長和通常的大人物們，習慣將一些下等人養胖，做墊腳軟凳之用。而要把一間屋子布置得舒舒服服，只需買上十個八個懶漢，放在窗邊和壁角就可以了。此外，這樣對短途旅行也很方便，要遠遠好過那些可以折疊成手杖的花園椅，有需要的時候，酋長就會召來他的隨從，要他在一棵濃蔭籠蓋的樹下充當一張長沙發，也有可能是在一塊潮濕的沼澤地上。

在講這些的時候，魁魁格每次從我手裡接過斧頭菸斗時，總會用斧頭那一面在睡著的人頭上揮舞兩下。

「你那是幹什麼，魁魁格？」

「灰（非）常容易，殺了他，啊，灰常容易！」

看來，他正沉浸在有關戰斧菸斗的瘋狂回憶中，似乎它有兩種用途，既可用來砍下敵人的頭，也能給他的靈魂帶來慰藉。就在這時，那個沉睡的索具工引起我們的注意。此刻，狹小的空間已經充滿了濃烈的煙霧，這開始對他產生作用。他的呼吸開始變得沉悶，然後鼻子也似乎有了麻煩，他翻了一兩次身，終於坐了起來，揉著眼睛。

「喂！」他終於喘了口氣，說道，「你們這兩個抽菸的是什麼人？」

「船上的人，」我說，「什麼時候開船？」

「哦，哦，你們要坐這艘船，是嗎？今天開船。船長昨晚上船了。」

「什麼船長？——亞哈？」

「除了他還有誰？」

我正要繼續問問他亞哈的情況，甲板上突然傳來一陣喧鬧聲。

「喂！史塔巴克起來了，」索具工說，「他是個精力充沛的大副，一個好人，也是虔誠的人，大家都起來了，我也得去做事了。」這樣說著，他爬上甲板，我們在後面跟著。

這時，太陽已經升起。水手們很快就三三兩兩來到甲板上。索具工們忙碌起來。船長的幾位副手也在專心致志地工作。岸上還有幾個人在忙著把最後一批各種物品送上船。這期間，亞哈船長依然不見蹤影，深藏在他的船長室裡。

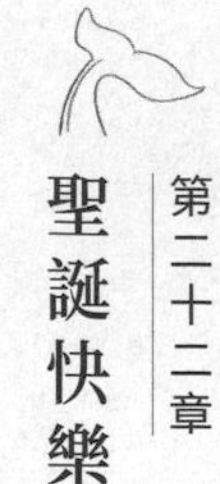

# 第二十二章 聖誕快樂

最後，接近中午的時候，最後一批索具工才下船，「皮廓號」起錨離開了碼頭，細心的慈善姑媽送來了她最後的禮物——一頂睡帽給她的妹夫二副史塔布，一本備用《聖經》給膳食長——之後乘坐捕鯨小艇離開了。這之後，兩位船長，法勒和比勒達，從船艙裡出來，法勒轉身衝著大副說：

「好，史塔巴克先生，你確定一切無誤了嗎？亞哈船長已經準備就緒——剛和他說過話——不需要從岸上再運什麼東西了吧，嗯？那好，召集所有人手。把他們叫到船尾這裡來——該死的東西！」

「再急也沒必要說粗話，法勒，」比勒達說，「你去吧，史塔巴克老兄，按我們的吩咐做。」

怎麼回事！就在馬上啟程的這個當口，法勒船長和比勒達船長卻要在後甲板上發號施令，彷彿他們兩個要做海上的聯合司令，就跟船停在港口時一樣。而且，說到亞哈船長，還沒有看見他的一絲蹤影；只聽人說他在船艙裡。但在當時，大家以為，要讓船起錨，順利駛到海上，完全沒有必要非得他在場。的確，這種事根本不是他的本行，而是引水人的事；而且他還沒有完全康復過來——他們是這樣說的——因而，亞哈船長待在下面。這一切都顯得足夠自然，尤其在商船上，不少船長起錨後很長時間都不到甲板上去，而是留在船艙的桌邊，和岸上的親朋作樂辭別，直到他們和引水人一起下船回去。

但是，已經沒有太多機會來考慮這種事情了，因為法勒船長正在生龍活虎地忙碌著。說話和發令最多的似乎是他，而不是比勒達。

「都到船尾來，你們這些私生子，」他叫嚷道，水手們還逗留在主桅那裡，「史塔巴克先生，把他們趕到船尾來。」

「把那邊的帳篷拆掉！」——這是第二道指令。如前所述，這個鯨骨棚屋出了港口就得拆掉；在「皮廓號」上，三十年來，大家很清楚，起錨之後的事便是拆棚子了。

「開動絞盤機！雷厲風行！——跳！」——這是下一道指令，水手們應聲跳躍著撲向絞盤手桿。

通常起錨的時候，引水人的崗位總是在船首前部。而在此地，眾所周知，比勒達除了他其他頭銜之外，也是南塔克特港領有執照的引水人，法勒也是如此——人們懷疑他做引水人是為了給他有股份的船節省一筆引水費，因為他從不為別的船引水——比勒達，我敢說，他可能正全神貫注地從船首俯視著正在靠近的錨，間或拖著長調唱出幾句淒涼的讚美詩，來給絞盤旁邊的水手們鼓鼓勁，那些水手則精神飽滿、真心實意地吼著關於布林巷女孩們的歌。然而，兩三天之前，比勒達還告訴過他們，「皮廓號」上不許唱淫詞浪曲，尤其是在起錨的時候。而他的妹妹慈善姑媽，已經在每個水手的鋪位上放了一本華慈的讚美詩小冊子。

與此同時，正在船尾照料的法勒船長，則是破口大罵，樣子可怕極了。我幾乎以為，錨還沒有升起來他就會把船弄沉。我不情願地把手停在手桿上，告訴魁魁格照我的樣子做，想到我們倆將要冒怎樣的風險，一啟航就遇上這麼個魔鬼引水人。不過，想到虔誠的比勒達，我稍感安慰，也許在他那裡能夠得到解救，儘管他給我的是七百七十七分之一的紅利。就在這時，我突然感覺屁股上被狠狠踹了一下，轉過身，驚駭地看見幽靈一般的法勒船長，正在從我身邊收回他的一條腿。那是我挨的第一腳。

「他們在商船上都是那樣起錨嗎？」他吼叫道，「絞起來，你們這些羊腦袋；絞啊，折斷你們的脊梁骨！為什麼你們不絞，嘿，你們所有的人——絞啊！夸霍格！絞啊，紅鬍子的小夥子；絞啊，戴蘇格蘭帽子的；絞啊，穿綠褲子的用力絞啊，嘿，所有的人，把你們的眼珠子都絞出來！」這樣一邊說著，一邊沿著絞盤走動，隨心所欲地到處施展他的腳法，而比勒達則泰然自若地繼續領著大家唱讚美詩。我不由得心想，法勒船長今天一定是喝了什麼東西。

錨終於絞了上來，船帆也張開了，我們滑離了岸邊。這是個短暫而寒冷的耶誕節，當北方短促的白晝融入黑夜，我們幾乎已經進入了遼闊而寒冷的大洋，冰凍的浪花把我們裹在冰裡，就像穿上了閃亮的盔甲。舷牆上一長排一長排的冰柱在月光中閃閃發亮。彎曲的巨大冰錐，如同巨象乳白色的獠牙，從船頭上垂下來。

身材瘦削的比勒達，作為引水人，帶頭值第一班守望，當這艘老船深深地扎進綠色的海水，全身籠罩在顫抖的寒氣之中，狂風怒號，索具咯咯作響，不時地能聽到他沉穩的歌聲——

良田在洪水洶湧的彼岸，
滿身裝扮著鮮活的綠色。
恰似猶太人眼中的古迦南，
約旦河在中間滾滾流過。

那些美妙的詞句從來沒有像當時那樣甜美動聽。它們充滿了希望和果實累累的喜悅。儘管這是喧鬧的大西洋上寒冷的冬夜，儘管我的雙腳潮濕，上衣濕得更厲害，但是當時對我來說，似乎依然存在著可以預期的歡樂的港口，草地和林間空地永遠和煦如春，春天發芽的青草，未經踐踏，未曾枯萎，直至仲夏。

我們終於航行在海面上，就不再需要這兩位引水人了。一直陪伴我們的那艘結實的帆船開始慢慢靠過來。

在這個節骨眼上，看到法勒和比勒達如何大動感情，尤其是比勒達船長，這讓人十分好奇，但也沒有引起不快的感覺。他們還不願意離開，非常不願意就此離開這艘航程漫長而凶險的船——它要越過兩個風暴肆虐的海角，這艘他投資了幾千塊辛苦賺來的銀元的船，這艘由一個老夥計擔任船長的船，這個和他一樣老邁的人，要再次面對恐怖無情的鯨口。他不情願跟這麼一樣在每個方面都令他興趣盎然的東西道別——可憐的比勒達老頭長久地徘徊著，在甲板上焦慮地邁著大步，一會兒奔下船艙，和那裡的人道別，一會兒又登上甲板，向迎風處張望，望望那以遠方看不見的東方大陸為界的寬廣無盡的海洋。他向陸地望望，向天空望望，向左右望望，他到處都看看，以致不知道該看哪裡了。最後，他機械地將一根繩子繞在銷子上，痙攣地緊抓住法勒的一隻手，舉起一盞提燈，有一陣子就站在那裡，充滿英雄氣概地凝視著法勒的眼睛，彷彿要說：「不過，老夥計法勒，我能忍得住，是的，我能承受。」

至於法勒本人，他對待這事的態度更像個哲學家，但儘管有他的哲學，當提燈照到近前的時候，還是能看見他眼中閃耀著一滴淚花。而他也是同樣地來回奔跑，從船艙到甲板，不時地和下面的人說上一句，又不時地和大副史塔巴克說上一句。

但是，最後，他轉身對著自己的同伴，以最後告別的表情注視著他：「比勒達船長——來吧，老夥計，我們得走了。放下主帆桁！喂，小艇！準備靠攏！當心，當心！——來吧，比勒達，小夥子——說再見吧。祝你好運，史塔巴克——祝你好運，史塔布先生——祝你好運，弗拉斯克先生——再見，祝你們好運——三年後的今天我會在老南塔克特為你們準備一頓熱氣騰騰的晚餐。好哇，走吧！」

「上帝祝福你們，祂的聖恩會保守你們，夥計們。」比勒達老頭幾乎語無倫次地喃喃說道，「我希望你們都趕上好天氣，這樣亞哈船長很快就能在你們中間走動了——他需要的就是怡人的陽光，你們的航行會經過熱帶，陽光充足。獵鯨時要當心，你們這些當官的。別讓小艇沒必要地瞎闖，你們這些標槍手們，上等白杉木板今年已漲了足足百分之三。不要忘記禱告。史塔巴克先生，當心別讓桶匠浪費備用的板條。啊！縫帆針都在那個綠色的箱子裡！主日的時候捕鯨不要捕得太狠，夥計們。不過也別錯過良機，拒絕了老天爺的好禮物。照看一下那只糖漿桶，史塔布先生，我覺得它有點漏了。如果你們在海島停靠，弗拉斯克先生，小心別和那裡的女人廝混。再見了，再見！不要讓乳酪在艙底下放得太久，史塔巴克先生，會壞的。奶油要小心點吃——那可是兩毛錢一磅呢，你要當心，要是——」

「走吧，走吧，比勒達船長，別再嘮叨了——走吧！」法勒這樣說著，催促他越過船沿，兩個人都下到了小艇上。

大船和小艇分開了，寒冷潮濕的夜風從它們中間吹過。一隻尖叫的海鷗在頭上盤旋。兩艘船都劇烈搖晃。我們發出三聲心情沉重的高呼，彷彿聽天由命一般盲目地投進了孤寂的大西洋。

## 第二十三章
# 背風岸

幾章之前，曾談到過一個叫巴金頓的人，一個新上岸的高個子水手，是我們在新貝德福的一家客棧裡遇見的。

在那個冷得讓人發抖的冬夜，當門志昂揚的「皮廓號」一頭扎入冰冷凶險的波浪時，我看見屹立著掌舵的竟然就是巴金頓！我帶著同情的敬畏和恐懼注視著他，他冬天剛剛從四年的危險航行中上岸，又如此不辭辛勞，登上又一次充滿狂風暴雨的旅程。陸地似乎會燙傷他的腳。最奇妙的事物永遠是無法言傳的，最深沉的記憶不需要墓碑，這短短的一章就是巴金頓沒有墓碑的墳墓。我只能說，他的命運就像這艘風暴撥弄的船，悲慘地沿著背風岸行駛。港口願意救援，港口是仁慈的，港口意味著安全、舒適、壁爐、晚餐、溫暖的毯子和朋友，對我們必死的凡人充滿溫馨的種種美好。但是，在大風中，港口和陸地，就成了船隻最為可怕的威脅。船必須逃離一切的殷勤好客，只要碰一下陸地，哪怕是輕輕擦到龍骨，也會讓它戰慄不已。它要用盡全力，鼓起所有風帆，離開海岸，與此同時，還要對抗那會將它吹回老家的風，它要再次尋找沒有陸地的波濤洶湧的海洋。為了尋找避難所，它才不顧一切地衝進危險之中。它唯一的朋友，反倒是它最強大的仇敵！

你現在知道了嗎，巴金頓？只要瞥上幾眼，你就能發現那凡人不可忍受的真理，所有深刻而誠摯的思考不過是靈魂大無畏的努力，以保持它海闊天空的獨立性，天地間最猛烈的風暴不是在合謀將它拋上陰險而奴性十足的海岸嗎？

然而，正是在浩無際涯的汪洋中才存在最高的真理，它像上帝一樣無邊無岸，無窮無盡——在那咆哮的無限之中毀滅，也好過被可恥地沖到下風，即使在那裡可以得平安！因為只有蠕蟲一樣的東西，啊，才會怯懦地爬向陸地！可怕至極的恐懼！所有這一切的苦痛折磨都是徒勞無益的嗎？振作起來，振作起來，啊，巴金頓！堅強地挺住吧，你這半人半神的英雄！從你葬身海洋的浪花裡，將會筆直地升起一個神化的形象！

# 第二十四章
# 辯護者

因為魁魁格和我現在已經投身於捕鯨這個行業，而在陸地人看來，捕鯨是一種相當缺乏詩意和不名譽的職業，因此，我急於想讓你們陸地人相信，這樣對待我們捕鯨者是不公平的。

首先，澄清這個事實幾乎會被認為純屬多餘，因為在大多數人眼中，捕鯨這個職業和所謂自由職業並不能相提並論。如果一個陌生人被引進任何一個五花八門的都市社交圈，向大家介紹他是個標槍手，那只會讓人對他的功過略微議論一番；而如果要他效仿海軍軍官，在名片上附上他職業的簡稱字母S.W.F.（抹香鯨獵捕業），這個舉動一定會被看成是過於裝腔作勢和極其荒唐可笑的。

無疑地，世人拒絕稱譽我們捕鯨者的一個首要原因在於：他們認為，我們的職業頂多就和屠宰業一樣，當你積極地投身其中，就會沾染上各種各樣的汙穢。我們是屠夫，這是事實。但是，同樣也是屠夫，而且是最為血腥的屠夫，別人卻成了軍事指揮官，世界會一如既往地欣然為之賦予榮譽。而至於我們行業所謂不潔這件事，你很快就會了解到一些迄今尚未廣為人知的事實，從整體上，這些事實將成功地使獵捕抹香鯨躋身於這個潔淨地球的最為潔淨的行業之列。但是，即便承認那些指責是對的，捕鯨船混亂溜滑的甲板又怎麼比得上屍橫遍野、惡臭熏天的戰場呢？而正是從這樣的戰場歸來的眾多戰士，為什麼卻可以在全體女士的喝彩聲中開懷暢飲呢？如果一想到要冒生命危險，就大大強化了從軍者普遍的自負，那麼我可以保證，一看到抹香鯨那巨大的尾巴幽靈般出現，把牠頭上的空氣扇成一個個旋渦，很多輕鬆自在地大步走向炮臺的老兵，會馬上嚇得縮頭縮腦。因為，人所能理解的恐怖相較於上帝將恐怖和奇觀合而為一，又算得了什麼！

不過，儘管世界輕蔑我們捕鯨者，它卻在不經意間給予我們最深切的敬意，是的，而且是無限的崇拜！因為幾乎全世界大大小小的蠟燭和燈盞，都像眾多神殿前的燈燭一樣，是為我們的榮耀而燃的！

我們再從另外的角度來看看這件事，在各種天平上稱量一番，看看我們捕鯨者過去和現在都是何等人。

為什麼德．維特時代的荷蘭會有將軍在捕鯨船隊中任指揮官？為什麼法國的路易十六會自掏腰包，在敦克爾克裝備捕鯨船，還客氣地從我們南塔克特島邀請幾十戶人家去那裡定居？為什麼英國在一七五〇到一七八八年之間為捕鯨者支付的獎金高達一百萬英鎊？最後一點，我們美國捕鯨者的數目怎麼會超過世界上其他地方所有捕鯨者的總和？我們的捕鯨船隊有七百多艘船，人員有一萬八千之眾，每年耗資四百萬元，投入航行的船隻價值二千萬元，每年運回我們港口的豐厚收穫總值七百萬元。如果捕鯨業沒有強大的吸引力，這一切又該作何解釋？

但是，這還不到一半呢，請再往下看。

我敢坦率地斷定，心懷四海的哲學家終其一生也無法指出一種和平的力量，在最近六十年中，對於整個世界的潛在作用，總體而言，能夠超出崇高強盛的捕鯨業。總歸在某一方面，捕鯨業引發了本身就令人矚目的事件，它們隨後引發的問題又具有如此持久的重要性，因此，可以將捕鯨業視為那位埃及母親，她的後代都是她自體生殖而來。要列舉這些事情，那會是一件令人絕望、無窮無盡的工作。我們羅列幾樁也就夠了。過去多年間，捕鯨船都是探索世界上最為遙遠和鮮為人知的部分的先驅。它探索了海洋和尚未畫入地圖的群島，連庫克船長和溫哥華船長都未曾到過那裡。如果美國和歐洲的兵艦現在可以平安地駛進曾經荒蠻的港口，就讓它們為了捕鯨船的榮耀鳴炮致敬，是它們開闢了最初的道路，也是最早充當了與野蠻人溝通的管道。他們盡可以隨心所欲地讚美他們那些探險遠征的

英雄，你們那些個庫克，你們那些個克魯森施滕，但是我要說，那幾十個從南塔克特出航的不為人知的船長，他們同樣偉大，甚至比你們的庫克和克魯森施滕還要偉大。因為他們是毫無救援、赤手空拳，在屬於異教徒的、鯊魚出沒的水域，在沒有任何記錄的海灘，標槍林立的島嶼，與沒人遇過的原始奇蹟和恐怖搏鬥過，那是庫克和他配備火槍的海軍陸戰隊所不敢面對的。所有在以往的南海航行中被大肆炫耀的東西，只不過是我們英勇的南塔克特人一生中的老生常談。往往是這樣，溫哥華用三章講述的冒險，這些人卻認為不值一提，甚至在普通的航海日誌中都不予記載。啊，世道！啊，世道！

在捕鯨船繞過合恩角之前，在歐洲和太平洋沿岸一長串富饒的西班牙屬地之間，沒有商業往來，只有殖民，除了殖民，幾乎沒有任何的交流。是捕鯨者首先打破了西班牙王朝的戒備政策，接觸到那些殖民地。如果篇幅允許，我本可以一一交代清楚，那些捕鯨者如何最終促成了祕魯、智利和玻利維亞從古老的西班牙統治下解放出來，並在這些地方確立了永久的民主制度。

澳大利亞，相當於地球另一端的偉大的美洲，就是由捕鯨船帶進文明世界的。一個荷蘭人最初偶然發現它之後，長期以來，除了捕鯨船在那裡停靠，其他船隻都把它看作瘟疫橫行的荒蠻之地，避之唯恐不及。捕鯨船是那個現在十分強大的殖民地的母親。更有甚者，在澳大利亞殖民地建成初期，那些外來移民多次有幸獲得在那一帶水域停泊的捕鯨船的救助，憑藉船上施捨的餅乾才免於餓死。玻里尼西亞無數的小島都承認同樣的事實，並對捕鯨船致以商業上的敬意，是它們為傳教士和商人打開了通路，在很多情況下將早期傳教士帶到他們最初的目的地。如果日本那個閉關鎖國的島國最終也變得好客起來，那也只能歸功於捕鯨船，因為它已經駛到了日本的大門口。

但是，如果面對這一切，你依然宣稱，捕鯨從審美方面毫無高貴之處，那我就準備用魚槍和你大戰五十回合，每一次都能把你挑於馬下，丟盔棄甲。

你會說，寫鯨魚的沒有出過名作家，記述捕鯨的也沒有出過著名的史家。

沒有著名的作家寫過鯨魚，也沒有著名的史家記述過捕鯨？那又是誰最早記錄了我們的大海獸呢？還不是偉大的約伯！是誰寫作了關於捕鯨航行最初的故事呢？是誰，不就是阿爾弗雷德大帝嗎？他用御筆記錄了當時挪威獵鯨者的口述！又是誰在議會上對我們發表了熱情洋溢的讚詞？還不是艾德蒙．柏克！

這一點也不假，但是捕鯨者自己都是些窮鬼，他們可沒有什麼高貴的血統。

他們沒有什麼高貴的血統？他們擁有比皇家血統更高貴的東西。班傑明．富蘭克林的祖母是瑪麗．莫雷爾，婚後叫做瑪麗．福爾格，夫家是南塔克特早期的移民世家，她是一長串福爾格家族和標槍手們的女祖宗——這些標槍手都是高貴的班傑明的親戚——直到今天他們還在世界各地投擲裝有倒鉤的標槍。

這也不錯，不過，所有人都承認捕鯨總有些不體面。

捕鯨總有些不體面？捕鯨是皇家職業！憑藉古老的英國法律，鯨魚被稱為「皇家之魚」。

哦，那只是名義上的說法而已！鯨魚本身從來沒有以什麼宏偉壯觀的樣子出現過。

鯨魚從來沒有以什麼宏偉壯觀的樣子出現過？羅馬將軍每次凱旋，在進入這世界之都的時候，都有一頭鯨魚的骨頭一路從敘利亞海岸運來，那是鐃鈸齊鳴的佇列中最惹人注目的東西了。

既然你這麼說了，姑且如此吧，但是，隨便你怎麼說，捕鯨行業裡不存在真正的尊嚴。

捕鯨行業裡不存在尊嚴？我們這行的尊嚴老天爺恰恰可以作證。鯨魚座就是南方的一個星座！無須多言！如果在沙皇面前你要壓低帽子，在魁魁格面前就要脫帽了！無須多言！我認識一個人，在他的有生之年，捕殺了三百五十頭鯨。我認為這個人比古代那個自誇攻下過同樣多城池的大首領還要值得尊敬。

至於我自己，萬一在我身上存在著尚未發現的精華品質，萬一我在那個渺小而靜默的世界中，尚

能得到我可以合理追求的真正的名聲，萬一將來我還能做一些總體上做比不做強的事情，萬一在我死後，我的遺囑執行人，或者確切地說，我的債權人，在我的桌子抽屜裡發現了珍貴的手稿，那麼，我在這裡預先將所有的光榮和成就都歸於捕鯨，因為捕鯨船就是我的耶魯大學、我的哈佛大學。

# 第二十五章

# 附言

為了維護捕鯨業的尊嚴，我願意提出一些再具體不過的事實。但是，在列舉自己的事實之後，一個辯護者卻完全壓下了一個並非不合情理的推測，這推測又能雄辯地說明他的理由——這樣的辯護者，並不是無可指責的吧？

眾所周知，國王和王后加冕的時候，甚至現代的國王和王后們也是如此，為了他們日後行使職能之便，他們要經過一道甚為奇特的加調味料的儀式。既然有所謂的皇家鹽窖，那麼也會有鹽瓶了。他們究竟如何使用鹽——誰知道呢？然而，我可以肯定，加冕時國王的腦袋要鄭重其事地塗上油，甚至塗成一盆沙拉。難道他們給腦袋塗油，就像給機器塗油一樣，是想讓裡面的腦子更好使嗎？此處大為值得反思，它牽涉到這種皇家儀式的尊嚴問題，因為在日常生活中，一個小夥子要是給自己頭髮塗油，而且油香四溢，我們是不大能看得起他的。事實上，一個使用頭油的成熟男人，除非是治療的需要，否則可能是頭上什麼地方長瘡。作為一個通例，他的身價也不會太高。

然而，這裡唯一需要考慮的是——加冕時用的是哪種油？當然不會是橄欖油，也不會是植物性髮油和蓖麻油，也不會是熊油、普通鯨油，或是鱈魚肝油。那麼，除了未經加工、沒有汙染、所有油中最為甜美的抹香鯨油，它又能是什麼呢？

想一想吧，你們這些忠實的不列顛人！是我們捕鯨者為你們的國王和王后們供應加冕用的油啊！

## 第二十六章

# 騎士與侍從（上）

「皮廓號」的大副是史塔巴克，一個道地的南塔克特人，祖輩就是貴格會信徒。他身材瘦長，態度誠摯，儘管出生在寒冷的海岸地區，卻很能適應高緯度的炎熱，他的身體堅硬得像回爐的麵包。即便到了東印度群島，他的熱血也不會像瓶裝麥芽酒一樣壞掉。他一定是在乾旱和饑饉的年代出生的，或是在他那個州聞名的齋戒禁食日出生的。僅僅三十來個乾旱不毛的夏天就榨乾了他身體上多餘的東西。但是，這個人的瘦削，這麼說吧，既不是折磨人的焦慮憂煩的表現，也不是任何身體疾病的證據，它僅僅是男人身上的凝縮現象。他絕非滿臉病容，而是恰恰相反。他純淨緊繃的皮膚極其合身，緊裹在裡面的是防腐的內在健康和力量，就像一個復活的埃及人，這個史塔巴克似乎有所準備，要忍受未來的漫長歲月，一直忍受下去，就和現在一樣。因為無論是冰雪嚴寒的極地，還是酷熱毒辣的太陽，他內在的活力在各種氣候條件下都能應付自如，就像一個有專利的天文鐘一樣。看著他的眼睛，你似乎就能看見那裡依然徘徊著他一生中千百次冷靜面對的危難影像。這是一個沉著堅定的人，他生活的絕大部分是一齣生動的默劇，而不是充滿喧囂卻又平淡無奇的章節。不過，儘管他具有不折不扣的節制與剛毅的品質，他身上的某些特點卻時時會影響到，甚至在某些情況下會壓倒其他的品質。作為一個非同一般、恪盡職守的海員，他天生就有一種令人敬畏的尊嚴感，荒蠻孤寂的水上生涯強烈地使他傾向於迷信，不過，這種迷信的某些組織結構似乎發端於智慧，而不是無知。外部徵兆和內心預感都為他所用。如果說，這些東西不時地讓他焊鐵般的靈魂屈服，那麼，他對遙遠家鄉的記憶，對年輕妻子和孩子的思念之情，則更容易使他粗獷的本性有所改變，讓他更深地向潛在的影響打開心胸，這些影響在某些心地誠實的人那裡，會約束住敢於面對魔鬼的勇敢衝動，這些衝動往往是在極其凶險的捕鯨風波中由別人激發出來的。史塔巴克曾說：「我的船上不要不怕鯨魚的人。」這句話的意思似乎是說，不僅最可信賴和最有效的勇氣源自對危險的正確估計，而且作為同伴，一個全然無所畏懼的人，要遠比一個懦夫危險得多。

「是啊，是啊，」二副史塔布說，「史塔巴克，在捕鯨這個行業，你哪裡也找不到像他那樣仔細的人。」但是，我們不久就會看見，當史塔布這樣的人，或是幾乎任何其他獵鯨者使用「仔細」這個詞時，它到底意味著什麼。

史塔巴克不是冒險的十字軍戰士，在他而言，勇敢不是一種感情，而純粹是一件對他有用的東西，並且在所有嚴重的場合都是拿來使用的。此外，他認為，捕鯨這一行，勇敢也許是捕鯨船束要的裝備之一，就如同船上的牛肉和麵包，不應該愚蠢地浪費掉。因此，日落以後他就沒有興致放下小艇去捕鯨了，他也不願意和過於頑強的鯨魚再繼續戰鬥了。史塔巴克想，我在這危險的海洋上捕鯨是為了謀生，不是為了讓鯨魚謀生而被牠們吞掉，史塔巴克很清楚，成百上千的人就這樣死於鯨魚之嘴。他的親生父親是怎樣的命運呢？在深不見底的汪洋中，他去哪裡能找到他兄弟那被撕碎的肢體？

帶著這樣的記憶，而且由於某種前面提到過的迷信，這位史塔巴克的勇氣依然旺盛，只不過已到了極限。但是，像他這樣做事有條理的人，又有著如此可怕的經歷和記憶，要說這些事情沒有在他心裡形成某種潛在秉性，那是不合情理的，而這種秉性一旦環境適合，就會突破封鎖，將他全部的勇氣燒個精光。就算他很勇敢，那勇敢也主要是表現在某些無所畏懼的人身上，在與海洋、狂風、鯨魚，或是世界上通常的不合理的恐怖的搏鬥中，他們一般能夠保持堅韌不拔，但卻無法對抗那些因為更具有精神性從而更為強烈的恐怖，這種恐怖有時能透過一個強者緊皺的眉頭來讓你畏縮不前。

然而，未來的敘述如果真有什麼地方徹底有損於可憐的史塔巴克的勇毅精神，那應該只是我的無

心之失；因為去揭示靈魂中勇氣的淪喪，絕對是件悲哀且令人震撼的事情。人類可能會像聯合股份公司和國家一樣令人厭憎，可能會有流氓、傻瓜和謀殺犯，可能會有卑鄙和枯槁的面孔，但是，人類，理想中的人類，是如此高貴和光輝四射，這樣偉大光榮的生靈，一旦有了可恥的汙點，他所有的同伴都會競相拋掉自己最為昂貴的袍子，與他撇清關係。我們從內心深處感受到的完美無瑕的男子氣概，迄今依然深藏在我們心中，依然完整無缺，儘管所有外在的特徵似乎都已經消散，一旦看到一個喪失勇氣的人那毫無遮掩的模樣，就會痛苦得椎心泣血。虔誠之神本身，面對這般恥辱的景象，也無法完全壓下對許可這種現象的星宿的責難。但是，我所探討的這種令人敬畏的尊嚴，不是帝王將相的尊嚴，而是沒有封官授爵的普通大眾的尊嚴。你將會看到它在揮鎬打樁的手臂上熠熠生輝，這民眾的尊嚴從上帝那裡向四面八方無盡地放射開來，從上帝本身！偉大的至高無上的上帝！一切民主的圓心和圓周！祂無所不在，賜給我們神聖的平等！

那麼，對於最為卑鄙的海員、變節者和被拋棄的人，從此以後，我把高尚的品質歸之於他們，儘管並不明顯，在他們周圍編織悲劇的魅力；如果連他們中間那最為悲慘，或許最為墮落的人，也時時能擢升到崇高的峰頂；如果我能夠為工作者的手臂染上一點靈光；如果我能在他那災難性的落日之上展開一道彩虹；那麼，在所有凡人的指責面前為我作證吧，你這平等的公正之神，既然你已經展開高貴的人性的斗篷，將我所有的同類全部覆蓋！

為我作證吧，祢這偉大的民主之神！
祢不曾拒絕班揚這個惡囚，這蒼白的詩的珍珠；
祢曾為老邁窮困的塞萬提斯的殘臂
披上鍛打兩遍的純金葉子；

祢曾把安德魯·傑克遜從卵石堆裡提起來，拋上戰馬，
使他扶搖直上，位尊九五！
祢，以祢所有的權能，巡行四極，
從高貴的平民中選拔出最優秀的戰士；
為我作證吧，啊，上帝！

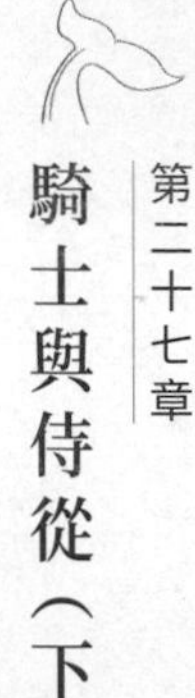

## 第二十七章

# 騎士與侍從（下）

史塔布是二副。他是土生土長的鱈魚角人，因此，根據當地習慣，他被稱為鱈魚角佬。他是個隨遇而安的人，既不怯懦，也不勇敢，以一種無動於衷的態度對待風險，而在追捕鯨魚的危急關頭，他能夠全力以赴，不辭辛勞，沉著鎮靜，就像雇來工作了一年的嫻熟木匠。他脾氣隨和，容易相處，無憂無慮，指揮起捕鯨小艇來，彷彿最為致命的遭遇也不過是家常便飯，他的水手就是應邀而來的客人。

他把自己小艇上的座位布置得舒適有加，這方面他頗為講究，就像一名驛車老車夫一樣在乎自己座位是否舒適。靠近鯨魚戰鬥時，在千鈞一髮的時刻，他使用起他那毫不留情的標槍，可是冷靜而又隨便，就如同吹著口哨的補鍋匠揮動錘子一樣。當小艇與暴怒至極的怪物側翼相對，他還會哼著他那過時的老調。對於史塔布來說，長期的經驗已經把死亡的巨顎變成了安樂椅。他怎麼思考死亡本身，這不得而知。他是否思考過死亡，這可能都是個問題，但是，如果他偶然在一頓舒適的晚餐後有過那樣的一閃念，無疑地，就像一個好水手那樣，他把它當作值班員的一聲呼喚，讓他趕緊爬上桅頂，去做點什麼，至於到底要做什麼，那得等到他服從了命令之後，才會弄明白，而不是在命令之前。

在一個充滿沉重負擔，所有人都被自己的包袱壓得躬身在地的世界，史塔布怎麼成了這樣一個逍遙自在、無所畏懼的人，背負生活的重擔而快樂地跋涉不停？是什麼幫助他養成了那幾乎不夠虔敬的好脾氣，那一定是他的菸斗，也許還有其他東西。因為，像他的鼻子一樣，他那短短的黑色小菸斗已成了他臉部的特徵之一。你幾乎看不到他起床時只有鼻子而沒有菸斗。他準備了一整排裝好的菸斗，

插在一個架子上，伸手就能夠到，每當上床的時候，他都會一根接一根把它們抽完，抽完一根就用餘火點燃另一根，直到最後一根，然後再把它們都裝上菸，以備重新使用。因為，史塔布起床時，不是先穿上褲子，而是先叼上菸斗。

我認為這樣連續不斷抽菸至少是形成他獨特性情的原因之一，因為眾人皆知，這個塵世的空氣，無論岸上的還是在海上的，都可怕地感染上了無以計數的死人呼出的無名疾病；在霍亂發作的時候，有些人行走時嘴上捂著含樟腦的手帕；同樣地，為了對抗凡人的痛苦，史塔布呼出的菸氣可能發揮了一種消毒劑的作用。

三副是弗拉斯克，瑪莎葡萄園島上蒂斯伯里的土著。一個身材短小，粗壯結實，面色紅潤的小夥子，非常喜歡和鯨魚搏鬥，不知怎的，他似乎認為那大海獸冒犯過他個人，與他是世仇；因而，一旦遇見就要將之毀滅，這對他是一個至關重要的榮譽。於是，對於鯨魚的宏偉身軀和神祕行為所造成的眾多奇蹟，他已完全喪失了敬意；遭遇鯨魚時可能面臨的危險，他也同樣麻木不仁；以他膚淺的觀點看來，奇妙的鯨魚不過是一種放大了的老鼠，或是水鼠而已，只要一點小小的計謀，花費少許時間和力氣，就能把牠們宰了烹了。他的這種愚昧無知、毫不自覺的無畏精神，使得他對待捕鯨有點像是開玩笑；他追擊大鯨是為了取樂，繞合恩角為期三年的航行，只是一個持續三年之久的愉快玩笑。正如木匠用的釘子有鍛造釘和切製釘，人也可以類似地劃分。小弗拉斯克就是鍛造的那類，生來就是要釘得牢牢的，歷久彌堅。人們稱他為「皮廓號」上的中柱，因為，從形體上看，他與北極圈捕鯨船上有中柱之名的那種短而方的木柱非常相像，借助許多成輻射狀嵌在上面的側檁條，就可以用來撐牢船身，抵禦洶湧大海上冰塊的撞擊。

這三位長官——史塔巴克、史塔布和弗拉斯克，都是舉足輕重的人物。一般就是由他們作為領班來發令，指揮「皮廓號」的三艘捕鯨艇。在宏偉的大戰中，亞哈船長會動用他的全部軍力攻擊鯨魚，

這三個領班就是每個小隊的首領。或者，裝備上鋒利的捕鯨槍，他們便成了三個精選的槍手，甚至作為標槍手來投擲標槍。

因為在這聞名遐邇的捕鯨業中，每一個大副或領班，都像一個古時候的蠻王，總是有舵手或標槍手作為隨從，在某些緊要關頭，當魚槍嚴重扭曲時給他遞上新的魚槍，或者在攻擊中助他一臂之力。因而，這兩人之間通常會有一種十分緊密的關係和友誼，所以，在這裡我們來交代一下，「皮廓號」上的標槍手都是哪些人，他們分屬於哪個領班。

首當其衝的是魁魁格，大副史塔巴克選了他作為自己的侍從。魁魁格我們已經很熟悉了。

其次是塔什特戈，來自蓋伊角的一個純種印第安人，此地位於瑪莎葡萄園島西端的海角，那裡還殘存著最後一個紅人村莊，長期以來一直為南塔克特周邊島嶼提供眾多最為勇敢的標槍手。在捕鯨業中，他們通常被稱作蓋伊角人。

塔什特戈生著又長又細的黑髮，高高的顴骨，又黑又圓的眼睛——儘管對於一個印第安人來說，這雙眼睛大得有點像東方人，而眼睛中亮閃閃的表情又像是南極人——這一切都足以表明，他是那些驕傲的武士獵人血統純正的後裔，這些武士獵人為了獵捕新英格蘭的大駝鹿，手持弓箭，搜遍了大陸上所有的原始森林。但是，塔什特戈不再嗅聞林地裡野獸的足跡了，他現在沿著巨鯨的尾波狩獵，父輩例不虛發的弓箭已被這個子輩向無偏差的標槍取代了。看看他蛇一樣柔軟的棕褐色四肢，你幾乎就會相信某些早期清教徒的迷信，並有一半相信這個印第安野蠻人是「在空中掌權的魔鬼」的兒子。塔什特戈是二副史塔布的隨從。

標槍手中位列第三的是達戈，一個巨人，黑如煤炭的野蠻人，走路有如雄獅——看起來就像波斯王亞哈隨魯。耳朵上懸垂著兩只碩大的金環，水手們都稱之為環螺栓，議論著怎麼用來固定頂帆的升降索。

年輕的時候，達戈志願在他家鄉一個偏僻海灣的捕鯨船上做水手。除了非洲、南塔克特和捕鯨者最常造訪的異教徒港口，他從來沒有去過世界上任何別的地方。在船東特別在乎所雇水手的個人習慣的捕鯨船上，他已經度過了很多年英勇無畏的捕鯨生涯。達戈保留了所有野蠻人的品德，像隻長頸鹿，傲人的筆直身材，只穿襪子也有六英尺高，在甲板上高視闊步。仰望著他時，你會產生一種身體上的自卑感，一個白人站在他面前，就像堡壘上一桿乞求休戰的小白旗。

說來奇怪，這個帝王般威嚴的黑人，亞哈隨魯達戈，居然成了小個子弗拉斯克的隨從，那人站在他旁邊簡直就像西洋棋的一顆棋子。至於「皮廓號」上的其他水手，據說，目前在美國捕鯨業中雇用的大量水手中，美國出生的至多只占二分之一，不過，所有的頭目幾乎都是美國人。在這方面，美國捕鯨業的情況和美國海軍、陸軍和商用船隊的情況一樣，用來建造美國運河與鐵路的工程隊伍也是如此。我之所以說一樣，是因為在所有這些情況中，土生土長的美國人大方地供應腦力，世界其他地方的人則慷慨地供應體力。

這些捕鯨者中，有不少人屬於亞速群島，從南塔克特出發的捕鯨船經常在那裡停泊，從岩石密布的海岸上招募吃苦耐勞的農民來做水手。情況類似，從赫爾或倫敦啟航的格陵蘭捕鯨船會在設德蘭群島停靠，在那裡補足船上所需要的人手。在歸途中，他們再把這些人送回原地。島民似乎都是最優秀的捕鯨者，到底原因何在，我說不清楚。「皮廓號」上的水手幾乎都是島民，也是與世隔絕的人，我這樣稱呼，就是不承認人類生活在同一片大陸上，而是每個與世隔絕的人都生活在他自己的一方天地中。

不過，現在大家同舟共濟了，那是怎樣一群與世隔絕的人啊！來自各個小島和地球四面八方的人組成了一個阿納卡西斯·克魯茲[1]代表團，在「皮廓號」上陪著亞哈老頭，要在很多人一去不返的法庭上鳴這世界的不平。黑小子皮普——他就沒有回來——啊，不！他以前是去過的。這可憐的阿拉巴

馬男孩！在「皮廓號」無情的船頭樓上，你馬上就會看見他，敲打著他的小手鼓。當大限將臨之前，他被叫到高高的後甲板去，遵命與天使一起合奏，他興高采烈地敲打著手鼓，時而為懦夫鼓勁，時而為勇士歡呼！

1 阿納卡西斯·克魯茲（Anacharsis Cloots, 1755-1794），普魯士貴族，法國革命家，自稱為「人類的演説家」，一七九二年改籍法國。一七八九年法國大革命爆發時來到巴黎，加入雅各賓派俱樂部。一七九〇年在國民議會上宣稱，他和他領導的由外國人組成的「人類大使」代表團是《人權宣言》的擁護者，是下層人民的代表。後來觸怒了羅伯斯比，於一七九四年被送上斷頭臺。

## 第二十八章 亞哈

離開南塔克特好幾天了，始終還沒有看見亞哈船長從艙中出來。三個副手定時輪流值班，看不到任何反常的事情，他們似乎就是船上僅有的指揮官了，只是他們有時從船艙中出來，帶來突然而專橫的指令，這才知道他們只是代人指揮而已。是的，他們的最高主子和獨裁者就在那裡，儘管迄今為止，沒有獲准進入那個神聖隱祕的船艙的人，還沒有機會看到他。

每一次我在下面值完班，上到甲板上，我都馬上看一看船尾，看是否有陌生面孔出現，因為最初與這位尚未謀面的船長有關的模模糊糊的不安，在與世隔絕的海上，現在幾乎已經變成了一種煩惱。衣衫襤褸的以利亞斷斷續續的惡毒話語，時時不請自來，在我心中重現，以預想不到的微妙力量，奇怪地加重了這種不安的感覺。我幾乎已經承受不住了，要是在別種情緒狀態下，對於碼頭上那位古怪先知嚴肅而荒誕的言行，我便會一笑置之。但無論我感覺到的是恐懼還是不安——姑且這麼說吧——每當我在船上環顧四周，便似乎覺得這樣的感覺沒有任何道理。儘管標槍手們和那一大群水手，與我以前熟悉的溫順的商船水手相比，要野蠻得多，行事更有異教徒風格，而且五色雜陳，我仍然要把這種憂慮的感覺歸結為——也是正確地歸結為——我不顧一切投身其中的瘋狂十足的斯堪的納維亞人的職業，是它強烈而獨一無二的本質使然。但是，船上三位主要長官的表現，也就是大副、二副、三副，尤其有力地緩解了這些讓人無精打采的疑慮，讓人對航行的各個方面都產生了信心和歡愉之情。想找三個更好、更合適、每人自有一套的長官，恐怕並不容易，而且他們每一個都是美國人；一個南塔克特人，一個瑪莎葡萄園島人，一個鱈魚角人。船從港口啟航時正是耶誕節期間，有一段航程

我們遇到的是寒冷刺骨的北極天氣，儘管我們始終是在離開這種氣候，向南行駛；我們每航行過緯度的一度一分，就逐漸離那無情的冬天又遠了一度一分，將它無法忍受的天氣留在身後。一天早晨，天色並不陰暗，但還是灰濛濛的，正在明暗交替之際，伴隨著一陣順風，船破浪而行，報復般地一蹦一跳，速度快得教人憂慮。我登上甲板去值午前班，我抬起眼睛向船尾欄杆一瞄，一陣預兆般的寒顫便襲遍了我的全身。現實超過了恐懼，亞哈船長赫然就站在後甲板上。

他似乎沒有任何一般的病徵，也沒有任何康復的跡象。他看起來就像一個從火刑柱上剁下來的人，烈火燃遍了四肢，四肢卻沒有燒毀，也絲毫無損於它們久經風霜的結實健壯。他的身形高大，好似用堅固的青銅製成，而且是在一個不可改變的模子裡塑造成形的，像義大利雕塑家切利尼澆鑄的帕修斯像。一道略顯蒼白的纖細的條狀疤痕，從他的灰髮間蜿蜒而出，從晒成黃褐色的面頰一側徑直而下，經過脖頸，隱沒在他的衣服裡面。它類似於凌空而下的閃電，在一棵高聳的大樹上劈出的一條垂直裂縫，有時閃電一根嫩枝都沒有損壞，只是從樹頂到樹根剝去了一道樹皮，留下一條凹槽，然後消失在泥土之中，留下大樹依然青蔥鮮活，只是打上了烙印。那道疤痕是生來就有的，還是重大創傷留下的，沒有人能確定。憑藉某種心照不宣，人們在整個航行中很少或根本不提這件事，尤其是幾位長官。不過，塔什特戈的長輩，蓋伊角的一個老印第安人，迷信地斷言，亞哈身上出現那道烙印的時候還不到四十歲，那道疤痕不是和任何凡人打架留下的，而是在海上與暴風雨搏鬥造成的。但是，這個胡亂的猜想被一個曼島老頭用拐彎抹角的推理給否定了，這老頭陰森森的，以前從來沒有離開過南塔克特島，也從來沒有見過瘋狂的亞哈。然而，古老的海上傳說，無法追憶的古老迷信，輕易賦予了這個老頭具有超自然的洞察力。所以，當他說如果亞哈船長哪天壽終正寢——這樣的事幾乎不太可能，他又嘟囔了一句——那時，為死者做終敷禮的人將會發現，他從頭到腳有一道胎記，對他這番話，沒有哪個白人水手予以認真的反駁。

亞哈整個給人的冷酷印象和那道青灰色的疤痕，給我的影響如此強烈，以致最初片刻我幾乎沒有注意到，這種霸道冷酷的感覺在很大程度上來自那條支撐他半個身子的粗蠻的白腿。以前我聽人說過，這條象牙色的假腿是在海上用抹香鯨顎骨打磨成的。「是啊，他的腿是在日本海上斷的，」蓋伊角的那個老印第安人說，「但是和他船上折斷的桅杆一樣，他不用回家取就安上了另一個根桅杆。他有相當多的桅杆。」

他奇特的姿勢讓我大吃一驚。在「皮廓號」後甲板的每一側，緊靠後桅側支索的地方，船板上各有一個鑽出的洞，大概半英寸深。他的假腿就插在那個洞裡固定著，他一隻手臂抬起，抓住一根側支索，筆直地站在那裡，徑直越過不停俯仰的船頭向遠方望著。他的那種一動不動、無所畏懼、筆直向前的凝望中，有著無比堅定的勇氣和絕不會屈服的倔強意志。他一句話都不說，他屬下的頭目們也和他什麼都不說，但是，他們細微的姿態和表情，都清楚地表明，置身於這個滿懷煩惱的主子的眼皮子底下，他們即便不覺得痛苦，也會有不安的感覺。而且，不僅如此，喜怒無常、飽受摧殘的亞哈站在他們面前時，臉上帶著一種基督受難的表情，某種巨大痛苦帶來的無可名狀、壓倒一切的君王般的威嚴。

這第一次的公開視察很快就結束了，他退回自己的艙中。但是，那天早晨以後，水手們每天都可以看見他，或是站在他的鑽孔裡，或是坐在他那張牙骨凳子上，或是腳步沉重地在甲板上走動。隨著天空變得不那麼陰沉了，甚至開始變得有點親切怡人，他獨處的時間也愈來愈少，彷彿當船離開家鄉之後，讓他如此孤絕的就只有冬天海上的死寂荒涼了。而且，不久以後，他就幾乎不間斷地待在外面了。儘管他開口說話，或者是大家覺得他說話了，在終於變得陽光明媚的甲板上，他依然像是多出來的桅杆一樣顯得無用。但是，「皮廓號」目前只是在趕路，不是正規巡航，幾乎所有需要監督的捕鯨前的準備工作，三位副手完全可以勝任，這樣一來，很少甚或沒有任何事情能驚動亞哈，或是需要他親力親為；因而，他眉頭上籠罩的雲層暫時消散了，雲總是喜歡堆積在最高的山峰上。

不久，我們就碰上了假日般怡人的天氣，如溫暖的鳥鳴一般誘人，逐漸使他陶醉，擺脫了陰鬱的情緒。因為當四月和五月這兩個面頰緋紅、蹦蹦跳跳的少女，回到憤世嫉俗的寒冷的樹林，甚至光禿、粗糙、慘遭雷擊的老橡樹，也至少會放出一些綠色的葉芽，來歡迎這兩位滿心歡喜的訪客。就這樣，亞哈最後也對這少女般頑皮誘人的氣氛有了一點反應，他的臉上不止一次露出一絲花蕾般模糊的快意，換作別人，很快就會綻放，成為粲然一笑了。

## 第二十九章
# 亞哈登場，史塔布隨上

過了幾天，冰和冰山就都甩在船後面，「皮廓號」正穿過基多明亮的春天。在海上，春天幾乎永遠駐足於熱帶八月的門檻。涼爽中帶有暖意，清澈乾脆，芬芳滿溢的豐足的日子，像盛著冰凍雪酪的波斯水晶杯一樣，堆積著——一片片薄薄的玫瑰香水凝成的雪。繁星滿天、莊嚴宏偉的夜晚，彷彿傲慢的貴婦身著鑲嵌寶石的天鵝絨，驕傲地獨守家中，回憶著她們外出征戰的伯爵，那頭戴金盔的太陽！想要睡覺的人，在可愛的白晝和迷人的夜晚之間是很難進行選擇的。但是，那不曾減弱的天氣的魔力不僅向外部世界釋放出魔咒和力量，也作用於人的靈魂，尤其在黃昏降臨的寂靜柔美的時辰，那時，記憶水晶那冰一般清澈的形體向著無聲的薄暮閃射。所有這些微妙的影響，都愈來愈深地鍛造著亞哈的身心。

老年人總是很警醒，彷彿活得愈久，就愈不想與死亡相關的東西打交道。在海上的船長們中間，鬍鬚斑白的老人往往會離開自己的床鋪，去探訪夜色籠罩的甲板。亞哈便是如此，只有在這時，在最近這些日子，他似乎才更多地生活在戶外，說實話，他更多的是從甲板回到船艙，而不是從船艙上到甲板。「要我這樣的一個老船長走下狹窄的艙口，」他會自言自語地嘟囔，「到墓穴般的床鋪上去，那感覺就像是回到一個人的墳墓。」

於是，幾乎每二十四小時，當夜班輪值開始，甲板上的人就為甲板下面睡覺的人放哨；如果要把一根繩子拽到船頭樓上，水手們不是像白天那樣粗暴地一拋，而是小心地放到指定位置，唯恐驚擾了他們沉睡的船友。當這種不變的寂靜開始彌漫，沉默的舵手便會習慣性地觀察艙門，沒過多久，那位老人就會冒出來，緊抓著鐵欄杆，一瘸一拐地爬上來。有人認為他身上還有點人情味，因為每逢這樣的時刻，他通常不會在後甲板巡視，因為對於他疲憊不堪的副手們來說，要是在他的牙骨腳跟六英寸範圍內睡覺，耳邊就會迴盪著叮噹作響的腳步聲，他們的夢中就會滿是鯊魚嘎吱嘎吱咬牙的聲音了。但是有一次，他的心情過於沉重，忘記像平時那樣照顧大家，他邁著沉重的、伐木般的腳步，從船尾到主桅測量著這艘船。這時，古怪的二副史塔布，從艙裡上來，用一種不太自信的、自嘲式的幽默，提醒說，如果亞哈船長喜歡在船上走走，沒人能說個「不」字，不過，總有某種消音的法子。接著，他又含含糊糊、猶猶豫豫地說，可以弄一團亞麻什麼的，把牙骨腳跟包在裡面。啊！史塔布，那時你還不了解亞哈。

「我是炮彈嗎？史塔布。」亞哈說，「你願意把我那樣包起來嗎？不過，走你的路吧，我已經忘了。下你的夜間墳墓裡去，你這樣的人就得睡在裹屍布裡，最後把你自己做填料。——下去吧，狗東西，回你的狗窩去！」

這始料未及、突如其來的斥責讓史塔布大吃一驚，有好一陣子說不出話來，隨後他激動地說：「我不習慣有人這樣和我說話，先生，我很不喜歡這樣，先生。」

「閉嘴！」亞哈從牙縫間擠出這樣一句，猛地轉身要走，好像是要避免衝動的誘惑。

「不，先生，我還閉不了嘴，」史塔布鼓足勇氣說，「我不會乖乖被人叫成狗的，先生。」

「那就叫你十聲驢子、騾子、蠢驢，滾吧，否則我就把你從世界上清理出去！」

這樣說著，亞哈逼到他跟前，模樣可怕極了，史塔布不由得向後退去。

「以前我從沒受過這樣的對待而不狠狠回擊的。」史塔布發現自己正在走下艙口，不禁嘟囔起來，「真是怪了。等等，史塔布；真是莫名其妙，我現在真是弄不清楚，要不要回去揍他，還是——還是什麼？——跪在這裡為他禱告嗎？是的，我當時冒出來的就是這麼個念頭；但那會是我有生以來第一次做禱告。真怪，非常怪，他也很古怪；是啊，無論怎麼看待他，他大概都是和史塔布一起出海的最古怪的老頭。他對我有多麼耀武揚威啊！——那眼睛就像火藥池！他瘋了嗎？他腦子裡肯定有什麼事，就像是甲板一響一定是上面有什麼事。如今一天二十四小時，他在床上的時間還不到三小時，就是在床上他也不睡。那個麵團小子，那個管伙食的服務員，有天早上不是告訴我，他經常發現老頭子吊床上的被褥總是皺成一團，床單堆在床腳，被單幾乎打了結，枕頭熱得可怕，好像上面放過一塊滾燙的磚頭！一個滾燙的老頭！我看他一定是有了岸上人所謂的心病，據說這是一種三叉神經痛——比牙痛還糟糕。好吧，好吧，我不知道那是什麼，但是老天爺沒讓我得上這種病。他渾身都是謎團，我很想弄個究竟，誰和他在後艙約會？那不是很古怪嗎，嗯？不過，這也很難說，那是老把戲了——還是打個盹吧。該死的，一個人哪怕只是為了倒頭就睡，也值得來世上走一遭了。我既然想到了這個，我奇怪他到後艙去幹什麼，麵團小子告訴我，他懷疑這老頭子每晚都到後艙去。他去那裡幹什麼，嬰兒出生後的頭一件事就是睡覺，這也是一件古怪的事。該死的，不過，只要你稍微想一想，萬事都是古怪的。但是，那不符合我的規則。什麼都不想，是我的第十一誡；而能睡便睡，則是第十二誡——這不又來了嘛。但那又是怎麼回事？他不是管我叫狗嗎？下地獄吧！他叫了我十聲驢，還有一大串公驢蠢驢！他還不如踢我幾腳了事。也許他真的踢了我，我沒有留意，不知怎麼回事，我當時被他的模樣嚇住了。就像是有根白骨一晃。活見鬼，我究竟怎麼回事？我的腿都站不直了。頂撞那個老頭真讓我魂不守舍。老天爺，我一定是在做夢——怎麼回事？怎麼回事？怎麼回事？——不過，唯一的辦法是把這事放下，再回到吊床上去，到了早上，再看看我白天對這套討厭的把戲又有什麼想法。」

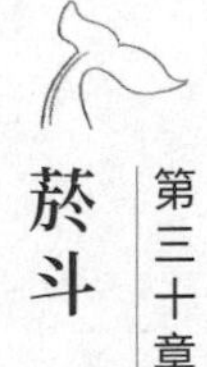

# 第三十章 菸斗

史塔布走了以後，亞哈斜倚著舷牆站了一會，然後，就和他近來習慣的那樣，喚來一個值班的水手，打發他到艙下取他的牙骨凳子來，還有他的菸斗。就著羅盤箱上的燈點燃菸斗，把凳子安置在甲板迎風的一側，他坐下來開始抽菸。

在古老的斯堪的納維亞時代，據傳說，那些愛海的丹麥國王們的寶座是用獨角鯨的牙齒做的。看著亞哈坐在那張三腳骨凳上，你怎麼能不把它看作是王位的象徵呢？因為亞哈就是船上的可汗，海上的君王，和大海獸的偉大主宰。

就這樣過了一會兒，濃煙從他的嘴中快速不斷地噴出，又撲回到他的臉上。「怎麼回事，」他終於從嘴裡抽出菸斗，自言自語地說道，「抽菸也不再能給我安慰了。啊，我的菸斗！如果你也喪失了魅力，我就要受苦了！我在這裡不知不覺地受著折磨，而不是享受——是啊，我一直愚蠢地迎著風抽，迎著風，還一口接一口地猛噴，活像垂死的鯨魚，我最後噴出的都是最猛烈、最要命的苦惱。我還要跟這支菸斗打什麼交道？這玩意兒是為了讓人平靜的，讓柔和的白煙熏透柔和的白髮，而不是我這樣蓬亂的鐵灰色的髮綹。我再也不抽了——」

他把還燃著的菸斗拋到海裡。火在波浪中嘶嘶作響，在同一個瞬間，大船從沉沒的菸斗濺起的水泡旁急速駛過。亞哈拉低帽子，蹣跚地在甲板上走來走去。

## 第三十一章

# 麥布女王[1]

第二天早上，史塔布和弗拉斯克搭話。

「這麼奇怪的夢，中柱，我可從來沒有做過。你知道那老頭子的牙骨假腿，我夢到他用那假腿踢我；我想踢回去，我這麼一想，我的小兄弟，我的腿就踢了出去！隨後，一轉眼，亞哈就成了一座金字塔，我像個發瘋的傻瓜，一直不停地踢它。但更奇怪的是，弗拉斯克，你知道所有的夢都有多麼奇怪——就在我大發雷霆的時候，不知怎麼的，我尋思起來，說到底，讓亞哈踢我，也不是什麼太大的侮辱。『為什麼，』我心想，『吵個什麼勁啊？又不是一條真腿，只是條假腿。』一個活東西踢你一腳和一個死東西踢你一腳，這裡的區別可就大了。弗拉斯克，那就是為什麼給人用手打一下，要比挨人家一手杖，要難受五十倍的原因。活人才能造成活的侮辱，我的小兄弟。聽著，我在暗自琢磨，我一個勁地用我的蠢腳趾頭踢那見鬼的金字塔，這真是天大的矛盾啊，我一直對自己說：『他那是什麼腿，不過是根手杖而已。一根鯨骨手杖。沒錯，』我心想，『那一腳不過是鬧著玩，實際上，他只是給了我一鯨骨棒——而不是卑鄙地踢了我一腳。還有，』我心裡想，『你再看看，踢到我身上的部分——那假腿的尖——那才有多大一點啊；反之，如果一個大腳農夫踢了我，那才是大大的侮辱呢。但這一回的侮辱只是假腿尖那麼一點兒。』但是這時，夢裡出現了一個天大的笑話。弗拉斯克，就在我猛踢金字塔的當下，來了一個長著獾毛的雄性老人魚，背上有個駝峰，抓住我的肩膀，把我扯著快

---

1 麥布女王，英國民間傳說中司掌人類夢境的仙女。

速轉了一圈。『你在幹什麼？』他說。媽的！老兄，其實我嚇壞了。這麼一副尊容！但不知怎麼回事，我馬上克服了恐懼。『我在幹什麼？』我終於開口說道，『這和你有什麼關係，我倒想知道，駝背先生？你想挨踢嗎？』老天爺作證，弗拉斯克，我的話剛說完，他就把屁股轉向我，彎下腰，掀起他用來做遮羞布的一大片海藻——你想我看見了什麼？——我的天，老兄，他屁股上插滿了穿索針，針尖朝外。我再一想，就說：『我想，我還是不踢你了，老夥計。』『聰明的史塔布，』他說，『聰明的史塔布。』他就那麼嘟囔個沒完，就像一個鑽煙囪的巫婆咬自己牙齦一樣。看到他沒有打算停下來，還一直在說『聰明的史塔布，聰明的史塔布』，我心想，還是繼續踢那金字塔吧。但是我剛抬起腳，他就大叫起來：『不要踢！』『喂，又怎麼了，老夥計？』我說。『你聽著，』他說，『我們來討論下什麼叫做侮辱。亞哈船長踢了你，對不對？』『是的，他踢了，』我說，『就踢在這裡。』『很好，』他說，『他用的是他的鯨骨腿，對不對？』『是的，是鯨骨腿。』我說。『那麼，好，』他說，『聰明的史塔布，你還要抱怨什麼呢？難道他踢你不是出於好心嗎？他踢你用的不是普通的松木腿，對吧？不，踢你的是一個偉大的人物，而且用的是一條美麗的鯨骨腿，史塔布。這是一種榮譽；我認為是一種榮譽。聽著，聰明的史塔布。在古時候的英格蘭，那些最顯赫的貴族都認為，被王后摑上一耳光，並因此成為嘉德騎士，那是了不得的光榮；而你史塔布，你盡可以誇耀一番，你是被老亞哈踢的，並因此成了一個聰明人。記住我說的話；讓他踢，把他踢你看作光榮，不要想著還腳，因為那無濟於事，聰明的史塔布。你沒有看見那座金字塔嗎？』正說著，也不知怎麼搞的，他突然以一種奇怪的姿勢游上天空去了。我打起鼾來，翻了個身，原來是睡在我的吊床上！好了，對這個夢你怎麼想，弗拉斯克？」

「我不知道，不過，我覺得這夢有點愚蠢。」

「也許吧，也許。但是它讓我成了一個聰明人，弗拉斯克。你可看見亞哈站在那裡，正側眼俯視著船尾？好了，弗拉斯克，你最好是讓那老頭自己待著，不要和他說話，無論他說什麼。喂！他在嚷嚷什麼？聽！」

「桅頂上的人！都給我眼睛放亮點！附近有鯨魚！如果看見一頭白色的，就拚命喊，把你們的肺都喊炸了！」

「你現在怎麼想，弗拉斯克？是不是有點古怪啊，嗯？一頭白色的鯨魚——你注意到沒有，夥計？你瞧——有什麼特殊的事要發生了。做好準備吧，弗拉斯克。亞哈心裡藏著什麼特殊的事情。不過，別出聲，他朝這邊來了。」

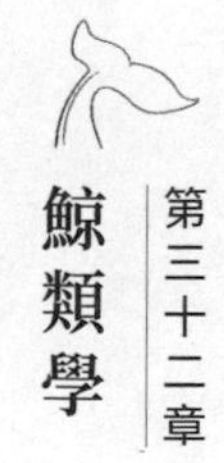

## 第三十二章

# 鯨類學

我們已經勇敢地駛進了深海，但很快就會迷失在不見邊岸，也沒有港口的汪洋之中。在此之前，在「皮廓號」海草叢生的船身與大海獸那結滿藤壺的身軀並排而行之前，首先有必要處理好一件幾乎不可或缺的事情，透澈理解和領會下述有關大海獸的各種比較特殊的真相和典故。

我現在願意呈給諸位的，是按照大類，對鯨魚進行系統化的展示。不過，這絕非易與之事。這裡的嘗試無異於將一堆混亂不堪的材料加以分門別類地梳理。且聽近代最優秀的權威人士的說法吧。

西元一八二〇年，斯科斯比船長說：「動物學的任何分支都不像鯨類學那樣紛繁複雜。」

西元一八三九年，外科醫生比爾說：「即使我有能力，我也不想深入探究將鯨類分成群和族的正確方法……在研究這種動物（抹香鯨）的史學家中，存在著極端混亂的狀況。」

「在深不可測的汪洋中不適合從事我們的研究。」「我們的鯨類學知識被無法穿透的面紗覆蓋著。」「一個荊棘叢生的領域。」「所有這些不完備的說明只會讓我們的博物學家備受折磨。」

偉大的居維葉、約翰．杭特和萊松，這些動物學和解剖學的指路明燈，就是這樣說到鯨魚的。然而，雖則真正的知識不多，相關的書卻不少；鯨類學或者是關於鯨魚的科學，多少也是如此。有很多人或多或少寫到過鯨魚，有小人物，也有大人物；有老人，也有新人；有陸地人，也有水手。不妨先簡單提及若干：《聖經》的作者們，亞里斯多德，普林尼，阿爾德羅萬迪，湯瑪斯．布朗爵士，格斯納，雷，林奈，朗德勒，威洛比，格林，阿特迪，席博德，布里松，馬滕，拉塞佩德，邦內特爾，居維葉男爵，弗列德利克．居維葉，約翰．杭特，歐文，斯科斯比，比爾，班尼特，約翰．羅斯．布

朗，《米里亞姆・柯芬》的作者，歐姆斯德和亨利・奇弗神父。但是，這些人的著作最終有什麼概括性的意義，上面援引的片段可見一斑。

上述寫過鯨魚的作者名單中，只有那些名列歐文之後的人才見過活鯨，而他們中間只有一個是真正的職業標槍手和捕鯨者。我指的是斯科斯比船長。在格陵蘭鯨或露脊鯨這個單獨的科目上，他是目前最優秀的權威。但是，斯科斯比對於大抹香鯨卻一無所知，也什麼都沒有說過，和抹香鯨比起來，格陵蘭鯨幾乎不值一提。這裡應該說一下，格陵蘭鯨篡奪了海上的王位，其實牠根本不是個頭最大的鯨。不過，由於牠的王位具有長期的優先權，加上大約七十年以前，人們對抹香鯨還極其無知，使之染上了傳說般的或是極其陌生的色彩，時至今日，除了為數極少的一些科學研究機構和捕鯨港，這種無知依然支配著一切，因此，這篡得的王位便一直保持至今，未受觸動。查考一下過去的偉大詩人，他們幾乎全都用過這大海獸的典故，就足以說明，格陵蘭鯨無可匹敵，在他們心目中就是海中的君王。但是，做出新的宣告的時候終於到了。這就是查令十字架[1]；你們聽著，普天之下的良民，格陵蘭鯨已被廢黜，偉大的抹香鯨已登基！

現存的只有兩本書，佯稱要把活生生的抹香鯨呈現在你面前，但其實僅僅是一種嘗試，離成功何止天壤之別。這兩本書就是比爾和班內特的著作；兩位作者當時都是英國南海捕鯨船上的外科醫生，也都是嚴謹可信之人。他們書中涉及抹香鯨的原始資料必定很少；但是迄今為止，它們是品質很高的資料，儘管大多侷限於科學性的描述。然而，到目前為止，在任何文獻中，無論是科學性的還是詩意化的，抹香鯨的生活都沒有得到完整的描述。和所有其他被獵捕的鯨魚大大不同，牠的生活尚未見諸筆端。

1 查令十字是位於倫敦西敏市的一個交匯路口，是倫敦的傳統中心點。得名於十三世紀末英王愛德華一世為紀念死去的埃莉諾王后所建的十二座頂端為十字架的紀念碑。

現在需要對各種鯨魚進行全面而通俗的分類，即便只是暫時給出一個簡單的輪廓，以後自會有人在各個門類中加以不斷地補充。既然沒有更合適的人出來擔當此任，我就不揣淺陋，姑且嘗試一番。我不許諾會完美無缺，因為任何人間之事要想完美，那準會因為同樣的原因而失敗無遺。我不會裝作對各種鯨魚做出詳盡的解剖式的描述，或者至少在這一章中，做出太多的描述。我此處的目的僅僅是勾勒出一幅鯨類學的系統化草圖。我是建築師，不是建築工人。

但這是一項沉重的任務；普通的郵局信件分揀員是絕難勝任的。隨著那些鯨魚摸索到海底，用自己的雙手去探索這個世界那難以言說的基礎、肋骨和骨盆，這是件可怕的事情。我是什麼人，居然想要勾住這大海獸的鼻子！約伯所受的可怕嘲弄會把我嚇壞的。「牠（大海獸）豈肯與你立約？……人指望捉拿牠是徒然的！」但是我已經遊遍了世上的圖書館，也航遍了世上的海洋；我曾用我現在這雙手對付過鯨魚；我是認真的，我要試它一試。有些預備性的工作需要事先解決。

首先，鯨類學這門科學尚處於未定未決的狀態，這是一開始就為事實所證明了的，在某些方面，還存在著一個懸而未決的關鍵，亦即鯨魚是不是魚的問題。在一七七六年的《自然系統》一書中，林奈宣稱，「我在此將鯨魚和魚類區分開來。」但就我自己的知識看來，我知道遲至一八五〇年，鯊魚和美洲西鯡、灰西鯡和其他鯡類魚種，與林奈明確的宣告相反，依然在與大海獸分享著同樣的海域。

林奈要將鯨魚從大海放逐，其根據如下：「由於牠們擁有溫暖的二心室的心臟，有肺，有可以移動的眼瞼，有凹空的耳朵，陰莖進入雌性生殖器交配，並以乳房哺乳，」最後，「按照自然法則，當有別於其他魚類。」我把這些給我的朋友西蒙·梅西和查理·柯芬看，他們是南塔克特人，是在一次航行中與我同桌進餐的夥伴，他們一致認為，這些理由一點都不充分。查理還頗為不敬地暗示說那是一派胡言。

其實，放棄所有的爭論，我採取的是一個老派立場，鯨魚是一種魚，並且請神聖的約拿來支持

我。解決了這個本質問題，下一步便是，在什麼內在特徵上，鯨魚有別於其他魚類。上文中林奈已經給出了那些條目。不過，它們可以簡化於此：肺和暖血；反之，所有其他魚類都沒有肺，而且是冷血的。

其次，我們怎樣憑藉鯨魚明顯的外觀來定義牠，永遠為牠賦予一個明確的標誌呢？簡而言之，鯨魚是一種噴水的魚，帶有水平尾鰭。這樣就明白了。無論多麼濃縮簡短，這個定義卻是廣泛思考的結果。海象也像鯨魚一樣很會噴水，但是海象不是魚，因為牠是兩棲類動物。不過，這個定義的後半段與前半段配合起來，就更使人信服了。幾乎任何人都會注意到，陸地人所熟悉的魚都沒有平直的尾巴，而是垂直的，或者說是直上直下的。反之，會噴水的魚，尾巴形狀雖然可能與其他魚相似，但卻固定不變地採取平放的姿勢。

根據上述有關鯨魚的定義，我絕沒有將見多識廣的南塔克特人迄今視為鯨魚同類的任何海洋生物排除在大海獸的親族之外；另一方面，也絕沒有在將鯨魚和任何迄今被權威人士認為異類的魚類聯繫在一起[2]。因此，所有體型較小、會噴水的、有水平尾鰭的魚，都應囊括在這個鯨類學的平面圖之中。然後，再對整個鯨魚族群做出大的劃分。

首先，根據體量大小，我把鯨魚分成三卷（下分為章），這樣就囊括了所有的鯨魚，不分大小。

一、對開型鯨；二、八開型鯨；三、十二開型鯨。

我以抹香鯨代表對開型，逆戟鯨代表八開型，海豚代表十二開型。

2 我意識到至今為止，許多博物學家將被稱為拉馬丁魚和儒艮（南塔克特的柯芬一家把它叫做公豬魚和母豬魚）的魚都納入鯨魚這個類別之中。但是，因為這些公豬魚喜歡喧鬧，令人可鄙，牠們大多數潛伏在河口，以水草為生，尤其是不會噴水，所以我否定了牠們做鯨魚的資格，並給牠們發放了護照，讓牠們退出鯨類學的王國。——原注

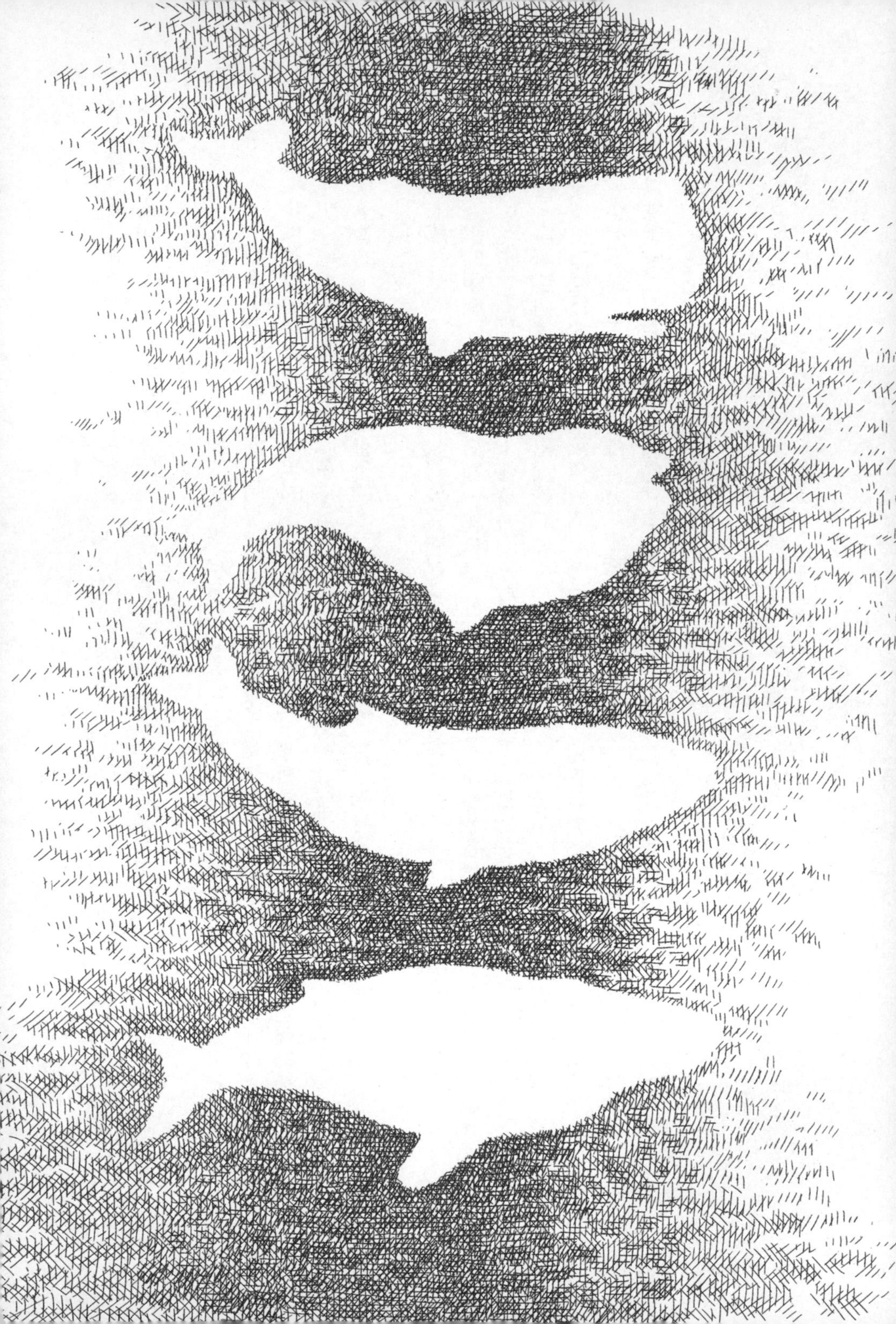

**對開型**。包括下列各章：㈠抹香鯨；㈡露脊鯨；㈢脊鰭鯨；㈣座頭鯨；㈤剃刀鯨；㈥黃腹鯨。

第一卷（對開型）第一章（抹香鯨）。這種鯨魚，古代英格蘭人略有所知，稱之為喇叭鯨、抹香鯨屬鯨和砧頭鯨，現代法國人稱之為「卡夏洛」，德國人稱之為「波茨魚」，還有一個詞形很長的學名「巨頭鯨」（Macrocephalus）。毫無疑問，牠是地球居民中體格最大的，所有鯨魚中數牠最難對付，也是外觀最為威嚴的，最後一點，牠也是最具商業價值的鯨魚。牠是唯一可以從其取得鯨腦這一貴重物質的生物。牠的一切特質我會在其他場合加以詳細描繪，現在我主要談談牠的名字。從語言學上考慮，這是荒謬的。幾個世紀之前，抹香鯨的固有個性幾乎完全不為人知，而牠的鯨油只是偶爾能從擱淺的鯨魚身上獲取，那時，人們普遍以為，鯨腦是從與英國人稱作格陵蘭鯨或露脊鯨的生物身上提取的。當時還有一種想法，認為這種格陵蘭鯨的鯨腦能夠促使人的心情愉快，這一點從「鯨腦」（spermaceti）這個單詞的第一個音節上就已經體現出來了。在那個時候，鯨腦也是極其稀缺之物，不是用來點燈，只是用作軟膏和藥劑。只能從藥劑師那裡才能得到，就像你今天買一盎司大黃那樣。正如我設想的那樣，隨著時間的推移，鯨腦的真正性質逐漸為人所知，商人們卻仍然沿用著它原始的名字；這個名字奇特地凸顯出它的稀缺，因而毫無疑問會提高它的身價。於是，這個稱呼最終應授予真正提供了鯨腦的那種鯨。

第一卷（對開型）第二章（露脊鯨）。在某方面來講，這是大海獸中最德高望重的，因為牠是最早被人類經常獵取的鯨魚。牠出產的東西就是眾所周知的鯨鬚；牠的油被專門稱為「鯨油」，是一種低檔商品。在漁民中間，牠被不分青紅皂白地冠以如下名稱：鯨、格陵蘭鯨、黑鯨、大鯨、真鯨、露脊鯨。這個名字眾多的鯨族，身分卻晦暗不明。那麼，我列入對開型的第二類鯨到底是些什麼樣的鯨呢？牠是英國博物學家所稱的北極露脊鯨，英國捕鯨者所稱的格陵蘭鯨，法國捕鯨者所稱的普通的長鬚鯨，瑞典人所稱的格陵蘭鯨。牠是過去兩個多世紀以來荷蘭與英國人在北極海上所獵捕的那種鯨，也是美國漁民在印度洋、巴西沿海、西北沿海，以及他們稱作「露脊鯨巡遊場」的世界其他各處長期追獵的那種鯨。

有人假稱發現了英國人所說的格陵蘭鯨和美國人所說的露脊鯨之間的區別。但是，在兩者的所有重要特徵上，他們的意見恰恰完全一致，尚未提出一個獨一無二的決定性事實，以此作為兩者具有根本區別的基礎。正是根據最無定論的區別所做的無止境的劃分，才把博物學史的某些部分弄得如此複雜，讓人生厭。以後在闡述抹香鯨時，我們再以一定的篇幅來討論露脊鯨。

第一卷（對開型）第三章（脊鰭鯨）。我料想，歸於這一名目之下的怪獸有脊鰭鯨、高噴鯨和長約翰鯨等不同名稱，在各個大洋都可見到，旅客們乘坐紐約郵船穿越大西洋時，經常很遠就能看見噴水的鯨魚，通常就是這一種。脊鰭鯨成年時的身長和鯨鬚類似於露脊鯨，但是腰圍沒有那麼粗壯，顏色也更淺些，接近於橄欖色。牠巨大的嘴唇上有一道道互相絞扭的、歪斜的皺紋，模樣就和錨鍊一般。牠最為明顯的特徵是極為顯眼的鰭，並由此得名。這鰭大約有三、四英尺長，垂直生長在脊背靠後的部分，形如角狀，頂端非常尖銳。即便這個生靈的其他部分根本看不見，單單是這個鰭，有時就能清楚地看見突出在水面之上。當海面相對平靜，只略微點綴著環狀漣漪，這晷針般的鰭矗立著，在微波蕩漾的海面投下陰影，它周圍的大圓圈便非常像晷盤，有指針，有刻在水上的時刻線。在那個亞哈斯[3]的日晷上，陰影經常往後退。脊鰭鯨不喜群居。牠似乎仇恨同類，正如有些人不喜歡人類一樣。牠非常害羞，總是孤身獨處，出人意外地在最遙遠、最陰沉的海域浮出水面。牠噴出的水柱又高又直，像是插在荒原上的一根憤世嫉俗的魚槍。牠天生具有驚人的力量和速度，足以藐視所有人類的追逐。這大海獸似乎是鯨族中遭到放逐的不可征服的該隱，牠背上的那根指標就是標記。因為嘴上帶有長鬚，脊鰭鯨有時和露脊鯨一道，理論上被歸為所謂鬚鯨類，即有鬚的鯨類。這些所謂的鬚鯨，看來有好幾個品種，但大多鮮為人知。闊鼻鯨、鉤鼻鯨、矛頭鯨、腫頭鯨、低顎鯨和突嘴鯨，是捕鯨者

對其中少數幾種的稱呼。

有關「鬚鯨」這一通稱，極有必要提醒一下，無論這一名稱如何便於指稱某幾種鯨魚，但要根據鯨鬚、鯨峰、鯨鰭和鯨牙來進行清晰的分類，依然還是徒勞；雖然這些明顯的部位或是特徵，與牠同類其他單獨的體貌特徵相比，似乎更適合於作為正規鯨類學體系的基礎。怎麼會這樣？鯨鬚、鯨峰、鯨鰭和牙齒，這些東西所代表的特徵無差別地散見於所有鯨種，在其他更為本質的結構特徵中產生不了決定性的作用。因而，抹香鯨和座頭鯨都各有一座背峰，然而其相似之處僅此而已。同樣，座頭鯨和格陵蘭鯨都有鯨鬚，其相似之處也同樣僅此而已。上述其他部位的情況也是這樣。在各種鯨類中，它們形成不規則的組合；或者，把其中一種單列出來，其獨立存在也毫無規律可言；在這種基礎上絕對無法形成一般的系統化分類。在這塊礁石上，每個鯨類學者都會船毀舟沉。

但是，也許可以設想一下，在鯨魚的內部器官上，在牠的解剖學特徵上，至少我們能夠實現正確的分類。不能，例如，你能從格陵蘭鯨身上解剖出什麼東西，比牠的鯨鬚更引人注目呢？我們已經見到，憑藉鯨鬚是無法對格陵蘭鯨進行正確分類的。如果你深入各種大海獸的體內，你就會發現，可供系統化學者所用的特徵，恐怕還不及已列舉的外部特徵的五十分之一。那麼，還剩下什麼呢？除了把鯨魚整個龐大的身體作為考量，予以大膽的分類，別無他途。這裡採用的就是這種目錄學體系的方法，它是唯一可望成功的方法，因為只有它是切實可行的。且繼續說吧。

第一卷（對開型）第四章（座頭鯨）。這種鯨魚常見於北美沿海。牠經常在那一帶被捕獲，拖進港口。牠像小販一樣背著個大包袱，或者你也可以稱之為象鯨和城堡鯨。無論如何，牠通常的名稱不足以充分體現出牠的特徵，因為抹香鯨也有背峰，儘管小了一點。牠的油不太值錢。牠有鯨鬚。牠是

3 希西家遘疾，為增加其壽命，耶和華就使亞哈斯的日晷向前進的日影，往後退了十度。見《列王紀下》二十章九－十一節。

所有鯨魚中最愛嬉鬧、最快活的鯨，牠弄出的歡樂的泡沫和白水，通常比其他鯨魚要多。

第一卷（對開型）第五章（剃刀鯨）。這種鯨魚鮮為人知，只聞其名。我曾經在合恩角外不遠處看見過牠。遁世隱居的天性使牠迴避捕鯨者和哲學家。儘管不是膽小鬼，但除了脊背，牠也從不顯露身體的任何部分，牠的脊背升起時又長又鋒利，有如山脊。隨牠去吧。我對牠所知甚少，別人也不會知道得更多。

第一卷（對開型）第六章（黃腹鯨）。另一位避世隱居的紳士，硫黃色的肚腹，無疑是牠在深潛時，擦到地獄的屋瓦時染上的。牠難得一見，除了在偏僻的南方海洋上，至少我從未見到過牠，而且還總是隔著很遠的距離，難以端詳牠的尊容。從來沒有人追擊牠，牠會帶走整個製索廠的捕鯨索。關於牠流傳著一些驚人的奇聞。再見了，黃腹鯨！關於你的真相，我再也說不出什麼了，即使年紀最大的南塔克特人也是無話可說。

第一卷（對開型）至此結束，現在開始第二卷（八開型）。

**八開型**[4]。包括所有中等大小的鯨魚，目前可以開列的有：㈠逆戟鯨；㈡黑鯨；㈢獨角鯨；㈣殺手鯨；㈤長尾鯨。

第二卷（八開型），第一章（逆戟鯨）。儘管這種鯨那喧鬧響亮的呼吸聲，或者毋寧說是吹氣聲，給陸地人提供了一條諺語，因而成了眾所周知的深海居民，卻通常不被列入鯨魚之屬。但由於牠擁有大海獸的所有獨特特徵，因而大多數博物學家還是承認牠是鯨。牠是中等大小的八開型鯨魚，長度從十五到二十五英尺不等，腰圍尺寸也相應有所變化。牠游泳時成群結隊；儘管身上的油數量可觀，而且很適合點燈，卻不被當成正規的獵捕對象。有些捕鯨者認為，逆戟鯨的出現是大抹香鯨隨後來臨的先兆。

第二卷（八開型）第二章（黑鯨）。對所有鯨魚我都採用捕鯨者對牠們的俗稱，因為通常來說，這樣的名稱都是最好的。如果有的名稱碰巧顯得含混或是沒有表現力，我就會指出來，並建議用另外的名字。現在對於黑鯨我就這麼處理，因為幾乎所有鯨魚通常都是黑色的。所以，如果你願意，可以稱之為鬣狗鯨。牠的貪食是眾所周知的，因為牠的嘴唇內角向上彎，於是，牠的臉上就永遠掛著惡魔梅菲斯特式的笑容。這種鯨平均身長在十六到十八英尺。幾乎所有緯度都能發現牠的身影。牠在游動時總是很特別地露出自己背部的鉤狀鰭，看起來就像一個羅馬人的彎鉤鼻子。在缺乏更為有利可圖的營生時，抹香鯨獵人有時也會捕殺鬣狗鯨，以便持續供給便宜的鯨油，以備家用——就像某些節儉的家庭主婦，在獨自一人的時候，會燃用難聞的牛油蠟燭，而不用有香味的蠟燭。這種鯨的脂肪雖然很薄，但有些也能提煉出三十多加侖的鯨油。

第二卷（八開型）第三章（獨角鯨）。也就是尖鼻鯨。又一種名字古怪的鯨，我推測此名是源於牠那起初被誤以為是尖鼻子的獨特的角。

這種鯨大約有十六英尺長，角的平均長度為五英尺，儘管有的超過了十英尺，甚至達到了十五英尺。嚴格地講，這個角不過是一根延長了的牙，從牠嘴裡水平長出來，稍微向下。但是它只長在左邊，就有了一種不良影響，使它的模樣像一個笨拙的左撇子。這個乳白色的角或是魚槍到底有什麼作用，還很難說。它似乎沒有劍魚和長嘴魚的那種用途；儘管有些水手告訴我，獨角鯨用它當耙子，在海床上耙尋食物。查理・柯芬說，它是用來鑿冰窟窿的，因為獨角鯨在向極地海洋的水面上浮時，發現海面上覆蓋著冰層，便用牠的角往上頂，破冰而出。但是這些推測你一樣都無法證實。我自己的觀點是，無論獨角鯨到底用牠這個生在一側的角做什麼——無論是什麼——牠在讀宣傳小冊子時用它來

4 為什麼這一卷鯨不稱作四開型的原因是很明顯的。因為，這一類鯨魚儘管體型比對開型的要小，但在形狀比例上是一致的，而書籍裝訂人手中的四開本卻並沒有保持對開本的形狀，而八開本則與對開本形狀相同。——原注

做裁紙刀肯定很方便。我曾經聽說，獨角鯨被稱作長牙鯨、角鯨和一角鯨。在生物界的幾乎每個領域，牠肯定都是獨角現象的一個奇特的例子。我從某些隱居的老作家那裡獲悉，這種海上獨角獸的角在古代被當作上等的解毒劑，因此，它的製劑價格昂貴。它也被蒸餾成一種揮發鹽，供暈過去的女士們做嗅鹽用，就像雄鹿的角被做成鹿角精一樣。它原本就被視作一種貴重的珍品。我從《黑字》上得知，馬丁．弗羅比舍爵士航行歸來，當他那艘不畏艱險的船沿泰晤士河順流直下時，賢明女王確曾在格林威治宮的視窗向他殷勤揮舞過自己珠光寶氣的手。《黑字》上說，「馬丁爵士那次航行歸來，曾屈膝向女王呈上一支獨角鯨的巨大長角，此後很長時間一直掛在溫莎城堡。」一位愛爾蘭作家斷言，萊斯特伯爵也同樣屈膝敬獻給女王一支角，不過，那是取自陸地上的一隻獨角獸。

獨角鯨的外表非常美麗生動，通體乳白色，點綴著圓形和橢圓形的黑色斑點，如同豹子一般。牠的油品質上乘，清澈純淨，但是量不多，而且很難捕到。牠多半出沒於極地附近的海洋中。

第二卷（八開型）第四章（殺手鯨）。對於這種鯨，南塔克特人真正的了解很少，專業的博物學家更是一無所知。就我曾經在遠處看到的情況而言，我得說牠大概和逆戟鯨差不多大小。牠非常凶殘——是一種斐濟魚。牠有時咬住對開型大鯨的嘴唇不放，像水蛭一樣吊在那裡，直弄得那大海獸急得要死。殺手鯨從來沒人捕到過。也從未聽說牠有什麼油。由於牠來路不明，對於此鯨的命名可以存疑。因為我們都是殺手，陸上的也好，海上的也好；波拿巴家族和鯊魚也包括在內。

第二卷（八開型）第五章（長尾鯨）。這位紳士因其尾巴而聞名於世，牠用它來鞭打自己的敵人。牠爬到對開型鯨魚的背上，在牠泅游時，鞭打著牠前進；就像某些校長用類似的手段在世界上乘風破浪一樣。我們對長尾鯨的了解比殺手鯨還少。兩者都是歹徒，即便在無法可依的海洋世界。

第二卷（八開型）於此結束，現在開始第三卷（十二開型）。

**十二開型**。中包括一些較小的鯨魚：㈠烏拉海豚；㈡阿爾及利亞海豚；㈢粉嘴海豚。

對於那些沒有機會專門研究這個題目的人來說，它也許顯得有些奇怪，居然把通常不超過四、五英尺長的魚也算作鯨；鯨這個詞在通常意義上，總是給人以某種巨大的感覺。但是，上面列入十二開型鯨魚的幾種生物，根據我對鯨魚的定義，亦即會噴水、有水平尾鰭的魚，牠們都是鯨魚，絕對萬無一失。

第三卷（十二開型）第一章（烏拉海豚）。這是整個地球到處都有的普通海豚。名字是我取的，因為海豚不止有一種，必須設法加以區別。我這樣命名的原因在於，牠們總是歡鬧著成群結隊地出遊，在廣闊的海面上不斷地向天空躍起，就像七月四日獨立日的歡慶人群中拋起的帽子。牠們的出現總會引起水手們的歡呼。牠們喜氣洋洋，總是隨著輕快的浪頭迎風而去。牠們是喜歡乘風破浪的小夥子。人們把牠們視為幸運的吉兆。如果你看見這些活潑的魚而不連聲歡呼，那就請老天爺幫幫你吧，你身上缺乏那種善意戲謔的精神。一頭飽食終日、肥肥胖胖的烏拉海豚可以給你足足一加侖的好油。而從牠嘴巴上提煉出的精美細膩的液體更是尤其名貴，是珠寶商和鐘錶匠竭力搜求的東西。水手們把它滴在細磨刀石上。你知道，海豚的肉很好吃。你可能從來想不到海豚會噴水。確實，牠噴出的水柱很小，很難覺察。但是，下次有機會的時候，就好好看看吧，你那時看到的將是具體而微的大抹香鯨。

第三卷（十二開型）第二章（阿爾及利亞海豚）。這是個海盜。非常凶殘。我認為，只有在太平洋中才能見到牠。牠比烏拉海豚要大上一些，但總體構造大致相同。牠發起怒來，會讓鯊魚望而卻步。我曾經多次放艇去追，但從來沒有看見牠被逮到過。

第三卷（十二開型）第三章（粉嘴海豚）。個頭最大的海豚品種，迄今為止，只知道在太平洋中才能見到。牠沿用至今的只有一個英文名字——露脊小鯨，是漁民為牠取的，因為牠主要出沒於那種對開型大鯨附近。在形狀上，牠稍微有別於烏拉海豚，沒有那麼圓胖，腰圍也沒有那麼粗。實際上，牠的體型十分勻稱，頗具紳士風度。牠背上無鰭（大多數其他海豚都有鰭），有一條可愛的尾巴，一雙淡褐色多愁善感的印第安人的眼睛。但是牠的粉嘴敗壞了一切。牠整個從背部到兩側的鰭都是深黑色，但是有一條邊界線，就像船身上的吃水線一樣分明，從頭到尾貫穿全身，將牠全身截然分為兩色，上黑下白。白色部分包括頭的一部分和整個嘴巴，看上去就像是過足了偷吃的癮剛從麵粉袋裡逃出來一樣。一副滿嘴麵粉可惡至極的模樣！牠的油和普通海豚大致相同。

這個體系到十二開型為止，因為海豚已是鯨類中最小的了。上面介紹了所有聞名的大海獸。但還有一些不能確定、難以捉摸、半屬傳聞的鯨魚，作為一名美國捕鯨者，我也只是耳聞，未曾目睹。我準備按照船頭樓上水手們的稱呼開列如下，也許這樣的清單對於未來的研究者是很有價值的，他們可以完善我在這裡開始的工作。如果下列鯨魚此後有一天能被捕到並予以記錄，那就可以根據其體型是對開、八開還是十二開型，隨時併入這個體系：酒糟鼻鯨、舢板鯨、蠢頭鯨、南非鯨、領頭鯨、炮筒鯨、排骨鯨、銅皮鯨、象鯨、冰山鯨、闊格鯨、藍鯨等等。從冰島、荷蘭和古代英國的權威人士那裡，還可以引用其他尚未確定的鯨魚的名單，牠們被冠以各種稀奇古怪的名字。但是那些名稱已經過時，故而略過，而且牠們不免讓人懷疑，只是為大海獸虛張聲勢，實際上空洞無物。

最後一點，從一開始我就已經聲明，這個體系不會一下子就完美無缺。你們必定已經清楚，我已信守諾言。但是，姑且把我未完成的鯨類學體系留在這裡，就像尚未竣工的科隆大教堂一樣，起重機還架在未完工的塔頂上。因為初創的小工程或可由最初的建築師完成，但是宏大的、真正的建築，總要留待後人去最後承擔。上帝讓我一事無成。這整本書不過是個草稿——不，只是草稿的草稿。啊，時間，精力，金錢和耐心！

## 第三十三章

# 斯貝克辛德

涉及捕鯨船上的長官們，在這裡記錄一點船上的內部情況倒是相當合適的，這種情況源於長官中存在著標槍手階層，這一階層除了捕鯨船隊，當然是不為其他船隊所知的。

標槍手職業的巨大重要性有事實為證，起初，在兩個多世紀以前，在古荷蘭的捕鯨業中，捕鯨船上的指揮權並不完全屬於現在被稱作船長的人，而是和一個叫做「斯貝克辛德」的長官共同執掌。這個詞語的字面意思是「切鯨脂的人」，隨著時間推移，它慢慢等同於首席標槍手了。那些年代中，船長的權威侷限於航行和船上的一般管理，而斯貝克辛德或曰首席標槍手則在捕鯨及其相關方面擁有最高權威。在英國格陵蘭捕鯨業中，在叫偏了的斯貝克西奧尼這個頭銜下，依然保存著這個古老的荷蘭官位，只是它以前的尊貴已經嚴重削減。目前他只相當於高級標槍手，就其本身而言，只不過是船長的一個低而又低的下屬。然而，捕鯨航行的成功要極大依賴於標槍手的良好表現，因而，在美國捕鯨業中，他不僅是船上的一個重要長官，而且在某些情況下（在捕鯨場上值夜），船甲板上的指揮權也歸屬於他；所以，海上生活的崇高的政治準則規定，他名義上應該與桅前工作的普通水手分開住，在專業技能上也要有某種過人之處；儘管通常情況下，水手們會熟不拘禮地把他當作和自己地位平等的人。

在海上，長官與水手的最大區別在於，前者住在船後邊，後者住在船的前部。因此，捕鯨船和商船類似，大副、二副、三副有自己的住處，和船長的在一起；同樣，在大多數美國捕鯨船上，標槍手都住在船的後部。也就是說，他們在船長室中用餐，睡在船長室隔壁的地方。

南方的捕鯨航行歷時漫長（迄今為止是人類有過的最長的航行），它特定的風險，整個團隊受共同利益的支配，所有的人，無論職位高低，收益靠的不是固定工資，而是共同的運氣，加上共同的警覺、無畏和努力的工作。儘管這些事情在某些情況下會導致船上的紀律沒有一般商船那麼嚴格；但是，不管這些捕鯨者多麼像一個古老的美索不達米亞家族，在某些原始條件下，住在一起，至少後甲板上那種一絲不苟的形式，實質上很少鬆懈，在任何情況下更不會被放棄。的確，在很多南塔克特船上，你都會看見船長在後甲板上昂首闊步，得意揚揚的威風模樣絕不亞於任何海軍艦長；不止如此，那副神氣幾乎使你肅然起敬，彷彿他穿的是皇帝的紫袍，而不是破爛不堪的引水人服裝。

在「皮廓號」上，儘管所有人當中，喜怒無常的船長最不願意擺出那種淺薄至極的作為；儘管他索求的唯一敬意就是絕對的、毫不猶豫的服從；儘管他不要求任何人在走上後甲板之前脫掉鞋子；儘管有些時候，由於與將要詳述的事件有關的特殊情況，他以異乎尋常的語言向眾人講話，或者是紆尊降貴，或者是語含警告，或者是其他什麼原因；但即便是亞哈船長也絕對不會違背海上生活的那些至高無上的形式和習慣。

也許，人們最終難免會覺察到，他有時會把自己隱藏在那些形式和習慣後面，偶爾把它們用於其他更為個人化的目的，而不是原來打算的正當目的。他頭腦中的那些帝王思想透過這些形式體現為一種無法抗拒的獨裁，否則，同樣的帝王思想很大程度上是不會顯露出來的。無論一個人的智慧如何超凡脫俗，永遠不能保證他對他人擁有實際可行的無上權威，總需要借助於某種外在技巧和防衛手段，而這些技巧和防衛手段本身，又或多或少總是含有卑鄙渺小的成分。就因為如此，帝國中上帝真正的優秀子民永遠與這個世界的選舉程序無緣，從而將這種風氣所帶來的最高榮譽留給了另一些人，那些人之所以成名，與其說是因為他們本身的確比庸常的大眾優秀，不如說是因為他們比那無能的神所創造的極少數隱姓埋名的選民差得太遠。一旦受到極端的政治迷信的侵染，這些卑鄙的東西就會發揮極

大的效力，在某些王室的事務中甚至導致權力落入白痴的低能兒手中。但是，就像沙皇尼古拉那樣，當地理學意義上的帝國王冠箍住一顆威嚴的腦袋，平民百姓就只能卑躬屈膝，臣服於那巨大的中央集權了。悲劇作家要把凡人的不屈不撓描寫得淋漓盡致，高潮迭起，始終不要忘記這裡所提及的暗示，這在他的藝術中具有意想不到的重要作用。

不過，我的船長亞哈，仍在我面前走來走去，帶著徹頭徹尾南塔克特式的冷酷陰森，鬚髮蓬亂，在這個涉及帝王的插曲中，我不必隱瞞，我只是在和像他這樣可憐的老捕鯨者打交道，因而，我捨棄了任何外表堂皇的服飾與遮蓋。啊，亞哈！你的內心該有多麼宏偉，它一定是採自於蒼天，求之於深海，體現於縹緲的長天！

## 第三十四章
# 船長室的餐桌

中午，那個綽號麵團小子的服務員，把他灰白的麵包臉伸出艙口，通知他的主子開飯了。後者正坐在船尾背風處的小艇裡觀測太陽，假腿上擱著日常使用的光滑的動章形平板，一聲不響地在上面計算緯度。從他對這聲招呼的無動於衷來看，你會以為這喜怒無常的亞哈沒有聽到僕人的話。但是，他卻隨即抓住後桅的側支索，一下子盪上了甲板，以一種平淡的、毫無熱情的聲音說：「開飯了，史塔巴克先生。」隨後就消失在船艙中。

當這位蘇丹的腳步聲終於消失，首席統帥史塔巴克，有充足理由推斷他已經就座，這才猛地跳了起來，在甲板上走了幾圈，嚴肅地瞄了一眼羅盤，略帶快意地說道：「開飯了，史塔布先生。」然後走下艙門。第二統帥在索具周圍閒晃了一會兒，然後輕輕搖了搖主轉帆索，看看這根至為關鍵的繩子是否拴得牢靠，接著也重複了一下那句老調，迅速地說了聲「開飯了，弗拉斯克先生」，跟著前面的兩位下了船艙。

但是這位第三統帥，這時看到後甲板上就只有他一個人了，似乎擺脫了某種奇怪的約束，他向四面八方心照不宣地眨著斜眼，踢掉鞋子，就在那大蘇丹的頭頂上跳起了一陣急促而無聲的水手舞。然後，他把後桅桅頂當作帽架，手法靈巧地把帽子拋了上去，一路嬉戲不停地向艙門走去。至少直到甲板上看不見他為止，與所有其他人行進的順序正好相反，他最後是以音樂來壓陣。但是在走下艙門之前，他停下了腳步，換上一副全新的面孔，隨後，這無拘無束、歡天喜地的小個子弗拉斯克就到了亞哈王的面前，成了一個賤民或是奴僕。

在非常做作的海上習俗所催化出來的諸多怪事當中，有些長官一旦被激怒，在露天甲板上也會足夠冒失地對抗他們的船長，這種情況並非絕無僅有；但是，如果他們馬上要到船長艙去按照慣例吃晚餐，面對坐在桌子上首的船長，十有八九他們立即就會收斂起凶狠，一副謙恭姿態，更別說什麼反抗了；這真是不可思議，有時也極其滑稽。為什麼會有這麼大的反差？有什麼問題嗎？也許不是。既然做了巴比倫王伯沙撒，而且要親切有禮，而不是盛氣凌人，其中當然要有稍許俗世間的莊嚴。但是，誰要是在自己的餐桌上以恰當的莊嚴和智慧招呼受邀的客人，他當時肯定會有無法挑戰的權力和威望，他的王者氣派也會超過伯沙撒王，因為伯沙撒王也不是最偉大的。誰曾經宴請過自己的朋友，誰就嘗到了做凱撒大帝的滋味。社交上的獨裁是一種無可抗拒的魔力。現在，如果能這樣去考慮，再加上一船之主法定的無上權威，那麼，根據推論，你就能得出剛剛提到的海上生活特殊性的緣由了。

在鑲嵌牙骨的桌邊，亞哈像一個沉默無聲、鬃毛蓬亂的海獅支配著白色的珊瑚海灘，周圍環繞著他好戰但仍然恭敬順從的小海獅。每個頭目都等著亞哈按照恰當的次序給自己分菜。他們在亞哈面前就像小孩子，而亞哈本人則似乎沒有絲毫社交上的傲慢。當他切分面前的主菜時，他們都一心一意地盯著這老人的餐刀。我想他們生怕褻瀆那個時刻，故而一聲不吭，哪怕是天氣這樣無關緊要的話題。不！當亞哈伸出他的刀叉，中間夾著一片牛肉，示意史塔巴克把盤子挪過來，大副接受他的食物就彷彿接受施捨一樣，他輕輕地切著，如果偶然刀子刮到了盤子，他就會微微吃驚，他一聲不響地咀嚼，再小心翼翼地嚥下去。因為，就跟德皇在法蘭克福的加冕宴會上宴請那七位選帝侯一樣，這些艙中就餐也同樣鄭重其事，大家吃得鴉雀無聲；不過，老亞哈並沒有禁止大家在餐桌上說話，只是他自己默不作聲。當一隻老鼠在底艙中突然製造出一陣喧鬧時，這讓快窒息的史塔布鬆了一口氣。至於可憐的小弗拉斯克，他是最小的兒子，是這場令人疲憊的家庭聚餐上的小傢伙，他分到的食物是鹽水牛肉的脛骨，而他想要的一直是雞爪子。假定要弗拉斯克自己去隨意挑菜，這對於他來說，必定等於是犯了一等盜竊罪。如果他在桌上隨意挑了菜，那麼，確鑿無疑，他在這個誠實至極的世界裡就再也抬不起頭來了。然而，說來奇怪，亞哈從來也沒有禁止他這樣做。而且，如果弗拉斯克真要自己挑菜，那也得趁著亞哈根本注意不到的時候。弗拉斯克尤其不敢自己取奶油。究竟是他認為船東不讓他動奶油，因為那會使他光亮乾淨的皮膚生出疙瘩，還是他認為在沒有市場的海上航行這麼久，奶油質優價高，因而不是為他這樣一個下手準備的，唉，無論哪種情況，弗拉斯克總歸是吃不到奶油的！

還有一件事。弗拉斯克是最後一個下來用餐的人，卻是頭一個離開餐桌的。想想吧！這樣一來，弗拉斯克的就餐時間便卡得相當緊張了。史塔巴克和史塔布都比他先吃，他們又都有懶洋洋落在他後面離開餐桌的特權。史塔布雖然只比弗拉斯克高一級，如果他碰巧沒有什麼胃口，很快就顯示出要結束用餐的跡象，那麼弗拉斯克就必須起身離開，他那天就會吃不到三口飯；因為要是史塔布先於弗拉斯克回到甲板，那可是觸犯了神聖的天條。因此，弗拉斯克曾經私下承認，從他躋身高貴的長官之列的那一刻起，他除了飢餓程度不同之外，其他什麼滋味都不知道了。因為他吃的東西不太能解餓，反而讓他永遠有一種飢餓感。弗拉斯克想，平靜和滿足已經永遠與自己的胃無緣了。我是個長官，但是，我是多麼希望能和過去當水手時那樣，在前船樓裡抓著塊老牛肉吃。眼前就是升官的結果；就是榮譽的虛妄；就是生活的瘋狂！此外，如果「皮廓號」上的普通水手對弗拉斯克的長官地位心懷嫉妒，他只需要在就餐時間去到船尾，在船長艙的天窗上偷偷看上一眼弗拉斯克，看看他怎樣呆若木雞地傻坐在可怕的亞哈面前，就能獲得足夠大的復仇快感了。

現在，亞哈和他的三個副手組成了「皮廓號」船長室的首桌。他們離開時的順序與進來時正好相反，這之後，無精打采的服務員將帆布桌布清理乾淨，或者毋寧說是匆匆恢復原狀。然後，三個標槍手便被叫來用餐，他們是這殘羹剩菜的承襲人。他們將高貴顯赫的船長室變成了僕人的臨時食堂。

船長在座時那種難以忍受的拘束和無以名狀的無形的盛氣凌人，與這些下等人標槍手就餐時全然的無憂無慮、安逸自在、幾乎是狂亂的民主氣氛，構成了奇異的對比。他們的上司，船長的那三位副手，似乎很害怕自己上下顎的張合會發出聲音，而這些標槍手們咀嚼起食物來，卻是津津有味，甚至吧唧吧唧作響。他們吃起飯來像貴族老爺；他們填滿自己的肚子就像整天裝香料的印度船。魁魁格和塔什特戈的胃口都大得驚人，殘羹冷飯根本填不滿他們的肚皮，臉色灰白的麵團小子往往要送上一大塊又硬又鹹的醃牛肉，就像是從結實的公牛身上直接挖下來的。他要是不太積極，沒有敏捷地又蹦又跳地去張羅，塔什特戈就會以一種不夠紳士的方式，用叉子擲他的後背，就和用標槍一樣，催他快去。有一次，達戈突發奇想，一把抓住這麵團小子，要讓他長點記性，把他頭朝下塞進一個大空盆裡，塔什特戈則拿著餐刀，繞著他的腦袋畫圈，做出準備剝皮的樣子。這個麵包臉的服務員，破產麵包師和醫院護士的後代，是個天生膽小怕事、渾身哆嗦的小傢伙。每天要面對亞哈那陰沉可怕的嘴臉，還要定時伺候這三個吵鬧的野人，他全部的生活就是整天膽戰心驚地打哆嗦。通常情況下，在給標槍手們端上所有需要的東西之後，他就趕緊回到隔壁的小食品貯藏室去，逃脫他們的魔爪，恐懼地透過門縫窺視他們，直到一切結束。

看著魁魁格坐在塔什特戈對面，將他銼刀似的牙齒對著那印第安人的牙齒，可謂一派奇觀了；達戈打橫坐在地板上，因為他要是坐在凳子上，他那插著靈車羽毛的腦袋就會頂到低矮的艙梁；他那龐大的四肢一動，那低矮的艙身便會震動，如同船上裝運了一頭非洲大象。但是，儘管如此，這個魁偉的黑人飲食極其節制，更不用說挑食了。這麼少的幾口食物就能讓他寬厚、雄偉、超凡的身軀充滿活力，這似乎是不太可能的事。不過，毫無疑問，這個高貴的野蠻人飽餐暢飲了大氣中豐富的養料，透過翕張的鼻孔吸收了宇宙間的生命精華。巨人不是用牛肉、麵包造就和滋養的。但是，魁魁格吃東西時有著一個凡人的粗野，嘴巴吧嗒吧嗒直響——真是令人厭惡——聲音之大，使得抖個不停的麵團小子幾乎要查看下自己，看看他那細手臂上有沒有留下齒痕。而每當塔什特戈高聲叫他出來，要他幫剔骨頭，這個頭腦簡單的服務員就會立刻陷入癱瘓狀態，將食品室裡懸掛在他周圍的器皿全都碰碎。這些標槍手隨身在口袋裡揣著磨石，用來磨標槍和其他武器，晚餐時他們會炫耀地拿出來磨餐刀，那呲呲的磨刀聲更是讓可憐的麵團小子不得安寧。他怎能忘記，在島上的時候，魁魁格肯定在縱情歡宴的時候不小心殺過人。天哪！麵團小子！一個白人侍者要去伺候食人族，可真是難為啊。他手臂上挽的不應該是餐巾，而應該是盾牌。不過，這三個海上勇士會按時起身離開，這讓他大為開心；在他輕信的、滿是幻覺的耳朵聽來，他們每走一步，所有好鬥的骨頭都會在身體裡叮噹作響，像摩爾人鞘裡的彎刀。

但是，儘管這些野蠻人在船長室裡用餐，名義上也住在那裡，但他們不習慣久坐不動，除了吃飯時間，他們很少待在艙裡，再就是睡覺之前，他們才會經過那裡，去各自的住處。

在這件事上，亞哈似乎也不例外，他和大多數美國捕鯨船船長一樣，作為一個階層，他認為船長室按理屬於他們這樣的人；任何時候，如果允許其他人待在船長室，那純粹是出於客氣。所以，事實上，「皮廓號」上的三位副手和標槍手們，更為恰當地說，他們是住在船長室外面的，而不是裡面。因為每次他們進去的時候，那船艙都有點像是房屋臨街的門，向裡推開一會兒，之後又會彈回來；而且，作為一件永久之物，它始終是屬於戶外的。不過，他們也沒有因此有多大損失，船長艙裡沒有夥伴之情；在社交方面，亞哈是難以接近的人。他在名義上是個基督徒，卻仍是個局外人。他生活在世上，就像最後一隻灰熊寄居在密蘇里州。當春天和夏天過去，這叢林中的野人羅根就把自己埋在樹洞裡，舔著自己的手度過冬天；亞哈也是這樣，在嚴酷的老年，把靈魂關在身體的洞穴裡，用陰鬱惱怒的爪子餵養著自己！

# 第三十五章 桅頂瞭望

我和其他水手輪流去桅頂瞭望，我第一次當班的時候，天氣更加宜人。

在大部分美國捕鯨船上，船一離開港口就同時配備好桅頂瞭望的人員；即使在抵達合適的巡遊漁場之前，還要航行一萬五千英里以上。而且，即便經過了三年、四年，乃至五年的航行之後，捕鯨船已經返航，靠近家鄉，只要船上還有什麼容器空著——比方說，還有一個空瓶子——那麼，桅頂上就會一直有人瞭望，直到最後！在船的天帆桅頂駛進桅杆林立的港口之前，絕不放棄再捕獲一頭鯨魚的希望。

既然站在桅頂上瞭望，無論在岸上還是水上，都是件非常古老而有趣的事情，那就讓我們在這裡花些篇幅來細述一番。我猜想，最早站在桅頂瞭望的人是古代埃及人；因為，在我所有的研究中，我發現沒有人領先於他們。儘管他們的祖先，巴別塔的建造者們，無疑想要憑藉高塔在整個亞洲豎起最高的桅頂，或者在非洲也是如此；然而（在最後的桅冠裝上之前），他們那巨大的石頭桅杆可以說被上帝暴怒的颶風刮到了船外，消失無蹤了；因而，我們不能賦予這些巴別塔建造者以領先於埃及人的地位。而且，說埃及人是一個桅頂瞭望員的民族，這個斷言是基於考古學家普遍認可的一個信念，亦即最初的金字塔是為了天文學目的而建造的：這個理論的獨特依據在於，那些大廈的四周都有獨特的梯形結構；藉此，經過一段異常漫長又令人振奮的過程，那些古代天文學家徒步登上塔頂，大聲報告新星辰的發現，甚至就像在一艘現代船舶的瞭望臺上，大聲報告視野中出現了一面船帆或一頭鯨魚那樣。在苦修者之中，古時候有位著名的基督教隱修士，他在荒漠中為自己建造了一個高聳的石柱，整個後半生都在石柱頂上度過，食物要用滑車從地面吊上去；在他身上，我們看見了一個勇敢非凡的桅頂瞭望員的楷模；濃霧、寒霜、雨水、冰雹或雨夾雪都不能將他趕走，他無畏地面對一切，直到最後，直到他真的死在了自己的崗位上。我們現代的桅頂瞭望員不過是了無生氣的一夥人，純粹是石人、鐵人、銅人；儘管他們足以面對嚴厲的狂風，但依然完全不能勝任大聲報告發現奇怪現象的任務。這裡邊就有拿破崙，他站在聳入空中一百五十英尺的旺多姆圓柱上，交叉著雙臂，至於現在是誰統治著下面的甲板，是路易・菲利浦、路易・勃朗還是路易・魔鬼，他都漠不關心。偉大的華盛頓也高高佇立在他巴爾的摩高聳的主桅之上，就像海克力士之柱一樣，標誌著凡人難以超越的豐功偉績。海軍上將納爾遜也是安置在鋼炮紋盤上，立於特拉法加廣場的桅頂；甚至在被倫敦的煙霧弄得一片模糊之時，它仍不失為一個象徵，指示著那邊藏有一位英雄人物，因為有煙必有火。但是，偉大的華盛頓也好，拿破崙也好，甚或納爾遜也好，他們都無法回應下面的呼求，無論他們所俯視的甲板上意亂情迷的眾生多麼迫切地想得到他們的忠告；無論人們怎麼揣測，他們的精神可以穿透未來的陰霾，發現必須及時避開的淺灘和礁石。

也許在任何方面，都沒有理由將陸地上的桅頂瞭望員與海上的桅頂瞭望員相提並論；然而事實並非如此，南塔克特唯一一位歷史學家，奧貝德・梅西，他所做的解釋清楚證明了這一點。可敬的梅西告訴我們，在捕鯨業初期，船隻例行啟航追尋獵物之前，島上的人會沿著海岸將桅杆高高豎起，瞭望員憑藉釘牢的楔子爬上頂端，就像雞上雞窩一般。幾年前，紐西蘭的海灣捕鯨者採納了同樣的計畫，每當發現獵物時，就給海灘附近準備就緒的船上發信號。但是這個習慣現在已經過時了；我們還是來看看海上捕鯨船那真正的桅頂吧。從日出到日落，三個桅頂上都配備有人手；水手們定時輪班（就像舵手一樣），每兩小時輪換一次。在熱帶海洋，每逢天氣晴朗，桅頂上的工作是格外令人愉快的：不，對於一個耽於夢幻和沉思的人來說，它才是愉快的。你站在那裡，在寂靜的甲板上空一百英尺的

高處，大步行走於深淵之上，彷彿桅杆就是巨大的高蹺，在你下面，在你的兩腿之間，游動著海洋中最為龐大的怪物，甚至就像船隻從古羅德島港口那著名的大銅像的雙腿之間駛過。你站在那裡，迷失在海洋的橫無際涯之中，除了波浪，沒有一絲生氣。恍恍惚惚的船隻懶洋洋地行駛著；睡意沉沉的信風吹拂著；一切都讓你融入倦怠之中。在這種熱帶捕鯨生活中，大部分時間都消磨在莊嚴至極的太平無事之中，你聽不到新聞，讀不到報刊；號外上渲染得大驚小怪的平常瑣事，也絕不會讓你沒來由地興奮；你聽不到任何國內的衝突；保險公司破產；股票下跌；你也從不會為下一頓吃什麼而煩心——因為你三年多的食物都整潔乾淨地存放在大桶裡，你的菜單也是千篇一律。

一艘南下的捕鯨船，在長達三四年的航行中，你在桅頂值班的時間，加起來往往會長達整整數月。而且，讓人甚為遺憾的是，你貢獻了自己可觀的一段生命的處所，卻如此悲慘地沒有任何與家園類似的地方，也不適合培養舒適的歸屬感，沒有任何諸如床鋪、吊床、靈車、崗亭、講道壇、馬車，或任何其他讓人舒適的小發明，可以供人暫時獨處。你最平常的棲身處是在上桅頂，你站在叫做桅頂橫木的兩根平行的細木桿上（幾乎是捕鯨船所特有的）。在大海的顛簸下，新手就跟站在公牛角上一樣舒服。當然，天氣寒冷時，你可以帶著你的房子爬到高處，那就是你的值班大衣；不過，確切地說，再厚的值班大衣也發揮不了房子的作用，依然和赤身裸體一樣；正如靈魂附著在它肉身的臨時房屋之內，無法在裡邊自由行動，如果想要出來，就免不了要遭受毀滅的巨大風險（就像一個無知的朝聖者冬天翻越白雪皚皚的阿爾卑斯山一樣）；所以說，一件值班大衣與其說是房子，不如說是個封套，或是包裹你的另一層皮膚。你不能在自己身體裡擺上一個架子或櫃櫥，你也不能把你的值班大衣變成方便的小房子。

就這一切而言，甚為遺憾的是，南方捕鯨船不像格陵蘭捕鯨船，桅頂上配備有讓人羨慕的叫做桅斗的小帳篷或是小講壇，瞭望員可以藉此抵禦嚴寒海洋上的險惡天氣。史利特船長寫了一本火畔故事

題為《冰山中間的一次航行，追獵格陵蘭鯨，無意間重新發現古格陵蘭失蹤的冰島殖民地》，在這本值得讚賞的書中，史利特船長就他那艘名為「冰川號」的好船，為所有桅頂瞭望員配備了新發明的桅斗，作了一番引人入勝的詳盡描述。為了紀念自己的發明，他稱之為「史利特的桅斗」；作為原始發明者和專利權所有人，他擺脫了荒謬虛偽的世故，認為既然我們可以用自己的名字來為我們的孩子命名（我們做父親的便是自己孩子的原始發明者和專利權所有人），我們就同樣可以用自己的名字命名任何其他我們創造的東西。在形狀上看，史利特的桅斗就像一個大水桶或是大管子；上面敞開，安了一個活動的側面擋板，在強風中用來為你的頭部遮風。這桅斗固定在桅杆最高處，你能從底部的一道小活門上去。它的後面，也就是靠船尾的那面，有一個舒適的座位，下面是小櫃，可以存放雨傘、被子和外套。座位前面是一皮架，可以放喊話用的喇叭、菸斗、望遠鏡和其他海上用的便利物品。史利特船長親自登上桅頂，站在他這個桅斗中的時候，他告訴我們說，他總是隨身帶著一枝來福槍（也固定在皮架子上），還有火藥筒和彈丸，用來射殺那片海域中大批出沒的迷路的獨角鯨，或是到處遊蕩的海中獨角獸；由於水的阻力，你從甲板上很難射中牠們，而從上往下射就大為不同了。顯然，讓史利特船長詳盡介紹一番他那桅斗的細微方便之處，實在是他心甘情願的事。他把很多地方都說得非常詳細，還就他在這個桅斗所做的實驗，讓我們享受了一次非常科學化的描述。他配備了一個小羅盤，以抵消所謂「局部引力」導致的所有羅盤箱磁鐵的誤差，這個誤差是由於船板上有鐵物，與羅盤處於近乎同一水平面，而就「冰川號」的情況而言，也許是因為水手中有太多累壞了的鐵匠。但我認為，儘管這位船長此處的陳述非常謹慎，也富有科學性，儘管他對那些「羅盤箱誤差」、「羅盤方位角測定」和「近似誤差」都很有研究，但其實他自己知道得很清楚，他並沒有怎麼沉浸在那些深奧的有關磁力的沉思之中，他偶爾也會被那灌得滿滿的小套瓶所吸引，它就仔細藏在桅斗一側伸手可及的地方。雖然，總體上看，我極其讚賞，甚至愛慕這個勇敢、誠實、知識淵博的船長，但是一想到他戴著露指手套和風帽，在桅頂二十來碼的高處研究數學，一想到在這個時候，那小套瓶該是怎樣忠誠的朋友和安慰者，而他居然將它完全略而不提，我就對他頗為反感。

不過，即使我們南方捕鯨者無法像史利特船長和格陵蘭捕鯨者那樣舒服地棲息在高處，但是我們大部分時間都漂浮在魅力十足的海域，其反差極大的寧靜晴朗大大抵消了這種劣勢。舉例來說，我習慣閒逛一般地悠閒攀登索具，在頂上歇一歇，和魁魁格或是隨便哪個下班的人聊上一會，然後繼續上去一點，把一條腿懶洋洋地搭在中桅帆桁上，先觀賞一番水上牧場的風景，這才登上我最後的目的地。

在這裡讓我敞開心胸，坦白地承認，我對自己的守望工作實在有點不滿。整個大千世界的問題在我心中翻湧，教我怎能──孤身獨處於一個如此讓人思緒聯翩的高度──輕鬆地堅守職責，遵守所有捕鯨船長期不變的命令，「密切注意，隨時呼叫。」

我在這裡要懇切地提醒你們，南塔克特的船東們！在你們這個需要警覺性的捕鯨業，千萬當心，不要招收那些細眉凹眼的小夥子，他們喜歡不合時宜的胡思亂想，他們上船時腦子裡裝的是哲學家斐多，而不是數學家鮑迪奇。我說，要當心所有這樣的人。要獵到鯨魚，你得先發現牠們；而這眼窩凹陷的小柏拉圖會拖著你繞地球轉上十圈，也不會讓你的鯨油多上一品托。這些忠告絕非毫無用處。因為現今的捕鯨業成了許多浪漫、憂鬱、心不在焉的年輕人的避難所，他們厭倦了塵世間的愁苦勞煩，一心想在焦油和鯨脂中尋找樂趣。恰爾德．哈羅德自己就經常棲身在某艘倒楣失望的捕鯨船的桅頂，用鬱鬱寡歡的腔調淒聲叫喊：

滾滾向前，你這深沉的暗藍色的海洋，向前！
有萬條捕鯨船橫掃你的全境，卻徒勞無功。

錄用這些心不在焉的年輕哲學家上船工作的船長們，往往會責備他們對航行的「興趣」不夠濃厚，半明半暗地提醒他們，他們已然無可救藥，雄心盡失，在他們隱祕的靈魂深處，他們寧可看不到大鯨才好。但一切都是徒勞。那些年輕的柏拉圖主義者總是認為他們的視覺有缺陷，他們是近視眼，那麼，濫用視覺神經又有何用呢？他們把自己的觀劇鏡留在家裡了。

「嘿，你這個野孩子，」一名標槍手對這樣一個小夥子說，「我們巡航都快三年了，但你還沒有發現過一頭鯨魚。只要你在桅頂上，鯨魚就和雞的牙齒一樣稀罕。」也許的確很稀罕，也許在遙遠的天邊多得成群。但是，這種鴉片般讓人倦怠茫然的不自覺的幻想，隨著思想與海浪的節奏逐漸融合，終於將這心不在焉的年輕人催眠了，失去了本性，把腳下神祕的海洋當成了彌漫在人性與自然中的那蔚藍無底的靈魂的可見形象；而每一個規避著他的半隱半現、一掠而過的美麗奇異的東西；每一個難以識別的形體那逐漸升起、朦朧可辨的鰭，在他看來，都是在人類靈魂中不斷閃現、難以捉摸的那些思想的化身。就在這種著了魔的心境中，你的精神逐漸落潮，回到它的來處，在時空中彌散開去，就像泛神論者威克里夫拋撒的骨灰，最後成了環繞地球的每一處海岸的一部分。

現在，除了一艘輕輕搖晃的船賦予你搖晃不定的生命，你沒有生命；船的生命借自於大海；大海的生命借自於上帝神祕難測的潮汐。但是，當這睡眠，這幻夢將你籠罩，你的手或腳要是稍微挪動一下，你的雙手徹底鬆開，你就會在驚恐中恢復自己的本性。你就盤旋在笛卡兒的渦流之上了。而也許，恰當正午，又是晴朗無雲的天氣，你便隨著一聲半帶窒息的尖叫，穿過透明的空氣，墜入夏天的海洋，再也沒有浮上來。好好留神吧，你們這些泛神論者！

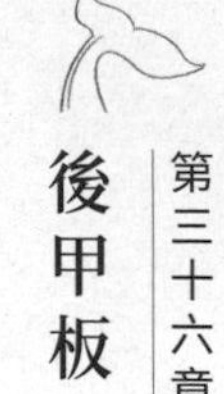

# 第三十六章 後甲板

（亞哈進場，隨後眾人上。）

菸斗事件過後沒多久，一天早上剛吃過早飯，亞哈就像習慣的那樣，從船艙舷梯來到甲板上。大部分船長通常都會在這個時辰到甲板上散散步，就和鄉紳一樣，用完早餐，在花園裡轉上幾圈。

很快地，人們就聽到了他那鯨骨腿沉著的腳步聲，他前前後後地來回轉圈，甲板是多麼熟悉他的腳步啊，船板全都凹陷了，像地質學上的岩石斷層，留下了他行走的獨特印跡。如果你仔細端詳他那皺紋凹陷的前額，你同樣會看見更為奇怪的腳印——他那不眠不休、總在踱步的思想的腳印。

但就我們目前所及的情況，他額上的那些凹溝顯得更深了，甚至就像這天早上他神經質的腳步留下了更深的印記一般。滿懷心事的亞哈，一成不變地在主桅和羅盤箱之間踱來踱去，你幾乎能看見，他轉彎，他的思想也轉彎，他踱步，他的思想也踱步；他任由這心事的支配，以致他每一個外在行為都成了這內在模型的翻版。

「你注意到了嗎，弗拉斯克？」史塔布低聲說，「他心裡的雛雞在啄蛋殼了，很快就會破殼而出。」

時間逐漸地過去。亞哈把自己關在船長室裡，但不久又走上甲板，臉上還帶著同樣強烈的固執神色。

白晝行將結束。突然，他在舷牆邊停了下來，把自己的鯨骨腿插進旋孔，一隻手抓住橫桅索，命

令史塔巴克把所有人召集到船尾來。

「先生！」大副吃驚地說道，除非特殊情況，船上很少或從不會下達這樣的命令。

「把所有人召集到船尾來，」亞哈又重複了一遍，「桅頂上的人，你們也下來！」

全體人員集合完畢，臉上都帶著奇怪又並非全然不解的神色注視著他，因為他看起來就像是風暴將降臨時地平線上的天色。亞哈先是迅速掃了一眼舷牆，然後把目光投向水手們，從他站立之處開始，旁若無人一般又在甲板上沉重地繞起圈來。他垂著頭，半下垂著帽子，繼續走來走去，毫不在意水手們奇怪不解的低聲議論。史塔布小心翼翼地對弗拉斯克耳語說，亞哈一定是把他們召來見證他這番走路的壯舉的。可是，這種情況沒有持續多久。亞哈猛地停住，叫道：

「你們看見一頭鯨魚的時候，該怎麼做，夥計們？」

「大聲呼叫！」二十幾個亂哄哄的聲音衝動地回答。

「好！」亞哈喊道，語調裡流露出熱烈的讚許。他看到自己突如其來的問題居然如此具有吸引力，引發了眾人發自內心的激動。

「接下來怎麼做，夥計們？」

「放下小艇，追呀！」

「你們該抱著什麼樣的心情呢，夥計們？」

「不是鯨死，就是艇沉！」

隨著每一聲呼喊，這老人的表情中便愈來愈多地顯示出奇怪而強烈的歡樂與讚許之情；水手們開始奇怪地互相看著，彷彿在覺得詫異，這麼漫無目的的問題怎麼會讓自己如此激動。

但是，當亞哈向他們說出下面這番話時，他們的心情又變得急切起來。亞哈的假腿還插在旋孔裡，轉了半圈，一隻手向上伸去，緊緊地，幾乎痙攣一般抓住一條橫桅索：「你們桅頂上的人以前都聽到過我有關一頭白鯨的命令。你們聽著！你們看見這枚西班牙金幣了吧？」他對著太陽舉起一枚亮閃閃的大金幣，「這一枚就值十六塊錢，夥計們。你們看見了嗎？史塔巴克先生，把那邊的大錘子遞給我。」

大副去取錘子的時候，亞哈沒有講話，而是緩慢地在他夾克的襯裡上擦著那枚金幣，好像要讓它更有光澤，同時低聲哼唱著一首無詞的小調，那聲音如此奇怪，沉悶而模糊，似乎是他身體裡的活力之輪在發出機械的嗡鳴。

從史塔巴克手裡接過錘子，他走到主桅之前，一隻手舉起錘子，另一隻手展示著金幣，提高了聲音嚷道：「你們中間，無論是誰，給我發現一頭皺額頭歪下巴的白腦袋鯨魚；你們中間，無論是誰，給我發現一頭右邊尾鰭上有三個刺孔的白腦袋鯨魚——你們聽著，你們中間，無論是誰，給我發現了那頭白鯨，誰就能擁有這塊金幣，我的小夥子們！」

「好啊！好啊！」看到金幣被釘到桅杆上，水手們便揮舞起防水帽，大聲歡呼起來。

「牠是頭白鯨，我說，」亞哈繼續說道，把錘子往地上一扔，「一頭白鯨。睜大你們的眼睛，盯緊牠，夥計們；密切注意有沒有白水；只要看見一個水泡，就大聲叫喊。」

整個這段時間，塔什特戈、達戈和魁魁格一直帶著比別人更強烈的興趣和驚訝從旁注視著，當亞哈提到皺額頭和歪下巴時，他們吃了一驚，彷彿每個人都各自觸動了一個回憶。

「亞哈船長，」塔什特戈說，「那頭白鯨一定就是有人叫牠莫比．迪克的那頭。」

「莫比．迪克？」亞哈叫道，「那麼你知道這頭白鯨嘍，塔什？」

「在牠下潛之前，牠尾巴扇得有點怪，先生？」這蓋伊角人深思熟慮地說道。

「牠噴水也有點怪，」達戈說，「水柱很粗，哪怕對於抹香鯨來講，而且也很急，亞哈船長？」

「牠還有一、二、三——啊！牠身上還有好多支標槍，船長，」魁魁格斷斷續續地叫道，「全都

扭——曲——扭，像它——它——」他支支吾吾一時找不到詞，便用手擰啊擰地比畫，像是在拔瓶塞，「像它——它——」

「螺絲錐！」亞哈叫道，「是的，魁魁格，牠身上的標槍全都扭曲得不成樣子了；是的，達戈，牠噴出的水柱很粗，像一大捆麥子，白得就像我們南塔克特每年剪下的一大堆羊毛；是的，塔什特戈，牠尾巴扇起來就像暴風撕裂的三角帆。牠就是死神和魔鬼！夥計們，你們見到的正是——莫比．迪克——莫比．迪克！」

「亞哈船長，」史塔巴克說，他和史塔布與弗拉斯克一樣，愈來愈驚訝地注視著自己的上司，不過，似乎終於想起了點什麼，多少可以解釋整個謎團。「亞哈船長，我聽說過莫比．迪克——但是弄掉你的腿的該不會是莫比．迪克吧？」

「誰和你說的？」亞哈叫道，然後停頓了一下，「是的，史塔巴克，是的，我的朋友們；正是莫比．迪克弄斷了我的這個桅杆；是莫比．迪克讓我現在要靠這個斷肢站著。是的，是的，」他叫喊道，聲音中帶有一種可怕而響亮的動物般的嗚咽，就像一頭被射中心臟的駝鹿，「是的，是的！正是那頭該死的白鯨把我弄殘了；讓我永遠成了一個可憐的裝假腿的笨水手！」隨後他甩著雙臂，無比怨毒地賭咒發誓起來：「是的，是的！我要追牠繞遍好望角，繞遍合恩角，繞遍挪威大漩渦，繞遍地獄的火海，不逮到牠我絕不甘休。你們被招募上船就是為了這個，夥計們！去追那頭白鯨，追到大地的兩端，追到地球的四極，直到牠噴出黑血，魚鰭放平。怎麼樣，夥計們，你們會聯手對付牠嗎，嗯？我以為你們看著都很勇敢。你們會聯手對付牠嗎，嗯？我以為你們看著都很勇敢。」

「是的，是的！」標槍手和水手們叫道，向這激動的老人湧過來，「擦亮眼睛對準白鯨，擦亮標槍對準莫比．迪克！」

「上帝祝福你們，」他似乎已經半是嗚咽半是叫喊了，「上帝祝福你們，夥計們。小子！去多拿

些酒來。但這副長臉是怎麼回事，史塔巴克先生；你不想追擊白鯨嗎？你不敢對付莫比・迪克嗎？」

「我敢對付牠那歪下巴，也敢對付牠那死亡的巨口，亞哈船長，只要牠不妨礙我們幹正事；但是我到這裡來是要捕鯨的，不是為我的指揮官報仇的。你的復仇能為你帶來多少桶油啊，哪怕你成功了，亞哈船長？在我們南塔克特市場牠為你賺不了多少。」

「南塔克特市場！噓！靠近點，史塔巴克，你要的紅利有點低了吧。如果用錢來衡量的話，夥計，就讓會計師們計算一下，地球這個大帳房，用英國金幣幾尼來把它繞上一周，每枚幾尼四分之三英寸，需要多少幾尼；那麼，讓我來告訴你，我的復仇的價值要比這個還要大得多！」

「他在捶自己的胸呢，」史塔布低聲說道，「那是為了什麼？我認為那聽起來很響，實際上很空。」

「向一個啞巴畜生復仇！」史塔巴克叫道，「牠純粹是因為最盲目的本能才傷了你！簡直是瘋狂！被一個啞巴畜生弄得大發雷霆，亞哈船長，這恐怕是褻瀆神明。」

「你再給我聽著——你的紅利有點低了。一切有形之物，夥計，都不過是紙板糊的面具。但是，在每件事之中——實際的行動中，無可置疑的功績中——都有某種未知但依然合乎情理的東西，從不合情理的面具後面顯出它的本來面目。只要人類能夠戳穿，戳穿那面具！除了衝出圍牆，囚犯怎麼能脫身而出？在我看來，白鯨就是那圍牆，堵在我跟前。有時我以為外面什麼都沒有。但這就夠了。牠給了我一件苦差事，牠壓在我身上；我在牠身上看見了凶殘的力量，一種不可理解的惡意使牠更加強大。我恨的主要是那不可理解的東西；白鯨是從犯也好，是主犯也罷，我都要把仇恨發洩在牠身上。不要和我說什麼褻瀆神明，夥計；如果太陽侮辱了我，我也會戳穿它。太陽可以那樣做，我就可以這樣做；自從世上有了公平競爭，嫉妒就支配了所有的造物。但是夥計，甚至那公平競爭也做不了我的主。誰能主宰我？真理沒有界限。把你的眼睛挪開！比魔鬼瞪著我更不可忍受的就是白痴的眼睛！怎麼，怎麼，你的臉紅一陣白一陣的，我的熱力已經燃起了你的怒火。但是你聽著，史塔巴克，氣頭上說的話，等於沒說。有些人激烈的話語構不成多少侮辱。我不想惹你發火。算了吧。看！看那邊那些土耳其人臉上的褐斑——那是太陽畫出的栩栩如生的圖畫。那些異教徒豹子——那些毫無顧忌、不信神的東西，他們活著，追求著，對他們所感受到的熾熱生活卻說不出什麼道理！全體水手，夥計，全體水手！在捕鯨這件事上，他們不是都和亞哈站在一起的嗎？看看史塔布！他在笑！再看看那個智利人！一想到這個他就哼鼻子。要在大風暴中挺立住，史塔巴克，你像個搖搖擺擺的小樹苗可不行！而那又算個什麼事？想想吧。那不過是幫忙打一條魚鰭；對於史塔巴克根本算不了什麼。還有什麼？在這次可憐的狩獵中，當全體水手都在手裡抓著磨刀石，南塔克特最好的標槍手，就絕對不會猶豫不前吧？啊！你侷促不安了，我看見了！巨浪在鼓動你的情緒！說話，你倒是說話呀！——對啊，對啊！那麼，你的沉默就是回答了。（旁白）從我大張的鼻孔裡噴出去的什麼東西，又給他吸進了肺裡。史塔巴克現在是我的人了；除了背叛，他沒法反對我了。」

「上帝保佑我！——保佑我們大家！」史塔巴克喃喃地說。

但是，亞哈看到大副受了蠱惑，默默順從自己，心中十分高興，沒有聽見他那預兆不祥的禱告，也沒有聽到底艙傳來的低低的笑聲，還有索具在風中預示一般的震動，以及船帆空洞的拍打桅杆聲，彷彿心瞬間沉了下去。史塔巴克低垂的眼睛重又燃起了生命的執著，艙下面的笑聲消失了，風繼續吹著，船帆鼓了起來，船起伏顛簸著前進，一如從前。啊，你們那些忠告和警告！為什麼來了又去，不做停留？但與其說你們是警告，不如說是預言，你們這些陰影！與其說是來自外部的預言，不如說是對內部那些先前發生的事情的證實。因為即使沒有什麼外界的力量強迫我們，我們存在的最深刻的需要，依然在驅使我們前進。

「拿杯子來！拿杯子來！」亞哈叫道。

他接過滿溢的酒杯，轉身面對著標槍手們，命令他們亮出武器。讓他們靠近絞盤在他面前列隊，手裡握著標槍，他的三個副手則手持魚槍站在他身邊，其他水手圍著他們站成一圈。他佇立片刻，探詢地看了每個人一眼。但是那些水手狂熱的眼睛迎著他，就像草原狼充血的眼睛迎著自己頭狼的目光，隨後便在牠率領下向野牛猛追一樣；可是，天哪！牠們恰恰掉進了印第安人隱蔽的陷阱。

「喝呀，往下傳！」他叫道，把裝得沉甸甸的酒壺遞給離他最近的水手，「現在只讓水手們喝。依次傳下去，傳下去！小口抿——慢慢嚥，夥計們；這酒可熱得像撒旦的蹄子。就這樣，就這樣；大家都輪到了。它會讓你暈頭轉向，眼睛閃出蛇眼的光芒。好極了。幾乎喝光了。那邊來，這邊走。把它遞給我——空了！夥計們，你們好像是催人的歲月，如此滿溢的生命就這樣被一口喝光，一滴不剩。服務員，再倒滿！

「現在注意了，我的勇士們。我把你們召集到絞盤跟前；還有你們幾位副手，拿著魚槍站在我旁邊；你們幾位標槍手則拿著你們的鐵傢伙站在那裡；還有你們，勇敢的水手們，把我圍在中間，這樣，我就多少可以復興我的漁民祖輩的一個崇高習俗了。啊，夥計們，你們會看到的——哈！服務員，這就回來了？遲遲不來的就不是好樣的。給我吧。嗨，這酒壺現在又斟得滿滿的了，你不會是聖維圖斯的小鬼吧——走開，你有瘧疾！

「上前來，副手們！把你們的魚槍在我面前交叉舉起來。做得好！讓我來摸一下叉軸。」這麼說著，亞哈伸出手臂，抓住那三支一邊齊的、閃閃發光的魚槍的交叉點，這麼一抓的同時，他還猛地一拉，一邊用專注的眼神從史塔巴克掃到史塔布，又從史塔布掃到弗拉斯克。彷彿想要憑藉某種無名的內在意志，把他萊頓瓶一般充滿磁力的生命中積聚的激情傳輸給他們。三個副手面對他這副強大、持久、神祕莫測的模樣，不禁畏縮起來。史塔布和弗拉斯克把目光轉向一邊，史塔巴克則垂下他那誠實的眼睛。

「那沒用！」亞哈叫道，「不過，也許這是好事。因為你們三個一旦接受了全負荷的電擊，我自己身上的電力，可能就會洩光，也有可能會把你們當場電死。或許你們並不需要這樣。放下魚槍！現在，你們三位副手，我任命你們三個為酒政，給我的那三個異教徒親戚斟酒——那邊那三位最尊貴的紳士和貴族，我英勇的標槍手。瞧不起這差事？什麼，偉大的羅馬教皇為乞丐洗腳，不就是把他的三重冕當水壺用的嗎？啊，我親愛的大主教們！你們會屈尊做這件事的。我不命令你們；你們會自願去做。割斷綁繩，抽出槍桿，你們這幾個標槍手！」

三個標槍手默默地服從了命令，拿著卸下來的約有三尺長的標槍頭，倒鉤朝上，站在他面前。

「別用那鋒利的鋼尖戳著我！斜著拿，斜過來！不知道那是酒杯的腳嗎？把插口向上！就這樣，就這樣，現在，你們幾個酒政，近前來。那些標槍頭！拿過來，我倒酒的時候要拿穩！」隨即，他就慢慢地從一個副手到另一個副手，用酒壺給三支標槍頭的插口都斟滿了烈酒。

「現在，三對三，你們站好了。讚美這殺氣騰騰的聖餐杯！享用吧，你們現在已經加入了這個永遠不散的同盟。哈！史塔巴克！大功告成！遠處的太陽已經表示認可，正等著作證呢。喝吧，你們這些標槍手們！喝吧，發誓吧，你們這些站在致命的捕鯨艇頭的人——死亡屬於莫比．迪克！如果我們不獵到莫比．迪克，置牠於死地，上帝就會獵捕我們的！」裝著倒鉤的高高的鐵杯舉了起來；隨著叫喊和對白鯨的詛咒，杯中的烈酒也嘶的一聲一飲而盡。史塔巴克臉色蒼白，轉過身去，身體顫抖。再一次，也是最後一次，重新斟滿的酒壺在狂熱的水手們中間依次傳遞下去；亞哈用他那隻空著的手朝他們一揮，大家就都散了，他也隱退到自己的艙中。

第三十七章

# 日落

（船長室。船尾窗邊，亞哈獨自坐著，凝視窗外。）

我留下了一道渾濁的白色浪跡；無論我行駛到哪裡，都是蒼白的水面，更加蒼白的臉頰。滿懷嫉妒的巨浪斜著湧過來，把我的航跡淹沒；隨它們去吧；我可要先過去。

遠處，在永遠滿溢的酒杯邊緣，暖浪紅得像葡萄酒。金色的夕陽正垂向藍色的大海。那潛鳥一般的太陽——從中午開始就在緩慢下潛——繼續沉落；我的靈魂卻在上升！它厭倦了無休無止的山巒。那麼，是我所戴的冠冕太重了嗎？這個倫巴底的鐵製皇冠。不過，它綴滿了寶石，熠熠生輝；我戴著它，看不見它投向遠處的閃光；而是隱隱約約地覺得我戴著的這個東西，令人眼花繚亂，困惑不堪。它是鐵的——我知道——不是金的。它還裂開了——我感覺得到；那參差不齊的裂口擦得我好痛，我的腦袋彷彿在撞擊這堅硬的金屬；是的，我有一副鋼腦殼，就是在最傷腦袋的惡鬥中也不需要頭盔！

我的額頭燥熱？啊！曾幾何時，日出會鞭策我向上，日落會給我安慰。如今再也不會了。這可愛的光，它不再照亮我；所有可愛的事物都使我痛苦，既然我再也不能享受它們。天生具有高級的洞察力，我卻缺乏低級的享受能力；我遭了詛咒，微妙至極也惡毒至極！在樂園中遭到詛咒！晚安——晚安！（他揮揮手，離開了窗戶。）

這個任務並不太難。我想至少要找到一個頑固的人；但是我這個獨齒輪一裝進他們各式各樣的輪子，他們就會轉了。或者，如果你願意，他們就像許多蟻丘般的火藥堆，全都立在我面前，而我就是他們的火柴。啊，好難！要去點燃別人，火柴自己就得犧牲！我敢做的，我就願意做；我願意做的，我就會做！他們以為我瘋了——史塔巴克就是；但我是著了魔，我是瘋上加瘋！只有徹底瘋了的人才能心平氣和地理解自己的瘋狂！預言說我的手足會落下殘疾；的確如此！我失去了這條腿。現在我預言，弄殘我的傢伙，我也會讓牠缺手臂少腿。那麼，就讓預言者成為實現預言的人吧。這是祢們諸神未曾做到的。我向祢們報以嘲笑，噓，祢們這些玩板球的，打拳擊的，祢們這些聾子伯克和瞎子本迪戈之類的東西！我不會像學童一樣對恃強凌弱的地痞們說——去找個和祢們塊頭相當的，別來揍我！不，祢把我打倒在地，但我又站了起來；而祢卻溜了，躲了起來。從祢那棉花包包後面出來吧！我沒有射程可以觸及到祢的槍。來吧，亞哈向祢致意；來看看是否祢能逃開我。逃開我？祢逃不開我的，除非祢自己溜之大吉！人家已經吃定祢了。想逃開我？通向我既定目標的路徑已經鋪設了鐵軌，我的靈魂就要在鐵軌上飛奔。越過未經探測的峽谷，穿過溝壑縱橫的群山，鑽過激流險灘，我準確無誤地前進！這條鐵路暢通無阻，沒有一個拐角！

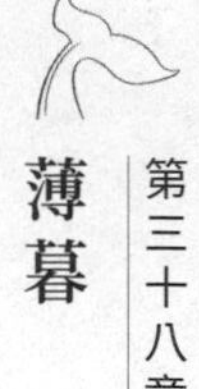

第三十八章

# 薄暮

（史塔巴克斜靠在主桅上。）

我的靈魂無可匹敵，但它卻被人控制了，被一個瘋子！難以忍受的劇痛，明智的人竟會在這樣的戰場上放下武器！但是他鑽得很深，將我的理智從內部全部摧毀了！我以為我看清了他褻瀆神明的目的，但我又覺得我必須幫助他達成這個目的。我願意也好，我拒絕也好，這不可言喻的東西已經把我和他拴在一起；用一根纜繩拖著我，我又沒有刀子來切斷它。可怕的老人！誰控制了他，他叫喊；是的，對於所有上面的人，他就是個民主派；瞧，對於下面的人，他是如何地頤指氣使！啊！我把我悲慘的差事看得清清楚楚——在反抗中服從；更為糟糕的是，要心懷憐憫地去恨！因為在他的眼中我看到血紅的災難，如果換了是我，我會枯萎毀滅。不過還有希望。時間和潮汐漫無際涯。可憎的鯨魚有環繞全球的海洋可以暢游，就像那小金魚有牠自己的玻璃魚缸。他觸怒天條的目標，上帝也許會置之不理。我會振奮起我的心，如果它不是鉛塊一般沉重。我整個的鐘已經停擺，我的心就是支配一切的鐘錘，我沒有鑰匙把它再次啟動。

（從船頭傳來一陣喧鬧。）

啊，上帝！和這麼一群野蠻的水手航行，他們身上絕少人生父母養的痕跡！這鯊魚出沒的海洋生在什麼地方的崽子，白鯨就是他們的魔王。聽！地獄的縱欲狂歡！船頭在喧鬧！更顯得船尾一片靜悄悄！我想這正是生活的寫照。劈波斬浪的是那快活十足、鬥志昂揚、躍躍欲試的船頭，卻僅僅是為了拖著後面那位陰沉的亞哈，他在船尾的船長室裡沉思，船艙下面就是尾波的死水，再遠點，就是那狼嚎般汩汩的水聲窮追不捨。拖著長聲的嚎叫讓我毛骨悚然！靜一靜！你們這些縱酒狂歡的傢伙，要保持警惕啊！啊，生活！在這樣的時刻，靈魂沮喪，還要保持理智——就像強迫野性未馴的東西進食一樣——啊，生活！現在我真確感受到你那潛藏的恐怖！但怕的不是我！那恐怖已經被我驅除，我的心裡只有人類的柔情，我還會嘗試和你戰鬥，你這冷酷的鬼影幢幢的未來！站在我旁邊，支持我，約束我，啊，你這神聖的力量！

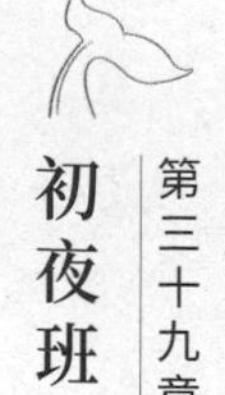

# 第三十九章 初夜班

前桅樓（史塔布一個人在縫補操帆索。）

哈！哈！哈！哈！咳！清清我的嗓子！——從那時起我一直想個不停，而這一聲哈，就是最後的結果。為什麼這樣？因為一笑置之是對所有古怪之事最聰明、最簡單的回答；無論將來會發生什麼，一種安慰始終存在——那不會落空的安慰便是，一切都是命中註定。我沒有聽全他和史塔巴克的談話；但在我可憐的眼神看來，史塔巴克當時的樣子就和我有天傍晚差不多。那個老蒙兀兒人肯定把他收拾了。我明白，我知道；如果有點天賦，很容易就預言出來——因為我看一眼他的腦袋，我就明白了。好吧，史塔布，聰明的史塔布——那是我的頭銜——好吧，史塔布，那又有什麼，史塔布？就這麼個臭皮囊。我不知道將來會怎麼樣，但隨它怎麼樣，我都會笑著面對。在你全部的恐怖中竟潛藏著這麼一種滑稽的媚眼！我覺著挺滑稽。法拉，希拉，索希拉！此刻我那水靈靈的小梨子在家裡做什麼？正號啕痛哭吧？——我敢說，她正在給最近回港的標槍手們辦晚會，快活得像快艇上的三角旗，我也是這樣——法拉，希拉，索希拉！啊——

為了愛情，我們今晚要開懷暢飲，
為了那快樂而轉瞬即逝的愛情
如同酒杯邊泛出的泡沫，

嘴唇一碰就旋即破滅。

一首華麗的詩——誰在喚我？史塔巴克先生嗎？是的，是的，先生——（旁白）他是我的上司，如果我沒有搞錯，他也有自己的上司。——是的，是的，先生，把這工作做完就來。

第四十章

# 午夜，船頭樓

**標槍手和水手們**

（前帆升起，值班的人站著、逛著、倚著、躺著，姿態各異，大家齊聲合唱。）

再見了，永別了，西班牙女士們！
再見了，永別了，西班牙女士們！
我們的船長已經下了令。——

**南塔克特水手甲**

啊，小夥子們，不要多愁善感了。這對消化不好！振作起來，隨我來！

（唱了起來，眾人隨唱。）

我們的船長站在甲板，
手中拿著個望遠鏡，
觀察那些宏偉的鯨魚
在每一處海濱噴水。
啊，桶在你們的艇裡，我的夥計們，

站到你們的轉帆索邊，
我們要捕到一頭漂亮的鯨魚，
夥計們，兩手交替著拉吧！
高興起來，夥伴們，願你們的心永遠不氣餒！
勇敢的標槍手正在打擊著鯨魚！

**大副的聲音從後甲板傳來**

打八下鐘，前邊的！

**南塔克特水手乙**

停停，別唱了！打八下鐘！你聽見沒有，敲鐘的？打鐘八下，你，皮普，你這黑小子！讓我來喊值班的。我有張適合喊人的嘴——一張大桶般的嘴。好，好，（把頭插進小艙口）右舷——值——班——的，啊，咳！下邊的打八下鐘！快滾上來！

**荷蘭水手**

今晚睡得真酣，兄弟們，美美睡了一晚上。這得記在我們老蒙兀兒的酒上，有的人爛醉，有的人興奮。我們唱歌，他們睡覺——是的，躺在那裡，像是底艙的大酒桶。把他們再叫醒！那邊那個，拿著這個銅磊，用它來叫醒他們。告訴他們別再做夢想女孩了。告訴他們復活的時候到了，他們吻女孩們最後一下，就得接受末日審判。就是這麼回事——就是這樣。吃阿姆斯特丹的奶油不會弄壞你們嗓子的。

**法國水手**　噓，夥計們！在去布蘭凱特灣停靠以前，我們來跳它一兩支舞吧。你們說怎麼樣？接班的來了。腿都準備好！皮普！小皮普！敲起你的手鼓來！

**皮普**　（悶悶不樂，昏昏欲睡。）不知道放哪裡了。

**法國水手**　那你就敲肚皮，搖耳朵。跳吧，夥計們，我說。快樂就是命令，呼拉！真該死，你不想跳嗎？列隊，現在排成單行，馬上就跳雙曳步舞？放開跳吧！腿呀！腿呀！

**冰島水手**　我不喜歡你們的舞池，兄弟們。它太有彈性了，不合我的口味。我習慣了冰舞池。很抱歉，我在這事情上給你潑冷水，請原諒。

**馬爾他水手**　我也是這樣。你們的女孩在哪裡？除了白痴，誰會用右手握著自己的左手，再對自己說，你好？舞伴！我得有舞伴！

**西西里水手**

對，得有女孩和草坪！——那我才跟你們跳，是的，跳成蚱蜢！

**長島水手**

好了，好了，你們這些悶悶不樂的傢伙，我們的人還多得是。我說呀，收玉米得及時，大家都快去收割吧。啊！音樂響了，現在就去吧！

**亞速水手**

（走上舷梯，把小手鼓拋上艙口。）

給你吧，皮普，還有個絞盤柱，你登上去！喂，夥計們！

（半數的人隨著手鼓跳起舞來，有些人下到艙裡，還有些人在成捆的索具中間或睡或躺。許多人在罵個不停。）

**亞速水手**

（跳著舞。）

拚命敲吧，皮普！使勁敲吧，敲鐘的！敲吧，打吧，擊吧，撞吧，敲鐘的！敲出火星來，把鈴鐺都敲碎！

**皮普**

你是說小鈴鐺？——又沒了一個，掉了，我就這樣亂敲。

**中國水手**

那就把你的牙齒敲得格格響吧，不停地敲打下去，把你自己當成個寶塔。

**法國水手**

狂——歡吧！舉起你的大鐵環，皮普，讓我從中間跳過去！三角帆撕破了！你們快跑吧！

**塔什特戈**

（靜靜地抽菸。）

那是個白人，他認為這很有趣：哼，我還是少出點汗吧。

**曼島老水手**

我好奇那些快活的小夥子們可曾想過，自己是在什麼上面跳舞。我會在你們的墳墓上面跳舞的，我會的——那是對你們情婦最嚴重的威脅，那是拐角的逆風。基督啊！想想那些沒有經驗的魯莽水手！好吧，好吧，像你們學究說的，整個世界或許就是個球，把它變成個舞廳也理所當然。繼續跳吧，小夥子們，你們年輕，我也曾年輕過。

**南塔克特水手丙**

輪換一下吧！——唷！這比風平浪靜時划著小艇追大鯨還要糟糕——給我抽一口，塔什。

（他們停下不跳了，一群群聚在一起。這時天色暗了下來——起風了。）

**印度水手**

梵天在上！夥計們，很快就要收帆了。來自天上的滿潮的恆河起風了！祢板起祢的黑臉了，濕婆大神！

**馬爾他水手**

（斜倚著，揮著帽子。）是海浪——現在輪到雪帽浪來跳舞了。它們很快就要抖動流蘇了。但願所有的海浪都是女人，那我寧可淹死，也要永遠和她們跳滑步！大地上哪有這麼美妙的東西——天堂也沒法比！——她們溫暖狂放的胸脯，跳舞時飛快地一閃一閃，還有那交叉的雙臂下藏著熟得快要迸裂的葡萄。

**西西里水手**

（斜倚著。）

別和我說那個！你聽著，小夥子——四肢飛速交錯——腰肢輕盈地搖擺——扭捏作態——慌慌張張！嘴唇！胸脯！屁股！全都在挨挨擦擦：不停地接觸又分開！別想著要去嘗一嘗，你要當心，會撐壞肚皮。唉，異教徒？（用肘輕輕地推著。）

**大溪地水手**

（斜倚在席子上。）

致敬，我們那些舞女神聖的裸體！——是希瓦——希瓦舞！帳篷低低、棕櫚高高的大溪地！我如今仍在你的席子上歇息，只是那柔軟的泥土已經沒有了！我看見有人在樹林裡把你編織，我的席子！

頭一天我把你從林子裡拿出來時，你還是綠油油的，如今已經磨損枯黃了。我啊！——你和我都承受不起這樣的變化！如果就這樣移植到天上，又會如何？我聽到的是來自皮羅希提峰頂的咆哮的激流，它躍下峭壁，淹沒了村莊？——該死，該死！起來，挺起脊梁，去迎接它！（躍起身來。）

**葡萄牙水手**

滾滾海浪多麼凶猛地衝擊著船邊！準備收帆，夥計們！亂風陣陣就像刀劍交錯，它們馬上就要亂刺起來了。

**丹麥水手**

劈啪，劈啪，你這老船！只要你還在劈啪作響，你就能堅持住！幹得好！那邊的大副抓得你太緊了。他不再害怕了，和卡特加特島要塞一樣，它就是要用風暴抽打的大炮來對付波羅的海，海鹽在大炮上都結成了硬塊！

**南塔克特水手丁**

他已經接到了命令，你要留意。我聽到老亞哈對他說，他必須始終頂住大風，這有點像是用手槍打爆排水口——把船直射進去！

**英國水手**

該死！但那老頭真是個了不起的老傢伙！我們這些小夥子就是要幫他逮住那頭大鯨！

**全體**

是啊，是啊！

**曼島老水手**

那三根松木桅搖晃得多厲害！松樹是最堅韌的樹，隨便移植到哪種土壤上都能活，但這裡什麼都沒有，只有水手們這該死的泥土。穩住，掌舵的，穩住。這種天氣，勇敢的心在岸上也會崩潰，裝有龍骨的船身也會在海上碎裂。我們的船長有個天生的胎記，看那邊，小夥子們，天上有另一個可怕的胎記——你們看，別的地方都漆黑一團。

**達戈**

那又怎麼樣？誰怕黑就是怕我！我就是從黑裡邊挖出來的！

**西班牙水手**

（旁白）他想嚇唬人，哼！——舊恨讓我容易發火。（走上前來）喂，標槍手，你的種族就是人類無可否認的黑暗面——魔鬼一般的黑。這不是冒犯。

**達戈**

（陰森地。）

一點都不對。

**聖地牙哥的水手**

那個西班牙佬是瘋了，還是喝醉了。不過，不可能瘋啊，除非是這種情況，我們老蒙兀兒的烈酒後勁太強了。

**南塔克特水手戊**

我看見了什麼——閃電？是的。

**西班牙水手**

不對，那是達戈齜了齜牙。

**達戈**

（跳起來。）

你給我吞回去，侏儒！白皮仔，膽小鬼！

**西班牙水手**

（迎上去。）

一刀捅了你！個子大，膽子小！

**全體**

吵架嘍！吵架嘍！吵架嘍！

**塔什特戈**

（噴了口煙。）

下面吵架，天上也吵架——神和人——都愛吵架！哼！

**貝爾法斯特水手**

吵架啦！哎呀吵架啦！聖母保佑，吵架啦！你們盡情地吵吧！

**英國水手**

公平競賽！把西班牙佬的刀子奪下來！比拳，比拳！

**曼島的老水手**

場子是現成的。瞧，寬敞無比。就在那拳擊場裡，該隱打死了亞伯。幹得好，幹得對！不對嗎？那麼，上帝，祢為什麼要擺場子呢？

**從後甲板傳來大副的聲音**

升降索旁的人！升起上桅帆！準備收縮中桅帆！

**全體**

風暴！風暴！快點，我的樂天派們！

（他們都散了。）

**皮普**

（縮在絞車下面。）

樂天派？讓上帝幫助這些樂天派吧！喊哩，喀喳！三角帆支柱倒了！乒乒乓乓！上帝！再鑽低點，皮普，頂桅帆桁過來了！這比待在颱旋風的樹林裡還要糟糕，末日到了！現在誰還會爬樹摘栗子啊？可是，他們去那邊了，全都罵個不停，我在這裡不去。願他們前途光明，他們走在去天堂的路上了。抓緊！天啊，好大的風啊！但是，那邊那些傢伙比風還壞——他們就是你的白旋風，他們。白旋風？是白鯨，噓，噓！他們剛才聊天時我全聽到了，還有那白鯨——噓，噓！——但只說了一次！而且只在今天傍晚——牠教我渾身發顫，活像我的小手鼓——那老頭像條大蟒蛇，讓他們發誓去獵牠！啊！你這偉大的白人上帝，在上面什麼地方的黑暗裡，可憐可憐底下這個小黑孩吧，保佑他躲開所有那些沒心沒肺、膽大包天的人吧！

## 第四十一章
# 莫比・迪克

我，以實瑪利，就是那夥水手中的一員，我隨著他們呼喊，我的誓言和他們的誓言融在一起，我愈是喊得響亮，愈是將我的誓言釘得死死的，釘得牢牢的，因為我的靈魂中感到恐懼。我心中產生了一種狂野、神祕而悲憫的感情，亞哈那無法熄滅的仇恨似乎也成了我的仇恨。我用貪婪的耳朵獲悉了那凶殘成性的怪物的來歷，我和所有人一道發誓要以牙還牙，報仇雪恨。

過去的一段時間裡，儘管只是每隔一定時間，那頭離群索居的白鯨一直出沒在抹香鯨獵人最常去的那些荒蠻海域。但是，他們並非都知道牠的存在，相對而言，只有少數人才有意識地看見過牠；迄今為止，實際上特意與牠戰鬥過的人還微乎其微。由於巡航的捕鯨船為數眾多；它們在各個大洋的四面八方播撒下混亂的航線，有很多冒險地沿著單一緯度推進，以至於在一個航線上行駛了整整一年之久，也很少或根本遇不見一艘可以互通消息的隨便什麼船；每艘船各自航行，航程長得沒有節制；從家鄉啟航的時間也沒有一定之規；所有這些，連同其他直接和間接的原因，長期阻礙了有關莫比・迪克的特殊資訊在全世界捕鯨船中的擴散傳播。有些說法幾乎是無可置疑的，說是有若干艘船隻在某時某地，曾經遭遇過一頭巨大非凡、極其惡毒的抹香鯨，這頭鯨在造成攻擊者巨大傷害之後，完整無損地逃之夭夭。我要說，在有些人心目中，這裡提到的鯨必定就是莫比・迪克，這也不是什麼不公平的推測。不過，近期以來，獵捕抹香鯨的船隻引人注目地遭到這頭巨獸凶殘、狡猾和懷有預謀的反擊，這樣的情況時有發生；因而，那些偶然無知地與莫比・迪克開戰的捕鯨者，也許大部分都寧願將自己招致的罕見恐怖，像過去一樣，更多地歸之於抹香鯨業普遍存在的風險，而不是某種個別的原因。迄今為止，亞哈與這頭鯨魚之間災難性的遭遇仍被看作實屬平常。

至於以前聽說過白鯨的人，偶然捕捉到牠的蹤影時，他們每個人所做的第一件事，幾乎都是毫無畏懼地放下小艇去追，就像對付任何其他同類鯨魚那樣。但是到最後，這些攻擊行為導致的災難——絕不僅限於手腕腳踝扭傷，折手斷腿，或是肢體被一口吞掉——而是嚴重到招致殺身之禍。這些災難性的反擊不斷重複，便日復一日地將他們造成的恐懼堆積到莫比．迪克身上。就這樣，很多勇敢的捕鯨者終於得知白鯨的故事，因而大大動搖了意志。

各種荒誕離奇的謠傳免不了言過其實，就把這些致命遭遇的真相給渲染得更加恐怖。因為所有令人吃驚的恐怖事件自然會生出難以置信的謠言——就像朽樹會生出真菌一樣，不僅如此，在海上生活中，遠遠超過陸地，只要有適當的事實依據，荒誕不經的謠言便會繁茂滋生。由於在這一點上，海洋超過了陸地，所以，捕鯨業中時有流傳的謠言，就其新奇和恐怖程度而言，也超過了任何其他海上行業。因為，捕鯨者作為一個群體不僅未能免除所有海員歷代相傳的無知和迷信，而且在所有海員之中，他們無疑要最為直接地接觸到海上駭人聽聞的一切；他們不僅目睹海洋中最偉大的奇觀，還面對鯨魚的血盆巨口，親手與之搏鬥。

更何況，在如此遙遠的海域，即使你航行一千里，經過一千座海岸，你也遇不到一戶人家，受不到任何款待。在這樣的經緯度，從事這樣一種營生，捕鯨者陷身於各種各樣的影響，全都會促使他們的想像力孕育出眾多駭人聽聞的故事。怪不得有關白鯨的誇大其詞的謠言，在遼闊的海洋上一旦傳播開來，便會與日俱增，到最後竟然吸收了各種可怕的暗示和略具雛形的有關超自然力量的聯想，終於使莫比．迪克染上了與任何肉眼可見的事實無關的新的恐怖色彩。以致在很多情況下，牠最終竟引發了如此這般的恐慌，使得至少聽說過相關謠言的捕鯨者中，極少有人甘願冒險面對牠的血盆大口。

但是，還有其他更為重要且現實因素在影響著。時至今日，抹香鯨有別於所有其他種類的海中巨獸，從整體而言，牠原有的恐怖聲威依然沒有從捕鯨者的心目中泯滅。今天，他們中還有這樣的人，雖然有足夠的機智勇敢去與格陵蘭鯨或露脊鯨戰鬥，卻由於缺乏職業經驗，或是能力不足，或是膽怯畏縮，而拒絕與抹香鯨較量。無論如何，還有很多的捕鯨者，尤其是不掛美國旗的其他各國的捕鯨者，就從未與抹香鯨交過手，他們對於這種大海獸的知識僅限於早期在北方海洋追擊過的劣等鯨魚。這些人坐在艙口，帶著兒童對爐火邊故事的興趣和敬畏之心，傾聽在南方海洋捕鯨的荒誕不經的奇聞。要真切領會大抹香鯨那壓倒一切的可怕氣勢，最好的方式莫過於站在艇首迎頭而上。

而且，抹香鯨業已得到證實的巨大威力，似乎早在從前的傳說時代就已有跡可循了。我們發現某些著書立說的博物學家——奧拉森和波維森——都聲稱，抹香鯨不但是海中任何其他生物都唯恐避之不及的危害，而且牠的凶殘還令人難以置信，總是渴望喝人血。甚至遲至居維葉的時代，這些印象依然沒有消除，或是變化不大。在他的《自然史》中，這位男爵本人堅稱，一看到抹香鯨，所有魚類（包括鯊魚）都「嚇得暈頭轉向」，而且「在慌忙逃竄之際，往往會直接撞上岩石，用力過猛，甚至當場殞命」。而且，無論捕鯨業的一般經驗能對此類報告做出怎樣的修正，由於牠們十足的恐怖，乃至波維森的渴血之說，在這個行業的滄桑變遷中，其中的迷信因素便又會在捕鯨者的心中復活。

因此，有不少捕鯨者被有關抹香鯨的謠言和預兆嚇壞了，一提到莫比．迪克，就會想起抹香鯨業的早期時代，這時，往往就很難勸使常年捕慣了露脊鯨的人投入這項新興的冒險了。這些人堅決表示，盡可以滿懷希望地追獵其他的大海獸，但要追逐抹香鯨這樣的幽靈，拿魚槍瞄準牠，卻絕非凡人所能。凡是想一試究竟的人，準會被撕個粉碎，早早歸天。在這方面，有一些值得注意的文獻可供參考。

然而，還是會有人，即便面對這些事實，也隨時準備去追獵莫比．迪克；還有為數更多的人，只是遙遠而模糊地偶然聽到牠的傳聞，既沒有獲悉任何一場災難的特定細節，也沒有得聞與之伴隨的迷信傳說，便有了足夠的勇氣與之戰鬥，遇上了便不會臨陣脫逃。

結果，在那些有迷信傾向的頭腦中，一個荒謬的聯想終於逐漸和白鯨掛上了鉤，那就是不切實際地把莫比・迪克幻想成無所不在的東西，認為人們確實在地球相反的緯度上同時遇到過牠。

既然這些人的頭腦如此輕信，這種幻想也就並非沒有一點迷信的可能性。正如海中洋流的祕密始終沒有揭開，甚至最有學識的專家也無能為力，那麼，抹香鯨藏身水下的各種方式，在很大程度上，追獵牠的捕鯨者也還是莫名其妙。而且，他們還不時地產生一些極為奇怪和矛盾的推測，尤其是弄不懂牠憑藉怎樣的神祕方法，在潛下深海之後，竟能以如此迅捷的速度轉移到相距甚遠的地方。

在美、英捕鯨船上廣為人知，且為斯科斯比多年前做過權威性記錄的一件事，就是在遙遠的太平洋北部捕獲的一些鯨魚身上，發現了在格陵蘭海域投出的標槍倒鉤。在這種情況下，有人宣稱兩次攻擊的時間間隔不可能相差太久，這種說法也沒有遭到否定。從此推斷，有些捕鯨者相信，對於人類來說長期以來就是難題的西北航道，對於大鯨卻從來不成問題。於是，在當代人真實生動的經驗中，自古流傳的有關葡萄牙內陸斯特雷拉山的奇蹟（據說山頂附近有一個湖，遇難船隻的殘骸從那裡浮出水面），以及錫拉庫薩附近阿瑞圖薩噴泉[1]那更為神奇的故事（人們相信泉水透過地下通道來自聖地），這些難以置信的故事與捕鯨者的真實經歷幾乎完全可以相提並論。

於是，這樣的奇蹟就變得耳熟能詳了，人們還知道，在遭受反覆的猛烈攻擊之後，白鯨依然能逃脫性命；用不著大驚小怪，有些捕鯨者就更加迷信了，他們宣稱莫比・迪克不僅無處不在，而且永生不死（因為永生不過是在時間中的無處不在）；因此，儘管身體兩側還插著眾多的魚槍，牠依然會毫無傷損地游走；如果牠真的能被刺得濃血直噴，這般景象也不過是可怕的騙局，因為在數百里外毫無血跡的巨浪中，牠那潔白無染的噴水又會再次出現。

但是，即便撇開這些超自然的推測，這個怪物的身體構造和無可置疑的特徵，也足以用非同尋常的力量打動人們的想像力。因為，使牠大大有別於其他抹香鯨的，倒不是牠那罕有的巨大身軀，而是我在別處提到過的——牠有一個很特別的有皺褶的白腦門，和一個高聳如金字塔的白色背峰。這些是牠的顯著特徵，憑藉這些標誌，即便在無邊無際、地圖上沒有標明的海域，隔著很遠的距離，那些熟悉牠的人也會辨認出牠來。

牠身體的其他部分布滿了條紋斑點和同樣顏色的大理石花紋，因而終至於獲得白鯨這個獨特稱號。如果在中午時分，看到牠滑過深藍色的海水，留下一道滿是奶油般泡沫的乳白色尾波，閃耀著點點金色的光芒，這生動的外觀便佐證了這個稱號的確名副其實。

很大程度上，賦予這頭鯨魚天生恐怖色彩的，並不是牠非比尋常的龐大身軀，也不是牠引人注目的顏色，更不是牠變形的歪下巴，而是那種無可比擬、智計百出的惡毒，根據某些具體的報導，牠在進攻中一再體現出這種惡意。除了這些以外，牠每每都能狡猾地撤退，這一點也許最令人喪膽。因為，在從那些狂喜的追獵者前面游過時，牠會露出明顯驚慌的模樣，但是有好幾次牠又突然轉回身，向追獵者猛撲，不是把他們的小艇弄得粉碎，就是把他們嚇得驚慌失措，逃回大船。

為了追擊牠，已有數人喪生，但是類似的不幸，在岸上卻很少有消息傳開，在捕鯨業也絕非什麼不尋常的事。而且，大家認為，在大多數情況下，這似乎正是白鯨用心險惡的預謀，每一個因為牠而肢體傷殘或是失去性命的人，都並不完全是被一種無智慧的力量所傷。

那麼想一想吧，當這些不顧一切的獵鯨者，從被嚼得粉碎的小艇殘片中，從被撕碎的夥伴們正在下沉的肢體中，游出那巨鯨在可怕的憤怒中噴射出來的白色凝乳，來到那彷彿迎著新生兒或新娘微笑的、寧靜得令人氣惱的陽光之下，他們心中該激起怎樣令人神智混亂的熊熊怒火。

1 阿瑞圖薩是希臘神話中的山林仙女，月神阿提米絲為使其逃脫河神阿爾甫斯的追逐，將她化為泉水。錫拉庫薩是西西里東南部的一個港口城市，與希臘的阿卡迪亞相距甚遠。

船長周圍的三艘小艇全部碎裂，槳和人都在海流中旋轉，只有他這個船長從破爛的小艇頭抓起一把刀子，衝向鯨魚，就像一個阿肯色州人在決鬥中撲向敵人一樣，盲目地想要用六寸長的刀刃，去結束鯨魚深不可測的性命。那個船長就是亞哈。這時，莫比．迪克鐮刀狀的下顎從他底下突然橫掃過來，咬斷了亞哈的一條腿，就像收割機割斷田野中的一根草葉。就是裹頭巾的土耳其人、雇來的威尼斯人或馬來人，也不會以更為明顯的惡意來襲擊他。那麼，幾乎沒有什麼理由懷疑，自從那次幾乎使他喪命的遭遇以後，亞哈就對這頭鯨魚懷有瘋狂的復仇之心，他在自己狂亂的病態心理中愈陷愈深，終於使他不但將自己全部身體上的痛苦，而且還有他全部心智和精神上的憤怒，都算在了白鯨頭上。游在他前面的白鯨成了所有惡毒力量的偏執狂的化身，一些思想深沉的人會感覺它一直在侵蝕自己的內部，直到自己只剩下半顆心半邊肺苟延殘喘。那不可捉摸的惡意從一開始就存在，甚至現代的基督徒也將世界的一半歸於它的統治。古代東方的拜蛇教敬奉魔鬼的雕像——亞哈可不像他們那樣屈膝膜拜，而是將這一觀念精神錯亂地轉化成了可怕的白鯨，儘管身有殘疾，他依然要與之對峙。所有最極端的瘋狂與折磨，所有能攪起事物殘渣的東西，所有含有惡意的真實，所有讓人絞盡腦汁身心疲憊的東西，所有生命和思想中微妙的魔鬼崇拜，所有邪惡，對於瘋狂的亞哈來說，都明顯體現在莫比．迪克身上，對牠的攻擊也就勢在必行了。他把整個人類自亞當以來的全部憤怒和仇恨都堆積在那頭鯨魚的白色背峰上，而他的胸膛就彷彿成了一門迫擊炮，他用自己灼熱的心做炮彈向牠轟擊。

這種偏執狂也許不是在他肢體傷殘的當時就馬上產生的。在他手裡拿著刀子，向怪物衝去的時候，他只是為了發洩一下突如其來的狂熱仇恨，當他遭受失去一條腿的打擊時，他也許感到的只是身體被撕裂的劇痛，僅此而已。但是，當這次衝突迫使他返航回家，在長達數月的時間裡，一天又一天，一週又一週，亞哈和痛苦一起直挺挺躺在一張吊床上，在仲冬天氣中繞過那沉悶的寒風呼嘯的巴塔哥尼亞角；在那時，他撕裂的身體和被深深砍傷的靈魂，這兩者的痛苦才彼此滲透，融合在一起，

從而使他發瘋了。只是從那時起，在返航途中，在那次遭遇之後，最終的偏執狂才攫住了他。從一件事實就可以肯定這一點，一路上他會不時地胡言亂語，儘管失去了一條腿，但在他那埃及人一般的胸膛裡，依然潛藏著如此大的活力，而且這活力因他的精神錯亂而益發增強了，以至於在航行時，在他躺在吊床裡胡言亂語時，他的副手們被迫要把他緊緊地捆起來。他穿著瘋子穿的拘束衣，隨著大風引起的劇烈震動而滾來滾去。當船駛入好受些的緯度，隨著和風展開翼帆，飄過平靜的熱帶海面，從各種跡象看來，這老人的精神錯亂似乎都隨著合恩角的巨浪留在了後面，他從黑暗的小窩裡出來了，來到幸福的陽光和空氣裡。甚至在那時，他就恢復了堅定冷靜的神態，儘管臉色蒼白，他重新冷靜地下達命令，他的副手們全都感謝上帝，這場可怕的瘋狂終於過去了；甚至在那時，亞哈那隱藏起來的自我依然在胡言亂語。人類的瘋狂往往是一種極其狡猾奸詐的東西。當你以為它溜走了，實際上它可能只是換成了一種更為微妙的形式。亞哈十足的精神失常沒有消退，而是愈來愈深地收縮起來；就像高貴的北方巨人哈德遜河，流過狹窄但深不可測的高原峽谷時，水勢也從不會衰退。正如他的偏執狂進入收斂狀態時，他那顯而易見的瘋狂一點也沒有消退一樣，在他那顯而易見的瘋狂中，他那了不起的天生智力也一點沒有減弱。以前那活生生的力量，現在變成了活生生的工具。如果這個狂亂的比喻能夠成立，那就是他的健全理智遭到了這種特定的精神錯亂的猛攻，並被席捲而去，從而將它所有的大炮都對準了使其瘋狂的目標。於是，亞哈遠不是失去了他的力量，而是現在擁有了一千倍的力量，來對付他神志清醒時設法達成的任何合理的目標。

說得夠多了。然而，亞哈那更大、更陰暗、更深的部分還沒有提到。不過，要想將深奧的東西變得通俗化是徒勞的，而且所有的真理都是深奧的。從我們所占據的這個有尖頂的克呂尼宮的中心盤旋而下吧——無論它有多麼壯麗奇妙，現在都離開它吧——走你們的路吧，你們這些高貴得多也悲哀得多的靈魂，向羅馬人的巨大浴場走去吧；在人類奇異高塔下的地底深處，是人類宏偉壯麗的根，人類全部令人敬畏的本質，盤根錯節，端坐在那裡；一件埋葬在古代遺址下面的古董，安置在殘破的軀幹之上！就這樣，眾神便拿一個殘破的寶座嘲笑那被俘為囚的君王；就這樣，他像一根女像柱一樣，耐心地坐著，在僵硬的額頭上支撐著年代久遠的柱頂楣構。盤旋而下吧，你們這些高貴得多也悲哀得多的靈魂！去問一問那位高傲而悲哀的君王！何其相似的家族！是的，是他生養了你們，你們這些流亡的年輕貴冑；從你們嚴厲的祖先，才能獲取那古老的王室機密。

如今，亞哈心裡也已經瞥見了這一點，那就是：我所有的手段都是出於理智，我的動機和目標才是出於瘋狂。但是，沒有力量消滅、改變或是避開這一事實，他也同樣知道他的確向別人長期隱瞞了這個事實，在某種程度上，至今依然如此。不過，這種隱瞞僅受制於他的認知能力，和他的意志無關。然而，他隱瞞得如此巧妙，以至於當他最終用假腿走上岸的時候，所有南塔克特人都不會多想，只會自然地為他感到悲哀，他雖然傷及了要害，也不過是趕上了一場可怕的意外。

他在海上無可否認的精神錯亂的消息，也同樣被普遍地歸結為類似的原因。至於事後他與日俱增的喜怒無常，一直到「皮廓號」啟程開始這次航行的那一天，還始終籠罩在他的眉頭上，對此，人們的看法也是一樣。這座凡事謹慎的島上工於心計的人，極不可能因為這些陰暗的症狀而不再信任他出海捕鯨，相反地，他們懷有一種自負的妄想，認為正是出於同樣的原因，他更有資格、更急於投入捕鯨這個充滿暴怒與狂野的事業。如果能找到這樣的一個人，某種無可救藥的思想用無情的尖牙啃噬著他的心靈，摧殘著他的身體，他將是向凶猛至極的大海獸投出標槍、舉起魚槍的最佳人選。或者，即便這個人由於某種原因被認為在身體方面已經不能勝任，他仍然是激勵和吆喝他的下屬發動攻擊的最佳人選。儘管如此，可以肯定的是，胸中燃燒著無法止熄的怒火，把瘋狂的祕密鎖在心裡，亞哈此次出航只有一個蓄謀已久、不遺餘力的目標，那就是獵捕那頭白鯨。如果他岸上那些老相識稍微想到他心裡藏著什麼念頭，他們驚駭而正直的心靈就會馬上設法讓這艘船逃出這個惡魔的手掌！他們一心想

著巡航有利可圖，利潤豐厚得會數盡造幣廠的金幣，而他則專心致志地要實施魯莽無情、不可思議的復仇。

那麼，就是這個頭髮花白、不敬神明的老人，一路詛咒著滿世界追逐一頭約伯的鯨魚，他所率領的一群水手，也主要是由混血的叛教者、無家可歸的流浪漢和食人族組成——這些道德薄弱的人，再加上一個心靈正直卻有德無能、力有未逮的史塔巴克，一個嬉皮笑臉、無動於衷、魯莽輕率的史塔布，和一個徹頭徹尾庸庸碌碌的弗拉斯克。這樣一夥水手，配上幾個這樣的頭目，似乎就是某種在劫難逃的宿命特意挑選和組織起來的，說明他實現他那偏執狂般的復仇。他們怎麼會如此一呼百應地回應這個老人的憤怒呢——他們的靈魂到底中了什麼邪，竟至於他的仇恨有時幾乎就是他們的仇恨，他的宿敵白鯨也成了他們不共戴天的敵人。這一切是怎麼發生的呢——對於他們來說，白鯨究竟是什麼，或者說，在他們的潛意識裡，他們怎樣模模糊糊不知不覺地把白鯨當成了海洋世界中滑行的大惡魔——要解釋這一切，就要潛得更深，那是以實瑪利力所不及的。在我們心中工作著的那個地下礦工，誰能從他那模糊低沉、始終變換的挖掘聲中，判斷出他的坑道通向哪裡呢？誰又感覺不到一隻不可抗拒的手臂在牽引？什麼樣的小艇連七十四門大炮的軍艦都拖不動呢？就我來說，我已經自暴自棄，完全聽任時間和空間的擺布；不過，當所有人都一窩蜂地趕去和大鯨搏鬥，我在那畜生身上看見的只是最為致命的不幸，絕無其他。

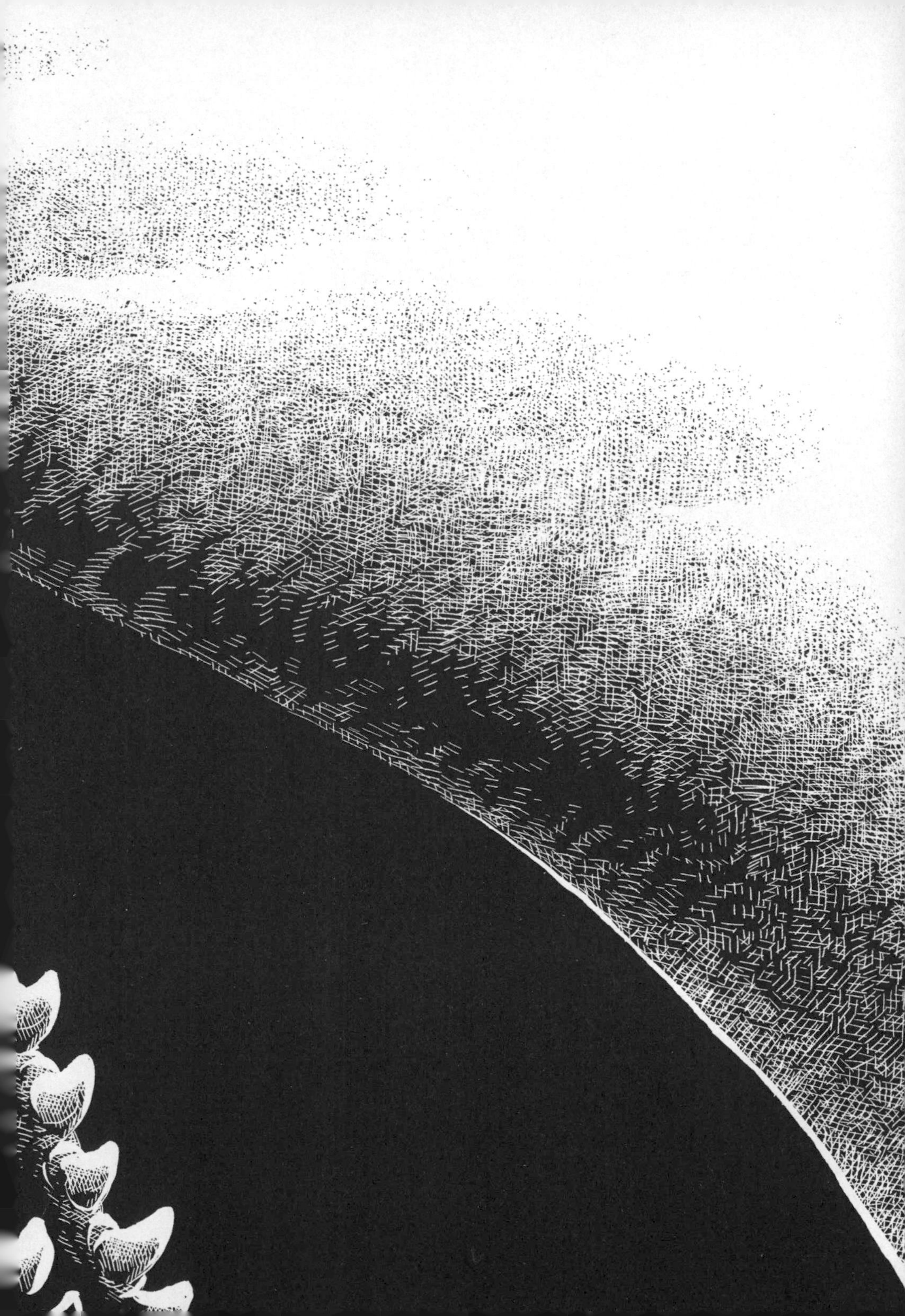

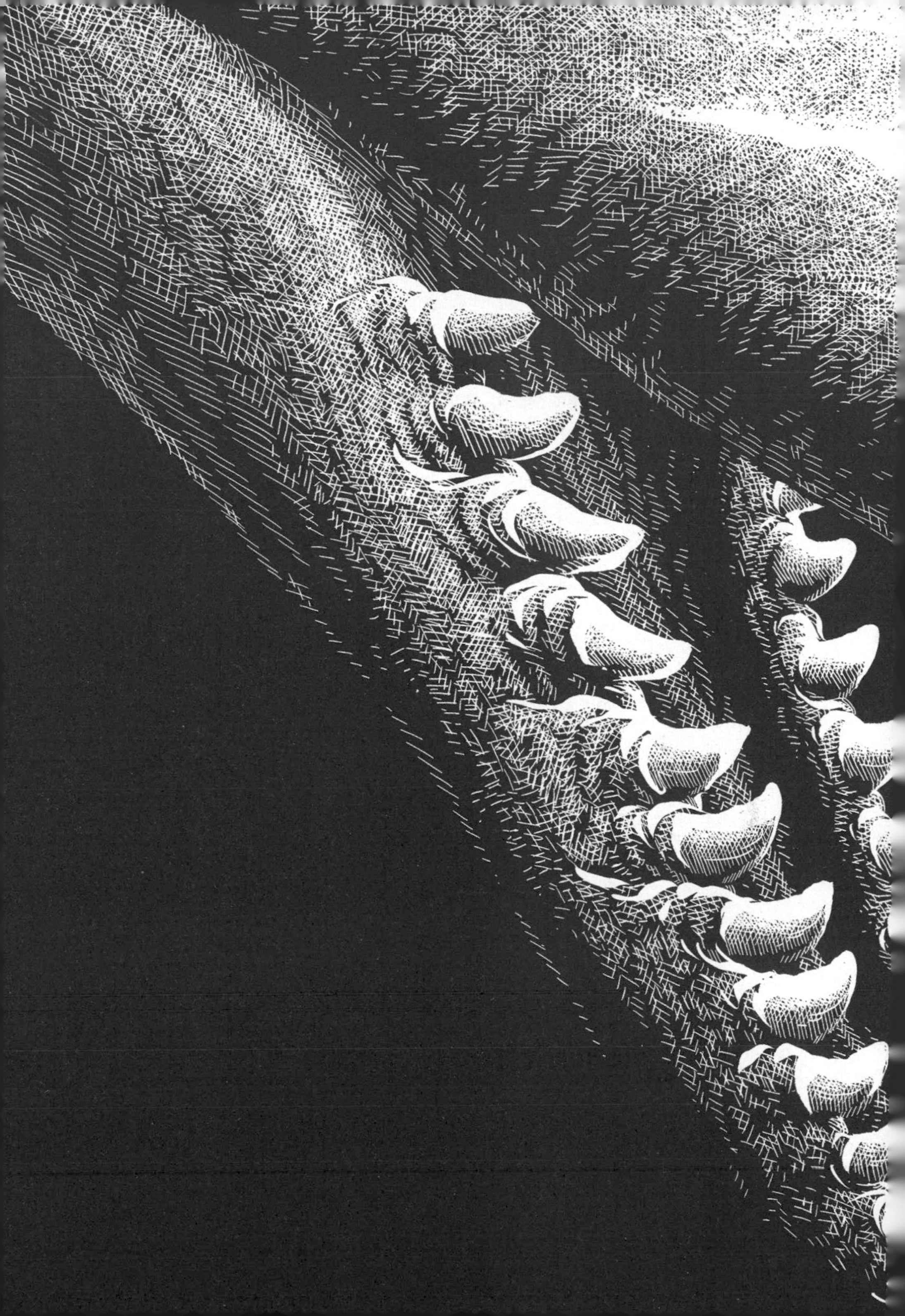

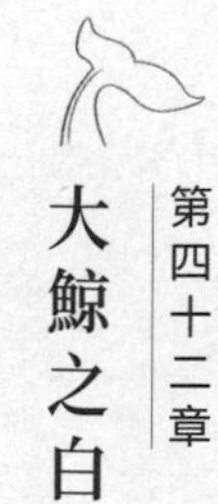

# 第四十二章 大鯨之白

亞哈對白鯨的看法，前文已經提及；我又是怎樣看牠，則還沒有說到。

關於莫比．迪克，除了那些難免偶爾在人的靈魂中喚起驚恐之感的較為明顯的因素，還有另一種想法，或者說一種相當模糊而無名的恐懼，不時地以其強度而徹底壓倒其他的一切。牠是如此神祕，幾乎難以言喻，要把牠用可以理解的形式表達出來，這幾乎是令我絕望的。白鯨之白比任何東西都讓我驚駭。我如何能指望在這裡把我的意思說個明白呢，不過，以某種模糊而隨意的方式，我必須為自己做一番解釋，否則前面的所有章節可能就會毫無價值了。

儘管在很多自然物中，白色能夠使之優雅，增強它們的美感，彷彿使它本身增加了某種特殊價值，就像大理石、日本山茶花和梨子一樣；儘管各個國家在某個方面上都承認白色有一種高貴傑出的性質；甚至古代勃固的偉大蠻王們也把「白象之王」這個稱號，置於所有其他顯示統治權的誇張稱號之上；現代的暹羅國王則把同樣雪白的四足獸展示在王旗上；漢諾威公國的國旗上繡著一匹雪白的戰馬；那繼承了凱撒而稱霸羅馬的奧地利帝國，也把同樣威嚴的色彩當作王室的色彩；這種尊貴的色彩也適用於人類，賦予白人以統治一切有色人種的理想的主人身分。除此以外，白色甚至被用來象徵快樂，在羅馬人中，一塊白色的石頭代表著一個快樂的日子；在人類的其他感情和象徵之中，這種顏色被用來象徵很多感人的高貴事物——新娘的純潔無染，老人的寬厚慈祥；在美洲的紅人當中，贈送貝殼串珠做的白腰帶是最高的榮譽保證；在很多地方，法官貂皮袍上的白色代表著正義的威嚴，奶白色的駿馬為國王和王后的御乘增添了氣派。在最為令人敬畏、最神祕的宗教中，白色甚至成了神聖無瑕

和力量的象徵；波斯拜火教徒把白色分叉的火焰當成祭壇上的至聖之物；在希臘神話中，雪白的公牛被認為是主神宙斯的化身；高貴的易洛魁人，在仲冬時節祭獻神聖白狗是他們神學中最為神聖的慶典，那忠誠無瑕的生靈被當作最純潔的使者，可以把他們忠誠的資訊一年一度帶給他們的大神；儘管白色這個詞直接來自拉丁語，所有基督教教士都把他們穿在法衣裡面的聖衣的一部分，稱作白麻布聖職衣或是白麻布短祭袍；羅馬天主教的豪華聖禮上，專門用白色來紀念我主基督受難日；在聖約翰的《啟示錄》裡，白袍是給被救贖者穿的，還有二十四位長老身穿白衣立在那白色的大寶座前，寶座上坐著基督，白如羊毛。然而，儘管有這些累積起來的甜美、榮耀和崇高的聯想，但在這白色最內在的意義中，依然潛藏著一種難以捉摸的東西，它給靈魂帶來的恐慌要超過鮮血的猩紅。

正是這種難以捉摸的性質，導致有關白色的聯想一旦脫離了比較親切的關聯物，與本身便很可怕的東西結合起來，就會將恐怖提高到極限。看一看那南北極的白熊和熱帶的白鯊，除了牠們光滑的一片一片的白色，還有什麼使得牠們顯出超乎尋常的恐怖呢？正是那幽靈般的白色賦予牠們無聲無息而洋洋自得的外貌以如此可惡的溫和假象，牠們不但讓人恐懼，甚至還令人噁心。所以，一身紋章、滿口利齒的老虎，也遠不如渾身雪白的熊或鯊魚更讓人膽寒。[1]

請你想一想信天翁，當那白色幽靈飛翔於所有想像中，圍繞著牠的那些精靈般神奇的雲彩和蒼白

1 涉及極地熊，願意就此事深入鑽研的人士可能會極力辯駁，單獨而論，使那畜生難以忍受的可怕大大提高的，並不是牠的白色；因為，經過分析，那被大大提高的可怕，可以這樣說吧，僅僅是環境引起的，這種生靈的不負責任的凶殘正是來源於牠那神仙般純潔可愛的絨毛；因此，這兩種相反的感情在我們心中匯合在一起，極地熊就以如此極不自然的反差讓我們驚駭不已。但是即便承認這一切都是真實的，如果不是因為那種白色，你恐怕不會有那麼強烈的恐懼感。

至於白鯊，如果你是在牠情緒正常時看見牠，這生靈滑行時幽靈般的白色竟然有著某種悠閒之意，與那極地四足獸秉有同樣奇怪的品質。這一特性最為生動地體現在法國人對鯊魚的稱呼上面。羅馬天主教為死者做的彌撒以「永恆的安息」開始，因此「安息」（Requiem）指的就是彌撒本身，以及其他的哀樂。現在，法國人以白色來隱喻這種鯊魚死一般的沉靜及其溫和而致命的習慣，稱之為 Requin。——原注

的恐懼從何而來？首先施展魔法的並不是柯立芝，而是大自然，上帝這個偉大而耿直的桂冠詩人。[2]在我們西方編年史和印第安傳說中，最著名的莫過於大草原的白駒了；那是一匹雄赳赳的乳白色戰馬，大眼睛，小腦袋，雄健強勁的胸膛，牠那睥睨一切的高傲舉止中有著一千位君王的威嚴。牠是大群野馬擁戴的薛西斯王，當年牠們的牧場僅是以洛磯山脈和阿利根尼山脈為界，牠像火焰一般率領牠們向西奔馳，就像上帝選定的星星每晚引領眾星歸位。牠的鬃毛如閃光的瀑布，牠的尾巴如彎曲的彗星，為牠賦予了金匠銀匠都不能提供的更為輝煌的裝飾。牠那尚未墮落的西方世界最為莊嚴的天使般的形象，在古代獵手們眼中，復活了遠古時代的光榮，那時，亞當像神一樣莊嚴地行走，像這良駒一樣眉頭舒展，無所畏懼。無論是在牠的副官和將帥們的簇擁下，率領著無數軍團川流不息地行進在俄亥俄一樣大的平原之上；還是置身於漫山遍野啃食青草的臣民當中，這白駒總是奔馳著檢閱牠們，溫暖的鼻孔在冷冷的乳白色襯托下益發顯得發紅；不管從哪個方向看去，對於最勇敢的印第安人來說，牠始終是令人顫抖和敬畏的尊崇對象。無可置疑，根據這匹高貴白馬的傳奇記載，主要是牠那精靈般的白色為牠披上了神聖的外衣，這種神聖雖則令人崇拜，同時也強化了某種無名的恐懼。

但是，也存在著其他的情況，這種白色雖能賦予白駒和信天翁以額外的奇異榮耀，但有時也會失效。

白化症病人為什麼特別讓人厭惡，往往令人震驚，有時連他的親友都會嫌惡！那就是他身上的白色在作祟，白化症這個名字就是從它而來。白化症病人的身體和別人一樣健康——沒有任何實質性的畸形——但是僅僅全身皆白的外貌就讓他成了比最醜陋的流產胎兒還要奇怪可怕的東西。為什麼會這樣？

在很多其他方面，大自然在它最難察覺但同樣惡毒的作用中，並沒有忘記把這統御一切的可怕屬性列為它的力量之一。南海上那戴著鐵手套的鬼怪，因其雪白的模樣而被稱作白旋風。在某些歷史事件中，人類作惡的手段也沒有忽略如此有效的一種輔助。當年孤注一擲的根特白帽黨人，就是在他們

團體雪白標誌的掩蓋下，在市場上刺殺了地方長官，這給傅華薩[3]文章增添了怎樣生動的效果啊！

在某些事情上，全人類共有的世代相傳的經驗也為這種顏色的超自然性質提供了見證。無可置疑，死者面貌中最讓人害怕的一個明顯特徵，就是那徘徊不去的大理石般的蒼白；彷彿那蒼白真的就是人在陰間驚愕失色的標記，同樣也是陽間凡人驚恐戰慄的象徵。從死者蒼白的臉色，我們借來了裹屍布富有表現力的色彩。甚至在迷信中，我們也沒有忘記給鬼魂蒙上同樣雪白的斗篷；所有鬼魂都是在乳白色的迷霧中升起的——而且，還要補充一點，當這些恐懼攫住我們，甚至那恐怖之王，也被福音書作者擬人化了，騎的也是白色的坐騎。

---

2 我記得我第一次看見信天翁的情景。那是在大風颳個不停，接近南極的海面上。我從下面的午前值班崗位上，來到雲霧籠罩的甲板；在那裡，我看見一隻渾身潔白無瑕，有著羅馬人莊嚴彎鉤鼻一樣的喙，具有帝王氣度的鳥，撞到了主艙口蓋上。時不時地，牠向前拱起大天使的巨翅，好似要擁抱一只神聖的約櫃般。牠令人驚奇地拍打翅膀，渾身震動。儘管身體沒有受傷，牠卻像一個帝王的陰魂在超自然的災難中發出叫喊。透過牠難以描述的奇異眼睛，我覺得自己窺見了上帝掌握的祕密。就像亞伯拉罕面對天使一樣，我躬下身去；這白鳥如此潔白，翅膀如此寬大，在那些永遠流亡的水域，牠讓我忘記了對於傳統和城市的悲慘而扭曲的記憶。我久久地凝視著那帶翅膀的奇蹟。我無法說清，只能提示當時貫穿我的念頭。不過，我最後還是甦醒過來，轉身問一個水手，這是什麼鳥。他回答說，Goney。Goney！以前從未聽說過這個名字，可以想見，這種輝煌的生靈對於岸上的人是極其陌生的！他們從來都不知道！但是過了一段時間，我了解到 Goney 是水手們對信天翁的稱呼。因而，當我在甲板上看見那隻鳥時，牠給我的神祕印象，與柯立芝狂放的詩歌絕不可能有任何關聯。因為那時我既沒有讀過那首詩，也不知道這種鳥就是信天翁。而且，我這樣說，也只不過間接地為那首詩和詩人的高貴價值增添了些許光彩。

因此我斷言，那魔力的祕密主要就藏在這鳥渾身神奇的白色之中；下面的事實更加證明了這個真理，由於誤用了術語，有些鳥被稱作灰信天翁，我經常能看見這樣的鳥，但從來沒有在我身上激起我看見那隻南極信天翁時的那種感情。

但是，這神奇之物是怎麼被捉到的呢？你不必竊竊私語，我會告訴你的；當這飛禽漂浮在海上時，牠被人用狡詐的彎鉤和線釣了上來。最後船長用牠做了郵差，在牠的脖子上繫了一塊皮革標籤，上面寫了船所在的時間和地點，然後把牠放走了。但是我毫不懷疑，那給人看的皮革標籤結果卻被帶到了天堂，這潔白的飛禽飛進了小天使的行列，和牠們一起折疊起翅膀，發出祈禱和讚美！——原注

3 傅華薩（一三三七—一七一〇？），法國宮廷史官和詩人。著有《聞見錄》，記述百年戰爭的「業績和武功」及歐洲大事；詩作有《含情脈脈的鐘》及謠曲等。

因而，無論人類在其他情緒下，用白色象徵多麼莊嚴仁慈的東西，沒有人能否認，在白色最為深奧的理想化的涵義中，它向人的靈魂喚起的是一個異乎尋常的幽靈。

但是，即便毫無異議地將這一點確定下來，凡人又對此作何解釋呢？要去分析一下，似乎又不可能。那麼，我們能否引述一些例子——暫時完全或大部分剝離有意使白色帶上恐怖色彩的直接聯想——卻終究發現，無論做出怎樣的改變，它向我們施展的都是同樣的魔術，我們能否由此期望發現某個偶然的線索，引導我們找到隱藏不露的原因？

我們不妨來試一試。但是在這樣的事情上，微妙之事得訴諸微妙之道，沒有想像力，誰也不能跟隨另一個人登堂入室。雖然，毫無疑問，下面要提出的想像性的意念，至少有一部分是大多數人都曾有過的，但很少有人當時就完全意識到它們，因而現在可能也想不起來了。

為什麼對於當今奇人奇事只有偶然和粗淺認識、具有無師自通的想像力的人，只要提到聖靈降臨週，在他的想像中就會出現漫長、沉悶、不言不語的朝聖者佇列，他們步履緩慢，沮喪消沉，渾身落滿了新雪？或者，對於美國中部各州那些目不識丁、不懂世故的新教徒來說，為什麼略微提及白衣修士或白衣修女，就會在他們靈魂中出現一個沒有眼睛的雕像呢？

還有，除了在地牢裡囚禁武士和國王的傳說（這並不能解釋一切），是什麼東西促使一個甚少出門的美國人對倫敦的白塔產生如此強烈的想像，大大超過了附近其他歷史建築——守衛塔，甚至血腥塔？而那些更巍峨的塔，如新罕布夏州的白山山脈，在特定情緒下，只要一提到它的名字，就會讓靈魂罩上龐大的魅影，而一想到維吉尼亞州的藍嶺山脈，就會滿心充溢著一種遙遠的柔和如露的夢幻之感？或者，為什麼，無論在什麼經度和緯度上，白海的名字都會給人的想像力施加鬼魅般的壓力，而黃海的名字卻能讓我們安靜下來，回想起波光搖曳中那些柔和如漆的漫長下午，以及隨之而來的絢麗至極但也讓人昏昏欲睡的落日？或者，選擇一個完全沒有事實根據的例子，純粹是面向耽於幻想的人說的，為什麼，在讀中歐的那些古老童話時，哈茨森林的那個「臉色蒼白的高個子男人」，他那一成不變的蒼白身影無聲無息地飄蕩在綠樹叢中——為什麼這個幻影要比布洛克斯堡所有吵鬧不休的小鬼都更可怕呢？

完全不是使大教堂傾頹崩塌的大地震的記憶，不是海浪對它的瘋狂的衝擊，不是從不下雨的乾旱無淚的天空，不是大片大片傾斜的尖頂，扭曲的牆帽和彎曲的十字架（就像泊滿船隻而傾側的船塢），以及郊區大道邊散亂紙牌一樣互相倚靠的屋牆——不僅僅是這些東西使得欲哭無淚的利馬成為你能見到的最奇怪最悲慘的城市。而是因為利馬披上了白色的面紗，這片悲悼的白色中有著更強烈的恐懼。這片白色像皮薩羅一樣古老，讓它的廢墟歷久彌新，不允許一片腐朽中生出悅人的綠色，蔓延在它殘破壁壘之上的是像中風般的那種扭曲僵硬的蒼白色。

我知道，人們一般會認為，這種白色現象並不是使本就可怕的事物更加恐怖的首要因素。對於缺乏想像力的人來說，那樣的外觀並沒有什麼可怕，而在另一個人看來，其可怕僅僅是源於這種白色現象，尤其是當它以近乎無聲無息或無所不在的形式出現的時候。這兩種說法的涵義也許可以由下面的例子分別加以說明。

第一，船在靠近異鄉的海岸時，如果一個水手在夜裡聽到巨浪的呼嘯，他會開始警覺起來，他感覺到的驚恐恰好讓他的身體機能活躍起來；但是在完全類似的環境下，半夜把他從吊床上喚醒，讓他看看船正行駛在乳白色的海洋上——彷彿從周圍的海岬衝過來一群群白熊，圍著他打轉，那時他就會感覺到一種悄然無聲、充滿迷信的恐懼了。發白的海面，這裹了屍布的幽靈，在他看來就和真正的鬼魂一樣可怕。鉛錘不能使他安心，大海依然深不可測；他的心和舵柄一起轉向了背風處；直到腳下再次出現湛藍的水面，他才會安下心來。但是有哪個水手能夠告訴你說：「先生，撞上暗礁的恐懼也不及這可憎的白色讓我膽戰心驚！」

第二，對於祕魯的土著印第安人來說，連續不斷地看見頂著雪轎的安地斯山脈並不能帶來恐懼之感，除了他或許對那終年積雪的荒涼高處產生奇想，並很自然地設想到，要是有人孤身一人迷失在如此荒無人煙的地方，那該有多可怕。這一點，對於那些西部邊遠地區的人也大致如此，他們會用相對無動於衷的心情面對無邊無際、白雪覆蓋的大草原，沒有一棵樹、一根樹枝的影子來打破那一成不變的恍惚的白色。水手的情況則不同，他滿眼都是南極海的景色，在那裡，有時風雪交加，耍起可憎的把戲，讓他不由得發抖，好像就要船毀人亡一般，沒有彩虹來喚起希望，安慰他悲慘的處境，眼前出現的恍然是一片無盡的教堂墓地，只有結了冰的傾斜的紀念碑和破碎的十字架，在一起向他獰笑。

但是聽著，我認為你寫的關於白色的這蒼白沉重的一章，不過是一個膽小鬼掛出的一面白旗；你，以實瑪利，你向疑神疑鬼的妄想症屈服了。

告訴我，這頭強壯的小馬駒，生在佛蒙特某處和平的山谷，遠離所有捕食的野獸——為什麼在陽光明媚的日子，你只是在牠身後抖動一塊生野牛皮，牠什麼都沒有看見，只是聞到了那動物的麝香味，就會驚跳起來，噴著鼻息，睜大了眼睛，驚恐萬狀地用蹄子刨著地面?在牠的記憶中，在牠北方綠色的家園，沒有任何野生動物用角把牠刺傷，所以，牠聞到的陌生麝香味不可能讓牠想起與以前的危險經歷相關的東西；因此，關於遙遠的奧勒岡州的黑野牛，這匹新英格蘭小馬駒，又能知道些什麼呢？不，由此你可以觀察到，即便在一頭無法說話的畜生身上，也存在了解世上妖魔的本能。儘管離俄勒岡州有數千里之遙，但當牠一聞到那野獸的氣味，那頭角崢嶸嘶叫著的野牛群就如在眼前，這大草原上被遺棄的野馬駒，似乎就要被牠們踐踏成泥了。

那麼，乳白色大海沉悶的波濤聲，高山上霜花淒涼的瑟瑟聲，草原上乾草堆般的積雪那荒涼的移動聲，所有這些，對於以實瑪利來說，都如同抖動的野牛皮之於驚駭的馬駒！

儘管不知道由那神祕信號所指示的無名之物在什麼地方，但是對於我，對於小馬駒，都是一樣，

那些事物一定在某處存在著。儘管在很多方面，這個有形世界似乎是由愛組成的，那些無形的領域卻是由恐懼組成的。

但是，這個白色魔咒的問題我們還沒有解決，還沒有洞悉為什麼它對靈魂具有如此強大的吸引力，而且，更為怪異不祥的是——就像我們已經看到的，它是精神事物最富有意義的象徵，不，它簡直就是基督徒神祇的面紗；正因為如此，它同時也是在人類最為恐懼的事物中得到強化的力量。

當我們仰望銀河的白色深淵，它那不確定性掩蓋著宇宙無情的空虛和廣闊無垠，由此從背後捅我們一刀，讓我們想到滅絕？或者說，從本質上講，與其說白色是一種顏色，不如說是顯而易見的無色，同時又是所有顏色的混合體；是不是由於這些原因，在一片白雪茫茫的廣袤風景中，才有著這樣一種沉默而充滿意義的空白——一種無色而又全色的無神論，讓我們為之退縮？而當我們考慮到另一種自然哲學家的理論時，所有世間其他的色彩——各種或莊嚴或可愛的裝飾——夕照天空和樹林的美妙色彩，啊，還有金絲絨般的蝴蝶，以及年輕女孩蝴蝶般的臉頰，這一切都只是巧妙的騙局，並不是事物內在的本質，只是從外部堆砌上去的；因此，整個神化的大自然絕對是個塗脂抹粉的娼妓，其誘人的魅力下面什麼都沒有，掩蓋的不過是藏骸所；我們更進一步，想一想那調出各種色調的神祕化妝術，即光的偉大法則，它自身永遠是白色或無色的，一旦不經任何媒介而作用於物質，就會將它所接觸到的所有對象，哪怕是鬱金香和玫瑰，都染上它自己的空無一色——每每想到這裡，那癱瘓的宇宙就像一個痲瘋病患者躺在我們面前；而且也像拉普蘭任性的旅行者一樣，他們不肯戴上有色或變色眼鏡，於是這些悲慘的不信神的傢伙，整天凝視著周圍被白色裹屍布覆蓋的一望無際的風景，從而弄瞎了自己的眼睛。那頭患了白化症的鯨魚就是所有這些事物的象徵。那麼，你對怒火熊熊地追擊牠還會感到奇怪嗎？

# 第四十三章

# 聽！

「噓！你聽到那聲音沒有，卡巴科？」

這是中班值班時間，月色晴朗，海員們站成一線，從船身中部的淡水桶一直排到接近船尾欄杆的飲水桶處。他們以這種方式把小水桶逐個傳遞下去，將飲水桶裝滿。他們大多數人一站在後甲板那塊聖地上，便都小心翼翼地不說話了，腳下也不發出沙沙的聲響。從一隻手到另一隻手，小水桶悄無聲息地傳遞著，偶爾只有船帆的拍打聲，以及不斷前進的船骨發出的一成不變的嗡嗡聲，打破了沉寂。就在這一派安寧之中，佇列中的一人，位置靠近後艙口的阿奇，低聲對旁邊的一個西班牙與印第安混血兒說了上面的話。

「噓！你聽到那聲音沒有，卡巴科？」

「接住桶子好嗎，阿奇？你指的是什麼聲音？」

「又響了——在艙口下面——難道你沒聽見——一聲咳嗽——聽起來就像是一聲咳嗽。」

「去你的咳嗽！把那只空桶子傳回來。」

「又響了——就在那裡！——聽起來像是兩三個人在睡覺翻身，聽！」

「哎呀！得了吧，夥計，行不行？是你晚餐吃的三塊浸濕麵餅正在你肚子裡翻身呢——不是別的。注意那桶子！」

「隨便你怎麼說吧，夥計，我耳朵尖著呢。」

「是啊，你這傢伙，你在離南塔克特還有五十里的海上就能聽到貴格會老太婆的織衣針了，是不

是，你就是那樣的傢伙。」

「儘管笑我吧，結果如何，我們等著瞧。你聽著，卡巴科，後艙下面一定有什麼人，我們還沒有在甲板上見過的人。我猜這件事我們的老頭子也多少知道一點。有天早上值班，我聽到史塔布告訴弗拉斯克說，好像有這種事的苗頭。」

「噓！水桶來了！」

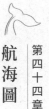

# 第四十四章
# 航海圖

那天晚上，亞哈船長成功說服了他的水手們發狂地贊同他的目標，當晚起了大風，風停之後，如果你跟隨亞哈走下他的房艙，你會看見他來到船尾橫木上的一個櫃子前，從中取出一大卷皺褶發黃的海圖來，把它們展開在他面前用螺絲固定在地板上的桌子上，然後對著海圖坐下，專注地研究映入眼簾的各種航線和顏色濃淡不同的一塊塊海域；用鉛筆緩慢而穩妥地在以前是空白的地方畫出額外的航線。每隔一段時間，他就會查考身邊成堆的舊航海日誌，那裡記載著各種不同船隻在以前的各次航行中，發現或是捕獲抹香鯨的季節和地點。

就在他工作的時候，用鏈子懸掛在他頭上的沉重錫燈，隨著船的晃動而不停地搖擺，將移動的光線和一道道陰影投射在他皺褶的前額上，當他在發皺的海圖上標出線條和航道時，似乎有一枝看不見的鉛筆，也在他前額那布滿深刻印痕的海圖上畫下線條和航道。

但不是這個晚上有什麼特殊，亞哈才獨自待在艙中，俯身在他的海圖上沉思。幾乎每天晚上這些海圖都會被拿出來，幾乎每個晚上都有鉛筆筆跡被擦去，添上其他的鉛筆筆跡。憑藉面前四大洋的全部海圖，亞哈要在潮水和渦流的迷宮中走出一條路來，希望能更有把握地完成他靈魂深處的那個偏執的計畫。

對於任何不太了解這種大海獸的行為方式的人來說，想在這個星球無邊無際的大洋中找出一個孤零零的生物，這幾乎是一項荒唐無望的任務。但是亞哈卻不這麼認為，他知道所有潮汐和洋流的規律，並據此計算出抹香鯨食物的動向；也能確切回想起追獵牠的正常季節和特定的緯度，能夠做出幾

乎確定的合理推測，以便及時到達某個捕鯨場去搜尋他的獵物。

的確有這樣的事，很多捕鯨者認為，抹香鯨會週期性地回到某些固定的海域，如果能在全世界範圍對其進行仔細觀察和研究，對整個捕鯨船隊每一次航行的航海日誌進行細緻的整理核對，那麼就會發現，抹香鯨的洄游路線就和成群鯡魚或燕子的遷移一樣固定不變。根據這個線索，有人一直在嘗試要編製出詳盡的抹香鯨洄游圖來[1]。

此外，當抹香鯨從一個索餌場前往另一個索餌場，憑藉某種絕無差錯的本能的指引——更確切地說，是憑藉來自上帝的祕密情報——牠們大多數會沿人們所說的「洋脈」游動；牠們的路線始終沿著一條既定路線，不偏不倚，極其精準，無論借助什麼樣的海圖，任何船隻在航行時的精確度，也不及這神奇鯨魚的十分之一。儘管，在這些情況下，任何一頭鯨魚所取的方向都筆直得像測量員的平行線，儘管前進的路線嚴格侷限於牠自己無可迴避的筆直軌跡，然而，據說在這些時候，牠所洄游的反覆無常的洋脈通常會有幾英里寬（或多或少是這樣，因為據推測，洋脈時有膨脹和收縮）；但是當牠沿著這條神奇水域慎重地滑行時，牠從不會超出捕鯨船桅頂瞭望員的視野範圍。總之，在特定季節，沿著那條洋脈，在那麼寬的範圍，很有把握能找到遷移的鯨魚。

於是，不僅在確實的具體時間，在眾所周知的各自獨立的索餌場，亞哈有望與他的獵物遭遇；而且在穿過那些索餌場之間極其遼闊的海域時，也可以憑藉他的技巧，一路上安排好地點和時間，因為即便在這種時候，也不是完全沒有相遇的可能。

有一種情況，初看上去，似乎會擾亂他瘋狂而有條不紊的計畫。然而，也許事實並非如此。儘管群居的抹香鯨在正常季節會去特定的索餌場，但是你通常無法斷定今年在某某經度或某某緯度覓食的鯨魚，必定就是上一年這個季節在那裡發現的同一群鯨魚。儘管有奇怪而無可置疑的例子，正好證明了相反的情況。總體上說，同樣的說法，僅僅在一個很小的範圍內，適用於那些成熟的老年鯨魚中的獨居者和隱士。所以，舉例來說，即便前一年在印度洋中所謂的塞席爾群島索餌場，或是日本海的噴火灣發現過莫比．迪克，也不能就此得出結論說，只要「皮廓號」下一年在相應季節造訪這兩處地點之一，就一定能萬無一失地在那裡遇見牠。對於牠時有出現的別的索餌場來說也是如此。這麼說來，這些似乎都只是牠的偶爾停留之處和海洋客店，不是牠長期居留之所。目前，我們已經談論到了亞哈實現其目標的機會何在，但是僅僅觸及，在他到達一個特定時間或地點之前，他是否會有中途預先遭遇的前景，既然所有可能性都會變成或然性，亞哈天真地以為，每一種或然性接下來就是必然性了。那個特定的時間和地點是和一個術語——「赤道季節」連在一起的。因為在那個季節，連續幾年都發現莫比．迪克要在那些水域盤桓上一段日子，就像太陽在每年的運轉中，要在黃道十二宮的每一宮逗留一段可以預測的時間。那裡也是大部分與白鯨的致命遭遇發生的地方；那裡的波浪記錄著牠的所作所為；也就是在那個悲慘的地點，這偏執狂的老人為他的復仇找到了可怕的動機。但是，亞哈陰森的靈魂已投入這場專心致志的狩獵之中，他那謹慎的萬慮周詳和毫不鬆懈的警覺性，不允許他將全部希望寄託在一個壓倒一切的事實之上，無論對於那些希望而言，這事實有多麼誘人；在為自己的誓言不眠不休之時，他也無法讓焦躁的心安靜下來，以至於耽誤一切中間階段的搜尋。

現在，「皮廓號」從南塔克特啟航時正是赤道季節的開始。船長再怎麼努力也不能完成那麼遙遠的航行，向南繞過合恩角，再向南行駛六十度緯度，及時抵達赤道太平洋，展開巡航。所以，他必須等待下一個赤道季節。而「皮廓號」提前出航，也許是亞哈的正確選擇，是出於對這種局面的遠見。

1 以上所述有幸得到一八五一年四月十六日華盛頓國家氣象臺莫里中尉所發布的一份官方通告的證實。依據該通告，的確有這樣一張海圖似乎正在完善之中；而且有些部分已經在通告上發表。「該海圖把大洋分成經緯度各五度的若干區域；每區垂直分成十二欄，代表十二個月分，又有三條水平線劃分成三社區；一個社區標明各區在本月逗留的天數，另兩個社區標明看到抹香鯨或露脊鯨出水的天數。」——原注因為，這樣一來，在他前面就有了三百六十五個日夜的空檔，這段時間便不至於在岸上急不可耐地煎熬，他可以進行天南海北的獵捕；萬一白鯨偶然在遠離牠定期索餌場之外的海域度假，牠那有皺褶的前額就有可能出現在波斯灣、孟加拉灣、中國海，或是牠的同類經常出沒的其他海域。所以，季風、彭巴斯草原風、西北風、非洲乾燥的熱風、信風，總之隨便什麼風，除了地中海西部的東風、阿拉伯和北非沙漠地帶令人窒息的沙塵強風，都有可能把莫比．迪克吹進「皮廓號」迂迴曲折的環球航行所形成的遍及全世界的航跡之中。

即便承認這一切，然而謹慎和冷靜地考慮，這個主意似乎也很瘋狂。在廣闊無垠的大洋之中，一頭孤零零的鯨魚，即便遇見了，你以為就能單獨認出牠來嗎？那不就像是在君士坦丁堡熙熙攘攘的大街上認出一個白鬍子伊斯蘭教規權威一樣嗎？是的，莫比．迪克獨特的雪白前額和雪白的背峰，是絕不會認錯的。而且，難道我沒有給這頭鯨打上標記嗎？亞哈會這樣自言自語地說，在鑽研他的海圖直到半夜以後，他會陷入沉思——打上了標記，牠還逃得了嗎？牠那闊鰭已經穿了洞，成了一把扇子，就像一隻迷途羔羊的耳朵！就這樣，他那瘋狂的思想氣喘吁吁地跑個不停，直到疲倦和虛弱將他淹沒，他便會去甲板上，試圖在戶外恢復精力。啊，上帝！這個恍惚出神的人在忍受著怎樣的折磨，一種尚未實現的復仇的欲望在怎樣消耗著他。他睡覺時也會緊握雙手，醒來時血淋淋的指甲陷在掌心的肉中。

夜晚的夢境生動得難以忍受，往往讓他筋疲力盡，迫使他爬下吊床，到了白天，緊張的思緒又整天折磨著他，在瘋狂的衝突中，它們一刻不停地在他燃燒的大腦中轉來轉去，甚至他心臟的跳動也成了難以忍受的痛苦。那時，就像過去時有發生的那樣，這些精神上的煎熬將他的生命連根拔起，拋向空中，他的體內似乎張開了一道裂谷，從中射出分叉的火焰和閃電，該死的群魔引誘他跳下去，加入它們的行列；每當他內部的這座地獄在他腳下張開大嘴，整個船上就會聽到一聲狂叫，亞哈就會眼睛

冒火，從船長室裡衝出來，彷彿從著火的床上逃離一般。不過，這些也許並不表明他內心懷著難以抑制的軟弱，也不是被他自己的決心嚇壞了，而只是最為清楚地表明了這種決心的強度。因為，在這樣的時刻，瘋狂的亞哈，這有條不紊、決不妥協、堅定不移的白鯨獵人，讓這個亞哈回到他的吊床上去的，並不是把他嚇得跳下吊床的那種力量。後者是永恆的、活生生的本性，或者是他的靈魂。在入睡的時候，靈魂暫時與具體體現它的大腦分離，而在其他時候，大腦把靈魂當作外部工具或媒介，靈魂自然會試圖擺脫與它黏在一起的熾熱瘋狂，此時此刻它們已經不再是一體的了。但是，因為大腦不與靈魂結盟便不會存在，所以就亞哈的情況而言，大腦所有的念頭和幻想都必須服從於一個至高無上的目的；那個目的以其根深柢固的意志，迫使自己對抗眾神和魔鬼，成為一種自稱自許、獨立不羈的存在。不，當與之相連的普通活力免於受到無緣由的不請自來的驚嚇，這個目的就會頑強地生長和燃燒。因而，當那個看似亞哈的人衝出他的艙房，從肉眼中射出飽受折磨的神色，此時卻只是一具空殼，一個沒有形體的夢遊者，一束生命之光，誠然如此，但是沒有可以著色的對象，它自身只能是一片空白。上帝保佑你，老人家，你的思想在你內部造就了一個生物。強烈的願望使這個老人成了普羅米修斯，一隻禿鷹永遠在啄食他的心臟，那禿鷹正是他自己創造的那個生物。

## 第四十五章 宣誓書

就本書中可以稱作敘述的章節而言，甚至就間接提到抹香鯨的一兩個非常有趣和奇怪的習性而言，上一章的開頭部分的確是這本書的重要章節之一；但是其中的主要問題需要進一步加以更通俗化的闡述，以便得到恰當的理解，並進而消除由於對整個題材的極端無知而在某些人頭腦中引起的對此事要點的天然真實性的任何懷疑。

我不想把我的這一部分工作做得有條不紊，只求能憑藉引證我這個捕鯨者親身了解或確實可信的事例，得出我想要的印象，我便心滿意足了；我認為，從這些引證中，自然能得出眾望所歸的結論。

首先，就我親身所知，有過三個這樣的事例。一頭鯨魚在中了一標槍之後，徹底地逃之夭夭了；而在一段時間之後（其中一次是經過了三年），再次被同一隻手刺中，終致殞命，從鯨魚身上取下的兩支標槍都有同樣的個人記號。在這個事例中，兩支標槍的投擲時間相隔了三年。我認為事情還要複雜一些。在此期間，投標槍的人碰巧乘一艘商船旅行去了非洲，上岸加入一個探險隊，深入內陸，在那裡旅行了近兩年，時常遭遇到毒蛇、野蠻人、老虎、毒瘴氣，以及所有在陌生地區的腹地漫遊通常會遭遇的其他危險。與此同時，他刺中的那頭鯨魚也一定在繼續牠自己的旅行，無疑，牠環遊了三次地球，牠身體的側面擦遍了所有非洲的海岸，只是並無目的。這個人和這頭鯨魚再次相遇，一方毀滅了另一方。我要說明一點，我自己知道三個與此類似的例子，有兩次我親眼看見鯨魚被刺中；而且在第二次攻擊時，我看見後來從死鯨身上取出來的兩支標槍上分別刻有記號。在時隔三年的那個事例中，我碰巧先後兩次都在那條小艇上，最後一次我清楚地認出三年前我就注意到的鯨眼下面一個很特

別的大痣。我說三年，其實肯定不止。這三個事例是我親身所知，確有其事，我還從別人那裡聽說過很多其他事例，這些人的誠信是無可挑剔的。

其次，還有幾個值得紀念的歷史性事件，儘管岸上的世界可能一無所知，在捕抹香鯨業卻是盡人皆知，那就是，一頭特別的鯨魚在大洋中相隔遙遠的時間和地點，還能被大家認出來。這頭鯨魚如此受到關注的緣由，起初並非完全因為牠的體貌特徵有別於其他鯨魚，因為任何鯨魚在這方面不管有多麼特殊，人們都會把牠宰了，熬成特別珍貴的鯨油，牠那特殊之處也就蕩然無存了。不，原因是這樣的，根據捕鯨者出生入死的經歷，這樣一頭鯨魚就像里納爾多·里納爾迪尼一樣，自有一種凶險可怕的威名，大多數捕鯨者發現牠在附近海上遊蕩時，都僅僅滿足於碰碰自己的防水帽，而不是與之發生更親密的接觸。就像岸上的一些窮鬼，碰巧認識了一個脾氣暴躁的大人物，他們在街上會遠遠地向他謙卑地致敬，唯恐因為放肆的攀交情，而挨上一頓狠揍。

這些著名的大鯨不但個個享有很高的個人聲譽——你簡直可以稱之為名揚四海，不僅活著時聲名赫赫，死後也在船頭樓流傳的故事中永垂不朽，而且牠還享有名望所能帶來的全部權力、特權和榮譽，其名望甚至和岡比西斯或凱撒大帝一樣顯赫。難道不是這樣嗎？啊，帝汶島的大鯨湯姆！你這聲名卓著的大海獸，如同一座冰山傷痕累累，是誰長期潛伏在同樣以帝汶命名的東方海峽中，是誰噴出的水柱從翁貝島的棕櫚海灘就能看得見呢？難道不是這樣嗎？啊，紐西蘭的巨鯨傑克！你不就是在那文身之國附近行駛的所有船隻都要面對的恐懼嗎？難道不是這樣嗎？啊，莫權！你這日本天皇，人家不是說有時你那高高的水柱在藍天之上就像一個雪白的十字架嗎？難道不是這樣嗎？啊，唐·米格爾，你這智利的巨鯨，你的背上像老龜似的刻著神祕的象形文字！簡單說來，這四頭巨鯨的名聲，對於研究鯨類歷史的學者，就像馬略和蘇拉之於古典學者一樣。

但這還不是全部。湯姆和唐·米格爾，在給各種捕鯨船的小艇帶來多次大禍之後，終於有一些勇敢的捕鯨船長，對牠們展開追捕，經過有系統的尋獵和追擊，最後將牠們殺死。這些船長當初起錨出航時，心中已經有了明確的目標，就和巴特勒上尉率兵穿過納拉甘西特叢林一樣，早就決心抓住印第安首領菲利浦手下的頭號武士，那臭名昭著殺人無算的野蠻人阿納旺。

我不知道哪裡還能找到比這裡更合適的地方，來提一提其他一兩件在我看來很重要的事情，以書面形式在各個方面來證實整個白鯨故事的合理性，尤其是牠所造成的災難。因為這是令人沮喪的事件之一，其中真理也和謬誤一樣，需要盡可能充分的依據。對於海上世界有些最平常、也最易察覺的奇蹟，陸地上的人大多數是一無所知的，對於捕鯨業上這些清晰的事實，如果不從歷史和其他方面予以指點，人們就會嘲笑莫比．迪克純屬無稽之談，甚或更糟也更可恨地，認為牠是個可憎的不可忍受的寓言。

首先，多數人雖然對宏偉的捕鯨業的一般風險具有一閃即逝的模糊認識，但對於這些風險及其反覆發生的頻繁程度，卻根本沒有一個確實而鮮明的概念。一個原因可能在於，捕鯨業中實際發生的災難和人員死亡事件，在國內有公開記錄的還不足五十分之一，哪怕這些記錄有多麼短暫，瞬息即被遺忘。就在此刻，一個可憐的傢伙也許正在新幾內亞沿海被捕鯨索纏住，被下潛的大海獸拖到了海底——你以為這個可憐人的名字會出現在報紙的訃聞裡，第二天早餐時就會讀到？不會的，因為這裡與新幾內亞的郵遞很不正規。事實上，你何曾聽說過從新幾內亞或直接或間接而來的可以稱之為正規的新聞呢？不過，我告訴你，我在去太平洋的一次航行中，我們和三十艘不同的船隻交談過，每艘船上都有一個人死在鯨魚手裡，有些船還不止一個，有三艘船各失去了一個小艇的全部水手。看在上帝的分上，還是節省點你們的燈和蠟燭吧！你點的每一加侖鯨油，至少都有人為之灑了一滴血。

其次，岸上的人對大鯨的確懷有某種不確定的概念，認為牠是威力巨大的龐然大物；但是我發現，每當你向他們舉一個有關這種雙重巨大的具體例子，他們就會意味深長地誇讚我真會開玩笑；這

時我就得竭誠以告，我和寫埃及瘟疫史時的摩西一樣，絕沒有開玩笑的意思。

不過，幸運的是，我在這裡探索的特點可以由完全與我無關的證據予以確證。這一點就是：抹香鯨在某些情況下有足夠的威力和見識，明智而惡毒，好像事先就有預謀一般，如何撞擊一艘大船，將之徹底摧毀，使之沉沒；更有甚者，抹香鯨已經這麼做了。

第一次是在一八二〇年，南塔克特的「艾塞克斯號」，船長波拉德正率船在太平洋巡航。有一天，船上的人發現了鯨魚的噴水，便放下小艇，去追獵一群抹香鯨。很快，就有幾頭鯨受了傷；就在這時，突然有一頭很大的鯨魚擺脫了小艇的圍攻，離開鯨群，直接衝向了大船。牠用前額猛撞船身，將船撞破，還不到「十分鐘」時間，船就翻了，沉下了海。從此連一塊倖存的船板都沒有見到。部分水手乘坐小艇，經過風吹浪打的嚴酷考驗，回到了陸地。最後，波拉德船長也回到了家，不久便指揮另一艘船再次駛向太平洋，但是眾神又讓他遇上了陌生的礁石和大浪，船隻再次遇難，徹底沉沒，他從此發誓放棄海上生涯，再沒有嘗試過。波拉德船長現在是南塔克特居民中的一員。我曾見過歐文．蔡斯，悲劇發生的時候他是「艾塞克斯號」上的大副，我讀過他明晰如實的故事，還和他的兒子交談過。這一切都發生在災難現場幾英里的範圍內[1]。

---

1 下面是蔡斯原作的片段：「每一個事實似乎都允許我得出這樣的結論，牠的行動絕非偶然；牠向船發動了兩次攻擊，每次都有好幾下，兩次攻擊的時間間隔很短，根據方向判斷，牠是精心算計要給我們以最大的傷害，牠迎頭而來，這樣兩物相撞的速度就疊加起來，為了達到這個效果，牠剛好需要這樣的策略。牠的樣子極其可怕，充滿憎恨和憤怒。牠直接離開我們先前衝進去的魚群，牠的三個夥伴已經被我們擊傷，好似要為牠們的痛苦前來復仇一般。」他又寫道，「無論如何，整件事情合起來看，每一個環節都是在我眼前發生的，當時就在我腦中產生了鯨魚是決心傷人的印象（很多這樣的印象我現在回憶不起來了），我的意見是對的，這使得我感到滿足。」

以下是放棄大船之後，在一個漆黑的夜裡，在一艘毫無遮攔的小艇上的反思，當時幾乎已沒有任何希望抵達熱情好客的海岸，「漆黑的大洋和洶湧的波浪都無關緊要，害怕被恐怖的風暴吞沒，害怕撞上隱藏的礁石，以及其他所有在心慌意亂中通常會想到的東西，似乎都不值一想了；占據我整個思想的是船淒慘的殘骸，鯨魚駭人的模樣和復仇，直到白晝再次出現。」還有一處，他談到「那動物神祕而致命的攻擊」。——原注第二次是在一八〇七年，同樣屬於南塔克特的「聯合號」，在亞速群島附近遭到類似攻擊而全船盡毀，但是這次災難的真實細節我從來沒有機會接觸到，只是不時地有捕鯨者偶爾提及。

第三次，大約十八年或二十年前，指揮一艘美國一級單桅縱帆戰船的海軍准將，有天碰巧和一夥捕鯨船長一起，在桑威奇群島歐胡港的一艘南塔克特船上進餐。談話轉到了鯨魚身上，准將對在座的幾位專業人士將鯨魚說得力大驚人頗為懷疑。例如，他斷然否定任何鯨魚能把他堅固的戰船擊傷，讓它滲漏出一星半點的水來。好極了，但好事還在後頭。幾個星期之後，准將指揮他那艘堅不可摧的戰船出發前往瓦爾帕萊索。但是中途被一頭大腹便便的抹香鯨攔住了，請求和他商談一下機密要事。結果這件要事就是給了准將的戰船以狠狠一擊，使得他只好把所有的水泵都拿來排水，一面徑直駛向最近的港口，把船傾斜過來，加以整修。我不是一個迷信之人，但是我認為准將與那頭鯨的會面是出自天意。大數的掃羅不就是受到類似的驚嚇，才從不信上帝轉而成為信徒的嗎？我告訴你，抹香鯨才不會忍受任何的胡言亂語呢。

現在我要向你提一提《朗斯多夫的航海記》，以說明一件小事的原委，這位作者對這個事實特別感興趣。順便提一句，你一定知道，朗斯多夫是本世紀初俄國海軍上將克魯森施滕所領導的著名探險隊的一員。朗斯多夫船長在第十七章的開頭這樣寫道：

「到了五月十三號那天，我們的船準備啟航，第二天我們就駛入了開闊的海域，前往鄂霍次克。天氣十分晴朗，但是冷得難以忍受，我們不得不穿上了皮衣。有些日子，風一直很小，直到十九號，才從西北方向颳來一陣凜冽的大風。一頭巨大非凡的鯨魚，身體比我們的船還要大，幾乎就躺在水面上，但是船上沒有一個人察覺到，直到滿帆行駛的船眼看就要撞上牠的瞬間，而這時已經無法避免與之相撞了。我們於是陷入了千鈞一髮的危險之中，這時，這個巨大的生物，弓起脊背，把船頂出水面至少有三英尺。桅杆搖搖晃晃，船帆全都落了下來，我們這些在底艙的人全都馬上竄到甲板上，以為船肯定是撞上了礁石；與此相反，我們看見的是那怪物正在游開，姿態極其莊嚴肅穆。德沃爾夫船長馬上開動水泵，檢查船身是否在這次震動中遭到損壞，非常幸運，我們發現它竟完好無損。」

此處提到的指揮這艘船的德沃爾夫船長是新英格蘭人，作為一個船長，在經過充滿非凡冒險的漫長生涯之後，現定居在波士頓附近的多切斯特村。我有幸是他的外甥。我特意向他問起朗斯多夫所寫的這一段。他證實了每一個字。不過，這艘船絕不是什麼大船，它是在西伯利亞沿海建造的俄國船，是我舅舅把他從家鄉開出去的那艘船賣掉後買來的。

在萊昂內爾・韋弗（他當年是丹皮爾的一個老友）那本跌宕起伏、充滿男子氣概的《航行記》中，記述了老式的冒險，同時也充滿了實實在在的奇蹟。我在裡面發現了一件小事，和我們剛剛引用的朗斯多夫的記載頗為相似，我忍不住插在這裡作為增補例證，萬一有此需要的話。

當時，萊昂內爾似乎正在前往約翰・費迪南多的途中，也就是現在的璜・費南德茲群島。「在駛往那裡的途中，」他寫道，「大約早上四點，我們離開美國本土一百五十里格的時候，船身感覺到一陣可怕的震動，船上的人驚慌失措，幾乎不知自己置身何處，或是發生了什麼；反正每個人都在等死。的確，震動如此突然和猛烈，我們都以為是觸礁了；但是驚魂甫定之後，我們拋下鉛錘，探測水深，但沒有探到海底……突然的震動讓大炮躍出了炮架，有幾個人被震得滾下了吊床。頭枕槍筒躺著的戴維斯船長，從他的房艙裡被拋了出來！」萊昂內爾隨後將震動歸之於一次地震，為了證實他的這個判斷，他聲稱當時在某處確實發生了一場大地震，給西班牙沿岸造成了巨大破壞。但是我卻不甚懷疑，在黎明的黑暗中，震動的原因是一頭看不見的鯨魚從下面垂直撞擊了船體。

我願意繼續用幾個我從多種管道得知的例子，來證明抹香鯨時時表現出的巨大力量和惡意。在不止一個事例中，人們得知，牠不僅將攻擊小艇逐回大船，還追擊大船本身，能長時間經受住從甲板上向牠投擲的魚槍的攻擊。英國的「普西・霍爾號」就有一個那樣的故事好講；至於牠的力量，讓我說，有一些這樣的例子，在風平浪靜的天氣裡，將繩索一端縛住一頭游動的鯨魚，另一端在大船上拴牢，鯨魚就會拖著巨大的船體破浪而行，就像一匹馬拉著馬車前進一樣。還有，經常有人觀察到，被擊中的抹香鯨一旦有時間恢復元氣，就會行動起來，而且常常不是盲目地發怒，而是從容謹慎、深思熟慮地設法摧毀追擊牠的人；牠也總會意味深長地表現出牠的性格，在遭到攻擊時，牠經常會張開大嘴，那種可怕的樣子會一直持續好幾分鐘。不過，我再舉最後一個例子作為結論性的說明，就心滿意足了；這個例子值得注意，而且意義非凡，從中你會看到，本書中最為神奇的事件不僅已經由當今一些清清楚楚的事實所證實，而且這些奇蹟（和所有奇蹟一樣）也不過是一代代的重複而已；所以，我們才第一百萬次地隨著所羅門說「阿門」——確實，日光之下，並無新事。

生活在西元六世紀的普羅科匹厄斯，是君士坦丁堡的一位信基督教的執政官，當時的皇帝是查士丁尼，將軍是貝利薩留。許多人都知道，普羅科匹厄斯撰寫了他那個時代的歷史，這是一件在各個方面都有非凡價值的作品。最具權威的人士始終認為，他是最值得信任且絕不會誇大的史學家，除了一兩個細節以外，而這一兩處對現在要提及的事情毫無影響。

在他的史書中，普羅科匹厄斯提到，他在君士坦丁堡任職期間，曾在鄰近的「前海」或稱馬摩拉海中捕獲到一頭大海獸，五十多年來，牠在那些水域中屢屢損毀船隻。這種記載在確鑿歷史中的事實是不能輕易否定的，也沒有任何理由加以否定。這海獸究竟是何種類，書中沒有提到。不過，從牠摧毀船隻及其他一些原因來看，肯定是頭大鯨；我強烈傾向於認為牠是一頭抹香鯨。我會告訴你為什麼。很長時間以來，我一直以為，在地中海及其相連的深水中，始終是沒有抹香鯨出沒的。甚至現在我也敢肯定，根據實際情況來看，那些海域不是，也許永遠也不會是慣於群居的抹香鯨的棲息之所。但是，近來進一步的考察向我證明，在現代，已經發現有抹香鯨在地中海出現的個別例子。有人告訴我，有確實可靠的根據，在巴巴里沿岸，一位叫戴維斯的英國海軍艦長發現了一頭抹香鯨的骨架。既然一艘戰艦可以輕易地通過達達尼爾海峽，那麼一頭抹香鯨想必也能經由同樣的通道，穿過地中海進入前海。

就我所知，在前海，沒有發現露脊鯨的食料，那種叫做小鯡魚的特殊物質。但是我完全有理由相信，抹香鯨的食物——魷魚或烏賊魚——就潛藏在那片海底，因為在那裡的海面上發現過一些大生物，雖則絕不是這種生物中最大的。那麼，如果你把這些說法適當地綜合在一起，再稍加推究，根據人類通常的推理能力，便會清楚地察覺，普羅科匹厄斯所說的半個世紀裡撞碎了不少羅馬皇帝船隻的大海獸，完全有可能是一頭抹香鯨。

# 第四十六章 揣度

儘管他的目標像烈火一樣消耗著他，亞哈的全部思想和行動都始終專注在最終捕獲莫比・迪克上面；他似乎準備為了這種激情犧牲所有重大的利益；然而，由於天性和長期的積習，他已經與暴躁的捕鯨者的生活方式有了不解之緣，讓他無法完全放棄這次航行的附帶任務。即使情況不是這樣，至少也不乏其他對他影響更大的動機。即便考慮到他的偏執狂，以為他對白鯨的仇恨會在某種程度上擴大到所有抹香鯨身上，以為他殺的怪物愈多，下次遭遇到他所憎恨的那一頭的機會就愈大，這樣的揣度可能也有點太細了。但是，如果這種假設果真可以排除，也還會有其他一些原因，雖與他那支配一切的狂熱並不怎麼一致，但也絕非不能使他動搖。

為實現目標，亞哈必須使用工具；而所有在月亮的陰影裡使用的工具之中，人是最容易脫離秩序的。例如，他知道，無論在某些方面他對史塔巴克占有怎樣的優勢，這種優勢的魅力並不足以控制人的整個精神，正如單純體力上的優勢並不意味著在智力上就高人一等；因為對於純粹的精神而言，智力不過是與肉體有附帶關係的東西。只要亞哈繼續保持對史塔巴克大腦的吸引力，史塔巴克的肉體和受到脅迫的意志都將屬於亞哈。不過，他知道，這位大副心裡對他這位船長的追獵行為是懷有恨意的，只要力所能及，他就會樂於與之脫離關係，甚至挫敗它。可能還要很長一段時間才能發現白鯨，在這段漫長的時間中，史塔巴克隨時可能故態復萌，公然反抗船長的領導，除非隨機應變，在一些尋常事務上，對他慎重地施加某些影響。不僅如此，亞哈對於莫比・迪克所懷有的微妙的瘋狂之心，也最為意味深長地體現在他過人的機敏之中，他精明地預見到，就目前這次追獵來說，應該設法剝離掉

奇思怪想自然而然賦予給它的那種不敬神的色彩，必須把這次航行恐怖至極的目的掩蓋起來（因為人的勇氣很少能經受得住懸念的長久考驗而不用行動釋放出來）。當他的三位副手和水手們在漫漫長夜值班守望的時候，必須有一些更為切近的事情來占據他們的頭腦，而不是總想著莫比．迪克。不管那些凶蠻的水手在他宣布追獵行動時如何急切而衝動地歡呼，這些性格各異的水手多少都有些反覆無常，難以信賴——他們生活在複雜多變的戶外天氣中，也就吸取了它變化無常的性質——既然雇他們來追求一種遙遠而模糊的目標，無論最後的生活和激情多麼充滿希望，當務之急是讓他們有暫時的興趣和工作穿插其間，養精蓄銳，以待最後的衝刺。

亞哈也沒有忽略另一件事。在情緒激動的時候，人類會蔑視所有卑劣自私的念頭；但是這種時刻轉瞬即逝。亞哈心想，作為受造物的人類，其固有品質始終是卑鄙的。即便那白鯨能夠充分煽動我這些野蠻水手的心意，撩撥他們的野性，甚至激發出慷慨豪俠的騎士精神，然而，在他們心甘情願追擊莫比．迪克時，也必須滿足他們日常的普通欲望。甚至古代那些鬥志高昂、有武士氣概的十字軍戰士，也不會滿足於橫跨兩千里的大陸，為他們的聖墓而戰，而不幹些擄掠、盜竊的事，再順便撈取一些其他以上帝為名的好處。如果讓他們恪守一個富有浪漫色彩的最終目標，只怕有太多太多的人會在厭倦中棄之而去。亞哈心想，我不能剝奪掉這些人對於金錢——是的，對於金錢的念想。他們眼下會對金錢嗤之以鼻，但過上幾個月，等他們看不到許諾的遠景，那時候，這沉寂無聲的金錢馬上就會鼓動他們造反，這金錢很快就會取代亞哈的地位。

與亞哈更為切身相關的，還有另外一個預防性的動機。亞哈可能是一時衝動，未免過早地透露了「皮廓號」此行首要卻又純屬私人的目的，現在他已經完全意識到了這點，這樣一來，就等於間接地把自己暴露了，要隨時面對一個無言可對的指責：假公濟私。他的水手因此可以拒絕繼續服從他的命令，甚至會強行奪取他的指揮權，如果他們有意為之，就完全能夠做到，而且從道義上和法律上，都完全可以不受懲罰。即使只是暗示出這種假公濟私的責難，這種受到壓制的影響的可能後果也會逐漸發展，如此一來，亞哈當然要萬分焦急地尋求保護自己。這種保護只能憑藉他自己占有優勢的大腦，自己的心和手，再加上對他的水手可能受到的一切細微影響，小心提防，密切關注，精心揣測。

出於所有這些原因，以及其他可能需要加以分析、在這裡無法用語言充分表述的原因，亞哈很清楚地意識到，他必須在很大程度上要繼續忠於「皮廓號」此行自然而然的名義上的目的，遵守所有通常的慣例，不僅如此，還要盡量表現出對這一行業的一般追求懷有眾所周知的強烈興趣。

儘管如此，現在還是經常聽見他向三支桅頂上值班的人喊話，督促他們要密切注意瞭望，甚至一隻海豚也不要忘了報告。這種警覺性不久就有了回報。

# 第四十七章
# 編墊者

這是個悶熱多雲的下午，水手們在甲板上懶散地閒逛，或是茫然地凝視著鉛灰色的海面。魁魁格和我沒精打采地編織一條叫做防磨繩墊的東西，為了給我們的小艇添一條綁索。整個景象如此平靜壓抑，又似乎預兆著什麼，空氣中潛藏著一種幻想的魔力，每一個沉默的水手似乎都融入了他自己無形的自我。

在忙著編墊子的時候，我是魁魁格的隨從或是僕人。我用自己的手做梭子，在一長排經線之間，不斷地來回穿織填料或是雙股細繩做的緯線，而魁魁格則站在側面，不時地把他那沉重的橡木劍在經線間滑動，懶洋洋地望著海面，漫不經心、不假思索地把每一股線都送到位。此時，有一種奇怪的夢幻氣氛籠罩了全船和整個海面，只有木劍斷續而沉悶的聲音打破了沉寂，彷彿這就是時間的織機，我自己就是個梭子，在命運之神的安排下不停機械地織呀織。眼前就是一條條固定的經線，只能單調不變地來回振動，這種振動只是讓另一些線橫著穿進來，和自己編織在一起。這些經線似乎就是必然性；我心想，我就在這裡，用自己的手投我自己的梭子，把我自己的命運編織成這些不可改變的線繩。與此同時，魁魁格衝動而冷漠的劍，不時傾斜著敲打著緯線，或傾斜，或強勁，或無力，隨情況而定。這些差別在決定性的一擊中，使得成形織物的最終效果產生了相應的不同。這個野蠻人的劍，我想，就這樣最後決定了經線和緯線的形狀和式樣。這毫不費力漫不經心的劍一定就是偶然性——對，偶然性，自由意志和必然性——它們絕不是不相容的——它們彼此交織在一起。必然性的筆直經線，不會偏離它終極的進程——它每一次交替的震動，實際上只是為了回到這個進程；自由意志仍然可以將它的梭子自由地投向給定的線紗之間，而偶然性，儘管它的遊戲侷限在必然性的直線之內，橫向運動卻受到自由意志的指引，偶然性儘管受制於兩者，又反過來制約著兩者，最終事情如何，還由它一擊而定。

就這樣，我們不停地織啊織，突然，一個拖著長腔的怪聲讓我吃了一驚，這聲音富於音樂性，狂野而神祕，於是，那自由意志的線團從我手中掉落在地上，我抬頭望向雲層，那聲音像一隻翅膀從天而降。高踞於桅頂橫木上的是那瘋狂的蓋伊角人塔什特戈。他的身子急切地向前探出，伸著魔杖一般的手，間隔著短促的停頓，叫喊起來。可以肯定，在那一瞬間，整個海洋上都聽得見這聲音，它們來自成百個登得同樣高的瞭望員，但是，這種古老的慣常的呼喊，很少有人能像這印第安人塔什特戈那樣叫得富有神奇的節奏。

當他高懸在半空，盤旋一般停在你的頭頂，狂熱而急切地凝視著天際，你真會以為他就是先知或預言家，看見了命運之神的陰影，正用這些發狂的叫喊宣布牠的到來。

「牠在那裡噴水了！那裡！那裡！那裡！牠在噴水！牠在噴水！」

「哪個方位？」

「背風方向，大約兩里開外！一大群！」

大家立時忙作一團。

抹香鯨噴水就像時鐘滴答一樣，始終如一，準確均勻。憑這一點，捕鯨者就能將牠和其他鯨類區分開來。

「甩尾巴了！」塔什特戈叫道，隨後鯨群全都消失了。

「快，服務員！」亞哈叫道，「看時間！時間！」

麵團小子急忙下去，看了一眼錶，然後向亞哈報告了精確的時間。

現在，船避開了風，乘風緩緩向前起伏行駛。塔什特戈又報告說，鯨魚已經朝背風處游去了，我們還是滿懷信心地望著，指望能在我們船頭正前方再次看見牠們。因為抹香鯨有時會顯示出一種非凡的技巧，牠的頭朝著一個方向潛下去，然後卻藏在水面之下，掉轉身，沿相反方向迅速游走——牠的這套騙術現在不靈了，因為沒有理由相信塔什特戈看見的鯨魚受到了任何驚嚇，或是真的知道我們就在附近。留守大船的人——就是沒有被派到小艇上的人員，這時選了一個，接替主桅頂上的印第安人。前桅和後桅上的水手都下來了；繩桶已經固定在各自的位置；吊車懸臂已經伸展開來；主帆桁已經收攏，三艘小艇在海面上空搖擺，像三只草籃子懸掛在高崖上。舷牆外面那些急切的水手，一隻手抓住欄杆，一隻腳踏在船舷上，躍躍欲試，就像戰艦上的一長列水兵正準備跳上敵船的甲板。

但是，就在這個關鍵時刻，突然一聲叫喊，將大家的視線從鯨魚那裡引了回來。人人都吃了一驚，瞪著臉色陰沉的亞哈，只見他身邊圍繞著五個朦朧的幽靈，似乎剛剛在空氣中現身出來。

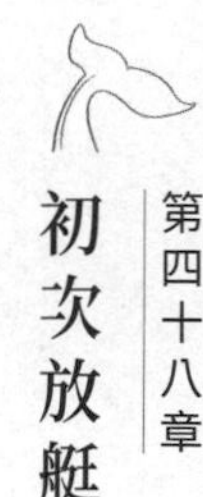

## 第四十八章 初次放艇

那些幽靈，這麼說是因為當時看起來確實像幽靈，正在甲板的另一邊來來去去，無聲地迅速解開吊在那裡的小艇的索具和綁繩。這艘小艇一直被視為備用艇之一，因為它吊在右舷後部，便被專門稱作船長用艇。現在站在艇首的人影高大黝黑，白森森的牙齒邪惡地從鋼鐵般的嘴唇裡突出來。他穿著一件皺巴巴喪服似的中式黑棉布上衣，下身是同樣顏色的寬鬆長褲。但是在這一片漆黑之上，卻是一塊白得發亮的打褶的頭巾，這大活人的頭髮就編成辮子，一圈圈盤在頭上。這人的幾個夥伴，臉沒有他黑，是馬尼拉原住民所獨有的生動的虎黃色——這一族人因為狡詐的惡行而聲名狼藉，有些誠實的白人水手認為他們的主子是水上的惡魔，他們受雇充當間諜和祕密特務，而這個惡魔的帳房據說設在別處。水手們正在驚奇萬分地盯著這些陌生人看的時候，亞哈對那戴白頭巾的頭領叫道：「一切就緒了嗎，費達拉？」

「準備好了。」回答中帶著一點嘶嘶的聲音。

「那就放艇吧，聽見了嗎？」亞哈朝甲板那邊喊，「我說，那就放艇吧。」

他的聲音有如雷鳴，水手們顧不得驚愕，紛紛躍過欄杆；滑輪在滑車裡轉動；隨著一陣顛簸，三艘小艇都落到了水裡；水手們以其他行業中所沒有的敏捷和臨事時的驍勇，山羊一般，從起伏的大船邊躍入下面顛簸的小艇。

他們剛剛划出大船的背風面，第四艘小艇就從迎風處繞過船尾而來，有五個陌生人在為亞哈划槳，亞哈自己則筆直地站在艇尾，大聲吆喝著命令史塔巴克、史塔布和弗拉斯克遠遠地散開，以便圍

住一大片海面。但是，大夥的眼睛再次盯在了那黝黑的費達拉和他的水手身上，這三艘小艇都沒有聽從命令。

「亞哈船長？——」史塔巴克說。

「你們散開，」亞哈叫道，「用力划，你們四艘小艇。你，弗拉斯克，你再向背風面去一點！」

「是，是，先生，」這個小中柱高興地嚷道，將他掌舵的大槳扳了一圈。「後仰划！」他對水手們說，「嘿！——嘿！——又來了！牠就在正前方噴水，夥伴們！——後仰划！」

「別理那邊那些黃小子，阿奇。」

「啊，我才不在乎他們呢，先生，」阿奇說，「我早就全知道了。我不是在後艙聽見過他們的動靜嗎？我不是告訴過卡巴科嗎？你怎麼說，卡巴科？他們是偷渡者，弗拉斯克先生。」

「划啊，划啊，我的心肝寶貝；划啊，我的孩子們；划啊，我的小傢伙們。」史塔布用撫慰的口氣拖著長聲向他的水手們歎道，他們有些人還露著不安的神色。「你們為什麼不用力划呢，我的小夥子們？你們在盯著看什麼？那邊艇上的那些傢伙嗎？嘿！他們不過是額外的五個幫手，來幫我們的——別在乎他們從哪裡來的了——人愈多愈熱鬧。划啊，那就用力划吧；別在乎那些惡鬼——魔鬼也是挺好的夥伴呢。就這樣，就這樣，你這就對了；那一槳值一千英鎊；那一槳可通吃！為這一金杯的鯨油歡呼吧，我的英雄們！三呼萬歲吧，夥計們——大家都振作起來！慢點，慢點，別急——別急。為什麼你們不把槳乾脆弄斷，你們這些無賴？咬吧，你們這幾條狗！好，好，好，輕點，輕點！對了——對了！每一下入水要長，要用力。用力划吧，用力划吧！魔鬼把你抓了去，你們這些叫花子流氓；你們全都睡著了。別再打呼嚕了，你們這些睡不死的傢伙，划啊。划啊，行不行？划啊，好不好？划啊，願不願意？看在白楊魚和薑餅的分上也不行？——划吧，猛勁划！划，划到眼珠子都掉出來！瞧瞧這個！」他從腰帶上隨手抽出一把尖刀，「是娘養的就把刀子亮出來，咬著刀刃划。就那

樣——就那樣。現在你們開始做點事了；這才像回事，我的鋼頭。把它動起來——把它動起來，我的銀勺子！把它動起來，我的解索針！」

史塔布對他水手的這番開場白，已詳盡記錄於此，因為他對他們講話時，一般用一種相當特別的方式，尤其是在反覆灌輸划船經的時候。但是，你不要從他這個傳道樣本就去推測，他會和他的信眾一起馬上變得激情滿懷。根本不是這樣；這就是他的主要特色。他會對自己的水手說出最凶狠的話來，語調中奇怪地混合著玩笑和憤怒，而其中的憤怒似乎經過精心的算計，恰到好處地給玩笑添加情趣，因此，沒有哪個槳手聽了這番古怪的咒語，而不拚了命去划槳的，並且又只是為了這種笑料才划槳的。此外，他自始至終都顯得輕鬆自在，懶洋洋，漫不經心地掌著手裡的舵槳，大打呵欠——有時嘴張得大大的——因而，只是看到這麼個呵欠連天的指揮官，純粹是出於對比的力量，就會讓水手們著了魔一般。而且，史塔布是那種罕見的幽默家，他的輕鬆歡快有時甚為奇怪，顯得模稜兩可，這樣一來，他的所有手下都要小心提防，對他的命令絲毫不敢懈怠。

這時，史塔巴克聽從了亞哈的示意，將小艇從史塔布的船頭斜插過去；借著兩艇彼此靠近的那一兩分鐘時機，史塔布向大副打招呼。

「史塔巴克先生！喂，左舷的小艇！可以和你說句話嗎，先生？」

「說吧！」史塔巴克回答道，身子連轉都沒有轉，一邊還在低聲督促他的水手，他的臉色堅如火石，和史塔布完全不同。

「你對那些黃小子是怎麼看的，先生！」

「是開船之前不知怎麼偷偷上的船。（用力，用力，夥計們！）」他低聲對自己的水手說，然後又大聲說，「一樁糟糕的買賣，史塔布先生！（衝啊，衝啊，我的小夥子們！）但是別介意，史塔布先生，一切都會好的。讓你的水手們用力划吧，不管會發生什麼事。（拚命划，兄弟們，拚命划！）

前面有大桶大桶的鯨油，史塔布先生，你們來不就是為了這個嘛。（划吧，我的小夥子們！）鯨油，為的就是鯨油！這起碼也是責任哪，責任和利益是分不開的。」

「是，是，我也這麼想，」兩艇分開時，史塔布自言自語道，「我一看到他們，心裡就這麼想了。是的，就是為了這個，他才經常往後艙跑的，麵團小子早就懷疑了。他們被藏在那下面。白鯨才是真正原因。好了，好了，順其自然吧！無濟於事了！沒關係！用力划吧，兄弟們！今天不是白鯨！用力划！」

就在從甲板往下放艇的關鍵時刻，這些古怪陌生人的出現在一部分水手中引起了一種迷信般的震驚，這也並非不合情理；不過，阿奇臆想中的發現，早在一段時間以前就在他們中間傳開了，儘管當時沒有人信以為真，但畢竟讓他們對這件事有了點心理準備。這樣就避免了讓他們的驚詫走向極端；於是，有了這一切，再加上史塔布令人信服地說明他們出現的原因，他們便暫時擺脫了種種迷信的猜想；雖然在這件事上，從一開始，陰沉的亞哈到底產生了什麼作用，仍有很大的空間讓人們做出各種各樣胡亂的推測。至於我，我一聲不響地回憶起南塔克特那個暗淡的黎明，我曾看見過的偷偷爬上「皮廓號」的那些神祕人影，還有莫名其妙的以利亞的那番謎一般的暗示。

此時，亞哈已經處於聽不見幾個船副說話的地方，向迎風處一邊駛得很遠，但依然領先於其他小艇；這種情況說明，為他划槳的水手力氣有多大。那些虎黃色的人似乎都是鋼筋鐵骨，像五把杵錘一起一落，整齊有力地划動著船槳，一陣一陣驅使著小艇滑過水面，就像一只平式鍋爐從密西西比河上的一艘汽輪上衝出來。至於那個費達拉，能看見他操控的是標槍手的槳，他已經甩掉了黑上衣，露出赤裸的胸膛，上半身完全露在船舷上面，在波濤起伏的海面的映襯下，顯得輪廓分明。亞哈則在小艇的另一端，一隻手臂像擊劍者一樣，向後斜指著天空，彷彿要平衡往前衝的勢頭。他沉穩地把住他的舵槳，就好像在被白鯨弄殘之前曾經千百次放下小艇一樣。突然，他那伸出的手臂做出了一個特別的

動作，然後又靜止在那裡，小艇的五支船槳同時豎了起來。小艇和水手都一動不動地靜止在海上。後面散開的三艘小艇也馬上中途停了下來。那群鯨魚紛紛下潛，無法從遠處分辨出牠們的游動跡象，只有亞哈靠得比較近，才觀察到了這一點。

「各人注意自己的槳！」史塔巴克叫道，「你，魁魁格，站起來！」

這個野蠻人敏捷地跳起來，縱身躍上艇首凸起的那個三角形平臺，筆直地站在上面，急切而緊張地凝望著最後發現鯨魚的地方。船艄同樣也有一個與船舷齊平的三角形平臺，只見史塔巴克自己站在上面，冷靜而熟練地保持著平衡，任憑他那一葉小舟怎樣顛簸搖晃，沉默地注視著大海那一片藍色的汪洋。

不遠處，弗拉斯克的小艇也悄無聲息地停在那裡，它的指揮官毫無顧忌地站在索柱上面，那是一根嵌在龍骨上的矮樁，大約高出船尾平臺兩英尺左右，是用來捲捕鯨索的。索柱頂端的地方不過手掌大小，弗拉斯克就站在這樣的柱頂上，如同棲身在一艘只剩下桅冠的沉船的桅頂上。但是這個小中柱雖然又小又矮，卻充滿了雄心壯志，索柱這樣的立足之地是絕對滿足不了他的。

「我什麼都看不見，給我豎起一把槳來，我站那上面看看。」

聽到這話，達戈兩手各扶住一側的船舷，穩住身子，快速到了艇艄，然後筆直地站起來，自願將他那高高的肩膀作為支柱。

「好得和桅頂一樣，先生，你上去嗎？」

「我上去，非常感謝，我的好夥計；我只希望你能再高五十英尺，就好了。」

於是，雙腳牢牢抵住兩邊的船板，這個黑巨人微微彎下身，一隻手掌平托住弗拉斯克的腳，又把弗拉斯克的手放在自己插了靈車羽毛的腦袋上，要他在自己往上一拋的時候就勢起跳，就這樣靈巧地把那個小矮子穩穩當當送上了自己肩頭。現在弗拉斯克就站在那裡，達戈則抬起一條手臂，讓他有個依靠，自己也藉此保持平穩。

即便海上風浪險惡，橫衝直撞，把小艇顛簸拋擲的時候，捕鯨者仍能筆直地站立在艇上，這種已成為無意識技巧的神奇習慣，每每看在新手的眼裡都是一番奇景。在這樣的情況下，令人頭暈目眩地棲身在索柱上頭，就更加令人驚奇了。但是，小弗拉斯克登在巨人般的達戈肩上，這場面就可謂奇怪至極了，因為這個高貴的黑人冷靜從容，滿不在乎，帶著意想不到的野性的威嚴，雄壯的身軀隨著腳下海浪的起伏而和諧地起伏著。在他寬闊的肩膀上，亞麻色頭髮的弗拉斯克就像是一片雪花。馱人的比被馱的還要顯得高貴。儘管活潑愛鬧、喜歡賣弄的小弗拉斯克會不時地急得跺腳，卻都無法讓這黑人偉岸的胸膛多起伏上一次。我就這樣看見，「激情」和「虛榮」在踐踏氣量寬宏的大地，而大地並沒有因此改變它潮汐的方向和四季的輪迴。

與此同時，二副史塔布並沒有流露觀察遠景的熱心。鯨群的這次下潛也許只是慣例，不是由於受到驚嚇才臨時下潛的。如果情況的確如此，史塔布就像以往習慣的那樣，決定用他的菸斗來消磨這段焦急等待的時間。他從帽帶上抽下菸斗，他總是把它像羽毛一樣插在那裡。他裝上菸絲，用大拇指尖壓實，但是他剛把火柴在自己砂紙般粗糙的手掌上擦著，就看見他的標槍手塔什特戈，本來眼睛一直像兩顆凝定不變的星星盯著迎風處，現在卻突然從直立姿勢跌坐回自己的座位，發瘋般地急叫道：

「坐下來，全都坐下來，使勁划啊！——牠們就在那邊！」

對於一個陸地上的人來說，這時不要說鯨魚，就連鯡魚的影子都看不見，只有一片動盪的青白色的水面，上面點綴著稀疏的氣泡，正向背風處吹散開去，就像白色巨浪濺出的亂紛紛的飛沫。空氣突然震動沸騰起來，就像燒得通紅的鐵板上面的空氣一樣。就在這起伏翻滾的大氣之下，鯨群藏在薄薄的一塊水面之下，正在泅游。牠們噴出的水泡總是人最先看到的跡象，就像是走在前面的信使和派出的先鋒飛騎。

現在，四艘小艇都隨著那片動盪的水面和空氣緊追不捨。但要想趕上，談何容易，鯨群不斷地向前飛奔，像一堆渾濁的水泡被激流裹挾著從山上一瀉而下。

「划啊，划啊，我的好小夥子們。」史塔巴克用盡可能壓低但又極其專注的聲音對他的水手們說，同時又將兩道銳利凝定的目光，筆直投向艇首前方，簡直就像從不出錯的兩支羅盤上的兩根看得見的指針。他沒有對手下的水手們多說什麼，水手們則一聲不吭。只是每隔一段時間，艇上的沉寂才被他獨特的低語突然打破，有時是嚴厲的命令，有時是柔和的懇求。

聲音洪亮的小中柱弗拉斯克卻是大為不同。「大聲叫吧，說點什麼，我的心肝寶貝。吼吧，划吧，我的晴天霹靂！把我送上去，把我送到牠們的黑背上去，兄弟們；只要給我做到這個，我保證會把我瑪莎葡萄園島上的種植園送給你們，兄弟們；還有我的老婆和孩子們，兄弟們。把我送上去——送上去！啊，老天，老天！我就要徹底瘋了，完全瘋了！看那片白水！」他一邊這樣嚷著，一邊把帽子從頭上抓下來，丟在地上用腳踩，又撿起來，往海面遠遠一拋，最後竟然在艇尾上躥下跳起來，如同來自大草原的一匹發瘋的馬駒。

「看那傢伙，」史塔布像個哲學家一樣慢吞吞地說，他嘴裡機械地銜著沒有點燃的短菸斗，隔了一陣子，又接著說道，「他發作了，那個弗拉斯克。發作？是的，讓他發作好了——就這個詞——就是要讓他們發作起來。開心，開心，振奮起來。晚飯要吃布丁，你知道的；——就是要開心。划吧，寶貝們——划吧，乳臭未乾的小子們——全都划吧。但你們在急什麼鬼東西啊？輕點，輕點，穩住，我的夥計們。只管划，一直划，沒別的。扭斷你們的脊梁骨，把嘴裡的刀子咬成兩截——就是這樣。輕鬆一點——為什麼不輕鬆一點，我說，你們的肝肺都要炸裂了！」

但是，那神祕莫測的亞哈對他那些虎黃色的水手說了些什麼——在此還是省略為好；因為你們畢竟生活在這個聖光普照的福音國度。只有海中那些魯莽而不信神的鯊魚才願意聽見那些話，而眉毛如龍捲風，血紅的眼睛殺氣騰騰，嘴上滿是泡沫的亞哈，這時正在他的獵物後面窮追不捨。

與此同時，所有小艇都在向前疾馳。弗拉斯克特意反覆提到「那頭鯨魚」，他聲稱那頭虛構的怪物一直在用尾巴撩撥他的船頭——他的這些話有時生動逼真，活靈活現，會讓他的一兩個水手心生恐懼，回頭望上一望。這可是違反規則的，因為槳手必須閉上眼睛，脖子像是被烤肉叉子串住，一動不動；在這些關鍵時刻，歷來要求，五官之中只許留下耳朵，四肢之中只許動用手臂。

這真是一副瞬息萬變、驚心動魄的景象！無所不能的大海廣闊無垠，波濤洶湧，發出澎湃而空洞的嚎叫，沿著四艘小艇的八面舷牆滾過，就像在一望無際的綠色球場上滾過的巨大木球；小艇落在刀鋒般的浪尖上，那短暫懸置的煎熬簡直要把它撕成兩半；然後又猛地扎入深深的浪谷和凹地；接著又驅又趕地把船送上對面的山巔；再像雪橇一樣從另一側山坡滑下；——所有這一切，伴隨著頭領們和標槍手們的叫聲，槳手顫抖的喘息聲，還有堪稱奇觀的象牙色的「皮廓號」張滿船帆，向四艘小艇壓過來，就像一隻發瘋的母雞追趕著牠尖叫的雞雛——這一切真是激動人心。一個新兵離開妻子的懷抱，第一次奔進如火如荼的戰場；一個新死之人的鬼魂在陰曹地府第一次遇見陌生的幽靈——這兩者所感受的情感，都遠不及第一次捲進獵捕抹香鯨這翻天覆地的迷人陣勢更為奇異和強烈。

現在，追逐中激起的翻騰的白浪，由於投射在海面上的陰沉雲影減趨黑暗，而變得愈來愈清晰可見了。鯨魚噴出的水霧已不再混在一起，而是在左右兩邊到處傾斜著飛起；鯨群也似乎在分散游開。四艘小艇互相離得更遠了。史塔巴克追趕著三頭鯨魚向背風處死命奔去。我們的小艇此刻扯起了帆，隨著還在增強的風勢向前急衝；小艇瘋狂地滑過水面，背風的槳手只能使足了力氣快扳，才不至於讓槳從槳架上脫落下來。

很快，我們就駛進了一大片瀰漫的霧紗之中，大船和小艇都看不見了。

「用力划吧，夥計們，」史塔巴克低聲說道，一邊把船帆又向後扯了扯，「暴風到來之前還來得

及打到一頭鯨。又有白浪出現了！——靠近去！衝啊！」

不久之後，兩聲短促連續的叫聲從我們兩側響起，表明其他小艇已在加速了，但是剛一聽到叫聲，史塔巴克就閃電般急促地低聲說：「站起來！」魁魁格手握標槍，應聲跳了起來。

儘管沒有一個槳手認為自己正面臨生死關頭，但是，看到艇尾大副的滿臉緊張神色，他們知道已經到了緊要時刻；他們也聽到一陣巨大的翻滾聲，彷彿有五十頭大象在褥草中翻騰一般。與此同時，小艇仍在霧氣中轟隆前進，波浪在我們周圍翻捲嘶叫，就像被激怒的蛇群直豎起頭來。

「那是牠的背峰。嘿，嘿，給牠一標槍吧！」史塔巴克低聲說。

只聽小艇上發出短促的「嗖」的一聲，那是魁魁格投出的標槍。隨後，一切都亂成了一團，艇尾被什麼看不見的東西猛地一推，艇首彷彿撞上了前面的暗礁；船帆破了，崩落下來；附近噴出一股滾燙的蒸汽；我們腳下有什麼東西地震一般搖撼翻滾。所有水手都被狼狽地拋進了大風吹起的白色凝乳之中，幾乎喘不上氣來。大風、鯨魚、標槍都混雜在一起，而那頭鯨魚，僅僅受了點擦傷，已逃之夭夭。

小艇徹底被水淹沒了，不過卻幾乎完好無損。我們在小艇周圍游來游去，撿起漂浮的船槳，橫綁在船舷上，連滾帶爬地回到自己的位置。我們就坐在沒膝深的海水裡，水淹沒了每一根船肋和船板，以至於向下看去，懸浮的小艇彷彿就是從海底向我們長出來的一艘珊瑚船。

風愈來愈大，開始呼嘯起來；海浪一排排猛衝過來；暴風在我們周圍怒號，劈啪作響，像大草原上白色的烈焰，我們在烈火中燃燒，卻沒有燒毀；我們在這死亡的虎口中倖存下來！我們徒勞地向其他小艇呼喊，在大風暴中，這就像是對著煙囪朝熊熊火爐中的通紅煤塊喊叫一樣。與此同時，飛濺的浪沫、流雲和霧氣，隨著夜色而變得更加昏暗；看不見大船的蹤影。漲潮的海水使得小艇脫出困境的所有嘗試落空。那些船槳已經失去推進器的作用，只能權當救生工具了。於是，史塔巴克經過多次努力，總算割斷了防水火柴桶的綁繩，設法點著了燈籠，綁在信號旗的旗杆頂端，遞給魁魁格，讓他把這個絕望中的希望高高舉起。於是，魁魁格坐在那裡，在萬分無望中舉著那盞微弱的燭火。他就這樣坐在那裡，作為一個沒有信念的人的標誌和象徵，在絕望中，無望地舉起了希望。

我們全身濕透，浸在水中，冷得發抖，對大船和小艇都已不抱希望了，直到天光破曉才舉目四顧。霧氣依然鋪展在海面上，破碎的空燈籠躺在小艇底上。突然，魁魁格驚跳起來，手攏在耳朵上。我們全都聽到了一陣微弱的繩索和帆桁的吱嘎聲，先前它們一直被暴風壓制著。這聲音愈來愈近，濃密的霧氣分開，現出一個巨大模糊的形影。驚駭之下，我們全都跳進海中，等到大船終於隱約可見，直向我們逼近過來，距離我們已不足船身的長度。

我們漂浮在波浪上，看見那艘被放棄的小艇，在大船船首下面顛簸了一下，裂開了，像是瀑布下面的一塊木片；隨後，巨大的船體從它上面壓過，直到它從船尾翻滾著出現，才又看到它。我們再次向小艇游去，被海浪沖到艇邊。最後我們終於給拉了上去，安全地上了船。在風暴逼近之前，其他小艇也放棄了對鯨魚的追擊，及時回到大船上。大船本已對我們不抱希望，但還在巡航，指望會碰巧發現我們遇難的跡象——一支槳或是一根槍桿。

## 第四十九章 殘酷之人

在我們稱作人生的這個千奇百怪五花八門的活動中，總是存在一些古怪的時刻和場合，那時，一個人會把整個宇宙當作一個實實在在的大玩笑，儘管他對其巧妙之處只有模糊的認識，但是毫不懷疑的是，這個玩笑不是針對任何人，而正是針對他的。

然而，沒有什麼值得氣餒的，也沒有什麼值得爭論的。他吞嚥下所有的事件，所有的教義、信念和勸誡，還有所有可見與不可見的困難，從來也不介意它們有多麼棘手；就像一隻有強大消化能力的鴕鳥，吞下子彈和燧石一般。至於小小的困難和煩惱，突如其來的災難的預感，性命和身體所受到的危險，所有這些，連同死亡本身，對他來說，似乎只是那看不見又莫名其妙的老丑角，尋開心地偷偷打了他幾下，在他的要害處嘻嘻哈哈地打了幾拳。我所說的那種怪異任性的情緒，只在某些極其困苦的時刻才會出現；它恰恰來自他的認真，以至於此前他認為無比重要的事情，現在看起來不過是那個大玩笑的一部分。要培養出這種自由、簡單而親切的亡命之徒哲學，最好的莫過於捕鯨這個行業了，如今我正是用這種哲學來看待「皮廓號」這次航行，以及作為其目標的大白鯨。

當他們把我最後拖上甲板，我還在抖落我衣服上的水時，我就連忙地說：「魁魁格，魁魁格，我的好朋友，這種事情經常發生嗎？」儘管和我一樣渾身盡濕，他卻不動聲色，這讓我明白了，這種事的確常有。

「史塔布先生，」我轉身對這位可敬的人說，他已經扣起了油布上衣的釦子，此刻正在雨中沉靜地抽著菸斗，「史塔布先生，我記得你說過，在所有你遇見的捕鯨者中，我們的大副，史塔巴克先生，是最最小心謹慎的人。那麼我想，在霧濛濛的大風中扯滿了帆去追擊一頭跑得飛快的鯨魚，這是捕鯨者最極致的謹慎嗎？」

「當然。我就曾在合恩角外面，在大風天裡，從一艘漏水的大船上放艇追過鯨魚。」

「弗拉斯克先生，」我轉向小中柱說，他正站在旁邊，「你經歷過這些事情，我可沒有。你能告訴我嗎？弗拉斯克先生，讓一個槳手斷了脊梁骨地死命划槳，結果卻反倒是往死亡的虎口裡送，這是不是一條不可更改的行規呢？」

「你就不能直說嗎？」弗拉斯克說道，「是的，那就是規則。我倒想看看一船水手怎樣倒著划到鯨魚面前。哈，哈！鯨魚就會和他們面面相覷了，那可得當心了！」

於是，對整個情況，我就從三個不偏不倚的證人那裡得到了一份審慎的證詞。所以，考慮到大風、翻船和隨後的海上露宿都是這種生活中司空見慣之事；考慮到在和鯨魚遭遇的千鈞一髮的時刻，我必須把自己的性命託付給一個在小艇上掌舵的人——而這個傢伙常常在那個當下只會衝動發瘋地跺腳，達到要把船跺個窟窿出來的程度；考慮到我們小艇的這次災難主要得歸咎於史塔巴克，是他要在大風的利齒中追趕那頭鯨魚的，而這個史塔巴克在捕鯨業中卻是出了名的謹慎小心；考慮到我正好屬於這個謹慎得非同一般的史塔巴克指揮的小艇；還有，最後考慮到我捲入的是怎樣一場見鬼的追獵，居然是與白鯨有關；把這所有的一切加在一起，我不由得對自己說，我看我最好還是去艙下面，起草一份遺囑吧。我說：「魁魁格，隨我來，請你做我的律師、遺囑執行人和遺產繼承人。」

說來也許有些奇怪，在所有人中，水手居然會對他們的遺囑和聲明笨拙地修修改改，其實世界上沒有人比他們更喜歡這種消遣的了。在我自己的航海生活中，這是我第四次做同樣的事情了。在目前的場合，這個儀式完成之後，我感到輕鬆許多，心中的一塊石頭挪走了。此外，我現在所過的每一天都和拉撒路復活後的日子同樣美好；看情況，我還會額外淨賺很多個月，很多個星期。我設法活了下

來；我把死亡和葬禮都鎖在我的心坎裡。我平靜而滿足地環顧四周，像一個安靜的幽靈，問心無愧地坐在溫馨的家族墓地的柵欄裡邊。

那麼好吧，我想，不自覺地捲起罩袍的袖子，就這樣冷靜而專注地投向死亡和毀滅吧，那落在最後面的就讓魔鬼抓去吧。

# 第五十章 亞哈的小艇和艇員；費達拉

「誰會想到呢，弗拉斯克！」史塔布叫道，「如果我只有一條腿，你是不會看到我上艇的，除非要用我的木頭腳趾去堵放水孔。啊！他真是個了不起的老人！」

「就因為那樣，我不覺得有什麼好奇怪的，」弗拉斯克說，「他的腿要是齊根斷掉的話，那就是另一回事了。那他就會殘廢，但是他還有一條腿保住了膝蓋，另一條腿多半也是好好的，你知道的。」

「我不知道，我的小兄弟；我還沒有見到他跪下來過。」

鑑於捕鯨船長的生命對於航行成功具有無比的重要性，讓他冒著生命危險親自去參加追擊，這樣做是否正確，捕鯨業中的人常常會有爭論。帖木兒的士兵們就常常含著眼淚爭論，他該不該不顧自己的千金之軀，投入最激烈的戰鬥。

但是，就亞哈而言，問題卻有所不同。因為兩腿完好的人，陷身危險的時刻，不過是蹣跚不前而已；而追擊鯨魚則始終是一件極其艱難的事情，隨時會遭遇危險，在這種情況之下，一個身有殘疾的人下艇參加獵捕，這是明智之舉嗎？按照慣例，「皮廓號」的股東們一定很明白這並不明智。

亞哈心知肚明，他老家的那些朋友即便聽說，在一些相對危險不大的追擊中，為了親臨現場指揮，他上了小艇，他們也不會多想什麼，然而，讓亞哈真的有一條自己的小艇，親自做領班出擊——尤其是還配備了額外五個人作為水手，這種慷慨的念頭，「皮廓號」的船東們是連想都想不到的。因

而，他沒有向他們請求再增派一艇的水手，對這個願望也未曾有過任何的暗示。相反地，整個事情他都私下做好了安排。在卡巴科公開他發現的祕密之前，水手們根本沒有預見到這點，儘管在出港不久，所有人手就都完成了例行工作，將捕鯨艇準備就緒了；在這之後，還能不時地看見亞哈不辭勞苦，親手為那艘被認為是備用的小艇準備槳架栓，甚至熱心地削製小木叉——那是在捕鯨索拋出之後，用來把索卡在船頭槽溝裡的。在他身上觀察到的這一切，尤其是他急於要在艇底再鋪一層包板，好像要它更能禁得住他那鯨骨腿尖端的重壓；還有他在一絲不苟地修整大腿板時焦急的神色，這東西有時也叫做繫纜枕，是船頭橫置的一塊板子，投擲標槍或直接刺戳時用來頂住膝蓋；當人們觀察到他經常站在那艘小艇上，將他那完好的膝蓋頂在繫纜枕半圓形的凹處，用木匠的鑿子這裡摳深一點，那裡削直一點；所有這一切，我敢說，當時就已經引起了人們濃厚的興趣和好奇心。不過，幾乎每個人都認為，亞哈這些細心周密的準備只是為了最終逮到莫比．迪克；因為他早已透露了意圖，要親自獵捕那頭不共戴天的怪物。但這樣的猜測絕對沒有讓人疑惑是哪艘艇上的水手會被指派到那艘艇上。

如今，對於亞哈那幾個幽靈屬下的驚奇已經逐漸消散；因為對於捕鯨者來說，任何疑惑很快都會過去的。此外，不時地會有這種莫名其妙、來路不明、雜七雜八的人物，從地球不為人知的角落和垃圾坑裡爬出來，在這些四海漂流、無法無天的捕鯨船上當水手。而這些捕鯨船本身也經常會收容那些依靠船板、船的殘骸、船槳、捕鯨艇、獨木舟、被風吹跑的日本舢板，在無邊大海上漂泊無依、稀奇古怪的落難之人；即便鬼王別西卜本人爬上船舷，下到艙裡和船長閒聊，也不會在船頭樓裡引起任何壓抑不住的興奮。

儘管如此，可以肯定的是，這些幽靈水手很快就在水手中安頓下來，但他們總是顯得有些與眾不同，而那個戴頭巾的費達拉一直到最後還是一個揭不開的謎。他是從什麼地方跑到這個彬彬有禮的世界來的，憑什麼樣莫名其妙的紐帶，他很快就顯示出自己與亞哈特殊命運的關聯；不，甚至他對亞哈具有某種隱隱約約的影響；天曉得，這種影響甚至有可能支配亞哈的命運呢，這一切都無人知曉。但是，你無法對費達拉保持一種漠然置之的態度。像他這種人，生活在溫帶地區馴順的文明人只有在夢裡才能見到，而且看得也只是模模糊糊；但是，這種人不時地悄然出現在那些一成不變的亞洲社會，尤其是大陸東邊的那些東方島嶼——那些與世隔絕、古老久遠、一以貫之的國度，它們甚至在當代也依然保留著混沌初開時那幽靈般的原始痕跡，對人類始祖的記憶還猶在目前，他所有的後裔，都不知道他從何而來，他們自己則都將彼此視作真正的幽靈，並仰問蒼天，為什麼要造出他們來，目的何在；不過，根據《創世記》所載，天使們的確曾與人類的女兒結伴，魔鬼也會跟異端的猶太法師們一道，沉溺於世俗的情欲。

## 第五十一章
# 精靈的噴水

一天接一天，一週接一週過去了，一路順風，象牙色的「皮廓號」已經緩慢地掃遍了四個巡遊漁場；亞速群島海域，維德角海域，因在普拉特河口外面而有普拉特之稱的水域，以及聖赫勒拿島南面尚無明確歸屬的卡羅爾水域。

在駛過後來這些水域時，一個晴朗皎潔的月夜，當波浪像銀光閃閃的卷軸一樣滾過，輕柔、瀰漫地起伏形成一派銀色的寂靜，但並無孤寂之感；在這樣一個寂靜的夜晚，從船首激起的白色泡沫看過去，遠遠出現了一股銀色的噴水。在月光的照耀下，縹緲若仙，彷彿是一個有羽毛裝飾的閃光的神從海中升起。費達拉最先發現了這股噴水。在這些月光朗照的夜晚，他習慣於攀上主桅頂端，站在那裡守望，就和白天值班時一樣認真。不過，儘管夜裡已經發現了成群成群的鯨魚，但是，願意冒險放艇追擊的捕鯨者，一百個裡也沒有一個。你會想到，水手們看到這個東方老人在這樣不同尋常的時刻，棲身於高處，心裡會有怎樣的感想；他的頭巾和月亮，在同一片天空中如影隨形。但是，連續幾個晚上他都一聲不吭，在那裡度過同樣長的時間，在這段沉寂之後，突然響起了他那怪異的聲音，宣稱月光下有一股銀色的噴水，每一個斜躺著的水手都驚跳起來，彷彿有個帶翅膀的精靈落在索具上，召喚這些必有一死的水手。「牠在噴水了！」最後審判的號角吹響，他們可能也不會抖得這樣厲害；他們發抖不是因為恐懼，而是因為喜悅。雖然這是最不習慣的時刻，但這聲叫喊如此感人，讓人激動得發狂，船上幾乎每個人都本能地想要放艇追擊。

亞哈歪斜著身子快步走在甲板上，命令升起上桅帆和頂桅帆，展開所有的翼帆。由船上最好的水手掌舵。每一根桅頂都布置了人手瞭望，這艘帆桅高聳的船便開始順風疾駛起來。吹在船尾的風將許多船帆都鼓得滿滿的，奇異地把船向上鼓起和提升，使得有浮力的懸蕩的甲板彷彿騰雲駕霧一般；而船還在向前猛衝，如同有兩種敵對力量在爭奪著——一個要直接升往天空，一個要讓它偏航，駛往地平線上的目標。而且，如果那晚你觀察過亞哈的臉色，你就會想到，在他身上也有兩種截然不同的東西在交戰。他那條好腿在甲板上發出生動的回聲，而那條假腿每走一步都像是往棺材上釘釘子。這老人就這樣走著生死之路。儘管船的速度很快，每個人的眼睛都像箭一樣，射出急切的目光，但當晚，那銀色的噴水卻再也沒有出現。每個水手都發誓看見過一次，但沒有人看見第二次。

這次午夜噴水幾乎已經被人遺忘了，幾天之後，突然，就在同樣寂靜的時刻，又有人報告發現了噴水，這一次又是所有的人都看見了，但就在升帆去追趕之時，它卻再一次消失無蹤了，彷彿從未存在過一般。就這樣，那噴水夜復一夜地戲弄我們，後來便沒人再去注意它，只是在心中感到納悶。這神祕的噴水出現時，或是晴朗的月夜，或是星光滿天，情況不一；它有時消失上一整天，或是兩天、三天；每次重新出現又分明是離我們愈來愈遠，這孤零零的水柱似乎永遠在誘惑著我們前進。

根據水手這個族群中的古老迷信，並且與「皮廓號」在許多事情上沾染的超自然色彩相應，水手中不乏有人發誓說，無論何時何地出現，無論時間相隔多久，也無論地點隔得多遠，他們所看見的那股接近不了的噴水，都是出自同一頭鯨魚，那鯨魚就是莫比·迪克。有一段時間，對這神出鬼沒的幽靈的一種特殊的恐懼籠罩了全船，彷彿那怪物是在心懷叵測地召喚我們不斷向前，以便轉身撲向我們，最終在最為遙遠蠻荒的海上把我們撕個粉碎。

這些暫時的恐懼，模糊而可怕，和晴朗寧靜的天氣形成反差，更產生出一股奇妙的力量，在那一片藍色的溫柔下面，有人認為潛藏著一種邪惡的魔力。我們日復一日地航行，穿過溫和得令人疲憊的孤寂大海，似乎到處都在厭惡我們這復仇的使命，在我們骨灰甕一般的船頭前，彷彿一切生命都銷聲

匿跡了。

但是，我們最後掉頭向東，好望角的風開始在周圍呼嘯，我們就在波濤洶湧的漫長海面上起伏顛簸；鑲著鯨骨尖牙的「皮廓號」在疾風前深深地低下頭，瘋狂地刺入黑色的波浪，直到浪沫像銀色的陣雨飛過舷牆，隨後，這生命荒涼的空虛感消散了，代之而起的是更為淒涼的景象。

靠近我們的船頭，海中有些奇怪的形影在東奔西逃；而在船尾則密密麻麻飛翔著不可思議的海烏鴉。每天早晨，都能看見這些鳥兒棲息在我們的支索上；牠們不顧我們的轟趕，頑固地緊抓住麻繩久久不放，彷彿認定了我們的船是隨波逐流的無主之物，是命定要荒廢的東西，因此很適合牠們這些無家可歸的族類作為棲息之所。而黑色的海洋一起一伏，一起一伏，還在永無休止地一起一伏，彷彿它廣闊的潮汐是一顆良心，偉大的宇宙之魂一直在為它所滋生的長期的罪惡與苦難而懊惱悔恨。

好望角，人們是這樣稱呼你的吧？其實，還不如像昔日那樣，把你叫做暴風雨角；因為先前那種居心叵測的寂靜長時間陪伴我們，引誘我們，最終我們發現自己闖進了這片折磨人的海域，那裡，有罪的生靈變成飛禽和魚類，似乎已被判刑，要永遠不停地游動，沒有任何可以棲息的港灣，或是終生要拍打著漆黑的空氣，望不到天邊的一片陸地。但是，那孤零零的噴水還是時時出現，沉靜，雪白，一成不變，仍在將它羽毛般的噴泉直射向天空，仍像以前那樣召喚著我們繼續前進。

在這天昏地暗、風雨如晦的時節，亞哈幾乎不間斷地在浸透了水的危險的甲板上指揮一切，但是他卻表現得極其陰鬱和緘默，比以往更少和他的副手們講話。在這樣風暴肆虐的時刻，把甲板和桅杆上的一切都綁得牢牢的，然後除了被動地等待大風的降臨，就沒有什麼可做的了。到了這個時候，船長和水手實際上都成了宿命論者。於是，亞哈把他的鯨骨腿插在慣常的放水孔裡，一隻手緊緊抓住一條橫桅索，一個小時又一個小時地站在那裡，呆呆凝視著上風頭，偶爾颳來的大風裹挾著雨夾雪，將他的睫毛凝在一起。與此同時，險惡的波濤越過船頭衝擊而來，將水手們從船的前部驅趕到船腰，他

們沿著舷牆站成一排；為了更好地抵禦跳躍的浪頭，每個人都把單套結套在腰上，另一端綁定在欄杆上，像在鬆弛的腰帶裡面一樣搖來晃去。絕少有人說話；這沉默的船，彷彿操控在一群塗彩的蠟人手中，一天又一天地穿過瘋狂飛濺又惡魔般快活的波浪。到了夜裡，面對海洋壓倒一切的尖聲呼嘯，依然是同樣的靜默無聲，人們依然在單套結裡沉默地搖來晃去，亞哈依然是一言不發地迎風佇立。甚至在疲倦的大自然需要休息的時候，他也不會回到自己的吊床上去休息一下。史塔巴克永遠也忘不了那老人的形象，一天晚上他下到艙中，去查看晴雨表時，看見亞哈閉著眼睛，筆直地坐在他用螺絲固定的椅子裡，從他沒有脫掉的帽子和外套上，不久以前風暴帶來的雨水和開始融化的雪霰，還在緩緩滴落下來。旁邊桌子上展開著一張以前提到過的標有潮汐和洋流的海圖。他一手緊抓住的風燈還在搖擺。儘管他身軀筆直，頭卻向後仰著，緊閉的雙眼就正對著掛在艙頂橫梁上擺動著的羅經的指針[1]。可怕的老人！史塔巴克不由戰慄地想到，哪怕是在這狂風中小睡，仍然緊盯著自己的目標。

1　船長室的羅盤被稱為羅經，不用去看船舵處的羅盤，船長在艙下就能知道船的航向。——原注

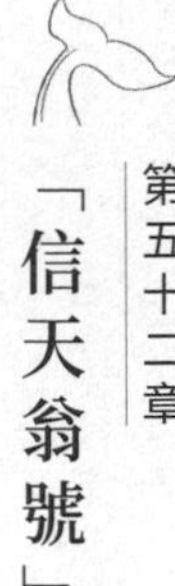

# 第五十二章 「信天翁號」

從好望角往東南方向，在遙遠的克羅澤群島附近，是巡航獵捕露脊鯨的一個好去處。前面隱約出現一面風帆，那是名為「信天翁號」的捕鯨船。當它慢慢駛近，我正高高棲息在前桅頂上，我把這番景象好好觀賞了一番，對於一個初入遠洋漁業的新手，一個長期離家在外的海上捕鯨者，那景象可非同一般。

海浪就像漂洗工一樣，把這艘船漂洗得像一具擱淺海象的骨架。在它的下部四周，幽靈般的船體上到處都是長長的紅鏽色溝痕，而它所有的桅桁與索具都像是結著白霜的粗樹枝。它只張著較低的帆。看到它三根桅頂上的瞭望員滿面長鬚，真是一副淒涼的景象。他們穿的衣服似乎是獸皮，破爛不堪，打了補丁，挺過了接近四年的巡航時間。他們站在用釘子固定在桅杆上的鐵圈中，在深不可測的大海上搖來晃去；當這艘船緩慢地從我們的後艄滑過，我們六個懸在空中的人彼此靠得很近，幾乎能從一艘船的桅頂躍到對面船上的桅頂，但是，那些滿面淒涼的漁人在經過時溫和地看著我們，沒有對我們的瞭望員說上一個字，我們卻聽到從下面的後甲板上傳來一聲招呼。

「喂，那船！你們看見白鯨了嗎？」

但是，當那個陌生的船長，俯身在蒼白的舷牆之外，正要把喇叭筒放在自己嘴上的時候，喇叭筒卻從他手中掉進海裡；風這時突然猛烈起來，他徒勞地叫喊了一陣，沒有喇叭筒，他的聲音沒人能聽見。與此同時，他的船與我們的距離還在繼續加大。剛一聽到向另一艘船提到白鯨的名字，「皮廓號」上的水手們就以各種無聲的方式，向對方表示他們注意到了這個不祥的意外，而亞哈則停頓了片

刻，要不是有那危險的大風妨礙著，他幾乎就要放下小艇去登上那艘陌生的船問個究竟。不過，他利用迎風處位置的優勢，再次抓起喇叭筒，從這艘陌生船的外貌上看出，它屬於南塔克特，不久就要返航了，於是他大聲喊話──「喂！這是『皮廓號』，正在環遊世界！告訴他們，將來所有的信件都寄往太平洋！這次航行是三年，如果我到時沒有回家，就告訴他們把信捎到──」

就在兩艘船的航跡恰好交叉的瞬間，突然，按照它們獨特的方式，幾天之前還在我們船舷兩側安靜游動的從來不惹麻煩的成群小魚，卻顫抖著鰭，躥到了對方船邊，前前後後地結隊而游。儘管在持續不斷的航行中，亞哈以前一定經常看到類似的現象，但是，對於一個偏執狂來說，最為細枝末節的瑣事也都是變幻莫測，意味深長的。

「你們要從我身邊游走，是不是？」亞哈喃喃自語道，凝視著水中。他的話只有幾個字，但是語調卻傳達出這個瘋老頭以前從來沒有過的深沉的無助與悲哀。不過，他轉身向著一直讓船頂風行駛以降低航速的舵手，用一頭老獅子的聲音吼道：「向背風轉舵！環遊世界！」

環遊世界！那聲音多麼能激起人的自豪感；但是為什麼要做全球航行？只是為了經歷無數的磨難，回到我們出發的地方，在那裡，我們安全地拋在身後的危險，又會重現在我們前面。

如果這個世界是一片無盡的平原，我們向東航行就可以不斷抵達新的遠方，發現比基克拉澤斯群島或是所羅門王群島更為甜蜜和奇異的景象，那麼我們的航行就有希望。但是，我們是在追求自己所夢想的遙遠的神祕事物，或是在飽受折磨中追逐那魔鬼般的幻影，它不時地在所有人的心中浮現，在前方泅游，在這樣的追逐中，我們或是被引進荒蕪的迷宮，或是在中途沉淪於汪洋。

# 第五十三章 聯歡會

亞哈為什麼沒有登上我們說的那艘捕鯨船，表面原因是，當時的風浪預示著要有風暴降臨。但是，即便情況不是這樣，從他後來在類似場合下的表現來判斷，他大概也不會上那艘船的。如果的確如此，那是因為在打過招呼以後，他已經對自己提出的問題得出了否定的答案。正如最後證實的那樣，他不想與任何陌生的船長結交，即使只是五分鐘，除非對方能貢獻出他一心搜求的某種情報。但是，如果不把捕鯨船在陌生海域，尤其是在同一個巡遊漁場彼此遭遇時的特定習俗交代一下，這種種的揣測恐怕都會是不恰當的。

如果兩個陌生人穿過紐約州的松林沙地，或是同樣荒涼的英格蘭的索爾茲伯里平原；如果這兩個人為了活命，偶然在這樣荒涼的野地相遇，他們不可能不相互致意，停下來交換一些消息，或許還會一起坐上一會兒，共同休息上片刻。那麼，在海上那漫無邊際的松林沙地和索爾茲伯里平原，兩艘捕鯨船在世界的邊沿彼此見了面——在孤零零的范寧島，或遙遠的「國王磨坊」群島，我要說，在這樣的情況下，兩艘船不光是互相喊上幾句話，而是會更進一步地接觸，更為友好的社交來往，這是比陸上行人相遇要自然得多的事情。如果兩艘船都屬於同一海港，它們的船長、船副們，還有為數不少的水手，彼此也都認識，這種來往就尤其理所當然，他們會有各種各樣親切的家鄉事可以談。

對於長期離家的船來說，這艘外航船上也許有捎給他們的信件。無論如何，比起自己船上報夾中字跡模糊、翻得稀爛的老報紙，這船上肯定會有一些新個一兩年的報紙吧。而且，作為這種恩惠的回報，外航船會得到有關巡遊漁場最新的捕鯨情報，那裡也許正是它的目的地，這可是至關重要的資訊。而且，在一定程度上，即便兩艘捕鯨船在同一巡遊漁場相遇，即便它們同樣離家多年，這種情況也多少是真實的。因為其中一艘上可能收存有從已遠離的第三艘船上轉過來的信件，而這些信件中可能就有一些是要捎給現在遇見的這艘船的。此外，他們可以交換捕鯨的新聞，愉快地聊上一會兒。因為他們不僅會用水手間的情誼彼此相待，也會因為從事同樣的職業，經歷過同樣的困苦與風險，從而產生獨特的意氣相投的感情。

國籍不同也不會造成任何本質的區別；亦即，只要雙方說同一種語言，如美國人與英國人。但是，可以肯定，因為英國捕鯨船數量很少，難得遇上，即便真的遇上了，雙方之間也很容易出現一種害羞的局面，因為英國人相當保守，而美國佬，除了自己，絕不會想到別人會害羞。此外，英國捕鯨者有時在美國人面前會裝出一種大都會的優越感，因為自己莫可名狀的地方褊狹觀念，而把又高又瘦的南塔克特人看成是海上莊稼漢。但是，英國捕鯨者的這種優越感究竟來自何處，這還很難說，因為美國佬一天打到的鯨魚，比英國捕鯨者總共十年的斬獲還要多。不過，英國捕鯨者身上的這個無害的小缺陷，南塔克特人並不太放在心上；也許因為他們知道自己也有一些弱點吧。

由此可見，在海上所有單獨出航的船隻當中，捕鯨船是最有理由注重社交的——它們也的確如此。反之，有些商船在大西洋中部海域相遇時，往往會連一聲招呼都不打，在公海上彼此擦身而過，就像百老匯的兩個花花公子，也許還會對彼此的裝備吹毛求疵，百般議論。至於兩艘軍艦偶然在海上相遇，它們首先會做出一連串愚蠢的點頭哈腰、擦地後退的動作，還要降旗致意之類，根本看不出有什麼直率真誠的親善友愛。說到奴隸船的相遇，咳，它們行色匆匆，巴不得彼此快點逃開。至於海盜船，它們的骷髏旗偶然相遇時，第一聲招呼便是「有多少人頭？」——和捕鯨船招呼「有多少桶油？」一模一樣，這個問題一旦得到答覆，兩船便會徑直轉舵而去，因為兩邊都是些地獄的惡棍，不願意多看彼此可惡的尊容。

但是，再看看那虔敬、誠實、樸素、好客、合群、無拘無束的捕鯨船！只要天氣適合，兩艘捕鯨船相遇時，它們會怎麼做呢？它們會舉行一場「聯歡會」，其他種類的船隻對這種事可謂一無所知，甚至從未聽說過這個名堂；如果有所耳聞，也只會咧嘴笑笑，又搬出一些什麼「噴水的」和「煉油的」笑料，以及類似無傷大雅的外號。為什麼所有商船，所有海盜船和軍艦，還有奴隸船的水手，會對捕鯨船懷有如此輕蔑的態度，這個問題還真是很難回答。因為，比如就海盜船的情況而言，我很想知道，他們那種行當是否有什麼特殊的榮耀。有時候他們的結局確實高得非同一般，但只是高在了絞刑架上。而且，如果一個人以那種古怪的方式被拔高了，他那優越的高度就沒有什麼恰當的基礎了。因而，我得出結論，海盜吹噓自己比捕鯨者高出一籌，這種斷言沒有堅實的基礎，是站不住腳的。

但「聯歡會」究竟是什麼東西呢？你可能會磨壞你的食指，在成排的辭典中上下求索，也找不到這個詞。詹森博士的博學也無濟於事；諾亞・韋伯斯特的方舟也沒有載上這個詞。然而，多年以來，大約一萬五千名土生土長的美國佬一直在使用這個富有表現力的詞語。當然，它需要一個定義，也應該被收入辭書。基於此種考慮，讓我來下個學術性的定義吧。

> 聯歡會，名詞。兩艘（或兩艘以上）捕鯨船的社交聚會，通常在巡遊漁場上舉行。彼此打過招呼之後，兩船會派小艇水手互訪；在這段時間中，兩位船長在一艘船上會面，兩個大副則待在另一艘船上。

關於聯歡會，還有一個小小的事項，這裡不可忘掉。所有行業都有自己獨特的細枝末節，捕鯨業也是如此。在海盜船、軍艦或是奴隸船上，每當船長乘坐自己的小艇划到什麼地方，他總會坐在艇尾一個很舒適的座位上，有時還有軟墊，並且往往是他親自掌舵，舵柄小巧玲瓏，裝飾著花稍的彩繩和絲帶。但是捕鯨小艇的艇尾沒有任何座位，也沒有沙發之類的東西，甚至根本沒有舵柄。如果捕鯨船船長們坐著有專利的輪椅，像痛風的老參議員那樣被年輕人在海上推來推去，那一定是其樂無比的時刻。至於舵柄，捕鯨艇上不允許有這種女孩子氣的玩意兒；因為整個小艇的水手都必須離開大船去參加聯歡會，小艇的舵手和標槍手也在其列，這種場合就由下屬來掌舵，而船長自己又無處可坐，只好自始至終像棵松樹那樣立著，被送到對方船上訪客尋友。這時往往你會注意到，這位站立的船長意識到兩邊大船上的人都在盯著自己，深知為了保持尊嚴，必須站穩雙腳。這件事可沒有那麼容易，因為他背後就是很長的舵槳，不時杵到他的後腰，而身子前面則是後槳，來回擺動，敲打他的膝蓋。他就這樣處於前後夾攻當中，只能向旁邊盡量叉開兩腿。但是，小艇如果猛地一顛，往往就會把他摔個仰面朝天，因為立腳點只有長度而沒有相應的寬度，那是不成為立腳點的。只是把兩根杆子搭成斜角，你是無法把它們支起來的。還有，在眾目睽睽之下，我要說，讓這位叉腿站著的船長用手抓住點什麼東西來穩住自己，就算是一丁點東西，那都是辦不到的；事實上，為了表明他自己完全可以控制住浮力，他通常會把雙手插在褲子口袋裡，而船長的手一般可能都很大很重，插在口袋裡可以當壓艙物來保持平衡。儘管如此，也曾經有過這樣的情況，而且還是千真萬確，在一兩次罕見的關鍵時刻，突然起了一陣狂風，只見船長一把抓住身邊槳手的頭髮，死也不放。

## 第五十四章

# 「湯－霍號」的故事

（一如在黃金客棧講的故事。）

好望角及其周邊水域就像一條大道通衢的十字路口，你在那裡遇見的行人比任何地方都多。

就在與前面說到的「信天翁號」相遇之後不久，我們又與另一艘歸航的捕鯨船「湯－霍號」[1]相遇了。它配備的水大，手幾乎全都是玻里尼西亞人。在隨後短暫的聯歡會上，它給我們帶來了有關莫比．迪克的很有說服力的消息。本來對白鯨興趣一般的人，聽了「湯－霍號」的故事，如今也熱情高漲起來，其中涉及的鯨魚似乎令人費解地成了所謂上帝審判的神奇化身，據說會不時地降臨到某些人身上。這後一種情況，連同相伴隨的特殊細節，構成了我將要講述的悲劇的祕密部分，它從來也沒有傳到亞哈船長或他的幾位副手耳朵裡。因為這故事的祕密部分就連「湯－霍號」船長本人也從未知曉。這是那艘船上三個結盟的白人水手的私人財產，其中一個，似乎違背了天主教保密的禁令，透露給塔什特戈知道，但是隨後那個晚上，塔什特戈說夢話，洩露了不少的內情，以至於早上醒來時，他忍不住把故事剩餘的部分也都說了出來。然而，這件事對「皮廓號」上逐漸了解到事情全部的水手產生了有力影響，他們被某種姑且可以稱為奇怪的世故所支配，將祕密侷限在他們之間，絕沒有把它傳到「皮廓號」主桅之後的區域去。將這個比較隱晦的線索和船上公開流傳的故事恰當地交織在一起，

1 Town-Ho，早年捕鯨者在桅頂首次發現鯨魚時的呼喊，現在在獵捕著名的加拉帕戈斯海龜時還在使用這種呼號聲。

我現在就要著手對這整件怪事予以記錄，使其垂之久遠。

出於我慣常的幽默性情，我將保持我曾經在利馬講述這個故事的風格，那次是在諸聖節前夜，我和我的一幫閒散的西班牙朋友，在黃金客棧那鋪著金色瓦片的走廊上抽菸閒聊。在那些優秀的騎士裡，有兩位年輕的先生，佩德羅和賽巴斯汀，他們與我過從甚密；因此，他們偶爾會提出一些問題，這些問題都立即得到適當的回答。

「紳士們，我將向你們複述的故事，大約兩年前我才初次獲悉，那時，南塔克特的捕鯨船『湯－霍號』，正在你們太平洋這一帶巡航，它離開這個美好的黃金客棧，向東航行還沒有幾天的路程。它的位置在赤道以北的某處。一天早上，船上開動了水泵抽水，這是每天的例行公事，這時發現船艙中抽出來的水比平時要多。先生們，大家推測是一條劍魚把船刺破了。但是船長有著某種非同一般的理由，相信在這些緯度上有罕見的好運在等著他；因此他非常不情願就此退出，而且，當時大家並不認為船漏水有什麼危險，儘管如此，在風急浪高的天氣，還是盡可能仔細地對底艙做了檢查，結果什麼都沒有發現，於是，船繼續巡航，水手們隔上很久才悠閒地用水泵抽一下水；但是沒有好運出現，日子一天天過去，不僅沒有找出裂縫，滲水量反而明顯增加。如此一來，大家才有些重視起來，船長命令升起所有的帆，急速駛往群島中最近的港口，以便在那裡把船身翻過來予以修補。

「雖說前面還有不短的航程，但只要不出大的意外，船長就不擔心自己的船會在途中沉沒，因為他的水泵是第一流的，只要定期更換人手，他的三十六名水手就可以應付自如；即便滲漏再大上一倍，也無須擔憂。事實上，這次航行幾乎一路上都是順風和暢，要不是瑪莎葡萄園島人拉德尼大副的專橫傲慢，引起了來自布法羅的大湖人、亡命之徒斯蒂爾基爾特的激烈報復，『湯－霍號』一定能安然無恙地抵達港口，不會出一點紕漏。」

「大湖人——布法羅！請問，什麼是大湖人，布法羅是哪裡？」賽巴斯汀問道，從搖搖擺擺的草墊子上站起身來。

「在我們伊利湖的東岸，先生；但是——請不要著急——也許，不久你就會有進一步的了解了。現在，先生們，那種橫帆雙桅船和三桅船，幾乎就和從你們古老的卡亞俄出發，駛向遙遠的馬尼拉的船一樣大，一樣結實。這個大湖人生活在我們美國內地，周圍都是陸地，從小就受到那種小農觀念的影響，普遍認為可以向大海隨便劫掠財富。我們了不起的淡水湖——伊利湖、安大略湖、休倫湖、蘇必略湖和密西根湖，要是匯流在一起，便和海洋一樣浩瀚遼闊，擁有許多最著名的海洋特徵，周邊有很多各種各樣的民族和風土人情。湖中有很多浪漫小島組成的群島，簡直和玻里尼西亞海域一樣。和大西洋沿岸一樣，沿湖大部分地區，有兩個對照鮮明的大民族。它們從東方提供了漫長的水上通道，一直通到我們眾多的殖民地，這些殖民地環繞這些湖岸分布著。這裡和那裡不時地有陰沉沉的炮臺，還有巍峨的麥基諾要塞的那些山羊般毛糙的大炮，它們曾聽到過軍艦上勝利的排炮齊鳴。每隔上一段時間，它們就把湖灘讓給未開化的野蠻人，他們塗得紅紅的臉膛從生皮棚屋中閃現出來。湖邊是大片大片無人涉足的古老叢林，枯瘦的松樹矗立其中，像哥德人族譜中排列得密密層層的國王。那些森林同樣隱匿著非洲的猛獸，和皮毛柔軟光滑的動物，它們出口的皮毛可以製成韃靼皇帝的皮袍。湖面上映照著布法羅和克利夫蘭這樣鋪砌著石頭路面的城市，也映照著溫尼貝戈族印第安人的村莊。它們上面航行著索具齊全的商船，國家的全副武裝的巡洋艦，汽船和山毛櫸獨木舟。湖上吹起的狂風和鞭打鹹澀海洋的風一樣可怕，一樣令你檣傾楫摧。它們雖處內陸，但也望不見陸地，船隻遇難的事情時有發生，多少個午夜它們目睹滿船的人一同尖叫著沉沒。所以啊，先生們，儘管是個內陸人，斯蒂爾基爾特卻生於狂暴的海洋，也是海洋哺育大的，他和任何水手一樣勇敢無畏。至於拉德尼，儘管他小時候就愛躺在南塔克特的海灘上，受到他的海洋母親的哺育，儘管他在我們嚴峻的大西洋和你們充滿冥思的太平洋上度過了後來的漫長歲月，但是他依然像是剛剛從使用鹿角柄獵刀的窮鄉僻壤出來的新手，有很重的報復心，動不動就和人爭吵。不過，這個南塔克特人的心地還算善良，而那個大湖人水手，儘管的確有如惡魔一般，頑固而剛硬，但只要以通常的體面方式予以對待，給予最卑賤的奴隸都有權獲得的人格上的尊重，他的性格也會有所調和；因此，這個斯蒂爾基爾特長期以來一直保持著溫和無害的態度。在任何事情上，他的表現迄今都是如此。但是拉德尼的命運是註定的，他註定要發瘋，而斯蒂爾基爾特呢——不過，先生們，且聽我道來。

「自從『湯－霍號』掉轉船頭，向島上的避難所駛去，頂多過了一兩天的時間，船上的滲漏似乎又嚴重起來，但也只需要每天用水泵抽上個把小時就行了。你們要知道，在我們大西洋這樣平穩而文明的大洋，比方說，有些小商船的船長會抽著水橫渡大洋，也沒有多少顧忌；儘管如此，如果在一個睡意沉沉的夜晚，甲板上值班的船副碰巧忘記抽水這個職責，而他和他的水手們可能就再也想不起這回事來了，因為船上所有的人都慢慢沉到海底去了。先生們，在西邊很遠的孤寂荒蠻的海洋上，也有一些船隻，讓水泵把手喀唧喀唧響成一曲合唱，甚至就這樣走完一段相當長的航程，這也不算什麼不同凡響的事情。也就是說，只要它們沿著差不多能靠攏的海岸行駛，或是有其他合乎情理的退路可供選擇就可以了。只有當漏船正好處於真的沒有陸地可依的極偏僻海域，船長才會稍感焦慮。『湯－霍號』的情況就是大致如此；所以，當發現船漏得更厲害了，有些水手的確表現出了些許的憂慮，尤其是大副拉德尼。他下令把上帆都好好扯起來，把帆篷重新綁好，盡量讓它們迎風鼓起。這個拉德尼，我料想，一點都不是膽小之人，涉及自身安危時絕對不會張皇失措恐懼不安，無論在陸地還是在海上，他都是無所畏懼、做事不假思索的那種人，這一點，先生們，你們很容易就能想像出來。因此，當他對船的安全流露出這種擔心時，有些水手宣稱那不過是因為他是船的股東之一。於是，那天傍晚他們抽水的時候，站在潺潺不斷地湧進來的清水之中，先生們，他們還就這個話題頑皮地開了不少玩笑。那股水清澈得就像是泉水一般——從水泵中冒著泡湧出來，流過甲板，在背風面的排水口不斷地

傾瀉出去。

「現在，你們已經很清楚了，在我們這個囿於常規的世界中，無論是在水上或是別的地方，這種情況並不少見。當一個人處於發號施令的地位，他發現手下有個人在男子氣概方面引以為傲，明顯比自己要優越不少，他馬上就會對這個人產生抑制不住的憎惡和怨恨之感，一旦抓住機會，他就會不顧一切地摧毀那個屬下的堡壘，使之粉身碎骨，變成一小堆垃圾。先生們，無論我的這種奇思異想是否成立，斯蒂爾基爾特總歸是個高大體面的傢伙，有著一個羅馬人一般的腦袋，一把飄灑的金色鬍鬚，就像是你們上一任總督那噴著鼻息的戰馬鞍衣上的流蘇，他有頭腦，有心，有靈魂，先生們，如果斯蒂爾基爾特是查理曼大帝的父親的親兒子，他就會成為斯蒂爾基爾特．查理曼。但是拉德尼呢？這位大副醜得像頭騾子，而且還魯莽頑固，心懷惡意。他不喜歡斯蒂爾基爾特，斯蒂爾基爾特自己也知道這點。

「這個大湖人和其他人一起忙著操縱水泵，每當他看見大副湊近過來，就會裝作沒有注意到他，還是滿不在乎地繼續嘻嘻哈哈地開玩笑。

「『喂，喂，開心的夥計們，這水漏得可真是熱鬧；你們誰去拿個杯子來，我們來嘗它一嘗。看在上帝分上，它可真是值得裝瓶賣！我告訴過你們什麼，夥計們，老拉德尼的投資一定會泡湯！他最好是把他那部分船身砍下來，拖回家去。事實上，兄弟們，劍魚才剛剛開始上工，牠會再次回來，帶來一大幫毀船的木匠，鋸子魚、銼刀魚，還有其他什麼魚。這群烏合之眾現在正在起勁地幹活呢，在船底又切又砍，我敢說，已經大有進展。如果老拉德尼此刻在這裡，我會告訴他跳下船去，把牠們驅散。牠們正在毀壞他的產業，我可以這樣告訴他。但這老傢伙頭腦簡單——拉德尼，他還是個美男子。夥計們，聽說他剩下的錢都花在買鏡子上了。我懷疑他能不能把鼻子借給我這個窮鬼做做模型。』

「『你們都瞎眼啦！水泵為什麼停了？』拉德尼吼叫道，裝作沒有聽到水手們的話，『趕快動起來！』

「『是，是，先生，』斯蒂爾基爾特說道，快活得像一隻蟋蟀，『動起來，夥計們，動起來，馬上！』於是，那臺水泵就像五十臺救火機一樣喀唧喀唧響起來，大家都把帽子甩掉奮力幹活，不久，就聽得一個個喘不過氣來，證明大夥兒都已經竭盡全力拚了老命。

「最後，這個大湖人和大家一起放下了水泵，喘息著走到船頭，坐在絞盤上，他的臉漲得通紅，兩眼布滿血絲，擦著額頭上密布的汗水。這時，不知道是什麼鬼迷心竅，先生們，拉德尼著魔一般非要去招惹這個筋疲力盡的人，但事情就是這樣發生了。這大副讓人不耐地在甲板上高視闊步地走來走去，吩咐他去拿把掃帚，清掃一下甲板，再拿把鐵鍬，把一頭豬到處亂跑留下來的討厭的垃圾清走。

「先生們，在海上清掃甲板是一項日常工作，除非狂風大作，每天傍晚都是要做的。人人都知道，哪怕是船就要沉了，這事也還是要做。先生們，這是絲毫不得馬虎的海上規矩，也是海員們愛清潔的天性；他們中的有些人不先洗洗臉是不甘心淹死的。但是，在所有的船上，這種掃地工作明確規定是小男孩們的分內之事，如果船上有小男孩的話。此外，『湯－霍號』上比較強壯的水手都分班輪流抽水，斯蒂爾基爾特體格最壯，通常都是擔任一組水手的組長，這樣一來，他自然就不該承擔任何與真正的船務無關的瑣事，他組裡的夥伴們也是這樣。我提到這些細節，是為了讓你們能夠深入了解這兩人紛爭的起因。

「但事情還不止如此。掃地的命令顯然是對斯蒂爾基爾特的刺激和羞辱，等於拉德尼往他臉上吐了唾沫。在捕鯨船上做過水手的人都會明白；這一切，在大副下達命令時，大湖人就全都看明白了，而且心裡肯定比別人有數。但是，他靜坐片刻，緊盯著大副那滿懷惡意的眼睛看了一會兒，覺察到他心裡堆積著很多火藥桶，導火線正在緩慢無聲地燒過去；當他本能地看明白這一切時，他反常地升起克制之心，不願意去進一步激怒一個已經心懷怨憤的人，讓他大發雷霆——這種矛盾心情，一個真正勇敢的人甚至在受到冒犯時，就會感受最深——這種難以形容、不可捉摸的情感，就這樣悄悄襲上斯蒂爾基爾特的心頭。

「於是，他用正常的口氣，只是由於一時的精疲力竭而稍微有點嘶啞，回答大副說，掃甲板不是他的事，他不幹。然後，他根本不提鏟子的事，而是指了指三個例行做掃地工作的小夥子，他們沒有被派去抽水，一整天沒怎麼做事，甚至什麼都沒做。對此，拉德尼回應以一聲咒罵，用極其專橫和暴怒的態度，不由分說地重申他的命令；與此同時，又從身邊的桶上抓起一把桶匠用的錘子，高高舉起，向還在靜靜坐著的大湖人逼過來。

「大汗淋漓的斯蒂爾基爾特本就被這抽風一般的抽水工作弄得心情煩躁，開始時還有一種無法形容的克制之心，這時幾乎已經無法忍受大副的態度了，但他還是設法按捺住心頭的怒火，一言不發，固執地坐在那裡，生了根一般，直到最後，被惹惱的拉德尼把錘子在離他的臉只有幾英寸的地方搖晃著，火冒三丈地喝令他遵命行事，他才坐不住了。

「斯蒂爾基爾特站起身來，慢慢地繞著絞盤後退，面對威脅地舉著錘子步步緊逼的大副，他故意從容地重複說自己無意照辦。然而，看到自己的克制忍讓絲毫沒有效果，他強迫自己做了個可怕的、無法形容的暗示，警告這個愚蠢而痴迷的傢伙就此罷手；但是毫無用處。就這樣，兩個人慢慢地又繞著絞盤轉了一圈。到最後，他決定不再退讓，按照自己的性格，他已經忍到極點了，這大湖人便在艙口停下來，對他的上司這樣說道：

「『拉德尼先生，我不會服從你的。把那錘子拿開，否則你要當心了。』但是，命該如此的大副還在繼續逼近站著不動的大湖人，在離他的牙齒不到一寸的地方，搖晃著那把沉重的錘子，嘴裡還在說著難聽的壞話。斯蒂爾基爾特寸步不讓，利劍般的目光毫不退縮地直刺對方的雙眼，握緊放在背後的右手，悄悄地縮起來，告訴這個迫害者，只要錘子擦到他的臉，斯蒂爾基爾特就會殺了他。但是，先生們，這傻瓜已被眾神打上了標記，註定要死於非命。大副的錘子剛一碰到大湖人的臉頰，自己的下巴就給打爛了，他栽倒在艙口，嘴裡像鯨魚一樣噴出血來。

「叫聲還沒有傳到船尾，斯蒂爾基爾特就搖動了通往高處桅頂的後支索，桅頂上值班的是他的兩個夥伴。他們都是運河水手。」

「運河水手！」佩德羅先生叫道，「我們在港口見過很多捕鯨船，但從未聽說過什麼運河水手。請問，他們是些什麼人？」

「運河水手，先生，就是我們伊利大運河上的水手。你一定聽說過。」

「沒有，先生，在這片歷來沉悶、溫暖、懶散至極的土地上，我們對你那精力充沛的北方所知甚少。」

「是嗎？那麼好吧，先生，把我的杯子斟滿。你們的奇恰酒非常不錯。在繼續進行之前，我要告訴你們，我們的運河水手是些什麼樣的人，因為這樣的資訊會有助於理解我的故事。」

「先生們，橫貫整個紐約州三百六十里寬的土地，流動著一條日夜不息的河流，河上的生活如同威尼斯一般腐敗，而且往往是無法無天的。這條河穿過大量人口稠密的城市和最為繁榮的鄉村；穿過漫長、淒涼、杳無人煙的沼澤，肥沃無比的耕田；流經撞球室和酒吧間；穿過至為神聖的大森林；流過印第安河流上的羅馬拱門式水道橋；穿過陽光和陰影；穿過幸福的心和破碎的心；穿過所有高貴的莫霍克各縣那開闊的、對比鮮明的風景；尤其是流經成排雪白的小教堂，它們的尖頂像里程碑一樣聳立在空中。那就是你們真正的阿散蒂地區，先生們；那裡有你們的異教徒在奔走呼號；你到處都能發現他們，就在你的隔壁；在教堂長長的陰影下，在舒適的背風地裡。出於一種奇怪的宿命，你們往往會注意到，大城市中的海盜總是在法院周圍紮營，所以說，先生們，最神聖的場所附近罪人就最多。」

「有個修道士剛剛經過嗎？」佩德羅先生說道，俯視著人群擁擠的廣場，眼中帶著幽默的關切神色。

「我們的北方朋友這下可好了，伊莎貝拉女皇的宗教裁判所在利馬已經衰落了，」賽巴斯汀笑著說，「繼續吧，先生。」

「等一等！請原諒！」這夥同伴中的另一個叫道，「以我們所有利馬人的名義，我要向你，水手先生，表示，我們絕沒有忽視你的用心周道，在你的腐敗比較中，沒有用現在的利馬取代遙遠的威尼斯。啊！不要鞠躬了，也不要顯得那麼驚訝；你知道沿整個這條海岸流傳的那句諺語——『腐敗如利馬。』它也恰好證實了你的說法。教堂比撞球桌還多，而且永遠是開放的——『腐敗如利馬。』威尼斯也是如此，我去過那裡。那個有福的福音傳播者的聖城，聖馬可！——聖道明，去他的！你的杯子！謝謝，我來倒滿；現在，你繼續傾訴吧。」

「先生們，運河水手，如果就其職業本身直率而言，大可以把他們描繪成美妙的戲劇人物，他壞得豐富，壞得別致。他日復一日地沿著綠草如茵、鮮花盛開的尼羅河懶散地順流而下，就像馬克·安東尼一樣，毫不避諱地和他那紅顏克里奧佩特拉調情，在陽光明媚的甲板上把大腿晒成成熟的杏黃色。但是一到岸上，這柔弱之氣就一掃而光。運河水手得意揚揚地裝出綠林好漢的模樣，垂著裝飾有鮮豔緞帶的帽子，顯示出他的豪華氣派。他乘船經過村莊時，會讓滿臉微笑的天真村民驚駭不已。在城裡，他黝黑的臉膛，走路時大搖大擺的神氣，也會讓人們避之唯恐不及。我曾經就是運河上的一個流浪漢，這些運河水手中的一個曾經對我有過恩惠，我衷心地感謝他，我不想忘恩負義。但是，這些粗暴的傢伙往往有一種極為可貴、足以作為彌補的品質，他那強壯的手臂有時既會打劫富人，也會對身處困境的可憐的陌生人施以援手。總而言之，先生們，這種運河生活的野蠻程度，主要表現在下面這一點上，那就是我們野蠻的捕鯨業中有不少這樣絕頂完美的畢業生，任何人種之中，除了雪梨人，最不受我們捕鯨船長信任的就是運河水手了。但是，這並不能減弱人們對這件事的好奇心，對於出生在運河沿岸的成千上萬的我們農村青少年來說，在大運河上的見習生活提供了唯一的過渡機會，讓他們能從安靜地種一個基督徒的莊稼地，轉而不顧一切地去耕種那最為凶蠻的大海。」

「我明白了！我明白了！」佩德羅性急地叫道，把奇恰酒灑到了自己衣服的銀色褶邊上。「不需要去旅行了！世界就是一個利馬。我還以為在你們溫和的北方，一代代人都是山一樣又冷靜又聖潔呢。——不過，還是繼續講故事吧。」

「先生們，我剛才講到了大湖人在搖動後支索。他剛搖了幾下，就被三個副手和四個標槍手圍住了，他們一起把他逼到甲板上。但是，那兩個運河水手像倒楣的掃帚星一樣，順著帆索滑了下來，一頭闖進這亂糟糟的人群，想要把自己人拽出去，拉到船頭樓去。其他水手也加入進來，幫他們一起拉，於是你拉我扯，亂成一團。而這時，那個勇敢的船長站在圈子外安全的地方，手裡拿著一支捕鯨槍，跳來跳去，號召他下屬的頭目狠狠收拾那個蠻橫的惡棍，把他趕到後甲板去。他不時地跑到轉來轉去的混亂的人群邊上，用魚槍向人群中心戳去，想把他憎恨的目標扎住，拖出來。但是，他們不是斯蒂爾基爾特和他那些亡命之徒朋友的對手，讓對方成功到了船頭樓的甲板上。在那裡，斯蒂爾基爾特這一夥匆忙滾過來三、四只大桶，和絞盤排成一行，這些海上巴黎人便據守在街壘後面，對峙起來。

「『出來，你們這些海盜！』船長嚷道，這時小子剛剛給他拿來兩把手槍，他便一手一把地威脅對方，『出來，你們這些殺人犯！』

「斯蒂爾基爾特縱身躍上街壘，大搖大擺地走來走去，蔑視著手槍的威脅，他明確地告訴船長，斯蒂爾基爾特的死將是全體水手殺人叛亂的信號。心裡害怕，唯恐這事會變成事實，船長稍微有點遲

疑，但仍然命令叛亂分子馬上回到自己的工作崗位。

「『如果我們照辦，你能保證不動我們嗎？』他們的頭領追問道。

「『回去！回去！——我不會做出任何許諾；——回到你們的崗位上去！你們在這種時候罷工，是不是想把船弄沉？回去！』他又一次舉起一把手槍來。

「『弄沉這條船？』斯蒂爾基爾特叫道，『是啊，就讓它沉好了。我們沒有一個人會回去的，除非你發誓不用繩子來對付我們。你們怎麼說，夥計們？』他轉身對著自己的同伴說，大家報以熱烈的歡呼。

「這大湖人在街壘上一邊巡邏，一邊用眼睛盯著船長，氣勢洶洶地說出下面這番話來：『這不是我們的錯；我們不想這樣；我叫他把錘子拿開；那是服務員幹的活；他早該知道我是怎麼回事；我叫他不要撩撥水牛；他那該死的下巴還讓我斷了一根手指呢；那些剁肉的刀子不是就在船頭樓裡嗎，兄弟們？那些絞盤棒也能用上，我的兄弟。船長，憑上帝發誓，你還是當心點你自己，說出你的許諾吧，別傻了，把這一切全都忘記，我們這就回去工作。對待我們公平點，我們還是你的人，我們可不想挨鞭子。』

「『回去！我什麼都不會答應的，回去，我說！』

「『好啊，你看著，』大湖人叫道，向船長揮動一條手臂，『我們這裡這幾個人（我也是其中之一）上船來是為了巡航的，你明白；你也很清楚，先生，船一靠港，我們馬上就可以要求解雇。所以我們不想鬧事，那對我們沒好處，我們只想和平。我們隨時準備回去工作，但我們不想挨鞭子。』

「『回去！』船長咆哮道。

「斯蒂爾基爾特環顧了一下四周，然後說道：『船長，我現在就和你明說，我們不會殺你的，為這樣一個卑鄙的無賴上絞架，我們對你連手都不會抬一下的，除非你先動手攻擊我們；但是在你答應不拿鞭子抽我們之前，我們是一點事都不會做的。』

「『那就到船頭樓下面去，你們都下去，我會讓你們待到你們厭倦為止。你們下去吧。』

「『我們下不下去？』這個首領對他的夥伴們叫道。大部分人表示反對，但最後，他們還是服從了斯蒂爾基爾特，就在他前頭，像熊進洞一樣下到他們黑暗的小窩裡，氣沖沖失望地抱怨著。

「當大湖人的光腦袋剛剛下到與船板齊平，船長和他的一幫子人就躍過街壘，迅速地把艙口的蓋子拉上，大家七手八腳地按住蓋子，一邊大聲叫服務員把鎖艙梯的大銅鎖拿來。然後船長把蓋子稍微打開一點，對著縫隙小聲說了些什麼，又蓋上，把那些人——一共十個——都鎖在下面，甲板上還剩下大約二十多人，迄今為止保持中立。

「整個晚上，所有船副都在船前船後嚴密把守，尤其是船頭樓的小艙口和前艙口，擔心叛亂者會打破艙下的隔板，從前艙口冒出來。但是一夜平安無事。水手們仍然留在自己的工作崗位上，辛苦地忙著用水泵抽水，喀唧喀唧的聲音不時穿過沉悶的夜晚，在船上淒涼地迴響著。

「日出時分，船長走到船的前部，在甲板上敲了敲，叫那些囚犯出來工作；但是他們叫了一陣，不肯出來。於是，給他們吊下去一些淡水，扔了兩把麵餅，船長又把他們鎖了起來，鑰匙揣在口袋裡，回後甲板去了。連續三天，每天這樣重複兩次；可是，到了第四天早上，發出慣常的命令之後，艙下傳來一陣混亂的爭吵聲，接著就聽見一陣腳步聲，有四個人突然從船頭樓裡冒了出來，說他們準備回去工作。封閉的艙下空氣惡臭，缺吃少喝，也許還有對最後要遭受懲罰的恐懼，迫使他們無條件地投降了。這個情況使船長勇氣倍增，他向剩下的叛亂者重申自己的命令，但是斯蒂爾基爾特在下面喊話，發出一個惡狠狠的暗示，叫他不要囉嗦，老老實實回他自己的地方待著。到了第五天早上，又有三個叛亂者掙脫了下面人的拚命阻攔，衝了出來。下面只剩下三個人了。

「『還是回來工作為好吧？』船長無情地嘲弄道。

「『把我們再鎖起來，好不好！』斯蒂爾基爾特叫道。

「『啊，那是當然。』船長這樣說著，咔嗒一聲把鎖頭鎖上了。

「先生們，他原來的七個同夥的背叛讓他非常憤怒，船長上一次喊話中那嘲諷的口氣刺激著他，長時間被關在絕望的黑窟裡也讓他發瘋，這個時候，斯蒂爾基爾特向他的兩個運河水手提出了自己的計畫，到目前為止他們顯然還和他一條心，到監守者下一次來喊話的時候，就從艙底下衝出去，用他們鋒利的剁肉刀（新月形沉重的長刀，兩端都有把手），一路從船頭砍到船尾，萬一有可能，就孤注一擲，把船奪下來。他說，無論他們是否加入，他自己都會這麼做。那將是他在這黑窩中過的最後一晚。這個計畫沒有遭到另兩個人的反對，他們都發誓說他們已經準備好了，無論是什麼瘋事，總之除了投降，他們什麼都願意做。除此之外，他們每個人還都堅持，在衝鋒的時刻到來，自己頭一個衝上甲板。但是，他們的首領對此激烈反對，他堅持要自己先上，尤其是因為他這兩個同伴，在這件事上都互不相讓，而他們又不能一起都上，因為扶梯每次只能上一個人。先生們，到了這裡，這兩個各懷鬼胎的惡棍的伎倆就昭然若揭了。

「這兩人在聽到他們首領這番瘋狂的計畫之後，每個人各自心裡都陡然亮了一下，他們似乎同樣打起了變節的主意，也就是說，在往外衝的時候走在頭裡，成為三個人中的頭一個，儘管是十個人中最後投降的，但卻有可能因為這個表現而獲得寬恕，哪怕機會再小。但是，當斯蒂爾基爾特告訴他們，他決心走在頭裡，領導他們反抗到底，他們就把惡人本性中的狡猾，和先前私下裡打定的變節主意結合了起來。半夜裡，趁首領打瞌睡的時候，他們三言兩語就彼此心意相通，一齊動手把睡覺的用繩綁了，又用繩子塞住嘴，然後尖聲叫起船長來。

「船長以為殺人了，他嗅到了黑暗中的血腥氣，便和全副武裝的幾個副手和標槍手們衝到船頭樓來。不消幾分鐘，小艙口被打開，叛亂者的首領被綁著手腳，兀自還在掙扎，被他背信棄義的同夥推了上來，那兩個人當即邀功請賞，聲稱是他們抓住了這個一心想要殺人的傢伙。但是這三個人都被揪住脖領子，像拖死牛一樣被拖過甲板，並排綁在後桅索具上，像三塊肉梓子一樣一直吊到早上。『該死的東西，』船長叫著，在他們面前踱來踱去，『連禿鷹都不願意碰你們，你們這些惡棍！』

「太陽升起的時候，他把所有水手召集起來，將叛亂者和沒有參與叛亂的人分開，對叛亂者說，他真想把他們全都鞭打一頓——總之，他認為他可以這麼做——他也應該這麼做——這天公地道；不過，眼下，考慮到他們及時投降，訓斥一頓也就算了，便把他們臭罵了一頓。

「『至於你們，你們這些個臭流氓，』他轉向吊在索具上的三個人說，『至於你們，我要把你們剁碎了，丟到煉油鍋裡。』說完，他抓起一條繩索，用全力向兩個叛徒的背上抽去，直到他們叫不出聲來，腦袋毫無生氣地垂到一邊，活像圖畫上那兩個釘在十字架上的強盜。

「『我的手腕都給你們扭傷了！』船長終於叫道，『不過，留給你們的繩子還有的是，好小子，不會放過你們的。把他嘴裡塞的東西拿出來，讓我們聽聽他還能說些什麼。』

「那筋疲力盡的反叛者被塞得麻木了的嘴巴立即抽搐了一下，然後痛苦地扭動著腦袋，嘶啞地說：『我要說的就是這個——你聽好了——你要是抽打我，我就殺了你！』

「『你是這麼說的嗎？那就看看你會把我嚇成什麼樣。』船長把繩子往後一甩，準備抽過去。

「『最好別抽打。』大湖人嘶啞地說。

「『但我非打不可。』繩子又往後一甩，準備抽打過去。

「斯蒂爾基爾特此時嘶啞地說了些什麼，除了船長誰都沒有聽見；讓大家吃驚的是，船長竟嚇得往後一退，在甲板上迅速地踱了兩三圈，然後猛地丟下了繩子，說：『不打了——隨他吧——給他鬆綁，你們聽見沒有？』

「但是，就在二副和三副忙著執行這個命令時，一個面色蒼白、頭纏繃帶的人攔住了他們——原

來是大副拉德尼。他自從挨了一拳之後，一直躺在吊床上，但那天早上，聽見甲板上的喧鬧，就悄悄走了出來，把這一切都看在眼裡。因為嘴巴受傷，他幾乎還無法說話，只是嘰裡咕嚕地說了些什麼，大意是船長不敢一試的，他倒願意試試，也能夠做到，他抓過繩子，向被縛的仇敵大步走去。

「『你是個膽小鬼！』大湖人嘶啞地說道。

「『我就是膽小鬼，但是你嘗嘗這個。』大副的繩子正要抽打下去，又一陣嘶啞聲讓他停住舉起的手臂。他停頓了片刻，然後不再猶豫，說到做到，不顧斯蒂爾基爾特的威脅，不管會發生些什麼。那之後，三個人都被鬆了綁，所有水手回到自己的崗位，在那些鬱鬱寡歡的水手手裡，鐵製的水泵又像以前那樣咯唧咯唧響了起來。

「那天天一黑，一個下班的瞭望員從桅頂下來，就聽到船頭樓裡傳出一陣喧鬧；隨後那兩個叛徒渾身發抖地跑了上來，圍在船長室的門口，說他們不敢和水手們待在一起了。無論怎麼哄勸，連踢帶打，也不能把他們趕回去；於是，只好依照他們的請求，把他們安排在船尾以策安全。其他人中也再沒有出現過暴亂的跡象。正好相反，似乎主要是在斯蒂爾基爾特的教唆下，大家都決心保持和平，服從所有的命令，堅持到最後，等到船到港，就集體離船。但為了確保盡快結束航行，他們一致同意——就是發現了鯨魚，大家也不出聲報告。因為，儘管船在漏水了，儘管還有種種其他的危險，『湯－霍號』的桅頂依然有人瞭望，船長還跟第一天闖進巡遊漁場那樣，很想放艇捕鯨。大副拉德尼也準備停當，隨時準備把他的吊鋪換成小艇，用他裹著繃帶的嘴巴去死命堵住鯨魚那致命的大嘴。

「但是，儘管大湖人已經誘使水手們採取這種消極怠工的方式，他對自己向那刺痛了他的心的人，如何實施復仇的隱祕計畫卻是祕而不宣（至少要等到一切結束）。他值的是大副拉德尼帶的班，這個昏了頭的人好像忙著找死一樣，在索具鞭打那一幕之後，他不顧船長明確的勸告，堅持繼續帶頭值夜班。根據這一情況，還有其他一兩種情況，斯蒂爾基爾特有條不紊地制定了他的復仇計畫。

「一到晚上，拉德尼就有一種不像是海員應有的習慣，他喜歡坐在後甲板的舷牆上，一隻手臂斜撐在那艘吊在那裡、比大船稍高一點的小艇船舷上。大家都知道，他有時就用這種姿勢打起盹來。在小艇與大船之間有相當大的空隙，下面就是大海。斯蒂爾基爾特計算了一下時間，發現他下輪掌舵的時間是在他被出賣後的第三天的凌晨兩點鐘。於是，他在值班之餘的閒暇中，就跑到下面，十分仔細地編起東西來。

「『你在那裡幹什麼？』一個水手問道。

「『你以為在幹什麼？它看起來像什麼？』

「『像行李袋的帶子，但我又覺得它有點奇怪。』

「『是的，相當奇怪，』這大湖人說，伸直了手臂，把那東西舉在面前，『不過我想它會管用的。夥計，我的繩子不夠了──你有嗎？』

「『船頭樓裡可是一點都沒有了。』

「『那我就得朝拉德尼老頭要點了。』他起身朝船尾走去。

「『你不是去向他乞討吧！』一個水手說道。

「『為什麼不？你以為他不會給我個人情？到最後那會對他有幫助的，夥計。』他走到大副那裡，平靜地注視著他，向他要一些繩子補吊床。麻繩拿到了──隨後，麻繩和帶子就又都消失不見了；但第二天晚上，當這個大湖人把上衣疊好，塞到吊床上當枕頭的時候，卻從衣服口袋裡露出半拉鐵球，用編織的網兜嚴嚴實實地裹著。二十四小時之後，他就要靜悄悄地值班掌舵了──這個位置距離那個在自己挖好的墳墓邊上打盹的大副很近──要命的時刻就要降臨了；在斯蒂爾基爾特早已有數的心裡，大副已經像個死屍一樣直挺挺地躺著了，腦門被砸得稀爛。

「不過，先生們，一個傻瓜卻讓這個一心想要殺人的傢伙沒能實施自己的血腥計畫。他沒有親自動手，卻徹底地實現了復仇的目的。因為，出於一種神祕的宿命，老天似乎參與了此事，替他完成了本該由他來做的那件該受詛咒的事。

「就在第二天早晨，破曉和日出之間的那段時間，大家正在沖洗甲板，在錨鍊那裡取水的一個特內里費蠢貨，突然叫嚷起來：『牠在那裡打滾！牠在那裡打滾！』天哪，怎樣一頭鯨魚啊！那是莫比．迪克。」

「莫比．迪克！」賽巴斯汀先生叫道，「天哪！水手先生，鯨魚也要取名字嗎？你說的莫比．迪克是誰啊？」

「一頭很白、很有名、極其危險的永生不死的鯨魚，先生；——不過，說來話長了。」

「怎麼回事？怎麼回事？」所有年輕的西班牙人都叫著圍了過來。

「不，先生們，先生們——不，不！我現在還不能講那個。讓我喘喘氣，先生們。」

「奇恰酒，上奇恰酒！」佩德羅叫道，「我們精力充沛的朋友看上去要暈倒了——把他的空杯子再倒滿！」

「不必了，先生們；就一小會兒，我就繼續講。——現在，先生們，猛然發現那頭雪白的鯨魚離船不到五十碼——先前水手間的協議便忘得一乾二淨了——那個特內里費人一時的興奮，本能地情不自禁地高聲嚷了起來，而那三個悶悶不樂的桅頂瞭望員在此前不久已經清楚地看見了鯨魚。現在一切都亂成一團了。『白鯨——白鯨！』船長、幾位副手和標槍手們連聲呼叫，恐怖的傳言沒有嚇住他們，他們都急切地想要捉住這頭如此有名如此貴重的大鯨。而那些固執的水手則一邊斜睨著那乳白色的龐然大物，一邊詛咒著，牠真是美得令人震驚，被地平線上閃亮的陽光一照，就像一塊有生命的蛋白石，在清晨蔚藍的海面上移動和閃耀。先生們，這些事件的整個過程當中浸透著一種奇異的宿命，彷彿世界本身尚未規劃好之前就已有了預定的安排。反叛者剛巧是大副艇上的頭槳手，在拴住鯨魚的時候，他的職責就是坐在大副旁邊，當大副手拿魚槍在艇首站起來，他便根據指令，收放捕鯨索。此外，四艘小艇都下水的時候，大副的這艘艇總是帶頭前進；當斯蒂爾基爾特奮力划槳時，他總是叫得最狂放也叫得最響。一陣猛划之後，他們的標槍手扎中了鯨魚，這時，拉德尼手持魚槍，跳到艇頭上。他似乎一上小艇就成了個極其暴躁的人。此刻，他紮了繃帶的嘴裡喊著，要求把他送到大鯨的背峰上去。他的頭槳手巴不得如此，穿過白浪和白鯨混在一起的令人目眩的飛沫，把他送得高而又高。突然，小艇好像撞上了暗礁，翻了過去，把站著的大副拋了出去。就在他落在鯨魚溜滑的背上的一瞬間，小艇又翻了回來，被浪頭沖到一邊，拉德尼則被拋進了鯨魚另一側的海裡。他從浪花裡掙扎出來，有一會兒透過浪沫，還能模糊看見他在拚命掙扎，想要逃出莫比．迪克的視線。但是，那大鯨突然攪起一個大漩渦，回頭衝過來，把他一口攫住，銜著他高高地立起來，又一頭扎進海裡，潛下水面。

「這時，在艇底第一次遭到撞擊時，這大湖人就鬆開了捕鯨索，以便讓小艇從漩渦中退出來；他沉著地觀察著，打著自己的算盤。但是突然間，小艇猛地被向下一拽，他趕緊拿刀去割捕鯨索，繩索斷了，鯨魚放走了。但是，在游出一段距離之外，莫比．迪克再次浮出來，牠那吞噬了拉德尼的大嘴上，還殘留著大副紅色羊毛襯衣的碎片。四艘小艇再次追上前去，但是大鯨甩掉了追擊，最後徹底消失了。

「『湯－霍號』及時趕到了港口，那個地方野蠻荒涼，沒有一個文明人。在那裡，在大湖人的帶領下，除了五、六個前桅的水手外，其餘人都跟著他棄船而去，從從容容地進了棕櫚林。最後得知，他們從野蠻人手裡奪了一艘作戰用的雙排獨木舟，駛去了另外一個港口。

「這時，船上剩下的人手寥寥可數了，船長只好請求島上的居民幫忙，千辛萬苦才把船翻過來，修補漏洞。但是，這一小撮白人必須日夜不停地警戒，提防這些危險的幫工，而且修船的工作也極其

辛苦，等到船又可以出海的時候，他們已經虛弱無力，船長就不敢和他們一起駕著這艘沉重的船出航了。船長和幾個副手商量了一下，把船停在離岸盡可能遠的地方，在船首架起了兩門大炮，裝填了彈藥，船尾甲板也架上了滑膛槍，並警告島民不要冒險靠近船邊，然後帶了一個人，選了一艘最好的小艇，乘風徑直駛往五百里外的大溪地，設法到那裡去招募人員。

「小艇啟航的第四天，發現了一艘大獨木舟，似乎是停靠在一個低平的珊瑚島上。船長轉舵想避開它，但是那野蠻人的獨木舟卻向他追了過來，不久，就聽到斯蒂爾基爾特的聲音向他喊話，讓他停船，不然就會讓他船沉大海。船長掏出手槍。那大湖人雙腳跨站在綁在一起的雙排獨木舟的船首上，輕蔑地嘲笑著他，向他保證，只要他的手槍扳機喀嗒一響，就要他葬身於泡沫浪花之中。

「『你到底想要我幹什麼？』船長叫道。

「『你要去哪裡？你要去幹什麼？』斯蒂爾基爾特追問道，『不許撒謊。』

「『我要去大溪地再招些人手。』

「『很好。讓我到你船上去一下——我為和平而來。』他這樣說著，從獨木舟上跳下水，游向小艇，攀上船舷，和船長面對面站著。

「『雙臂交叉起來，先生，頭向後仰。現在隨著我說——我發誓，斯蒂爾基爾特一離開，我就把這艘小艇停到那邊島上，在那裡停留六天。如果我不這麼做，就天打雷劈！』

「『好一位學究，』大湖人笑道，『再見，先生！』說完，又跳到海裡，游回到自己同伴那裡。

「斯蒂爾基爾特觀察著小艇，直到它真的停泊下來，拖到一些椰子樹底下，這才再次起帆，及時抵達了大溪地，這才是他的目的地。在那裡，好運相助，有兩艘船正要駛往法國，簡直是天意，船上所缺人手數目正好和他所帶的人數一樣。他們上了船，就這樣，即便他們先前的船長想要訴諸法律，給他們以懲罰，他們也永遠領先一步了。

「法國船啟航大約十天之後，捕鯨艇才趕到，船長被迫招募了一些較為開化、多少習慣海上生活的大溪地人。他租了一艘當地的小縱帆船，帶著這些人回到自己的大船上，發現一切正常，便再次啟程去巡航了。

「如今斯蒂爾基爾特在哪裡，先生們，無人知道；但是，在南塔克特島上，拉德尼的遺孀仍在望著那不肯把死者交還的大海，仍在夢見那毀滅了自己丈夫的可怕白鯨。」

「你講完了嗎？」賽巴斯汀先生輕輕地說。

「講完了，先生。」

「那我懇求你，憑你的良心告訴我，你這個故事的確是真的嗎？它也太神奇了！你從哪裡聽來的，它的出處毫無問題嗎？請多包涵，我這麼問有點強迫你的意思。」

「水手先生，也請你包涵我們大家，因為我們都有和賽巴斯汀先生一樣的要求。」大家紛紛叫道，表現出格外的興趣。

「黃金客棧裡可有《聖經》，先生們？」

「沒有，」賽巴斯汀先生答道，「但是我認識附近一位可敬的神父，他很快就能給我弄到一本的。我去拿吧，但你想好了沒有？這一來可就變得過於嚴肅。」

「你要是把神父一起帶來那就太好了，先生。」

「雖然利馬現在已經沒有宗教裁判所了，」這夥人中有人對另一個人說道，「我擔心我們的水手朋友會冒犯了大主教。我們撤到月光照不到的地方吧。我看不需要這樣。」

「請原諒我這樣纏著你，賽巴斯汀先生，而且我還要請你費心，盡可能找一本最大的《聖經》來。」

「這位就是神父，他給你帶《聖經》來了。」賽巴斯汀帶了一位高大嚴肅的人回來，表情莊重地介紹說。

「讓我脫帽致敬。尊敬的神父，請往有光的地方來一來，把《聖經》捧到我面前，我好把手按在上面。」

「願上天保佑，我以我的名譽發誓，我講給你們的故事，先生們，在本質上以及主要細節上，都是真實的。我知道它是真實的，它的確發生過；我在那艘船上做過水手，我認識那些水手；拉德尼死後，我見過斯蒂爾基爾特，還和他說過話。」

## 第五十五章
# 荒謬的鯨魚畫像

等會兒，我將不用畫布為你盡可能逼真地描繪鯨魚，畫出捕鯨者眼中真實的鯨魚形象。當他們把鯨魚真真切切拴在捕鯨船邊，好讓人可以踩在鯨背上面，我要畫的就是牠這時候的樣子。所以，很值得先來談談牠那些臆想的稀奇古怪的肖像，它們迄今還在自以為是地挑戰著陸地人的信念。已經到了證明這些畫像錯得離譜，把世人的錯誤認識糾正過來的時候了。

這些錯訛連篇的形象，可能主要源於最古老的印度、埃及和希臘的雕塑。因為從那些富於創造但又肆無忌憚的時代起，在寺廟的大理石鑲板、雕像的底座、盾牌和徽章、杯子和硬幣上，就會依照薩拉丁鎖子甲的比例畫上海豚，還有一個聖喬治一樣戴頭盔的腦袋。從那時起，同樣的任意而為便大行其事，不僅出現在最流行的鯨魚圖畫中，甚至出現在許多關於鯨的科學著作中。

總之，現存最古老的據說是鯨的圖像，無疑是在印度象島上著名的穴塔中發現的。婆羅門僧堅持認為，在那古塔幾乎沒有盡頭的雕刻之中，各行各業，人類所能想到的行當，早在實際存在之前，就已經提前不知多少年預想出來了。毫不奇怪，我們高貴的捕鯨業在那裡也有所表現。這裡所說的印度鯨，是刻在單獨一面牆上的，表現的是毗濕奴化身為大海獸的形象，被稱為摩蹉。但是，這件雕刻是半人半鯨，只有尾巴是鯨，而且連那一小部分也是錯的。它看起來更像是一條蟒蛇的尖尾巴，而不是真正鯨魚那種宏偉扁平的尾鰭。

但是你現在到古老的美術館，去看看一位基督教大畫家畫的鯨，他的成就也並沒有超過遠古的印度人。那就是圭多那幅帕修斯從海獸或是鯨魚口中救出安朵美達的畫。這樣一種奇怪的生物，圭多是

從哪裡找來的模特兒呢?霍加斯在他的《帕修斯君臨》中描繪了同樣的景象,也沒有太多改善。他筆下的怪物身軀龐大臃腫,在水面上起伏,吃水還不到一英寸深。牠的背峰猶如象轎,張開的滿是利齒的大嘴裡,波浪翻滾,完全可以當作泰晤士河通向倫敦塔的「叛徒之門」。此外,還有古英格蘭西巴爾德的先驅鯨和吞了約拿的鯨魚,如同《舊約聖經》插圖和從前的小禱告書中的木刻那樣。對這些又能說些什麼呢?至於書籍裝訂工那藤蔓般盤繞在下沉錨鍊上的鯨——鍍了金,印在古今許多書籍的書脊和扉頁上——它們倒是栩栩如生,但卻純粹是傳說之物,我認為,是照著舊花瓶上類似的圖形模仿下來的。雖然一般稱之為海豚,我卻認為書籍裝訂工想表現的是鯨魚;因為最初採用這種圖案時,它的確是以鯨為目標的。那大概是十五世紀,文藝復興時期,由一位義大利老出版商首次採用;在當時,甚至到相對晚近的時期,海豚都被普遍認為是大鯨的一種。

在有些古書章頭篇尾的各種花飾點綴之中,你有時能看見非常奇怪的鯨魚畫法,在那裡,各種各樣的噴水、噴泉,有溫泉也有冷泉,有薩拉托加的和巴登-巴登的,都從作者用之不竭的頭腦中汩汩湧流出來。在初版《學術的進展》的扉頁上,你也能發現一些奇怪形態的鯨魚。

但是,拋開所有這些外行的嘗試,我們來看看那些出自內行之手,據說畫得很慎重很科學的圖畫。在老哈里斯的《航海集》中,有幾張插圖,引自一本出版於西元一六七一年的荷蘭航海書,書名為《船長弗里斯蘭人彼得·彼得森乘「約拿在鯨腹號」赴斯匹茨卑爾根捕鯨記》。其中一張插圖上,鯨魚畫得就像大木筏一樣,漂浮在冰島中間,白熊在牠們的脊背上奔跑。另一幅圖中大錯特錯,把鯨尾畫成垂直的了。

還有一部四開本的皇皇巨著,是名叫科爾內特的英國海軍的小艦長寫的,書名叫《為拓展抹香鯨業,繞合恩角入南海航行記》。書裡有一幅概要圖,據說是一幅「抹香鯨圖,是根據一七九三年八月,在墨西哥沿海捕殺的一頭抹香鯨,吊在甲板上,按比例繪成的」。我相信,這位艦長畫這麼一張真實的圖畫，是為了自己艦上的人著想。但是，有一件事需要提一提，我要說，如果這是一頭成年鯨魚的話，按照所附的比例尺計算，牠的眼睛就成了一扇長達五英尺左右的弓形窗了。啊，我勇敢的船長，為什麼你不給我們畫個從那隻眼睛裡往外張望的約拿呢？

就連以極為認真的態度為青少年編撰的《博物志》，也未能避免同樣難以饒恕的錯誤。看看那部大受歡迎的《戈德史密斯的生物界》吧。在一八〇七年倫敦版的刪節本中，有幾幅號稱「鯨魚」和「獨角鯨」的插圖。我實在不想說出不雅的話，但是，這難看的鯨魚太像一頭截去四條腿的母豬了；至於那所謂的獨角鯨，瞄上一眼就會讓你大吃一驚，在十九世紀的今天，這種鷹頭馬身的怪物，居然能在聰明的學童面前以假當真地展示出來。

還有一位大博物學家伯納德．傑曼，即拉塞佩德伯爵，一八二五年出版了一本科學系統的鯨類學著作，其中有幾幅不同種類的鯨魚圖片。這些圖畫不但不準確，而且那幅神鯨或格陵蘭鯨（即露脊鯨）的圖畫，就連對這種鯨魚富有經驗的斯科斯比都宣稱，自然界中不存在與之相似的東西。

但是，在這錯誤連篇的事情中，冠絕其首的位置還是要留給科學家弗列德利克．居維葉，也就是那位著名男爵的弟弟。一八三六年，他出版了一部《鯨類博物史》，其中有一幅他稱之為抹香鯨的圖像。在把那幅畫拿給任何一個南塔克特人看之前，最好還是準備好離開南塔克特的退路。一句話，弗雷德里克．居維葉的抹香鯨不是抹香鯨，而是個大南瓜。當然，他從來不曾得益於捕鯨航行（這種人很少實際參與航海），但這幅畫到底是從哪裡來的，誰又能說得清呢？也許他也像這個領域中的科學前輩德馬雷一樣，是從一幅中國畫中借用來這麼一個名副其實的怪物。那些拿著畫筆的中國青年，從那麼多古怪的杯杯盤盤就可以看出，他們是多麼富有活力啊。

至於招牌畫匠畫的掛在街頭鯨油鋪子上面的那些鯨，又能說些什麼呢？牠們基本上都是理查三世那樣殘暴的鯨魚，有個單峰駱駝那樣的背峰，非常凶殘，一頓早餐要吃三四個水手餡餅，也就是滿載

海員的捕鯨艇，他們支離破碎的身體在血和藍油漆的海水中掙扎。

但是，描繪鯨魚時的這些五花八門的錯誤，畢竟還不怎麼太令人吃驚。想想吧！大多數科學家的繪畫都是根據擱淺的鯨魚畫出來的；這就像照著一艘龍骨破碎的遇難船隻，怎麼能夠正確再現出這船未受撞擊時那種完整無損、帆桅高聳的雄姿來呢。雖然大象可以站得好好的，讓人為牠們畫個全身像，那活的大海獸卻從來不曾整個浮現，讓人們為之畫像。這活生生的大鯨只能在深不可測的海洋中，才能目睹牠那全部的威嚴與壯麗；一旦浮出水面，牠那巨大的身軀已在視野之外，就像全速開動的戰列艦一樣。把牠吊在空中，又想同時保存住牠在水中時的那種強有力的身姿和起伏的曲線，這是人類永遠無法做到的事情。而且，姑且不說一頭幼鯨和一頭完全成熟的理想鯨魚兩者間在輪廓上可能存在的巨大差異，甚至就拿幼鯨來說，把牠吊在船的甲板上，你見到的就只是那種怪異的、鰻魚般柔軟而變化不定的形狀，牠確切的樣子恐怕惡魔本人也無法掌握。

不過，人們可能會以為，從擱淺鯨魚光禿禿的骨架，可以得出一些有關牠的實際形狀的準確線索。根本不是這樣。因為這種大海獸的一個非常奇特的地方，就在於從牠的骨架你了解不到多少牠的整體形狀。儘管傑瑞米．邊沁的骨骼被當作枝形吊燈懸掛在他的一個遺囑執行人的圖書館裡，正確地傳達出一個眉骨粗大的功利主義老紳士的形象，以及傑瑞米所有其他主要的身體特徵，但是，從任何鯨魚拼湊起的骨骼中都推導不出這樣的東西來。事實上，就像偉大的亨特所言，鯨魚光禿禿的骨架與有血有肉的活鯨本身的關係，就和昆蟲與團團包裹的蛹的關係一樣。這個特點明顯體現在頭部，本書的某些部分將順帶予以提及。它也非常奇怪地表現在邊鰭上，鰭骨幾乎與人手的骨頭完全一致，只是少了拇指而已。牠的鰭有四根齊整的指骨，食指、中指、無名指和小指。但是這些指骨都永遠包藏在肉中，就像人的手戴上了連指手套一般。「無論大鯨有時會多麼粗魯地對待我們，」史塔布有一天風趣地說，「牠可永遠不會不戴連指手套就來對付我們。」

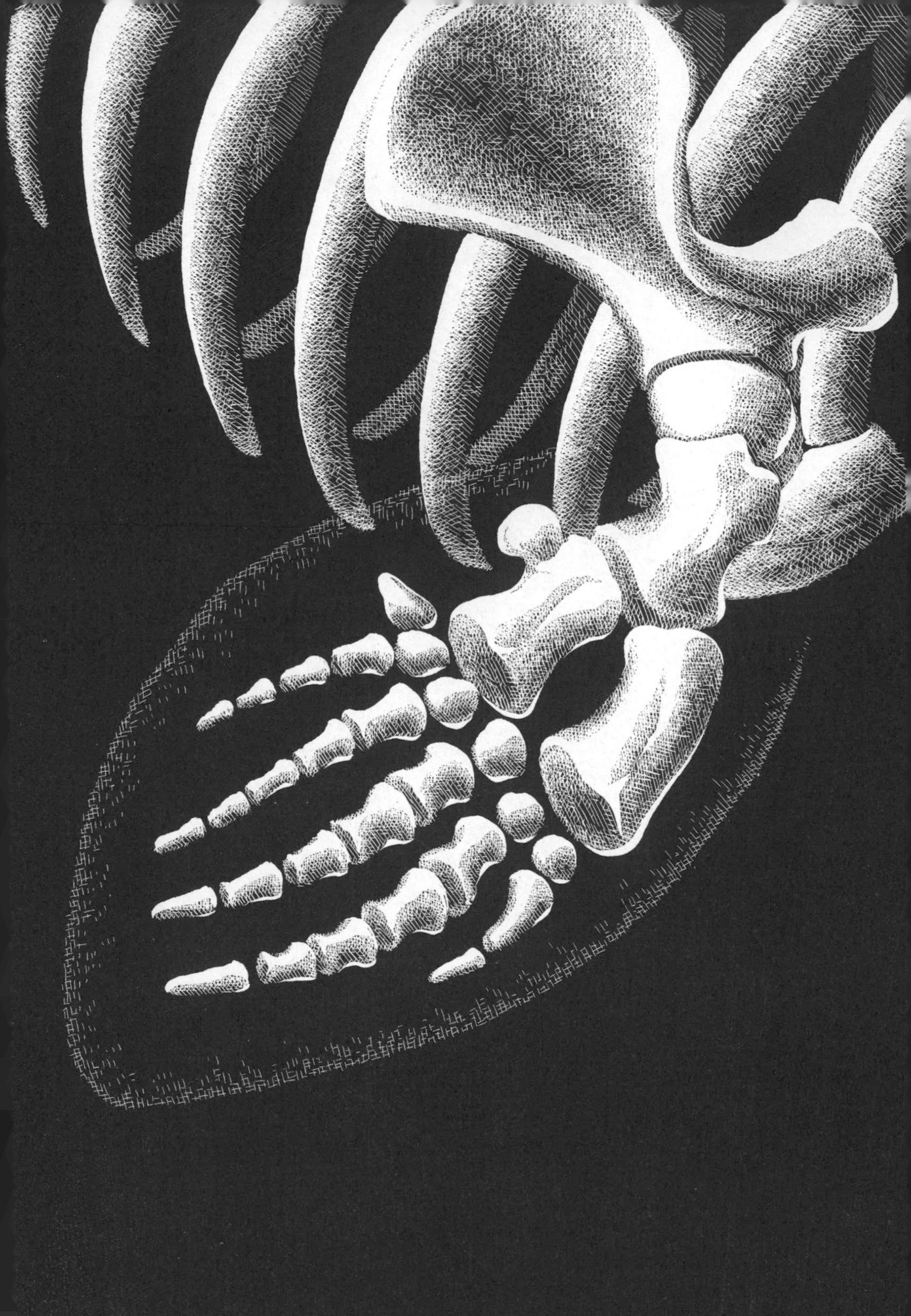

出於所有這些原因，不管你如何看待，你一定都會得出這樣的結論，這種大海獸是世界上無法描繪的一種生物。的確，也許這幅比那幅更接近真相，但是，沒有一幅能夠以相當逼真的程度予以再現。所以，沒有確切的方法去弄明白鯨魚究竟是什麼樣子。要想對牠活生生的形體有個差強人意的了解，唯一的辦法就是親自投身捕鯨業；不過，這麼做的風險可是非同小可，有可能會被牠弄得船毀人亡。因此，在我看來，在對這種大海獸的好奇心上，你最好還是不要過於挑剔了。

第五十六章

# 錯誤較少的鯨魚圖像以及捕鯨場面的真實圖畫

在與荒唐的鯨魚圖像有關的事情上，我這裡實在忍不住要說說那些更為荒唐的故事，它們可以在古今某些書籍中找到，尤其在普林尼、珀切斯、哈克魯特、哈里斯、居維葉等人的書中。但我還是略而不提吧。

關於大抹香鯨，我只知道有四本出版過的概要，它們分別出自科爾內特、哈金斯、弗雷德里克·居維葉和比爾。在上一章中提到過科爾內特和居維葉。哈金斯要比他們好得多；但是，在大多數情況下，比爾是最棒的。比爾的所有抹香鯨的畫都是不錯的，除了他冠於第二章之首的畫中，三頭姿態各異的鯨魚中的中間那頭。他的卷首插圖，畫的是小艇在圍攻抹香鯨，儘管無疑會激起一些大人先生們事關文明的質疑，但在總體效果上正確無誤，活靈活現，令人讚賞。約翰·羅斯·布朗的有些抹香鯨繪畫，在輪廓上也相當準確，但是它們的刻工極其糟糕，不過那不是他的錯。

關於露脊鯨，畫得最好的略圖出自斯科斯比之手，可惜畫得太小了，無法傳達令人滿意的印象。他只有一幅描繪捕鯨場面的畫，這是一個可悲的缺陷，因為在畫得好的情況下，只有依靠這樣的畫，你才能對活生生的捕鯨者眼中看到的活生生的鯨魚，有一個可信的概念。

但是，總體看來，在任何地方能夠看到的對鯨和捕鯨場面的表現，最為精細的要數法國的兩幅大型版畫，儘管在某些細節上還不是最準確；這兩幅版畫刻工精緻，以一個名叫加納利的畫家的作品為藍本。它們分別描繪了獵捕抹香鯨和露脊鯨的場面。第一幅版畫再現了一頭高貴的抹香鯨的十足威勢和力量，牠剛剛從小艇下的深淵中冒出，用背把船板破碎的小艇殘骸頂上空中。艇首部分尚未破損，被畫成剛好平衡地擱在那怪物的背脊上，在那條忽的一瞬間，你看見一名槳手正站在艇首，半身淹沒在鯨魚噴出的沸騰的海水中，猶如正要作勢從懸崖上躍下。整個畫面的動感表現得十分精彩而真實。半空的繩桶漂浮在發白的海水中；一些散亂的標槍木柄歪斜地插在桶裡隨之搖擺；游動的水手腦袋散布在大鯨周圍，驚恐的表情各不相同。而在風暴肆虐的黑漆漆的遠處，大船正在向現場快速逼近。這頭鯨的解剖學細節尚存在嚴重的錯誤，暫且不去管它了，因為，我敢以性命打賭，我是畫不了這麼好的。

在第二幅版畫中，小艇正在靠近一頭泅游著的大露脊鯨結有藤壺的側腹，牠那生了水草的黑色體軀在海中翻騰，就像巴塔哥尼亞懸崖滾下來的一塊滿是苔蘚的巨石。牠噴出的水柱又高又粗，黑如煤煙，從冒出如此濃煙的煙囪，你可以想見，那下邊的大爐子上一定烹煮著一份豐盛的晚餐。海鳥在啄食小蟹、貝殼和其他海上的甜食和通心粉，露脊鯨危險的脊背上有時就馱著這些東西。這厚嘴唇的大海獸一直在深海中急速前進，身後留下了成噸翻騰不息的白色凝乳，使得那細長的小艇在浪湧中搖晃不止，彷彿陷入了遠洋汽船的明輪附近。就這樣，畫的前景中是狂暴的鏖戰，而背景則形成了值得讚賞的藝術對比，一片玻璃般風平浪靜的大海，無能為力的大船低垂著軟塌塌的帆篷，還有一頭死鯨，像一座被攻克的要塞，一動不動，一根標槍插在鯨魚的噴水孔中，懶洋洋地垂掛著占領者的旗幟。

這位畫家加納利是何許人，是否已經作古，我一無所知。但是，我敢以姓名保證，他或者是與他所畫對象有過實際的接觸，或者是受到過經驗豐富的捕鯨者的高明指點。法國人擅長描繪動作場面。不妨去看看歐洲的所有繪畫，將鏖戰場面表現得如此生動逼真的畫廊，除了凡爾賽的戰爭畫廊，你上哪裡能找得到呢？在那裡，亂糟糟的觀賞者你推我擠，爭看法蘭西連續不斷的大戰場面；每一把刀都如一道閃爍的北極光，全副武裝的君王們接連不斷地馳過，好似一批頭戴王冠的半人馬怪在衝鋒？加納利的那些海戰畫，在那個畫廊裡占有一席之地，也未嘗沒有資格。

法國人在捕捉事物的生動形象方面很有天資，尤其體現在他們描繪捕鯨場面的油畫和版畫之中。他們在捕鯨方面的經驗還不到英國人的十分之一，更不及美國人的千分之一，但是他們卻為這兩個國家提供了唯一完善的素描，完全能夠傳達出捕鯨的真正精神實質。在極大程度上，英美的鯨魚畫師似乎完全滿足於表現事物的呆板外觀，諸如鯨魚空茫的側面，就其效果的生動性而言，大致等同於描繪一座金字塔的側面。即便是斯科斯比，名副其實的露脊鯨獵手，在為我們提供了一幅僵硬的格陵蘭鯨的全身像，以及三、四幅精美的獨角鯨和海豚的小畫像之後，又讓我們欣賞了一系列刻畫小艇鉤子、砍刀和四爪錨的經典版畫；並且以雷文霍克研製顯微鏡般的勤勉，複製了九十六張放大的北極雪花晶體圖，用來探索這個令人顫抖的世界。我無意毀謗這位傑出的航海家（我把他尊為前輩老手），但是在這麼重要的一件事情上，沒有為每個晶體取得一份格陵蘭治安法官的宣誓書，這實在是一種疏忽。

除了加納利的兩幅精美版畫之外，還有兩幅法國人的版畫值得一提，它們出自一個自稱為H・迪朗的人。其中一幅，儘管並不完全適合我們目前的意圖，但由於其他的原因也值得一提。它上面畫的是太平洋上一群小島寧靜的正午風光，一艘法國捕鯨船停泊在寧靜的港灣，正在懶洋洋地往甲板上裝淡水。鬆弛的船帆，背景中長長的棕櫚葉子，都低垂在平靜無風的空氣中。考慮到它以難得一見的東方式的恬靜來表現吃苦耐勞的捕鯨者，畫面效果頗為不錯。另一幅版畫則大不一樣：船正頂風停泊在海上，正處於捕鯨生活的忙碌之際，旁邊是一頭露脊鯨；船（正在割鯨脂）向那怪物迎面而去，就像是在駛向碼頭，一艘小艇，正匆忙地離開這活躍的現場，去追逐遠處的鯨群。標槍和魚槍都平放著備用。三個槳手在把桅杆支在桅孔裡。這時，突然一陣浪頭打來，小艇從海水中半豎起來，像一匹後腿直立的馬。大船上，升騰起熬煉鯨油的濃煙，就像滿是鐵匠鋪的村莊上空的煙一樣。在迎風面，湧起一片烏雲，挾帶著狂風暴雨，似乎要催促那些興奮的水手加快速度。

## 第五十七章

# 顏料、牙齒、木頭、鐵板、石頭、山和星星上的鯨魚

你向倫敦碼頭走下去時，也許在塔丘上見過一個殘疾乞丐（或是如水手們所說的「小錨人」），他面前舉著一塊畫板，畫著他失去一條腿的悲慘場景。畫裡有三頭鯨魚和三艘小艇；其中一艘小艇（想必這個原本四肢完好的人當時就在這艇上）正被最前頭的鯨魚咬在嘴裡大嚼。人們告訴我，這十年來，這個人總是天天舉著那幅畫，向心存懷疑的世人展示他的斷肢。但是，為他辯護的時刻現在已經到來。無論如何，他的三頭鯨魚都和瓦平區招搖過市的鯨魚同樣凶惡；他的樹樁也和你在西部開荒的林間空地上發現的樹樁一樣確鑿無疑。但是，儘管他始終立在那個樹樁上，這可憐的捕鯨者卻從來也不會發表任何的樹樁演說，而是低垂著雙眼，悲傷地站在那裡，沉思著自己肢體傷殘的命運。

在整個太平洋，還有南塔克特、新貝德福和薩格港，你會看見有關鯨魚和捕鯨場面的生動的寫生，是水手們親自刻在抹香鯨牙齒上的，或是露脊鯨骨頭做成的女士緊身胸衣撐骨，還有其他類似的精巧小玩意兒，那是捕鯨者在航行途中的閒暇時光，用各種粗糙材料苦心雕刻出的大量富有獨創發明的小對象。其中有些水手還有近似牙醫用的小工具箱，專門用來雕刻這些東西。但是，總體而言，他們只用一把水手刀來刻，那幾乎是水手的萬能工具，運用水手特有的想像力，他們能刻出任何你喜歡的東西。

長期從基督教世界和文明社會流放，不可避免地會使人恢復到上帝最初安排的狀態，亦即原始狀態。真正的捕鯨者和易洛魁人一樣野蠻。我自己就是個野蠻人，但我還沒有效忠食人族王，而是準備隨時反抗他。

野蠻人不野蠻的時候，有一個特點，就是他具有出奇的吃苦耐勞的精神。一根古老的夏威夷土人的戰棒或是扁平的矛尖，就其複雜多樣的精巧雕刻而言，和一部拉丁文辭典一樣，都是人類堅持不懈精神的偉大戰利品。因為，只需要一小塊碎貝殼或是一顆鯊魚齒，就能達到鏤空木雕那般的神奇和複雜，這需要很多年專注的埋頭苦幹才行。

夏威夷野蠻人是如此，白種的野蠻水手也是如此。憑藉同樣神奇的耐心，同樣一顆鯊魚齒，用他那把可憐的水手刀，就能為你刻出一件骨雕，雖然沒有那麼專業，但其圖案之錯綜複雜，已頗為接近那個希臘野蠻人阿喀琉斯的盾牌；它充滿著原始精神和啟示，可以和那個出色的德國野蠻人阿爾布雷希特・杜勒老頭的畫相媲美。

木刻鯨，或者是在小塊深色名貴的南海戰木板上刻出來的鯨魚側影，在美國捕鯨船的船頭樓上經常可以看見。有些還刻畫得很準確。

在一些帶有老式人字屋頂的鄉村建築上，你會看見臨街的門上有尾巴朝上吊著的銅鯨門環。在守門人睡著的時候，那砧頭鯨就最管用了。但是，這些用來敲門的鯨在忠實程度上鮮有令人稱道之處。在有些老式教堂的尖頂上，你會看見安著鐵板做的鯨魚，作為風向標；不過，它們高高在上，斷絕了一切意圖與念想，貼著「請勿動手」的標籤，你無法仔細觀察，以判斷它們的價值。

在一些貧瘠嶙峋的地帶，在破碎的高崖腳下，平地上散布著一堆堆奇形怪狀的岩石，你往往能從中發現鯨魚石像，半掩在草叢中，遇到大風天，綠色的草浪散開，石鯨便顯露出來。

還有，在峰巒起伏的山區，旅行者不斷地被圓形劇場一般的高地所圍繞，從某個幸運的角度，你會在匆匆一瞥中捕捉到起伏山脊所形成的鯨魚側影。但是，你必須得是一個徹頭徹尾的捕鯨者，才能看見這樣的景象。而且，如果你希望再看到這一景象，就必須回到原先立腳的那個精確的經緯度交叉點上，否則，像這樣得之偶然的山景，想再找到以前所站的確切位置，那是相當費勁的。就像是所羅

門群島，儘管戴著韄襟的門達納曾經到過，菲格拉老頭也記載過它，但它依然是不為人知的所在。

要是鯨魚這個題目促使你仰觀天宇，游目騁懷，在星光熠熠的天空，你不難發現大鯨和追逐牠們的小艇，就像飽經戰亂的東方各國，在風雲變幻中看見的是鏖戰的大軍。就這樣，我在北極地方，不停地繞著北極星，追逐那明亮星斗最初為我勾勒出形狀的大鯨。而在南極燦爛的天空下，我登上南船座這艘船，加入到對熠熠生輝的鯨魚座的追逐，遠遠越過了水蛇座和飛魚座的邊界。

用快速帆船的錨做我的繫索樁，用標槍的倒鉤做馬刺，我就能登上那頭鯨魚，躍上九重天，去看看那傳說中的諸天及其不計其數的篷帳，是否真的紮營在我這肉眼所不及的地方。

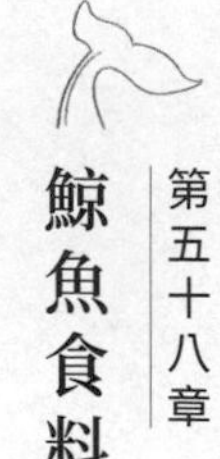

# 第五十八章 鯨魚食料

從克羅澤群島轉舵東北方向，我們駛入了一片由小浮游生物組成的遼闊草原，這些黃色的小東西非常小，是露脊鯨的主要食料。這片草原在我們周圍連綿無盡地起伏著，我們似乎是在一望無際成熟的金黃色麥田中穿行。

第二天，發現了大量露脊鯨，因為「皮廓號」這樣的捕抹香鯨的船不會攻擊牠們，牠們便安然地張著大嘴，懶洋洋地在這些浮游生物當中游動，那些浮游生物一黏在鯨嘴邊那奇妙的軟百葉窗般的纖維上，便自然同唇邊溢出的海水分開了。

就像晨間的割草者一樣，這些鯨並排前進，緩慢而密集，揮動著牠們的鐮刀，穿過深深的濕草沼澤地；牠們游動時甚至發出一種割草般的怪聲，在黃色海面上留下一條條無盡的藍色刈痕[1]。

不過，只是牠們進食時發出的聲響才讓人想起割草者。從桅頂上看去，尤其牠們暫時停下來不動的時候，牠們那巨大的黑色形體看起來更像是大塊大塊無生命的岩石。如同在印度廣袤的狩獵區，外地人遠遠看見橫臥在平原上的大象，有時會不知道牠們就是大象，以為是禿禿的黑土堆。第一次目睹這種大海獸的人，經常也會如此。即便終於認出來了，牠們巨大的體軀也還是教人難以置信，這些巍巍大塊的各個部分，怎麼可能和狗或馬那樣生來就寓有同樣的生命呢？

的確，在其他方面，你很難用對待陸地生物一樣的感情來對待這些深海中的生靈。有些老博物學家認為，所有陸上生物在海中都有相應的同類；儘管寬泛籠統地去看，很可能如此；然而，就具體特點而論則大不相同了，比如，海洋中有哪種魚具有狗那樣的聰明善良？一般而言，只有該死的鯊魚可以說與狗有相當類似之處。

但是，儘管陸上人通常會對海中生靈懷有說不出厭惡，很不友好；儘管我們知道大海永遠是個未知的領域，所以哥倫布才航遍無數陌生的世界，去發現他那淺薄的西方世界；儘管自古以來，人類最可怕的災難，都是不分青紅皂白地落在千千萬萬在海上謀生的人頭上；儘管只要稍微考慮一下就能明白，無論幼稚的人類如何吹噓自己的科學技術，無論在一個自以為是的未來，科學技術會有怎樣的發展，海洋永永遠遠，直到末日來臨，都將侮辱和殺戮人類，把他們所造的最宏偉最堅固的船隻徹底粉碎。

然而，由於這些印象持續不斷的重複，人類已經失去了原初對於海洋的那種敬畏之感。我們在書上得知的第一艘船，就是漂浮在那以葡萄牙人的復仇之心淹沒了整個世界、連一個寡婦都不留的海洋之上。那同樣的海洋如今還在翻騰，那同樣的海洋摧毀了上一年遇難的船隻。是的，愚蠢的凡人，諾亞的洪水還沒消退，這個美麗世界的三分之二還覆蓋著汪洋。

海洋與陸地的不同到底在哪裡，發生在海上的奇蹟到了陸地上就不再是奇蹟了？當可拉和其同夥腳下的大地開了口，把他們永遠吞噬，不可思議的恐懼便降臨在希伯來人的頭上；然而，就像太陽每天都會沉落一樣，這活生生的海洋依然會連船帶人全部吞沒，和過去毫無二致。

海洋不僅是作為異類的人的仇敵，它也是自己子孫的死敵，比謀殺了自己客人的波斯主人還要壞，連它自己養育的生靈都不放過。像一頭凶性發作的母老虎，在叢林中騰躍不已，把自己的幼虎都壓死，海洋也是這樣，它甚至把最強大的鯨魚摔死在岩石上，和四分五裂的破船並排拋在那裡。絕無

1　這部分海域在捕鯨者中有「巴西水下沙洲」之稱，該名的起源並不像紐芬蘭水下沙洲那樣，因為那裡的水很淺，可以探測到海底，而是因為它具有令人矚目的草原一般的外貌，這是由於大量鯨魚食料持續不斷地漂流到這片海域所致，捕鯨船經常在那裡追獵露脊鯨。——原注

仁慈，除了它自己，沒有什麼力量能夠控制它。它喘息著，噴著響鼻，像一匹失去騎手的發瘋戰馬，這沒有主人的海洋蹂躪著全球。

想想海洋的奸詐吧，它最可怕的生靈如何在水下滑行，大部分深藏不露，陰險地隱藏在可愛至極的藍色海水下面。想想海中許多最為冷酷的族類那惡魔般的絢爛與美麗吧，就像種類繁多的鯊魚都裝扮得分外講究。再想想，海洋中普遍存在的同類相殘，所有的生靈都在弱肉強食，自開天闢地以來就在無休止地戰鬥。

想想這一切吧，然後再回到這翠綠、溫柔又無比和順的大地；把海洋和陸地都想一想，你難道沒有發現在你身上也存在這樣奇異的相似嗎？這令人驚駭的海洋環繞著青翠的陸地，在人的靈魂中也有一個與世隔絕的大溪地島，充滿了和平與歡樂，但卻被一知半解的生活中的恐怖事物重重包圍。上帝保佑你們！千萬別離開那個小島，否則你就永遠回不去了！

# 第五十九章　魷魚

緩緩地跋涉過那片浮游生物的草原之後，「皮廓號」依然保持東北航向，駛向爪哇島。和風推送著船身，在周遭的靜謐之中，三根又高又尖的桅杆隨著懶洋洋的微風搖擺，就像平原上三棵柔順的棕櫚樹。在銀色的夜晚，間隔上很長一段時間，依然能看見那孤獨誘人的噴水。

但是，在一個透明湛藍的早晨，海面上彌漫著近乎異常的靜謐，但並不顯得死氣沉沉。一長條鋥亮的陽光，彷彿一根金手指橫在水面上，在吩咐大海保守祕密。柔和輕盈的海浪在悄悄低語，緩緩向前滾動。在目力可及的範圍內，萬籟俱寂，似有深意，就在這時，主桅頂上的達戈發現了一個奇怪的魅影。

遠處，一個白色龐然大物懶洋洋地升起，愈升愈高，從那一片蔚藍中掙脫出來，最後在我們的船首前閃耀，如同剛從山上滑落的一場雪崩。這樣亮了片刻之後，牠又慢慢下沉，最後完全不見了。隨後又冒出來，靜靜地閃耀著光芒。達戈心想，這似乎不是鯨魚，但會不會是莫比·迪克呢？當這幽靈再次下潛，又再次出現，這黑人叫了出來，聲音短劍一般尖銳，將所有打瞌睡的人都驚醒了——「那裡！又出來了！牠跳出水面了！就在正前方！白鯨，白鯨！」

聽到叫喊，海員們都衝到帆桁兩端，如同放蜂時間蜜蜂們撲向花枝一樣。在悶熱的陽光下，亞哈光著頭，站在船首斜桅上，一隻手向後遠遠伸出，隨時準備向舵手揮手發令，急切地望著桅頂上達戈一動不動伸著手臂指示的方向。

究竟是這條忽閃現的孤零零的噴水，逐漸對亞哈發揮了作用，促使他現在要將這溫和安寧的感覺與自己所追逐的那頭鯨的第一印象聯繫起來，還是他急切的心情出賣了他，無論是哪一種情況，他剛剛看清那一大團白色，就非常緊張地立刻下達放艇的命令。

四艘小艇很快就下了水。亞哈一馬當先，全都迅速地向獵物撲去。不久牠沉下水去，這時，大家停下槳，等待牠再次出現，瞧！就從牠下沉的地方，牠又緩慢地浮了出來。頓時，我們幾乎把莫比・迪克忘得精光，全都凝視著這個最為奇妙的景觀，到現在大海才將它的祕密向人類透露出來。一大團爛爛糊糊的東西，長寬都足足有幾百米，閃爍著奶油色，平躺著浮在水面上，從牠的中央輻射出無數長長的手臂，不停地盤繞，捲曲，像一窩蟒蛇，好似要盲目地攫住任何抓得到的倒楣的東西。牠沒有可以辨識的臉或是正面，也沒有任何可以想像的感覺或本能的跡象，只是一個怪異的、無定形的、偶然出現的活幽靈，在巨浪中波動起伏。

牠發出一陣低沉的吮吸聲，再次緩慢地消失了，史塔巴克還在凝視著牠下沉之處翻騰的海水，狂叫道：「我寧可看見莫比・迪克，和牠戰鬥，也不想看見你，你這白色幽靈！」

「那是什麼東西，先生？」弗拉斯克說。

「活的大王魷魚，據說，凡是看見牠的捕鯨船，很少還能回到港口去講牠的。」

但是，亞哈什麼都沒說，他的小艇掉頭返回大船，其他小艇默默地跟在後面。

不管捕抹香鯨者通常把什麼樣的迷信與看見這種東西聯繫在一起，有一點可以肯定，這東西難得一見，竟至於牠的出現便成了不祥之兆。正因為牠非常罕見，所以，雖然所有人都宣稱牠是海洋中最大的生物，卻很少有人對牠真正的本性和形狀具有哪怕最為模糊的概念；不過，人們都相信牠是抹香鯨唯一的食料。其他種類的鯨在水面上覓食，進食時可以看見，但是抹香鯨完全是在水下不為人知的地方獲取食物；你只能推測說那食物究竟是些什麼。有時，被追得太急，牠會吐出些估計是魷魚斷臂之類的東西來；其中一些長達二、三十英尺。人們設想，生有這些長臂的怪物通常會用它們來緊緊地

攀住海床；而抹香鯨與其他鯨類不同，牠們的牙齒足以用來攻擊魷魚，並將其撕裂。

這樣看來，似乎有一定的理由設想，龐德比丹主教所說的挪威大海獸，最終可以歸結為魷魚一類。這位主教描述了牠如何載浮載沉的習慣，及其他一些特徵，都和大王魷魚完全一致。但是他把牠說成是難以置信的龐然大物，這一點卻需要大打折扣。

關於這裡談到的此種神祕生物，有些博物學家模模糊糊聽說過傳聞，便把牠歸入烏賊一類，的確，就某些外部特徵而論，牠似乎可以歸為此類，但也只能算是這個族類中的亞衲[1]巨人。

1 見《聖經・舊約・民數記》第十三章三十三節，指的是巨人。

## 第六十章
# 捕鯨索

因為不久就會描寫到捕鯨場面，也為了更好地理解其他地方寫到的所有類似場面，我這裡必須說一說那神奇的有時又很可怕的捕鯨索。

捕鯨業中最初用的捕鯨索是用最好的大麻製成的，薄薄噴上一層柏油，不像普通繩索那樣要浸在柏油裡。因為像一般那樣使用柏油，能使大麻變軟一些，便於製索人編製，也更便於普通船上的水手使用。但是，一般的柏油量不僅會使捕鯨索變得太硬，無法根據需要捲得很緊，而且，大多數水手也開始認識到，一般而言，雖然柏油會使繩索變得緊實和有光澤，卻根本不能增加它的堅固性和強度。

近年以來，美國捕鯨業中，馬尼拉繩幾乎已全部取代了大麻製作的捕鯨索。雖然沒有大麻繩那麼耐久，它卻更結實、柔軟和富有彈性。我還要補充一句（既然所有事物當中都存在著審美問題），它也比大麻繩更為美觀一些，與小艇更為匹配。大麻繩是一個陰沉灰暗的傢伙，有點像印第安人，而馬尼拉繩看上去則是金髮的高加索人。

捕鯨索的直徑只有三分之二英寸。乍看上去，你不會覺得它真有那麼結實。實驗證明，編成它的五十一股細繩，每一股都能吊起一百二十磅的重量，這樣一來，整條繩索的負荷力差不多達到三噸重。在長度上，普通的捕鯨索大概有一千二百多英尺長。它螺旋形盤繞起來，裝在艇尾的桶裡，與蒸餾器裡的蛇形管不同。它盤成圓圓的乳酪堆似的，一層層緊緊疊成「滑輪」，或是一層層從中間往外盤，不留空隙，只有一個「芯子」，或是像在乳酪堆的軸心留下一個細長的管子那樣。繩索撒出去的時候，但只要當初盤得稍有扭結，就一定會把人的手臂、腿或是整個身體給勒走，因此，把繩索裝回桶裡時，大家都極其小心。有的標槍手幾乎整個上午都花在這個工作上，他們把繩索高高拎起，再向下穿過一個滑輪，朝桶裡繞，這種盤法能夠避免糾纏和打結。

在英國捕鯨艇上，要使用兩只桶，而不是一只；一根捕鯨索會連續不斷地繞在兩只桶裡。這樣做有它的優勢，因為分成兩只桶裝繩索，桶就會小得多，更適合裝在小艇上，不會讓小艇太吃重；而美國繩桶則相反，直徑幾乎有三英尺，深度也差不多，這對於船板只有一英寸半厚的小艇來說就是個相當沉重的負擔。因為捕鯨艇的艇底有如薄冰，重量如果勻開，它倒是能禁住相當大的重壓，但如果重量過於集中，它就承受不了多少了。美國繩桶要是蒙上噴漆的帆布，小艇就好像是載著一個碩大無朋的結婚蛋糕去送給大鯨。

捕鯨索兩端都露在桶外面；下端結成索眼或索環，從桶底貼桶壁而上，懸掛在桶口外邊，與任何東西都不沾邊。下端的這種安排是必要的，原因有二。第一，方便與旁邊小艇上的另一條捕鯨索連接起來，萬一被刺中的鯨魚下潛到深水，就會把原來連接在標槍上的整條捕鯨索都拖走。在這種情況下，鯨魚自然就像一大杯麥芽酒一樣，在兩艘小艇之間傳來傳去，雖然領頭的小艇始終會在附近徘徊，隨時來幫助它的同伴。第二，這種安排對於共同的安全也是必不可少，因為，如果繩索的下端拴在小艇上的任何部位，而鯨魚有時幾乎會在一袋菸的工夫就把繩索拉到盡頭，牠不會就此停住，難逃厄運的小艇就必定會被拖到大海深處。這種情況一旦發生，任憑你怎麼叫喊，也別想再找到牠了。

在放艇追擊之前，捕鯨索的上端要從繩桶裡抽出來，在艇尾的索柱上繞一圈，再從艇尾向前拉過全艇，交叉地繞在每個槳手的槳把上。這樣，划槳時繩索就會輕輕蹭著槳手的手腕，捕鯨索也從交叉坐在舷牆兩側的水手之間穿過去，一直拉到小艇最前方的尖端處，那裡有個包鉛皮的導纜鉗或是索槽，用一根普通鵝毛筆大小的木叉子把它扣住，以防滑脫。捕鯨索從導纜鉗上略作花彩樣垂過艇首，然後再兜回到小艇裡；大約有六十至一百二十英尺盤在艇首索箱上，然後繼續順著船舷向艇尾延伸上

一點，再接在那根直接連接標槍的短索上。不過，在連接之前，那根短索上還有一些五花八門的名堂，過於冗長，無法細說。

就這樣，盤繞得如此複雜的捕鯨索就把整個小艇捆住了，東盤西繞，曲曲彎彎，幾乎四面八方都給繞到了。所有槳手都陷身在這危險的迷陣之中，在膽怯的陸地人看來，他們就像是印度的雜耍演員，四肢上嬉戲盤繞著致命的毒蛇。任何凡夫俗子，初次置身於這大麻繩的網羅之中，用盡全力划槳時，不知什麼時候標槍就會投出去。這些可怕的迷陣就會像閃電一般發動起來，一想到這種情況便會膽戰心驚，連骨髓都會顫抖起來，像是一團搖晃的果凍。不過，習慣了——這個奇怪的東西！有什麼是習慣所應付不了的呢？——這些人便這樣吊在劊子手的絞索上，但那種快樂的俏皮話，歡快的笑聲，巧妙的笑話，機敏的應答，除了在那半英寸厚的白杉木捕鯨艇上，你在自己的紅木桌上可是從來聽不到的。你簡直可以說，艇上的這六個人正在划向死亡的血盆大口，就像愛德華國王面前的那六個加萊市民一樣，每個人脖子上都套著絞索。

現在，你也許稍微想一下就能明白，為什麼在捕鯨中會一再發生這樣的災難——有少數一些情況被偶然記錄下來——不是這個人，就是那個人，被捕鯨索帶出了小艇，失蹤了。因為，捕鯨索拋出去時，坐在小艇裡，就像是坐在全速運轉的蒸汽機的嘯聲當中，每一根傳動桿、機軸、輪子都擦著你飛轉。實際情況比這還要更糟糕，因為置身在這重重危險之中，你無法一動不動地坐著，小艇像搖籃似的搖晃，根本不容你有一點準備，一會兒盪到這邊，一會兒又盪到那邊。你只有憑藉某種自行調節的浮力，決斷和行動達到同步，才能免於馬茲帕的命運，不至於奔到連無所不見的太陽都照不透的地方。

再者，正如深沉的寂靜雖只是暴風雨明顯的前奏和預兆，卻也許比暴風雨本身還要可怕；因為，事實上，寂靜不過是暴風雨的包裝和封套，將它包藏其中，就像表面上無害的來福槍藏著致命的火藥、彈丸和爆炸一樣。同樣，在捕鯨索實際發揮作用之前，當它安靜地蛇一樣盤繞在槳手們周圍的時候，顯得恬靜閒雅——就是這個東西，它帶來的真實的恐怖遠遠超過這個危險行為的任何其他方面。那麼，為什麼還要多說呢？所有的人都生活在捕鯨索的包圍之中。所有的人生來脖子上就套著絞索，但只是在突如其來地被死亡攫住的關頭，凡夫俗子們才會意識到生活中那安靜、微妙、無時不在的危險。如果你是個哲學家，即便是坐在捕鯨艇上，你心底裡的恐懼也不會多上一絲一毫，不亞於傍晚坐在自己家的壁爐旁，身邊放著的不是標槍，而是一支火鉗。

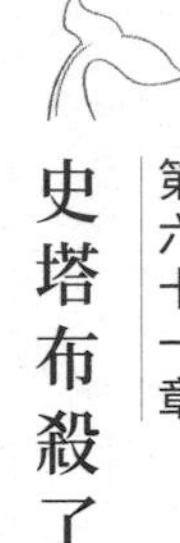

## 第六十一章

# 史塔布殺了一頭鯨

如果說，對於史塔巴克來說，那鬼魅般的魷魚是種不祥之物，那麼，在魁魁格看來，牠卻是非常不同的東西。

「當你看見求（魷）魚，」這野蠻人一邊說，一邊在吊著的小艇艇頭磨著標槍，「你就快看見馬（抹）香鯨了。」

第二天，格外寧靜晴朗，天氣悶熱，沒有什麼特別的事情要做，「皮廓號」的水手幾乎抵抗不住這空茫的海洋引發的沉沉睡意。因為我們正在行經的這片印度洋海域不是捕鯨者所說的活場，亦即，與拉普拉特河口或是祕魯沿海相比，在這一帶很少能看見小鯨、海豚、飛魚和更為活躍的水域中常見的其他活潑的生靈。

現在輪到我在前桅頂值班，我的肩膀斜靠在最上桅鬆弛的側支索上，在似乎著了魔的氣氛中懶散地前後搖擺。沒有任何意志能夠抵擋這種氣氛，夢幻般的心境讓我完全失去了意識，我的靈魂終於出竅了。儘管我的身體還在繼續搖擺，就像鐘擺一樣，在最初催動它的力量撤走之後，還能繼續久久地搖擺。

在完全失去意識之前，我注意到主桅和後桅頂的水手都已昏昏欲睡。就這樣，最後我們三個都毫無生氣地在桅杆上搖晃起來，我們每搖晃一下，下面沉睡的舵手就點一下頭。海浪也懶洋洋地點著頭，遼闊的海洋一片恍惚昏沉，東方向西方點著頭，太陽則在上面向一切點著頭。

突然，好似有陣陣氣泡從我閉著的眼簾下面湧了上來，我雙手像老虎鉗一樣緊抓住側支索，有某種無形而親切的力量在保護著我，我渾身一震，醒了過來。瞧！就在我們的背風處，不到二百四十英尺的地方，一頭巨大的抹香鯨正在水中翻滾，像一艘底朝天的快速戰艦，寬闊光滑的黑色脊背，在陽光下像一面鏡子熠熠閃耀。但見牠在波谷中懶洋洋地起伏著，不時悄無聲息地噴出水霧，樣子就像一個發福的鄉紳在溫暖的下午抽著菸斗。但是，可憐的鯨啊，那是你最後一次抽菸斗了。彷彿給魔術師的魔杖一擊，睡意昏沉的船和船上每一個沉睡的人都立即驚醒過來；當那大鯨緩慢而有規律地把閃光的海水噴向空中，有二十多個人的聲音從全船各處響起，同時從桅頂高處也傳來三聲叫喊，不約而同地喊出了那慣常的呼號。

「放下小艇！逆風行駛！」亞哈叫道。接著，他也遵照自己的命令，搶在舵手之前，猛地將舵柄推向下風。

水手們突然的呼叫一定驚動了鯨魚。在小艇下水之前，牠威嚴地掉轉身，向背風處游去，極其沉穩鎮靜，微波不興，簡直讓人以為牠根本沒有受到驚動。亞哈於是下令停止划槳，除了耳語，不許說話。我們像安大略的印第安人坐在船舷上，迅速而無聲地用槳板划水前進，四周寂靜得連悄悄張起風帆都不允許。就在我們這樣悄悄滑行追趕時，那怪物的尾巴垂直翹到空中，足有四十英尺高，然後又像一座被水吞沒的塔，沉下去，消失不見了。

「尾巴不見了！」有人喊起來。隨著這一聲宣告，史塔布立即掏出火柴，點燃了菸斗，因為現在可以喘口氣了。鯨魚下潛了一段時間，再次冒出來，就出現在這抽菸斗的人的小艇前方，距離他比其他小艇都近，史塔布已經在期待捕到鯨魚，斬獲榮譽了。顯然，現在鯨魚終於意識到有人在追擊自己。所有的安靜謹慎都不再管用了。大家不再用槳板划水，而是操起長槳，大聲划了起來。史塔布還在吞雲吐霧，激勵他的水手發動進攻。

沒錯，鯨魚開始大變樣了。充分意識到自己的危險境地，牠準備「露頭」，把腦袋從牠嘴裡亂紛

紛冒出的泡沫中斜探出來。[1]

「趕著牠，趕著牠，夥計們！不要著急；我們有的是時間——不過要趕著牠，像霹靂一般趕著牠，這樣就行了。」史塔布叫嚷著，一邊說話，一邊從嘴裡噴出煙來。「趕著牠，嘿；槳要扳得長，用力扳，塔什特戈。趕著牠，塔什，好孩子——趕著牠，大傢伙，可是要冷靜，冷靜——要冷得像跟黃瓜——別急，別急——只要趕著牠，像冷酷的死神和咧嘴笑的惡魔一樣，把死屍從墳墓裡豎起來，兄弟們——那就行了。趕著牠！」

「哦——呵！哇——嘿！」那個蓋伊角人尖叫著回應，朝天發出一陣古代打仗的吶喊聲。隨著這個熱切的印第安人帶頭猛力一划，這緊張的小艇裡的每個槳手都不由自主地往前一撲。

不過，別的小艇也以同樣猛烈的叫聲回應他的狂叫。「吭——嘿！吭——嘿！」達戈號叫著，身子在座位裡前俯後仰地使著勁，活像一頭籠子裡踱步的老虎。

「咔——啦！咕——嚕！」魁魁格吼叫著，彷彿咂著嘴在津津有味地咀嚼一大塊鱈魚排。就這樣，幾艘小艇在槳聲和叫喊聲中破浪前進。與此同時，史塔布仍然留在艇首的位置，還在鼓勵手下發起攻擊，一邊從嘴裡不斷地噴出煙霧。他們像亡命之徒一樣死命划槳，直到終於聽到那一句讓人歡喜的叫喊——「站起來，塔什特戈！——丟牠一槍！」標槍應聲投了出去。「全體倒划！」槳手們都倒划起來，就在這時，有什麼熱烘烘的東西掠過每個人的手腕，嘶嘶叫著飛了出去，是那神奇的捕鯨索。片刻之前，史塔布已經迅速地將捕鯨索在索柱上又多繞了兩圈，由於捕鯨索轉得愈來愈快，麻繩

1 將來在別處可以見到，抹香鯨那碩大的腦袋裡邊都是非常輕的物質。雖然表面上牠的頭部是整個身體中最重的，但卻是最有浮力的部分。因此牠可以輕鬆地把頭伸進空中，而且在全速泅游時也可以一成不變地做到這點。此外，牠的腦袋正面的上半部分很寬，下半部分則愈來愈尖，有利於分水前進。牠把頭斜著伸到空中，可以說就是把自己從一條船頭陡峭、行動遲緩的平底船，變成了一條尖頭的紐約引水艇。——原注

直冒藍煙，和他菸斗裡不住冒出來的煙霧混合在一起。捕鯨索從索柱上一圈圈放了出去，在放光之前，它要火辣辣地從史塔布的手中不斷擦過，這種時候，手心裡墊有棉花的帆布塊有時會被磨破，出人意料地掉下來。這樣一來，雙手就如同握住了敵人鋒利的雙刃劍，而那個敵人又一直拚命想把劍奪回去。

「把繩索弄濕！把繩索弄濕！」史塔布向管繩桶的槳手叫道（他就坐在桶邊），那槳手一把抓下帽子，舀滿了海水[2]。繩索又放出去好幾圈，開始慢慢停下不動了。這時，小艇飛速地穿過沸騰的海水，就像一條挺起渾身魚鰭的鯊魚。史塔布和塔什特戈這時也調換了位置——艇首和艇尾對調——在劇烈搖晃的一片混亂中做到這點可真不容易。

從延伸過小艇整個前半部的捕鯨索的震動，以及它目前繃得比豎琴琴弦還要緊來看，你準會以為船有兩條龍骨——一條破浪前進，一條破空而行——彷彿小艇同時攪動著穿過兩種相反的元素。艇首是不斷噴濺的小瀑布，艇尾是不停旋轉的渦流；而船中哪怕有一丁點的動作，即便是小手指動彈一下，那震動不停、吱嘎作響的小艇就會把它那痙攣般的船舷傾翻到海裡。他們就這樣向前猛衝。每個人都盡力貼在自己的座位上，以防被拋到水沫裡去。正在掌舵的塔什特戈那高大的身形幾乎弓成兩半，以盡可能降低重心。他們直射出去，似乎整個大西洋和太平洋都一掠而過，直到逃逸的鯨魚終於鬆懈下來。

「靠攏——靠攏！」史塔布對槳手們叫道。大家都轉過臉望著鯨魚，開始把小艇向大鯨划過去，而同時小艇還在被牠拖曳著往前走。不久，小艇就靠攏到鯨魚的側面，史塔布用膝蓋牢牢頂住那笨重的繫纜墩，把標槍一支接一支向飛逃的鯨魚擲去；隨著指令，小艇忽而後退，躲開鯨魚可怕的撲騰，忽而又逼上去，投擲又一輪標槍。

這時，血浪從這怪物的周身湧流出來，像溪水瀉下山崗。牠飽受折磨的軀體不是在海水中，而是

在血水中翻滾，幾百米的浪跡中都是沸騰冒泡的血水。斜陽在這片深紅色的池塘上嬉戲，將反光映在大家臉上，每一張臉都紅彤彤的，和紅種人一樣。在此期間，鯨魚的噴水孔裡痛苦地不斷噴射出一股股白煙，而那個激動的指揮員嘴裡也噴出一股股熱氣；因為史塔布每投出一支標槍，再拉回來時（槍桿上拴有繩子），他又得把它放在船舷上迅速敲直，然後再一支支送入鯨魚的身體。

「趕上去——趕上去！」他對頭槳手叫道，因為這時鯨魚已經漸漸虛弱，發揮不出威力了。「趕上去——靠上去！」小艇沿著鯨魚側腹靠了上去。史塔布從艇首遠遠地探出身去，慢慢地用他那鋒利的魚槍刺進大鯨體內，不再拔出來，而是細心地反覆攪動，好像是在小心地探測鯨魚吞下的一塊金錶似的，唯恐在鉤出來之前把它弄碎了。但是，他尋找的金錶就是鯨魚最深處的生命。現在牠已經受了重創；因為，大鯨從牠的昏迷狀態突然進入了無以言表的「垂死掙扎」階段，牠在自己的血水中可怕地翻騰，渾身裹在密不透風、紛亂沸騰的浪花之中。這樣一來，那艘陷於危險中的小艇，只好立即後退，手忙腳亂地瞎忙一番，才從狂亂的昏天暗地裡掙扎出來，回到朗朗晴空之下。

此刻，鯨魚的掙扎微弱下來，牠又一次滾出水面，身體翻來覆去，噴水孔痙攣般地一張一縮，伴隨著急劇的、吱嘎作響的、痛苦的呼吸聲。最終，一股股紅色的血塊，彷彿紅葡萄酒的紫色沉澱物，駭人地噴射到空中，又落下來，沿著牠一動不動的身體流到海裡。牠的心臟爆裂了！

「牠死了，史塔布先生。」達戈說道。

「是的，兩支菸斗都滅了！」史塔布把菸斗從嘴裡取出來，把菸灰撒到水上，若有所思地站了一會兒，注視著他一手造就的那個巨大的屍體。

2 為了部分證明這種行為的必不可少，這裡不妨說明一下，在古荷蘭的捕鯨業中，會用拖把來給放出去的捕鯨索澆水；在其他船隻上，則會專門為此留出一個木頭汲水桶或水斗。不過，你的帽子是最方便的。——原注

## 第六十二章

# 標槍

這裡要就上一章裡的一件小事說幾句話。

根據捕鯨業不可更改的慣例，小艇離開大船下水之後，艇長或是殺鯨人就是臨時的舵手了，而標槍手或是縛鯨者要負責划前槳，一般叫做標槍槳手。現在需要一條強壯又勇敢的手臂來給予鯨魚第一次打擊，因為在這所謂「長投」中，那個鐵傢伙可是非常沉重的，往往得投出二、三十英尺遠。而且，不管追擊多久，有多疲憊，標槍手必須同時盡全力划槳；事實上，人們期望他為其他人樹立一個具有超人活力的榜樣，不僅是槳要划得令人難以置信，而且要反覆發出大聲的叫喊；在渾身肌肉都要繃緊，幾乎一觸即發的情況下，他還要扯著嗓子以最大音量叫喊——那是何等滋味，除了親身嘗試，無從知曉。舉例來說，我就不能一邊痛快地大叫，一邊又不顧一切地工作。在這種一邊苦幹一邊叫喊的情況下，這聲嘶力竭的標槍手，背對鯨魚而坐，猛然聽到一聲激動的叫喊——「站起來，給牠一槍！」他就得把槳放好，上半身轉過來，從架子上抓起他的標槍，用殘餘的一點力氣，設法擲到鯨魚身上。難怪就整個捕鯨船隊而言，五十次投槍的好機會，成功的不到五次；難怪這麼多倒楣的標槍手被人瘋狂地咒罵，還要被降級使用；難怪有些標槍手還真的當場血管爆裂；難怪有些捕抹香鯨的船離家四年，卻只撈到四桶油；難怪對於很多船東來說，捕鯨只是個賠本的買賣；因為決定出航成敗的是標槍手，如果你把他的體力消耗殆盡，到了最需要的時刻，你又怎麼能指望他拿得出力氣來呢！

還有，如果標槍投中了，那麼，下一個關鍵時刻，也就是鯨魚開始逃逸的時候，小艇指揮員和標槍手也要馬上跟著艇前艇尾地奔忙，將自己和大家同樣置於急迫的風險之中。他們就在那一刻交換位置；領頭人，就是小艇的指揮員，就得在艇首合適的地方就位。

現在，我不在乎誰會持反對意見，反正我認為這種做法都是既愚蠢又毫無必要。指揮員應該始終留在艇首；他應該既投魚槍，又投標槍，無論如何都不應該划槳，除非在每個人都一目了然的危急情況下。我知道這樣做有時會稍微降低追擊的速度；但是，不止一個國家捕鯨者的長期經驗使我相信，捕鯨業中絕大部分的失敗，絕不是由於鯨魚逃逸的速度，而是如上所述標槍手的筋疲力盡所致。

為了確保投槍的最大效果，這世界上的標槍手必須一身輕鬆地跳起來，而不是困頓不堪。

# 第六十三章 支架

從樹幹上長出樹枝，從樹枝上長出嫩枝。就這樣，從豐富的主題上，生發出這部書的一章又一章。

上一章略微提到的支架值得單獨述及。那是一種形狀獨特的叉形棍子，大約兩英尺來長，垂直地插在靠近艇首的右舷牆上，用來放置標槍木柄的尾端，帶倒鉤的光禿禿的槍頭一端則傾斜地從艇首伸出去。因此，這武器觸手可及，標槍手把它從支架上抓起來，就像邊遠的林區居民從牆上取下來福槍一樣。支架上慣常會擱兩支標槍，分別稱作頭槍和二槍。

但是，這兩支標槍都有各自的尾繩與一條捕鯨索連在一起；目的在於，有可能的話，就把兩支都投出去，一支緊接著一支，投到鯨魚身上；這樣，在往回收索時，要是一支拉掉了，另一支還會留在鯨魚身上。這樣就有了兩次機會。但是，往往會有這樣的情況，鯨魚在被頭槍刺中時，會馬上痙攣般地猛奔，標槍手的動作即使快如閃電，也來不及投出二槍。然而，因為二槍已經和捕鯨索連在一起，捕鯨索又在飛快地放出去，因而，無論如何，這支二槍都得搶先投出去，無論怎麼投和投向哪裡；否則，所有人都會捲入最可怕的危險之中。在這種情況下，總歸是要把它投到水裡去；上一章提到的繩桶裡多出來的索圈，在大多數情況下，能保證這個高難動作穩妥可行。但是，這個性命攸關的動作並非總是萬無一失，有時也會帶來最為悲慘的禍端。

而且，你必須知道，二槍被擲出小艇之後，就成了一種威脅。它盪來盪去，極其鋒利，在小艇和鯨魚之間騰躍不已，不是把捕鯨索攪在一起，就是把繩索割斷，將周圍一切弄得亂七八糟，人心惶惶。一般而言，這支標槍不可能當場收回，得等到大鯨已經就擒，成了一具屍體之後。

那麼想想看，如果四艘小艇一起圍攻一頭格外強壯、活躍、聰明的鯨魚時，那該是怎樣一種情況；由於面對的鯨魚有這樣的特性，這種危險行當中又隨時會發生無數的意外事故，鯨魚周圍也許還有八支十支二槍在同時盪來盪去。因為每艘小艇自然都配備有好幾支標槍，拴在捕鯨索上，以防頭槍落空，又收不回來。所有這些細節，我在這裡都如實地作了交代，因為，在以後要描寫的場景中，它們將有助於說明若干極為重要又非常複雜的細節。

# 第六十四章
# 史塔布的晚餐

史塔布的那頭鯨魚是在離大船有一段距離的地方殺死的。那是個風平浪靜的日子，我們把三艘小艇串聯在一起，開始慢慢把這個戰利品拖回「皮廓號」。我們十八個人，三十六條臂膀，一百八十根手指，一小時又一小時緩慢而辛勞地拖曳著海中那個了無生氣、呆滯笨重的屍體。要費好長時間才能把它挪動一下，這足以證明我們要拖動的東西有多麼巨大。在中國那條叫杭河或是隨便什麼河的大運河上，四、五個縴夫在小道上拖一艘重載的平底帆船，每小時還能走上一英里；可是我們拖曳的這艘大商船，彷彿裝滿了鉛錠，好不容易才會向前挪動一下。

黑暗降臨了，不過，「皮廓號」的主桅索上已高低錯落地亮起了三盞燈，模糊地指引著我們的航線；小艇快要靠近船邊時，我們看見亞哈又從另外幾盞燈中拿出一盞，吊在舷牆邊。他茫然地注視了一下那頭正待吊起的鯨魚，像慣常那樣下令把鯨屍綁好過夜，然後把手裡的燈交給一個水手，逕自回自己的房艙去了，一夜都沒有露面，直到第二天早晨才出來。

雖然，在監督追獵這頭鯨魚上，亞哈船長可以說表現出了慣常的活力，但是，現在那頭生物一死，一絲模糊的不滿，或是不耐煩，或是絕望，便在他心裡泛起，彷彿一看到那具屍體，就讓他想起莫比．迪克還有待捕殺，即便有其他一千頭鯨魚拖到他的船邊，那也沒有向他那宏偉的、偏執狂的目標邁進一步。「皮廓號」甲板上的聲響很快就會讓你以為，所有的人都在準備把錨拋下深海，因為沉重的鐵鍊拖過甲板，正哐啷哐啷拋出舷窗。但是，這些叮噹作響的鐵鍊要拴住的不是船，而是那巨大的屍體。鯨魚的頭部綁在船尾，尾巴綁在船首，牠黑色的軀體緊靠船身，在漆黑的夜色中看去，高處的桅桁和索具模糊一片，只見船和鯨魚二者，似乎是套在一起的兩頭大公牛，一頭躺下了，一頭還站著[1]。

如果說喜怒無常的亞哈現在沉默無聲了，至少就甲板上的情況而言，他的二副史塔布，卻因勝利而心情愉快，流露出非同尋常但卻溫厚和藹的激動神色。他這番不尋常的活躍使得他那沉穩的上司史塔巴克，悄悄地退居一旁，暫時讓他獨攬大權，操控一切事宜。史塔布如此活躍有一個小小的附帶原因，不久就奇怪地顯現出來。史塔布是個生活奢侈的人，他有點過分喜歡鯨魚，把牠當成了盤中美食。

「在我睡覺之前，來塊鯨排，來塊鯨排！你，達戈，你下水去，給我從腰背上切一塊下來！」

這裡需要了解一下，一般而言，這些野蠻的捕鯨者並不依據偉大的軍事準則，讓敵人支付當前戰爭的開支（至少在弄清出海的收益之前），但是你會不時地發現，這些南塔克特人中，有些人對於史塔布所指定的抹香鯨的那個特殊部分著實喜愛，包括身體上尖細的末梢。

大約午夜時分，鯨排切割下來煎好了。在兩盞鯨油燈下，史塔布挺著肚子站在絞盤旁邊，吃起了他的抹香鯨晚餐，好像絞盤就是餐具櫃一般。不過，史塔布不是那晚赴這鯨魚宴的唯一食客。和他的咀嚼聲混在一起的，還有成百上千頭鯊魚吧唧吧唧的聲音，牠們蜂擁在這死海獸周圍，嘖嘖有聲地飽餐著牠的肥肉。幾個睡在艙裡鋪位上的人常常被牠們的尾巴掃在船體上的尖利劈啪聲所驚醒，他們的心臟離這些鯊魚只隔著幾英寸的距離。從船邊往下一瞧，你就能看見（跟以前聽到一樣）牠們在陰沉的黑水中翻滾，肚子朝天一翻，就從鯨身上剜下一塊人頭大小圓圓的肉塊來。鯊魚的這種獨特技巧簡直不可思議。在顯然無懈可擊的鯨魚身上，牠們怎麼能如此勻稱地一口口剜下肉來，始終是萬物中普遍存在的難題之一。牠們在鯨魚身上留下的印記，真像是木匠為了裝螺絲釘而預先鑽出的埋頭孔。

儘管在煙霧騰騰、充滿恐怖與邪惡的海戰中，總會看到鯊魚渴望地仰望著船甲板，像餓狗圍著人們切紅肉的桌子，隨時準備吞下拋給牠們的每一個死人；儘管勇敢的屠夫們正把甲板當桌子，用鍍金帶流蘇的切肉刀，同類相殘地切著彼此的活肉時，那些鯊魚也在用牠們那牙如珠寶的嘴巴，在桌子底下你爭我奪地撕咬著死肉；儘管你把整件事情顛倒過來看，也還是沒有什麼差別，也就是說，所有當事人幹的都是令人震驚的鯊魚式的勾當；儘管鯊魚也是橫渡大西洋的販奴船不變的護衛，有條不紊地跟隨在一旁，萬一有包裹要運到什麼地方，或是一個奴隸死了，需要舉行體面的葬禮，牠們可以隨時效勞；儘管還可以舉出一兩個其他類似的情況，在怎樣特定的時間、地點和場合，鯊魚的社交聚會最為頻繁，宴席最為歡鬧；然而，你想不出其他任何時間或場合，像夜間捕鯨船邊綁著一頭死鯨那樣，聚集起那麼多數不清的鯊魚，喜氣洋洋，興高采烈。如果你從未見到這種景象，那麼，對於魔鬼崇拜的正當性以及安撫魔鬼的權宜之計，還是先擱置你的判斷吧。

但是，史塔布眼下還顧不上留意他身邊大張宴席的咀嚼聲，同樣，那些鯊魚也沒有注意到他這個美食家的嘴唇發出的嘖嘖聲。

「廚子，廚子！——那個弗利司老頭在哪裡？」他終於叫了起來，把兩條腿叉得更開些，好像是要站得更穩一些，好大快朵頤；同時，他用叉子往盤子裡一戳，就像是插魚槍一般，「廚子，你這廚子！——到這邊來，廚子！」

那黑人老頭從廚房裡蹣跚地走出來，因為在這麼不合時宜的時辰被人吵醒，離開溫暖的被窩，而

1 有一件小事最好在這裡交代一下。捕鯨船固定船邊鯨魚的最有力最可靠的方法，是拴住鯨魚的尾巴。由於鯨魚尾部的密度大，它相對於其他部位就更重一些（除了側鰭），即便鯨魚死了，尾部的靈活性也會使得這一部分沉到水面以下，因此你無法從艇上用手觸及到它，用鐵鍊把它套住。但是這個困難被巧妙地克服了，那就是在一根堅實的細索的一端裝上木頭浮標，中間吊上重物，另一端拴在船上。憑藉靈巧的操縱，將木製浮標從鯨魚的另一側浮上來，這樣就可以把鯨魚攔腰固定住，方便隨後將鐵鍊同樣繞過去，讓鍊子沿著鯨魚身體滑動，最後在尾巴最細的地方，也就是與闊大的尾鰭結合處，牢牢拴緊——原注

有些悻悻然。像許多老黑人一樣，他的膝蓋骨有點毛病，沒有像其他炊鍋那樣好好保養。這個大家稱作弗利司老頭的黑人，撐著火鉗，拖著腳步一瘸一拐地走過來。那火鉗樣子笨重，是用兩根敲直了的鐵箍做成的。這黑木頭似的老頭，掙扎著走過來，遵照命令，在史塔布的餐具櫃對面猛然立定，雙臂交疊在胸前，拄著那副雙腳枴杖，更低地傴僂著本就彎了的背，側過頭，好讓他那隻好使的耳朵發揮作用。

「廚子，」史塔布說道，叉起一塊紅通通的鯨肉往嘴裡一送，「你不認為這塊鯨排做得太爛了嗎？你把它敲得太狠了，廚子；吃起來太軟。我不是總說，鯨排要生一點才好吃嗎？瞧瞧船邊那些鯊魚，你沒看見牠們更喜歡半生不熟的嗎？牠們的宴會有多熱鬧啊！廚子，去和牠們說說，就說歡迎牠們，但要文明用餐，要有所節制，而且一定要保持安靜。真見鬼，我連自己的聲音都聽不見了。去吧，廚子，傳我的話。給你，把這盞燈拿著，」他隨手從自己的餐具櫃上抓起一盞燈，「好了，去對牠們說教吧！」

弗利司老頭悶悶不樂地接過燈來，一瘸一拐地穿過甲板，來到舷牆邊，然後，一隻手把燈低低地垂向海面，以便好好打量一下他的會眾，另一隻手莊嚴地揮舞著火鉗，遠遠地從船邊探出身去，開始嘟嘟囔囔地向鯊魚說教起來，史塔布則悄悄跟在後面，偷聽他都說些什麼。

「各位同胞，我奉命來這裡和你們說，你們必須停止那該死的吵鬧。你們聽見沒有？別把你們的嘴巴弄得吧唧吧唧響！史塔布先生說，你們那該死的肚皮可以一直撐到嗓子眼，但是看在上帝分上，你們必須停止那該死的吵鬧！」

「廚子，」史塔布插嘴說，同時猛拍了一下廚師的肩膀，「廚子！你真是瞎了眼，你在說教，怎麼可以詛咒人呢，那樣怎麼能讓罪人改邪歸正呢，廚子！」

「誰說的？那你自己來給牠們說教吧。」廚師慍怒地轉身要走。

「這就對了！」史塔布讚許地叫道，「好好勸勸牠們，你先試試。」於是，弗利司繼續說了下去。

「好吧，那麼。各位親愛的同胞……」

「別走，廚子，繼續說，繼續說。」

「你們的確都是鯊魚，生來就十分貪吃，不過，我還是要和你們說，同胞們，貪吃歸貪吃——你們那該死的尾巴不要拍打個不停！你們如果老是這麼該死的拍打，這麼大聲嚼個不停，你們想想，那有多難聽？」

「廚子，」史塔布一把揪住他的脖領，叫道，「我不許你那樣罵人。和牠們說話要紳士一點。」

於是，說教又繼續進行了。

「你們的貪吃，同胞們，我不想太過指責，那是天性，沒辦法的事情；但是，要控制住那個惡習，這才是關鍵。你們都是鯊魚，這是肯定的；但是，要是你們控制住鯊魚的本性，你們就會成為天使，因為天使不過是管得住自己的鯊魚。現在，聽我說，弟兄們，不妨試一試，你們吃起那頭鯨來，能不能文明一點。不要從你鄰居的嘴裡搶鯨脂，我說。哪隻鯊魚有權獨占那頭鯨呢？還有，上帝作證，你們對那頭鯨誰都沒有什麼權利，那頭鯨是別人的。我知道你們裡頭有的嘴巴很大，比別人大，不過，大嘴巴有時卻肚子小，所以，嘴巴大的就不該大口吞，而是要咬下點鯨脂來給小鯊魚吃，牠們擠不進來，吃不到東西。」

「說得好，弗利司老頭！」史塔布叫道，「這才是基督教的精神，繼續說吧。」

「繼續講也沒用，史塔布先生，這些該死的傢伙還會不停地你擁我擠，互相撕打。牠們一句話都不聽，對這些你所謂的該死的貪吃鬼的東西說教是沒有用的，除非牠們的肚皮填滿了，而牠們的肚皮又沒個底。就算填滿了肚皮，牠們也不會聽你的。因為到那時牠們就會沉到海裡，躺在珊瑚礁上呼呼大睡，什麼都聽不見了，永遠永遠都不來聽了。」

「千真萬確，我大概也是這麼想的。那就結束吧，給牠們祈福吧，弗利司，我也要吃我的晚餐去了。」

聽到這話，弗利司向鯊魚群雙手一拱，提高了尖利的嗓音，叫道：「該死的同胞們啊！你們就吵吧，吵得愈凶愈好，填滿你們的肚皮，直到肚皮爆掉——死了拉倒。」

「好了，廚子，」史塔布一邊在絞盤旁繼續享用他的晚餐，一邊說道，「站到你剛才站的地方去，就那裡，正對著我，注意聽我說。」

「洗耳恭聽。」弗利司應道，回到指定的位置，傴僂著背，拄著他的大火鉗。

「好吧，」史塔布一邊自在地吃著，一邊說道，「我現在要回到鯨排這個話題上。我先問你，你多大年紀了，廚子？」

「這和鯨排有什麼關係？」這老黑人有點惱火起來。

「住嘴！你多大年紀了，廚子？」

「大概九十歲吧，人家說。」他陰沉地嘟囔道。

「你在這個世界上活了快一百歲，竟然還不知道怎麼煎鯨排？」說完最後這句話，他又飛快地吞下了一大口，似乎這塊肉就是對問題的延續，「你是在哪裡出生的，廚子？」

「去羅阿諾克島的渡船上，艙口後面。」

「生在渡船上！那也真怪。但是我想知道你是在哪個地方出生的，廚子！」

「我不是說了在羅阿諾克島那個地方嗎？」他叫了起來。

「不，你沒說，廚子；但我會告訴你我要說什麼，廚子。你得回老家去，重新投胎，你連怎麼煎鯨排都不懂。」

「我的天哪，看我還會不會再為你煎鯨排了。」他氣憤地咆哮一聲，轉身準備離開。

「回來，廚子；——喏，把火鉗給我；——嘗嘗那塊鯨排，告訴我，你以為鯨排就應該那樣煎嗎?拿去吧，我說，」他把火鉗朝他一伸，「拿去，嘗嘗吧。」

這老黑人用他乾癟的嘴無力地咂吧了一會兒，咕噥著說，「這是我嘗過的最好的鯨排了，鮮嫩多汁，真的鮮嫩多汁。」

「廚子，」史塔布又擺好了架勢，「你入教了嗎？」

「在開普敦上過一次教堂。」老黑人不高興地說。

「你這輩子倒是上過一次開普敦的教堂，那麼，你肯定偷聽到一位神父把聽眾稱作他的親愛的同胞，是吧，廚子!但是你來到這裡，卻像你剛才那樣，和我撒了一個彌天大謊，呃？」史塔布說，「你想去哪裡呢，廚子？」

「盡快上床去。」他嘟噥著，一邊說，一邊半轉過身去。

「站住!停下來!我指的是你死了以後去哪裡，廚子。這是個嚴重問題。你怎麼回答我呢？」

「當這個黑老頭死了以後，」這老黑人慢吞吞地說，整個神氣舉止都變了，「他自己哪裡都不去，會有好心的天使來接他。」

「來接他?怎麼接?用四匹馬拉的車子嗎，像接以利亞那樣?又把他接到哪裡去呢?」

「接到上邊。」弗利司說，把火鉗直舉到頭頂，莊嚴地保持著那個姿勢。

「這麼說，你死的時候想去咱們的主桅樓啦，是不是，廚子?但你不知道嗎?你爬得愈高，就愈冷。主桅樓，是吧？」

「我沒有說要那麼高。」弗利司說道，再次陰下臉來。

「你說要上去的，不是嗎?你看看你自己，看看你的火鉗指著什麼地方。不過，也許你想從桅樓升降口爬進天堂呢，廚子；不過，不行，不行，廚子，你到不了那裡的，除非你按照常規，用索具一圈圈爬上去。這可是個難對付的差事，但是必須這樣，沒別的辦法上去。不過我們中間還沒有人到過天堂呢。把你的火鉗放下，廚子，聽我的命令，聽見沒有？我在下令的時候，廚子，你要一隻手拿著帽子，一隻手按著心口。什麼！你的心在那裡嗎？——那是你的胃！往上！往上！——這就對了——現在你找對了地方。就放在那裡，注意聽我說。」

「洗耳恭聽。」老黑人應道，雙手放在指定的地方，徒勞地扭動著花白的腦袋，好像要把兩隻耳朵都轉到前面似的。

「好了，廚子，你看你這鯨排煎得有多糟，我只得盡快讓它消失；你看到了，對吧？至於以後，你再為我煎鯨排時，放在我這私人餐桌，這絞盤上，我要告訴你該怎麼做，才不會糟蹋它，把它煎得過火了。你一手舉著鯨排，另一隻手拿起一塊通紅的炭，稍微烤上一烤，那就成了，就可以裝盤了。你聽見了嗎？廚子，明天我們割鯨脂時，你一定要站在旁邊，把魚鰭尖取下來，放在泡菜汁裡。至於尾端，就醃起來，廚子。好了，你現在可以走了。」

但是，弗利司剛剛走出三步，又被叫住了。

「廚子，明天晚上我上中班的時候，給我弄個肉餅當晚餐，聽見了嗎？好，你走吧——喂！站住！鞠個躬再走。再等一下！明天早餐我要吃魚丸——別忘了。」

「上帝啊，但願鯨魚把他給吃了，不是他吃了鯨魚。他要不是比鯊魚先生還像鯊魚，我就走運了。」這老頭嘟囔著，一瘸一拐地離開，帶著這句箴言回到了自己的吊床上。

## 第六十五章

# 用鯨魚做菜

你可能會說，人類竟然會食用為他提供燈油的動物，而且，竟然像史塔布那樣，借著鯨油燈的光來吃鯨魚肉；這件事似乎過於稀奇古怪，有必要稍微研究一下相關的歷史和哲學。

根據記載，三個世紀以前，露脊鯨舌頭在法國被奉為美味佳餚，價格昂貴。而且，在亨利八世時代，有一位御廚因發明了一種備受讚賞的醬汁而受到可觀的嘉獎，用它來蘸著吃烤海豚。你應該還記得，海豚也屬於鯨類。的確，至今海豚還是被當作美味。海豚肉被做成撞球大小的肉丸，好好地用作料入味，會被當成是甲魚肉丸或是小牛肉丸。丹弗姆林的老修士們非常喜歡這種吃食。國王還賞給過他們一條大海豚。

事實上，如果鯨魚沒有這麼大，至少在捕鯨者來說，牠會被當成一道高檔美食；但是，當你坐在一塊幾乎一百英尺長的肉餅面前，你就會胃口全無了。只有史塔布這樣毫無偏見的人，如今才會吃烹飪好的鯨肉。不過，因紐特人沒有這麼挑剔。我們都知道他們是怎樣以鯨魚為生的，還有罕見的陳年葡萄酒般上好的陳年鯨油。他們有一位鼎鼎大名的醫生，叫做佐格蘭達，他推薦要給嬰兒吃一條條的鯨膘，因為它格外多汁，富有營養。這讓我想起一些英國人，他們很久以前被一艘捕鯨船意外地留在了格陵蘭——這些人實際上先嘗試了吃鯨膘，之後又靠吃拋在岸上發了黴的鯨肉塊活了幾個月。在荷蘭捕鯨者當中，稱這些鯨肉塊為「油炸餡餅」，它們的確非常像油炸餅，呈棕色，脆脆的，聞起來有點像過去阿姆斯特丹家庭主婦們新炸出來的麵包圈或是油炸餅。它們看起來可口誘人，就連最能自我克制的外地人也忍不住要嘗一嘗。

但是，使鯨肉進一步受到輕視，不把它作為文明人的菜餚，原因在於它過於肥膩。它本是海中價格最高的大公牛，太肥了，不大可能細膩可口。看看牠那背峰，如果不是像金字塔一樣結實的脂肪，準會和野牛背一樣好吃了，就會被尊為一道珍饈。但是鯨油本身，儘管寡淡油膩，像是長到三個月的椰子肉一樣透明、潔白、呈半膠狀，卻太過肥膩，無法充當奶油的替代品。然而，許多捕鯨者有辦法讓它被其他物質吸收，然後再吃。在夜晚漫長難熬的值班時間裡，水手們常會把船上的硬麵包浸在大油鍋裡，炸上一會兒。我就這樣做過很多次美味的晚餐。

至於說到小抹香鯨，牠的腦子被認為是一道美味。用斧頭把腦殼破開，取出兩片豐滿的白色腦葉（像極了兩片大布丁），和上麵粉，煮成極其可口的一團，味道有點像小牛腦，那可是有些饕餮客時常享用的一道菜。每個人都知道，美食家中的有些花花公子就因為不斷地食用小牛腦，他們自己也逐漸有了點腦子，可以辨別出小牛腦和自己的腦子了，這的確需要非同一般的鑑別力。那就是為什麼一個花花公子面對一顆樣子很聰明的小牛腦袋，這場景總讓人感到特別悲哀的原因。這小牛腦袋帶著一副責備的表情盯著他，彷彿在說，「還有你，布魯圖斯！」

也許，並不完全是因為鯨肉如此油膩，才讓陸地人認為吃鯨肉讓人討厭。在某些方面看來，這也是出於上面提到的考慮，即，一個人竟然會吃新殺死的海洋動物，而且還是用牠的油照明來吃牠的肉。不過，第一個殺牛的人無疑會被認為是謀殺犯，也許他會被絞死，要是由一群公牛來審判，他肯定會獲此下場，當然，他也和任何謀殺犯一樣罪有應得。星期六晚上去肉市上走走吧，看看一群群活的兩足動物，仰頭凝望著一長排一長排死的四足動物，那景象難道不就是從食人生番嘴裡拔牙嗎？食人生番？誰又不是食人生番呢？我來告訴你吧，斐濟人為了應付即將到來的饑荒，把一個瘦弱的傳教士醃在地窖裡，這倒是情有可原。我敢說，那個有先見之明的斐濟人，在末日審判之時，要比你這位文明開化的美食家，把活鵝釘在地上，把牠們的肥肝做成鵝肝醬餅而大快朵頤，更會獲得寬恕呢。

但是，史塔布，不就是借著鯨油燈吃鯨嗎？這是傷害之上再加羞辱，對不對？再看看你的餐刀柄，我的吃著烤牛排的文明開化的美食家，那刀柄是用什麼做的？——還不就是你正在吃的這頭牛的兄弟的骨頭嗎？在狼吞虎嚥嚼完肥鵝之後，你用什麼東西剔牙呢？用的正是這種家禽的羽毛。「禁止虐待公鵝協會」的祕書長又是用什麼翎毛筆正經八百地起草他那些傳單的呢？不過一兩個月以前，該協會還通過了一項宣導只使用鋼筆的決議呢。

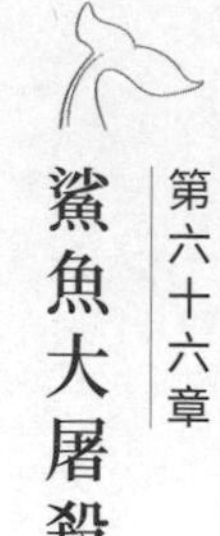

第六十六章

# 鯊魚大屠殺

在南海捕鯨業中，經過漫長艱苦的勞作，到深夜才將一頭捕獲的抹香鯨拖到船邊，至少一般而言，不會馬上就著手割鯨取脂。因為那是件極其費力的工作，不是很快就能完成的，它需要大家一齊動手。因此，通常的做法總是把帆都收起來，在背風處拴牢船舵，然後讓大家下艙，在自己的吊床上睡到天亮。不過，天亮之前的這段時間，要一直留幾個人值錨更，就是說，一個鐘頭四個人，兩人一組全體船員，輪流上甲板，以保證一切正常。

但是，有些時候，尤其在太平洋赤道線上，這個計畫就完全不管用了。因為聚集在死鯨周圍的鯊魚多得不可勝數。如果把牠就那樣擱上六小時，到了第二天早上，剩下的恐怕就只是鯨骨架了。然而，在太平洋其他大部分海域，鯊魚並沒有這麼多，有時可以用鋒利的捕鯨鏟在鯊魚群中狠狠攪動，牠們那種令人吃驚的貪婪便會大大收斂。但是，這個動作在某些情況下，似乎只會把牠們逗弄得更加活躍。好在「皮廓號」的情況卻不是這樣；雖然，任何不習慣這種景象的人，如果那天晚上從船邊俯瞰下去，幾乎都會自然而然地以為，整個大海就是一塊碩大無朋的圓乳酪，那些鯊魚就是裡邊蠕動的蛆。

然而，在史塔布用完晚餐，來安排值錨更的時候，魁魁格和一個船頭樓水手也剛好來到甲板。這可在鯊魚中間引起了不小的騷動；因為他們立刻在船邊掛起了幾個切鯨脂的小梯子，垂下三盞燈籠，在渾濁的海面上投下長長的燈光，這兩個水手操起長柄捕鯨鏟[1]，開始不停地殺起鯊魚來，將鋒利的鋼鏟深深地插入鯊魚的腦殼，那似乎是牠們唯一的要害。但是，在這一片浪沫四濺的混亂中，大群鯊魚爭鬥不休，混雜在一起，這兩個射手並不總是能命中目標；這樣一來，這群仇敵難以置信的另一種凶殘便暴露出來。牠們不僅凶惡地把彼此咬得肚破腸流，而且像柔弓一樣，彎過來，咬自己的肚腸，直弄得那些內臟就像是被自己的嘴巴一再吞噬，又倒過來從大張的傷口中排泄出來。不僅如此，逗弄這些鯊魚的屍體和幽靈也是很不安全的。在可以稱之為個體生命的東西滅亡之後，一種普遍的或者是泛神論的活力似乎還潛藏在牠們的關節和骨骼中。在把殺死的鯊魚吊到甲板上準備剝皮時，可憐的魁魁格想要合上其中一頭凶惡的嘴巴，卻差點被咬掉了一隻手。

「魁魁格才不管是哪位神造了鯊魚，」這野蠻人一邊說，一邊痛得把手甩上甩下，「管他是斐濟的神，還是南塔克特的神，反正造鯊魚的那個神一定是個該死的印第安人。」

1 用於切割鯨魚的捕鯨鏟是用上等好鋼製成，有一個人攤開的手掌大小，一般狀如園藝用的鏟，故而得名；只是它的兩面完全是扁平的，上端比下端要窄得多。這種武器始終要盡可能保持鋒利；使用時偶爾還會磨一磨，和使用剃刀一樣。一根長二十到三十英尺的硬木桿，插在它的托座裡，作為鏟柄。——原注

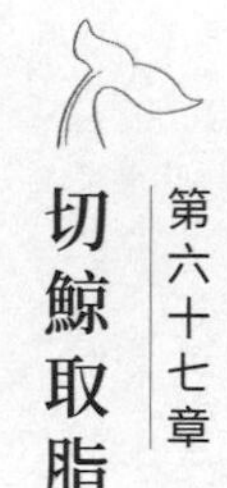

# 第六十七章
# 切鯨取脂

這是星期六的晚上，緊接著的竟是這樣一個安息日！所有捕鯨者都是應職應分的不守安息日的教授。鑲牙骨的「皮廓號」變成了一個類似屠宰場的所在，每一個水手都成了屠夫。你會以為我們是在向眾位海神祭獻一萬頭血淋淋的公牛。

首先，來看看那兩部巨大的滑車組吧，除了別的笨重組件，它還包括一長串滑輪，通常漆成綠色，任何人都無法單獨舉起來——要把這一大串葡萄吊在主桅樓上，牢牢捆在下桅頂上，那是甲板之上最牢靠的地方。粗如大纜的繩索末端蜿蜒穿過那些錯綜複雜的東西，連接到絞車上去，滑車組下端的那只大滑輪就朝鯨魚垂下來，滑輪上掛著重達一百磅的吊鯨脂的大鉤。現在，大副史塔巴克和二副史塔布，懸空站在船舷外的懸梯上，手執長鏟，開始在鯨身上緊靠兩隻側鰭的上方切出一個洞來，好把鉤子插進去。完成了這一步，又圍繞著切洞劃出一條寬寬的半圓形的口子，鉤子便插了進去。接著，大部分水手就狂野地合唱起來，密集地擁擠在絞車邊，開始絞起來。頓時，整個船身向一側傾斜，船上的螺栓都鬆動起來，就像嚴霜天氣裡老屋的釘頭一樣。船身顫抖，震動著，受驚的桅頂不住地朝天空點著頭。船身愈來愈劇烈地向鯨魚傾斜過去，絞車每一次痙攣般地絞動一下，海浪就推波助瀾似的湧起一陣。直到最後，隨著一陣迅疾可怕的劈啪聲，嘩啦一聲巨響，大船向上一顛，又跌了回來，和大鯨分開了，那得勝的滑車拖著第一塊割下來的半圓形鯨脂升了起來。因為鯨脂包著鯨身，正如橘皮包著橘子一樣，從鯨身上剝下鯨脂有時就和給橘子轉圈剝皮一樣。絞車不斷地用力絞動，鯨魚便不停地在水中滾來滾去，與此同時，大副史塔巴克和二副史塔布的兩把鏟子沿著被稱作「切口」的

槽路，將鯨脂一塊塊整整齊齊地剝下來。正是由於這種方法，鯨脂剝得很快，鯨魚也同樣迅速升高，直到牠的頂端擦到了主桅樓；這時，絞車旁的人便會停止絞動。有一陣子，這滴血的巨大肉塊前後搖擺，好像要從天上掉下來一般，在牠晃蕩的時候，在場的人都得小心躲避，否則就會挨上重重的一記耳光，被倒栽蔥搧到海裡去。

這時，從旁照應的標槍手之一，拿著一支叫做攻船刀的鋒利長兵刃走上前來，看準機會，在晃來晃去的大肉塊下端熟練地剜出一個大洞，另一部備用大滑車的一端便鉤進這個洞裡，把那塊鯨脂抓住，以便接下來進行處理。然後，這個技巧嫻熟的劍客，一邊警告所有的人站開，一邊再次向這大肉塊巧妙地一戳，斜刺裡狠命地砍上幾下，把它削成兩半；那較短的下一半還固定著，而那被稱作「毯子」的較長的上一半，便孤零零地懸空搖擺著，隨時可以卸下來了。這時，操縱絞車的人又走上前來，重新唱起歌來。當剝皮的滑車又吊起第二片鯨脂時，另一臺滑車便緩慢地鬆垂下來，將第一片鯨脂送進下面正對著的大艙口，垂到一間叫做鯨脂室的空蕩蕩的會客廳。在這個昏暗的房間裡，膚色各異的手敏捷地把那長長的毛毯片不停捲起來，彷彿它是一大團糾纏在一起的活蟒蛇。工作就這樣進行下去；兩部滑車組一起一落，鯨魚和絞車都在轉動，操縱絞車的人歌聲不斷，鯨脂室裡的先生們捲個不停，幾位副手一直在割出切口，大船始終繃緊著全身，大家偶爾咒罵幾聲，藉此舒緩一下緊張情緒。

## 第六十八章

# 毛毯

對於鯨皮這個令人為難的問題，我已經付出了不小的精力。為了它，我曾與海上那些經驗豐富的捕鯨者，和陸地上學識淵博的博物學家有過爭論。我最初的意見雖然一直沒變，但那也僅僅是一種意見而已。

問題在於，鯨皮是什麼，它又長在什麼地方？我們已經知道了何謂鯨脂。鯨脂就是堅固緊實、牛肉般紋路細密的東西，但比牛肉更堅韌、更有彈性、更密實，厚度在八或十英寸到十二或十五英寸之間。

談到動物的皮竟然扯到密度和厚度上來，這乍看上去顯得荒謬可笑，但是，事實上，這樣的推定卻無可爭議。因為從鯨魚身上，除了鯨脂，你是揭不下任何其他密實的表皮來的，任何動物最外層的表皮，如果具有合理密度的話，除了叫皮，還能叫做什麼呢？的確，從未受損傷的死鯨身上，你可以用手刮下一層薄到極點的透明東西，有點類似於最薄的雲母片，只不過它像緞子一般柔韌鬆軟，那是在它晒乾之前的樣子，一旦晒乾了，它不僅會收縮變厚，而且會變得相當堅硬易碎。我有幾片這樣的乾鯨皮，用作我那些鯨類學書籍的書簽。如上所述，它是透明的，放在書頁上，我有時還自得其樂地幻想它具有放大的作用。無論如何，可以這樣說，透過鯨皮鏡來閱讀鯨類學的書，總歸是一件賞心樂事。但是，我這裡要說的是，我承認，儘管這種極薄的雲母般的物質，包裹著鯨魚全身，但是，與其把它當作是這種生物的皮膚，還不如說它是皮上之皮；因為如果把巨鯨真正的皮說得比新生兒的皮還要薄、還要嬌嫩，那簡直是荒謬可笑。不過，還是別說這個了。

假設鯨脂就是鯨皮，那麼，一頭非常大的抹香鯨的這張皮，就能榨出一百桶鯨油，就量而言，或者不如說從重量上來考慮，就其已有的表現來說，只占這張皮的四分之三，還不是全部。僅僅是牠皮膚的這個部分就能產出那樣一湖的油來，由此可見那個生機勃勃的東西該是怎樣一個龐然大物了。按照十桶為一噸計算，光是四分之三的鯨皮就能讓你獲得淨重十噸的鯨油。

一頭活的抹香鯨，在牠顯示出的眾多奇觀中，牠的外表絕非不值一提。牠身上總是會布滿無數密密麻麻斜著反覆交叉的直線，有點像是精美的義大利線雕。但是，這些線條似乎不是印在上述那種雲母般的薄片上面，而是從下面透過雲母片顯現出來，彷彿它們是直接刻在鯨魚身體上一樣。不僅如此，在某些情況下，在敏銳的富有觀察力的眼睛看來，那些線條就像是在真正的版畫中那樣，只是為其他更多的形象打底子。這些都是象形文字；如果你把金字塔內壁上那些神祕記號叫做象形文字，那麼，這個字眼用在這裡再合適不過了。尤其是有一頭抹香鯨身上的象形文字令我記憶猶新，它讓我聯想起密西西比河上游河畔那個著名的有象形文字的斷崖，上面那塊刻有古印第安圖形的石板。鯨魚身上神祕的線條，就和那些神祕的岩石一樣，至今沒人能夠破譯。提到印第安斷崖，我不由得想起了另一件事。抹香鯨除了外表展現出的各種現象外，牠也常常露出自己的脊背，尤其是側腹部。由於有許多嚴重的擦痕，牠外表上那些整齊的線條大部分被磨掉了，完全成了一副凌亂任性的模樣。新英格蘭沿海的那些岩石，據地質學家阿格西認為，牠們上面的擦痕是浮游冰山的猛烈撞擊所致——我應該說，那些岩石在這一點上，大概與抹香鯨非常相似。在我看來，鯨身上的這種擦痕也有可能是其他懷有惡意的鯨魚造成的，因為我注意到，在巨大的成年雄鯨身上，這種疤痕最為常見。

關於鯨皮或者鯨脂，還得再說上一兩句。前面已經說過，一長條一長條從鯨身上剝下來的東西，叫做毛毯片。和大多數航海用語一樣，這個名稱十分恰當，而且意味深長。因為鯨魚的確是包裹在鯨脂裡面的，就像包裹著真正的毯子或是被子；或者更恰當地說，像是印第安套頭披風，從頭上套下

去，把全身都裹得嚴嚴實實。正是因為身體上裹著這麼一張舒適的毯子，鯨魚才能在各種氣候、各種海域、各種時間和各種潮汐中過得舒舒服服。如果沒有了這種舒適的外套，在北極那些令人發抖、冰封雪裹的海域中，格陵蘭鯨會變成什麼樣子呢？的確，其他魚類在那些極北海域中依然格外活躍，但是要注意，那些魚類都是冷血無肺，牠們的肚子便是冰箱；牠們是在冰山下避風取暖的生物，就像嚴冬的旅行者，在客店的火畔烤火一樣；反之，鯨魚卻和人一樣，有肺，血是熱的。血一旦凍住，牠就會死掉。這種大怪物需要保持體溫，就和人類一樣必不可少，這一點如果事先不加以解釋，會是多麼讓人驚奇啊；牠一生都浸沒在北極的海水中，過得安然自在，只露出嘴巴，這又是多麼讓人驚奇！在那種地方，水手一旦掉到海裡，有時在好幾個月後被人發現，直挺挺凍僵在大冰塊裡，就像蒼蠅黏在琥珀裡一般。但更讓人吃驚的是，實驗證明，北極鯨的血比夏天裡婆羅洲黑人的血還要熱。

在我看來，從這裡，我們看到了一種堅強獨特的生命力的罕見品質，高牆厚壁的罕見品質，胸懷寬廣的罕見品質。啊，人類！讚美鯨吧，以牠們為榜樣！你也要在冰天雪地裡保持溫暖。你也要生於世，而不屬於世。置身赤道不要熱血沸騰；身處北極也別讓血凍住。啊，人類！要像聖彼得大教堂的圓頂一樣，要像大鯨一樣，一年四季都能保持自己的溫度！

但是，講授這些美好的東西，是多麼容易，又多麼無望！在建築物中，有聖彼得大教堂那樣圓頂的何其稀少！在萬千生靈中，像鯨魚那樣宏偉碩大的又有幾何！

## 第六十九章

# 葬禮

「把錨鍊拖進來！讓屍體往船後漂！」

那兩部大滑車組現在已完成自己的職責。這被砍頭的鯨魚，剝了皮的白色軀體像一座大理石墳墓閃著光；儘管色彩發生了變化，卻感覺不到牠的體積有所縮小。牠依然是個龐然大物。牠緩緩地愈漂愈遠，那些不知足的鯊魚將牠周圍的海水撕裂，浪花潑濺，而牠上空則充斥著貪婪的鷗鳥，尖叫著飛旋不已，嘴喙就像許多匕首，無禮地刺戳著鯨魚。這無頭的白色巨怪漂流著，離船愈來愈遠，每漂出一尺，四周的鯊魚就前進一米，牠上空的飛鳥就前進一丈，成幾何級數遞進，殺氣騰騰的囂叫聲也隨之增大。連續幾個小時，從幾乎靜止不動的大船上，都能看見這可怕的景象。在晴朗無雲的藍天下，在平靜怡人的海面上，在愉快微風的吹拂下，那個龐大的死物不停地漂浮著，漂浮著，最後消失在看不到盡頭的遠方。

真是一個悲哀透頂又充滿諷刺意味的葬禮！空中的禿鷹全都在虔誠地舉哀祭弔，海中的鯊魚全都一絲不苟地穿黑戴孝。我料想，鯨魚活著時，萬一需要幫助，能到場的恐怕寥寥無幾；但在牠的葬禮盛宴上，牠們卻虔誠至極地一擁而至。啊，可怕的貪婪世界！就連最為強大的鯨魚也不能倖免。

這還不是結局。儘管屍體遭到褻瀆，一個復仇的幽靈卻留了下來，在屍體上盤旋，令人害怕。如果偶然被一艘膽怯的軍艦或是莽撞的探險船從遠處發現，雖然距離會使蜂擁的群鳥顯得模糊一片，但是那漂浮在陽光下的雪白一團卻還能看見。白色浪花高高地在牠身上飛濺四散，於是，這毫無危害的鯨屍，便會被人用顫抖的手指記錄在航海日誌中——附近有淺灘、岩石和碎浪：當心！而且，自此之後很多年，船隻也許都會規避這個地方；就像愚蠢的綿羊躍過虛空，只因為牠們的領頭羊起初就是這樣在那裡跳過一根架起的棍子的。這就是你們祖先立下的規矩；這就是你們傳統的實用價值；這就是你們從來就沒有根據、現在甚至飛上了天的古老信念的頑固殘餘！這就是正統！

於是，在大鯨生前，牠的身軀在敵人看來，可能是一種真正的恐怖，在牠死後，牠的幽靈又成了讓世界無能為力的恐慌。

你相信鬼魂嗎，我的朋友？除了公雞巷的鬼，還有其他各種各樣的鬼，比詹森博士更為深刻的人也都相信鬼魂呢。

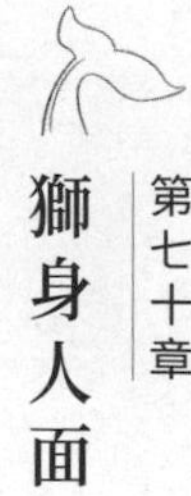

## 第七十章
# 獅身人面怪

有一點不應忽略，在把那大海獸剝光皮之前，要先砍頭。既然砍下抹香鯨的頭是一項需要通曉解剖學的技藝，有經驗的鯨魚外科大夫深以為傲，這也並非沒有理由。

請想想看，鯨魚根本沒有可以合適地稱之為脖子的東西，相反地，牠的頭和身體似乎是直接連接在一起的，就在牠身上最粗的部位。還要記住，外科醫生必須在半空中操作，和他的解剖對象有八或十英尺的距離，而這對象又幾乎隱藏在渾濁、翻騰，且經常是狂暴迸濺的海水中。同時，你心裡也要清楚，在這些很難對付的情況下，他還得在牠身上將刀切進幾英尺深；而且由於是在水下操作，切口一直在收縮，要看上一眼也是相當困難，他必須巧妙地避開所有鄰近不該砍的部分，準確地在頭顱與脊柱的交接點切下去。所以，當史塔布吹噓說他只需十分鐘就能砍下一頭抹香鯨的腦袋，你還不覺得驚奇嗎？

鯨頭一砍下來，就被拋在船尾，用纜繩拴住，等到鯨身剝光皮後再去處理。如果是一頭小鯨，剝完皮後，就把牠的頭吊到甲板上，從容地處理。但是，如果是一頭完全成年的大海獸，就不能這麼辦了；因為抹香鯨的頭幾乎占了整個身體的三分之一，要把如此沉重的東西完全吊上來，即便使用捕鯨船的大滑車組，那也像是用珠寶商的天秤去稱荷蘭穀倉一樣徒勞。

「皮廓號」的這頭鯨魚已經砍掉了頭，剝光了皮，鯨頭被吊在船邊——大約有一半露出水面，這樣，鯨頭的大部分就可以自己浮起來了。因為下桅頂承受著向下的巨大拉力，吃力的船身便劇烈地向鯨頭那邊傾斜過去，那一側的每根桁臂都像起重機的長臂一樣伸向水面。就這樣，滴血的鯨頭懸掛在

「皮廓號」的腰間，像是巨人荷羅孚尼的頭懸掛在猶迪的腰帶上。

當最後這項工作完成時，已經是中午了，水手們下到艙中就餐。不久前還喧囂一片的甲板，現在已被遺棄，籠罩著一派寂靜。一種密實的金燦燦的寧靜，像一棵無處不在的黃色睡蓮，在海面上把它那無聲無息又不可計數的葉子逐漸展開。

過了一小會兒，亞哈獨自從船長艙裡出來，來到悄無聲息的甲板上。他在後甲板轉了幾圈，停下來凝視著船舷外邊，然後慢慢踱到主錨鍊中間，拿起史塔布的那把長柄鏟——砍掉鯨頭之後一直留在那裡——把它刺進那半懸在空中的大傢伙的下半部，把另一頭像枴杖一樣夾在胳肢窩下，就這樣斜倚在長鏟上站著，專注地盯著鯨頭。

這顆黑色的頭，戴了頭巾一般，懸掛在一片深沉的寂靜之中，似乎是沙漠中獅身人面怪的巨頭。「說吧，你這巨大莊嚴的頭，」亞哈嘟囔著，「儘管你沒有長鬍子，但到處長滿苔蘚，一片灰白；說吧，巨大的頭，告訴我們藏在裡面的祕密。在所有潛水者當中，你潛得最深。這顆天上的太陽照耀著的頭，一向是在這個世界的底層活動的。那裡有多少未經記錄的人和船隻在生鏽，有多少未經說出的希望和寄託在腐爛；這個快速戰艦般的塵世的凶險底艙中，千千萬萬溺水者的屍骨充當了壓艙物；那裡，就在那可怕的水下王國，卻有著你最為熟悉的親切的家園。「你到過潛水鐘和潛水夫都不曾到過的地方；你曾睡在許多水手的身邊，那裡是無眠的母親寧可不惜生命也願意代替兒子去躺下的地方。你看見過緊抱在一起的情侶從燃燒的船上跳下大海；他們心貼著心沉沒在狂喜的波濤之下；當天堂似乎也把他們欺騙的時候，他們彼此忠誠以待。你看見過被謀殺的大副，被海盜們拋下午夜的甲板；幾個小時後，他才落進那比午夜更黑暗的貪婪魚腹，而謀殺者依舊安然無恙地在揚帆航行——迅疾的閃電使鄰近的船隻嚇得發抖，它本可以把一個正直的丈夫送入那渴望的人兒張開的懷抱。頭啊，你見多識廣，足以將天上的行星也剖析分明，足以讓亞伯拉罕成為異教徒，但你卻不發一言！」

「有船！」主桅頂上傳來一聲欣喜若狂的叫喊。

「是嗎？好啊，這真是高興的事，」亞哈叫道，突然站直了身子，額頭上的烏雲一掃而光，「在這片死氣沉沉的寂靜中，那一聲生機勃勃的叫喊，簡直可以教人精神倍增——在哪裡呢？」

「右舷船頭三個羅經點，先生，它還為我們帶來了和風！」

「真是愈來愈好了，夥計。但願聖保羅也能沿著那條道途過來，給我這波瀾不驚的心帶來一陣和風！啊，大自然，啊，人類的靈魂！多麼不可言喻，你們緊密相連，何其相似！一點也不依靠物質生存與活動，而是在精神上有其巧妙的複製品。」

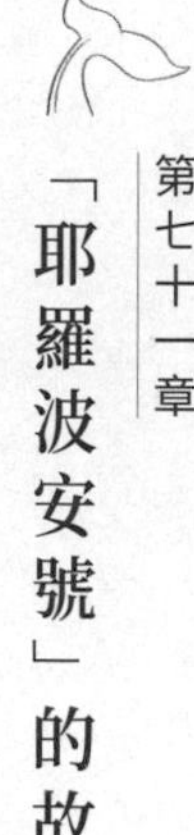

## 第七十一章

# 「耶羅波安號」的故事

船與和風攜手並進，但是風來得比船要快，隨即，「皮廓號」就開始搖晃起來。

不久以後，從望遠鏡裡看見那艘陌生船上的小艇和配備有瞭望員的桅頂，證明那是艘捕鯨船。它遠在迎風處，駛得飛快，顯然是在趕往另外某處漁場，「皮廓號」沒有趕上它的希望。於是便發出信號，看看對方有什麼反應。

這裡要說明一下，和海軍戰艦一樣，美國捕鯨船隊的每一艘船都有各自的旗號，這些旗號及其相關船隻的名字都收錄成冊，每個船長人手一本。因此，捕鯨船船長在海上，即使相隔很遠的距離，也很容易彼此辨認出來。

「皮廓號」發出的信號終於得到了回應，那艘陌生船隻也發出了自己的信號；結果證明，那是南塔克特的「耶羅波安號」捕鯨船。它把帆桁與龍骨扯成直角，開了過來，在「皮廓號」的背風處橫了過來，放下一艘小艇。小艇很快就靠近了，但是，當側舷繩梯在史塔巴克的指示下放了下來，迎接來訪船長登船時，那個陌生人卻在艇尾揮手，示意完全沒有必要。原來，「耶羅波安號」上面發生了一場惡性流行病，船長梅休擔心會傳染給「皮廓號」上的人。儘管他自己和小艇上的水手沒有感染，他的船又遠在步槍的半個射程之外，中間是潔淨的海水和徐徐清風，他還是認真遵守陸地上慎重的隔離措施，斷然拒絕與「皮廓號」的直接接觸。

但是，這麼做絕沒有妨礙雙方的交流。「耶羅波安號」的小艇和「皮廓號」相隔幾碼的距離，不時地划動船槳，努力與「皮廓號」保持平行。因為此時風颳得很急，「皮廓號」向前慢慢移動，主桅

的中帆被吹得向後鼓起；有時突然沖來一陣洶湧的浪頭，把小艇向前推送出一段距離，但很快又熟練地划回到與大船平行的適當位置。就在這種情況下，以及其他不時出現的類似干擾下，雙方展開了對話，而且有時也免不了出現其他性質非常不同的干擾。

在「耶羅波安號」小艇上划槳的人中，有一個相貌奇特之人，甚至在無奇不有、充斥著各種奇人異士的野蠻捕鯨業中，這般相貌也難得一見。他又瘦又小，十分年輕，臉上滿是雀斑，一頭濃密的黃髮。從頭到腳裹著一件褪色、下襬很長的胡桃色外套，剪裁樣式具有祕法家的那種神祕，過長的袖子一只捲到肘邊。他的眼中帶有一種深沉、不可自拔的精神錯亂的神色。

剛一發現這個人物，史塔布就叫了起來——「就是他！就是他！——『湯－霍號』水手告訴我們的那個穿著長衣服的無賴！」史塔布這裡指的是一段時間以前，「皮廓號」與「湯－霍號」遇見時，人們曾說起有關「耶羅波安號」上一個水手的奇怪故事。根據他們的敘述以及隨後獲悉的情況，那個無賴對於「耶羅波安號」的全體水手幾乎具有某種奇特的權威。他的故事是這樣的：

他原來是在瘋狂的納斯克尤那震教派團體中長大的，曾是那裡的一個大預言家；在他們那些精神失常的祕密集會上，他有好幾次透過一個天窗從天而降，宣稱要立刻打開七碗，那碗就藏在他的馬甲口袋裡；但是，據說，那碗裡裝的不是火藥，而是鴉片酊。他突發奇想，以使徒自居，離開納斯克尤那，來到南塔克特，憑藉瘋子所特有的狡猾，裝扮成一個穩重理智的普通人模樣，自願到「耶羅波安號」上做一名生手後備船員。他被雇用了，但是船剛剛駛到海上，看不見陸地，他的瘋狂言行便爆發出來。他宣稱自己是大天使加百列，命令船長跳海。他發表宣言，自稱是海上諸島的拯救者，是大洋洲的代理監督。他宣布這些事情時的那種無所畏懼的認真神態——他大膽施展的那些黑暗的、不眠不休的、興奮的想像，以及來自真正的精神錯亂的那些不可思議的恐怖行為，這一切加總形成了一種神聖氛圍，使得大部分無知的水手認為他就是加百列。他們都很怕他。然而，這樣一個人，在船上是沒有多大實際用處的，尤其是他不肯工作，除非他自己願意，那個從不輕信的船長早就想把他打發掉；不過，還是通知他說，他的個人意圖是在第一個方便的港口就讓他上岸。這個天使長立刻說要打開封印和神碗——如果這個意圖得逞，他就會無條件地把船和所有人徹底毀滅。他在水手當中對他的信徒具有強烈的影響，他們最後集體跑到船長那裡，對船長說，如果加百列被辭掉，他們誰都不會留下。船長被迫放棄了計畫。他們也不允許對加百列有任何虐待行為，他的言行可以隨心所欲；如此一來，加百列在船上就為所欲為了。結果，這位天使長對船長和幾位副手就很少顧忌，甚至根本就不在乎；自從流行病爆發以來，他更是變本加厲，宣稱這場瘟疫（這是他的說法）完全受他控制，他高興讓它終止它才會終止。水手們大部分都是可憐蟲，在他面前畏畏縮縮，有些還曲盡奉承；他們唯命是從，有時還敬若天神一般，向他頂禮膜拜。這些事情似乎難以置信，但是，不管多麼怪誕，卻都是實有其事。至於這狂人無限的自欺欺人的能力，一部狂人史的驚人程度都不及它的一半。不過，我們的話題還是回到「皮廓號」上來吧。

「我不怕你們的傳染病，夥計，」亞哈從舷牆上說對梅休船長說，後者站在小艇艇尾，「到船上來吧。」

但這時加百列跳了起來。

「想想，想想那熱病吧，面色發黃又膽汁多！當心那可怕的瘟疫！」

「加百列！加百列！」梅休船長叫道，「你要不是——」但這時猛然一個浪頭把小艇沖出很遠，沸騰的浪花把他的話完全淹沒了。

「你可曾看見過白鯨？」等艇漂回來時，亞哈追問道。

「想想，想想你的捕鯨艇，船破人亡！當心那可怕的尾巴！」

「我再次告訴你，加百列，那個——」但是小艇又被沖到前面去了，彷彿被魔鬼拖曳著一般。好一陣子沒法說話，狂放的波浪連續不斷地滾過，由於海洋偶爾的反覆無常，這些波浪不是在起伏，而是在不停地翻滾。與此同時，吊著的抹香鯨頭也在猛烈地搖晃，可以看見加百列在盯著那鯨頭看，帶著與他那天使長身分不符的恐懼神色。

當這段插曲過去，船長梅休開始講起有關莫比．迪克的一個悲慘故事；然而，每當提到加百列的名字，他便會出來打岔，那瘋狂的大海似乎也成了他的同盟。

事情似乎是這樣，「耶羅波安號」離家不久，在和一艘捕鯨船交談時，對方就確信地通告了莫比．迪克的存在，以及牠所造成的破壞。加百列貪婪地吸收了這些資訊，嚴肅地警告船長，一旦看見白鯨，切不可對牠進行攻擊；他瘋瘋癲癲，語無倫次，宣稱白鯨是震教神的化身，震教徒是從《聖經》中獲悉這一資訊的。但是，過了一兩年，桅頂上的瞭望員清清楚楚地看見了莫比．迪克，大副梅西卻熱火中燒地想要追捕牠，船長自己也不情願讓大副失卻這個機會。於是，不顧天使長先前的譴責和警告，梅西成功說服了五名水手和他一同登艇。他們把小艇划離大船，經過非常疲憊的划行，以及多次危險而徒勞的進攻，他終於成功地將一支標槍牢牢刺進了大鯨。這時，加百列攀到主桅頂上，揮舞著手臂，做出瘋狂的姿勢，高聲預言，那些褻瀆和攻擊他的神明的人馬上就會大禍臨頭。這時候，大副梅西正站在小艇艇首，以他那個部族特有的魯莽衝勁，向著鯨魚狂呼亂吼，舉著標槍伺機而動。忽然，海中冒出一個巨大的白影，尾巴迅疾地來回甩打，登時把所有槳手都嚇得靈魂出竅。接下來，那倒楣的大副，剛才還生機勃勃的，被一下子抽到了空中，劃著一個長長的弧線，落入大約五十碼外的海中。小艇毫無損傷，槳手們也毫髮無損，但是大副卻永遠地沉沒了。

這裡最好插上幾句，在捕抹香鯨業的重大事故中，這種情況幾乎司空見慣。有時，除了那個就此滅頂的人以外，其他人俱無傷損；更常見的是艇首被撞掉了，或者是領班站的那塊厚板子，連人帶板被一同撕掉。但是，最奇怪的是，不止一次，當屍體被找到的時候，人已經死得硬邦邦的了，卻看不到一點受傷的痕跡。

整個災難，連同梅西墜海的方式，從大船上都被看得一清二楚。一聲刺耳的尖叫——「那碗！那碗！」加百列這一聲弄得那些嚇壞了的水手不敢繼續追擊鯨魚了。這個可怕事件進一步增強了這位天使長的影響力，因為他那些輕信的信眾認為，他事先已經特地宣告過，而不是僅僅做出任何人都有機會碰巧說中的一般性預言。於是，他就此成了船上一種無可名狀的恐怖。

梅休講完了他的故事，亞哈就開始向他發問，弄得那個陌生船長不禁反問亞哈，如果有機會，他是否有意獵捕白鯨。亞哈回答道——「是啊。」這時，加百列又馬上跳起身來，瞪視著這個老頭，用手向下指著，厲聲大叫——「想想，想想那個褻瀆神明的人——死了，就在下面！——當心褻瀆神明的下場！」

亞哈冷淡地轉向一邊，對梅休說：「船長，我剛好想起了我的信袋，如果我沒記錯的話，有一封信是給你手下一個船副的。史塔巴克，去翻一翻郵袋。」

每一艘捕鯨船都帶有大量捎給其他船隻的信件，能否送交到收信人手中，要靠在四海中能否有遇見他們的機會。因此，大多數信件永遠到不了目的地，有許多信要過兩三年或者更長時間才能收到。

史塔巴克很快就回來了，手裡拿著一封信。因為是保存在艙下一個陰暗的櫃子裡，這信已經又皺又潮，還覆蓋著一層斑斑點點的綠黴。這樣的一封信，郵差最好就是死神本人。

「沒辦法看嗎？」亞哈叫道，「把它給我，夥計。是的，是的，字跡是有些潦草模糊。——這是什麼？」在他仔細辨認的時候，史塔巴克拿起一根長長的割鯨脂的鏟子柄，用刀子輕輕剖開柄端，以便把信夾在那裡，遞給小艇，這樣小艇就不用靠近大船了。

與此同時，亞哈拿著那封信，嘟囔著：「哈先生——對了，哈利先生——（是女人的纖細筆跡，——一定是這人的老婆，我敢打賭）——是的——哈利・梅西先生，耶羅波安號。——怎麼是梅

西的信，他已經死啦！」

「可憐的傢伙！可憐的傢伙！是他老婆的信，」梅休歎息道，「把它給我吧。」

「不，你自己留著，」加百列對亞哈叫道，「你很快就會走上那條路的。」

「讓鬼掐住你的喉嚨！」亞哈嚷道，「梅休船長，現在站好，接住它吧。」說著，他從史塔巴克手裡接過那封不祥的信，夾在鏟子柄端的縫裡，把它向小艇伸過去。但是，在他這麼做時，槳手們都期待地停止了划槳；小艇朝大船後面稍微漂動了一段，如此一來，彷彿有魔法一般，那封信突然向加百列迫不及待的手伸了過去。他一把抓住，拿起小刀，把信插在刀尖上，把它連刀一起擲回大船。信落在亞哈的腳邊。隨後，加百列向他的同伴們尖聲嘶叫，要他們趕緊扳槳，那艘抗命的小艇就這樣飛快地射了出去，離開了「皮廓號」。

這段插曲過後，水手們重新開始處理大鯨的「外套」去了，可是，這個荒唐的事件卻為許多怪事埋下了線索。

# 第七十二章 猴索

在熱火朝天忙著切割鯨脂和照看鯨魚的過程中，水手們很多時候要前後奔忙。不時地這裡需要人手，那裡又需要人手。到處都在活躍個不停；因為在同一時刻，每個職務都有工作要完成。這個在竭力描繪這些場景的人也是如此。我們現在必須回過頭來說一說。前面提到，在鯨背上開始動工之前，要把鯨脂鉤插進大副、二副最初用鏟子切出的圓洞裡。但是，這麼笨重的鉤子是怎麼鉤到那個洞裡去的呢？它是由我的密友魁魁格插進去的，他作為標槍手的職責，就是爬到那怪物背上來完成這一特殊任務。但是在很多情況下，環境要求標槍手得一直留在鯨背上，直到整頭鯨的鯨脂割取完畢，或者是剝皮手術完成。請注意，除了要在上面直接實施操作的部分，鯨魚幾乎是整個浸沒在水下的。所以，可憐的魁魁格要下到比甲板低大概十英尺的地方，在那裡不停地掙扎輾轉，身體一半在鯨背上，一半浸在水裡，而那巨物在他下面又像踏車一樣轉個不停。在這種場合，魁魁格一身蘇格蘭高地人的打扮——一件襯衫，一雙短襪——至少在我眼中，更能顯示出他身材上的優勢，要觀察他，現在可是最好的機會。

作為這個野蠻人的頭槳手，也就是說，在他的小艇裡划頭槳（從前面數第二個位置上），這份讓我開心的職責便是，在他艱難摸索著攀上死鯨背上時，照顧好他。你們一定見過義大利風琴手，用一根長繩索牽著一隻跳舞的猴子。我也是這樣，用一條捕鯨業中行話所謂的猴索，拴在魁魁格腰間一條結實的帆布帶子上，從陡峭的船舷邊把他送到海裡去。

這件事對於我們倆都是既滑稽又危險。因為，在我們繼續往下講之前，必須說明一點，猴索兩端都是拴牢的，一端拴在魁魁格的寬帆布腰帶上，另一端拴在我的窄腰帶上。這樣一來，無論是幸與不幸，我們倆在那時就休戚與共了；如果可憐的魁魁格沉到海裡，再也浮不出來，那麼，慣例和榮譽都要求我不能割斷繩索，而是要隨著他一起被拖下水去。於是，一根細長的暹羅繩索就把我們綁在了一起。魁魁格就是我須臾不可分的雙胞胎兄弟；我無論如何都不能擺脫這條痲繩所帶來的危險責任了。

我那時把自己的處境未免想得過於玄妙，我在認真觀察他的動作時，似乎清楚地覺察到我自己的身家性命也已融合在我們兩人的合資公司裡了；我的自由意志已經遭受致命的創傷；另一個人的錯誤或是不幸會將無辜的我拋入我不該有分的災難和死亡之中。所以，我看見天意在此處出現了空白，因為它那不偏不倚的公平正義不允許有這麼大的不公存在。不過，我進而想到——當我不時地猛拉他一下，以免他被卡在大鯨和船身之間——我要說，我看見自己的處境完全和每一個有生命的凡人一模一樣；只是在大多數情況下，他那根繩索是以某種方式和更多的人綁在一起的。如果你的銀行家破產了，你也就完了；如果你的藥劑師錯把毒藥放進你的藥丸，你就會死掉。的確，你可能會說，只要多加小心，你就有可能逃過這些，以及生活中其他各式各樣的不幸。但是，雖然我小心翼翼地操控著魁魁格的猴索，但有時他猛地一拉，我還是差點就滑出船舷，掉到海裡。我怎麼都不可能忘記，我盡可隨意施為，卻也只能控制住繩子的一頭。[1]

我已經暗示過，我會經常猛地拉一下可憐的魁魁格，以免他被卡在鯨魚和船身之間——由於兩者在不斷地滾動和搖晃，他偶爾會落到那個空隙裡去。但是，他所面臨的危險絕不僅僅是被夾在那裡。夜裡的大屠殺並沒有將那些鯊魚嚇住，牠們現在精神飽滿，以前儲存在鯨屍中的血開始流淌出來，這

1 所有捕鯨船上都能見到猴索，但是只有在「皮廓號」上，猴和牽猴的人才拴在一起。對於原初慣例做出這種改善的人正是史塔布，以便憑藉牽索人的忠誠與機警，為處於危險境地的標槍手提供盡可能大的安全保證——原注

對牠們產生了更大的誘惑——這些狂暴的生物蜂擁在周圍，就像蜂巢中的蜜蜂。

而魁魁格就置身於這些鯊魚當中，他常常用腳狠踹，把牠們蹬到一旁。如果鯊魚不是被死鯨這樣的獵物所吸引，這件事簡直是難以置信，雜食性的鯊魚只要有其他食物，便很少碰人類。

然而，人們寧可相信，既然牠們如此貪婪地共同染指死鯨，那還是對待牠們機靈一點為妙。相應地，除了猴索，我用它不時地猛拉一下這可憐的傢伙，防止他離那些貪得無厭的鯊魚大嘴過近——船上還為他提供了另一重保護。塔什特戈和達戈懸掛在船舷旁的繩梯上，持續不斷地在魁魁格頭上揮舞著兩把鋒利的鯨鏟，但只要他們能碰觸到，就大肆屠殺。他們的這種做法當然毫無私心，也是仁慈為懷的。我承認，他們存心是為了魁魁格著想，但是，在他們急於援手的草率熱情中，加之有時他和鯊魚都半隱藏在渾濁的血水中，這便使得他們那並不慎重的鏟子更容易砍掉一條人腿而不是一條鯊魚尾巴。但可憐的魁魁格，我推測，在竭盡全力氣喘吁吁地擺弄那支大鐵鉤之時——我想可憐的魁魁格只有向他的攸久祈禱了，把自己的生命交託給他的神明了。

當我隨著每一陣浪湧把繩索時而收緊，時而放鬆，我思忖著，好吧，好吧，我親愛的夥伴和雙胞胎兄弟，說到底，這又有什麼要緊呢？你不就是這個捕鯨界裡我們大家的可貴象徵嗎？你在其中累得氣喘吁吁的深不可測的海洋，就是生活；那些鯊魚，就是你的仇敵；那些鏟子，就是你的朋友；你夾在鯊魚和鏟子中間，這是多麼悲哀的兩難處境啊，可憐的夥伴。

但是，鼓足勇氣吧！還有很多歡樂在等待著你，魁魁格。現在，這個嘴唇發紫、兩眼血紅、筋疲力盡的野蠻人，終於爬上了錨鍊，翻過船舷，不由自主地顫抖著，全身滴著水。那個服務員走上前來，眼神中滿含友善和安慰，遞給他——什麼呀？熱白蘭地嗎？不！天哪！遞給他的，遞給他的是一杯溫熱的薑湯！

「薑嗎？我聞到的是薑味嗎？」史塔布懷疑地問道，靠攏過來，「是的，這一定是薑。」他凝視

著那還沒人嘗過的杯子，然後彷彿難以置信地站了一會兒，冷靜地走向那個驚訝的服務員，緩慢地說道：「薑？薑？能夠勞駕告訴我，麵團先生，薑的功效何在？薑！薑就是你所用的燃料，麵團小子，想在這個發抖的食人生番肚子裡生火嗎？薑！——薑是什麼鬼東西？海上的煤？柴火？——火柴？——火絨？——火藥？——薑是什麼鬼東西，我說，你就給我們可憐的魁魁格一杯這玩意兒？」

「這事有點像是禁酒協會在偷偷摸摸搞運動，」他突然補充道，走到剛好從船頭過來的史塔巴克跟前，「你願意瞧瞧那杯東西嗎，先生？聞聞它吧。」然後端詳著大副的表情，補充道：「史塔巴克先生，魁魁格剛從鯨身上下來，這個服務員居然有臉把這種甘汞和瀉藥拿給他。這服務員是藥劑師嗎，先生？我可不可以問問，他是不是想用這種苦藥來讓一個淹得半死的人恢復元氣呢？」

「我才不信呢，」史塔巴克說，「這東西夠差勁的了。」

「是啊，是啊，小子，」史塔布叫道，「我們得教教你怎麼給標槍手藥吃？這裡完全用不著你這藥劑師的藥，你想毒死我們，是不是？你給我們都上了人壽保險，想把我們都害死，好獨吞保險金，是不是？」

「不是我，」麵團小子叫道，「是慈善姑媽把薑拿到船上的，她還吩咐我千萬別給標槍手喝酒，只能給這種薑湯——她就是這麼叫這東西的。」

「薑湯！薑你個無賴！拿走！趕緊去，到櫥櫃裡拿點好東西來。我希望我沒有做錯，史塔巴克先生。這是船長的命令——給站到鯨魚身上的標槍手拿烈酒。」

「好啦，」史塔巴克回答說，「只是別再打擊他了，不過——」

「啊，我打擊歸打擊，可從未傷到過他，除非是打擊一頭鯨魚或是諸如此類的東西；這傢伙是隻黃鼠狼。你說什麼來著，先生？」

「我只是說，你和他一起去，你願意拿什麼就自己隨便拿。」

史塔布再次出現的時候，一隻手拿著個黑瓶子，另一隻手裡是某種類似茶罐的東西。瓶子裡裝的是烈性酒，他遞給了魁魁格；罐子是慈善姑媽的禮物，他隨手拋給了大海。

## 第七十三章

# 史塔布和弗拉斯克殺了一頭露脊鯨；隨後有關牠的對話

必須記住，這段時間以來，我們「皮廓號」的一側一直掛著個巨大的抹香鯨頭。但是我們得讓它在那裡繼續掛著，以後有機會的時候再去處理。因為目前有其他緊迫的事情，對於這顆鯨頭，我們頂多能祈禱上蒼，讓那部滑車組能夠挺住。

現在，經過一個晚上和一個上午，「皮廓號」已經逐漸漂進了一片海域，偶爾可見成片的黃色浮游生物，這是附近存在露脊鯨的非同尋常的徵兆。但是，在這個特殊的時間，會有這種大海獸潛藏在附近，這倒是始料不及的。儘管所有水手通常都厭惡獵捕這些下等鯨魚，儘管牠們根本不是「皮廓號」的巡航目的，儘管在克羅澤附近遇見過好多頭，卻沒有放下過一艘小艇去追獵；然而，現在有了一頭砍了腦袋的抹香鯨拖在船邊，但讓所有人吃驚的是，船長竟然下令，如果機會允許，當天就要捕到一頭露脊鯨。

這用不了多久。背風處出現了高高的噴水，史塔布和弗拉斯克各帶一艘小艇出發追擊。划了很遠很遠，最後連桅頂上的人也幾乎看不見他們了。但是突然間，在遠處，他們看見一大片翻騰的白水，不久以後，桅頂上傳下消息，一艘或兩艘小艇把鯨拴住了。過了片刻，小艇清晰可見了，它們被那拴住的鯨魚拖曳著直向大船而來。那怪物眼看就要接近船體了，起初似乎是想要對大船動武；但是在離大船約五十英尺的地方，牠猛地攪起一個漩渦，潛下水去，消失不見了，彷彿潛到了船底下面。「割斷，割斷！」大船上的人向小艇喊，剎那間，似乎小艇就要被拖曳著狠狠撞上大船側面。但是，索桶裡還有很長的捕鯨索，鯨魚的下潛也沒有那麼迅速，他們放出足夠長的繩索，與此同時，全力扳槳，要划到大船前面去。這緊張關鍵的戰鬥持續了幾分鐘，因為他們一邊要在一個方向上不斷放鬆繃緊的繩索，一邊還要向另一個方向扳槳，這兩股相持的力量隨時都有把他們拖下水去的危險。不過，他們要爭取的僅僅是領先英尺而已。他們堅持不懈，終於划到了前面。就在這時，一陣迅疾的震顫，感覺就像是閃電沿著龍骨劃過，那根繃緊的捕鯨索，擦過船底，突然從船首下面躥了起來，劈啪作響，震顫不已。索上的水珠四濺開來，像一片片碎玻璃落在水面上，而鯨魚也在遠處浮了出來，再一次，兩艘小艇可以自由飛馳了。但是，那累垮的鯨魚已經減慢了逃逸速度，盲目地轉變航線，拖著兩艘小艇，繞到大船船尾，讓它們跟著繞了一個大圈。

這時，他們逐漸把捕鯨索收緊，等到小艇從兩側靠近鯨魚，史塔布和弗拉斯克便你一槍我一槍地刺向鯨魚。這場戰鬥就圍繞著「皮廓號」進行，先前在抹香鯨屍體周圍游動的大量鯊魚，現在都奔著新湧出的血蜂擁而去，焦渴地在每一道新鮮的創口上暢飲起來，就像急不可耐的以色列人痛飲從敲碎的岩石中湧流而出的清泉一般。

鯨魚的噴水終於變稠了，伴隨著一陣可怕的翻滾和嘔吐之後，牠肚皮朝天，成了死屍。

兩名領班正忙著將繩索拴在鯨魚尾鰭上，設法讓這個龐然大物隨時可以拖走，這時，他們之間便有了這樣的一番對話。

「我奇怪老頭子要這麼一塊爛油幹什麼。」史塔布說道，一想到要和這麼一頭劣等海獸打交道，不由得感到有點噁心。

「要牠幹什麼？」弗拉斯克說，一邊捲著艇首上多餘的繩索，「你從來沒有聽說過嗎？船上右舷掛了抹香鯨的頭，左舷就要同時掛一個露脊鯨的頭，這樣，船以後就再也不會翻了，史塔布，你從來沒有聽說過嗎？」

「為什麼不會翻？」

「我不知道，但是我聽那黃鬼費達拉這樣說過，他似乎知道所有關於行船的法術。但我有時認為，他的法術最終對船就沒有好處。我一點也不喜歡那個傢伙，史塔布。你可曾注意到，他的獠牙就像是能咬穿蛇頭一樣，史塔布？」

「去他的！我從來就沒有看過他；但如果在大黑天我碰巧看到他緊靠舷牆站著，四周又沒有人，你瞧瞧下面，弗拉斯克，」——他用雙手做了個特別的動作，指向海面——「是的，我會的！弗拉斯克，我認為那個費達拉就是個偽裝的魔鬼。你相信關於他偷偷上船的無稽之談嗎？他是魔鬼，我說。你之所以看不見他的尾巴，是因為他把它捲了起來，你看不見；我猜，他是把尾巴盤起來，揣在口袋裡。該死的東西！現在我想起來了，他總是找麻絮，塞進他的靴頭裡。」

「他穿著靴子睡覺，不是嗎？他從來沒有吊鋪。不過我看見他夜裡躺在一盤索具上。」

「毫無疑問，那就是因為他那該詛咒的尾巴；你看見了吧，他把它捲起來，放在索具中間的眼裡。」

「老頭子為什麼和他有這麼多牽扯呢？」

「有什麼交易或者是買賣吧，我想。」

「買賣？——什麼買賣？」

「怎麼，你看見了吧，老頭子對那白鯨可是窮追不捨，這魔鬼就想利用這點擺布他，讓他把自己的銀錶，或者他的靈魂，或者是諸如此類的東西給他，然後他就交出莫比·迪克。」

「呸！史塔布，你在開玩笑吧，費達拉怎麼辦得到呢？」

「我不知道，弗拉斯克，但是，這魔鬼是個奇怪的傢伙，而且很邪性，我告訴你。嘿，他們說，他曾經溜上一艘老旗艦，大模大樣地搖著尾巴，做出彬彬有禮的樣子，問老司令官可否在家。嗯，他剛好在家，他問這魔鬼有何貴幹。魔鬼就拱拱蹄子，立起來說：『我找約翰。』『找他幹什麼？』老司令官說。『與你有何相干，』魔鬼發起怒來，『我自有用處。』『把他帶走。』司令官說。老天作證，弗拉斯克，要是這魔鬼不是在把約翰用完之前就讓他得了亞洲霍亂，我就一口把這鯨魚吞了。但是，放機靈點——你那裡還沒有準備好嗎？好吧，往前划，把鯨魚拖走吧。」

「我想我記起你剛才說的故事了，」弗拉斯克說，兩艘小艇終於慢慢地拖著鯨魚向大船靠近了，「但是我記不起是在什麼地方了。」

「在《三個西班牙人》裡？那三個殘忍士兵的冒險？你是在那裡面讀到的吧，弗拉斯克？我猜你一定看過？」

「沒有。我從來沒看過這樣一本書，不過我聽說過。但現在，告訴我，史塔布，你認為你剛才說的那個魔鬼，就是我們『皮廓號』上的這個嗎？」

「我是不是剛才幫你殺大鯨的同一個人呢？魔鬼難道不是永生的嗎？誰曾聽說過魔鬼會死的？你可曾見過神父給魔鬼做法事的？如果魔鬼有艙門鑰匙，可以進到司令官的艙室，你以為他就不能從舷窗爬進去了嗎？你說呢，弗拉斯克先生？」

「你認為費達拉有多大歲數，史塔布？」

「你看見那主桅杆了吧？」他指著大船，「好，那就是數字『1』；現在把『皮廓號』上所有的鐵箍拿出來當『0』，在那桅杆後面排成一排，你看見了吧，好吧，就是那樣也趕不上費達拉的年紀。把天下所有桶匠的鐵箍都擺出來當『0』也還是不夠。」

「但你看看，史塔布，我認為你剛才有點吹牛了，你說你要是有合適的機會，一定會把費達拉推到海裡去。那麼，如果他老得連你所有的鐵箍加起來都趕不上，如果他是永生不死的，那把他從船上推下去又有什麼用呢——你倒是說說看？」

「不管怎麼樣，讓他在水裡好好地浸一浸。」

「但是他還會爬上來的。」

「那就再讓他浸浸，一直浸下去。」

「不過，假如他也想要浸浸你呢——是呀，把你淹死——那又當如何呢？」

「我倒想看看他敢不敢。我會揍他個烏眼青，讓他好長時間不敢在船長室裡露面，更別說他到他現在住的底層甲板去，或是偷偷溜到上層甲板來。這該死的魔鬼，弗拉斯克；你以為我就這麼怕這個魔鬼？誰會怕他啊，除了那老司令官，他不但不敢抓住他，給他戴上他該得的兩副手銬，反而任其到處綁架人。是啊，還和他簽了協議，說是魔鬼綁架的人，他全都會替他烤熟。竟有這樣的司令官！」

「你認為費達拉要綁架亞哈船長嗎？」

「我認為？你很快就會知道的，弗拉斯克。但是，我現在要死死盯住他；要是看見有任何可疑的事情發生，我就會一把抓住他的後脖子，對他說——聽著，魔鬼，這可萬萬不行；如果他敢耍花招，老天作證，我就會揪住他口袋裡的尾巴，把他拉到絞盤那裡，狠狠地絞上一番，把他的尾巴齊根絞掉——你看著，到那時，我想啊，等他發現自己尾巴短成了那副怪模樣，他就會偷偷溜走，連夾著尾巴的可憐的滿足感都沒有了。」

「你要拿那尾巴幹什麼去呢，史塔布？」

「幹什麼去？我們回家就把它當牛鞭子賣了——還能幹什麼？」

「那麼，你說的，你這一路上所說的，都是當真嗎，史塔布？」

「當真還是不當真，我們總歸是到了大船邊上。」

大船上有人招呼小艇，把鯨魚拖到左舷去，在那裡，用來綁牢鯨尾的鐵鍊和其他一應必備之物已經準備妥當。

「我不是這樣告訴過你嗎？」弗拉斯克說，「是的，你很快就能看見這頭露脊鯨的腦袋吊在抹香鯨腦袋對面了。」

弗拉斯克的話及時得到了證實。和以前一樣，「皮廓號」向抹香鯨腦袋那側陡峭地傾斜著，現在，有了兩顆腦袋的平衡，龍骨又恢復了平衡；當然，你盡可相信，這是很吃力的負擔。當你一邊掛起洛克的頭，你就會向那邊歪；你在另一邊掛起康德的頭，你就恢復正常了，只不過你的處境十分尷尬。有些人總是想這樣調整船身的平衡。啊，你們這些傻瓜，把那些嚇人的腦袋拋到海裡，不就能輕鬆筆直地航行了嘛。

露脊鯨的屍體被拖到船邊來進行處理的時候，最初的程序通常和處理抹香鯨的情況一樣。只是抹香鯨的頭是整個砍下來，而露脊鯨則是把牠的嘴唇和舌頭分別割下來，連同那附著在所謂冠蓋上的著名的黑骨頭一起吊上甲板。但是這一次，卻根本沒有這麼做。兩頭鯨的屍體都甩到船後，掛著兩顆鯨頭的船活像一頭驢子，馱著一對不堪重負的馱筐。

與此同時，費達拉始終在沉靜地注視著露脊鯨的頭，不時地望望那頭上深深的皺紋，再回過來看看自己掌上的紋路。亞哈也剛巧站在那裡，他的身影正好罩在這個拜火教徒身上；這時候，如果這拜火教徒還有身影，似乎也完全和亞哈的混在了一起，把亞哈的身影延長了。水手們一邊忙著幹活，一邊就所有這些發生的事情，交換著漫無邊際的推測。

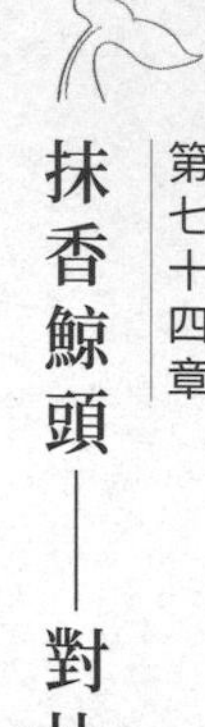

## 第七十四章 抹香鯨頭——對比觀

現在，這裡有兩頭大鯨，把腦袋湊在一起。我們也來加入吧，把我們的頭也湊在一起。

在對開型大海獸的大小順序上，抹香鯨和露脊鯨的地位最為顯赫。牠們是人類常規的獵捕對象。對於南塔克特人來說，牠們代表了所有已知鯨類的兩個極端。因為兩者之間的外在區別主要見於牠們的頭部；因為就在此時，兩種鯨頭分別懸掛在「皮廓號」的兩側；因為我們可以自由地在兩顆頭之間走來走去，只需要穿過甲板：——因此，我很想知道，你到哪裡去找更好的實地研究鯨類學的機會呢？

首先，打動你的是兩顆頭之間的總體對比。兩者都是地地道道的巨頭；但是，在抹香鯨頭上有著某種精確的對稱，那是露脊鯨明顯沒有的。抹香鯨的頭更有個性。當你瞧著牠的時候，牠那無所不在的威嚴，會讓你不由自主地對牠心悅誠服。就眼前的情況而論，牠頭頂上的胡椒和食鹽色澤加強了這種威嚴之感，那是年事已高、閱歷豐富的象徵。簡而言之，牠就是捕鯨者行話中所謂的「白頭鯨」。

我們現在就來看看這兩顆頭最為相似的地方吧——亦即那兩個最重要的器官，眼睛和耳朵。在頭部側面最靠後且再往下，接近嘴角的地方，如果你仔細尋找，最後會看見一隻沒有睫毛的眼睛，你會誤以為那是一匹小馬駒的眼睛，與頭部的巨大尺寸相比，它是多麼不成比例啊。

現在，從鯨眼位於頭部側面這個獨特位置來看，顯然牠看不見正前方的目標，正後方的東西也同樣看不清楚。一句話，鯨眼的位置與人耳的位置相當，你可以想像，要是你用你的耳朵從側面去觀察事物，你會怎麼樣。你會發現，你用側面的眼睛只能擁有前方約三十度的視界，向後的視界也同樣是三十度左右。如果你的仇敵徑直向你而來，在光天化日下舉著匕首，你也會看不見他，他從後面偷摸靠近你時也同樣如此。一句話，這麼說吧，你會有兩個後背；但是，與此同時，你也有了兩個正面（側正面）：因為構成一個人正面的東西——除了他的眼睛，還能是什麼呢？

而且，就我現在能想得起來的其他動物來說，牠們眼睛的位置總是能不知不覺地將兩眼的視力混合在一起，這樣，牠們大腦產生的圖像就是一個，而不是兩個；由於其獨特的位置，鯨魚的兩隻眼睛，實際上中間隔著若干立方英尺的堅實頭部，頭的這個部分像大山聳立其間，把山谷中的兩座湖泊隔開；這樣一來，每隻獨立的眼睛傳輸給大腦的圖像必然是完全分開的。所以，鯨魚一定在左側看見了一幅清晰的圖像，在右側又看見了另一幅清晰的圖像；而在兩側之間，一定是漆黑一團，什麼都看不見。實際上，人類可以說是從窗戶上的兩個窗框連在一起的崗亭朝外看的，但是在鯨魚那裡，這兩個窗框是分開安置的，構成了兩個不同的視窗，卻大大損傷了視力。鯨眼的這種特殊性是捕鯨者要時時記在心上的，也是讀者在隨後一些場景中能夠想起的。

在大海獸的視力方面，可能會引發一個奇怪而又令人困惑的問題。不過，我提一下就該滿足了。只要人類的眼睛在光明中睜開，觀看的行為就是不由自主的；那就是說，他會忍不住自動看到任何在他前面的東西。然而，任何一個人的經驗都會告訴他，儘管他掃上一眼就能把事物不加區別地看入眼底，他卻完全不可能在同一時刻專注而完整地審視兩件東西——無論東西大小，無論它們是並排放著，還是彼此連在一起。但是，如果你現在把這兩個目標分開，將每一個用十足的黑圈圈上，那麼，為了看見其中一個，在這種情況下就必須集中全部精神，另一個目標就會被暫時徹底排除在你的意識之外。那麼，鯨魚的情況會怎麼樣呢？的確，牠的兩隻眼睛本身，一定是同時發揮作用的，但是，牠大腦的理解力、組合能力和敏感性上，難道要遠遠超過人類嗎？以至於牠能同時專注地審視兩個截然不同的圖像，一個在牠頭部的一側，另一個在完全相反的方向？如果牠能夠做到，那麼，這就是一個奇蹟了，就像是一個人能夠同時演算兩個截然不同的歐幾里得幾何學難題一樣了。嚴格地考察下來，這種比較也並非那麼不合情理。

這也許只是一種無聊的奇想。但我總是覺得，有些鯨魚在遭到三、四艘小艇的攻擊時，牠們所表現出的非同一般的游移不定，牠們作為共性的那種奇怪的膽怯和容易受驚，這一切都是間接地源於牠們在決斷上的無助的混亂，這一定和牠們那分開在兩邊的截然相對的視覺器官有關。

但是，鯨魚的耳朵和眼睛一樣奇怪。如果你對鯨類一無所知，你可能會在這兩顆鯨頭上搜尋上幾個小時，卻還是發現不了那對器官。鯨魚的耳朵根本就沒有任何所謂外耳的東西，耳孔本身也是小得令人稱奇，你甚至連一根鵝毛管都插不進去。它位於眼睛後面一點的地方。就牠們的耳朵而言，這是在抹香鯨和露脊鯨之間可以觀察到的一個重要區別。抹香鯨的耳朵有一個外部開口，而露脊鯨的耳朵則完全是平的，覆蓋著一層薄膜，因此從外表上很難看得出來。

像鯨魚這樣的龐然大物居然用這麼小的眼睛看世界，用比野兔耳朵還小的耳朵傾聽雷霆，這不是很奇怪的事情嗎？但是，如果牠的眼睛大得像赫歇爾的巨型望遠鏡的鏡片，如果牠的耳朵寬得像大教堂的門廊，那樣就能使牠看得更遠，聽得更真切嗎？根本不會。——那麼，你為什麼要試圖「擴大」你的頭腦呢？讓它精細一點吧。

現在讓我們利用手邊隨便什麼槓桿和蒸汽機，來把抹香鯨的腦袋翻過來，讓它仰天躺著；然後，用梯子爬到最頂上去，向下窺視一下那張嘴巴；如果不是身體已經完全與腦袋分了家，我們還可以打著燈籠，下到它那如同肯塔基猛獁洞一般巨大的肚子裡去。但是，讓我們在這顆牙齒旁邊停住，環顧一下我們的四周。真是一張漂亮整潔的嘴巴啊！從地板到天花板，都鑲襯上了，或者毋寧說是糊上了一層閃光的白色薄膜，像新娘的緞子禮服一樣光滑。

不過，現在還是出來吧，看看這個令人驚訝的下巴，它似乎像是一個巨型鼻菸盒狹長的蓋子，鉸鏈安在一端，而不是安在旁邊。如果你把它撬開，使它在你的頭頂張開，露出成排的牙齒，就像是一個可怕的吊閘。天啊，原來如此！結果證明，就是這些具備巨大刺穿力的長釘，落在了捕鯨業中很多可憐蟲的身上。但是，更讓你心驚膽戰的是，看到在數英尋深的水下，一頭陰險的鯨魚懸空漂浮著，牠那巨大的下巴約有十五英尺長，和牠的身體成直角筆直地垂著，簡直就像是一艘船的斜桅。這頭鯨魚不是死的，牠只是精神沮喪，也許是心情不佳，患了憂鬱症，才顯得這麼懶散，連下巴上的鉸鍊都鬆了，落得一副悲慘的狼狽相，成了整個族類的恥辱，毫無疑問，牠們一定會詛咒牠患上牙關緊閉症。

在大多數情況下，這下巴——有經驗的老手可以很輕鬆地把它卸下來——在卸下來之後，要吊上甲板，拔下乳白色的牙齒，並把又硬又白的鯨鬚提供給捕鯨者，讓他們做出各種稀奇古怪的玩意兒，包括手杖、傘骨和馬鞭柄等等。

費了很長時間的力氣，終於將下巴吊起來，像錨一樣拖上甲板。等到合適的時間——其他工作完成幾天之後——魁魁格、達戈和塔什特戈，這些熟練的牙科大夫，便開始拔牙了。魁魁格用一把鋒利的鯨脂鏟切開牙齦，然後把下巴捆在帶環螺栓上，在上面扯起一部滑車，他們就把這些牙齒一顆顆拔出來，就像密西根公牛拔出野地上老橡樹的樹樁一樣。通常有四十二顆鯨牙；老鯨的牙齒磨損得很厲害，不過沒有蝕空，也沒有像我們那樣人工填充起來。下巴隨後被砍成一塊塊厚板子，像建房子的托梁一樣堆在一邊。

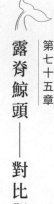

# 第七十五章

# 露脊鯨頭——對比觀

穿過甲板，我們現在來好好看看那露脊鯨的頭。

就整體形狀而言，高貴的抹香鯨頭可以比做一輛羅馬戰車（尤其是前面，又寬又圓）；所以，大致看來，露脊鯨頭相當不雅，類似於一只巨大的尖頭鞋。兩百年前一位老荷蘭航海家把牠的形狀比做一只鞋匠的鞋楦。就在這樣的鞋楦或是鞋子裡，童話裡那個子孫眾多的老婦，連同她所有的後裔，都可以很舒適地住下來。

但是，當你靠近這顆大頭，根據觀察角度的不同，它也開始顯出不同的樣貌。如果你站在它的最頂上，俯瞰這兩個F形的噴水孔，你會把整顆頭當成一把低音大提琴，那兩個噴水孔就是共鳴板上的開孔。然後，如果你再定睛觀看這頭頂上雞冠狀隆起的奇怪硬殼——這個結滿藤壺的綠東西，格陵蘭人稱之為「皇冠」，南海捕鯨者則稱之為露脊鯨的「帽子」；你的眼睛單單盯住這個，你會把這顆頭當成某棵大橡樹的樹幹，樹幹分叉處有一個鳥巢。無論如何，當你看著那些活螃蟹就偎依在這帽子上，你幾乎情不自禁地就會產生這樣的想法。除非你的想像力已經被它的另一個專門術語「皇冠」給固定了，在那種情況下，你會懷著極大的興趣想到，這個大怪物怎麼真的就成了戴冠冕的海上之王呢，牠那綠色的皇冠又是怎樣奇妙地拼湊而成的啊。但是，如果這頭鯨真是國王，那一定是個頭戴王冠、相貌陰沉的傢伙。看看那垂著的下嘴唇！怎樣一個陰沉而慍怒的東西！這個陰沉而慍怒的東西，根據木匠的尺寸，大約有二十英尺長，五英尺深。但就是這個陰沉而慍怒的東西能給你產出大概五百多加侖的鯨油。

真是太可惜了，這頭倒楣的鯨魚竟然是個兔唇。唇上的裂口大約有一英尺深。也許是牠的母親在關鍵時刻從祕魯沿海海底游過時，剛巧有地震把海灘震出了裂口造成的。越過這條嘴唇，就像越過一個溜滑的門檻，我們現在滑進了牠的嘴裡。我敢保證，如果我是在麥基諾島，我定會以為自己走進了一座印第安人的棚屋。天哪，這就是那位約拿所行的路嗎？屋頂大約有十二英尺高，形成一個陡峭的銳角，彷彿那裡有一根正規的屋梁似的；肋骨狀拱起的兩邊毛茸茸的，展現在我們面前的是一條條奇妙的、半垂直的、彎鉤鐮狀的鯨鬚，每邊有三百根之多，從頭的上部或者是冠骨上垂下來，形成我們在別處略微提到過的威尼斯百葉窗。這些骨頭的邊緣生滿流蘇般毛茸茸的纖維，露脊鯨進食時，張著嘴穿過滿是浮游生物的海域，便透過這些百葉窗來過濾水，把小魚留在這些錯綜複雜的機關裡面。在這種骨質百葉窗的中央部分，依據自然順序，有一些奇怪的標誌，弧形、凹坑、山脊，有些捕鯨者據此計算鯨魚的年齡，就像透過年輪推斷橡樹的年齡一樣。儘管這種標準的可靠性遠未得到證實，但它依然存在類比的可能性。無論如何，如果我們認可這種演算法，我們就必須承認露脊鯨的年紀遠比我們最初看上去要大，這似乎是合乎情理的。

在古代，有關這些百葉窗，似乎一直流行著一些最為奇特的幻想。在珀切斯的書中，有一個航海家稱之為鯨嘴裡奇妙的「鬍鬚」[1]；另一位航海家稱之為「豬鬃」；在哈克魯特的著作中，一位老紳士則使用了下面這種優雅的語言來描述牠們：「在其上顎兩邊，大概各自長有兩百五十根鰭，從兩邊成拱形籠罩在其舌上方。」

眾所周知，這些「豬鬃」、「鰭」、「鬍鬚」、「百葉窗」，或是你隨便叫它什麼，正是用來給女士們做緊身胸衣和其他硬襯之類的材料。但是，在這個特殊方面，需求量早就日漸減少。鯨鬚的光

1 這提醒我們露脊鯨的確有一種鬍鬚，或者說是髭鬚，由少許稀疏的白毛組成，生在下巴外端的上部。有時這些絨毛會給牠原本莊重的外貌帶來一股匪氣。——原注

榮時代是在安妮女王時代，用鯨骨圓環做裙撐是那個年代的時尚。當那些古代美女快活地走來走去時，你盡可以說她們是在鯨魚嘴巴裡走動；即便如此，遇上陣雨，我們現在也還是不假思索地飛奔到鯨口下面避雨；雨傘本來就是用鯨鬚撐開的帳篷。

不過，現在還是暫時忘記所有的百葉窗和鬍鬚吧，且站在露脊鯨的嘴巴裡，重新環顧四周。看著這些鯨鬚如同柱廊一般有條不紊地排列，難道你不會以為自己是置身於哈勒姆大風琴的內部，在凝視著它那上千根音管嗎？作為風琴下面的地毯，我們有最柔軟的土耳其地毯，那就是鯨舌，它彷彿是黏在嘴巴的地板上一樣。這根獨特的舌頭現在就在我們面前；僅僅是匆匆瞥上一眼，我就敢說，它是個六桶，也就是說，它能為你產出大約六桶的油。

至此，你一定已經清楚地看到，我開始時的話所言不虛——抹香鯨和露脊鯨的頭幾乎完全不同。那麼，總的來說，露脊鯨的頭裡沒有很大的油源；牠也根本沒有乳白色的牙齒；沒有抹香鯨那樣細長的下巴。抹香鯨則沒有任何百葉窗似的鯨鬚；沒有巨大的下唇；也幾乎沒有舌頭這樣的東西。而且，露脊鯨有兩個外在的噴水孔，抹香鯨則只有一個。

現在，最後看看這兩顆莊嚴的帶有冠飾的頭吧，趁著它們還躺在一起；因為一個不久就會沉入海裡，湮沒無聞；另一個很快也要隨之而去。

你能捕捉到抹香鯨的表情嗎？牠就是帶著這副表情死去的，只是前額上一些較長的皺紋現在似乎已經消失了。我覺得牠寬闊的額頭完全就像是大草原一般寧靜，因為透過沉思冥想，牠已經獲得對待死亡的淡然態度。但是請注意另一顆頭上的表情。看看那令人吃驚的下唇，碰巧被船舷壓扁了，緊緊包住了下巴。這整顆腦袋不就是在訴說一種面臨死亡的巨大決心嗎？我認為這頭露脊鯨是個禁欲主義者；而抹香鯨則是個柏拉圖主義者，晚年可能成了斯賓諾莎的信徒。

# 第七十六章 破城槌

在暫時離開抹香鯨頭之前，我想請你做一回明智的生理學家，專門注意一下牠那緊實鎮靜的正面的模樣。我要請你用自己的觀點對牠探討一番，以便對那顆頭裡究竟蘊藏著多大的破城槌似的力量，予以毫不誇張的理智的評估。這一點至關重要；因為你或者令人滿意地親自解決這件事，或者就對這件最為可怕、但絕無虛假、也許在所有歷史記載中都能發現的事情永遠保持懷疑態度。

在抹香鯨平常游動的姿態中，你可以看到牠的頭部正面幾乎與水面完全垂直；這頭的正面下端向後劇烈地傾斜，因而使得長長的套接口更加向後延伸，與吊桿似的下巴銜接起來；你可以看到，牠的嘴巴完全位於腦袋下面，就好像你的嘴巴整個長在了下巴底下一樣。而且，你還可以看到，鯨魚沒有露在外面的鼻子，相當於鼻子的東西就是牠的噴水孔——牠長在頭頂上；牠的眼睛和耳朵分別位於頭部兩側，距離正面幾乎達到整個身長的三分之一。因而，你現在一定領悟到，抹香鯨頭部正面是一道無門無窗的空牆，沒有任何器官或是柔軟凸出的東西。還有，你現在需要考慮到，那後傾的頭部正面下端的盡頭，才稍微有一點骨頭的痕跡，而且你走到距離前額二十英尺的地方，才能看清整個頭蓋的輪廓。所以這整個巨大無骨的東西就是一大團軟物。不過，最後你會很快發現，它裡面包含著一部分最為珍貴的鯨油，你現在也將了解到，將這看似柔軟的一團包裹得牢不可破的東西具有怎樣的本質。在前面某個章節裡我曾向你們描述過，鯨脂如何包裹住整個鯨身，就像橘子皮包裹住橘子一樣。鯨頭也是如此，只不過有所區別：包裹鯨頭的這層鯨脂，儘管不是很厚，也沒有骨頭，卻堅韌無比，沒有和鯨打過交道的人是無法估量的。最為尖銳的標槍，最為鋒利的魚槍，由最為強壯的手臂投擲而出，

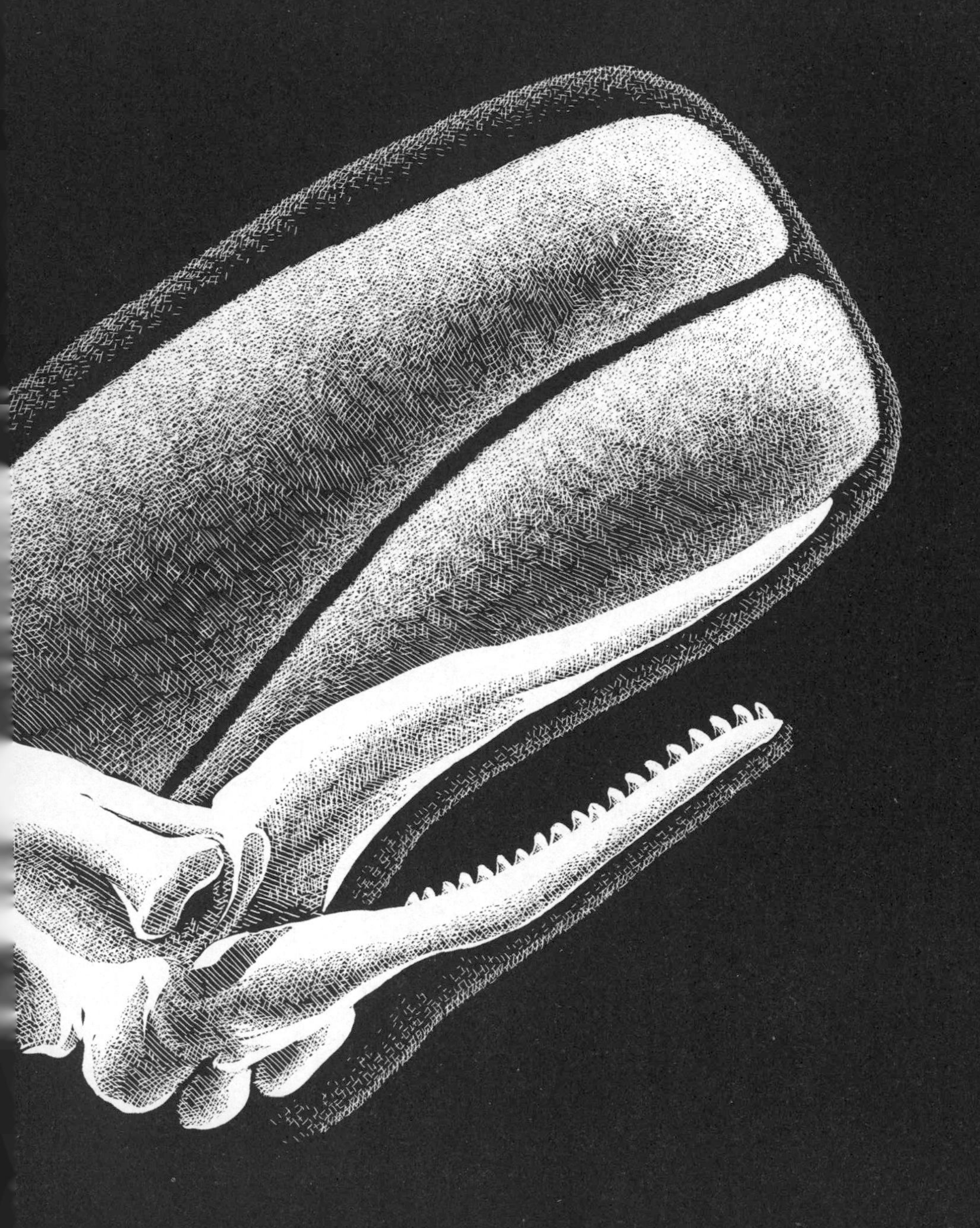

也會從鯨頭上面無力地彈開。彷彿抹香鯨的前額是用馬蹄鋪成的。我認為鯨頭根本就沒有任何感覺。

請你再想想另一件事。當兩艘滿載的來往於印度的大型商船，偶然在碼頭上擠在一起，彼此衝撞起來，水手們會怎麼做？在兩船相碰的部位，他們不會懸掛任何堅硬的東西，鐵器或木頭之類。不，他們用的是一大包麻繩和軟木，裹在最厚、最堅韌的牛皮裡，把這包軟物塞在兩船之間，就勇敢無畏且絲毫無損地化解了碰撞，這種碰撞會把所有的橡木手桿和鐵撬棍都軋斷。這個例子本身就足以證明我要指出的一個明顯事實。不過，這裡要補充一點，我曾經假定過，既然普通魚類體內擁有那種叫做魚鰾的東西，可以隨心所欲地膨脹和收縮；而據我所知，抹香鯨沒有這種器官，再考慮一下牠不可思議的游泳方式，牠時而將頭完全浸在水下，時而又將頭高高地昂出水面；考慮到包裹牠頭部的那層物質具有伸縮自如的彈性，考慮到牠頭部內部的特殊結構，我曾經假設過，那些神祕的肺細胞般的蜂窩可能與外界空氣有著迄今無人知曉、意想不到的關聯，因而能夠交換空氣來自如脹縮。假若確實如此，請設想一下，一切元素中那最難了解、最具破壞性的元素所能帶來的不可抗拒的威力吧。

現在，請注意。要形容萬無一失地驅動這空無一物、固若金湯、無法損毀的死牆，以及裡面最有浮力的東西，還有游在後面的一大團碩大無朋的生命，唯一合適的比擬恐怕就是繩索綑綁住拖著的一堆木頭，而且就像最小的昆蟲一樣，一切都服從於唯一的意志。所以，當我以後詳述這巨獸全身到處潛藏的種種特點以及濃縮的威力時，當我向你們展示牠更加無法估量的大腦技能時，我相信你就會放棄所有無知的懷疑，隨時都會堅持這種認識；即便抹香鯨撞開了穿過達連地峽的通道，使大西洋和太平洋匯通，你的眉毛也不會動一下。除非你承認了大鯨的價值，否則，在真理面前，你不過是一個思想狹隘、多愁善感的人。但是，純粹的真理是只有不惜赴湯蹈火的巨人才有望遇到；思想狹隘的人能有多少機會？那個在賽斯神廟揭開可怕女神面紗的柔弱少年，又是怎樣的下場？

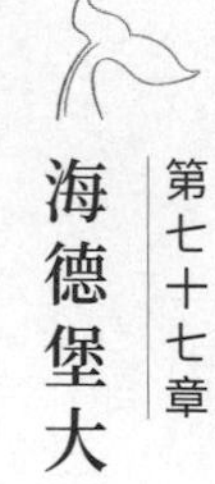

# 第七十七章 海德堡大桶

現在要談到取鯨腦油了。但是，要想正確理解，你必須對所解剖對象奇特的內部結構有所了解。

你可以把抹香鯨的頭看成一個堅固的橢圓體，在一個斜面上，把它橫著分成兩個楔形塊[1]，底面是骨質結構，構成了頭蓋和上下顎，頂面是完全沒有骨頭的一團油質；它寬闊的前端構成了鯨魚垂直展開的明顯的前額。將上邊這個楔形塊從前額正中水平分開，你就有了兩個幾乎同等的部分，它們以前是天然地被一層厚厚的腱狀物質的內壁自然隔開的。

細分得到的那兩個部分，下面的叫做腦塊，是一個藏油的大蜂巢，有上萬個滲油的小蜂窩，由堅韌有彈性的白色纖維反覆貫穿交織而成。上面的叫做鯨腦油器，可以看作是抹香鯨的海德堡大桶。正如那種著名的中號大桶前面總帶有神祕的雕刻，鯨魚這巨大起皺的前額也形成了無數奇怪的圖案，作為牠的奇妙大桶的象徵性裝飾。而且，正如海德堡大桶總是裝滿了最為優質的萊茵河谷的葡萄酒一樣，鯨魚的大桶也盛滿了牠所有鯨油中最為珍貴的油，也就是價格昂貴的鯨腦油，牠純淨至極、色澤透明、芳香四溢。這種名貴純粹的物質在鯨身的其他部分是找不到的。儘管在活著的時候，它完全是液態的，但是，鯨魚死後，一經暴露在空氣中，它便很快開始凝結起來，長出美麗的芽狀晶體，就如同水面上剛剛形成的美妙薄冰。一頭大鯨的鯨腦油器通常能出產大約五百加侖的鯨腦油，不過，由於一些不可避免的情況，相當多的一部分溢出、滲漏、滴掉了，要不就是在這件棘手的工作中，為了盡可能多弄些油來，而無可挽回地損失掉了。

我不知道海德堡大桶裡邊覆蓋著什麼精美昂貴的材料，但是，無論這層襯裡有多麼華貴，都無法

與那層絲綢般的珍珠色薄膜相比，它就像精美大衣的襯裡，構成了抹香鯨腦油器的內壁表面。

你將會看到，抹香鯨的海德堡大桶包裹著牠的整個頭頂；而既然——正如在別處已經提到過的——鯨魚頭部占據了其體長的三分之一，那麼，假定一頭中等大小的鯨體長八十英尺，當把這大桶垂直吊起，掛在船邊的時候，它的深度就超過了二十六英尺。

在砍鯨頭的時候，操作者下刀的地方距鯨腦油寶庫的入口非常近，因此，他需要極其謹慎，以免粗心大意，一刀砍不準，就會侵犯到那至聖場所，讓裡面的無價之寶白白流掉。這只以斬首告終的頭，最後也要用切鯨脂的大滑車組吊出水面，固定在那裡，那些配套的麻繩便亂七八糟地堆在甲板上。

說了這麼多，現在請注意一下，發掘抹香鯨的海德堡大桶的操作有多麼神奇——尤其在這一次——還幾乎發生了致命的危險。

---

1 楔形塊不是幾何學術語，它純粹屬於航海數學。我不知道以前是否有過定義，楔形塊是個立方體，有別於楔子，它的尖端是由一側的斜面傾斜而成的，而不是由兩側斜面共同趨向尖端而構成。——原注

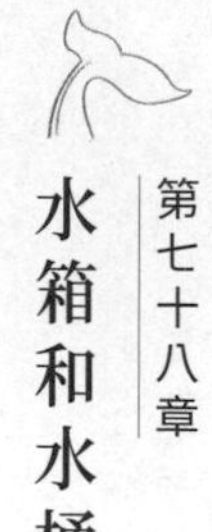

# 第七十八章 水箱和水桶

塔什特戈敏捷如貓地攀到高處；他沒有改變自己直立的姿勢，便沿著伸出船舷的主桅桁臂，徑直奔到下面吊著大桶的地方。他隨身攜帶著一部叫做單滑車索的輕便滑車，只有兩個部件組成，靠一個滑輪來回轉動。他把滑輪固定好，讓它從桁臂上垂下來，搖晃繩索的一端，等到甲板上有人用手抓住，便予以固定。然後，這個印第安人雙手交替，順著繩子的另一半，從空中靈巧地降落在鯨頭的頂端。他停留在那裡——高距於船上其他眾人之上，向下面快活地大叫大嚷——就像是土耳其伊斯蘭教穆安津，從塔頂上召喚著善男信女前去禱告。人們從下面遞給他一把鋒利的短柄鏟，他費盡心思地搜尋合適的地方，好把大桶打開。這項工作他做得相當謹慎，像一個尋寶人在老房子裡，敲打著一面面牆壁，想發現金子被砌在哪裡。經過一番謹慎的搜索，人們把一只箍著鐵環的結實的小桶，拴在小滑車的一端，樣子和吊水桶一模一樣；另一端則扯到甲板對面，由兩三個機敏的人拉著。這幾個人現在把小桶吊到這印第安人可以搆到的地方，另有一人遞給他一根長杆。塔什特戈把這根杆子插進小桶裡，向下把小桶滑進大桶裡面，直到整個看不見為止；接著，他發令給拉住小滑車的水手，把小桶再拉上來，桶裡盛滿了冒泡的油，就像是擠奶女工新擠出的一桶鮮奶。這滿滿一桶被小心地從高處放下來，由一個指定的人員接住，迅速地倒進一只大桶。然後小桶重新吊起來，再次重複同樣的動作，直到深深的水箱再也汲不出油來。大桶快要見底的時候，塔什特戈得把他的長杆子愈來愈狠、愈來愈深地搗進去，直到杆子伸下去大約二十英尺深。

這時候，「皮廓號」上的人已經這樣汲了好一陣子了；幾只桶已經裝滿了芬芳的鯨腦油；就在這

時，突然發生了一個奇怪的意外。究竟是塔什特戈，那個印第安野人，過於粗心大意，竟然一瞬間放開了他抓著懸在頭頂的滑車組粗纜的手，還是他所站的地方不牢靠，又濕又滑，又或者是魔鬼本人無事生非，故意搗亂，到底是怎麼回事，現在誰也說不清楚；總之，突然之間，就在汲上來十八、九桶的時候——我的上帝！可憐的塔什特戈——就像一口真井中交替升降的兩只桶的一只，大頭朝下栽進這只海德堡大桶，伴隨著一陣可怕的汩汩聲，消失得無影無蹤了！

「人掉下去了！」達戈叫道，在驚慌失措的人群中他頭一個清醒過來。「把吊桶盪到這邊來！」他把一隻腳放進吊桶裡，以便更好地抓牢滑溜溜的小滑車，拉繩的人隨即把他升到鯨頭頂上，這時塔什特戈差不多還沒有掉到底。與此同時，船上引發一陣可怕的騷動。從船舷邊望下去，人們看見先前毫無生機的鯨頭在水面下悸動起來，一起一伏，好像是這時想起了什麼大事似的；原來只是那可憐的印第安人，在那危險的深淵中下墜時不自覺的掙扎罷了。

這時，鯨頭頂上的達戈正在解開小滑車——它不知怎麼和那切鯨脂的大滑車組纏在了一起——它發出尖利的斷裂聲；讓所有人嚇得說不出話來的是，懸掛鯨頭的兩只大鐵鉤有一只脫鉤了，伴隨著一陣劇烈的震顫，這巨頭向一旁盪去，使得醉鬼一般的大船踉踉蹌蹌，搖晃不止，像是遭到了冰山的撞擊。剩下的一只鐵鉤，現在承受著鯨頭全部的重量，似乎隨時都有支援不住的危險；而鯨頭的猛烈晃動更增加了這種可能性。

「下來，下來！」水手們朝達戈叫嚷，但是，他用一隻手拉住沉重的滑車組，這樣一來，即便是鯨頭掉下去，他也會懸在空中；這黑人已經解開了糾纏的繩子，把吊桶塞進那已經塌陷下去的井裡，想讓陷在下面的標槍手抓住，把他吊出來。

「天哪，夥計，」史塔布叫道，「你是在裝彈藥嗎？——停下！把那帶鐵箍的桶壓在他頭頂上，怎麼能救得了他呢？停下，好不好！」

「躲開滑車組！」一個火箭迸發似的聲音叫道。

幾乎就在同一瞬間，一聲雷鳴般的轟隆，巨大的鯨頭掉進了海裡，像尼亞加拉瀑布上的平頂岩落進了漩渦；大船突然解脫了負擔，船身一陣搖晃，離開了鯨頭，甚至露出了它閃閃發光的黃銅色船底。所有人都屏住呼吸，透過濃密的水霧，可以模糊地看見達戈還攀在懸垂的滑車組上，在半空悠盪——時而盪過水手們的頭頂，時而盪過水面，而那可憐的被活埋的塔什特戈，則完全向海底漸漸沉去！但是，那令人目眩的水霧剛剛散去，就見一個赤裸的人影，手持攻船刀，迅疾一閃，躍下了舷牆。緊接著，一聲響亮的潑濺聲宣告，我那勇敢的魁魁格已經潛水救援了。大家蜂擁到船邊，一雙雙眼睛盯著每一道漣漪，時間一分一秒地過去，但是落水者和潛水者的身影都杳然無蹤。有些人跳進船邊的一艘小艇，划開了一段距離。

「哈！哈！」達戈突然從空中搖盪著的棲身處叫道，叫聲打破了寂靜，我們從船邊向遠處望去，只見一隻手臂從碧波中筆直伸出，這真是一個奇怪的景象，就彷彿從青草覆蓋的墳墓中伸出了一隻手臂。

「兩個！兩個！——是兩個！」達戈又狂喜地大叫起來。不多一會兒，就看見魁魁格勇敢地用一隻手擊水，另一隻手抓著那印第安人的長髮。他們被拖上一旁等待的小艇，隨後立即被弄上了大船。但是，塔什特戈很長時間才甦醒過來，魁魁格也顯得有氣無力。

那麼，這個了不起的營救行動是如何完成的呢？原來，魁魁格手持利刀，隨著緩慢下沉的鯨頭潛下水去，在靠近鯨頭底端的地方從側面狠刺了幾刀，豁開一個大洞，然後丟下刀，把他的長手臂盡量伸到裡面，上下摸索，抓住可憐的塔什特戈的頭，把他拉了出來。他斷言，最初伸手進去時，他摸到的是一條腿，他知道不應該讓腿先出來，那樣會惹來大麻煩；——便把腿又塞了回去，很靈巧地連舉帶拋，讓那印第安人轉了個身，就這樣，他第二次動手拉時，那印第安人就按照管用的老方法——頭先腳後地出來了。至於那顆大鯨頭，反正已經沒得差不多，就由它去了。

就這樣，憑藉魁魁格的勇氣和技巧高超的助產術，塔什特戈的獲救，或者毋寧說是塔什特戈的出生，才得以在最為棘手、顯然無望的困境中克盡全功；這是絕不應該忘記的一課。助產術應該與擊劍、拳擊、騎馬和划船這樣的課程一同講授。

我知道，這個蓋伊角佬的古怪冒險，在有些陸地人看來，肯定是難以置信的，儘管他們自己可能就見過或是聽到過有人落進岸上的水箱；這樣的意外並非難得發生，而且，考慮到抹香鯨頭上那口深井的井沿格外滑溜，這個印第安人的遭遇就更不是沒有理由了。

但是，萬一有人聰明地追問道，既然抹香鯨頭內部薄如細紗、互相滲透的組織，是牠身上最輕也是最像軟木塞的部分，而你卻讓牠在比重大得多的海水中下沉，這是怎麼回事？你這就錯了。根本不是那樣，讓我來告訴你吧；可憐的塔什特戈掉進去的時候，鯨魚腦油器裡那些很輕的物質基本上已經汲空了，所剩無幾，只留下了密實的腱狀物質井壁——一種雙層焊合又錘打而成的物質，正如我以前說過的，比海水要重得多，一坨這樣的東西沉在水裡，幾乎就像鉛塊一般。實際上，鯨頭沒有割掉的其他部分牽制了這種物質快速下沉的趨勢，以至於它沉得很慢，可以說，這反而給魁魁格提供了良機，得以在運動中從容實施他敏捷的助產術。不錯，這真是一次運動中的接生，就是這樣。

那麼，如果塔什特戈在那鯨頭中喪生，那可就是一次非常尊貴的死亡了；在無比潔白、無比芬芳的鯨腦油中窒息而死，裝棺入殮，埋葬在大鯨祕密的腔室和至為神聖的處所。能令人欣然想起的只有一個更為甜蜜的結局——俄亥俄州一個採蜜人的甜美死亡，他在一棵空心大樹上發現了大量蜂蜜，身子探進去太多，竟被蜂蜜吸了進去，滿身香氣地死掉了。你想想，有多少人同樣落進了柏拉圖的蜂蜜腦袋，甜蜜地葬身在那裡呢？

## 第七十九章

# 大草原

去審視一下這大海獸臉上的線條，或是摸一摸牠頭上的隆起物；這是一件觀相家或是骨相學家都沒有做過的事。這樣的事業似乎很有前途，和拉瓦特仔細察看直布羅陀岩石的紋路，或者加爾登上梯子，撫摸先賢祠的圓頂一樣。而且，拉瓦特在其名著中，不僅論述了各種人類的面孔，也專心研究了馬、鳥、蛇和魚類的面孔；詳細闡述了其中可以辨識的表情變化。加爾和他的弟子史普爾茲海姆對於人類以外其他生物的骨相特徵也曾提出過一些見解。因此，儘管在把這兩門準科學應用於鯨魚方面，我還沒有資格充當先驅，但我願意竭力一試。任何事情我都嘗試，成就如何全憑我的能力了。

從觀相術的角度來看，抹香鯨是一種反常的生物。牠沒有像樣的鼻子。因為鼻子是面貌特徵中最為核心、最為明顯的部位，它也許在整個表情的變化和最終控制上作用最大，因此，它作為外部附屬物的完全缺席，勢必極大影響到鯨魚的面容。就像在園林景致的安排上，亭臺樓閣、花草木石之類，對於景致的完善都幾乎必不可少；沒有了隆起的透雕鐘樓般的鼻子，任何臉孔在相貌上都不可能協調。把菲狄亞斯的宙斯大理石雕像上的鼻子敲掉，那剩下來的殘雕該有多麼悲慘！然而，大海獸的體積如此巨大，牠所有的部位都如此宏偉，同樣的缺陷放在宙斯雕像身上會顯得很醜，但放在鯨身上就連瑕疵都算不上了。不，這反倒使之更加壯麗。鯨魚如果有鼻子倒是不得體的。當你乘坐小艇，圍繞牠那巨頭端詳牠的面相時，想到牠沒有一個可供你揪的鼻子，這絲毫無損於你對牠的高貴印象。這個揪鼻子的奇思異想，就連看到一個小官僚堂而皇之地坐在皇座上，也往往會不可遏止地闖進腦海。

在某些細節上，從相貌上看，抹香鯨給人印象最深的地方，也許是牠頭部的整個正面。這種外貌非常莊嚴。

在思考的時候，一副漂亮的人類額頭就像是朝暾初放的東方。在牧場上休憩的時候，公牛紋路捲曲的前額就有幾分雄偉氣概。在把重炮推上狹窄的山路時，大象的前額真是威嚴有加。無論是人類還是動物，神祕的前額都像是德皇蓋在他們法令上的大金印一般。它象徵的是——「上帝，這是我今日親手所為。」但是，就大多數生物而言，甚至人類本身，前額往往只是雪線上的一片山地。很少有人擁有莎士比亞或是梅蘭克頓那樣的前額，高高聳起，低低下凹，使得眼睛本身彷彿成了山間永遠清澈平靜的湖泊，而在額頭密布的皺紋中，你似乎可以追蹤到鹿角般的思想，走下湖邊來飲水，就像高地的獵人追蹤雪上麋鹿的蹄跡一般。但是，就大抹香鯨而言，這種前額與生俱來的高聳威嚴的神一般的高貴，卻被無限地放大了，凝視著牠，在牠整個的正面上，你能更加有力地感覺到神性和可怕力量的存在，超過了所有其他生物。因為你任何一點都看不真切，牠沒有顯示出任何獨特的特徵；沒有鼻子，眼睛，耳朵，或是嘴巴；沒有面孔；恰當地說，牠什麼都沒有；只有那個蒼天般寬廣的前額，謎一般地滿是皺紋；牠不聲不響地低下來，就會給小艇、船隻和人員帶來厄運。從側面看去，這個前額的妙處也一點沒有減少；儘管從那個方向看去，牠的莊嚴神色好像就沒有那麼盛氣凌人了。從側面你可以清楚發現前額中央那道水平的半月形凹痕，放在人類身上，這就是拉瓦特所謂的天才標誌了。

但又能如何？抹香鯨中也有天才？抹香鯨可曾寫過一本書，做過一次演講？不，牠的偉大天賦就表現在牠並不特意來證明這種天賦。牠更多地表現在牠那金字塔般的沉默上。這讓我想起，如果大抹香鯨為年輕的東方世界所知，那些人童稚未鑿的頭腦，可能會把牠奉為神明。他們將尼羅河的鱷魚奉為神明，因為鱷魚沒有舌頭；而抹香鯨就沒有舌頭，即便有，也至少是小得沒譜，伸都伸不出來。如果以後有文化昌明、富有詩意的民族，能夠把他們古代快樂的五朔節諸神引回來，恢復祂們天生的權利，重新讓祂們生氣勃勃，在已經變得自私自利的天空，在如今杳無人跡的山上，登基為王，那麼，

可以肯定，高居於宙斯的寶座，君臨一切的將是大抹香鯨。

商博良破譯了布滿皺紋的花崗岩上的象形文字。但是沒有商博良來破譯每個人和每個生物面孔上的埃及文字。相面術，和其他人類科學一樣，不過是短暫即逝的虛構。那麼，如果精通三十門語言的威廉・瓊斯爵士，也無法讀懂單純至極的農夫臉上那更為深刻微妙的涵義，目不識丁的以實瑪利又怎麼有望讀懂抹香鯨額頭上可怕的迦勒底文字呢？我還是把那額頭放在諸位面前。如果有能力，你就讀吧。

# 第八十章 腦殼

如果抹香鯨在面相上看是個斯芬克斯，那麼對於骨相學家來說，牠的腦袋就像是幾何學上不可能變方的圓形。

完全發育成熟的鯨腦殼至少有二十英尺長。卸掉牠的下巴，從側面看去，這個腦殼就像是平放著的中等坡度的斜面體。但是在活鯨身上——如同我們在別的地方看到過的——這個斜面體是有稜角的，且是填滿東西的，牠被大塊重重疊疊的腦塊和腦油壓得幾乎成了方形，在腦殼頂端有一個大坑，盛著那部分鯨腦團塊；這大坑長長的基底下面——有另一個長和深很少超過十英寸的洞穴——安置著這個怪物僅只盈盈一握的腦髓。活鯨的腦髓距離牠那明顯的前額至少有二十英尺，它藏在那巨大的周邊工事之後，就像魁北克那些加固的防禦工事裡面最深處的城堡一樣。它酷似祕密藏在鯨魚身上的一個精巧珠寶盒，據我所知，有些捕鯨者武斷地否認抹香鯨有什麼腦髓，有的不過是幾立方碼鯨腦油所構成的很像腦髓的東西。它隱藏在那些奇怪的皺褶、斷層和迴旋結構之中，在這些人看來，把這個神祕部分看作是牠智力中樞之所在，似乎更符合對牠的巨大威力的認識。

那麼，很顯然，從骨相學的角度來看，這種大海獸的腦袋，在牠活著且完整無損的情況下，完全是一個假象。至於牠真正的腦髓，你既看不到任何跡象，也絲毫感覺不到。鯨魚就和所有龐然大物一樣，在全世界面前都帶著假面具。

如果卸掉牠腦殼裡成堆的鯨腦油，然後從後面去看牠的後腦勺，也就是隆起的地方，你會大吃一驚，從同樣的位置、同樣的視角去看，它和人類腦殼極其相似。的確，把這倒置的腦殼（縮小成人類腦殼一樣大小）放在一盤子人腦殼中間，你會不由自主地把它們混淆在一起；再注意一下腦殼頂上的凹坑，你便會按照相面術的術語說——此人既沒有自尊，也沒有虔敬之心。把這些否定的說法，與其巨大體軀和力量的肯定事實放在一起考慮，對於何謂最高的潛能，你就能形成雖非最令人鼓舞、但卻最為真實的概念。

然而，如果因為真正的鯨腦髓相對容量較小，你認為不可能對它做出恰當的描繪，那麼我為你出另一個主意。如果你專心留意一下幾乎任何四足動物的脊椎，你會大吃一驚，因為牠的椎骨就像是一串縮小的腦殼串成的項鍊，牠們全都與正常的腦殼基本相似。德國人有一種奇思異想，認為椎骨絕對就是尚未發育完全的腦殼。但是，這奇異的外部相似，我認為最早發現的並不是德國人。一個外國朋友曾經用他殺死的仇敵骷髏向我指出過這一點，他把那椎骨以一種半浮雕的樣式，鑲嵌在自己獨木舟的鉤狀船首上。這裡，我認為骨相學家忽略了一件重要的事情，沒有將他們的研究從小腦推進到椎管。因為我相信，人的性格大致可以從他的脊椎骨中表現出來。無論你是誰，我寧可摸摸你的脊椎，而不是摸摸你的腦殼。一根細托梁般的脊椎永遠撐不起一個完整而高貴的靈魂。我為我的脊椎而大感欣慰，它就像是堅實無畏的旗杆，把我這面旗幟向著世界飄揚起來。

我們來把這個骨相學脊椎學派的觀點應用到抹香鯨身上。牠的顱腔和第一節頸椎骨是連在一起的，那節椎骨下端的椎管有十英寸寬，八英寸高，是一個底朝下的三角形。當它通過其餘的椎骨時，這椎管逐漸變細，不過有相當長的一段，容量還是很大的。那麼，這根椎管當然充滿了脊髓——和腦髓非常相似的奇怪的纖維狀物質，並且與腦髓直接相連。除此之外，這脊髓從顱腔中延伸出來之後，在好幾英尺的距離中，它都沒有變細，幾乎和腦髓一般粗細。根據這些情況，從骨相學的角度對鯨魚脊柱做一番探索和描繪，難道不是合乎情理的嗎？因為，從這樣的觀點出發，鯨魚相對大得出奇的脊髓便綽綽有餘地彌補了牠相對小得出奇的真正的腦髓了。

不過，這個線索還是留給骨相學家去擺弄吧，我只想暫時借用一下這種脊椎理論，來說一說抹香鯨的背峰。這個令人敬畏的背峰，如果我沒有弄錯的話，是從一節較大的椎骨上升起來的，因而，有點像是這節椎骨凸出在外面的部分。從它的相關情況來看，我將這高聳的背峰稱為抹香鯨身上堅定不移或者是堅強不屈的器官。至於這大海獸的堅強不屈，你自會有理由去領教。

# 第八十一章

# 「皮廓號」遇上「處女號」

命中註定的日子到了，我們及時遇到了「處女號」，船長是不萊梅人德里克·德·第爾。

有一段時間，荷蘭人和德國人曾是世界上最偉大的捕鯨民族，但如今已經屈居人後了；但是，每隔上一段很長的時間，你偶爾還能在太平洋上遇見他們的旗幟。

出於某種原因，「處女號」似乎急於表達它的敬意。在離「皮廓號」還有一段距離的時候，它就掉頭迎風停下，放下一艘小艇，載著它的船長徑直而來，他正焦急地站在艇首，而不是艇尾。

「他手裡拿著什麼？」史塔巴克叫道，指著那德國人手裡揮舞著的東西。「不可能！——一把燈油壺！」

「不是那東西，」史塔布說，「不，不是，那是咖啡壺，史塔巴克先生；他是來給我們煮咖啡的，那德國佬；你沒有看見他旁邊的那個大鐵罐嗎？——那裡就是開水。啊！沒錯，這德國佬。」

「去你的吧，」弗拉斯克叫道，「那是燈油壺和油罐。他沒有油了，是來討油的。」

一隻鯨油船竟會在捕鯨場向人家借油，這事無論顯得多麼奇怪，也無論那個「送煤送到煤城新堡」（多此一舉）的老諺語有多麼自相矛盾，這樣的事還真的時有發生；在眼下的情況，正像弗拉斯克所斷言的那樣，船長德里克·德·第爾確實是拿著一把燈油壺來的。

當他登上甲板，亞哈就和他忙不迭地搭起話來，全然沒有注意到他手裡拿著什麼；可是很快，這個德國人就用他斷斷續續的言語，表明他根本不知道白鯨這回事；他馬上把話題轉向燈油壺和油罐上面，說起他晚上不得不在一片漆黑中爬上吊鋪睡覺——他從不萊梅帶出來的油已經一滴不剩了，也沒有捕到一隻飛魚來補充油料的不足；最後他暗示說，他的船的確是捕鯨業行話中所說的「光」船（亦即空船），真是名副其實的「處女號」。

得到了需要的東西之後，德里克便離開了；但是，他還沒有靠近自己的船邊，兩艘船的桅頂就幾乎同時響起了發現鯨魚的呼喊；德里克急於追趕鯨魚，甚至都沒有停下來，把油罐和燈油壺送回大船，就掉轉小艇，追趕那大海獸的燈油壺去了。

現在，獵物已經在背風處出現，德里克和其他三艘很快跟上來的德國小艇，已經遠遠搶在了「皮廓號」小艇的前頭。鯨魚一共有八頭，不大不小的一群。覺察到危險之後，牠們便並排順風疾游，緊靠在一起，就像是八匹套在一起的駿馬，留下一道又大又寬的浪跡，彷彿一大卷寬寬的羊皮紙不停地在海上展開。

在這迅疾的尾流中，落後幾十英尺的地方，游動著一頭巨大的有背峰的老雄鯨，從牠的速度相對較慢，以及全身不同尋常的黃色外皮來看，牠似乎在遭受著黃疸病或是某種其他什麼疾病的折磨。這頭鯨是否屬於前面的這個鯨群，似乎還是個問題；因為這樣壽高望重的老鯨照例是不怎麼合群的。然而，牠緊隨著牠們的尾波，儘管牠們攪起的海水一定會妨礙牠的速度，因為牠的大嘴邊白沫四濺，就像兩股敵對的激流撞在一起所激起的浪花。牠的噴水又短又慢，很不流暢，好像哽住了一般，一噴出來便四散紛飛了，緊接著體內便起了一陣奇怪的騷動，似乎牠埋在水下的身子另一端也有個出口，使得牠身後的海水咕咕冒泡。

「誰有止痛劑？」史塔布說，「我擔心牠是肚子疼。上帝，想想看，半畝大的肚子疼起來！逆風正在牠肚子裡進行聖誕狂歡呢，夥計們。我頭回知道逆風從船尾吹過來，可是瞧瞧，以前有鯨魚游得這麼歪歪斜斜的嗎？一定是牠弄丟了舵柄。」

像一艘超載的東印度公司的商船，駛向印度斯坦海岸，甲板上滿是受驚的馬匹，一路上傾斜著，

浸著水，搖晃著，翻滾著；這頭老鯨就這樣拖著牠那蒼老的身體，不時地半翻出累贅的兩側，暴露出牠游得東倒西歪的原因，原來牠的右鰭反常地只剩下了一截殘樁。牠是在戰鬥中失去了鰭，還是生來如此，這還很難說。

「稍等一下，老傢伙，我要給你的傷臂找條繃帶吊起來。」心腸殘忍的弗拉斯克叫道，指著他身邊的捕鯨索。

「當心別讓牠把你吊起來，」史塔巴克叫道，「趕快划吧，不然德國佬就逮到牠了。」

所有爭先恐後的小艇都一心一意地盯上了這頭鯨，因為牠不但最大，最有價值，而且離大夥兒也最近，其他鯨魚都游得很快，一時幾乎是無法追上的。在這個節骨眼上，「皮廓號」的小艇已經搶過了三艘後下水的德國小艇，但是由於已經占得先機，德里克的小艇仍然追在最前頭，儘管他的異國對手正逐漸趕上來。他們唯一擔心的是，德里克已經如此靠近目標，他會在他們還沒有超過他之前，就把標槍投出去。至於德里克，他似乎信心十足，一切盡在掌握，他還偶爾以嘲弄的姿勢把手中的燈油壺向其他小艇搖晃搖晃。

「這沒教養的忘恩負義的狗！」史塔巴克叫道，「他還在用五分鐘之前我才給他裝滿的破罐子來嘲弄我！」然後，他像慣常那樣，用重重的耳語說：「快划，獵狗們！咬住他！」

「我來告訴你們是怎麼回事吧，夥計們，」史塔布向水手們嚷道，「發火有悖於我的信仰，但我真想吃了那個壞透了的德國佬——划吧——好不好？你們想被那個流氓打敗嗎？你們喜歡白蘭地嗎？誰最賣力，我會賞誰一大桶白蘭地。來吧，你們怎麼沒人氣炸了血管呢？是誰把錨拋下水去了——我們寸步未動——我們原地不動了。喂，船底都長草了——老天作證，桅杆都發芽了。這可不行，夥伴們。看看那個德國佬！說來說去，夥計們，你們是拚還是不拚？」

「啊！看牠吹出的肥皂泡！」弗拉斯克叫道，上躥下跳起來，「怎樣的背峰啊——啊，一定要衝上那塊牛肉啊——像一段大圓木！啊！我的夥計們，一定要衝啊——晚飯吃薄煎餅和圓蛤，你們知道，我的夥計們——烤蛤蜊加鬆餅——啊，一定，一定，衝啊——牠值一百桶——不要錯過牠——不要，啊，不要！——看看那個德國佬——啊，你們不願意為了布丁趕緊划嗎？我的夥計們——傻瓜！真是大傻瓜！你們不愛鯨腦油嗎？這準值三千塊，夥計們！——一個銀行！——整個一個銀行！英格蘭銀行！——啊，划啊，划啊，划啊！——那德國佬這會兒在幹什麼？」

這時，德里克正準備把燈油壺和油罐向趕上來的小艇擲去。這樣做也許有兩重用意，既能減緩對手的前進，同時又可以經濟地憑藉向後擲東西的瞬間衝力加快自己的速度。

「這撒野的雙桅荷蘭小艇！」史塔布叫道，「划吧，夥計們，像裝滿了五萬紅毛鬼的戰艦一樣。你說呢，塔什特戈，你會為了蓋伊角的名譽累折你的腰嗎？你說呢？」

「我說，要划得像霹靂一樣。」這印第安人嚷道。

在德國人的嘲弄下，「皮廓號」的三艘小艇都受到了強烈的刺激，他們現在幾乎是在齊頭並進地往前疾馳了，就這樣，每時每刻都向他逼近過去。就在那個靠近獵物的頭領，擺出一副優美、放鬆、騎士般的態度時，三位副手傲然站立起來，不時地用興高采烈的叫喊給後面的槳手打氣：「嘿，那小艇划過去了！和風萬歲！打倒德國佬！搶到他前頭去！」

但是，德里克一開始就搶占先機，無論對方多麼勇敢，如果不是他小艇中部那個槳手扳得太深卡住了槳葉，從而使得公正的審判落到了他頭上，他準會證明自己是這場競賽的勝利者。就在這個笨拙的槳手竭力要把槳抽出來，幾乎把德里克的小艇弄翻，惹得他對手下的人大發雷霆之時，史塔巴克、史塔布和弗拉斯克卻得到一個好機會。他們發一聲喊，竭力向前衝刺，斜衝到德國人小艇的後艄。片刻之後，四艘小艇便斜著在鯨魚尾波中並駕齊驅了，在他們兩側，飛濺著鯨魚攪起的浪沫，延伸開去。

這是個可怕又可憐的瘋狂場面。鯨魚現在頭部露出了水面，在持續不斷的折磨中向前噴水，牠身側那隻可憐的鰭在驚恐中死命地划著。牠時而偏向這邊，時而偏向那邊，搖搖晃晃地奔逃著，每劈開一頭巨浪，都會痙攣地沉入水裡，或者是身子朝天側翻上來，露出那隻划水的鰭。我曾見過一隻鳥就是這樣，牠斷了一隻翅膀，驚恐地在空中劃著不成樣子的圓圈，徒勞地想逃脫幾隻海盜般的鷹隼。但是，那鳥還能叫出聲來，牠哀傷的鳴叫還能表達出牠的恐懼，而這頭巨大的海中的啞巴畜生，牠的恐懼卻被封閉在體內，彷彿被施了魔法；牠沒有聲音，除了噴水孔發出的哽咽的呼吸聲，這使得牠的模樣說不出的讓人可憐；儘管如此，牠驚人的軀體，吊閘般的大嘴，無所不能的尾巴，都足以讓心懷憐憫的最強壯的人感到驚駭。

現在德里克看到，只要再拖延片刻，「皮廓號」的小艇就會取得優勢，與其就此罷手，白白放走獵物，還不如抓住這最後的機會，賭一賭運氣，來一次最不尋常的遠距離投擲。

但是，他的標槍手剛剛站起來準備投槍，三隻猛虎——魁魁格、塔什特戈、達戈——就本能地跳起身來，站成一斜排，同時瞄準了他們帶倒鉤的標槍，這三支南塔克特標槍飛過那個德國標槍手的頭頂，刺進了鯨魚身上。一陣眼花繚亂的水霧和白焰！三艘小艇，在鯨魚第一陣憤怒的迎頭猛衝中，狠狠地把德國人的小艇撞到了一邊，德里克和那個受挫的標槍手都被拋出艇外，三艘小艇從旁一掠而過。

「別害怕，我的奶油罐子，」史塔布叫道，當他從旁邊掠過時匆匆瞥了他們一眼，「馬上就會有人把你們撈上來的——沒事的——我看見船後邊有一些鯊魚——聖伯納的救難犬，你們知道的——專門營救遇難的遊客。萬歲！這才是我們行船的樣子。每艘艇都是一束陽光！萬歲！——就像是一頭髮瘋的美洲獅尾巴上拖著的三只鐵壺！這讓我想起在平原上把一頭大象拴在雙輪馬車上——這麼一拴，輪子就會飛起來，夥計們。撞上山崗，就會有被摔出去的危險。萬歲！這就是一個人去見海魔王的感

覺——沿著一個無盡的斜坡一頭扎進去！萬歲！這頭鯨帶來的可是永生的資訊！」

但是，這隻怪獸的奔逃只持續了一下子。發出一陣突然的喘息，牠慌亂地下潛了。隨著一陣刺耳的摩擦聲，三根捕鯨索繞著索柱飛快轉動，力道之大，彷彿在索柱上勒出了深溝；標槍手們非常害怕這樣的快速下潛很快就會使捕鯨索撒光，於是他們熟練地用盡力氣，拉住一圈圈摩擦得冒煙的繩索；直到最後——由於小艇導纜器的垂直牽引力，三根繩索徑直垂進水裡——三艘小艇艇首船舷幾乎與水面同高了，而艇尾卻高高地翹在了空中。鯨魚不久就停止下潛，三艘小艇以那種姿態保持了一段時間，不敢繼續放索，儘管這種姿勢有點難受。這種做法雖然使得不少小艇被拖到海底，就此失蹤，但正是這種所謂的「相持不下」，使得鋒利的倒鉤鉤住鯨背上的活肉，這種折磨往往使得大海獸很快就再次浮出來，迎接牠仇敵那鋒利的魚槍。不過，且不說這件事中的風險，這種方法是不是總是最好，也值得懷疑；完全有理由設想，遭受打擊的鯨魚在水下停留的時間愈長，牠就會愈疲憊。因為，牠的表面積相當大——成年抹香鯨至少有兩千平方英尺——水的壓力自然也就相當巨大了。我們全都知道，我們自身所承受的大氣壓力有多麼驚人，即便在這裡，在地面以上，在空中，也是如此；那麼，一頭大鯨潛在兩百英尋深的水下，牠的背上該承受多麼巨大的負擔！那至少等於五十個大氣壓的重量。一個捕鯨者評估過，這相當於二十艘載著大炮、貨物和人員的戰艦的重量。

當三艘小艇停在那輕輕湧動的海面，向下凝視著它那正午永恆的蔚藍；從它的深淵中，沒有一絲呻吟或叫喊傳上來，不，甚至連一道漣漪或是水泡都沒有；在那一派沉默與安寧之下，海洋中最大的怪物在劇痛中打滾扭動，陸地人會想到些什麼呢！

艇首可見的垂直的捕鯨索還不到八英寸。這似乎是可信的，用這麼細的繩索吊起大海獸，就像一次走八天的鐘吊著一個大鐘錘。吊起來？吊在什麼上面呢？三片小木頭上。這就是那曾經被如此誇讚過的生物嗎？——「你能用捕魚的長矛戳穿牠的皮，或用魚叉刺透牠的頭嗎？刀劍不能傷害牠；鎗矛、箭矢也不能擊傷牠。牠把鐵當作乾草，把銅當作爛木。弓箭不能趕走牠；牠看彈石如碎稭。在牠眼中，棍棒無異禾稭；牠嗤笑飛來的標槍。」[1]就是這個生物嗎？就是牠嗎？啊！這種預言是不可能應驗的。因為那大海獸為了躲避「皮廓號」的魚槍，已經帶著有千鈞之力的尾巴，一頭扎進了浪山波谷的海裡。

在午後傾斜的陽光中，三艘小艇的陰影倒映在海面上，一定又長又寬，足以遮住薛西斯王的一半軍隊。誰又能說清，對於那受傷的鯨魚來說，這般巨大的幽靈游弋在牠的頭頂，該是多麼讓牠驚駭！

「做好準備，夥計們，牠在動了。」史塔巴克叫道，三根捕鯨索在水中突然抖動起來，彷彿有磁力的電線，把鯨魚生死關頭的抽搐，清清楚楚地傳導上來，每一個槳手在自己的座位上都能感覺得到。接著，艇首向下的牽引力陡然卸掉了一大半，小艇便猛地彈了起來，就像一塊大浮冰，當它上面承載的一群密集的白熊被嚇得跳進海裡時那樣。

「往回拉！往回拉！」史塔巴克叫道，「牠在上浮。」

片刻之前還收不回一把長的捕鯨索，現在迅速地一大圈一大圈地甩回來，滴滴答答落回艇上，不久，鯨魚就在離獵手們不到兩艘船遠的地方破水而出。

牠的動作清楚表明牠已經精疲力竭了。大多數陸地動物，血管裡都有瓣膜或是血閘，一旦受傷，在某種程度上至少能馬上關閉一些方向上的血液流動。鯨魚卻不是這樣，牠的特點之一就是血管裡根本沒有瓣膜這樣的結構，這樣一來，即便是被標槍尖這樣小的東西刺中，其整個動脈系統便會致命地流血不止，而當這種失血現象由於深水超長的壓力而惡化，鯨魚的生命就可以說簡直是激流一般傾瀉而出了。

不過，牠體內的血量是如此巨大，內在的源頭又深又多，牠會在相當長的時間內一直這樣流個不停，甚至就像是乾旱季節的河流也會有水流淌一樣，它的源頭是許多遙遠而無法分辨的山泉。甚至是

現在，三艘小艇都已划到牠跟前，冒險地駛過牠搖擺的尾巴，魚槍刺進牠的身體，從新傷中便會有血逐漸冒出來，流個不停，而牠頭上那個天生的噴水孔儘管噴得很急，卻只是間歇性地向空中恐懼地噴出水霧。從這個最後的出口還沒有噴出血來，因為還遠遠沒有打中牠的要害。就像人們意味深長地說，牠的生命還未被觸動。

現在，三艘小艇把牠圍得更緊了，牠的整個上半身，通常大部分是浸在水下的，此時已經清楚地顯露出來。牠的眼睛，或者毋寧說曾經是眼睛的地方，現在也能看見了。就像倒伏的高貴的橡樹，節孔上便會聚集起反常奇怪的團塊，同樣，曾經是鯨魚兩眼的地方，現在凸出著兩個瞎眼球，看起來非常悲慘可憐。但這裡沒有什麼好憐憫的。因為儘管牠年紀老邁，只有一條手臂，而且還瞎了眼，牠卻一定得死，被人宰殺，以便去照亮快樂的婚禮和人類其他尋歡作樂的場面，還要去照亮莊嚴的教堂，那裡在宣揚人人都要無條件互不侵犯的教義。牠還在自己的鮮血裡翻滾著，最後露出了肚子底下的一個大疙瘩或者是瘤子，奇怪的變了色，有一蒲式耳大小。

「一個好地方，」弗拉斯克叫道，「讓我再戳戳牠這裡。」

「住手！」史塔巴克叫道，「沒必要那樣！」

但是，仁慈的史塔巴克還是晚了。一槍下去，從這殘忍的傷口中便噴出一股潰瘍的膿水，難以忍受的劇痛激得鯨魚噴出了濃血，牠憤怒地向小艇猛衝過來，將三艘小艇及其沾沾自喜的水手濺得滿身是血，撞翻了弗拉斯克的小艇，撞壞了艇首。這是牠的垂死掙扎。因為，到了這時，牠由於失血過多而精疲力竭了，無助地從牠撞破的艇邊翻滾開來，喘息著側身躺著，無力地拍打著牠的殘鰭，然後慢慢地翻過來翻過去，像一個逐漸衰弱的星球；終於亮出了牠肚皮上白色的隱祕部位，像一根圓木般躺

1 語出《聖經·約伯記》第四十一章。

著，死去。最讓人可憐的是牠最後的噴水，就像有無形的手將一座巨大泉眼的水逐漸排乾，隨著半窒息的、悲哀的汩汩聲，湧出地面的水柱愈來愈低，愈來愈低——這鯨魚臨死前最後一次長長的噴水也是如此。

不久，就在水手們等待大船到達的時候，鯨屍顯示出要帶著牠尚未被搜刮的財寶一起下沉的跡象。馬上，在史塔巴克的指示下，幾根捕鯨索在不同部位將鯨魚拴牢，這樣，每艘小艇很快就成了浮筒，繩索將下沉的鯨魚吊在它們下面幾英寸的地方。當大船靠近，經過非常謹慎的操作，鯨魚被運到大船船邊，用最結實的錨爪鍊牢牢捆住，因為很顯然，除非用人為的辦法把牠舉起來，否則死鯨馬上就會沉入海底。

真是很巧，鏟子幾乎剛一鏟進去，就發現了一個嵌在牠肉裡的已經鏽蝕的標槍頭，就在前面提到的那個瘤子的下面。但是，因為在捕獲的鯨魚體內發現標槍頭本是常有的事，標槍頭周圍的肉完全癒合了，沒有任何隆起物表明它們的位置。因此，就鯨魚目前的情況而言，肯定需要另一個未知的理由，才能充分解釋牠身上潰瘍的由來。更奇怪的是，在離那支埋在體內的鐵槍頭不遠的地方，發現了一個石槍頭，周圍的肉也完全長結實了。那石槍是誰投出來的呢？什麼時候投的？牠可能是早在美洲還沒有發現之前，西北部某個印第安人投的吧。

在這怪物的陳列室裡還能搜出什麼奇珍異寶，就沒人知道了。進一步的搜索被突然打斷了，由於死鯨下沉的趨勢愈來愈大，船身前所未有地被拖得向海面傾斜。然而，負責指揮這一切的史塔巴克，堅持要挺到最後，他的態度如此堅決，事實上，如果還是堅持死抱住死鯨不放，到最後船肯定會傾覆的；後來，他只好下令把死鯨放掉，這時候，拴在繫纜樁頂上的錨爪鍊和纜繩繃得太緊，動都無法動，也根本無法解開。

「皮廓號」上的一切都傾斜了。要穿過甲板就像是走上一座房屋陡峭的人字形屋頂。大船呻吟上，大船似乎馬上就要翻了。

害，頭尾兩端都浸沒在水下，根本夠不到了，每時每刻，似乎都有成噸成噸的重量加在下沉的鯨身

撬棍猛撬絞絲不動的錨爪鍊，想把它們從繫纜樁上撬下來，也是徒勞無功；而且現在鯨魚下沉得很厲

著，喘息著。許多鑲嵌在舷牆和艙壁上的牙骨裝飾，由於異常的傾斜，都開始鬆動起來。用絞盤棒和

「等一下，等一下，好不好？」史塔布對死鯨叫嚷著，「別這麼見鬼似的急著下沉！真的，夥計們，我們必須做點什麼，要努力爭取啊。在那裡撬沒有用；停下，我說，你們用絞盤棒的，你們哪個人趕緊拿本祈禱書和一把鉛筆刀來，把這粗鍊子割斷。」

「小刀？好的，好的。」魁魁格應道，他抓起木匠的一把重斧，從一個舷窗口探出身去，鋼斧對鐵鍊，開始向最大的錨爪鍊猛砍起來。火花四濺，但是他只砍了幾下，那繃得過緊的拉力就產生作用，只聽到一聲可怕的劈啪，每一處扣緊的地方都鬆脫下來，大船正了過來，死鯨沉了下去。

這種偶爾免不了要把新殺死的抹香鯨沉下水去的事是非常稀奇的；直到現在也沒有任何捕鯨者能予以恰當的說明。通常死抹香鯨的浮力很大，牠的側面或是肚子的很大一部分是漂在水面以上的。如果這樣下沉的鯨都是又老又瘦、傷心透頂、油脂不多、骨頭很重且患有風濕的鯨，那麼你還能有理由斷言，這種下沉是由於某種特殊的比重失常引起的，是牠體內缺乏有浮力的物質。但事實並非如此。因為有些年輕的鯨魚，健康極佳，意氣風發，風華正茂，胖得氣喘吁吁，如遇盛年夭折，甚至這些強壯的富有浮力的英雄，有時也會沉下去。

不過，可以說，和其他種類的鯨魚相比，抹香鯨是最不容易發生這種意外的。有一頭抹香鯨沉下去，就會有二十頭露脊鯨沉下去。牠們之間的這種區別，在很大程度上，無疑可以歸因於露脊鯨的骨頭數量要多得多；單是牠的威尼斯式百葉窗有時就重逾一噸；而抹香鯨則完全沒有這種累贅。但是，也有這樣的情況，過了很多個鐘頭或是數天之後，沉沒的鯨魚又浮了上來，比活著時更有浮力。其中

的原因十分明顯。牠體內產生了氣體，牠膨脹得異常龐大，成了一個動物氣球。那時，就連軍艦都很難把牠壓下去。在紐西蘭海灣近岸水域捕鯨時，每當有露脊鯨出現下沉跡象，人們就用足夠長的繩索給牠拴上一些浮筒，這樣，屍體下沉以後，他們就知道牠重新浮上來時要到哪裡去找牠了。

死鯨下沉之後不久，「皮廓號」的桅頂就傳來一聲呼喊，通告說「處女號」又在放下小艇了；儘管唯一能看見的噴水來自一頭脊鰭鯨，屬於那種不能捕捉的鯨類，因為牠游水的能力大得讓人難以置信。不過，脊鰭鯨的噴水與抹香鯨很像，不老練的捕鯨者往往會弄錯。於是，德里克和他的全體水手這會兒都去追這頭無法接近的野獸去了。「處女號」扯起了滿帆，緊跟著它的四艘小艇，就這樣，它們全都遠遠地消失在了背風處，仍然在勇敢地、滿懷希望地追擊著。

啊！這世上何其多的脊鰭鯨，何其多的德里克啊，我的朋友。

第八十二章

# 捕鯨業的榮譽和光榮

有些冒險事業，其真正的規則便是既小心翼翼又混亂無章。

我對捕鯨這件事沉潛得愈深，把我的研究推進到它的根源上，我便愈發被它偉大的榮譽和悠久的歷史所打動；尤其是當我發現，這麼多偉大的半神和英雄、各種各樣的先知，都以某種方式在這個行業裡立下豐功偉績，想到我儘管身分低微，但也躋身於這麼一個輝煌的團體，我就有些意亂情迷。

宙斯之子，英勇的帕修斯便是捕鯨者的鼻祖；而且，使我們這個行業永遠感到榮耀的是，應該說，我們的同行攻擊並殺死第一頭鯨魚，並不是出於任何卑鄙的意圖。那是我們這個行業充滿騎士精神的時代，我們拿起武器僅僅是拯救受難者，而不是為了填滿人們的燈油壺。人人都知道帕修斯和安朵美達的美麗故事；可愛的安朵美達公主，被綁在海邊的一塊岩石上，在大海獸就要把她攫走的剎那，帕修斯，這捕鯨者的王子，勇猛地衝上去，用標槍將怪物刺死，解救了那個女孩，並和她成親。一標槍擲去，便殺死了大海獸，這是一件令人欽佩的技藝高超之舉，現在最好的標槍手都只能望塵莫及。誰都不該懷疑這個亞基人的故事，因為在古代約帕，也就是現在敘利亞沿岸的雅法，在一座異教寺廟中，很多年來就一直保存著一頭巨鯨的骨架。根據該城的傳說和所有居民的斷言，那正是帕修斯所殺怪物的骨架。後來羅馬人占領了約帕，在凱旋時將這副骨架運到了義大利。這個故事中最為奇特和富有暗示性的地方在於，約拿是從約帕上船出海的。

與帕修斯和安朵美達的冒險很類似的——事實上，有人推測它就是間接起源於此——是聖喬治與龍的著名故事；我堅持認為故事中的龍就是鯨魚；因為在許多古老的編年史中，鯨魚和龍是奇怪地混淆在一起的，往往彼此代替。「你如同江河的獅子，也如同海裡的龍。」以西結說。這裡明顯指的是鯨。事實上，《聖經》的有些譯本用的就是鯨這個詞。此外，如果聖喬治遇到的是一條陸地爬蟲，而不是與深淵中的大怪物戰鬥，那會極大地減損他功績的輝煌。任何人都能殺死一條蛇，但是，只有帕修斯、聖喬治、柯芬這樣的人，才有膽量勇敢地向鯨魚衝去。

不要讓表現這種場景的現代油畫誤導了我們；因為，儘管這位古代勇敢的捕鯨者所遭遇的生物被模糊地畫成獅鷲獸的模樣，儘管畫面中的戰鬥是在陸地，這位聖徒是騎在馬背上的，但是，考慮到那是極度無知的時代，藝術家根本不知道鯨魚的真正形狀；考慮到就像帕修斯的情況一樣，聖喬治的鯨魚可能是從海裡爬到岸上的；考慮到聖喬治的坐騎可能僅僅是一頭大海豹或者是海馬；把這一切記在心裡，把這所謂的龍認為正是那海獸本身，就不見得與神聖的傳奇和最為古老的繪畫完全矛盾了。事實上，把這整個故事置於嚴格而透澈的真理面前，它就成了非利士人將魚、人、鳥合成的偶像，只不過打著龍的名義；把這龍豎在以色列方舟前面，牠那顆馬頭和兩隻手就會掉下來，只剩下一個殘軀或者是魚身了。那麼，我們的高貴印記之一，即便是一名捕鯨者，就是英格蘭的守護神了；而我們南塔克特標槍手便有充足理由列入最為高貴的聖喬治騎士團了。所以，休要讓那個榮譽團體的騎士們（我敢說，他們中沒有人曾經像他們偉大守護神那樣和鯨魚打過交道），永遠不要讓他們瞧不起我們南塔克特人，即使我們穿的是羊毛衫和黑褲子，也比他們更配得上聖喬治勳章。

究竟是否要接納大力士海克力士加入我們的行列，長久以來我一直心存疑慮；因為，儘管根據希臘神話，那個古代的克羅克特和基特．卡森——那個立下過讓人歡欣的偉績的壯漢，曾被一頭鯨魚吞下又吐出來；然而，嚴格說來，他能否因此算作一個捕鯨者，是有待商榷的。沒有任何地方表明他真正用標槍刺過大鯨，除非他是在鯨魚肚子裡刺過牠。不過，可以把他當作一個非自願的捕鯨者；無論如何，即便他沒有抓住鯨魚，鯨魚也抓住了他。我主張把他算作我們團體中的一員。

但是，某些意見相左的最具權威人士認為，海克力士與鯨魚的希臘故事，是從更古老的約拿與鯨魚的希伯來傳說中衍生出來的，反過來也是一樣，它們當然是非常相似的。如果我承認了這位半神，為什麼就不承認那位先知呢？

我們團體的全部人員，並不僅僅由英雄、聖徒、半神和先知組成。還得把我們至聖先師的名字加上去；就像古代帝王一樣，我們發現，我們這個兄弟會的源頭絕對缺不了那些偉大的神明本身。那個神奇的東方故事，至今仍在經書上傳頌著，它說的是可畏的毗濕奴，印度教的三大神之一，經書上說，這個神聖的毗濕奴就是我們的上帝；毗濕奴，以其十個塵世化身的第一個化身，始終被單獨看成是鯨魚之神。經書上說，當梵天或者是眾神之神，在世界經歷過週期性的一劫之後，決定重新創造世界，祂生出了毗濕奴，讓他來承擔這項工作；但是，在毗濕奴開始創造之前，祂的一件似乎必不可少的任務就是熟讀那部神祕的《吠陀經》，它一定包含著切合實際的提示，可供年輕建築師們參考。而這部《吠陀經》深藏在海底，於是，毗濕奴化身為鯨，藉此潛入深不可測的海底，把這部神聖的經卷打撈上來。那麼，這個毗濕奴難道還不算是個捕鯨者嗎？這豈不正如我們管騎馬的人叫做騎手一樣嗎？

帕修斯，聖喬治，海克力士，約拿和毗濕奴！這就是為你們準備的一個會員名冊！除了捕鯨者，什麼團體能開出這般顯赫的名錄呢？

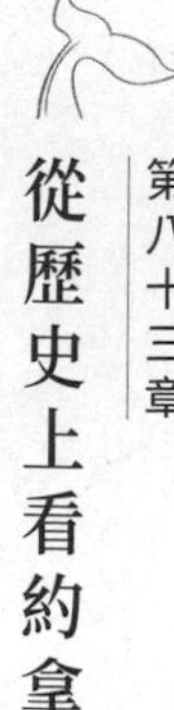

# 第八十三章 從歷史上看約拿

上一章已經提到過關於約拿與鯨魚的歷史故事了。現在有些南塔克特人對約拿和大鯨的這個歷史故事頗為懷疑。但是，也有一些持懷疑論的希臘人和羅馬人，從他們那個時代正統的異教信仰出發，對海克力士與鯨魚、阿里翁與海豚的故事也同樣表示懷疑；然而，儘管如此，他們對那些傳說的懷疑根本無損於它們的真實性。

薩格港的一個老捕鯨者質疑這個希伯來傳說的主要原因是這樣的：他有一本古雅的老式《聖經》，裝飾著一些奇特而缺乏科學依據的插圖，其中一幅表現的是吞了約拿的鯨魚，頭上有兩個噴水孔——這一特點只有一種大海獸才有（露脊鯨及其各種變種），關於這種鯨，捕鯨者歷來有這樣的說法，「一便士的小麵包卷就能把牠噎住」，說明牠的喉嚨很小很小。但是，關於這一點，傑布主教早就有了預先的答案。這位主教指出，我們沒必要認為約拿是葬身在鯨魚腹中，他只不過是暫時棲身於鯨魚嘴裡的什麼地方。好心主教的這個說法似乎很有道理。因為露脊鯨的嘴裡真的容得下兩張牌桌，所有玩牌的人都可以坐得舒舒服服的。還有一種可能，約拿也許是藏身在大鯨一顆蝕空的牙齒裡，不過，你再想想，露脊鯨是沒有牙齒的。

促使薩格港佬（他就叫這個名字）對先知的這件事有所懷疑的另一個原因，涉及約拿的身體被囚禁在鯨魚體內以及鯨魚的胃液問題，這事讓人有點困惑。但是，這樣的反對意見也同樣站不住腳，因為一個德國解經學者推測，約拿一定是在漂浮著的死鯨肚子裡避難的——甚至就像俄法戰爭中的法國士兵把他們的死馬變成了帳篷，鑽進馬肚子裡一樣。此外，其他一些歐洲大陸的評論家也推測過，當

約拿從約帕的船上被拋下海中的時候，他立即逃上了附近的另外一艘船，這艘船的船頭上裝飾有一個鯨魚雕像；而且，我還要補充一點，也許那艘船就叫「大鯨」，就像現在的有些船取名為「鯊魚」、「海鷗」、「老鷹」一樣。從來也不乏學識淵博的解經家，他們以為《約拿書》中提到的鯨魚指的僅是一個救生用具——一個充氣的皮袋——身臨險境的先知向它游去，並因此免於滅頂之災。所以，可憐的薩格港佬，似乎落入了最為不利的處境。但是，他的懷疑還有另外一個理由。這就是，如果我沒記錯，約拿是在地中海被鯨魚吞下的，過了三天他被吐在了旱地上，那個地方離尼尼微，底格里斯河邊的一座城市的路程不到三天，而從地中海沿岸最近的地方橫穿到尼尼微，也遠不止三天。那又是怎麼回事呢？但是，大鯨就沒有別的途徑讓先知在離尼尼微不遠的地方著陸嗎？有的。牠可以帶著他繞過好望角。但是，且不說這個路線要穿過整個地中海，還要上溯波斯灣與紅海，這樣的假設勢必要涉及在三晝夜之內環遊整個非洲，也不用說靠近尼尼微一帶的底格里斯河的河水太淺，鯨魚根本無法游動。此外，約拿在那樣早的時代就渡過了好望角，這樣的想法不免曾奪走發現這個大海岬的巴托洛繆．迪亞茲的那分榮譽，並由此使得現代史成了一個謊言。

但是，薩格港老頭的這些愚蠢論點僅僅說明了他對理性的那種愚蠢的驕傲——他身上更應該受到指責的地方在於，除了有一些戶外和海上的生活歷練，他實際上所知不多。我認為這僅僅顯示出他的愚蠢不敬的驕傲，以及他對可敬神父們的那種極度可惡的反抗。因為，約拿取道好望角去尼尼微，據一個葡萄牙天主教神甫所言，這個想法本身不過是一個一般性的奇蹟被放大了而已。事實就是如此。此外，直到今天，高度開明的土耳其人依然虔誠地相信有關約拿的史實。大約三百年前，一位英國旅行者在《老哈利斯航海集》中說起過一座為紀念約拿而建立的土耳其寺院，寺中有一盞不用油就能發光的神燈。

# 第八十四章 投桿

為了讓車跑得又快又輕鬆，就得給車軸上點油；出於同樣的目的，有些捕鯨者對他們的小艇採取了類似的措施；他們給艇底上油。考慮到油和水互不相容，油是很滑的東西，其目的是要使小艇划得更順暢，故而，這個措施無疑是毫無危害可言的，也許還具有不可輕視的好處。

魁魁格就特別相信給小艇上油的好處，一天早上，就在那艘德國人的「處女號」消失後不久，他就比平常更起勁地做起這件事來；他爬到懸掛在大船船舷上的小艇底下，把艇底擦得溜光水滑，像是要極力使光禿禿的龍骨長出一撮頭髮似的。他這麼做似乎是在遵從某種特殊的預感，這種預感並非沒有事實根據。

快到中午的時候，鯨魚再次出現了，但是船剛剛向牠們駛過去，鯨魚就轉過頭去，匆匆忙忙地飛逃而去；鯨群混亂無序，就像是從亞克興潰退的克麗奧佩特拉的船隊。

不過，小艇追了上去，史塔布一馬當先。費了很大的力氣，塔什特戈終於成功地刺中了一槍；可是被擊中的鯨魚，根本沒有下潛，而是繼續在水面上奔逃，並且加快了速度。刺在鯨魚身上的標槍在這種不間斷的拉力下遲早會脫落下來。於是，有必要繼續用標槍攻擊飛奔的鯨魚，否則就得任之逃脫了。但是，鯨魚游得太快太猛，不可能把小艇划到與其並排的位置。那麼，還有什麼可做的呢？

在捕鯨老手經常被迫使用的所有奇妙設備和技巧、各種熟練手法和數不盡的妙計之中，莫過於巧妙運用叫做投桿的那種魚槍了。無論小劍還是闊劍，其實際效果都不能與之相比。對付一頭飛逃的鯨魚，它是唯一不可缺少的東西；它最大的用途和特色就是能在高速前進、劇烈搖晃顛簸的小艇上，把

長槍準確地投出相當遠的距離。整個長槍連鋼槍頭帶木桿約有十或十二英尺長；槍桿要比標槍細很多，材料也要更輕一些——是松木的。它配備有一根叫做牽索的細繩，有相當的長度，用它可以把投出去的投桿再收回來。

不過，在繼續講下去之前，有件重要的事情得先提一下，儘管標槍也可以作為投桿，像魚槍一樣使用，但是卻很少這麼用；即便這麼用了，成功率也不高。因為和魚槍相比，標槍要重得多，也更短一些，這些實際上成了嚴重的缺陷。因此，通常來說，你必須先拴住一頭鯨魚，然後再讓投桿發揮作用。

現在看看史塔布。像他這樣在最為緊急的情況下，依然能詼諧幽默、從容不迫、沉著鎮定的人，比任何人都適合運用投桿。看看他；他筆直地站在飛馳的小艇顛簸的艇首，周身包裹在羊毛般的浪沫之中，拖著小艇飛奔的鯨魚在前面四十英尺處。他輕輕地撫弄著長長的魚槍，瞥了兩三眼槍身，看它是否筆直，嗖嗖地把一卷牽索收在一隻手裡，以便把牽索的一端抓在手裡，不讓它妨礙牽索的其他部分。然後，他把魚槍提起，正對著腰帶中間，瞄準了鯨魚；瞄準之後，他穩穩地壓低手中的槍尾，讓槍尖翹起有十五英尺高，使這件武器簡直是平衡地托在他手中。他讓你想起一個變戲法的人，用下巴平衡著一根長桿子。接下來，快得無法形容地一推，那明晃晃的鋼槍高高地劃了一個漂亮的拱形，射到泡沫四濺的遠處，命中了鯨魚的要害，在那裡顫抖不已。這時，鯨魚噴出的便不再是閃亮的水，而是鮮紅的血了。

「牠的塞子拔了！」史塔布叫道，「這是不朽的七月四號；所有噴泉今天都要流出酒來！現在，如果那是陳年奧爾良威士忌，或者俄亥俄州的陳酒，或者莫農加希拉無法形容的老酒！那麼，塔什特戈，夥計，我會告訴你提著個小罐過去，到噴水孔那裡，我們要圍著牠痛飲了！是的，正是如此，真心實意，我們要在牠的噴水孔那裡釀起上等的潘趣酒，從那活的潘趣酒碗裡暢飲新酒。」

就這樣，一邊不斷地笑鬧打趣，一邊熟練地反覆擲出投桿，魚槍像是用皮帶巧妙牽著的獵狗，一再回到主人身邊。痛苦不堪的鯨魚張皇失措；牽索鬆弛下來，投桿人退到艇尾，交疊起雙臂，一聲不響地看著這怪物死去。

# 第八十五章 噴泉

六千年以來——沒人知道在這之前還有幾百萬年——大鯨應該已經噴遍了地球上的海洋，像眾多的澆水壺和噴霧罐，為海洋上的花園灑水噴霧；而過去的幾個世紀，成千上萬的捕鯨者也該接近過鯨魚的噴泉，觀察過這些噴灑——一切應該就是這樣，但是，直到眼前這個有福的時刻（西元一八五一年十二月十六日下午一點十五分十五秒），這些噴泉裡噴出的究竟是真正的水還是水汽，依然還是個問題——這的確是件值得注意的事情。

那麼，讓我們來看看這件事，連同一些附帶的有趣名目。人人都知道，憑藉特別巧妙的魚鰓，有鰭類動物在游泳時，通常所呼吸的空氣始終是與水結合在一起的；因此，鯡魚或鱈魚可以生活上一百年，而不用將頭露出水面。但是，由於其獨特的內部結構，鯨魚像人類一樣，擁有正常的肺，牠只能靠吸進大氣中與水脫離的空氣而生活。因此，牠需要定期露頭拜訪一下水上的世界。但是，牠無論如何都是不能用嘴呼吸的，因為，就其平常的姿勢而言，抹香鯨的嘴巴是埋在水面之下至少八英尺深的；而且，牠的氣管和嘴巴是不相通的。不，牠僅僅透過噴水孔來呼吸，而噴水孔又在牠的頭頂上。

如果我說，任何生物的呼吸僅僅是維持生命的不可或缺的功能，因為牠從空氣中吸取一種元素，隨後與血液接觸，從而給血液帶來富有生氣的要素，我想我是沒有說錯的，儘管我也許可以用上一些多餘的科學用語。如果是這樣，那麼緊隨其後的便是，如果一個人吸一口氣就能使全身所有的血液充氣，他就可以堵住自己的鼻孔，很長一段時間不需要吸另一口氣了。那就是說，他從此可以不用呼吸地生活了。這也許顯得反常，但鯨魚的情況正是如此，鯨魚在海底的時候，能夠一個多小時不用吸一口氣，或者不以任何方式吸進一星半點的空氣，也能有條不紊地活著；因為，要記住，牠是沒有腮的。這是怎麼回事呢？在牠的肋骨之間以及脊柱兩側，配備有克里特迷宮一樣相當複雜的、義大利細麵條一般的血管，這些血管在牠潛下水面的時候，會完全脹滿飽含氧氣的血液。如此一來，在一個多小時的時間中，在上千英尋的海下，牠便攜帶了一份備用的生命，就像穿過無水沙漠的駱駝，在牠的四個附屬胃囊中攜帶了一份備用的水以供未來之需。迷宮這個解剖學的事實是無可爭議的；而建立在其基礎之上的推測也是真實的，有理可循，當我考慮到捕鯨者所說的，這種大海獸在「把水都噴出來」時的那種費解的固執時，這一點就益發令我信服了。我要說的就是這個。如果不受干擾地浮出水面，抹香鯨會在水面之上停留一段固定的時間，只要不受干擾，每次都是一樣。比如說牠停留了十一分鐘，噴水七十次，那就是說，牠呼吸了七十次；那以後，每當牠再露頭，肯定會又呼吸七十次，一點都不差。如果牠剛剛呼吸了幾下，就被你驚動了，牠便潛下水去，但一定會再次偷偷摸摸地露出頭來，補足牠通常所需的空氣。不做完這七十次呼吸，牠是不會真正潛下水去，待到換氣期滿的。請注意，雖然不同的鯨有各自不同的呼吸次數，但是牠們的呼吸方式總是一致的。那麼，為什麼鯨魚一定要把水噴出來呢，除非牠是要在一勞永逸地下潛之前，補足牠體內的空氣儲存？多麼明顯，鯨魚浮出水面的這種需要讓牠暴露在遭受追擊的致命危險之中。因為，當這個龐然大物在上千英尋深處的海底游動時，是任何魚鉤漁網都無法捕捉到的。這樣說來，獵手啊，讓你們獲取勝利的，與其說是你們的技巧，不如說是鯨魚本身這種巨大的需要！

就人的情況來說，呼吸是不間斷進行的——一次呼吸只能維持兩三下脈動；以至於無論他在做別的什麼事情，是行走還是在睡覺，他都必須呼吸，否則就會死掉。但是抹香鯨的呼吸只占牠全部時間的七分之一，或者說牠只在星期天呼吸。

據說鯨魚只用牠的噴水孔呼吸；如果可以如實補充一點，牠的噴水孔中混滿了水，那麼我認為，

我們就可以合理地解釋，為何牠似乎全然沒有嗅覺；因為牠全身唯一一個相當於鼻子的東西就是牠那獨一無二的噴水孔；牠被水和空氣這兩種元素這麼堵著，便難以期望牠有嗅覺能力了。不過，由於這噴水的神祕性——它究竟是水還是水汽——在這一點上迄今還沒有絕對確實的結論。然而，可以確定的是，抹香鯨沒有正常的嗅覺器官。沒有了又怎樣？海洋裡又沒有玫瑰，沒有紫羅蘭，沒有古龍水。

而且，因為牠的氣管只和噴水管道相通，也因為那長長的管道——像伊利大運河一般——配備有一種水閘（可關可開），留住下行的空氣，排出上行的水，所以鯨魚發不出聲音來；除非你在牠發出奇怪的隆隆聲時，羞辱牠，說牠是在用鼻子說話。但是，話又說回來，鯨魚有什麼要說的嗎？我很少聽說深刻之人對這個世界有什麼話要說，除非為了生存，才被迫結結巴巴說出點什麼。啊！幸而這世界是如此善於傾聽！

說到抹香鯨的噴水管道，它實際上主要是為了輸送空氣的，它水平延伸有數英尺長，就在牠頭部頂層的下方，略微偏向一側；這個奇妙的管道非常類似於城市中鋪設在街道一邊的煤氣管道。但是問題又回來了，這煤氣管道是不是也是自來水管道呢？換句話說，抹香鯨的噴水僅僅是呼出的氣呢？還是呼出的氣和從嘴裡吸進的水混在一起，再從噴水孔中排出去？可以肯定，牠的嘴巴間接地與噴水管道相通；但是，無法證明這種結構的目的是為了通過噴水孔排水。因為最需要這樣排水的原因，似乎是牠在進食時偶然吸進了水。而抹香鯨的食物都在深水中，在那裡牠即便想噴水也是噴不出來的。此外，如果你仔細觀察牠，用你的錶為牠計時，你會發現，在不受干擾的時候，在牠的噴水週期和正常的呼吸週期之間，有一種毫無偏差的節奏。

但是，在這個話題上，為什麼要拿這種種的推理來煩人呢？暢所欲言吧！你見過牠噴水；那就宣布牠噴的是什麼吧；難道你連水和空氣都分不清嗎？我親愛的先生，在這個世界上，這些簡單的事情可並不是那麼容易解決的。我曾經發現你們那些簡單的事情卻是最為棘手的。而至於這鯨魚的噴水，你就是置身其中，也判斷不了它到底是什麼。

鯨魚噴水的核心部分隱藏在周圍雪白閃耀的霧氣之中，當你靠得足夠近，去仔細觀察牠的噴水時，牠又總是處於異常騷動的狀態，周圍不斷地有水流瀑布般傾瀉下來，你又怎麼能確切無疑地斷定那水是牠噴出後又落下來的。而且，如果在這樣的時刻，你以為你真的感覺到了噴水中有水珠，你怎麼能知道它們一定不是由它的水汽凝結而成的呢；或者是，你怎麼知道它們不是噴水孔縫隙裡蓄積的一層薄薄的水，反落在鯨魚頭頂的坑凹處？因為，即便在平靜地游過中午風平浪靜的海面，牠聳起的背峰就像沙漠中的駱駝一樣被晒乾時，牠頭上也總是帶著一小盆的水，就像在炎炎烈日下，你有時會看見岩石凹處盛滿了雨水一樣。

獵人過於好奇地去探究鯨魚噴水的確切本質，這是完全缺乏謹慎的舉動。他是不會向裡面窺視的，也不會把自己的臉伸到裡面去。你不可能帶著你的大水罐來到這泉眼旁邊，把水罐裝滿，再拎回來。因為，甚至與噴水周邊的霧氣稍微接觸一下（這種事經常發生），你的皮膚就會因為它的腐蝕性而火辣辣地痛。我知道一個人，他與這噴出物靠得太近了，他是為了科學考察，還是有別的意圖，我說不清楚，總之他臉頰和手臂上的皮膚都脫落了。因此，捕鯨者都認為這噴水是有毒的；他們避之唯恐不及。還有一件事，我曾聽人說起過，我自己也不甚懷疑，據說，如果這噴水正好噴到了你的眼睛裡，你眼睛就會瞎掉。那麼，在我看來，喜歡探究的人最好還是把這致命的噴水擱置一旁為妙。

然而，雖然我們不能證實什麼，但我們總可以做出一番假設。我的假設是這樣的：那噴出物無非是霧氣而已。促使我做出這個結論的，除了其他的原因，還考慮到抹香鯨天生極其高貴與尊嚴的氣質；我認為牠絕非普通、淺薄的生靈，因為存在一個無可爭辯的事實，在淺水或是近岸處從來發現不了牠的蹤影；而所有其他種類的鯨魚有時都會在這種海域出現。牠既呆板又深刻。我相信，所有呆板又深刻的人，諸如柏拉圖、皮浪、魔王、宙斯、但丁等等，他們在沉思的時候，頭上總會升起一股半隱半現的蒸汽。我在寫作一篇有關永恆的小論文時，好奇地在面前放了一面鏡子，不久我就從鏡中看到一縷奇怪的霧氣在我頭頂上繚繞起伏。在八月正午，在我那有著薄薄的木瓦屋頂的閣樓裡，喝過六杯熱茶之後，當我陷入了苦思冥想，我的頭髮總是濕漉漉的，這似乎為上述推斷增添了又一個論據。

目睹這威猛而霧濛濛的怪獸莊嚴地游過一片風平浪靜的熱帶海洋，這情景會激起我們多麼壯麗的幻想啊；牠巨大溫和的腦袋上懸垂著一個由無法言傳的沉思所產生的霧氣的華蓋，而那霧氣——你有時會看見——映照著一道燦爛的彩虹，彷彿天堂為牠的思想加蓋了印章。因為，你可看見，彩虹從不光顧晴朗的天空，牠們只照耀霧氣。因此，穿過我頭腦中濃厚陰暗的疑雲，不時地閃射出神聖的直覺，用一道天堂之光照亮我的迷霧。為此我要感謝上帝；因為人人都有疑惑，雖然很多人否認；但是疑惑也好，否認也好，有直覺的人卻不多。懷疑一切塵世的事物，對某些神聖的事物懷有直覺，這種結合造就的既不是盲目的信徒，也不是一無所信之人，而是一個對待兩者一視同仁的人。

# 第八十六章 尾巴

別的詩人用柔和顫音謳歌羚羊溫柔的眼睛，和鳥兒從不會落到地上的可愛的翅膀，我沒有那麼超凡脫俗，我讚美的是一條尾巴。

計算體型最大的抹香鯨的尾巴，是從牠的軀體逐漸縮小到相當於人腰的地方開始，單是此處上表面的面積就至少有五十平方英尺。牠那緊實渾圓的尾巴根伸展開來，形成兩片寬闊而結實的扁平的掌狀物或是尾鰭，逐漸變薄，最後不到一英寸厚。在分叉或者是接合處，這兩片尾鰭略有重疊，然後像一對翅膀那樣彼此斜著分開，中間留下一個很寬的空隙。任何生物身上的曲線之美都不如這兩片尾鰭新月形的邊緣那麼雅致。成年鯨魚的尾巴如果完全伸展開來，其寬度將遠遠超過二十英尺。

整個尾巴似乎是一個厚實、有蹼、結合得很緊的肌肉層；但是，切開來你就會發現，它有三個明顯不同的層次——上層，中層，下層。上層和下層的纖維又長又直；中層的纖維則很短，在上下兩層之間交叉分布。這種三位一體的結構，和其他東西一樣，賦予尾巴以力量。對於研究古羅馬城牆的學者來說，中間這一層奇妙地相當於那些精彩的古代遺址中經常與石頭交錯砌在一起的那層薄薄的花磚，它無疑給石造建築物增加了很大的堅實度。

但是，好像這根腱質尾巴本身的巨大力量還嫌不夠似的，這大海獸的整個軀體還橫橫豎豎地交織著長長短短的肌肉纖維，貫穿腰部兩側，一直延伸到兩片尾鰭裡，不知不覺地與之融合起來，極大地增添了牠們的威力；因此，整個鯨魚匯聚起來的不可估量的力量似乎便集中到了一點上。如果有什麼毀滅性的事情發生，那一定就是這東西做的。

這種驚人的力量，一點也不會削弱牠運動時那種優雅的曲線美，嬰兒般地輕鬆透過巨人般的力量波動起伏地表現出來。相反，牠尾部的運動從這力量中汲取了最為讓人驚異的美。真正的力量從來不會損害美或者和諧，反而常常會賦予美或和諧；凡是具有驚人之美的事物，與其魔力關係重大的都是力量。把海克力士大理石雕像中似乎要迸裂出來的緊繃的肌腱去掉，它的魅力也就消失了。當忠誠的艾克曼揭開歌德赤裸遺體上的亞麻床單，死者雄偉的胸膛讓他不知所措，那似乎就是一座羅馬凱旋門。

米開朗基羅甚至把聖父畫成人的模樣時，也著力畫得十分健碩。那些有關基督的義大利繪畫，儘管揭示出了聖子身上的聖愛，卻顯得柔軟、捲曲、雌雄莫辨，極其成功地體現了他的思想；這些畫缺乏堅實的肌肉，沒有任何力量的跡象，但是，各方都一致認為，單憑它純然消極的、女性的順服與忍耐，便構成了基督教導特有的實際品德。

這就是我所涉及的這個器官微妙的靈活性，無論是在嬉戲，還是一本正經，還是在發脾氣，無論處於怎樣的情緒，它在彎曲活動的時候總是帶有超凡的優雅。任何仙人的臂膀都難以超越。

它有五種主要的動作。第一，前進時當作鰭用；第二，戰鬥中用作狼牙棒；第三，掃尾；第四，用尾鰭拍打水面；第五，豎起尾鰭。

第一，鯨魚的尾巴是水平的，牠的動作不同於任何其他海洋生物的尾巴。牠從不扭動。無論是人類還是魚類，扭動都是自卑的標誌。對於鯨魚來說，尾巴是牠唯一的推動工具。它像卷軸一樣在身體下面向前一卷，再迅速向後一彈，正是這個動作使得鯨魚猛烈游動時，有了種獨特的一衝一躍的姿勢。牠兩側的鰭只是用來掌舵的。

第二，頗有意味的是，抹香鯨在與另一頭抹香鯨戰鬥時只用頭和嘴巴，然而，在與人發生衝突時，牠主要是輕蔑地使用自己的尾巴。在攻擊小艇時，牠迅速地把尾鰭往回一彎，然後再反彈回來，

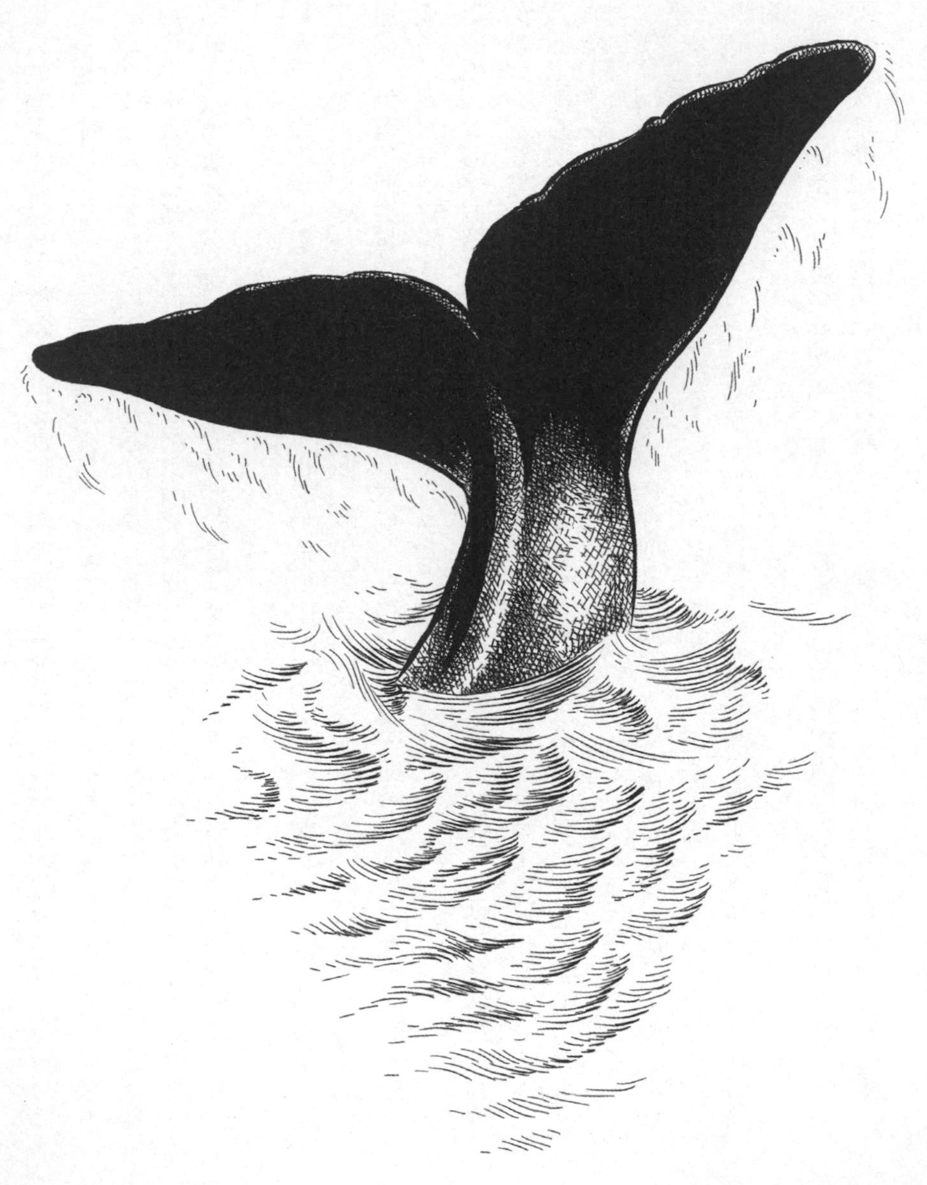

就是這樣狠狠一擊。如果這一擊暢通無阻，尤其是向下命中目標，那打擊簡直是無可抵擋。人和船的肋骨都無法承受。你唯一的獲救之途就是避開它；但是，如果尾巴受到水的阻擋，從側面掃過來，那麼，一定程度上，由於捕鯨艇的浮力大，加之材料又有彈性，通常最嚴重的後果也就是打裂一條肋骨，船板受到一兩下衝擊，船身側面撕開一條裂縫。捕鯨業中經常會遭遇到這種水下的側擊，人們只把它當成兒戲。有人脫下一件罩衣，就能把漏洞堵住了。

第三，我無法證明，但是在我看來，鯨魚的觸覺似乎集中在尾部；在這方面，與鯨魚的敏感相稱的只有象鼻的挑剔了。這種敏感主要表現在擺尾的動作上，當鯨魚猶如少女般文雅地在海面上游動時，牠巨大的尾鰭會柔和緩慢地兩邊擺來擺去；如果牠碰到了一根水手的鬍鬚，那水手可就慘了，連鬍子帶人一起了帳。開始那一碰有多麼溫柔！要是這尾巴抓得住東西，我會立刻想起達蒙諾德斯的大象，牠經常光顧花卉市場，向少女們低聲致意，獻上花束，然後用鼻子撫弄她們的腰帶。鯨魚尾巴不具備抓東西這個優點，這從很多方面來說都是遺憾了；因為我還聽說過另一頭大象，在戰鬥中受傷時，牠會彎過鼻子，把標槍拔出來。

第四，當大鯨毫無戒備，獨自待在自以為安全的海洋中，偷偷地接近牠，你會發現牠竟會放下自己雄偉的尊嚴，像小貓一樣在海洋中嬉戲，彷彿在壁爐旁邊一樣。不過，在牠的嬉戲中你依然可以看出牠的力量。牠那闊大的尾鰭高高地揮向空中，然後重重地拍擊著水面，雷鳴般的衝擊聲能迴響著傳出數英里之外。你幾乎會以為是一門巨炮在發射；如果你還注意到在牠另一端的噴水孔中冒出來的一圈圈淡淡的霧氣，你會以為那是大炮火門裡冒出來的煙。

第五，在鯨魚通常的漂浮姿態中，牠的尾鰭總是比牠的背部低得多，完全沒在水下，一點都看不見；但是當牠準備猛然潛入深水時，整個尾鰭連同至少三十英尺的部分身體都會甩在空中，豎立起來，搖擺上片刻，然後才向下射去，從視野中消失。除了壯麗的鯨躍——留待以後再說——鯨魚豎起尾鰭也許是動物界中所能見到的最為壯麗的景象了。從無底深淵中，這巨大的尾巴痙攣般一躍而起，抓向高天。同樣，在夢中，我曾看見威嚴的撒旦從地獄火海中伸出他飽受折磨的巨爪。不過，在凝視這樣的場面時，頭等重要的是你的心境；如果你有但丁式的心境，你就會想到魔鬼；如果你有先知以賽亞的心境，就會想到大天使。日出時分，站在桅頂上，天空和大海一片緋紅，我曾經看見東方有一大群鯨魚，全都面朝太陽，豎起尾鰭，騰空搖擺了一陣子。當時在我看來，如此壯觀的崇拜眾神的場面，哪怕是在波斯，這拜火教的發源地，也是前所未見的。就像托勒密四世為非洲大象作證一樣，我也為鯨魚作證，宣稱牠是世界上最虔誠的生靈。因為根據朱巴王的說法，古代戰象經常在意味深長的沉默中高舉起鼻子來迎接黎明。

這一章中偶然把鯨魚和大象做比較，涉及了鯨尾和象鼻的某些方面，但是，不應該將這兩種位置相反的器官置於同等地位，更不用說它們各自所屬的動物了。因為最大的象在鯨魚看來也只是一條小狗，同樣，和鯨尾比起來，象鼻就只是一根百合花莖了。象鼻最為可怕的一擊，與抹香鯨巨大尾鰭那不可估量的衝擊力比起來，也像是扇子開玩笑的一拍，抹香鯨的尾鰭曾經把一艘又一艘小艇連人帶艇拋到空中，活像是一個玩雜耍的印度人接二連三地拋擲著他的小球。[1]

我愈是思考這強大的尾巴，我愈是痛恨自己在表達上的蒼白無力。那尾巴不時地做出手勢，儘管能給人類之手帶來榮耀，卻完全是令人費解的。偶爾，有一大群鯨魚聚集在一起，非常引人注目地做出這些神祕的姿勢，我曾聽見捕鯨者們說，它們類似於共濟會的標誌和象徵；鯨魚的確是用這些聰明的方法來與世界對話的。

鯨魚全身也不缺乏其他的動作，對於最有經驗的捕鯨者來說，這些動作也是完全陌生和不可理解的。任憑我怎樣進行仔細的分析，我所得的也只是皮毛；我不了解鯨魚，而且永遠也不會了解牠。但如果我連這鯨魚尾巴都不了解，我又怎麼能弄清楚牠的腦袋呢？而且，牠根本就沒有面孔，我又怎麼去理解牠的面孔呢？牠似乎在說，你能看見我的背部，我的尾巴，但是我的面孔是不會讓你看見的。但是，我連牠的背部還無法完全弄清；那麼，牠的面孔就隨牠怎麼說吧，我要再說一遍，牠沒有面孔。

1 儘管在鯨魚和大象之間就身量方面所做的一切比較都是荒謬的，因為就此來說，大象之於鯨魚就如同小狗之於大象；但是，兩者之間並不缺乏某些奇特的相似之處，噴水就是其中之一。眾所周知，大象經常會用鼻子汲取水或是塵土，然後把鼻子高高舉起，連續不斷地噴出來。——原注

第八十七章

# 大艦隊

狹長的馬六甲半島，從緬甸邊疆向東南延伸，形成了亞洲的最南端。從半島延伸出蘇門答臘、爪哇、峇里和帝汶島，這些長長的島嶼形成一條連續不斷的線條；它們和許多其他島嶼一起，組成了一個巨大的防波堤或者是壁壘，縱向連接起亞洲與澳洲，將長長的沒有阻斷的印度洋與東方星羅棋布的群島分隔開來。這道壁壘被幾處隘口洞穿，便於船隻和鯨魚進出；其中最顯眼的是巽他海峽和馬六甲海峽。從西方去往中國的船隻主要是經由巽他海峽，進入中國海。

狹窄的巽他海峽將蘇門答臘與爪哇分開；立於那道巨大的島嶼壁壘的中部，由那個水手們稱之為爪哇角的險峻的綠色海岬支撐住；很像是通向有圍牆的遼闊帝國的中央大門，而就那些取之不盡的財富，香料、絲綢、珠寶、黃金和象牙而論，正是它們使得成千上萬的東方海洋上的島嶼富庶起來。這似乎是大自然一個意味深長的安排，這樣的財富，由於這樣的地理結構，至少應該做出預防西方世界巧取豪奪的樣子，即便毫無作用。巽他海峽沿岸並沒有居高臨下的堡壘，來防守通往地中海、波羅的海和馬摩拉海的入口。這些東方人和丹麥人不同，他們並不要求那些順風而來、沒有盡頭的船隊，對他們放下中桅帆，諂媚地致敬。過去幾個世紀以來，這些船隻就不分晝夜地，從蘇門答臘和爪哇之間的島嶼中通過，運載著東方最為貴重的貨物。但是，他們雖然慷慨放棄了這樣的禮儀，卻絕沒有放棄求取更為可靠的貢禮。

自古以來，馬來海盜的快速帆船，就潛伏在蘇門答臘矮樹林蔭蔽的淺灣小島間襲擊經過海峽的船隻，用他們的矛尖窮凶極惡地索要貢禮。儘管他們受到歐洲巡洋艦反覆殘酷的懲罰，這些海盜船的厚顏無恥近期已有所收斂，但是，甚至直到今天，我們偶爾還是會聽說，有英美船隻在那些水域遭到海盜的強行登船和無情洗劫。

乘著清新的和風，「皮廓號」此時正在靠近這些海峽。亞哈有意從這裡經過，進入爪哇海，然後向北巡航，駛遍據說經常有抹香鯨出沒的水域，掃蕩菲律賓群島近岸，遠抵日本海沿岸，以便及時趕上那裡盛大的捕鯨季節。憑藉這些做法，環航的「皮廓號」在突襲太平洋赤道線之前，就幾乎能掃蕩完世界上所有已知的抹香鯨巡遊漁場；雖然亞哈追擊莫比・迪克的企圖在其他各處均告失敗，但是，他牢牢地指望在這片牠最常去的海域，向牠挑戰；而且，到了那時，就是牠最有可能在那裡出沒的季節了。

但是現在的情況如何？在這種分區搜尋中，亞哈不靠岸嗎？他的水手們喝空氣嗎？當然，他會停下來補充淡水。不。有很長時間，那跑馬戲一般的太陽在它熾熱的圈子裡奔馳，除了自身，不需要任何給養。亞哈也是如此。請注意這一點，捕鯨船也是這樣。當其他船隻裝滿了外國貨物，準備運到外國的碼頭上時，這艘漫遊世界的捕鯨船，除了自己和它的水手，以及水手們的武器和必需品，沒有搭載任何貨物。它寬大的船艙中有整個一座湖泊，裝在瓶子裡。它的壓艙物是工具，不完全是不能用的鉛錠和鐵塊。它裝載了足夠數年之用的淡水。清澈、上好的南塔克特淡水；南塔克特人在太平洋上飄蕩三年的時間裡，寧可先喝掉這種水，然後才是昨天剛剛用木筏從祕魯或印第安溪流中拿桶運來的有鹽味的水。因此，當其他船隻從紐約前往中國，已經返航歸來，停靠了一二十個港口，捕鯨船在此期間，也許還沒有望見過一星半點的土壤；它的水手們什麼人都沒有見到，除了和他們一樣四海漂流的水手。所以，如果你給他們捎信說，第二次洪水已經來了，他們也只會回答你：「好吧，夥伴們，這就是方舟！」

因為在爪哇西海岸、巽他海峽附近，曾經捕獲到很多抹香鯨；還因為大部分曲折迂迴的地方通常都會被捕鯨者認為是最好的巡航場所；因此，當「皮廓號」愈來愈駛近爪哇角時，就一再招呼那些瞭望的水手，讓他們格外警醒。但是，儘管這片土地上棕櫚覆蓋的綠色懸崖不久就隱隱出現在右舷船首，空氣中新鮮的肉桂香也撲鼻而來，但還是沒有發現任何的噴水。大家幾乎都放棄了在這附近遇到獵物的念頭。船已經快要進入海峽了，就在這時，桅頂上傳來慣常的歡呼聲，不久，一個異常宏偉的奇觀就在迎接我們了。

但是，這裡得先提示一下，由於近期在四大洋不斷受到追捕而始終在不倦奔波，抹香鯨不像過去那樣幾乎一成不變地以小隊形式行進，而是經常結成龐大的鯨群，有時數量巨大，幾乎像是許多國家結成了神聖盟約，以便互相護衛。抹香鯨集結成如此龐大的隊伍，也許說明了這種情況，甚至在最好的巡遊漁場，你有時航行上幾週甚至幾個月，都碰不上一個噴水，而隨後卻會突然之間似乎有成千上萬的噴水映入眼簾。

在船頭兩側兩三英里的地方，出現了一個巨大的半圓，環抱著半個水平面。原來是一連串連續不斷的噴水，在正午的空中飛舞閃耀。不像露脊鯨那垂直的雙噴水，在最高處分成兩股落下，就像垂柳分叉的枝條，抹香鯨那單獨一股的噴水向前傾斜著，現出一片稠密糾結的灌木叢一般的白霧，連續不斷地升起，又落向下風處。

從「皮廓號」的甲板上望去，這船似乎要登上海中的一座高山。這群霧濛濛的噴水，一個個繚繞著升入天空，透過融成一片的淺藍色薄霧，就如同一個騎馬的人站在高崗上，在一個芬芳的秋晨，看見了一座人煙稠密的大都市中成千上萬根令人愉快的煙囪。

就像一支軍隊靠近了一座地形不利的山中隘路，立刻加快行軍速度，急於通過那條危險的路程，並再度舒暢地走在較為安全的平原上；這一大群鯨魚現在也是如此，牠們似乎急於向前穿過海峽；牠們半圓形的兩翼逐漸收攏，形成一個新月形緊密的核心，繼續向前游去。

「皮廓號」扯起滿帆，在後面緊追不捨；標槍手們操起武器，從他們尚懸掛在空中的小艇艇首大聲歡呼。他們毫不懷疑，如果風勢不減，追過巽他海峽，這一大群鯨魚就會在東方的海洋中散開，有不少就會被捕獲。而且，誰又能斷定，莫比・迪克會不會也暫時游在這個密集的隊伍中，就像暹羅人的加冕遊行佇列中那備受尊崇的白象！於是，我們把一張又一張翼帆也扯起來，徑直向前疾駛，緊追著我們前面的這些大海獸；突然，傳來了塔什特戈的聲音，他在大聲提醒我們注意後方的什麼東西。

與我們前方的新月遙相呼應，我們後方也出現了一彎新月。它似乎是由一股股分散的白汽組成，有點像鯨魚噴水那樣不停地升起又落下；只是它們並不是出現又消失，而是一直在那裡盤旋，最後也沒有消失。亞哈用望遠鏡一瞄，鯨骨腿馬上就在旋孔裡一轉，叫道：「爬上去，裝上滑車，用水桶把帆篷潑濕——朋友，馬來人追我們來了！」

似乎在海岬後潛伏了很長時間，直到「皮廓號」完全進入海峽，這些無賴的亞洲人才開始猛追，想要彌補因過度謹慎而耽擱的時間。但是這時候，「皮廓號」自己也在乘著清新的順風，飛快地追逐鯨群；這些黃褐色皮膚的慈善家有多麼好心，他們反而是在幫助「皮廓號」加快速度，追擊它選中的目標——他們的作用恰恰是馬鞭加馬刺而已。亞哈手臂下夾著望遠鏡，在甲板上踱來踱去；向前看，他能看見自己在追逐的怪物，向後看，就是正在追逐他的嗜血海盜；他當時似乎就是這樣的想法。而當船在浪谷中行駛，望著兩側的綠牆，他又想到，穿過那道門他就踏上了復仇之路，同時，他也看到，同樣也是穿過那道門，他將在追逐和被追逐中走向致命的終點；不僅如此，那群冷酷野蠻的海盜和毫無人性不敬神明的魔鬼，還在可憎地用他們的詛咒叫罵刺激他——當所有這些思緒掠過他的腦海，亞哈的額頭就變得一片荒涼，皺紋累累，就像是怒潮侵蝕過的黑沙灘，只有最為堅固的東西還留在原地。

但是，魯莽的水手中卻沒有幾個為這樣的想法而煩惱的；「皮廓號」逐漸把海盜甩在後面，終於從蘇門答臘這側翠綠色的鸚鵡岬一掠而過，進入海峽外面遼闊的海面；這時，標槍手們似乎為飛奔的鯨群超越自己感到悲哀，更勝過了為自己的船成功擺脫馬來人而欣喜。但是，他們繼續沿著鯨魚的尾跡緊追不捨，終於，鯨魚的速度似乎慢了下來，船逐漸與牠們靠近了，現在風漸漸停了下來，跳上小艇的命令也已經下達。不過，這一大群鯨魚，可能是出自抹香鯨奇妙的直覺，剛一覺察到後面有三艘小艇在追，儘管還有一英里遠，牠們便重新集結起來，形成緊密的陣列，牠們的噴水看上去就像是一排排閃亮的刺刀，以加倍的速度前進。

脫光衣服，只穿著襯衣襯褲，我們跳上白蠟木的小艇，划了幾個小時。就在幾乎要放棄追逐的時候，鯨群裡發生了一陣普遍的騷亂，暫時停止不動了，生動地顯示出，牠們終於陷入困頓不安、遲疑不決的奇怪境地。捕鯨者每當覺察到這種狀況，就會說大鯨嚇呆了。牠們原來游得又快又穩的緊密的戰鬥佇列，此時已七零八落，亂成一團；就像在印度與亞歷山大作戰的波魯斯王的象群，牠們似乎被嚇瘋了。牠們以巨大不規則的圓圈，向四面八方潰散，漫無目標地游來游去，短促濃密的噴水明顯暴露出牠們的驚慌失措。更為奇怪的是，很多鯨完全像是癱瘓了，如同進水的、無法操控的船，在海上無助地漂浮著。即便一群愚蠢的綿羊，在大草原上遭到三頭惡狼的追逐，可能也不會表現出這般超乎尋常的驚慌沮喪。但是，這種偶爾的膽怯幾乎是所有群集動物的特徵。儘管成千上萬聚集在一起，那有著獅子鬃毛的西部水牛也會在一個騎手面前四散奔逃。再看看人，當他們聚集在羊圈一樣的劇場裡，只消一聲火警，他們就會混亂地衝向出口，擁擠，踐踏，堵塞，無情地彼此衝撞，毫不相讓。所以，面對這些奇怪的嚇呆了的鯨魚，我們最好還是不要大驚小怪了，因為世界上任何動物的愚蠢，都遠不及人類的瘋狂。

如前所述，儘管有很多鯨魚在激烈的游動，卻可以觀察到，整個鯨群既沒有前進也沒有後退，而是共同地留在一個地方。就像通常遇見這種情況那樣，三艘小艇馬上分散開來，每一艘都去追擊鯨群

周邊落單的一頭。大約三分鐘之後，魁魁格便擲出了標槍；被刺中的鯨魚把令人眼花繚亂的水花潑濺在我們臉上，然後像一道光一樣飛速逃離，徑直奔向鯨群的中央。儘管被擊中的鯨魚在這種情況下會有這樣的動作，絕不是史無前例，甚至幾乎總是多少可以預料到的，但它還是捕鯨業中一個比較危險的變數。因為當飛奔的巨獸將你愈來愈深地拖進狂亂的鯨群之中，你就得告別謹慎的生活，只能在膽戰心驚中度日了。

當那又瞎又聾的鯨魚向前猛衝，好似要單憑速度的力量來擺脫叮在牠身上的鐵螞蟥；當我們在海面上撕開一條白色的口子，隨著牠飛奔，四面受敵，周圍都是來回衝撞的發瘋巨獸；我們被包圍的小艇，就像是暴風雨中被大塊浮冰撞來撞去的船隻，竭力要駛出複雜的通道和海峽，不知道什麼時候就會被卡住，碾得粉碎。

但是，沒有絲毫的膽怯，魁魁格果敢地為我們把著舵；時而繞過直接擋在我們前面的這頭鯨，時而又從巨大鯨尾高懸在我們頭頂的那頭鯨魚身邊擦過去。與此同時，史塔巴克站在艇首，手持魚槍，用短距離投擲刺向任何觸及的鯨魚，因為已經來不及長距離投擲了，就這樣為我們殺出一條路來。槳手們也沒怎麼閒著，雖然他們慣常的任務此刻都已免除。他們現在主要的責任就是大喊大叫。「閃開些，艇長！」一個槳手朝一個突然整個身子冒出水面的駝峰叫喊，牠威脅著要把我們的小艇一下子弄翻。「喂，放下你的尾巴！」又一個槳手對另一頭鯨魚大喊，牠靠近我們的船舷，似乎正在平靜地用牠那扇子一樣的尾巴在給自己搧風。

所有捕鯨艇上都帶有某種奇特的對象，起初是南塔克特的印第安人發明的，稱作德拉格。兩塊同樣大小的四方厚木頭結實地釘在一起，讓它們的紋理彼此十字交叉，然後在這木塊中央繫上一根相當長的繩索，繩索另一端結個活圈，可以立即拴在標槍上。這德拉格主要用於嚇呆了的鯨魚群。因為在那時，緊緊圍繞在你周圍的鯨魚太多，你不可能同時追擊牠們。但是，抹香鯨不是每天都能遇到的；

所以，一旦遇到，你得竭盡全力把牠們都殺光。而如果你一次無法全數捕殺，你就必須弄傷牠們，等以後有空的時候再來慢慢捕殺。因此，這樣的時候，德拉格就派上了用場。我們的小艇配備有三支這樣的東西。頭兩支成功地投射出去，我們看見兩頭鯨魚後面拖著德拉格，被巨大的橫向阻力束縛住，搖搖晃晃地奔走了。牠們就像是被帶鐵球的腳鐐銬住的罪犯。但在把第三支投擲出船舷的時候，笨重的木塊刮住了小艇上的一個座位，一下子把座位扯下來，帶進海裡，座位從身子下面滑走，把槳手摔在了艇底上。海水從兩側損壞的船板處湧進來，但是我們塞了兩三條襯衫襯褲，暫時堵住了漏洞。

如果不是推進到了鯨群中間，與鯨魚的距離大大縮短，這些德拉格標槍幾乎是無法投擲出去的；而且，隨著我們離騷亂的鯨群周邊愈來愈遠，那可怕的混亂似乎也逐漸減弱了。於是，當最後那支搖搖顫顫的標槍投擲出去，拖著繩子的鯨魚打斜裡消失。隨著牠離開時逐漸衰弱的勢頭，我們划進了兩頭鯨魚中間，進入了鯨群最核心的地方，彷彿從一道山洪划進山谷中一座平靜的湖泊。在這裡，鯨群四周有如風暴在峽谷中喧囂一般的聲音，雖然還可以聽到，卻感覺不到了。在這個廣闊的中心區域，海面顯得像緞子一般光滑，堪稱油光水滑，這是由鯨魚在情緒較為平和時噴出的稀薄水分造成的。是的，我們現在就置身於人們所說的在任何動盪中心都潛伏著的那種令人著魔的寧靜。而在紛紛擾擾的遠處，我們看見那些同心圓四周依然在喧鬧不已，看見連續不斷的一群群鯨魚，每群八到十頭不等，在快速地轉來轉去，像是好多匹馬套著一個軛在兜圈子；牠們肩並肩緊靠在一起，巨人族的馬戲團騎士可以輕易躬身站在中間的鯨魚身上，就那樣到處遊走。由於休息的鯨群密密麻麻，愈來愈緊地圍繞著鯨群港灣狀的中心，目前我們沒有可以逃脫的機會。我們必須等這堵把我們團團圍住的活牆出現一個缺口，這堵牆讓我們進去就是為了把我們關起來。我們在這座湖泊中心停留時，偶爾會有馴順的小母牛和小牛犢來看看我們，那是這支潰散大軍中的婦孺兒童。

現在，如果把旋轉不停的外圈之間偶爾出現的寬大空隙，把那些圈子裡各個不同鯨群之間的空隙，全都囊括在內，在這個節骨眼上，所有鯨群所占據的水面至少有兩三百平方英里。無論如何——儘管在這樣的時刻做這樣的測試確實可能是不大可靠的——從我們低矮的小艇裡可以發現，那些噴水簡直像是從地平線邊緣出現的。我提到這種情況是因為，母牛和小牛犢似乎是有意關在這個圍欄最裡面的；彷彿迄今為止，鯨群廣闊的周邊一直在防止牠們獲悉鯨群停止的確切原因；或許是由於牠們太過年輕，不懂世故，各方面都很單純，沒有經驗；總之，無論如何，這些較小的鯨魚——不時地從湖泊邊緣過來探訪一下我們平靜的小艇——表現出一種奇妙的勇敢和信心，要不然就是被恐懼迷惑，讓人不得不為之驚奇。像家犬一樣，牠們圍著我們嗅來嗅去，一直來到我們的舷牆邊，擠來擠去，幾乎像是什麼咒語突然把牠們馴服了一般。魁魁格輕拍牠們的前額；史塔巴克用魚槍抓搔牠們的後背；只因怕有什麼後果，才暫時不去戳牠們。

但是，當我們俯身在船舷邊向下凝望時，遠在水面上這個奇妙世界的下面，另一個更為奇異的世界映入我們的眼簾。因為，倒懸在這個水底蒼穹之中，漂浮著一些正在哺乳的母鯨，以及一些腰圍巨大看來不久就要當母親的鯨魚。如我所述，這個湖泊在相當深的地方也是極其清澈透明的；如同正在吸吮的人類嬰兒會沉靜而專注地凝視著別處，而不是母親的胸脯，彷彿同時過著兩種不同的生活，一方面在吸取身體上的營養，一方面又在精神上享受著某些神祕非凡的回憶——這些小鯨便是如此，牠們在吸吮時似乎也在仰望著我們，但又不是望著我們，在牠們那新生的目光來看，彷彿我們只不過是一些馬尾藻。母鯨們側身漂浮著，也似乎在安靜地看著我們。其中一個小嬰兒，從某些奇特跡象上看，似乎剛剛出生一天，體長大概已有十四英尺長，腰圍六英尺左右。牠是個小淘氣；儘管牠的身體似乎還沒有完全擺脫不久前在母腹中那種討厭的姿勢，在那裡，牠像韃靼人的弓一樣尾對頭蜷縮著，隨時待發。牠那纖弱的側鰭和尾鰭，仍然新鮮地保留著剛從另一個國度來的嬰兒的那種皺巴巴的樣子。

「繩子！繩子！」魁魁格叫道，俯視著船舷，「它拴住了！它拴住了！——是誰拴的！誰打的？——兩頭鯨，一大一小！」

「你怎麼了，夥計？」史塔巴克叫道。

「看這裡。」魁魁格說，指著水下面。

當被擊中的鯨魚從索桶裡扯走數百英尋的繩索，當牠潛入深水之後，再次浮上水面，會讓鬆弛的繩索也捲曲著浮上來，螺旋形升上空中；就是這樣，這時，史塔巴克看到的便是一頭母鯨長長盤繞著的臍帶，它似乎還把幼鯨和母親連在一起。在瞬息萬變的追獵中，這種情況並不罕見，這根天然的繩索，在母親那一端脫落下來，和捕鯨索糾纏在一起，結果就把幼鯨纏住了。在這個被施了魔法的池塘裡，海洋最為微妙的祕密似乎向我們顯露出來。我們看見小鯨在大海深處享受著母愛[1]。

就這樣，儘管被驚慌恐懼團團包圍，這些置身於中央的不可思議的動物，卻自由而無畏地過著和平的生活；寧靜地沉湎於嬉戲和歡樂之中。不過，我也是這樣，即便是我的生活如同龍捲風肆虐的大西洋，在自我的中心地帶，卻始終一派沉靜安然；當不曾稍減的災難如沉悶的行星圍繞著我旋轉，我的內心深處依然沐浴在永恆歡樂的柔情之中。

這時，就在我們這般出神地逗留之際，遠處偶爾突然的狂亂景象表明，其他小艇在行動，它們還在對鯨群周圍的鯨魚施用德拉格；或許戰鬥是在最外圈進行的，那裡空間充裕，方便撤退。那些被德拉格銬住的鯨魚不時盲目地在圈子裡衝來撞去，但是這種景象和最後我們看到的東西相比便不值一提

1 抹香鯨和其他所有種類的鯨魚一樣，但是與大多數其他魚類不同，牠的繁殖不分季節；在大約九個月的妊娠期之後，牠每次產下一隻幼鯨；雖然也有同時產下以掃和雅各的個別情況。為了對意外事件有所準備，牠有兩個乳頭哺乳，它們位置很奇怪，分別位於肛門兩側；但是乳房本身是從那裡向前延伸的。哺乳期鯨魚的這些要害部位一旦被獵手的魚槍刺中，母鯨流出的奶和血會使一大片的海水變色。鯨奶很甜很膩，有人嘗過，配草莓吃起來很不錯。鯨在彼此愛慕情難自抑時，也會像人類一樣互相接吻。——原注

了。有時候，在拴住一條力氣非常大、特別機靈的大鯨時，通常要設法像切斷腳筋那樣，切斷鯨魚巨尾上的筋腱，把牠弄殘廢。這就需要投擲一把短柄的砍鯨鏟，牠拴有繩索，可以再拉回來。有一頭鯨魚在這個部位受了傷（我們後來才知道），但似乎沒有奏效，牠擺脫了小艇，拖走半根標槍繩；由於格外劇烈的傷痛，牠便在轉個不停的鯨圈中衝來撞去，像薩拉托加戰役中單槍匹馬奮不顧身的阿諾德將軍一樣，所到之處令人聞風喪膽。

但是，雖然這頭鯨魚傷痛難忍，那番景象也足夠駭人。牠讓整個鯨群感到特別恐懼的原因，起初由於距離太遠，我們沒有看清。不過，我們透過捕鯨業中一件難以想像的意外事件，最終領會了其中究竟，這頭鯨纏在牠所拖曳的標槍繩裡；牠逃走時身上還帶著砍鯨鏟，這件武器上拴著的繩索末端，和繞在牠尾巴上的標槍繩死死攪在一起，導致砍鯨鏟在牠身上鬆動了。鯨魚被折磨得發瘋，在水中翻騰，猛烈拍打著柔軟的尾巴，在周圍亂甩著那把鋒利的鏟子，傷起自己的同伴來。

這個可怕的傢伙似乎把整個鯨群都從嚇得發呆的狀態中喚醒過來。首先，構成我們湖泊邊緣的那些鯨魚開始集中了一點，彼此碰撞著，彷彿是被遠處湧來、力氣已經耗盡一半的巨浪抬起來一般；然後，湖泊本身也開始微微起伏波動；水下的新房和育兒室消失了；更內層的鯨魚開始游著愈來愈緊縮的圓圈，變得密集起來。是的，長久的寧靜逐漸消失了。很快響起了一種不斷加大的低沉的嗡鳴聲；就像哈德遜大河春天開河時大量喧騰的大冰塊一樣，整個鯨群開始翻翻滾滾地向內圈中心湧來，彷彿要把自己堆成一座大山。史塔巴克和魁魁格立即調換位置，史塔巴克站到了艇尾。

「划呀！划呀！」他抓住舵柄，緊張地低聲說，「抓牢槳，打起精神來，喂！我的上帝，夥計們，準備好！魁魁格，你把牠推開——就是那頭鯨——戳牠！——打牠！站起來——站起來，就那樣別動！彈出去，夥計們——划呀，夥計們，別管牠們的背了——擦過牠們！——擦過去！」

此刻，小艇差不多卡在了兩個黑色的龐然大物之間，牠們長長的身軀之間只留下一條狹窄的達達尼爾海峽。不過，我們不顧一切地一陣猛划，終於衝進了一片暫時空著的地方；然後迅速划走，同時在急切地尋找另一個出口。經過多次類似的九死一生的奔逃，我們最終飛快滑進了剛剛還是外層圈子的地方，那裡現在卻有一些鯨魚胡亂地交叉游動，全都急於到中心去。這次僥倖生還的代價真是便宜，只損失了魁魁格的一頂帽子，當時他正站在艇首，戳著那些亡命奔逃的鯨魚，緊靠他旁邊有一對闊大的尾鰭猛地一甩，帶起一股旋風，把他的帽子給颳走了。

儘管是一片大亂，到處都亂哄哄，處於無序狀態，但是不一會兒，它似乎就變成了一場有條不紊的運動；鯨魚終於集結成密集的一群，重新開始加快速度，向前奔逃。繼續追擊已經毫無用處了；但是三艘小艇依然跟在後面，撿起那些被德拉格鎝住、有可能落在後面的鯨，同時還要把弗拉斯克殺死的那頭鯨拴好，插上旗標。這旗標是一根帶有三角旗的棍子，每艘小艇上配備有兩三根；每逢手邊有不止一頭獵物時，就把它筆直地插在漂浮的死鯨身上，以此來標記出牠在海上的位置，另外也當作優先占有的標記，以防其他小艇靠近時弄錯了。

這次放艇追擊的結果，似乎說明了捕鯨業中那句智慧的格言——鯨魚愈多，捕得愈少。所有用德拉格鎝住的鯨魚中只捕獲了一頭。其他的都暫時逃脫了，但是以後會看到，牠們只是被「皮廓號」以外的船隻捕獲了。

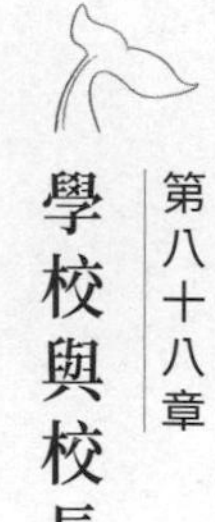

## 第八十八章

# 學校與校長

上一章講到了大量成幫成群的抹香鯨，也給出了引起這種大群鯨魚集結的可能原因。

雖然有時能夠與這種大型鯨群遭遇，但是，正如我們看到過的那樣，甚至在今天，偶爾也能看見單獨的小股鯨群，每群包括二十到五十頭鯨魚。這樣的小股鯨群被稱為隊。牠們通常有兩種；一種幾乎完全由雌鯨組成，另一種則全都是年輕力壯的雄鯨，或者像人們那樣，親密地把牠們叫做公牛。

照顧雌鯨隊的騎士，總是一頭完全成年、但年紀又不老的大鯨；一有警報，牠就表現出勇敢的風度，負責殿後，掩護太太小姐們逃命。事實上，這位紳士是一個奢侈放縱的土耳其貴族，在水下世界裡游來游去，周圍陪伴的盡是嬌妻美妾，享盡溫柔。這個貴族和牠的妻妾之間的對比很是驚人；因為，牠總是體型最大的鯨魚，而那些女士們，即便完全成熟了，身材也不會超過普通雄鯨的三分之一。牠們的確是相當嬌小；我敢說，腰圍不會超過六碼。不過，無可否認，總體上牠們天生就具有豐滿的體態。

看到這些妻妾和自己的君主在懶散地漫步，可真讓人好奇。牠們像上流社會的人士一樣，始終在四處遷移，悠閒地尋找多樣化的生活。你在赤道食物最為豐盛的季節看到牠們及時趕到，那也許是牠們剛剛在北方海洋上度夏歸來，在那裡打發了夏季所有令人不快的疲憊和炎熱。等牠們在赤道的散步場閒逛上一陣之後，又會啟程前往東方的水域，期待著那裡的清涼秋季，並藉以避開一年中另一個嚴寒的季節。

在這種旅行中安靜前行的時候，如果發現有任何陌生可疑的現象，這位君主雄鯨就會機警地注視

著牠所關注的家人。如果有未經允許的魯莽的年輕鯨魚出現，擅自偷偷地靠近任何一位女士，這位大人物就會大發雷霆，發起攻擊，把牠趕走！如果任由這樣不講道德的浪蕩子侵犯這個幸福家庭的尊嚴，那的確會很熱鬧；儘管這位君主可以為所欲為，牠卻不能把最為聲名狼藉的登徒子趕出自己的床榻；因為，天哪，所有魚類的床鋪都是公用的。就像在岸上一樣，女士們往往是互相競爭的愛慕者之間發生可怕決鬥的原因；鯨魚也是如此，牠們有時會發動致命的戰鬥，這全都是為了愛。牠們都用長下巴作為防護，有時雙方的下巴鎖在一起，都想努力爭取霸權，就像爭鬥的麋鹿，鹿角交織在一起。不少被捕獲的鯨魚身上就帶著這種遭遇留下的深深的傷疤——頭上有犁溝，牙齒也破碎，鰭成了扇形；在有些情況下，甚至嘴巴都歪扭錯位了。

但是，假如這個幸福家庭的入侵者在這群妻妾主人的初次攻擊下就溜之大吉，你再看看這位君主的模樣，那才叫有趣。牠那巨大的身軀又在牠們中間溫柔地繞來繞去，縱情陶醉一番，同時逗弄著留在附近的年輕登徒子，就像虔敬的所羅門王在他無數嬪妃中虔誠地做禮拜一樣。如果能看見其他的鯨魚，捕鯨者很少會去追擊這些土耳其君主；因為這些君主消耗的精力太多，油水很少。至於牠們所生的子女，嘿，那些子女都得自己照顧自己；至多也是只能得到母親的幫助。因為這種君主鯨和我們可以列舉的其他用情不專的薄情郎一樣，儘管耽於閨房之樂，對育兒之事卻毫無興趣；於是，作為一個大旅行家，牠在世界各地留下自己無名的嬰兒；每個嬰兒都是個外來種。然而，到了一定的時候，青春激情漸告消退，隨著年歲增長，憂鬱增加，反思促使牠鄭重地停止尋歡作樂；簡而言之，隨著這個飽享歡娛的土耳其人日生厭倦，對安逸和美德的愛便取代了對女人的愛；我們的這位土耳其貴族隨後便進入了體力衰竭、痛悔前非、力行勸誡的生活階段，發誓拋棄過往，遣散嬪妃，成了個堪為表率、陰鬱蒼老的老鯨，孤零零地滿世界周遊，到處誦經祈禱，告誡年輕的鯨魚切不可重蹈牠自己情天恨海的覆轍。

既然鯨魚的後宮被捕鯨者稱為學校，順理成章，這學校的一家之主就有校長之稱了。因此，牠自己在學校畢業之後，到國外四處講學，諄諄教誨的竟然不是牠在那裡學到的東西，而是關於這學校的愚蠢荒唐，嚴格說來，這儘管極富諷刺意味，卻並不符合牠的角色。牠的校長頭銜，似乎很自然地源於為牠的後宮所賦予的名字。但是有人推測過，最初為這種土耳其貴族鯨命名的人，一定讀過維多克的回憶錄，熟悉這個法國名人在年輕時代是何種鄉村學校的校長，也知道他對自己學生們灌輸的是什麼性質的神祕課程。校長鯨晚年的這種退隱獨處的生活，的確是所有上了年紀的抹香鯨的共同選擇。幾乎人人都知道，一頭孤鯨——這是人們對一頭孤獨大海獸的稱呼——總是一頭年邁的老鯨。牠就像那個德高望重、滿面鬍鬚的丹尼爾·布恩一樣，身邊什麼人都沒有，只有大自然；牠在荒涼的海洋中以大自然為妻，而大自然是最賢慧的妻子，儘管她有著許多喜怒無常的祕密。

前面提到，只由年輕力壯的雄鯨組成的鯨隊，和作為後宮的雌鯨隊構成了強烈的對比。因為這些雌鯨具有典型的溫順膽怯的性格，而年輕的雄鯨，或是如人們所稱呼的，四十桶油的公牛，則是所有大海獸中最為好鬥的，而且也是人盡皆知，碰上牠們是最危險的；除此之外，那些腦殼灰得出奇、滿頭斑白的老鯨，有時候遇上，也會和你戰鬥，就像是被痛風折磨得怒火中燒的惡魔一般。

四十桶油的公牛隊比雌鯨隊要大。像一群年輕大學生組成的烏合之眾，牠們全都鬥志高昂、開心嬉鬧、淘氣墮落，魯莽而喧鬧，滿世界翻翻滾滾地飛奔，沒有哪個謹慎的擔保人會為牠們擔保，寧可去找耶魯或哈佛那些放蕩的小夥子去招攬生意。不過，牠們很快就會放棄這種騷亂的生活，而且，等牠們長到成年鯨魚的四分之三大小時，牠們就會散夥，各尋去處，也就是各自的後宮。

在雄鯨隊和雌鯨隊之間還有一點不同，更加能體現出性別特徵。比如說，你打中了一頭四十桶油的公牛——這個可憐的傢伙！牠所有同伴都會棄之不顧。但是，如果你打中的是雌鯨隊的一個成員，牠的伴侶們就會萬分關切地繞著牠游動，有時因為靠得太近，逗留時間太長，自己也會淪為犧牲品。

## 第八十九章

# 有主鯨和無主鯨

上上章曾經提到過旗標和標杆，有必要就捕鯨業中的規則和慣例做一番說明，其中旗標可以視為一種重要的象徵和標記。

經常會有這樣的情況，幾艘船結伴巡航捕獵，其中一艘船打中了一頭鯨魚，然後又逃脫了，最後被另一艘船殺死和捕獲；這裡便間接包含了很多小的意外事件，全都涉及這個重要的標記。例如——經過一場疲憊而危險的追擊，終於捕到一頭鯨之後，有可能由於一場猛烈的暴風雨，鯨屍又從船邊脫落了；向背風處漂出很遠，被另一艘捕鯨船撿到了，這艘船在風平浪靜的海面上舒舒服服地就把牠拖走了，既不用冒生命危險，又沒有損失捕鯨索。於是，如果沒有某種成文或不成文的、通用的、無可爭辯的、適用於所有情況的規則，兩艘捕鯨船之間往往就會爆發傷腦筋的激烈爭執。

也許唯一立法生效的正式捕鯨法典便是荷蘭的那一部。它是荷蘭國會於西元一六九五年頒發的。但是，儘管其他國家都不曾頒發成文的捕鯨法，美國捕鯨者在這方面卻一直有自己的立法者和律師。他們規定了一套制度，其簡潔詳盡超過了《查士丁尼法典》和中國社會例行的莫管他人閒事的章程。沒錯，這些法則如此簡短，真可以鐫刻在安妮女王的銅幣，或是標槍的倒鉤上，並掛在脖子上。

一、有主鯨屬於將鯨拴住的一方。

二、無主鯨是誰先逮到就歸誰的合法獵物。

可是，這個巧妙法規的毛病正出在它令人讚賞的簡潔上面，需要繁多的注釋來予以說明。

首先，什麼叫有主鯨？一頭鯨，無論死活，只要占有者憑藉自己完全控制下的任何媒介物——一根桅杆，一葉槳，一條九英寸長的繩索，一根電線，一張網，將牠與自己的船或小艇聯繫在一起，這頭鯨在技術上就是有主的鯨。同樣，一頭鯨只要插有旗標，或任何其他可以辨識的占有標誌，只要插旗標的一方能夠清楚證明他們有能力隨時將牠拖走，也打算拖走，這頭鯨在技術上就是有主的鯨。

這些是科學化的說明；但是，捕鯨者自己的說明有時卻是訴諸粗話和武力——以拳頭說了算。的確，在較為誠實正直的捕鯨者中，特殊情況總是會特殊考慮的，一方宣布占有另一方先前追擊或捕殺的鯨魚，那就是一種可惡的不講道義的行為。但是，其他捕鯨者是絕不會這麼謹慎的。

大約五十年前，在英國，曾有一起為追索被侵占的鯨魚而打官司的離奇案件。在那起案件中，原告陳述說，在北海經過一番艱苦追擊後，他們（原告）的確成功地用標槍投中了鯨魚；最終由於有生命危險，他們不得已放棄了捕鯨索，也放棄了自己的小艇。但是，被告（另一艘船的水手）後來趕上了這頭鯨魚，發起攻擊，殺死並將其捕獲，最終就當著原告的面將其占為己有。而當原告對被告提出抗議時，被告方的船長竟用手指戳到原告的嘴巴上，還向原告斷然宣稱，他將扣留在捕獲鯨魚時還繫在鯨魚身上的捕鯨索、標槍和小艇，以作為對自己業績的紀念。於是，原告現在要求賠償他們在鯨魚、捕鯨索、標槍和小艇上的損失。

厄斯金先生是被告的辯護律師；法官是艾倫伯勒勳爵。在辯論過程中，機智的厄斯金引用最近的一件通姦案來說明他的立場。在那件通姦案中，一位紳士，在徒勞地試圖制止自己妻子的放蕩行為而未果時，最終放棄了她，任其在生活的海洋上隨波逐流；但是過了一些年，後悔自己走了那一步，他又採取了一個行動，想重新把她據為己有。厄斯金當時是女方的辯護人，他支持女方說，儘管這位紳士原先用標槍投中過這位女士，並一度把她拴住，但是，僅僅出於她行為不端，讓他萬分為難，便最終棄之不顧；然而，既已拋棄，她就成了無主之鯨；所以，當隨後有人重新用標槍投中了她，這位女士便成了那位後來者的財產，連同在她身上可能發現的隨便什麼標槍，都一併歸屬於他了。

所以，在現在這個案子裡，厄斯金主張，這頭鯨魚和那位女士的例子正好可以互相說明。

在充分聽取這些答辯和反答辯之後，學識淵博的法官做出明確的判決，就是說——關於那艘小艇，他判還給原告，因為他們放棄小艇僅僅是為了救自己的命；但是關於那頭有爭議的鯨、標槍和捕鯨索，他們屬於被告；因為鯨魚在最後被捕獲時是一頭無主鯨；標槍和捕鯨索因為是鯨魚帶走的，它們就成了鯨魚的財產，此後任何逮到鯨魚的人都有權占有它們。既然被告後來捕獲了那頭鯨，所以，上述物品便屬於被告了。

一個普通人看到這位頗有學識的法官做出如此判決，未免會有所反對。但是，如果對這件事情深入探究一番，就會發現，艾倫伯勒勳爵在上述案件中應用的法則是在前面提到的兩大捕鯨法中早已有所規定的。這兩條涉及有主鯨和無主鯨的法則，我敢說，經過反思，你會發現，它們是所有人類法律體系的基礎；因為，法律的聖殿，儘管雕刻著非常複雜的花飾窗格，就像非利士人的聖殿一樣，但卻只有兩根支柱。

每個人不都會說這樣的俗話：占有就是一半的法律？那就是說，不管那東西是怎麼弄到手的。但是，往往占有就是全部的法律。俄羅斯的農奴與合眾國奴隸的肉體與靈魂不就是有主的鯨嗎？誰占有誰就合法。寡婦最後的小錢，在貪婪的地主眼裡，不就是有主的鯨嗎？那邊那個尚未暴露出本來面目的惡棍的大理石大廈，以門牌作為旗標，那不是有主的鯨，又能是什麼？掮客末底改對那個可憐的破產者放債，使其家人免於餓死，他從而得到的高得離譜的利息不就是有主的鯨嗎？那個拯救靈魂的大主教，每年從千百萬累折了腰的勞工（他們沒有那位拯救靈魂者的幫助也肯定能上天堂）那匱乏的麵包和乳酪中榨取十萬英鎊的收益，那點滴搜刮來的十萬英鎊不就是有主的鯨嗎？那位丹地公爵世襲的大小村鎮不就是有主的鯨嗎？對於那個可怕的標槍手約翰牛來說，可憐的愛爾蘭不就是有主的鯨嗎？對於那個使徒一般的魚槍手強納森老兄來說，德克薩斯不就是有主的鯨嗎？所有這一切不是正好說明，占有就是全部的法律嗎？

但是，如果有主鯨的這條法則相當通用，那性質相似的無主鯨的法則應用的範圍就更廣了。那是全世界都通用的。

一四九二年的美洲不就是一頭無主鯨，哥倫布不是為了他高貴的主子和主婦在那裡插上了西班牙旗作為旗標嗎？在沙皇眼裡，波蘭是什麼呢？在土耳其眼裡，希臘是什麼？在英國眼裡，印度是什麼？在美國看來，墨西哥最終是什麼？全都是無主之鯨。

世界上的人權和自由不就是無主鯨嗎？所有人的思想和見解不就是無主鯨嗎？人們宗教信仰的原則不就是無主鯨嗎？對於招搖賣弄善於剽竊美麗詞章的人，思想家的思想不就是無主鯨嗎？偉大的地球本身不就是無主鯨嗎？還有你，讀者，不也同樣既是無主鯨又是有主鯨嗎？

# 第九十章 頭和尾

如果是一頭鯨魚，國王得其頭，王后得其尾即可。

（De balena vero sufficit，si rex habeat caput，et regina caudam.）

布拉克頓，《論英格蘭的法律與習慣》第三卷第三章

這句出自英國法律典籍的拉丁文，結合上下文來理解，指的是，任何人在英國沿海捕到的鯨魚，鯨頭必須歸偉大的榮譽標槍手國王所有，鯨尾必須敬獻給王后。鯨魚的分割，非常類似於對半等分一個蘋果，中間沒有任何剩餘的部分。因為這個法律經過修改，至今在英國依然有效；還因為它在各個方面都與有主鯨和無主鯨的總體法則相違背，這裡單列一章進行討論，出於同樣的禮貌原則，英國鐵路當局不惜建造單獨的車廂，專門留作皇室之用。首先，為了嚴謹地證明上述法律依然在施行，我先給你講一下兩年前發生的一個情況。

似乎是多佛港，或者桑威治港，或是五港同盟中的哪一個港，有幾個誠實的水手，經過一番艱苦的追擊，成功地殺死並拖上岸來一頭肥鯨，起初他們是在離岸很遠的海上發現牠的。現在五港同盟部分處於一個叫做港監的員警或是小官吏的管轄之下。我相信，他是由國王直接任命的，五港同盟地區的王室收益都由他分管。有些作者把這個職務稱作閒職，其實不然。因為港監經常在忙著徵收他的額外津貼，他的收入主要來自這些徵收。

當這些晒得黧黑的可憐水手，赤著腳，褲腿高高地挽在鰻魚般的大腿上，疲憊不堪地把他們的肥

鯨拖上岸，指望著從珍貴的鯨油和鯨骨中能足足賺到一百五十英鎊；幻想著依靠他們各自的分成與自己的妻子品品好茶，與老朋友喝起上好的麥芽酒；這時走過來一位頗有學問、極其虔誠和慈善的紳士，手臂下夾著一本布拉克頓的法律書，他把書放在鯨魚頭上，說：「請勿動手！師傅們，這是頭有主鯨。我以港監的名義沒收牠了。」可憐的水手們一聽到這話，全都嚇得誠惶誠恐——英國人的確是這樣——不知道說什麼才好了，全都拚命撓起腦袋來，可憐巴巴地一會兒看看鯨魚，一會兒看看這個陌生人。但是，那於事無補，也根本感動不了這位腋下夾著本法律書的有學問紳士的鐵石心腸。其中有一個水手，撓著腦袋想了很長時間的主意，最後鼓起勇氣說道：

「請問，先生，誰是港監？」

「公爵。」

「但是公爵和這頭鯨沒有一點關係呀！」

「鯨是他的。」

「我們費了很大周折，冒著風險，還付出了一定的代價，所有好處就都成了公爵的了，我們千辛萬苦白忙一場，只得到兩手血泡嗎？」

「鯨是他的。」

「公爵窮到這個分上，非得這麼不擇手段地謀生嗎？」

「鯨是他的。」

「我還想用這頭鯨的分成，給我臥床不起的老母親治病呢。」

「鯨是他的。」

「難道拿個四分之一或是一半，公爵大人還不滿意嗎？」

「鯨是他的。」

一句話，鯨魚被沒收了，賣了，威靈頓公爵大人也拿到了錢。從某些特殊角度來考慮，這件事再怎麼說也是相當過分，在這種情況下，當地一位正直的神父恭恭敬敬地給這位大人寫了封信，懇請他充分斟酌一下這些不幸水手的情況。對此，公爵大人的回覆（兩封信都公開發表了）大致上說，他已經這麼做了，也收到了錢，如果神父先生將來能夠不管別人的閒事，他將不勝感謝。這就是那個腳跨三個王國、勒索窮人的救濟金、好鬥不減當年的老人嗎？

不難看出，在這件事中，公爵對鯨魚擁有的所謂權力是來自國王的委託。那麼，我們必須追問，國王最初是根據什麼原則來授予那種權力的。法律本身已經說得很明白了。但是，普勞頓給我們舉出了理由。普勞頓說，捕到的鯨魚屬於國王和王后，「是因為牠乃超凡出眾的動物」。在這類問題上，許多最高明的詮釋家都認為這個理由最有說服力。

但是，為什麼國王應該要鯨頭，王后要鯨尾呢？你們這些律師先生們，給個理由吧！

在關於「王后的錢」或者「王后的零用錢」的論文中，一個叫威廉．普林的高等法院老作家這樣說道：「你們的尾巴是你們王后的，這樣王后的衣櫥裡才會有你們的鯨鬚。」他寫這篇文章的時候正是格陵蘭鯨或露脊鯨的黑色軟骨大量用於女士緊身上衣的時代。但是這種軟骨不是長在尾巴上，而是長在腦袋裡，對於普林這樣睿智的律師，這可是一個悲哀的錯誤。難道王后是美人魚，這才要人們把鯨魚尾巴獻給她？這裡可能潛藏著某種寓意。

被英國法律著作家們稱作皇家魚的有這麼兩種——鯨魚和鱘魚；兩種魚在一定範圍內，都是皇家財產，名義上是皇室的第十項日常稅收。我不知道是否有其他作者提及這件事情；但是根據推斷，在我看來，鱘魚一定是像鯨魚那樣分割的，國王得到的是鱘魚特有的極其緊密而又富有彈性的頭部，其象徵意義可能是幽默地基於某種假設的相似性。從而，世間萬事似乎都有道理，即使是法律也不例外。

## 第九十一章
# 「皮廓號」遇上「玫瑰蓓蕾號」

要想在這大海獸的肚子裡找到龍涎香是徒勞的，難以忍受的惡臭卻還是阻止不了人們的尋根問底。

——湯瑪斯．布朗爵士閣下

在詳細敘述過的上一次捕鯨場面之後一兩個星期，一天中午，當我們緩慢行駛在一片睡意朦朧、霧氣繚繞的海面上，「皮廓號」甲板上眾多隻鼻子表現得比桅頂上的三雙眼睛還要機警，聞到了海裡有一股不大好聞的特殊氣味。

「我敢打賭，」史塔布說，「附近一定有我們以前用德拉格鍔住的鯨。我想牠們不久就會肚子翻白浮上來。」

此刻，前方的霧氣不知不覺地飄向了一邊；一艘船停在遠處，收攏的帆表明船邊一定拖著一頭鯨魚。當我們悄悄靠近，這艘船的斜桁尖頂上露出一面法國旗；一群禿鷲似的海鳥流雲一般圍繞著船盤旋、徘徊、俯衝，很清楚，船邊拖著的鯨魚一定是捕鯨者所說的瘟鯨，也就是那種未受任何傷害、自己死在海裡的鯨，因此成了一個無主的屍體隨波漂浮。可想而知，這樣一個龐然大物該散發出怎樣討厭的氣味；甚至比鬧鼠疫的亞述城還要糟糕，因為，當時城裡的活人無力掩埋死者。這氣味讓人難以忍受，有些人的確認為，再怎麼貪心都不會有人願意和瘟鯨停泊在一起。不過，還是有人願意這麼做；儘管實際上從這樣的鯨魚身上榨出的油品質很差，也絕對沒有那種玫瑰油的芬芳。

隨著愈來愈弱的微風，船愈靠愈近，我們看見那艘法國船還拖著另一頭鯨魚；這頭鯨的氣味似乎比原先那頭要芬芳得多。事實上，結果證明牠只是一頭有毛病的鯨，有些鯨似乎是由於嚴重的消化不良或是積食症，逐漸枯乾而死；這樣一來，牠們的屍體中幾乎一點油都沒有了。然而，在恰當的場合我們將會看到，任何經驗老到的捕鯨者，無論對於一般的瘟鯨怎樣避之唯恐不及，但對這種鯨魚卻一點都不敢輕視。

「皮廓號」現在已經和這艘陌生的船靠得很近了，史塔布發誓說他認出了他的切鯨鏟，鏟柄就纏在其中一頭鯨魚尾巴上打結的繩索中間。

「嘿，那是個漂亮的傢伙，」他站在船頭，嘲弄地大笑起來，「那裡還給你們準備了一頭吃腐肉的胡狼呢！我很清楚，這些癩蛤蟆法國佬不過是捕鯨業裡的窮鬼；他們有時會放艇追擊碎浪，把它們當成是抹香鯨的噴水；不錯，有時他們出港就滿載著成箱成箱的牛油燭，還有一盒盒的燭花剪子，事先就知道他們將來弄到的油都不夠船長室的燈用；是啊，我們全都知道這些事；但是你們看看，這裡有個癩蛤蟆拿到我們撇下不要的東西就滿足了，我指的是用德拉格鎝住的鯨；是啊，他們還在心滿意足地搜刮另一頭寶貝鯨乾巴巴的骨頭呢。可憐的傢伙！我說，誰傳過來一頂帽子，發發慈悲，讓我們給他們一點油作為禮物吧。因為他從那德拉格鎝住的鯨身上弄到的油，連在監獄裡點都不配；不，連在死囚牢裡點都不配。至於另外那頭鯨，嘿，我看把我們的三根桅杆劈碎了，熬一熬，都會比他從那堆骨頭裡得到的油多；不過，我現在倒是想起來了，牠裡邊也許藏著比油要值錢得多的東西；沒錯，是龍涎香。我不知道我們的老頭子是否想到了這點。值得一試。是的，我要去試一試。」這樣說著，他起身往後甲板走去。

這時，微弱無力的風徹底靜止下來；所以，不管怎樣，「皮廓號」現在完全陷在那氣味的包圍之中，除了再起風，根本沒有希望擺脫。史塔布這時從船艙中出來，招呼他的小艇水手，向那艘陌生的船划過去。划到對方船頭，他發現按照法國人奇特的口味，船頭上半部雕刻有貌似一根巨大低垂的花莖樣的東西，漆成綠色，到處突出著一些銅尖作為花刺，花莖末端是一個對稱捲曲的鮮紅色蓓蕾。船頭頂板上有幾個鍍金的法文大字：「Bouton de Rose」——「玫瑰苞」或「玫瑰蓓蕾」；這艘芳香撲鼻的船便取了個這麼富有浪漫氣息的芳名。

史塔布雖然不認得銘文中的「蓓蕾」這個法文詞，但是「玫瑰」這個詞還是認得的，再加上那個蓓蕾形的頭，整個銘文的意思就足夠明顯了。

「一朵木頭的玫瑰蓓蕾，嗯？」他用手捂著鼻子叫道，「那可太好了；但它發出的那是什麼味道啊！」

此刻，為了與船上的人進行直接溝通，他不得不把小艇划過船頭，到右舷那邊去，這樣才能靠近瘟鯨，並且隔著那頭鯨說話。

小艇划到位之後，他一隻手還是捂著鼻子，大聲叫喊：「玫瑰蓓蕾，啊嘿！你們這些個玫瑰蓓蕾，有誰說英語嗎？」

「有。」一個格恩西人從舷牆上回答，原來他是大副。

「好，那麼，我的玫瑰蓓蕾，你曾經見到過白鯨嗎？」

「什麼鯨？」

「白鯨——一條抹香鯨——莫比．迪克，你見過牠嗎？」

「從沒聽說過這麼一條鯨。白鯨！白鯨——沒有。」

「非常好，嗯；再見，我過一會兒再來拜訪。」

隨後，小艇迅速向「皮廓號」划回去，看見亞哈斜靠在後甲板欄杆上，在等著他報告，他就把兩手攏成喇叭狀，叫喊道——「沒有，先生，沒有！」亞哈聽到這話，便轉身回了船長室，史塔布又划

到法國船那邊。

他現在看見那個根西島人正鑽在錨鍊裡，用一把砍鯨鏟在砍，鼻子上還吊著一個袋子樣的東西。

「你的鼻子怎麼了，喂？」史塔布說，「鼻子斷了？」

「我倒希望它斷了，或是我根本就沒有鼻子！」那根西島人回答，他似乎並不喜歡自己賣力做的這份差事，「但你又捂著你的鼻子幹什麼呢？」

「哦，沒什麼！那是只蠟鼻子；我得把它捂住。真是個好天氣，不是嗎？空氣像在花園裡一樣，我敢說；扔一束花下來給我們，好嗎，玫瑰花蕾？」

「你到底想來幹什麼？」那根西島人吼道，突然發起火來。

「哦，冷靜——冷靜？是的，就是這話！你在處理這兩頭鯨時，為什麼不把牠們裹在冰裡呢？不過，玩笑歸玩笑；你知道嗎？玫瑰蓓蕾，想從這樣的鯨身上榨出油來豈非荒唐？至於那頭乾巴鯨，喂，牠整個屍體上連一滴油都沒有。」

「這個我很清楚；但是，你看見沒有，我們的船長不相信啊；這是他第一次出海；他以前是製造古龍水的。不過，你上船來，即便他不相信我，也但願他會相信你；這樣我就能擺脫這件挖挖刮刮的髒工作。」

「不勝感謝，我可愛愉快的朋友。」史塔布回答，然後很快登上了甲板，呈現在他眼前的是一個怪異場面。水手們戴著有流蘇的紅絨線帽子，正在準備沉重的滑車組，想把兩頭鯨魚吊起來。但是，他們工作慢，說話卻快，似乎興致索然。他們的鼻子全都朝上伸著，像是很多的第二斜桅。不時地有三三兩兩的人丟下工作，飛快地爬到桅頂上去吸吸新鮮空氣。有的人以為自己會染上瘟疫，把麻絮蘸在煤焦油裡，隔一段時間就舉到鼻孔上聞一聞。還有人把菸斗柄折斷，幾乎只剩下一個菸鍋，死命地噴煙，這樣，鼻孔裡就總是充滿了煙。

從後甲板的船長室裡傳來一陣尖叫和咒罵聲，讓史塔布吃了一驚；他朝那個方向望去，只見一張氣得通紅的臉，從朝裡半開著的門後探了出來。這是那煩惱不堪的船醫，他對當時的做法進行了一番徒勞的抗議之後，自己跑到了後甲板的船長室裡（他稱之為內閣）躲避瘟疫；但還是忍不住不時發出號叫，表達他的懇求和憤怒。

看清了眼前的一切，史塔布盤算好計策，他轉身和那根西島人聊了一會兒。這位陌生的大副表達了他對自己船長的憎恨之意，稱之為一個自大狂妄的無知之徒，把大家全都帶進了一個臭氣熏天而又無利可圖的困境裡。史塔布對他小心試探一番，隨即發現，這根西島人根本沒有想到龍涎香的事情。於是，他對這事閉口不談，卻在別的方面非常坦率誠懇，所以這兩位迅速炮製出一個小小的陰謀，給船長下個圈套，捉弄他一番，同時又讓他做夢也想不到他們是在搞鬼。根據他們的這個小陰謀，根西島人以擔任翻譯為掩護，可以對船長暢所欲言，就當是在轉述史塔布的話；而史塔布在整個談話過程中，則是隨便胡扯，想起什麼就說什麼。

這時候，註定要上他們當的人從船長室出來了。他身材矮小，膚色很黑，但是，對於一個在海上討生活的船長來說，他的相貌相當秀氣，儘管留著一部濃密的絡腮鬍和短髭；他穿了一件紅色絨馬甲，腰間露出一塊懷錶。根西島人客客氣氣地把史塔布介紹給這位紳士，然後馬上賣弄地做出一副在兩人之間充當翻譯的派頭。

「我先和他說些什麼呢？」他說。

「嘿，」史塔布說，眼睛看著絨馬甲和懷錶，「你可以先告訴他，在我看來，他就像是個小娃娃，雖然我不想以貌取人。」

「他說，先生，」根西島人用法語對船長說，「就在昨天，他的船得到消息，有一艘船的船長和大副，連同六個水手，都死於熱病，就因為船邊拖了一頭瘟鯨。」

聽到這個，船長吃了一驚，急切地想要了解究竟。

「現在說些什麼呢？」根西島人對史塔布說。

「嘿，既然他這麼輕易就相信了，那就告訴他，我仔細觀察過他，我十分肯定，他比一隻聖地牙哥的猴子還不適合指揮一艘捕鯨船。老實告訴他，我看他就是一隻狒狒。」

「他發誓說，先生，另外那頭，就是那頭乾乾巴巴的鯨，比那瘟鯨還要危險得多；總之，先生，他懇請我們，如果我們珍惜自己的性命，就趕快把這兩頭鯨放走。」

船長立即奔到前邊，大聲命令他的水手，停止升高滑車組，馬上解開把鯨魚捆在船邊的纜索和錨鍊。

「現在說什麼呢？」當船長回到他們這裡，根西島人問道。

「嘿，讓我看看；是的，你不妨告訴他，那個——那個——老老實實告訴他，我騙了他，並且（旁白），上當的可能還有一個呢。」

「他說，先生，他很高興能為我們效勞。」

聽到這話，船長發誓說，他們（指的是他自己和大副）才是應該表示感謝的一方，最後還邀請史塔布到船長室去，喝一瓶波爾多葡萄酒。

「他想讓你和他一起喝一杯。」翻譯說道。

「衷心感謝，不過，告訴他，和被我騙過的人喝酒有悖我的原則。就對他說，我得走了。」

「他說，先生，他的原則不允許他喝酒；但是，如果先生想要再活一天，好喝酒的話，那最好是把四艘小艇都放下去，把大船拖離這兩頭鯨，因為海上風平浪靜，牠們是不會自己漂走的。」

到了這時，史塔布已經越過了船舷，下到了自己的小艇裡，高聲向那個根西島人交代了大致的意思——他的小艇裡有一根很長的捕鯨索，他願意竭盡全力幫助他們，把兩頭鯨中較輕的那頭從大船邊拖開。於是，在法國人的小艇忙著把大船拖走的同時，史塔布則慈悲為懷地把他的鯨拖向另一邊，賣弄地撒出一根長得異乎尋常的捕鯨索。

不久，一陣微風吹起。史塔布假裝把鯨放走了。法國船吊起了小艇，很快就拉開了距離，而「皮廓號」則悄悄駛進了那艘法國船和史塔布的鯨魚之間。於是，史塔布迅速划向漂浮的鯨屍，大聲向「皮廓號」呼叫，向船上通知他的意圖，並馬上著手收穫他靠陰謀贏得的不義之財。抓起鋒利的舟形鏟，他開始在鯨屍側鰭後邊一點的位置挖了起來。你幾乎以為他是在海裡挖一口地窖；終於，他的鏟子碰上了枯瘦的鯨肋，就像是在英國肥沃的土地裡翻掘古羅馬磚瓦和陶器一樣。他小艇上的水手全都興奮異常，急切地幫著他們的艇長，就像一群焦急的淘金者一樣。

在此過程中，始終有數不清的海鳥圍著他們盤旋俯衝，潛入水中，尖叫呼號，彼此爭奪。史塔布開始顯出失望的神色，尤其是因為那股可怕的氣味愈來愈濃。突然，從這一團臭氣的深處湧出一股微弱的芳香，穿過洶湧的惡臭流瀉而出，沒有被臭氣吞沒，如一條河的水流進另一條河，然後並排流動，暫時還沒有完全混合起來。

「我弄到了，我弄到了，」史塔布歡然叫道，他的鏟子戳到了底下隱藏的什麼東西，「一個錢袋！一個錢袋！」

丟下鏟子，他把兩隻手插了進去，掏出一把如同紅潤的溫莎香皂，或是油膩斑駁的陳年乳酪一樣的東西；油膩柔軟，氣味芳香。拇指輕輕一按就能按出凹坑；色澤介於黃灰之間。這個東西啊，我的好朋友們，便是龍涎香，賣給任何一個藥劑師，一盎司都能值上一個幾尼金幣。他掏出來大約六大把；但不可避免地落到海裡的還有很多，要不是亞哈急不可耐，高聲命令史塔布住手，趕緊上船，否則大船就會撇下他們開走的話，也許還能弄到很多。

## 第九十二章
# 龍涎香

這龍涎香是一種非常珍奇的物質，作為一種商品也很重要。一七九一年，南塔克特出生的船長柯芬為此還在英國下院法庭受到過審問。因為在那個時候，實際上一直到近期也都是如此，龍涎香的確切起源，像琥珀一樣，對於學者們來說，依然是個懸而未決的問題。儘管龍涎香這個詞不過是灰色琥珀的法文複合詞，但是這兩種物質確實大有區別。就琥珀而言，可以在海岸上時有發現，在遙遠內陸的土壤裡也能挖到，而龍涎香則是只能在海上找到，別的地方都沒有。此外，琥珀是一種堅硬、透明、易碎、無味的物質，可用於製作菸嘴、珠子和裝飾物；而龍涎香則是柔軟、蠟黃色、極其芳香馥鬱，主要用於製造香水、香錠、貴重的蠟燭、髮粉和潤髮油。土耳其人把它用於烹飪，也把它帶到了麥加，就和乳香被帶到羅馬的聖彼得大教堂一樣，是出於同樣的目的。有些酒商會在葡萄酒裡滴上幾滴，以增加香味。

誰會想到，如此時髦的女士和先生們，會享用在不體面的病鯨內臟中發現的物質！然而，事實就是如此。有些人認為，龍涎香是鯨魚消化不良的原因，有些人則認為是消化不良的結果。如何治癒這樣的消化不良症，這是很難說清的，除非讓牠服上三、四小艇的布蘭德雷思的瀉藥丸，然後趕緊離開危險之地，就像工人炸石頭那樣。

我忘記說了，在這龍涎香中曾經發現過一種堅硬、渾圓的骨頭片，史塔布起初以為那可能是水手褲子上的鈕釦，但後來發現，它們只不過是在龍涎香裡防腐保存下來的一片片小烏賊骨。

既然這不會朽壞、芳香至極的龍涎香是在那腐朽之物最深處找到的，難道這是無足輕重的東西嗎？請你想想聖保羅在《哥林多前書》中有關腐朽和不朽的金句：所種的是羞辱的，復活的是榮耀的。同樣，也請回想一下，帕拉塞爾蘇斯關於是什麼造就了最好的麝香的說法。也不要忘記這樣一個奇異的事實，古龍水，在開始製造的階段，是所有東西中氣味最難聞的。

我本該用上述的呼籲來結束本章，但我不能這麼做，因為我急於駁斥經常加在捕鯨者身上的一種指責。這種指責，在某些懷有偏見的人看來，已經為上面說過的法國人的那兩頭鯨的事情間接地證實了。在本書的其他地方，已經駁斥過把捕鯨這個職業說成是純粹不檢點的、骯髒邋遢的誹謗中傷。但是，還有一件事需要反駁。人們說，所有的鯨魚總是氣味難聞的。這個惡名又是怎麼來的呢？

我認為，它可以明顯追溯到兩百多年前首次到達倫敦的格陵蘭捕鯨船。因為那些捕鯨船那時和現在都不像南海捕鯨船那樣，在海上把油熬出來，而是把新鮮鯨脂切成小塊，塞到大桶裡，就那樣帶回家；在那些冰冷的海洋中，捕獵季節很短，他們還時常受到突如其來的暴風雪的打擊，不允許他們採取別的措施。結果，到了格陵蘭碼頭，一打開船艙，把裝鯨脂的桶卸下來一個，便有一股氣味撲鼻而來，類似於為了建造產科醫院而挖掉城裡的一座古墓地所發出的氣味。

在一定程度上，據我推測，對於捕鯨者的這種惡意指責，還可以同樣歸之於過去格陵蘭海岸上存在的一座荷蘭村莊。它叫做施梅倫堡或是斯米倫堡，後一個名字曾經被學識淵博的福戈·馮·斯拉克用在了他有關氣味的一本傑作之中，那是關於該主題的一本教科書。就這個名稱的涵義而言（「斯米」意為脂肪，「堡」意為貯藏），這個村子的建立就是為了給荷蘭捕鯨船隊提供貯藏鯨脂的場所，讓他們把鯨油熬出來，不用再把鯨脂帶回荷蘭去提煉。村子裡有很多的爐子、油鍋和油庫；當工作全面鋪開的時候，當然就發出讓人很不愉快的氣味。但是，這一切和南海捕鯨船的做法大相徑庭；南海捕鯨船在四年的航行中，也許用不了五十天，就把油熬了出來，把船艙徹底地裝滿了油；而且裝在桶裡的油幾乎是沒有任何氣味的。事實上，無論活鯨還是死鯨，只要處理得當，鯨魚絕對不是一種氣味難聞的動物；捕鯨者也絕不是讓人用鼻子一聞就能認出來的，就像中世紀的人假裝用鼻子一嗅，就能從人群中把猶太人偵查出來那樣。鯨魚的氣味也確實不可能難聞，因為，一般而言，鯨魚都極其健康；牠有充分的運動，總是待在戶外；儘管實際上，牠很少在海面露天裡活動。抹香鯨的尾鰭在水面上擺動時發出的香氣，一定就像一個渾身麝香味的女士，在溫暖的客廳裡沙沙抖動她的衣服一般。那麼，考慮到抹香鯨身軀龐大，我該拿什麼來比喻牠的氣味芬芳呢？難道不該把牠比成那頭長牙上鑲著珠寶、散發沒藥芳香、被牽出一個印度城鎮、去向亞歷山大大帝致敬的著名大象嗎？

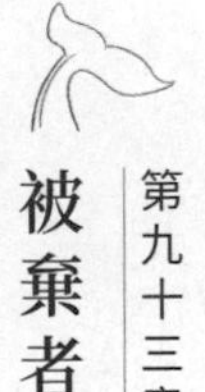

# 第九十三章 被棄者

就在與那艘法國船遭遇的幾天之後，一件舉足輕重的事件落在了「皮廓號」一個最無足輕重的水手頭上；這是個極其可悲的事件，它到頭來為這艘有時歡喜若狂但命運早已註定的船，帶來了一個伴隨始終的生動預言，它隨後也會遭遇粉身碎骨的結局。

如今，在捕鯨船上，並不是每個人都要下小艇。留在大船上的少數人員被稱作看船人，他們的任務是在小艇追擊鯨魚時開動大船。一般而言，這些看船人和下小艇的人同樣勇敢強壯。但如果碰巧船上有一個過於瘦弱、笨拙或是膽怯的傢伙，那個傢伙一定會被留作看船人。「皮廓號」上的那個綽號皮平、簡稱皮普的小黑人就是這樣的人。可憐的皮普！你們以前聽說過他，你們一定還記得在那個戲劇性的午夜，他強顏歡笑地把小手鼓敲得多歡樂啊。

從外貌上看，皮普和麵團小子剛好是一對兒，就像是一黑一白的兩匹矮種馬，同樣的大小，膚色卻不同，奇怪地套在一起拉車。不過，倒楣的麵團小子天生遲鈍，而皮普雖然心腸太軟，內心卻十分聰明，具有他的種族特有的愉快、親切、快樂的性格；這個種族喜歡過節，每逢假日和節慶日，就會比任何種族都更快活、更享受。對於黑人來說，他們的年曆上什麼都沒有，有的只是三百六十五個獨立紀念日和新年。如果我把這個小黑人寫成個光彩煥發的人，你也別笑，因為即便是黑色也有它自己的光彩；請看看鑲嵌在國王密室裡閃亮的黑檀木吧。但是，皮普熱愛生活，和生活中所有和平可靠的東西；因此，他不知怎麼莫名其妙地陷入其中的這個讓人恐慌的營生，極其可悲地模糊了他煥發的光彩；不過，我們不久就會看到，在他內心暫時被壓制住的東西，到最後註定要被奇異的野火照得通亮，憑空十倍地顯示出他原有的光彩。在康乃狄克州托蘭郡老家的綠草地上，這光彩曾經讓眾多提琴手的狂歡生氣倍增，也曾在音韻悠揚的黃昏，用他快樂的哈哈大笑使周遭的大地變成一只星光閃爍的鈴鼓。因此，雖然在晴朗的白晝，懸在青筋累累脖子上的水靈靈鑽石耳墜會發出正常的光輝。但是，當狡猾的珠寶商想要向你展示鑽石那最為動人的光彩，將它放置在陰暗之處，不是用太陽光來照亮，而是用非天然的煤氣燈把它照亮。那時，它閃射出的熾烈光輝，便如同惡魔般地華麗非凡；那時，這閃爍著邪惡之光的鑽石，曾經是水晶般的天穹最為神聖的象徵，看上去卻像是從冥王那裡偷來的王冠上的寶石。

不過，還是讓我們言歸正傳吧。事情是這樣發生的，在龍涎香事件中，史塔布的一個後槳手扭傷了手，一時間幾乎無法動彈，於是，皮普就暫時頂替了他的位置。

頭一次史塔布帶他一起下艇的時候，皮普表現得十分緊張；但是那次很幸運，沒有和大鯨近距離接觸，因此也沒有把臉丟光；史塔布看到他的情況，就小心地鼓勵他，要他拿出最大的勇氣來，因為他始終需要的就是勇氣。

在第二次下艇的時候，小艇划到了鯨魚旁邊；當鯨魚被魚槍投中，牠習慣性地一跳一甩，碰巧拍到了皮普的座位下面。一瞬間，不由自主的驚慌失措讓他手裡握著槳，跳出了小艇；於是，鬆弛下來的捕鯨索就繞住了他的胸部，纏著他一起翻落船外，撲通一聲落進海裡了。就在那一瞬間，被擊中的鯨魚開始猛烈奔逃，捕鯨索迅速繃直；轉眼之間，可憐的皮普渾身泛著泡沫翻滾著，被繩索無情地拖到了小艇的導纜樁那裡，那根捕鯨索已經在他胸上和脖子上纏了好幾圈。

塔什特戈站在艇首，渾身充滿了狩獵的激情。他厭惡皮普是個膽小鬼。他從鞘裡拔出水手刀，把鋒利的刀刃擱在捕鯨索上，轉頭衝著史塔布，大聲問道：「割嗎？」這時，皮普那張憋得鐵青的臉明顯在說，割吧，看在上帝的分上！一切都在一閃之間。整件事從始至終還不到半分鐘。

「該死的東西，割！」史塔布叫嚷道。於是，鯨魚丟了，皮普獲救了。

神志剛剛恢復，這可憐的小黑人就遭到了水手們的一頓呵斥和責罵。史塔布默許這些不合常規的咒罵發洩出來，然後才以一種簡單明瞭、講究實效而又半帶幽默的正式，訓斥了皮普一番；這之後，又非正式地給了他許多忠告。大意是，永遠不要從小艇上跳出去，皮普，除非——不過，這除非是什麼可就太不確定了，因為最合理的勸告永遠都是如此。總體而言，釘在小艇上，就是你捕鯨時真正的座右銘；不過，有時會發生一些情況，那時，從小艇上跳下去，才是更好的選擇。彷彿是終於意識到，如果他毫無保留地給予皮普衷心的勸告，就會給他留下太多將來跳出小艇的餘地；於是，史塔布突然拋下了所有忠告，以一個斷然的命令結束道：「釘在小艇上，皮普，否則，我發誓，如果你跳出去，我是不會把你撈上來的；記住，為了你這樣的人把鯨丟掉，我們可丟不起；在阿拉巴馬，一頭鯨的賣價可比你高出三十倍，皮普。記住這一點，再也不要跳了。」就這樣，史塔布也許間接地暗示出，儘管人會愛自己的夥伴，但是人也是一種唯利是圖的動物，他的習性往往會妨礙他的善行。

但是，我們都在眾神的掌握之中；皮普又跳出了小艇。這次的情況和第一次非常相似；只是這次他的胸沒有被繩索纏繞住；因而，當鯨魚開始逃竄之時，皮普留在後邊的海面上，像一個匆忙的旅客落下的行李箱。天哪！史塔布過於言出必行了。這是個美麗、慷慨、蔚藍的日子，閃爍的大海上風平浪靜，涼爽宜人，海面平坦地向四面八方鋪展開去，一直漫延向天邊，像金箔匠捶打得薄到極點的金箔一樣。皮普在海中上下浮沉，黑檀木一般的腦袋就像丁香的樹冠。他從艇尾飛快落水的時候，沒有人舉起刀來割斷捕鯨索。史塔布無動於衷地用背對著他；鯨魚已經被戳傷了。還不到三分鐘，無邊的海洋就把皮普和史塔布隔開了足足有一英里遠。在一片汪洋中，可憐的皮普把他一頭鬈髮的黑腦瓜轉向太陽，那是另一個孤零零的被遺棄者，儘管它至高無上，又無比輝煌。

話說在風平浪靜的天氣裡，在開闊的海面上游泳，對於有經驗的泳者，就和在岸上駕駛彈簧馬車

一樣輕鬆自如。但是，那可怕的孤獨卻是難以忍受的。孤身一人置身於這無情汪洋的包圍之中，我的上帝，誰能說出是怎樣的滋味？你看，水手們在一片死寂的大海裡是怎樣洗澡的——你看，他們是怎樣不離船的左右，只在船的附近活動。

但是，史塔布真的拋下這個可憐的小黑人，任其自生自滅了嗎？沒有；他至少不是有意如此。因為在他後面還有兩艘小艇，他以為，毫無疑問，他們肯定會很快趕上皮普，把他撈起來；然而，事實上，對於因為自身的膽怯而遭受危險的槳手，在所有類似情況下，獵手們並不總是會表現出關照之情；而這樣的情況也並非罕見；在捕鯨業中，一個所謂的懦夫總是和陸海軍中特有的那樣，會受到同樣無情的嫌惡。但是，那兩艘小艇偏巧就沒有看見皮普，卻突然間發現，鯨群就在他們一側不遠的地方，於是便掉頭追擊；而史塔布的小艇此刻已經離得太遠了，他和他的水手都全神貫注在鯨魚身上，因此，困住皮普的那片水面便開始悲慘地擴大了。最後純粹是憑運氣，他被大船救了起來；但從那一刻起，這個小黑人便成了一個白痴，在甲板上轉來轉去；至少大家是這麼說他的。大海嘲弄地讓他那有限的肉身浮了上來，卻溺死了他無限的靈魂。不過，也沒有完全淹死。而是把它活生生地帶到了奇妙的深淵之中，在那裡，未受歪曲的原始世界中的各種奇形怪狀之物，在他不由自主的眼前閃來閃去；那吝嗇鬼的人——智慧之神，則顯露出他貯藏的成堆財寶；在那快樂無情、永遠年輕的不朽之物中，皮普看見了無數上帝一般無所不在的珊瑚蟲，從水的天穹中升起的巨大星體。他說，他看見上帝的雙腳踏在織機踏板上；因此，他的船友們都叫他瘋子。所以，人的瘋狂就是天意；一旦迷失了所有凡人的理智，人最終就會得到天國的思想，推究起來，這是既荒謬又瘋狂的事情；而是福是禍，就全憑那不折不扣、冷漠無情的上帝了。

至於其他方面，也不要過分嚴厲地指責史塔布了。在捕鯨業中，這種事司空見慣；在本書的結尾，我們將會看到，我自己將遭受怎樣被拋棄的下場。

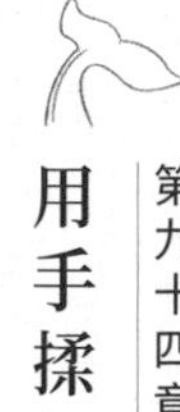

## 第九十四章
# 用手揉捏

史塔布花了很大代價追獵到手的那頭鯨魚，被及時地弄到了「皮廓號」的船邊，所有那些以前詳細描述過的切割、吊裝，甚至在海德堡大桶或是腦油器裡汲取鯨腦油的工作，都已有條不紊地完成。有些人還在忙著汲取鯨腦，另一些人則等那些大桶灌滿鯨腦油後，便一一拖走；到了恰當的時候，這種鯨腦油經過仔細處理，便送到煉油間，煉油的過程暫且不講。

當我和其他幾個人在一個裝滿鯨腦的君士坦丁大浴缸前坐下，鯨腦已經冷卻結晶到了一定程度，我發現它奇異地凝結成塊，在還是液態的那部分鯨腦中到處滾動。我們的差事就是把這些凝塊再揉捏成液體。一個甜蜜而油膩的任務！毫不奇怪，古時候的人會把這種鯨腦當成喜愛的化妝品。這樣的澄清劑！這樣的甜味劑！這樣的軟化劑！這樣美味的鎮靜劑！我的手在裡面只泡了幾分鐘，感覺手指就像鰻魚一樣，而且好像開始能像蛇一般地蜿蜒盤繞了。

當我在絞車旁經過一番辛勞之後，安逸地坐在那裡，雙腿交叉著擱在甲板上，頭上是寧靜的藍天，身下是懶洋洋行駛的船，它如此沉著安詳地滑行著。當我的雙手浸潤在那些幾乎是在一個小時裡形成的、滲透肌膚的、柔和的小球裡，當它們在我的手指下紛紛碎裂，釋放出它們全部豐富的油脂，像是熟透了的葡萄榨出的甜酒。當我嗅著那一塵不染的芳香——名副其實，真真確確，如同春天紫羅蘭的氣息。我向你們宣布，在那時，我就像是生活在充滿麝香味的草地，我忘記了我們所有可怕的誓言。在那難以形容的鯨腦油中，我沐浴著我的雙手和心靈，我幾乎開始相信昔日帕拉塞爾蘇斯的迷信了，鯨腦具有罕見的功效，有助於祛除怒火。領受著那種沐浴，我有了一種莊嚴感，一切憎惡、怒火、怨恨，統統都離我而去了。

捏呀！捏呀！捏呀！整個上午，我都在揉捏鯨腦，直到我自己幾乎融化在裡面。我揉捏著鯨腦，直到一種奇異的瘋狂將我攫住，我發現自己不知不覺地揉捏著鯨腦裡的我同伴的手，把他們的手錯當成了柔軟的鯨腦球。這差事竟然引發出這樣一種富於深情、充滿友愛的情感來，我索性繼續揉捏他們的手，並抬頭注視著他們的眼睛，滿懷情感，那就等於在說——啊！我親愛的夥伴們，為什麼我們還要待人刻薄，總有那麼點壞脾氣或是嫉妒心！來吧，讓我們大家都揉揉手；不，讓我們彼此揉在一起吧；讓我們把自己統統揉進這油乳交融的友愛之中吧。

但願我能一直那樣揉捏鯨腦！透過長期反覆的經驗，我現在已經領會到，無論如何，人最終必須放下，或是至少要加以改變的，是他那種以為可以得到幸福的幻想，不要把它寄託在智力或是幻想上面，而是要寄託在妻子、內心、床鋪、桌子、馬鞍、火畔、家鄉上面。既然我已經領會到這一切，我就準備永遠這樣揉捏鯨腦。在夜晚充滿幻覺的思緒中，我看見天堂裡一長列一長列的天使，每一個都把雙手浸在一罐鯨腦油中。

在談論鯨腦油的時候，也應該說一說與之相關的其他事情，說一說把抹香鯨送到煉油間的準備工作。

首先涉及的是所謂的白馬，也就是從鯨身逐漸變細的部分，以及從牠尾鰭上較厚的部分取下來的東西。它因為有凝結的筋腱——一大團肌肉——而顯得堅韌，但依然含有一些油。從鯨身上割下來之後，白馬首先被切成便於搬運的長方塊，然後送到剁肉手那裡。它們看上去很像一塊塊伯克郡的大理石。

葡萄乾布丁是用來稱呼鯨魚身上某些零碎部分的，它們零零散散地黏在鯨脂的毯子上，往往在相當程度上增加了它的潤滑性。它非常漂亮，讓人精神振奮，心情愉悅。顧名思義，它的色彩豐富而斑駁，底子是雪白和金黃色的條紋，點綴著深紅色和紫色的圓點。它是紅寶石中的葡萄乾，很像香櫞皮蜜餞。不知什麼原因，你總是忍不住想要去嘗一嘗。我承認，我曾經在前桅後面偷偷地嘗過。它的味道，就我所能設想的，有點像是用胖子路易的大腿肉做出的皇家炸肉片，假如在狩獵季的第一天就把他宰了，而那特殊的狩獵季又正好是香檳省葡萄大豐收的季節。

在揉捏過程中還發現了另一種物質，它非常獨特，但是，我覺得要加以恰當的描述卻非常困難。它被稱為泥膜；這種叫法源自於捕鯨者，而它的本質也確實是如此。它是一種難以形容的黏糊糊軟軟的東西，經過長時間的揉捏，把鯨腦油桶倒空之後，總能發現這種東西。我認為它是用來黏合鯨腦窩的那層奇妙的薄膜。

所謂「肉屑」是一個專門用於露脊鯨的術語，但有時偶爾也被捕抹香鯨的人使用。它指的是那種黑色的膠狀物質，是從格陵蘭鯨或露脊鯨的背上刮下來的，捕獵這種卑賤大海獸的劣等人物的甲板上盡是這種東西。

滾子。嚴格地說，這個詞不是捕鯨業所固有的詞彙。但是由於捕鯨者的使用，它也就成了這樣。捕鯨者的滾子是從鯨魚尾巴變細的部分切下來的一條短而結實的腱質物；平均有一英寸厚，大小和鋤頭的鋤板相仿。把它斜著在多油的甲板上拖動，它就像是個橡膠滾子，說不出的滑溜，彷彿具有魔法一般，能把所有不乾淨的東西都給吸走。

但是，要了解所有這些深奧的事體，最好的辦法是立即鑽進鯨脂間裡，和那裡的人做一番長談。以前提到過，這個地方是用來存放從鯨身上剝下並吊走的毯狀物的。到了把這些毯子切成小塊的時候，在新手眼中，這個房間就滿是一派恐怖景象了，尤其是在夜裡。房間的一邊點著一盞昏暗的燈籠，給幹活的人空出一塊地方。他們一般是兩個人一起工作——一個拿鉤子和矛頭，一個拿鏟子。矛頭類似於三帆快速戰艦上用來登上敵船的同名武器。鉤子則有點像小艇上用的鉤子。拿矛頭和鉤子的人鉤住一條鯨脂，竭力鉤住，不使之滑脫，因為船總是在左右傾斜顛簸搖晃。與此同時，拿鏟子的站在那條鯨脂上，垂直地把它剁成便於搬運的小塊。這把鏟子磨得鋒利無比；鏟子工光著腳，他踩著的那塊東西有時像雪橇一樣，會無法控制地滑脫。如果他剁掉了自己的一根腳趾，或是他助手的腳趾，你會感到很吃驚嗎？鯨脂間老手們的腳趾頭，完整的一般都不太多。

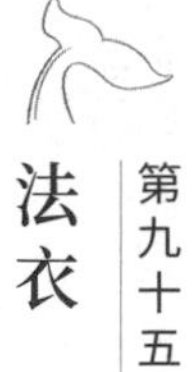

# 第九十五章 法衣

如果你在解剖鯨魚的時候登上「皮廓號」的甲板，閒逛到前面的絞車旁邊，我十分肯定，你會大為驚奇地打量起一個非常陌生、不可思議的物件，你看到它攤開躺在背風處的排水孔那裡。無論是鯨魚巨頭上奇妙的水箱，或者它卸下來的奇形怪狀的下巴，還是它神奇對稱的尾巴，這些東西使你吃驚的程度，都不及你對那莫名其妙的圓錐形物件瞥上一眼——它比肯塔基人的身高要長一點，底部直徑接近一英尺，和魁魁格的黑檀木偶像攸久一樣黝黑發亮。它也的確是個偶像；或者說，在古時候，它是類似於偶像的東西。這樣的偶像就像在猶大瑪迦太后的隱祕樹林中發現的東西一樣；因為崇拜那個東西，她的兒子亞撒王將她廢黜，出於憎惡，把那個偶像在汲淪溪邊燒毀了，就像《列王紀上》第十五章中約略談到過的那樣。

再看看那個叫做剁肉手的水手，他這時走了過來，由兩個同伴扶著，背上沉重地背著水手們稱作「大法衣」的東西，拱起雙肩，蹣跚而行，彷彿自己是個從戰場上背回一個陣亡戰友的擲彈兵。他把這個東西攤開放在船頭樓甲板上，然後著手成圓筒形把它的黑皮剝下來，就像非洲獵手剝蟒蛇的皮一樣。剝完皮之後，他把這皮的裡子翻到外面來，像個褲腿一樣；把它好好拉開，讓它的直徑幾乎大了一倍；最後平整地掛在索具上晾乾。過了一會兒，再把它取下來；從它尖的一頭剪下大約三英尺，把另一頭剪出兩個做袖孔的口子，他全身都鑽進去。這個剁肉手現在就站在你面前，全身罩著他行使職能時的法衣。在他的行業中，這種法衣歷史悠久，已無法追溯，在他執行自己特殊的差事時，單憑這身裝束就能有效地保護他了。

他的任務是將已經切成白馬塊的鯨脂剁碎，用來下鍋熬煉；這項操作是在一個奇怪的木馬上進行的，木馬一端抵著舷牆，下面有一個大桶，剁碎的鯨脂就落入桶中，快得就像從一個全神貫注的演說家的講臺上紛紛墜落的講稿。他穿著得體的黑衣，占據著顯眼的講臺，全神貫注於聖經紙[1]上；這個剁肉手多像是大主教的候補人，多像是教宗的隨從啊！

1 聖經紙！聖經紙！大副們對剁肉手總是這麼喊叫，要他小心，盡可能把鯨脂切得薄薄的，這樣就能大大加快熬油的速度，可觀地增加產量，也許還能提高品質。——原注

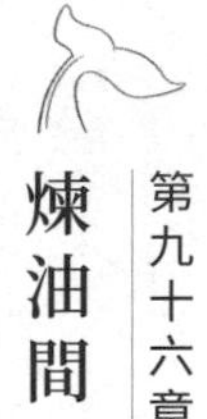

# 第九十六章 煉油間

除了吊起的小艇，美國捕鯨船外觀上的獨特之處還在於它的煉油間。那是一種怪模怪樣極其堅固的用橡木和麻繩混合砌成的建築，構成了整個船的一部分。彷彿空地上的一座磚窯被搬到了船上。

煉油間安置在前桅與主桅之間，甲板上最為寬敞的地方。下面用的是特別堅固的木頭，幾乎足以支撐起一座實心的磚頭灰漿建築的重量，它大約有十英尺長，八英尺寬，五英尺高。它的地基並沒有透過甲板，而是用笨重的角鐵把四邊箍住，並用螺絲扭在木頭上，這樣牢牢固定在甲板上。它的兩側都包著木板，頂上是一個傾斜的、釘有扣板的大艙蓋，把艙口整個封住。把這個艙蓋挪開，一對大煉鍋就呈現在我們眼前，每一口鍋都有幾大桶的容量。在不用的時候，它們都保持得相當整潔。有時會用滑石和沙子來打磨，擦得裡面光燦燦的，像銀製的潘趣酒碗。夜裡值班的時候，有些愛胡鬧的老水手會爬到裡邊，蜷縮起來打個盹。在分派打磨大鍋的時候——一口鍋裡一個人，並排工作——兩個人就會隔著鍋沿，沒完沒了地竊竊私語。那也是適合做深奧的數學思考的地方。就是在「皮廓號」左手邊的那口煉鍋裡，在滑石孜孜不倦地在我周圍轉圈摩擦時，我首次被一個明顯的事實隱約打動了。在幾何學上，所有沿圓形軌跡運動的物體，都將在同一時刻從任何一點上落下來，我的滑石就是一個例子。

把煉油間正面的遮爐板拿開，那磚石灰泥建築的另一面就露了出來，它裝有兩個鐵爐口，煉鍋就直接安放在上面。這兩個爐口都裝有沉重的鐵門。整個密封的煉油間下面，還有一個淺淺的蓄水池，以防爐火的高溫傳導到甲板上去。蓄水池後面有一根管道，隨著水的蒸發，可以迅速地補充冷水。外面沒有煙囪，而是在後牆上直接開洞。這裡，我們暫且回頭說明一下。

在這次航行中，大約是在夜裡九點鐘，「皮廓號」首次啟動了煉油間。這項工作由史塔布負責監督。

「都準備好了嗎？那就打開艙蓋，啟動吧。你，廚子，把爐子點著。」這件事很容易，因為木匠已經透過通道把刨花塞滿了爐膛。據說，在捕鯨航行中，煉油間的首次點火必須用木頭燒一陣子。那以後，除了作為一種快速點燃主要燃料的手段，就不會再燒木頭了。一句話，經過熬煉之後，那鬆脆、皺縮的鯨脂，便被稱作下腳料或是油渣，仍然含有相當多的油質。這些油渣便用來燒火。就像一個熱血沸騰的遭受火刑的殉道者，或是一個悲觀厭世的自焚者，一旦點燃，鯨魚就會以自己的身體為燃料而熊熊燃燒了。但願牠能把自己的煙都燒光！因為那煙非常難聞，你又不得不聞，不僅如此，你還得在這煙中生活上一段時間。那煙有一種說不出的、強烈的印度人的氣味，就像潛藏在火葬柴堆附近的那股子氣味。它聞起來像是末日審判時左手邊罪人的氣味；它是地獄存在的一個證據。

到了午夜，這項工作就全面實施起來。我們清理了屍體，扯起了船帆，風變得強勁冷冽，狂暴的海洋上一片黑沉沉。但是，那黑暗被猛烈的火焰舔舐殆盡，火焰每隔一段時間便從烏黑的煙道成叉狀噴出來，照亮索具上每一根高高的繩索，像是著名的希臘火藥一樣。這艘火光沖天的大船繼續前進，彷彿懷著冷酷的使命要前去復仇一般。勇敢的海德里沃特和卡納里斯便是這樣駕駛著滿載瀝青和硫黃的雙桅帆船，午夜從他們的港口衝出來，乘著大片大片的火焰飛奔，直撲向土耳其護衛艦，將它們捲入烈火當中。

煉油間頂上的艙蓋挪開之後，就露出了闊大的爐床。站在爐床旁邊的是一些異教徒標槍手那地獄陰魂般的身影，他們總是充當捕鯨船上的司爐工。他們用粗大的木柄叉子，把嘶嘶直叫的大團大團的鯨脂投到滾燙的煉鍋之中，或是攪動鍋底下的火，直到蛇一般的火苗捲曲著，躥出爐門，直燎到他們的雙腳。成團的濃煙陰沉地翻滾而出。船身每顛簸一下，沸騰的油就跟著顛簸一下，彷彿急於濺到他們的臉上去。正對煉油間門口，闊大的木頭灶臺的另一邊，就是那臺絞車。它是充作海上沙發用的。值班的在這裡休息一下，沒有其他營生的時候，便注視著紅紅的爐火，直到自己的眼睛感到火燒火燎。他們黃褐色的皮膚現在全都被煙和汗水弄得髒兮兮的，他們糾結在一起的鬍鬚，還有對比之下白得可怕的牙齒，在這煉油間變化不定的光影中顯得十分古怪。當他們彼此講述自己那些褻瀆神聖的冒險時，一個個可怕的故事被講得興高采烈；他們粗野的大笑聲從嘴裡冒出來，就如同爐膛裡冒出來的火焰；在他們前面，標槍手們來回走動，狂暴地用他們粗大的叉子和長柄勺指指點點；風在號叫，海在跳蕩，船在呻吟起伏，卻依然堅定地把地獄的赤焰愈來愈遠地投進大海與夜晚的黑暗之中。船頭輕蔑地大聲咀嚼著波浪的白骨，惡意地向四面八方胡亂地吐出碎渣；這疾速行駛的「皮廓號」，載著一夥野蠻人，馱著一堆烈火，和一具燃燒著的碩大屍體，闖進了茫茫的黑暗深處，似乎就是它那偏執狂船長的有形的靈魂複製品。

當我站在舵輪旁，長時間沉默地引導著這艘火船在海上的航向，在我看來，似乎就是如此。在那段時間中，我把自己包裹在黑暗中，但是，我更清楚地看見了那紅色、瘋狂，以及別人的可怕面目。我不斷地看見魔鬼在我面前現形，在濃煙和火焰中跳躍，這一切最終在我的靈魂中引發了類似的幻覺，很快我就開始屈服於那莫名的睡意，這種睡意在我午夜掌舵時總會將我籠罩。

但是，那天晚上很特別，一件怪事（至今無法解釋）發生在我身上。我站著睡了片刻，突然被驚醒過來，我恐懼地意識到出了什麼致命的錯誤。我靠著的頷骨舵柄重重地打在我的腰間；在我耳中是帆篷低低的嗡鳴聲，它們剛剛開始在風中振動起來；我以為我的眼睛是睜著的，我半清醒半糊塗地把手指放在眼簾上，硬是把它們撐大一些。但是，儘管如此，我還是看不到我面前那個用來掌舵的羅盤；雖然就在一分鐘前，我好像還憑藉那穩定的羅盤箱的燈光，觀察過羅盤面。在我面前似乎什麼都沒有，只有一片漆黑朦朧，不時地有紅光閃爍，投出些鬼影。最真切的印象是，我是站在什麼快速移動的東西上面，與其說我是在奔向前面的口，不如說我是在逃離後面的港口。一種荒涼而困惑的感覺，像死亡的感覺一樣，向我襲來。我的雙手痙攣地緊抓著舵柄，但是在狂亂的幻想中，那舵柄不知怎麼，好像被施了魔法，居然倒轉過來。我的上帝！我是怎麼了？我心想。瞧！就在我站著打瞌睡的那一小會兒，我的身子轉了過來，面對著船尾，背對著船頭和羅盤。我馬上回過頭來，剛好把穩了舵，沒有讓船在風中飛起來，否則很可能讓船傾翻。擺脫了這夜晚的反常幻覺，沒有讓船被逆風颳走而發生致命的意外事故，我既感到開心，又滿懷感恩之情。

不要面對火焰太久，啊人類！手握舵把的時候永遠不要做夢！不要背對著羅盤；舵柄鉤住你，你馬上就要留意了；別相信人工的火焰，它的紅光會讓一切都變得可怕。明天，在自然的太陽下面，天空將燦爛輝煌；那些如火舌中的魔鬼一般瞪視著你的人，在早晨將顯出遠為不同的模樣，至少更溫和，更讓人安心；那絢爛、金黃、喜洋洋的太陽，才是唯一真正的明燈——其他一切皆為虛妄！

然而，太陽並不隱瞞，月亮下還有維吉尼亞州淒涼的沼澤，羅馬遭詛咒的坎帕尼亞海濱，遼闊的撒哈拉沙漠，無盡的荒漠和悲哀。太陽並不隱瞞大海，那是這個地球的黑暗面，它占據地球的三分之二。所以，歡樂多於憂愁的凡人，是不可信任的人——不可信任，或者是尚未發育完全。書籍也是如此。所有人中最值得信任的人是耶穌，所有書籍中最值得信任的是所羅門的書，《傳道書》就是一本千錘百煉的悲哀之書。「凡事都是虛空。」一凡事。這個任性的世界迄今還沒有掌握非基督徒的所羅門的智慧。但是，凡是躲開醫院和監獄，快步穿過墓地，寧可談論歌劇也不提地獄的人；凡是把柯珀、楊格、帕斯卡、盧梭都稱為有病的可憐蟲的人；以及一生無憂無慮、信奉拉伯雷那轉瞬即逝的聰明，因而滿心快活的人——這樣的人都不配坐在墓石上，用無比奇妙的所羅門的智慧去破開碧綠潮濕的墳土。

但是，甚至所羅門也這樣說，「迷離通達道路的人必住在（也就是說，即使他還活著）陰魂的會中。」那麼，千萬不要沉迷於火焰，以免它讓你神魂顛倒，讓你麻木不仁；就像我當時那樣。有一種智慧是憂傷，也有一種憂傷是瘋狂。在某些人的靈魂中，有一種卡茲奇的山鷹，牠既能俯衝下最黑暗的深谷，也能從山谷中一飛沖天，消失在陽光燦爛的天際。而且，即便牠永遠在深谷中飛行，那深谷也是處在群山之中；因此，山鷹在俯衝到最低處的時候，也比翱翔在平原上的其他鳥類飛得要高。

# 第九十七章 燈

如果你從「皮廓號」的煉油間下來，到船頭樓那裡去，有下了班的水手在那裡睡覺，有一瞬間，你幾乎會以為自己正站在一座光輝的聖殿裡，裡面供奉著被封為聖徒的王侯將相。他們躺在自己三角形的橡木窠裡，每個水手都沉默得如同雕像；二十來盞燈在他們蒙著的眼睛上方閃耀。

在商船上，對於水手來說，油比王后的母奶還要稀缺。摸黑穿衣，摸黑吃飯，在黑暗中跌跌撞撞地回到自己簡陋的床鋪，這都是他慣常的命運。但是捕鯨者，因為他尋找的是點亮燈光的東西，他便生活在燈光之中。他把自己的床鋪弄得像一盞阿拉丁神燈，他便在這燈中躺下；於是，在漆黑無比的夜裡，黑黝黝的捕鯨船也依然燈光明亮。

你看，捕鯨者如何無拘無束地拿著一大把的燈盞——儘管它們往往不過是大大小小的舊瓶子——到煉油間銅製的冷卻器那裡，把燈裝滿了油，就像在大酒桶裡灌滿一杯杯麥芽酒。他點的也是最純淨的油，還沒有加工，因此還處於一塵不染的狀態；一種為岸上的太陽、月亮和星星所不知道的發明物。它有如四月早發的草漿一般芬芳。他出海來獵取鯨油，以便保證油的新鮮與純正，甚至就像大草原上的旅人，獵取野物做晚餐一樣。

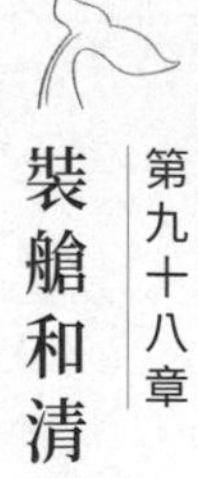

# 第九十八章 裝艙和清掃

前面已經敘述過，如何從桅頂上發現遠處的大海獸，如何在茫茫大海上追擊牠，在深深的波谷中殺死牠，然後如何把牠拖在船邊，砍掉腦袋，如何使牠厚實的大外套成為牠死刑執行人的財產（按照古代被砍頭者的衣服歸劊子手所有的原則）。如何在合適的時間，把牠打入煉鍋，就像沙得拉、米煞和亞伯尼歌一樣，牠的鯨腦、鯨油和鯨鬚毫髮無損地通過火焰的焚燒——但是現在對這方面的描述還剩下最後一部分——如果能夠——我將吟唱著來講述把牠的油注入大桶、貯存在船艙中的浪漫過程。大鯨一旦回到那裡，就是回到了牠故鄉的深海，和以前一樣在水下活動了，只不過，天哪，牠再也不能浮上來噴水了。

油還暖著的時候，就像熱潘趣酒一樣，灌到六桶裝的大桶裡；也許，這期間，船正在午夜的大海中上下顛簸左右搖晃，大桶便會猛地旋轉起來，顛倒過來，有時還會危險地在溜滑的甲板上飛快滑動，就像滑坡一樣，最後必須得用人把它們控制住，排好佇列；全都加上鐵箍，敲啊，敲啊，有多少錘子就用上多少錘子。這時候，依據職務來說，每個水手都成了桶匠。

終於，當最後一品脫油裝進了大桶，所有的油都冷卻下來，就把大艙口全部打開，大船敞開了肚皮，大桶便到了它們在海中最後的安息之地。這項工作做完，艙口就全部合上，密封起來，像一間砌起來的密室。

在捕抹香鯨業中，這也許是所有環節中最重要的一環了。這一天，船板上血和油匯流成河；在神聖的後甲板上，頗為不敬地堆積起大塊大塊的鯨頭；鐵鏽色的大桶散置四周，彷彿啤酒廠的院子一般；煉油間裡冒出來的濃煙熏黑了所有的舷牆；水手們渾身油膩，來回忙碌；整艘船似乎成了一頭大海獸；到處都是一片震耳欲聾的喧鬧。

但是，一兩天後，在這同一艘船上，你再環顧四周，側耳傾聽，如果沒有那些洩露祕密的小艇和煉油間，你幾乎會發誓說這是艘安靜的商船，它有一位格外謹慎整潔的船長。未經加工的鯨腦油具有一種獨特的清潔作用。這就是為什麼在做完他們所謂的油事之後，甲板會格外雪白的原因。此外，用鯨油渣燒剩下的灰燼，很容易做成強有效的鹼液；但只要有鯨魚背上的黏糊糊的東西黏在船舷上，就可以用它來迅速消滅。用手在舷牆上勤勉地擦拭，加上水桶和抹布，舷牆就會煥然一新。低處索具上的煤灰也擦掉了。許多使用過的工具被一絲不苟地清理乾淨，存放起來。大艙蓋經過擦洗，蓋在煉油間頂上，把兩口煉鍋完全遮住；每只大桶都不見了；所有的索具都盤繞起來，放在看不見的角落裡；在幾乎全體水手的共同努力下，這項盡職盡責的工作終於結束，然後，水手們便各自沐浴，從頭到腳換上乾淨衣服；最後，他們都湧到一塵不染的甲板上，一個個精神煥發，滿面紅光，像是剛從最愛整潔的荷蘭跑出來的新郎。

現在，他們邁著興高采烈的步伐，在甲板上三三兩兩地漫步，幽默地談論著客廳、沙發、毯子和精緻的麻紗；建議給甲板鋪上席子；想要在高處掛起幔帳；也不反對月光下在船頭樓的外廊上喝喝茶。這時候，向這些散發麝香味的水手們提起鯨油、鯨魚和鯨脂，那簡直就是有失體統的冒失了。他們根本不在乎你拐彎抹角的暗示。去，給我們取餐巾來！

但是請注意：在高處，在三根桅頂上，站著三個人，專心致志地瞭望著，想發現更多的鯨，一旦捕到，保準又會弄髒那古老的橡木家什，並至少在什麼地方灑下一滴油脂。沒錯，有很多時候，他們要不分晝夜，連續苦幹四天四夜；他們沿赤道線整天划槳，划得手腕腫痛，剛剛從小艇登上大船甲板，便要搬運巨大的錨鍊，轉動沉重的絞車，又切又砍，是的，他們汗流浹背，還要忍受赤道線太陽的暴晒和煉油間的煙熏火燎；緊接著這一切之後，他們最後還要打起精神，清洗船隻，把它變成一個無可挑剔的牛奶房；有很多時候，這些可憐的傢伙，剛剛繫上乾淨的工裝領釦，便被「有噴水」的叫喊驚起，便又飛奔著去趕赴另一場戰鬥，再次經歷整個令人疲憊不堪的過程。啊！我的朋友們，這可是真是要命！然而，這就是生活。因為我們這些凡人費盡千辛萬苦，從這個世界的龐大身軀中榨取一小點珍貴的鯨腦油，然後，疲憊又耐心地，清除掉自己身上的汙穢，學會生活在靈魂聖潔的會幕之中；這一切剛剛做完，便又傳來「有噴水！」的喊叫——那幽靈又出現在水面之上，我們便疾駛而去，與另一個世界再次展開戰鬥，我們年輕的生命便再次經歷那一套古老的程序。

啊！靈魂的轉世輪迴！啊！畢達哥拉斯，在兩千年之前，你死在輝煌的希臘，你是如此善良，如此聰明，如此溫厚；上一次我曾和你一起沿著祕魯的海岸航行——而且，愚蠢如我，卻曾經教過你這個單純的菜鳥，如何撚接繩索！

# 第九十九章 古金幣

先前說過，亞哈習慣在他的後甲板上，在羅盤箱和主桅之間有規律地來回踱步；但是，在其他許多需要說到的事情當中，還要補充一點，有時在散步當中，他會心事重重地輪流在兩端停上一會兒，站在那裡，奇怪地盯著面前的某樣東西。當他駐足於羅盤箱前，死死盯著羅盤上的指針，目光銳利得就像對準目標射出的標槍；而當他又開始踱步，在主桅前面停留的時候，同樣專注的目光凝視釘在桅杆上的那枚金幣上，仍然帶著那副釘得牢牢的表情，只是射出的目光中帶上了某種不說是滿懷希望，也是充滿狂熱渴望的神情。但是，有天早晨，他轉身經過那枚古金幣時，上面奇怪的圖案和銘文似乎重新吸引了他，彷彿這是第一次以其偏執狂的眼光來解讀其中可能潛藏的含意。萬物當中都潛藏著某種含意，否則便沒有什麼價值，那渾圓的世界本身便只是一個空洞的零，只能一車車拉去賣掉，就像人們對付波士頓周圍的山丘一樣，用它們來填平銀河的沼澤。

鑄成這枚金幣的最純黃金，開採自壯麗的群山深處，在那裡，從東西兩面，源頭眾多的帕克托魯斯河從金沙灘上流過。它現在雖然釘在鏽跡斑斑的鐵螺栓和蒙滿銅綠的長釘中間，卻依然不容觸碰，一塵不染，保持著它來自基多的光輝。儘管置身於一群殘忍無情的水手當中，每時每刻都有這種殘酷之人從旁經過，而且漫漫長夜的漆黑夜幕足以遮掩任何順手牽羊的行為。然而，每天早晨太陽升起，都會發現這枚金幣還是像昨晚日落時那樣留在原處。因為它是特意留在那裡的，能起到讓人肅然起敬的作用。因此，無論水手們的行為多麼荒唐，大家都會對它敬畏有加，把它當作制服白鯨的護符。有時，他們夜裡值班累了，就會談論起它，奇怪它最後會歸誰所有，是否那個人能活到有命花它的那一天。如今，那些高貴的南美金幣都成了太陽的紀念章和熱帶的象徵物。上面滿滿地刻著棕櫚、羊駝和火山，太陽的圓盤和星星，黃道和豐饒角，以及五彩繽紛飄揚的旗幟，應有盡有；因此，這枚珍貴的金幣，經過西班牙式充滿詩意和幻想的鑄造，似乎顯得格外珍貴，平添了熠熠光彩。

「皮廓號」上的這枚金幣碰巧成了這些事物的一個豐富無比的樣本。它渾圓的邊緣上鐫有這樣的字句，「厄瓜多共和國：基多」。原來這枚閃亮的金幣來自位於世界中部的國家，它在赤道大圓周的下面，並以赤道為名。它是在安地斯山脈中部，在那個不知有秋天的永不凋零的氣候中鑄成的。這些字句環繞著三座類似的安地斯山峰，一個上面噴著火焰，另一個上面有一座高塔，第三個上面是一隻打鳴的公雞；三座山峰之上是一段拱形分區的黃道帶，十二宮的符號全都帶著它們通常的神祕色彩，作為拱頂石的太陽正在天秤座進入晝夜平分點。

此刻，亞哈正停在這枚赤道金幣前面，他的行為並非無人注意。

「在山頂、高塔，以及所有其他宏偉崇高的事物當中，總是存在著某種傲慢自負的氣息；你瞧這裡——這三個和路西法一樣驕傲的山峰。這堅固的高塔，是亞哈；這火山，是亞哈；這勇敢無畏凱旋的家禽，也是亞哈；一切都是亞哈；這枚圓圓的金幣不過是更圓的地球的象徵，它像魔術師的鏡子，每一個人都輪流照出神祕的自我。那些要求世界給他們做出解答的人，代價沉重，收穫甚微，世界連它自己都解答不清。我現在倒覺得這個鑄在金幣上的太陽有一張紅潤的臉膛；可是你看！沒錯，它正在進入風暴的象徵，那個晝夜平分點！僅僅在六個月之前，它才在白羊座從上一個晝夜平分點滾出來！從風暴到風暴！隨它去吧。在劇痛中出生的人，合適在苦悶中生活，在痛苦中死去！隨它去吧！這結實的體格任苦痛來打磨。隨它去吧。」

「仙女的指頭都沒有按過這枚金幣，但是，從昨天起，一定是魔鬼的爪子留下了印痕，」史塔巴克斜靠舷牆自言自語，「老頭子似乎能讀懂伯沙撒那可怕的文字了。我從來沒有仔細瞧過這枚金幣。

他到艙下去了，讓我來讀一讀。在三個天堂般永恆的高峰之間，是一條陰暗的峽谷，這有點像是三位一體在塵世的象徵。原來上帝把我們困在這死亡谷裡；在籠罩著我們的陰霾之上，正義的太陽依然照出一個燈塔和一種希望。如果我們向下俯視，黑暗的峽谷便滿是發黴的泥土；但如果我們抬起眼睛，燦爛的太陽便在中途迎接我們的目光，鼓舞我們。然而，啊，偉大的太陽從來也不會固定不動；如果在午夜，我們想要從它那裡取得一點甜蜜的安慰，任我們如何凝神注目，也是徒勞！這枚金幣上的話聰明、溫和、真誠，但在我看來，依然顯得悲哀。我得趕緊離開它，以免我把真理當成錯誤。」

「這個老當家的，」史塔布站在煉油間旁邊自言自語道，「他現在已經明白了；史塔巴克也從金幣那裡走開了，我敢說，兩個人的臉都拉得有一尺長。這都是因為看一塊金幣的緣故，如果我在黑人山或是柯拉爾灣找到這麼一塊，我看不了幾眼就會把它花掉。哼！以我無關緊要的愚見來看，我認為這東西很是古怪。我以前在航海中見過一些古金幣；西班牙古金幣，祕魯古金幣，智利古金幣，玻利維亞古金幣，波帕揚古金幣；還有許多葡萄牙古金幣和西班牙舊金幣，還有四便士的、二便士的和四分之一便士的銀幣。那麼這個赤道古金幣裡邊又有什麼要命的玄妙呢？憑寶山發誓！讓我也去看看。啊哈！還真的有這些符號和奇蹟！那麼，這就是那個鮑迪奇老頭在他的《美國實用航海學》裡管它叫黃道的東西吧，我放在艙裡的曆書上也是這麼叫的。我要去把我的曆書拿來，因為我聽說能用達博爾的數學推算出魔鬼，我要用麻薩諸塞的曆書來試試手，推算推算這些彎彎曲曲的古怪記號的意思。書在這裡。我現在來瞧瞧。符號和奇蹟；還有太陽，總是在它們中間。哼，哼，哼，它們在這裡——它們從這裡開始——全都精神抖擻：——白羊座，或者是白羊宮；金牛座，或者是金牛宮！這是雙子座，或是雙子宮。好吧，太陽在它們中間旋轉。沒錯，在金幣上它正在跨過這轉圈排列的十二宮中的兩宮之間的門檻。曆書！你撒謊了；事實上，你們這些書啊，一定要知道自己的位置。你們只要給我們提供赤裸的詞語和事實，我們來開動腦筋。就麻薩諸塞曆書、鮑迪奇的航海志和達博爾的數學來說，這是我的一點小經驗。符號和奇蹟，呃？如果符號裡面沒有玄妙，奇蹟裡面沒有意義，那可真是遺憾！線索一定在什麼地方；等一下；噓——聽！天啊，我找到了！看看你，古金幣，你這裡的黃道帶就是人完整的一生啊；現在我就要直接從曆書裡把它查出來。來吧，曆書！開始吧：先是白羊座或是白羊宮——淫蕩的母狗，它生下了我們；然後是金牛座或是金牛宮——它首先撞到我們；然後是雙子座或是雙子宮——那就是善與惡；我們試圖到善那裡去，可是你看！巨蟹座那大螃蟹來了，把我們拖了回去；而這裡，離開善，有獅子座，一頭咆哮的獅子，伏在路上——它狠狠地咬了幾口，粗暴地拍了幾爪子；我們逃跑了，召喚處女座，這個童貞女！那是我們最初的愛情；我們結了婚，以為能永遠幸福，這時突然冒出來個天秤座，或是天秤宮——把幸福稱一稱，發現它愈來愈輕；而當我們為此甚感悲哀的時候，上帝！我們突然跳了起來，因為天蠍座，或是天蠍宮，在後面螫起我們來；我們正在療傷，四面八方卻有飛箭叮叮噹當射過來；原來是射手座或是射手宮在自娛自樂。我們拔出箭頭，站在一邊！又來了個破城槌，摩羯座或是山羊座；它全速撲來，把我們頂了個嘴啃泥；又有寶瓶座或是寶瓶宮，傾瀉出它的洪水，把我們淹沒；然後由雙魚座或是雙魚宮來收場，我們就此長眠。於是，在高高的天堂裡頒下一道訓諭，太陽每年都穿過十二宮，出來時依然生機勃勃，精神飽滿。它歡樂地掛在高天，旋轉著歷經勞苦愁煩；於是，史塔布在凡間也是一樣快活。啊，但願能夠永遠快活！再見吧，古金幣！可是且慢，小中柱來了；他在煉油間那裡躲躲閃閃，我們來聽聽他要說些什麼。瞧，他也站在金幣前面了；他馬上就會說出些什麼來。嗯，嗯，他開始說了。」

「我在這裡什麼都沒看見，只有一個金子做的圓東西，誰打到一頭鯨魚，這個圓東西就歸誰。嗯，大家都在盯著牠看什麼呢？牠值十六塊錢，那是真的；兩分錢一支的雪茄，那就是九百六十支雪茄。我才不會像史塔布那樣抽那骯髒的菸斗，我喜歡雪茄，這裡就有九百六十支；所以我弗拉斯克就從這裡爬到上面去瞭望，把大鯨偵察出來。」

「那麼，我該說那樣做是聰明還是愚蠢呢；如果真是聰明，看上去又有點蠢；如果真是愚蠢，看上去又有點聰明。不過，等一下；我們那個曼島的老頭來了——這個趕靈車的老頭，他在出海以前，一定是幹這個的。他順風順水地到了金幣前面；啊哈，他又繞到桅杆後面去了；嗯，那一面釘著一個馬掌釘；現在他又繞回來了；那是什麼意思？聽！他在嘟嘟囔囔——聲音就像一臺磨壞的舊咖啡磨。豎起耳朵，聽著吧！」

「如果能找到白鯨，那一定是一個月零一天之後，那時，太陽剛好走進這十二宮之一。我研究過這些符號，懂得它們的標誌；那是四十年前，哥本哈根的一個老巫師教給我的；那麼，到了那時，太陽會在什麼宮呢？在馬蹄宮；因為它就在這枚金幣的背面。馬蹄宮的標誌是什麼呢？獅子就是馬蹄宮的標誌啊——咆哮著吞噬一切的獅子。船啊，老船！一想到你我的老腦袋就會發抖。」

「現在有另一種觀點了；但還是一個底本。你知道，人有各式各樣，卻都在同一個式樣的世界裡。快躲起來！魁魁格來了——滿身刺繡，看上去就和黃道十二宮一樣。這食人生番能說些什麼呢？真真確確，他在看著自己的大腿骨，在做比較呢；他以為太陽不是在大腿上，就是在小腿上，要不就是在肚子裡，我想，這就像偏僻鄉村的老太婆們談論外科醫生的星象學一樣。天啊，他在大腿上還真發現了什麼東西——我猜是人馬座，或者是射手座。不對，他不知道金幣是什麼東西；他把它當成了從哪個國王褲子上掉下來的舊鈕釦。還是躲到一邊去！費達拉那個魔鬼來了，和往常那樣尾巴盤著看不見，鞋尖裡也和往常一樣墊著麻絮。他那副表情會說些什麼呢？啊，只是對著十二宮做了個手勢，鞠了一躬；金幣上有個太陽——他肯定是個拜火教徒。嚯！人愈來愈多了。這邊來了皮普——可憐的小子！他不是死了嗎？還是我死了，他可把我嚇個半死。他也一直在觀察這些解讀天書的人——包括我自己——你看，他現在開始念了，那張怪異的蠢臉。還是再站到一邊去，聽聽他說。聽吧！」

「我看，你看，他看；我們看，你們看，他們看。」

「我敢發誓，他一直在學習默里的《語法》！他在改善自己的腦筋，可憐的夥計！但他現在又在說什麼呢——噓！」

「我看，你看，他看；我們看，你們看，他們看。」

「嗯，他在背呢——噓！又來了。」

「我看，你看，他看；我們看，你們看，他們看。」

「嗯，這很滑稽。」

「我，你，他；我們，你們，他們，都是蝙蝠；我是隻烏鴉，尤其是我站在這棵松樹頂上的時候。呱！呱！呱！呱！呱！呱！難道我不是隻烏鴉嗎？嚇唬烏鴉的稻草人在哪裡？他站在那裡；兩根骨頭插在兩只舊褲管裡，還有兩根插在舊夾克的兩只袖子裡。

「不知道他是不是在說我？——在誇我！——可憐的傢伙！——還是隨他去吧，無論如何，我眼下還是離皮普遠點。其他人我都能受得了，因為他們頭腦清醒；但是，對於我這個精神健全的人來說，他就太瘋癲了。好吧，好吧，就讓他嘟囔去吧。」

「這就是船的肚臍眼，這枚金幣，大家都急切地想把它弄下來。可是，把你的肚臍眼起下來，那會是什麼後果？話又說回來，如果把它留在這裡，那也太難看了，因為桅杆上無論釘什麼東西，那都是大事不妙的標誌。哈哈！老亞哈！白鯨，牠會把你釘起來的！這是一棵松樹。我的父親，在托蘭郡老家，曾經砍倒過一棵松樹，發現裡面長了一枚銀戒指，是哪個老黑鬼的婚戒。它是怎麼進去的呢？於是，他們會說，到了復活節，等他們把這根舊桅杆撈起來，會發現裡面有枚古金幣，粗糙的樹皮上還嵌著牡蠣。啊，金幣！珍貴的，珍貴的金幣！沒有經驗的守財奴會馬上把你藏起來！噓！噓！上帝正在人間的黑地裡摸索。煮吧！嗬，煮吧！把我們煮了吧！珍妮！嘿，嘿，嘿，嘿，嘿，珍妮，珍妮！把我們的玉米餅準備好！」

## 第一〇〇章
# 腿和臂。南塔克特的「皮廓號」遇見倫敦的「撒母耳・恩德比號」

「那船，啊嘿！見到過白鯨嗎？」

亞哈又看到一艘掛英國國旗的船從後面駛過來，便這樣喊道。喇叭筒湊在嘴上，這老頭正站在吊在船尾的小艇裡，他的鯨骨腿清清楚楚地暴露在那位陌生船長眼裡，後者正漫不經心地斜靠在他自己小艇的艇頭。他的臉晒得黑黑，身材結實，神情和藹，相貌堂堂，大約六十歲，穿一件寬大的短上衣，垂掛著藍粗呢穗子；他那外套的一只空袖子在身後飄動，像是輕騎兵外衣上一只繡花的袖筒。

「見到過白鯨嗎？」

「看見這個沒？」他把藏在上衣皺褶裡的手臂伸出來，那是一根白森森的抹香鯨骨頭，末端是一個棒槌樣的木球。

「備好我的小艇！」亞哈急躁地叫道，一邊翻動著身邊的木槳，「準備下水！」

還不到一分鐘，水手們就登上了小艇，他們連人帶艇就被放到了海裡，不一會兒就划到了陌生的大船旁邊。不過，這時卻出現了一個尷尬的困難。由於一時興奮，亞哈忘記了，自從失去一條腿以後，在海上，他除了自己的船，從未登上過任何其他的船，而且總是使用「皮廓號」特有的一種靈巧方便的機械裝置，而這個裝置卻不是一時片刻就能運送和安裝到別的船上的。在茫茫大海上，任何人想要從小艇爬到一艘大船上去，都絕非輕而易舉——除了捕鯨者那樣幾乎時時刻刻在爬上爬下的人；因為巨浪時而把小艇高高地舉向大船的舷牆，時而又突然在中途把它拋下，讓它落回大船內龍骨的高度。既然亞哈失去了一條腿，陌生船又當然不會配備那種體貼的裝置，他便發現自己可憐兮兮地成了一個笨拙的陸地人；他無望地看著那個無法攀上去的變化不定的高度。

以前也許提到過，每逢碰到間接地由他那不幸災禍引起的稍不順心的情況，亞哈幾乎總是會被激怒，甚至大發雷霆。就眼前的情況而言，看到陌生大船上的兩個船副，從釘在繫纜墩上的直梯旁邊探出身來，向他搖搖擺擺地垂下一副裝飾雅致的舷梯索，亞哈更是氣得火上澆油；因為他們起初似乎沒有想到一個獨腿人肯定是個殘廢，是無法使用他們的海上扶梯爬上來的。不過，這種尷尬僅僅持續了一分鐘，因為那位陌生的船長一眼就看出是怎麼回事，連忙喊道：「我明白了，我明白了！——別從那裡上！快，夥計們，把那部切鯨脂的大滑車組擺過來。」

真是運氣不錯，他們一兩天前剛好在船邊拖過一頭鯨魚，那部大滑車吊具還高高地掛著，彎曲的大鯨脂鉤已經清理乾淨，還掛在上面晾著。大鉤迅速朝亞哈放了下來，他馬上就領會了，把他的一條獨腿插進彎鉤裡（就像是坐在錨鉤裡或是蘋果樹杈上一般），抓牢之後，告訴他們轉動滑車，同時自己也雙手交替，拉著上升的滑車索，幫著往上吊。很快他就被小心地盪進了高高的舷牆，輕輕放在絞盤頂上。那位船長走上前來，伸出他的鯨骨臂，表示歡迎，而亞哈則伸出他的鯨骨腿，與鯨骨臂交叉起來（像是兩隻劍魚的刀），像頭海象似的叫道：「哎呀，哎呀，好朋友！讓我們兩根骨頭握一握吧——一條手臂一條腿！——你可知道，這是一條從不會縮回去的手臂，和一條從不會跑的腿。你是在哪裡看到白鯨的？——多久了？」

「白鯨，」那英國人說道，用他的鯨骨臂指向東方，目光悲涼地順著骨臂望去，彷彿那是一架望遠鏡一樣，「上一季，我在那裡看見了牠，在赤道線上。」

「是牠弄掉了你那隻手臂，是不是？」亞哈問道，一邊搭著那英國人的肩膀，從絞盤上滑下來。

「沒錯，至少牠就是禍因；你那條腿呢，也是？」

「講給我聽吧，」亞哈說道，「是怎麼回事？」

「那是我一生中第一次在赤道線上巡航，」英國人開始說道，「我當時對白鯨還一無所知。好，有一天，我們放艇追擊一群鯨魚，大約有四、五頭，我的小艇拴住了其中一頭；那是一匹正規馬戲場裡的馬，一圈一圈地繞來繞去，弄得我小艇的水手只能屁股搭在外舷邊上跟著牠轉。不久，一頭大鯨從海底蹦了出來，奶白色的腦袋和背峰，滿臉都是皺紋。」

「就是牠，就是牠！」亞哈叫道，猛地把屏住了的氣都吐出來。

「還有幾支標槍插在牠的右鰭附近。」

「對，對——那是我的——我的標槍，」亞哈得意地嚷道，「繼續往下說！」

「那就給我個機會說說吧，」英國人和氣地說，「好，這個白腦袋白背峰的老祖宗，泡沫四濺地奔進鯨群當中，開始猛咬我的捕鯨索！」

「是啊，我明白！——牠是想要把牠咬開，把拴住的鯨放走——老把戲了——我知道。」

「究竟是怎麼回事，」獨臂船長繼續說道，「我不知道；但是在咬繩索的時候，繩索纏住了牠的牙齒，不知怎麼卡在那裡了；但是，我們當時還不知道這點；後來我們往回一拉繩索，就撲通撲通彈到了牠的背峰上！而不是我們拴住的那頭鯨背上，那頭鯨倒是僥倖朝迎風處逃跑了。看清了情況，以及牠是頭多麼貴重的大鯨——先生，牠是我平生見過的最貴重、最大的鯨——我決心抓住牠，不管牠看上去有多麼怒火沖天。想到那條碰巧拴住的繩索可能會鬆脫，牠纏住的牙齒可能會給拔下來（因為我讓我的那幫凶神惡煞的水手都來拖住捕鯨索）；看到這一切，嘿，我便跳進了大副的小艇——就是這位蒙托普先生（順便介紹一下，船長，這位是蒙托普；蒙托普，這位是船長）；正如我剛才所言，我跳進了蒙托普的小艇，你可知道，牠和我的小艇當時正挨著；我抓過第一眼看見的標槍，讓這位老祖宗挨上一下。但是，天啊，你看看，老兄——千真萬確，老兄——緊接著，一瞬間我就像個蝙蝠，什麼也看不見了——兩隻眼睛都瞎了——全都讓黑色的泡沫弄得一片昏蒙——大鯨的尾巴從泡沫中豎

起，筆直地矗立在空中，像一座大理石尖塔。當時，向後退已無濟於事；當我在這正午時分摸索的時候，太陽像王冠上的寶石一般令人目眩神迷；我是說，我正在摸索第二支標槍，想把它投出去的時候——那尾巴像利馬的塔一樣砸了下來，把我的小艇一分為二，成了兩堆碎片；而且，尾鰭朝前，白色的背峰從小艇的殘骸中退了出來，彷彿那是一堆木屑一般。我們都被甩了出去。為了逃避牠可怕的拍打，我緊抓住插在牠身上的那支標槍桿，有片刻時間我就像一條吸魚吸附在那裡。但是一陣浪頭把我沖下來，與此同時，鯨魚向前猛地一沖，閃電般地向下潛去；那跟著拖下去的該死的第二支標槍上的倒鉤鉤住了我這裡（他拍了拍緊靠肩膀下面的地方）；是的，就鉤住了我這裡，嘿，當時我想，牠要把我拖到地獄之火裡去了。可是，可是，猛然間，感謝好心的上帝，倒鉤在我手臂上撕開了一道傷口——整個順著我的手臂撕下來——一直到手腕處才脫鉤，我這才浮了上來；——那邊那位先生會告訴你剩下的情況（順便介紹一下，船長，這位是邦格醫生，船醫；邦格，我的夥計，這位是船長）。現在，邦格老兄，你來講你的那部分故事吧。」

這位親密地被點名叫出來的專業人士，一直站在他們旁邊，沒有任何特殊的外在標誌來表明他在船上的尊貴地位。他的臉非常圓，但是神情嚴肅；穿著一件褪色的藍絨罩衣或是襯衣，打了補丁的褲子；一會兒看看一隻手拿著的穿索針，一會兒又看看另一隻手拿著的藥盒，偶爾挑剔地瞟一眼兩個殘廢船長的鯨骨假肢。但是，在他的上司把他介紹給亞哈之後，他禮貌地鞠了一躬，然後按照船長的吩咐，徑直講述起來。

「那傷口真是讓人震驚，」這個捕鯨船上的醫生開始說道，「這位布默船長接受了我的建議，把我們的老撒母耳——」

「撒母耳．恩德比是我們船的名字，」獨臂船長插了一句，對亞哈說，「繼續講吧，老兄。」

「把我們的老撒母耳朝北邊開去，避開了赤道線上炎熱的氣候。但是毫無用處——儘管我盡了全力，整夜陪著他，非常嚴格地注意他的飲食——」

「啊，的確非常嚴格！」病人自己附和了一句，又突然聲調一變，「每天晚上陪我喝熱蘭姆酒，直喝到沒辦法為我上繃帶，我也喝得半醉，才把我送上床，已是將近凌晨三點鐘了。啊，老天！他的確陪著我，而且非常嚴格地注意我的飲食。啊！一個了不起的守護者，嚴格限制飲食的人，這就是邦格醫生。（邦格，你這狗東西，笑吧！為什麼不笑呢？你知道你是個快樂的大無賴。）不過，還是繼續說吧，老兄，我寧可被你弄死，也不願意被別人救活。」

「尊貴的先生，你一定早就覺察到了，我的船長，」泰然自若、滿面虔誠的邦格，向亞哈微微彎身道，「有時喜歡開開玩笑；他總是為我們編出許多那樣的妙事。但我還是要說——像法國話說的**enpassant**（順便）——我自己——也就是傑克．邦格，最近卸任的神職人員——是個嚴格的徹底戒酒的人，我從不喝酒——」

「水！」船長叫道，「他從不喝水，一喝水就犯病；淡水會叫他得恐水病；不過，還是繼續吧——繼續說說手臂的故事。」

「是的，我還是，」船醫冷靜地說道，「回到被船長的玩笑打斷的話題上，先生，我當時差不多已經看出來了，儘管我盡了最大努力，傷勢還是會愈來愈重；事實上，先生，那是作為外科醫生所見過的最可怕的裂口，它有兩英尺幾英寸長。我用測深繩量過。總之，傷口發黑了；我知道那樣下去會有危險，就把它鋸掉了。但是，給他裝鯨骨臂可不是我，那東西不合規矩，」——他用穿索針指著那只骨臂——「那是船長幹的事，不是我；他吩咐木匠做的；他還讓木匠在末端裝了個槌頭，我推測是用來敲爛人的腦袋瓜子的，因為他曾經拿我試了一下。他有時會像惡魔一樣大發雷霆。你看見這個坑沒有，先生，」——他摘下帽子，把頭髮拂到一邊，露出頭頂上一個碗狀的凹坑，但是沒有一絲一毫的疤痕，或是任何受過傷的跡象——「好吧，船長會告訴你那坑是怎麼來的，他心裡明白。」

「不，我不明白，」船長說，「但是他媽明白；他生下來就有的。啊，你這一本正經的流氓，你——好你個邦格！在水上世界可曾有第二個這樣的人嗎？邦格，你死的時候，應該死在泡菜汁裡，你這狗東西；應該把你永遠醃起來，你這流氓。」

「白鯨怎麼樣了？」亞哈叫道，他對這兩個英國人這種旁枝末節的插科打諢已經聽得不耐煩了。

「啊！」獨臂船長叫道，「啊，是的！好吧，牠下潛之後，我們有一段時間再也沒有看見牠；事實上，像我前面說過的那樣，我那時還不知道是一頭什麼樣的鯨魚給我耍了一個這樣的把戲，直到過了一段時間，回到赤道線上的時候，我們才聽說了莫比．迪克的事情——有人這麼稱呼牠——我這才知道是牠。」

「沒有再遇見牠嗎？」

「遇見過兩次。」

「但是都沒有拴住？」

「我可不想再去拴牠了，丟了一條手臂還不夠嗎？另一條再沒了我該怎麼辦？而且我還想，莫比．迪克咬人厲害，吞人就更厲害了。」

「那好，」邦格插嘴道，「把你的左臂當誘餌給牠，把你的右臂找回來。你們知道嗎？先生們，」——他非常嚴肅且一絲不苟地依次向兩位船長各鞠一躬——「你們知道嗎？先生們，老天爺把鯨魚的消化器官造得非常不可思議，甚至連一隻人臂都不能完全消化？而且大鯨自己也知道。所以，你們認為白鯨很惡毒，其實牠不過是笨拙而已。因為牠從來不想吞掉人的一臂一腿；牠只是想裝裝樣子，嚇唬嚇唬人。但是，有些時候牠就像那個玩雜耍的老傢伙，我以前在錫蘭的一個患者，表演吞刀子，有一回真的吞下去一把，在他肚子裡待了一年多；等到我給他下了催吐劑，他才一小塊一小塊地吐了出來，你們明白了吧。他是沒辦法消化那把水手刀的，他的整個身體組織是無法完全把它吸收掉的。沒錯，布默船長，如果你對此有足夠理解，並且有意以一隻手臂為代價，讓另一隻享受體面葬禮的殊榮，不妨試一試，反正手臂是你的；只不過是讓鯨魚再有一次機會，立刻對你來上一下。」

「不，謝謝你，邦格，」英國船長說，「牠隨便拿那隻手臂怎麼辦吧，既然我無能為力，而且那時也不認識牠；但是另一隻可不行。對於我，白鯨已經不存在了；我已經放艇追過牠一次了，那樣已經使我滿足了。殺死牠是一分巨大的榮耀，我知道；牠身上還有一整船珍貴的鯨腦油，但是，聽著，最好別去惹牠，難道你不這樣認為嗎，船長？」——打量著對方那條鯨骨腿。

「是的。不過，儘管如此，我還是要去追牠。什麼叫最好別去惹牠，該死的東西往往並不是最沒有吸引力。牠完全是塊大磁石！你最後一次看見牠是在多久以前？牠朝哪個方向去了？」

「願上帝保佑我的靈魂，詛咒那邪惡的魔王，」邦格叫道，彎腰繞著亞哈轉，像狗一樣奇怪地嗅來嗅去，「這個人的血——拿溫度計來！——到了沸點了！——他的脈搏讓船板都震動了！——先生！」他從口袋裡掏出一把柳葉刀來，湊近亞哈的手臂。

「住手！」亞哈咆哮道，把他一把推到舷牆邊——「備好小艇！牠朝哪個方向去了？」

「好心的上帝！」英國船長對那個提出問題的人嚷道，「怎麼回事？牠是朝東去的，我想——你的船長瘋了嗎？」他低聲地對費達拉問道。

但是，費達拉把一根手指放在嘴唇上，滑過舷牆，抄起了小艇上的舵槳，亞哈則把滑車組向他擺過去，命令船上的水手把自己放下去。

片刻之間，他就站在了小艇艇尾，那些馬尼拉水手使勁扳起槳來。英國船長徒勞地向他打著招呼。亞哈背對著陌生人的大船，容光煥發，像一塊燧石，筆直地站在艇上，直到小艇靠攏了「皮廓號」。

# 第一〇一章 玻璃酒瓶

在那艘英國船還沒有從視野中消失之前，這裡應該交代一下，它是從倫敦出發的，是以該城商人，著名的恩德比父子捕鯨公司的創始人，已故的撒母耳・恩德比之名命名的；這家公司真正的歷史價值，以我這個捕鯨者的愚見來看，比都鐸和波旁聯合王朝也差不太遠。在西元一七七五年之前，這家大捕鯨公司已經存在了多久，我查閱了大量捕鯨業的檔案，也沒有弄清楚；但是，在那一年（一七七五年），它便裝備好了第一批正式獵捕抹香鯨的英國捕鯨船；儘管二十多年前（自一七二六年以來），我們南塔克特和瑪莎葡萄園島的勇敢的柯芬和梅西家族，便已擁有大型船隊，追獵那種大海獸，但只限於在南北大西洋一帶海域活動，沒有到別處去。這裡必須明確地記上一筆，南塔克特人是人類中最早以文明社會的鋼製標槍獵捕大抹香鯨的人；長達半個世紀的時間裡，他們也是全球唯一使用標槍去獵捕抹香鯨的人。

一七七八年，一艘名為「阿米莉亞號」的好船，為了專門用途而裝備起來，在活力充沛的恩德比家族的全權支配下，勇敢地繞過了合恩角，它是世界各國中第一個在遼闊南海放下捕鯨艇的船隻。那是一次熟練而幸運的航行；它滿載珍貴的鯨腦油返回了停泊地，很快就有其他英美船隻追隨「阿米莉亞號」的榜樣了，由此，太平洋上就打開了巨大的抹香鯨漁場。但是，不滿足於這個良好的業績，這家不知疲倦的公司再次躍躍欲試，撒母耳和他所有的兒子——有多少個，只有他們的母親知道——直接監督，並且我想也是由他們支付部分費用，誘使英國政府派出「響尾蛇」戰艦，駛入南海，進行一次探索性的捕鯨航行。在一位海軍上校的指揮下，「響尾蛇號」完成了一次嘎嘎響的航行，做出了一些貢獻；究竟貢獻如何卻不得而知。但是，這並不是事情的全部。一八一九年，同一家公司裝備了一艘自己的捕鯨探險船，在遙遠的日本海域進行了一次嘗試性的巡航。那艘船——有個漂亮的名字叫做「海妖號」——完成了一次出色的實驗性巡航；自此以後，巨大的日本捕鯨漁場便首次廣為人知。「海妖號」在這次著名航行中，是由一個南塔克特人，船長柯芬指揮的。

所有榮譽應歸於恩德比家族，所以我想，他們的公司迄今依然存在；儘管它的創始人撒母耳肯定在很久以前就解開纜繩，啟航到另一個世界的遼闊南海捕鯨去了。

這艘以他的名字命名的船值得擁有這樣的榮譽，它是一艘速度很快且各個方面都堪稱優秀的船。在巴塔哥尼亞沿海某處，我曾在午夜登上過它的甲板，在船頭樓裡喝過優質的調和酒。那是我們有過的一次美好訪問，他們全都是了不起的人——船上每個人都是。生的短暫，死的痛快。那次美好的訪問——是老亞哈的鯨骨腿觸到它的船板之後很久很久的事情了——總是讓我想起那艘船的那種高貴、實在、撒克遜式的好客之道；如果我看不清這一點，那就讓我的神父把我忘記，讓魔鬼把我記住。調和酒？我說過我們喝了調和酒嗎？是的，我們喝過，而且是以每小時十加侖的速度喝的；等到暴風一來（因為在巴塔哥尼亞沿海經常會起暴風），所有的人——客人和所有其他人等——都被喊去收起上桅帆，我們頭重腳輕，只好彼此繫上帆腳索，擺來擺去；我們還無知地把上衣下襬捲到了帆篷裡面，於是我們就被掛在那裡，在咆哮的大風中被緊緊地捲了起來，真是所有爛醉如泥的水手足以為戒的榜樣。然而，桅杆還沒有被刮到海裡去，我們便一點一點爬了下來，一個個都清醒異常，以至於我們只好再去灌一通調和酒，儘管鹹澀的浪花洶湧撲下船頭樓的小艙口，讓酒嘗起來味道未免太淡又太澀。

牛肉很不錯——有嚼勁，滋味很濃。他們說那是公牛肉，也有人說是單峰駱駝肉，但是我不知道究竟是什麼肉。他們還有湯糰，個頭很小，卻很有料，圓滾滾且堅不可摧的湯糰。我想，把它們吞掉之後，你還可以摸得到，還能讓它們在你肚子裡亂滾。如果你彎腰彎得太厲害，它們就會有檯球一樣滾出來的危險。還有麵包——不過，那是沒辦法的事；再說，它還是一種抗壞血病的藥；總之，麵包是他們唯一的新鮮食物。不過，船頭樓不是一個很亮的地方，你在吃東西的時候很容易會踏進一個黑暗角落。總而言之，把這艘船從桅冠到船舵，從廚師鍋爐的尺寸，包括他自己那羊皮紙似的大肚皮，從船頭到船尾地打量，我敢說，「撒母耳．恩德比號」是艘宜人的好船，食物又好又多，調和酒可口又濃烈，滿船都是最好的人手，從鞋跟到帽檐都是第一流的。

但是，你會納悶，為什麼「撒母耳．恩德比號」，還有其他一些我知道的英國捕鯨船——儘管不是全部——都是如此出名、如此好客的船呢；牛肉、麵包、罐頭，傳來傳去，還有笑話接連不斷；賓主不知疲倦地吃喝談笑，為什麼會這樣呢？我會告訴你的。英國捕鯨船上的這種興高采烈的氣氛是歷史研究的一個好課題。在有所需要的時候，我是不會吝於做一番捕鯨史的研究的。

在捕鯨業上，荷蘭人、西蘭人和丹麥人都領先於英國人；英國人從他們那裡繼承了許多捕鯨業中現在還在使用的術語；而且，還繼承了他們大吃大喝的濃厚古風。因為，一般情況下，英國商船會對它的水手精打細算；但是英國捕鯨船不是這樣。因此，在英國，捕鯨船上的這種興高采烈的氣氛既不正常又不自然，而是偶然和特殊情況；所以，一定有某種特殊的淵源，要在這裡提出來，並在今後加以進一步的說明。

我在研究捕鯨史時，偶然發現了一本荷蘭古書，從它那股發黴的鯨油味來看，我知道它一定是關於捕鯨船的書。書名是「Dan Coopman」，我由此推斷，這一定是捕鯨業中某位阿姆斯特丹桶匠珍貴無比的回憶錄，因為每艘捕鯨船上都必須配備一名桶匠。我看見它是一個名叫費茲．史瓦克哈默的人寫的，這更加強化了我的觀點。但是，我的朋友斯諾黑德博士，一個非常有學問的人，聖克勞斯大學和聖波特大學的低地荷蘭語及高地德語的教授，我讓他來翻譯一下這部作品，給了他一盒鯨油蠟燭作為酬勞——這位斯諾黑德博士一看到這本書，就向我說，「Dan Coopman」指的並不是「桶匠」，而是「商人」。簡而言之，這本博學的低地荷蘭語古書寫的是荷蘭的商業；而且，除了許多其他主題，它還饒有興味地講到了捕鯨業的事情。在題為〈斯米爾〉或〈油脂〉的這一章中，我發現了一個很長很詳細的清單，記錄了一百八十艘荷蘭捕鯨船的食品室和酒窖的全部配給，從斯諾黑德博士翻譯的清單中，我抄錄了如下內容：

四十萬磅牛肉
六十萬磅弗利斯蘭豬肉
十五萬磅魚乾
五十五萬磅餅乾
七萬兩千磅軟麵包
兩千八百小桶黃油
兩萬磅特克塞爾和萊登乳酪
十四萬四千磅乳酪（大概是劣質品）
五百五十安克[1]杜松子酒
一萬零八百桶啤酒

大多數統計表讀起來都非常枯燥，可是，眼前的這個卻不然，因為讀者滿眼都是大桶小桶瓶瓶罐罐的美酒佳餚，讓人興高采烈，受用不盡。

當時，我花了整整三天，專心消化這些啤酒、牛肉和麵包，期間也順帶生出了許多深奧的思想，堪稱是一種先驗的和柏拉圖式的應用；而且，我還編寫了自己的輔助用表，涉及在那古老的格陵蘭和

斯匹茨卑爾根群島的捕鯨業中，每個低地荷蘭標槍手所消耗的魚乾等等的可能數量。首先，奶油與特克塞爾和萊登乳酪的消耗量，似乎就頗為驚人。不過，我把其中原因歸結為他們天生喜歡吃油的本性，他們所從事的職業更加強了這種天性，尤其是他們要在酷寒的北極海域，在因紐特人故鄉的沿海一帶追捕獵物，那些快活的土著就是用滿杯的鯨油來彼此乾杯的。

啤酒的消耗量也很大，有一萬零八百桶。因為北極捕鯨只能在那個地區的短暫夏季中進行，這樣一來，一艘荷蘭捕鯨船的整個巡航時間，包括往返斯匹茨卑爾根群島的短途航行，都只有三個月零幾天。比如說，假定有一百八十艘船，每船按三十人計，我們就總共有了五千四百名低地荷蘭水手；所以，我說，我們正好每人有兩桶啤酒，以供十二個星期之用，不包括那五百五十安克杜松子酒分攤到他名下的可觀數量。那麼，你可以想見，無論是杜松子酒還是啤酒，這些喝得爛醉的標槍手，是否適合站在小艇艇首，瞄準飛奔的鯨魚呢；這看來有點不大可能。不過，他們的確瞄得很準，也投中過鯨魚。請記住，這是在遙遠的北方，啤酒很適合他們的體質；在赤道上，在我們南方捕鯨業中，啤酒只會使標槍手在桅頂上昏昏欲睡，在小艇上酩酊大醉，會給南塔克特和新貝福德帶來慘重的損失。

但是不要再說了，這已足夠說明兩三百年前荷蘭捕鯨者的生活是極其奢侈的；而英國捕鯨者也沒有忽略這麼傑出的榜樣。因為，他們說，在駕駛空船巡航時，如果你得不到什麼更好的東西，至少也要搞一頓豐盛的晚餐。玻璃酒瓶就是這樣倒空的。

---

1 安克（anker），荷蘭容量名，約十加侖。

## 第一〇二章

# 阿薩西斯的樹蔭處

迄今為止，在對抹香鯨的描述中，我主要談的是牠外觀上的奇妙之處，或者是單獨詳盡地論及牠的一些內部結構特徵。但是，為了對牠有一個廣泛而透澈的了解，我現在應該更進一步地解開牠的鈕釦，脫掉牠的緊身褲，卸下牠的吊襪帶，鬆開牠身體最深處骨頭的掛鉤和榫眼，在你面前給牠下一個最後通牒，也就是說，要牠無條件地露出牠的骨架來。

但是，這又怎麼能做到呢，以實瑪利？怎麼可能，你，捕鯨業中一個區區槳手，竟要裝作懂得鯨魚所有的祕密部位？是那個博學的史塔布，高踞於絞盤頂上，向你發布過有關鯨類解剖學的演講嗎？還是在絞盤的幫助下，吊起過作為樣本的肋骨供你觀看？你自己解釋一下吧，以實瑪利。你能把一頭完全成年的鯨魚吊上甲板，做一番檢查嗎？就像一個廚子用盤子端上來一隻烤乳豬？你肯定不能。迄今為止，以實瑪利，你一直是一個名副其實的見證者；但是，你得留神，你已經大大侵犯了約拿的特權，那談論托梁與橫梁、椽子與屋脊梁、小擱柵以及支柱等構成大海獸框架的東西，恐怕還有牠肚子裡的脂油桶、牛奶棚、食品室和乳酪間等等的特權。

我承認，自約拿之後，很少有捕鯨者鑽到過成年鯨魚皮膚下很深很深的地方；然而，我曾經有幸獲得一次解剖小鯨的機會。在我受雇的一艘船上，有一頭抹香鯨幼鯨曾被吊上甲板來，為了取牠的鰾來做標槍倒鉤和魚槍頭的鞘。你想我會放過那個機會，不用我的船斧和水手刀，把牠切開，將那幼鯨內裡的東西看個究竟嗎？

至於我對那體格龐大、發育完全的大鯨骨骼的準確知識，對那珍貴的知識我要感謝我已故的王室朋友托朗郭，他曾是阿薩西斯王朝的托朗奎王。多年前，我在阿爾及爾的商船「德伊號」上工作的時候，曾到過托朗奎，應邀與托朗奎王一起，在他位於普佩拉的幽靜棕櫚別墅，度了幾天阿薩西斯的假日。這是一處海濱幽谷，離他的首都，我們水手稱作「竹城」的地方並不很遠。

除了很多其他美好的品質之外，我的這位王室朋友托朗郭，天生還酷愛各種具有蠻風的藝術品，他屬下心靈手巧之人能夠發明的任何稀罕之物，都讓他集中到了普佩拉；主要是奇妙的木雕、鑿刻的貝殼、鑲嵌的槍矛、貴重的木槳、芳香的獨木舟；這些東西都散置在天然的珍奇之物當中，也就是那些由海浪奇妙地送上岸來進貢給他的東西。

在這些天然的奇珍異物當中，主要的是一頭大抹香鯨，在一場持續得異常之久的狂風後，發現牠擱淺了，死在了岸邊，牠的頭頂著一棵椰子樹，椰子樹羽毛狀下垂的葉簇彷彿就是牠碧綠的噴水柱一般。當那碩大身軀上至少六英尺厚的皮肉被剝光之後，骨骼便落上了灰塵，在陽光中晒乾，然後被小心地運到普佩拉幽谷，那裡現在還有一些氣派的棕櫚樹像宏偉的廟宇遮蔽著牠。

牠的肋骨上掛著戰利品；一節節椎骨上用陌生的象形文字雕刻著阿薩西斯的年表；顱腔裡面，祭司們燃起了一盞終年不息、芬芳四溢的明燈，這樣一來，神祕的骷髏頭中便再次射出霧濛濛的噴水；而那只可怕的下巴則懸掛在一根大樹枝上，在所有信徒頭頂上顫動，就像是頭髮絲懸著的劍，讓達摩克利斯驚恐萬分。

這是個奇妙的景象。樹林綠得像冰谷裡的苔蘚；樹木傲然地高高聳立，使人感覺到它們的勃勃生機；樹下勤勉的大地像一架織工的織布機，上面織著一面華麗的毯子，匍匐在地上的葡萄藤蔓構成了經線和緯線，鬱鬱勃勃的鮮花便是地毯上的圖案。所有的樹，連同它們所有果實累累的枝條；所有的灌木、蕨類和青草；傳遞資訊的風；這一切都在不斷地活躍著。穿過樹葉的花邊，偉大的太陽就像一支飛梭，在編織著不知疲倦的翠綠。啊，忙碌的編織者！無形的編織者！——停一停！——聽我說句話！——這織物跑到哪裡去了？它要裝飾什麼樣的宮殿？什麼要這般沒有止息地操勞？說吧，編織者！——停下你的手！——就和你說一句話！不——梭子依然在飛——圖案依然從織機上浮現出來；毯子如奔騰的洪水依然在不停地溜掉。紡織之神，祂在不停地編織；祂織得耳朵都聾了，再也聽不到任何凡人的聲音；那織機的嗡嗡聲，也讓我們這些注視著織機的人聾了耳朵；只有當我們逃開，我們才能聽見它所發出的千萬種聲音。所有材料工廠裡也都是如此。在紗錠的飛旋中，是聽不見說話聲的；而在牆外面，這些話卻能聽得一清二楚，它們從敞開的窗扉衝了出來。惡事就是這樣被發現的。啊，凡人！那麼，小心些吧；因為，在這大千世界織機的喧鬧聲中，你們最為微妙的思想也可能被人從遠處偷聽到。

現在，在阿薩西斯樹林中，在那架綠色的、運轉不停的織機中，那具巨大的、備受尊崇的白色骨架懶洋洋地躺著——一個體格龐大的懶漢！然而，由於有編織不停的碧綠經線和緯線在它周圍交織不停地嗡鳴，這個大懶漢似乎就成了那個巧妙的編織者；它的全身都織滿了葡萄藤；一月又一月，它變得更綠，更清新；但它本身依然只是具骷髏。生命包裹住死亡；死亡支撐起生命；嚴酷的神與年輕的生命結合，從而誕生了滿頭鬈髮的榮耀。

且說，我與王室的托朗郭一起去探訪這頭奇妙的大鯨時，見那腦殼成了一個祭壇，在從前真正噴出水柱的地方升起了人工煙霧，我驚歎這位國王竟把一座小禮拜堂當成了藝術品。他大笑起來。但是，我更驚奇的是，祭司們竟然發誓，那噴煙是真的。我在這具骨架前踱來踱去——把葡萄藤撥開——擠進肋骨裡面去——拿著一團阿薩西斯麻繩，在它眾多曲折、蔭蔽的柱廊和涼亭之中轉來轉去，漫遊了好一陣子。

但是，我的麻繩很快就放完了，我循著它退回來，從我進去時的那個開口出來。我沒在裡面看見任何活物，那裡一無所有，只有骨頭。

砍了一根碧綠的量桿，我再次插進了骷髏架。那些祭司從腦殼的箭頭狀裂縫中看到我在量最後一根肋骨的高度。「怎麼啦！」他們叫喊道，「你竟敢量我們的神！那是我們的事。」

「是的，祭司們——那麼，你們量它有多長？」但是，他們隨即就尺寸問題激烈地爭論起來；他們用碼尺彼此敲著對方的腦袋——弄得那只大腦殼也發出了回聲——抓住那個幸運的時機，我迅速完成了我的測量任務。

我現在打算把這些量來的尺寸擺在你面前。但首先應該記下一筆，在這件事上，我沒有隨心所欲把這些尺寸亂說一通的自由。因為你可以請教那些骷髏權威，來驗證我是否精確。他們告訴我，在英國的捕鯨港口赫爾，有一家鯨魚博物館，那裡有幾頭非常棒的脊鰭鯨和其他鯨類的標本。同樣，我聽說在新罕布夏州的曼徹斯特博物館，有號稱「美國唯一完整的格陵蘭鯨或河鯨的標本」。此外，在英國約克郡一個叫做伯頓·康斯坦堡的地方，一位克利佛德·康斯坦堡爵士擁有一頭抹香鯨的骨架，但只是中等大小，絕沒有我的朋友托朗郭國王那頭成年大鯨那般巨大。

就這二者的情況而言，這兩頭擱淺鯨魚所剩下的骨架，最初都是以類似的理由成為牠們所有者的財產的。托朗郭國王占有牠是因為他想要牠；而克利弗德爵士是因為他是當地的領主。克利佛德爵士的鯨骨架全身都是人工鉸接起來的，如此一來，就成了一個巨大的五斗櫥，牠的所有骨洞你都可隨意開關——把牠的肋骨張開，像一把巨大的扇子——也可以整天坐在牠的下巴上盪鞦韆。牠的有些活板門和百葉窗還上了鎖；一個侍從腰間掛著一串鑰匙，領著參觀者到處轉轉。克利佛德爵士還想到了收取費用，看一眼脊柱的迴音廊，收費兩便士；聽聽小腦洞裡的回聲，收費三便士；從牠的額頭無與倫比地一窺全貌，收費六便士。

我現在準備記下來的骨架尺寸，是從我的右手臂上逐字抄寫下來的，我把它們都紋在右臂上了；在我狂熱地四海飄零的那段時間，沒有其他安全的方式來保存這些珍貴的統計數字。但是，由於空間緊缺，而且我還希望把我身體的其他部位留給一首當時構思的詩——至少得留下一塊沒有文身的地方——我便沒有為那幾英寸幾英寸的零頭自尋煩惱；實際上，這種幾英寸的零頭根本無須計入一頭大鯨的尺寸。

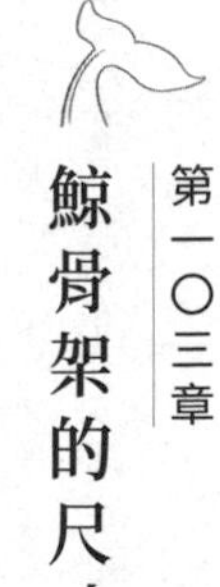

## 第一〇三章 鯨骨架的尺寸

首先，我希望就這頭大鯨活的軀體做一個特別而清晰的說明，牠的骨架我們只做簡單的展示。這樣的說明在這裡可能是有用的。

根據我的仔細計算，也以斯科斯比船長的估計為基礎，一頭最大的六十英尺長的格陵蘭鯨體重為七十噸；一頭最大的抹香鯨，體長在八十六到九十英尺之間，腰圍最大不到四十英尺，這樣一頭鯨的體重至少有九十噸；因此，以十三人合一噸計算，牠的重量將大大超過一個一千一百人村莊全部人口的總重量。

那麼，難道你不認為，在陸地人的想像中，這個大海獸應該有一個像上了軛的耕牛一樣大的腦袋，才能讓牠稍微移動起來嗎？

我曾以各種方式向你描述過牠的腦殼、噴水孔、嘴巴、牙齒、尾巴、前額、雙鰭以及其他各個部分，現在我要簡單地指出，在牠一覽無餘的骨架所構成的總體中，什麼是最有趣的東西。但是，因為這巨大的腦殼在整個骨架中占有很大的比例，因為牠本身是極其複雜的部分，還因為在這一章中不想再有所重複，所以，在我們繼續往下進行的時候，你必須把它記在心中，或是挾在腋下，否則，對於我們將要觀察的總體結構，你就無法得到一個完整的認識。

托朗郭的那頭抹香鯨骨架長度為七十二英尺；所以，當牠有血有肉活著的時候，完全展開，一定有九十英尺長；因為就鯨魚而言，骷髏與有生之時的體軀相比，長度將縮短五分之一。這頭七十二英尺長的骨架，牠的腦殼與嘴巴占去了大約二十英尺，餘下五十英尺全都是脊骨。依附在這根脊骨之上，長度接近脊骨的三分之一，便是那曾經包裹住內臟的肋骨大圓筐。

在我看來，這個象牙般肋骨圍成的巨大胸腔，連同那條長長的單調的脊骨，從中遠遠地筆直伸出，很像造船架上一艘新落成的大船船殼，只需再為牠插上二十來根光禿禿的弓形肋骨，否則那龍骨暫時就只是一條長長的、斷開的木頭。

肋骨每邊十根。從頸邊開始，第一根接近六英尺長；第二、第三、第四根，一個比一個長，直到最長的第五根，或者是中間那根，它的長度為八英尺零幾英寸。從此處開始，剩下的肋骨逐漸縮短，直到第十根，也就是最後一根，長度只有五英尺零幾英寸。總體上肋骨的粗細，明顯都與它們的長度相對應。中間幾根肋骨彎度最大。在阿薩西斯的一些地方，人們用它們做橫梁，架設過小河的小橋。

一想到這些肋骨，我就不由得想起本書中一再提到的一個情況，即鯨的骨架絕不是牠血肉豐滿時的原型。托朗郭那頭鯨魚最大的肋骨，也就是中間那根，它在活鯨身上所處的部位是鯨身上最厚的地方。而這頭鯨在血肉豐滿時，牠身上最厚的部分至少有十六英尺；然而，牠相應的肋骨長度卻只有八英尺多一點。因此，這根肋骨只傳達出活鯨那個部位的一半真相。此外，無論如何，我現在看見的不過是一根光禿禿的脊骨，牠曾經是由肌肉、血液和內臟組成的成噸成噸重的身軀包裹著的。而且，原來那對豐滿的鰭，我這裡看見的卻是幾根凌亂的關節；而原來那雖然無骨，卻沉重而壯麗的尾鰭所在的地方，如今卻是一片空白！

於是，我心想，讓那些膽怯的沒有出過門的人，只憑端詳躺在這片平靜樹林中的這具死氣沉沉、縮水變細的骨架，就想正確領會這頭奇妙驚人的大鯨，那是多麼徒勞和愚蠢啊。不，只有在千鈞一髮的危急關頭，只有置身於牠憤怒的尾鰭攪起的渦流之中，只有在無渚無涯深不可測的海上，才能獲得對這血肉豐滿的大鯨真實生動的認識。

但是，這脊骨，對於它，我們最好的思考方式，是用一架吊車把它的骨頭高高地疊起來。這可不

是輕而易舉的事情。一旦疊起來，它看起來就像是龐培的大柱了。

脊椎骨總共有四十多節，它們在骨架中並不是連接在一起的。它們大多像哥德式尖塔上兩端有圓疙瘩的大木頭一樣躺著，構成了一排排結實而笨重的石造建築。中間最大那節，寬度還不及三英尺，厚度卻超過了四英尺。最小的一節，也就是脊椎骨變細、與尾巴相連的那節，寬度只有兩英寸，看上去就像一個白色檯球。有人告訴我，還有幾節更小的，但被幾個吃人肉的小頑童，那些祭司的孩子們，偷去當作彈球玩，給弄丟了。於是，我們看到了，即便是最龐大生物的脊椎骨，最後也會縮小成為天真兒童的玩具。

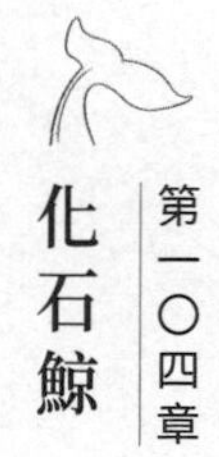

# 第一〇四章 化石鯨

鯨魚巨大的身軀提供了一個最適宜擴大發揮、詳盡闡釋的主題。你想壓縮也壓縮不了。牠有充分的理由得到特大號對開頁的待遇。不用再說牠從噴水孔到尾巴的長度是多少，牠的腰圍有多大尺碼，只要想一想盤繞在牠肚子裡的大腸子就可以了，牠們像粗大的纜繩和錨鍊藏在軍艦最底層的甲板裡。

既然我已經著手處理這種大海獸，我就理應證明自己在這件事上無所不知，做到了詳盡徹底；既沒有忽視牠血液中最小的病原菌，還要把牠最後一盤腸子紡線一般捲繞出來。迄今為止，我對牠的描寫主要限於其習性和解剖學上的特點，現在需要從考古學的、化石的和遠古的角度來予以發揮，詳加闡釋。像這樣莊重堂皇的詞彙只能用在大鯨身上，用於其他生物——螞蟻或是跳蚤——都只會被當成不足為訓的誇大其詞。但是，當以大鯨為主題之時，情況就完全不同了。我很高興頂著辭典中最沉重的詞彙，蹣蹣跚跚地從事這樣的冒險。這裡先要說明一下，每當我在論述過程中需要查閱辭典的時候，我總是使用詹森博士的大四開本的版本，是我專門為此購置的，因為那位著名的辭典編纂者碩大非凡的身軀，更適合編寫一本我這樣寫鯨的作者使用的辭典。

常聽說作家們會對他們筆下的主題予以拔高和誇大，即便那或許只是一個很普通的主題。那麼，我又該怎樣來寫這大鯨呢？我總是不自覺地把字擴成了招牌上的大寫體。給我一根禿鷹的羽管筆吧！給我一個維蘇威火山口做墨水瓶吧！朋友們，撐住我的手臂！因為單單是寫下我對這大鯨的思考，就讓我疲憊不堪了，我被那些超出我理解範圍的想法搞得昏昏沉沉，彷彿包括了科學的所有分支，涉及過去、現在和未來所有代際的鯨魚、人類、乳齒象，連同地球上不停興衰更替的帝國全貌，而且還貫穿了整個宇宙，連它的郊區也不例外。這個博大而自由的主題的特點就是這麼包羅萬象！我們要把它寫得和它的身體一樣巨大。要完成這樣一本皇皇巨著，你必須選擇一個包羅萬象的大主題。以跳蚤為主題永遠不能寫出偉大又永垂不朽的著作，儘管有很多人曾經嘗試過。

在進入有關化石鯨的主題之前，我得先呈上我作為地質學家的憑證，說明我在各種雜七雜八的時期，曾經做過石匠，也做過壕溝、運河、水井、酒窖、地窖及各類水池的了不起的挖掘者。同樣，作為開場白，我要提醒讀者，在較早的地質層中曾經發現過其化石的怪物們，現在幾乎都已經全部滅絕；後來在所謂第三紀地質層中發現的遺物，似乎是介於史前生物和那些據說後代進入了方舟的遙遠生物之間的聯結物，或者至少是截取物；迄今為止，發現的所有化石鯨都屬於第三紀，是表層形成之前的最後一批遺留物。儘管牠們之中沒有一個與現存已知鯨種精確相符，但在大致方面依然與現代鯨類非常相似，足以證明牠們有資格躋身鯨類化石之屬。

亞當以前零零散散的化石，它們的骨頭和骨架的碎片，在過去的三十年間，曾經陸續在阿爾卑斯山腳、倫巴底、法蘭西、英國、蘇格蘭以及路易斯安那州、密西西比州和阿拉巴馬州等國家和地區發現。這些遺留物中更為稀奇的是一塊頭骨，是一七七九年在巴黎的多芬街發掘出來的，那條短短的小街幾乎直通向杜樂麗宮；還有一些骨頭是在拿破崙時代，在挖掘安特衛普大碼頭時發現的。居維葉斷言這些碎片屬於某種完全不為人知的鯨類。

但是，迄今為止，在所有鯨類遺骸中最為奇妙的，莫過於一八四二年在阿拉巴馬州克雷法官種植園上發現的一具已經滅絕怪物的幾乎完整的巨大骨架。附近那些因敬畏而輕信的奴隸把它當成了一個墮落天使的骨架。阿拉巴馬州的醫生們宣稱它是一條巨型爬行動物，將它命名為帝王蜥蜴（龍王鯨）。但是，它的一些骨頭樣本被送過大洋，到了英國解剖學家歐文手中，結果證明這個所謂的爬行動物原來是頭鯨魚，儘管屬於已經滅絕的鯨種。本書中一再提及一個意義重大的事實，鯨魚骨架與它血肉豐滿時的形體相差甚遠。所以，歐文重新把這個怪物命名為宙格洛東（械齒鯨）；他在倫敦地質學會宣讀的論文中聲稱，實質上，這是因為地球突變而滅絕的一種非凡無比的動物。

當我站在這些巨大的鯨魚骨架、腦殼、獠牙、嘴巴、肋骨和椎骨當中，它們的所有特徵都與現存的海中怪獸有部分相似之處；但是與此同時，在另一方面又與已經滅絕的史前大海獸，牠們無法估量的先輩，具有相似的親緣關係；我彷彿被一陣洪水沖回了那個神奇的時代，那個可以說時間本身尚未開始的時期；因為時間是與人類一同開始的。在這裡，土星那灰色的混沌在我頭上翻滾，而我把暗淡、顫抖的目光投向那永恆的北極；那時，楔形的冰山堡壘緊壓在現在的熱帶地區；在整個世界兩萬五千英里的圓周中，見不到一塊可以居住的巴掌大的陸地。那時，整個世界都是屬於大鯨的；而且，這所有造物中的王者，在現在的安地斯山脈和喜馬拉雅山脈都留下了游動的尾跡。誰可以拿出大鯨這樣的家譜？亞哈標槍上流的血比法老王標槍上的血還要年代久遠。瑪士撒拉[1]似乎還是個學童。我環顧四周，想與閃[2]握握手。我被這摩西以前的、不知從何起源的大鯨那難以言喻的恐怖所嚇倒，牠在時間之前就已一直存在，牠在所有人類不復存在之後也必定會繼續存在下去。

但是，這大鯨不僅在大自然的鉛版上留下了牠先於亞當的蹤跡，在石灰石和泥土中留下了牠古老的半身像；而且在埃及人的碑匾中（其古老程度幾乎使牠們具有了化石的特徵），我們也發現了鯨鰭留下的明顯印記。在丹德拉大廟的一個房間裡，大約五十年前，曾在花崗岩的天花板上發現了一個著色的雕刻星座圖，裡面滿是半人馬怪、獅鷲獸和海豚，類似於現代天球儀上面奇形怪狀的圖形。這個星座圖的生物當中，就有往昔古老大鯨的身影，所羅門還沒有出世之前，牠在那裡就已經游動有幾百年了。

關於大鯨的古老，還有一個奇特的證據不容忽略，那就是牠自己在諾亞洪水之後留下的骨頭，值得尊敬的約翰．利奧，那位北非巴巴利的老旅行家，曾經記載過這個事實。

在離海邊不遠的地方，有一座大廟，椽子與橫梁都是用鯨骨做成的；因為常有體積巨大的鯨魚屍體被拋上岸來。平民百姓猜想，由於上帝賜予大廟的一種神祕力量，任何鯨魚想由此經過都會立即死掉。但是事實的真相是，在大廟兩側，都有突出的岩石，延伸到海中達兩英里，鯨魚偶然撞上便會受傷。一頭體長驚人的鯨魚肋骨作為奇蹟被當地人保存下來，它立在地上，中間凸起的部位形如拱門，人就是站在駱駝背上也摸不到那拱門頂端。這根肋骨（約翰．利奧說）在我看到它以前，據說已經在那裡放了一百年了。當地的歷史學家斷言，一個預言過穆罕默德降世的先知就出自這座大廟，有些人還毫不猶豫地聲稱，先知約拿就是被這頭鯨吐在廟的地基上的。

親愛的讀者，我把大鯨為你留在這座非洲古廟裡，如果你是南塔克特人，而且是個捕鯨者，你將會在那裡靜靜地膜拜一番的。

1 瑪士撒拉（Methuselah），《聖經》人物，活了九六九歲，見《舊約．創世紀》第五章二十七節。

2 閃（Shem），諾亞的長子，見《聖經．舊約．創世紀》第五章三十二節。

# 第一〇五章 鯨魚的體積會縮小嗎？牠會滅絕嗎？

既然這種大鯨從永恆的源頭一路向我們翻騰而來，也許可以適當地探究一下，在時代更替的漫長過程中，牠那來自先輩的碩大身軀是否已有所退化。

但是，在調查中發現，不僅目前的鯨魚在體積上要大於第三紀中發現有遺骸的那些鯨（第三紀是領先於人類的一個獨特的地質時期），而且，在第三紀發現的鯨魚中，那些屬於較晚形成層的鯨也要大於較早的鯨。

在所有發掘出來的亞當之前的鯨魚中，體型最大的是上一章中提到的那頭阿拉巴馬鯨，但牠骨架的長度還不到七十英尺。然而，我們已經看到，現代的一頭大型鯨魚，用捲尺一量，便有七十二英尺長。而且我還聽說，根據捕鯨者中的權威人士所言，有些被捕到的抹香鯨，在剛被捕獲時，身長接近一百英尺。

雖然現代鯨在大小上超過了所有以前地質時代的鯨，但自從亞當時代以來，是否有所退化呢？如果我們相信普林尼這樣的先生以及古代博物學家通常的說法，我們就必定要做出肯定的結論了。因為普林尼告訴我們，鯨魚活著時身軀有好幾英畝大，而阿爾德羅萬迪則說，有些鯨長達八百英尺——簡直是鯨魚中製索廠和泰晤士隧道！甚至在班克斯、索蘭德、庫克這些博物學家的時代，我們發現科學院的一位丹麥院士記載過某頭冰島鯨魚（雷丹－西斯庫或皺腹鯨）體長一百二十碼，亦即三百六十英尺。還有法國博物學家拉塞佩德，在他詳盡的鯨類史中，最開頭（第三頁）上就寫道，露脊鯨身長一百米，也就是三百二十八英尺。而這部著作是近至西元一八二五年才出版的。

但是，哪個捕鯨者會相信這些故事呢？沒有。今天的鯨和牠在普林尼時代的祖先一樣大。而且，如果我去到普林尼所在的地方，我，一個捕鯨者（這一點我超過了他），一定會大膽地和他這樣說。因為我無法理解為什麼會這樣，甚至在普林尼出生之前就已經埋葬了上千年的埃及木乃伊，在棺材裡量上去，大小還比不過一個穿著襪子的現代肯塔基人；而雕刻在最為古老的埃及和尼尼微碑匾上的牛和其他動物，從其所刻畫的相對比例來看，恰恰清楚不過地證明，出身高貴的、圈養的、得獎的史密斯菲爾德純種牛，不僅在身材大小上和法老最肥壯的母牛相當，而且遠遠超過；面對這一切，我不會承認，所有動物之中，唯獨鯨魚竟會退化了。

但是，還有另一個問題需要追問，較為深沉的南塔克特人常為之激動。是否要歸因於幾乎無所不知的捕鯨船桅頂上的瞭望員，使得現在的捕鯨船甚至突破了白令海峽，深入到世界上最為遙遠和隱祕的角角落落；還有成千上萬的標槍和魚槍沿著所有的海岸四處投擲，無所不及；尚有爭議的一點在於，大鯨是否能夠長期忍受如此範圍廣闊的追擊，如此殘酷無情的蹂躪；牠是否註定要從海洋上滅絕，最後一頭鯨魚，就像最後一個人那樣，吸完最後一袋菸，然後牠自己也隨著最後一縷青煙而消散？

比較一下長有背峰的鯨和長有背峰的野牛，不到四十年前，成千上萬的野牛鋪滿了伊利諾州和密蘇里州的大草原，在如今人煙稠密的河畔都市，搖動著牠們鋼鐵般的鬃毛，皺著牠們鬱結雷霆的前額，但是在那裡，如今彬彬有禮的掮客在寸土寸金地向你出售土地；在這樣的比較中，似乎會得出一個不可抗拒的論據，表明這些被追獵的大鯨現在已無法逃脫迅速滅絕的命運。

但是，你必須從各個角度來看待這件事。雖然在很短一個時期以前——還不及一個人正常的壽命長——普查顯示，伊利諾州的野牛數量超過了現今倫敦的人口數量，雖然目前在那個地區連一個野牛角或野牛蹄都沒有留下；雖然這種奇妙滅絕的原因是人類的長矛造成的；但是，獵捕大鯨卻具有極其不同的性質，它斷然不會讓大鯨落到這樣不體面的下場。四十個人一艘船去獵捕抹香鯨，進行了四十八個月，如果最後能帶回家四十頭鯨魚的油，他們就會認為自己表現得極其出色，而且要感謝上帝了。反之，在過去，加拿大和印第安獵人及西部設陷阱者，在遙遠的西部（那裡該沉落的太陽還掛在天上）還是一片荒原和處女地的時候，他們同樣多的人穿著鹿皮靴，用上同樣多的時間，不是駕船，而是騎馬，屠殺的可不是四十頭，而是四萬頭野牛，或許更多；這個事實，如果需要，可以用統計數字來加以說明。

仔細思考下來，似乎也沒有任何證據能夠支持抹香鯨逐漸滅絕的說法。例如，在以前（比如說上世紀的後半葉），這些大鯨三五成群地出現，人們碰到牠們的機會遠比現在要頻繁，結果，航行就不需要這麼長，收益也比現在要豐厚得多。就像在其他場合注意到的那樣，那些大鯨，從某種安全角度著眼，現在聚集成大群在海洋中游動，這樣在很大程度上，早先那些單個的、成對的、三五成群的，以及成群結隊的鯨魚，現在便聚集成遠遠分散開來的、巨大的隊伍，自然便不常遇見了。就是這麼回事。還有一種同樣錯誤的觀點，因為所謂的鬚鯨不再光顧牠們從前群集的許多漁場，因而便認為那種鯨魚也在逐漸消失。其實牠們僅僅是被人從這個海岬驅趕向了那個海角；如果一處海岸不再有牠們的噴水，因而失去了生氣，那麼，必定有另一處遙遠的海濱，最近已被牠們那陌生的奇觀所驚動。

而且，關於這些最近提到的大鯨，牠們有兩個堅固的堡壘，就是盡人類之所能，也將永遠牢不可破。就像是冷淡的瑞士人，他們的峽谷一旦受到侵犯，就會撤退到山中去；鬚鯨在熱帶草原和林中空地一般的海洋中央受到追獵，最終就會這樣托庇於牠們的北極城堡，潛入最後的玻璃般的壁壘和圍牆後面，在茫茫冰原和浮冰中冒出來；在一個永遠是嚴冬的魔圈中，蔑視來自人類的追擊。

但是，也許因為要捕到五十頭這樣的鬚鯨才能抵得上一頭抹香鯨，船頭樓上的有些哲學家便得出結論說，這種真實的殺戮已經使鬚鯨隊伍嚴重減員。儘管一段時間之前，每年在西北海濱，光是美國

人就屠殺了大量鬚鯨，至少不下一萬三千頭；不過，在這個問題上，還是有一些理由把這種情況視為意義不大或者是不值一提的反面論據。

關於地球上體型碩大生物的稠密情況，人們自然會有所懷疑，但是，我們對於果阿的歷史學家哈托的話又能怎麼說呢？他告訴我們，暹羅王在一次狩獵中就捕殺了四千頭大象；在那些地區，大象就像溫帶地區的牲畜一樣多。似乎沒有理由懷疑，如果這些大象，牠們幾千年來一直遭到塞米勒米斯、波魯斯、漢尼拔以及所有連續不斷的東方君主們的獵捕——如果牠們今天依然大量存活，大鯨就更能經受住所有的追獵，既然牠們有可以漫遊的大草原，而這個大草原是有整個亞洲、南北美洲、歐洲和非洲、新荷蘭以及所有的海島加起來的兩倍大。

還有，我們也要考慮到，據推測，大鯨的壽命非常之長，牠們也許能活上一百多年，因此，在任何一段時期，顯然必定有幾代成年鯨魚是同時代的。這究竟意味著什麼，我們很快就會有所了解，我們只需想像一下，所有的墓地、墳場和家族墓室中，那些七十五年前死去的男女老幼全部復活，再加上目前地球上的全部人口，這該是怎樣數不盡的佇列就可以了。

因此，基於這些情況，我們認為，無論鯨魚個體是多麼容易毀滅，但是作為物種，鯨魚是永存不朽的。牠在大陸冒出水面之前就在海洋中游動；牠曾經在如今是杜樂麗宮、溫莎城堡和克里姆林宮的地方游過。在諾亞洪水中，牠曾對諾亞方舟不屑一顧；即使世界像荷蘭那樣，為了消滅鼠類，再次淹沒於滔滔大水，永存的大鯨依然會存活下來，而且會矗立在赤道洪水最高的浪峰上，噴出泡沫，蔑視著蒼天。

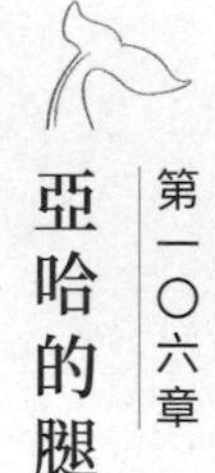

# 第一〇六章　亞哈的腿

亞哈猛然跳下倫敦的「撒母耳．恩德比號」，免不了要給他自己帶來點小傷。他那麼用力地落到他小艇的坐板上，震得鯨骨腿好像要碎裂一般。回到大船甲板上，他把假腿插在那個旋孔裡，又猛地一旋，下了一道緊急命令給舵手（這個舵手把舵總是不夠穩）；於是那已經遭受震動的假腿，再加上這麼一扭一轉，儘管還保持著完整，表面顯得還很結實，但是亞哈已經覺得它不大可靠了。

事實上，這似乎不值得大驚小怪，雖然亞哈始終是瘋癲魯莽，他有時卻對那條他賴以支撐起半邊身子的死骨頭非常謹慎在意。因為就在「皮廓號」從南塔克特啟程前不久，有一天夜裡，有人發現他俯臥在地，不省人事；由於某種未知的、似乎無法解釋和不可想像的意外，他的假腿發生了嚴重的錯位，像椿子一樣一戳，幾乎刺穿了他的腹股溝；克服了極度的困難，那個惱人的傷口才完全癒合。

當時，他那偏執狂的心裡也曾經想到過，他現在遭受的所有痛苦都不過是以前那場災禍的直接後果；他似乎清晰地看到，沼澤中最凶猛的毒蛇就像林中最甜蜜的鳴禽一樣，不可避免地要使自己的族類永遠延續下去，因此，每一種不幸都和幸福一樣，自然會引發同樣類似的後果。而且，不幸又總會多過幸福，亞哈想道，因為悲傷的前因後果總是比歡樂更加深遠持久。更不要提這一點：從合乎教規的教導得出的一個推論認為，塵世間某些自然的享受在另一個世界不會延續下去，而是恰恰相反，緊隨其後的將只是全無歡樂地獄般的絕望；而人間某些罪惡的災難卻依然會子孫繁盛，哺育出連綿不斷永恆的悲哀，超越了死亡；根本不用提到這一點，對事物深入分析一下，似乎就能發現一種不平等的存在。因為，亞哈想道，甚至人間最高的幸福之中也潛藏著某種無足輕重的瑣碎卑微，而一切內心的

痛苦，本質上都隱藏著一種神祕的意義，而在有些人身上，更是蘊藏著一種天使長般的偉大；因此，他們辛勤的追求便沒有使那明顯的推論落空。追溯這些深重的人類苦難的源頭，最終會將我們帶入眾神那無來由的王位糾紛當中；於是，即使天天面對喜氣洋洋、割晒乾草季節的太陽，和鐃鈸一般渾圓柔和的收穫季節的滿月，我們都必須承認這一點：眾神自己也不是永遠快樂的。人類額頭上抹不掉的悲哀胎記，不過是這些簽名者自身憂愁的印痕。

這裡無意中洩露了一個祕密，如果按照慣例早一點揭開，也許會更合適一些。在與亞哈有關的眾多其他細節當中，有一點在有些人看來始終是個謎，那就是為什麼，在「皮廓號」出發前後的一段時間，他都會像大喇嘛一樣把自己藏起來，與世隔絕；而且，在那段時間裡，他彷彿在死者的大理石元老院裡，找到了一個可以一言不發的避難所。船長法勒為這件事編造的理由看來絕對不夠充分；事實上，但凡涉及亞哈內心深處的想法，任何顯露出來的部分都是意味深長且晦暗難解，而不是一目了然。但是，到最後，都會真相大白；至少這件事情上是如此。那件悲慘的災禍便是他暫時封閉自己的根源。而且不僅如此，對於岸上那個日益縮小、疏遠的親友圈，也是如此。無論如何，他們總還是擁有較易接近他的特權。對於這個膽怯的親友圈，上面提到的意外事故——喜怒無常的亞哈也沒有做出解釋——充滿了恐怖色彩，因為它完全來自那個充滿鬼神與悲號的世界。所以，出自對他的一片熱忱，他們全都不謀而合，竭力把這件事的真相隱瞞住，不讓別人知道；於是，過了好長一段時間，這件事才在「皮廓號」上洩露出來。

但是，事情果真如此，那就讓天上那看不見摸不透的眾神大會，或者是懷恨在心的大小火神，去決定是否和這個不敬神的亞哈打交道吧，在眼前他這條腿的事情上，他卻採取了明確實際的步驟——他喊來了木匠。

當木匠出現在他面前時，他吩咐他馬上著手做一條新的假腿，不能有半點耽擱，並指示三個副手，把一路上積存的大大小小的抹香鯨齶骨提供給木匠，讓他保證能仔細挑選出最結實、紋理最清晰的材料。這項工作做完，他命令木匠當晚就要做出假腿來，並且提供所有需要的配件，那條已經靠不住的假腿上的配件一律拋開。而且，他命令把船上暫時閒置的熔爐從艙裡吊上來；為了加快進度，還吩咐鐵匠立即開始鍛造任何可能用得到的鐵件。

## 第一〇七章
# 木匠

如果你像蘇丹那樣坐在土星拱列的衛星群中，單挑一個出類拔萃的人來看，他似乎就是一個奇蹟，一種偉大，同時也是一種悲哀。但是，從同樣的觀點出發來看待人類整體，他們絕大部分就是一群多餘的複製品，無論古今都是如此。不過，儘管身分卑微，也遠不能充當崇高的人類精華的樣本，「皮廓號」上的木匠卻絕非一個複製品；於是，他現在親自登場了。

像所有海船，尤其是捕鯨船上的木匠一樣，他具有某種能立刻上手的、講求實際的本事，在很多與他的本行相關的行當和技能上面，都同樣有一些經驗；木匠活是許多手工藝古老而枝繁葉茂的主幹，這些手工藝或多或少要與作為輔助材料的木頭打交道。但是，除了上面這些一般性的作用之外，「皮廓號」上的這位木匠還格外擅長處理那些層出不窮、難以形容的慣常突發事件，一艘大船在三、四年的航行中，在荒蠻而遙遠的海洋上，這種情況在所難免。更不用說他還要隨時應付日常事務：修理撞壞的小艇和破爛的桅杆，改進槳葉笨拙的式樣，在甲板上嵌裝牛眼窗，或者在舷板上安裝新木栓，以及其他雜七雜八與他的專業關係更為直接的事情；他還善於不費躊躇地處理各種互相衝突的事務，無論是有用的正經事還是忽發奇想。

他扮演如此多樣化角色的唯一大舞臺，便是他的老虎鉗工作臺；一張粗糙笨重的長桌，裝備著幾套不同尺寸的老虎鉗，有鐵打的，也有木頭的。除了船邊拖有大鯨的時候，這個工作臺總是牢牢地橫捆在煉油間後壁外面。

如果發現一根繫索栓太大，不容易插進栓孔，這木匠便會把它夾在一個常備的老虎鉗裡，徑直把它銼小一些。一隻羽毛奇特的陸地飛鳥迷了路，飛到了船上，被逮住了，這木匠就會用刮得乾乾淨淨的露脊鯨骨頭做立桿，用抹香鯨牙齒做橫梁，為牠做出一個寶塔形的籠子。一個槳手扭傷了手腕，這木匠就給配出一種外敷的止痛液。史塔布想給他的每一支槳葉都畫上朱紅色的星星，這木匠就把槳一支支地擰緊在那套木製的大老虎鉗裡，均勻地漆上星星。一個水手喜歡戴鯊魚骨的耳環，這木匠就為他的耳朵鑽耳孔。另一個水手牙痛，這木匠就拿出鉗子，一隻手拍拍他的工作臺，讓他坐下；但是手術還沒有做完，那可憐的傢伙便嚇得畏畏縮縮，無法控制了；因為木匠一邊旋轉著木製老虎鉗的把手，一邊示意他把下巴放進去，如果他想拔牙的話。

於是，這個木匠就得在各方面做好準備，而且要對一切都同樣滿不在乎、毫無敬意。他把牙齒當作小骨頭片；把腦袋看作頂塊；把人本身掉以輕心地當作絞盤。但是，既然他在這麼廣泛的領域具有多方面成就和鮮活的技藝，這一切便似乎足以證明他是個聰明過人、精力充沛之人。但事實並非如此。因為這個人身上最為明顯的特徵，似乎莫過於一種不帶個人色彩的遲鈍；我所說的不帶個人色彩，是因為它蔭蔽在周遭無窮無盡的事物之中，似乎已經和整個有形世界中可以覺察出來的普遍遲鈍合二為一了；這種遲鈍以無數方式不停地活躍著，但又永遠保持著它的平靜，對你不理不睬，即使你是在挖掘大教堂的地基。他身上這種有些可怕的遲鈍，從表面看來，似乎還包含著一種十足的冷漠無情——然而奇怪的是，它有時也會被一種古老的、拐彎抹角的、不合時宜的、氣喘吁吁的幽默所打破，還時不時地摻雜著一種老年人的機智；這樣的幽默倒是適合在諾亞方舟那古老的船頭樓裡值夜班時用來打發時間。難道是這個老木匠終生過著漂泊的生活，不停地滾來滾去，不僅沒有積上一點苔蘚，反而連原本可能附在身上的小零碎都給磨掉了？他是一個赤裸的抽象概念；一個沒有零頭的整數；新生兒一樣固執；今生和來世一概不顧地生活著。你幾乎會說，他身上這種奇異的固執就包含著某種愚蠢；因為在他所做的眾多行當中，他似乎不是憑藉理智或本能來工作的，亦非純然是受訓的結果，或是由所有這些因素分量不等地混合而成；而是完全憑藉一種不聞不問、自發而刻板的過程。他是個純粹的操作者；他的大腦，如果他曾經有大腦的話，一定早就滲透到他十指的肌肉裡面去了。他就像雪菲爾設計出的一個「小型而內容豐富」的機巧工具，不合情理卻極其管用，外表——儘管有點鼓鼓囊囊——像是一把普通的折刀，但裡面不僅有各種大小的刀片，還有螺絲刀、螺絲錐、鑷子、錐子、鋼筆、尺子、指甲銼、埋頭鑽。因此，如果他的上司想把他當螺絲刀用，只需要把他身上相應的部分打開，就可以旋緊螺絲了；如果想把他當鑷子用，只需抓起他的兩條腿，就成了一把鑷子了。

然而，如前所述，這個萬能工具一般可開可合的木匠，終歸不光是一部自動機器。如果他身體裡沒有一個平常的靈魂，那他總有一個微妙的東西，在反常地行使著靈魂的責任。那是什麼東西，是水銀精，還是幾滴鹿角精，還沒人能說得出來。但是，它就在那裡；而且，至今已經存在了六十個年頭。這種東西便是他身上不可理解的巧妙的生命原則；就是這種東西，使得他大部分時間都在自言自語；不過只是像一個不合常理的輪子，總是在獨自不停地嗡鳴；或者，更確切地說，他的身體是一個崗亭，這個自言自語者便是裡邊的哨兵，為了讓自己保持清醒，他始終在自言自語。

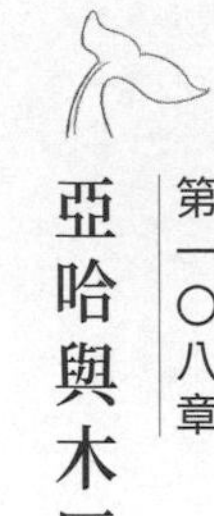

第一〇八章

# 亞哈與木匠

## 甲板——第一個夜班。

（木匠站在他的老虎鉗工作臺前，借著兩盞燈籠光忙碌地銼著假腿上用的牙骨托梁，這塊牙骨已經牢牢固定在老虎鉗裡。工作臺周圍散落著一片片牙骨、皮帶、襯墊、螺絲和各式各樣的工具。前面，熔爐裡可見通紅的火焰，鐵匠正在爐邊幹活。）

該死的銼，該死的骨頭！應該軟的它偏硬，應該硬的它偏軟。我們還是算了吧，誰要銼那老齶骨和脛骨。我們試試另一塊。沒錯，嗯，這個就好多了（打噴嚏）。喂，這骨頭灰還真是（打噴嚏）——哎呀，真是（打噴嚏）——不錯，真是（打噴嚏）——老天保佑，它就不讓我說話！這就是一個老傢伙用這種死木頭幹活的下場。要是鋸一棵活樹，就不會有這種灰了；切斷一根新鮮骨頭，就不會有這種灰了（打噴嚏）。來吧，來吧，你這煤黑子老頭，喂，搭把手，準備好鐵套管和帶扣螺絲，我現在就準備用了。還算幸運（打噴嚏），不需要做膝關節；那會有點為難；只需要做一根脛骨——哎呀，那就和做跳竿一樣容易；只是我想把它好好地做完。時間，時間；但只要有時間，我就能給他做出一條靈巧的腿來（打噴嚏），和過去那樣能在客廳裡後退著向女士行禮。我在商店櫥窗裡見過的那些鹿皮腿和小牛皮腿根本沒法比。它們吸水，確實吸水；自然就會得風濕病，還得去看醫生（打噴嚏），用藥水又洗又擦，就像伺候真腿一樣。嗯，在把它鋸掉之前，我得去找一下老船長，看

看長短是否合適，我猜，如果有不合適的地方，那就是太短了。哈！那就正好做腳後跟，我們真走運；他來了，要不就是別人，肯定是有人來了。

**亞哈**（走上前來。）

（在下一場中，木匠繼續時不時地打噴嚏。）

弄好了，造人的師傅！

時候剛剛好，先生。如果船長願意，我現在要標上長度。讓我量一下，先生。

量腿！好。好吧，這又不是第一回。量吧！嗯，把你的手指按在上面。你這裡有一把勁很大的老虎鉗，讓我來試試它卡得牢不牢。嗯，嗯，它確實能夾住。

啊，先生，它會把骨頭夾斷的——當心，當心！

不要怕；我就喜歡夾勁大的。在這個滑溜溜的世界上，我就喜歡碰碰能夠把握住的東西，老兄。

他一定是在打帶釦螺絲，先生。對。這是一種合作，他提供肌肉部分。他那邊爐火燒得很旺啊！

普羅米修斯在那裡幹什麼？——我說的是那個鐵匠——他在幹什麼？

沒錯，先生，這種細活兒一定得有高溫才行。

嗯——嗯。他是得有高溫才行。我現在相信這真是樁最有意義的事，那個古希臘人普羅米修斯，據說是他創造了人類，他應該做過鐵匠，他用火使人類生機勃勃；因為在火中創造的東西，當然就屬於火；所以地獄可能就是這樣。那煤煙飛得多高啊！這一定是那個希臘人造完非洲人之後剩下來的東西。木匠，等他打完了帶釦螺絲，告訴他鍛造一副鐵肩胛骨，船上有個小販被擔子壓垮了。

先生？

等一下。趁普羅米修斯正在忙著，我要按照合意的模式訂做一個完整的人。首先，要有五十英尺高；其次，胸膛要仿效泰晤士河隧道的樣式；再其次，兩腿要生根，好固定在一個地方；再就是手臂，一直到手腕要有三英尺長；根本不要心，黃銅的前額，漂亮的大腦得有四分之一英畝；讓我瞧瞧——我要訂製一雙朝外看的眼睛嗎？不，只需要在頭頂開個天窗，讓光照進去。好了，確認訂單，去吧。

嘿，他在說什麼呀，他在和誰說話呀？我真想知道。我要一直站在這裡嗎？（旁白）

只有蹩腳的建築才弄個什麼也看不見的穹頂；這裡就有一個。不，不，不；我得有盞燈。

嚯，嚯！就是這個嗎，嘿？這裡有兩盞，先生；我一盞就夠了。

你幹麼把那逮小偷的東西杵到我臉上，老兄？用燈光對著人比用手槍指著人家還要壞。

我想，先生，你是在和木匠說話。

木匠？嗯，那是——可是，不；——你在這裡做的是一件非常利索的，可以說，是一件非常文雅的工作，木匠；——或者你寧願去和泥巴打交道？

先生？——泥巴？泥巴，先生？那是爛泥；我們還是把泥巴留給挖溝的吧，先生。

這傢伙不敬神！你幹麼一直打噴嚏？

骨頭的灰挺多，先生。

那你就記住，你死的時候，不要把自己埋在活人的鼻子底下。

先生？——啊！啊！——我也是這麼想的；——是的——哎呀！

你聽聽，木匠，我敢說你自稱是個挺不錯的技術熟練的手藝人，呃？那麼好吧，如果等我裝上你做的這條腿，我要是覺得在原來的地方又有了一條腿，那就說明你的手藝確實地道。木匠，我指的是

我過去丟掉的那條腿，那條有血有肉的腿。難道你就不能把那個老亞當趕走嗎？

真的，先生，我現在開始有點明白了。是的，在那一點上，我聽說過一件很奇怪的事情，先生；一個斷了桅杆的人永遠不會完全失去對舊桅杆的感情，它還會不時地刺痛他。我斗膽問一下，這是真的嗎，先生？

是真的，老兄。看，把你的真腿安在我原來那條腿的地方；這樣，在眼睛看來，這裡分明只有一條腿，可是心裡看見的卻是兩條腿。在那個地方，你感覺到生命的刺痛；那裡，就是那裡，絲毫不差，我的確有這種感覺。這是個謎嗎？

我該斗膽稱之為一個難解之謎，先生。

噓。你怎麼知道就不會有一個完整的會思考的生物，看不見也摸不透，恰好站在你現在站的地方，而且還不管你願不願意？在你最孤獨的時刻，難道你就不害怕有人偷聽嗎？住嘴，別說話！如果我依然感到那條壓碎的腿還在刺痛，儘管它早就應該不痛了；那麼，木匠，你連身體都沒有的時候，為什麼就不會永遠感覺到地獄火燒身的痛呢？哈！

天哪！真的，先生，假如那樣的話，我得重新計算了；我想我沒有把一個小數算進去，先生。

你聽聽，真是永遠不要跟傻瓜打比方。——還有多長時間才能把這腿做好？

也許一個小時吧，先生。

那就馬馬虎虎算了，弄好就給我拿來（轉身走開）。啊，生命！我在這裡，和希臘的神一樣驕傲，卻要為了一根支撐自己的骨頭，欠下這個傻瓜的一份債務！這該死的無法一筆勾銷的欠來欠去的人情債。我真想像空氣一樣自由；可是全世界的書裡都給我記上了一筆。我是如此富有，我可以在羅馬帝國（也就是世界的帝國）的拍賣場上和最富有的執政官競標報價，但是我誇誇其談的舌頭欠了點肉。天哪！我要弄個坩堝來，跳進去，把自己熔化成一節小小的簡潔的脊椎骨。就是這樣。

**木匠**（重新開始工作。）

好了，好了，好了！史塔布最了解他了，但史塔布總是說他古怪；什麼都不說，只說古怪那個小小的詞就夠了；他古怪，史塔布說；他古怪——古怪，古怪；一直絮絮叨叨地和史塔巴克先生說這個詞——古怪——先生——古怪，古怪，非常古怪。而他的腿在這裡！是的，現在我想起來了，這就是他的床伴！把一根鯨魚下巴骨當老婆！而這就是他的腿；他要靠它支撐。

現在是怎麼回事，一條腿要站在三個地方，而這三個地方又全都在一個地獄裡——那怎麼可能呢？啊！難怪那麼輕蔑地看著我呢！他們說，我有時有點想入非非；但那僅僅是偶然現象。再說，像我這麼個又矮又小的老東西，就永遠不該隨著高得像蒼鷺的船長去深水裡跋涉；水會很快沒過你的下巴，把你嗆住，那就得大喊救命了。

這就是一條蒼鷺的腿！又長又細，果不其然！大多數的人一雙腿就能支持一輩子，那一定是因為他們用得很小心，就像一個好心的老太太對待她那矮胖的駕車老馬一樣。可是亞哈，啊，他可是個狠心的馬車夫。看吧，一條腿給他趕上了死路，另一條落得個終生殘廢，現在又用帶子磨損這些骨腿了。啊哈，喂，你這煤黑子！幫幫忙，把那些螺絲打出來，趕在那位使人復活的傢伙吹響號角之前把這事了結，他真腿假腿都要，就像釀酒人到處收羅舊啤酒桶，好把它們重新裝滿。多好的一條腿啊！看著就像一條活人的真腿，銼得只剩下芯子了；他明天就會用它撐著了；他站在上面可就居高臨下了。啊哈！我差點忘了這塊橢圓形的小板，磨得光光的牙骨，他要在上面計算緯度呢。就這樣，就這樣，鑿子，銼刀和砂紙，來吧！

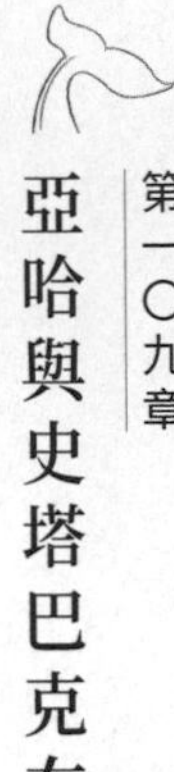

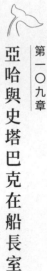

# 第一〇九章 亞哈與史塔巴克在船長室裡

根據慣例，第二天早上，他們正在給船艙抽水；你看！隨著水抽上來不少油；下面的油桶一定是漏得很厲害。大家都顯出十分憂慮的神色；史塔巴克下到船長室，去彙報這個不利的情況[1]。

這時，「皮廓號」正從西南方向靠近福爾摩沙和巴士群島，這兩者之間便是從中國海域通往太平洋的熱帶出口。因此，史塔巴克進到船長室的時候，發現亞哈面前正攤著一張東方群島的總圖；還有一張圖上畫著一長串東海岸的日本島嶼——本州、松前和四國。他雪白的新骨腿抵著用螺絲固定在地板上的桌子腿，手裡拿著一把修枝鐮般的水手刀，這個怪老頭，背對艙門，正皺著眉頭，又在追蹤他從前的老航線了。

「誰在那裡？」他聽到了門口的腳步聲，但是沒有轉過頭來，「到甲板上去！走開！」

「亞哈船長弄錯了，是我。艙裡的油漏了，先生。我們得吊起滑車組，把主艙打開。」

「吊起滑車組，把主艙打開？我們已經靠近日本了；要在這裡停上一星期，修補一堆舊桶箍嗎？」

「先生，要是不這樣的話，一天多浪費掉的油就比我們一年弄到的還要多。我們趕了兩萬英里弄來的東西就該珍惜啊，先生。」

「是呀，是呀；只是我們要把它弄到手才行。」

「我是在說艙裡的油，先生。」

「而我說的想的根本不是這個。走開！讓它漏去吧！我自己渾身都漏了。沒錯！漏上加漏！不僅

滿是漏桶，而且是漏桶裝在漏船裡；那情況比『皮廓號』還要糟糕，老兄。但我並沒有停下來把漏洞堵上；因為在裝得滿滿的船身深處，誰能找得到漏洞呢；即便找到了，在這終生怒號的狂風中，又怎麼堵得上呢？史塔巴克！我不許把滑車組吊起來。」

「船東們會怎麼說，先生？」

「讓船東們站在南塔克特岸邊，喊叫得比颱風還要響亮吧。關亞哈什麼事？船東，船東？你老是拿那些吝嗇如命的船東和我嘮叨，好像船東就是我的良心似的。可是你看著，這艘船真正的船東就是它的船長；你聽著，我的良心就是這艘船的龍骨。——到甲板上去！」

「亞哈船長，」臉漲得通紅的大副說道，一邊向船艙裡面走來，這種大膽行為可謂不可思議，既恭恭敬敬，又小心翼翼，不但力圖避免有絲毫外露，而且似乎對自己也半信半疑，「換了是一個比你年輕也比你快活的人，一個脾氣比我好的人會馬上感到厭憎，但他對你卻一點都不會計較，亞哈船長。」

「鬼東西！你竟敢挖苦我？——到甲板上去！」

「不，先生，等一下，我懇求你了。我斗膽，先生——懇求你包涵！難道我們到現在不能彼此多些了解嗎，亞哈船長？」

亞哈從架子上（南海捕鯨船船長室裡必備的家具之一）抓起一枝上膛的滑膛槍，用槍指著史塔巴克，大喝道：「主宰世界的只有一個上帝，主宰『皮廓號』的只有一個船長。——到甲板上去！」

一時間，從大副閃爍的眼睛和燃燒的臉頰上，你幾乎會以為他真的挨了那端平的槍管的一槍。但

1 在捕抹香鯨船上如果載有相當數量的油，常規上要每週兩次把一條水管導入艙中，用海水把油桶淋濕；然後，在不同的時段，再把艙中的水抽出去。這樣就能使油桶因濕潤而保持緊繃密封；同時，從抽出來的水的變化上，水手們很容易探測到貴重貨物是否有嚴重的滲漏。——原注

是，他控制住自己的情緒，相當鎮靜地起身離開，在退出船長室的時候，他又停了片刻，說道：「你不光侮辱了我，先生，你還踐踏了我；不過，我請你不要提防史塔巴克；你只需一笑置之；但是，亞哈要提防亞哈了，提防你自己，老頭子。」

「他變得勇敢起來了，但還是服從了，這才是最謹慎的勇敢！」史塔巴克的身影消失以後，亞哈喃喃自語道，「他說什麼來著——亞哈要提防亞哈——這話可有點來頭啊！」然後他無意識地把滑膛槍當成枴杖，面色鐵青，在小小的船長室裡來回踱步；但是，過了片刻，他前額上濃密的皺紋鬆弛下來，他把槍放回架子，向甲板走去。

「你可真是個好得過分的傢伙，史塔巴克。」他緩慢地對大副說道。然後提高嗓音向水手們說：「把前前後後的上桅帆都捲起來，中桅帆都收緊；裝上主帆的帆架；吊起滑車組，把主艙打開。」

亞哈為什麼會這樣做，史塔巴克也許是難以猜到究竟的。也許是他忽發善念，或者僅僅是慎重的策略而已，在這種情況下，絕對不要讓船上舉足輕重的高級水手公開顯露一絲一毫不滿的跡象，再怎麼短暫也不行。無論如何，他的命令是執行了；滑車組被吊了起來。

# 第一一〇章 魁魁格在棺材裡

經過檢查，發現最後進艙的一批油桶完好無損，一定是船艙更深處的油桶有漏的。於是，正值風平浪靜的天氣，他們便逐步深入，甚至連底層的那些大桶都被攪醒了，從午夜般漆黑的艙中把那些巨大的鼴鼠折騰到光天化日的甲板上。他們往裡摸得很深很深，從最底層大桶那古老的、已被侵蝕的、雜草叢生的模樣，你幾乎以為接著就會出現一只發了黴的做牆角石的桶，裡面裝著諾亞船長的錢幣，和一份份傳單，徒勞地警告著昏頭昏腦的舊世界洪水就要來啦。還有一桶又一桶的淡水、麵包、牛肉、成套的桶板和成捆的鐵箍，也都吊了出來，最後都堆在甲板上，連走動都困難了；空空的船艙在腳下發出回聲，彷彿你正踩在空空的地下陵寢上，在海上顛來晃去，像一只裝滿空氣的細頸大瓶子。這頭重腳輕的大船就像是一個腹中空空卻滿腦子裝著亞里斯多德的學生。幸虧當時還沒有颱風來光顧他們。

這時，我那可憐的異教徒夥伴，我最知心的朋友魁魁格，卻發起燒來，幾乎就要臨近他那無盡生命的終結了。

應該說明一下，在捕鯨這個行業中，是沒有什麼閒職可言的；尊貴與危險密切相關；你的職位愈高，你的工作愈辛苦，直到你當上了船長為止。可憐的魁魁格就是如此，作為標槍手，他不但要面對活鯨的全部狂暴，而且——正如我們在別處見到的那樣——他還要在翻騰不息的大海中登上死鯨的脊背；最後還要下到一片幽暗的船艙裡，汗流浹背地整天待在那地下牢房裡苦熬，不屈不撓地搬動那些笨重至極的油桶，把它們存放妥當。簡而言之，在捕鯨者當中，標槍手就是所謂的管艙人。

可憐的魁魁格！在船艙大約掏空一半的時候，你真應該俯身在艙口，向下看看他那副模樣；這個文身的野蠻人脫光了衣服，只穿著一件羊毛襯褲，在那濕漉漉黏答答的地方爬來爬去，像井底的一隻綠斑點蜥蜴。不知怎麼，那船艙對於這可憐的異教徒，竟然真的成了一口井或是一個冰庫；說來奇怪，儘管他在那裡工作得滿頭大汗，熱氣騰騰，卻受了一股可怕的寒氣，陷入高燒之中；最終，經過數日的折磨，他躺在他的吊鋪上，已經接近死亡的門檻。在那幾天的纏綿拖延中，他是如何日漸消瘦啊，最後似乎只剩下了帶有文身的骨頭架子了。但是，雖然他全身消瘦，顴骨高高凸起，可是他的眼睛，似乎卻愈來愈圓，神采充沛；它們變得異常柔和而光彩；並且，儘管重病纏身，這雙眼睛卻溫柔而深情地注視著你，奇妙地證明了在他身上的那種永恆的生命活力不會消失，也不會衰弱。就像水面上的圓圈，當它們變得模糊時，就是在向外擴大；他的眼睛也是如此，似乎在一圈一圈地擴大，就像是永恆的圓環。當你坐在這個日漸衰弱的野蠻人身邊，一種難以名狀的敬畏之感會悄悄襲上心來，你在他臉上看到的奇異現象，就和瑣羅亞斯德臨終前侍立一旁的人看見的那樣。因為人身上任何真正奇妙和可怕的東西，還從來沒有人說出來過，或是寫入書中。而死亡的臨近，一視同仁地拉平了一切，一視同仁地給所有人帶來最後的啟示，只有從死者中找一個作家才能予以恰當的描述。所以——讓我們再說一次——當可憐的魁魁格躺在他不停搖晃的吊鋪上，奔騰不息的大海似乎在溫柔地搖盪著他進入最後的安息，暗暗上漲的看不見的潮汐把他愈來愈高地抬向他命定的天堂，這時，你看見那些神祕的陰影悄悄掠過他的面容，比任何垂死的迦勒底人或是古希臘人的思想，都更為崇高，更為神聖。

水手中沒有一個人放棄他；而至於魁魁格自己，他對病情的想法鮮明體現在他所提出的一個奇怪要求上面。在灰濛濛的早班時間，天光剛剛破曉，他把一個人叫到自己身邊，握住那人的手說，在南塔克特的時候，他曾偶然看見一些黑木頭做的小獨木舟，很像是他家鄉島嶼上用來做武器的昂貴木頭；經過詢問，他得知，所有死在南塔克特的捕鯨者，都被放置在這樣的黑色獨木舟中，一想到以後會被這樣安葬，他就感到很是開心；因為這與他自己民族的風俗非常相似，人們會把死去的戰士裹上香料，平放在自己的獨木舟中，讓他隨水漂流到星光熠熠的群島那邊；因為，他們不僅相信群星便是島嶼，而且遠在周遭可見的地平線之外，那溫柔的無邊無際的大海，是與藍色天堂交匯在一起的，並由此形成了銀河的白色碎浪。他還補充說，一想到要葬身在他自己的吊鋪裡，他就發抖，因為按照海上的慣例，他會像一堆令人不快的東西被拋給貪得無厭的鯊魚。不，他想要一艘南塔克特那樣的獨木舟，作為一個捕鯨者，更合乎他心意的是，這種棺材樣的獨木舟也像捕鯨艇一樣沒有龍骨；這樣一來，自然就不好掌舵了，就更容易偏航，漂流到幽冥歲月之中。

當這個奇怪的情況被傳到船尾的時候，木匠馬上受命按照魁魁格的吩咐行事，無論涉及什麼，都一律照辦。船上有一些異教徒的、棺材色的舊木頭，是在以前漫長的航行中，從拉加德群島的原始森林中砍來的，於是就用這些黑木板來打造一副棺材。木匠一接到命令就立刻拿起尺子，以他特有的滿不在乎的敏捷，飛快地跑到船頭樓裡，一絲不苟地給魁魁格量起尺寸來，一邊移動尺子，一邊一本正經地用粉筆記下魁魁格的身材尺寸。

「啊！可憐的傢伙！他這下可得死了。」那個長島水手脫口而出地說道。

這時，木匠回到自己的老虎鉗工作臺邊，為了方便和總體規劃，把要做的棺材的精確長度轉錄在上面，然後在工作臺兩端砍了兩道印子，把轉錄的長度固定下來。做完這個之後，他便整理木板和工具，開始工作了。

敲進最後一根釘子，把蓋子適當刨平裝好，他便輕鬆地扛起棺材，向船首走去，一邊還詢問著是否他們已經準備用了。

甲板上的人憤憤不平又半帶幽默地叫喊起來，要木匠把棺材趕緊扛走，偷聽到叫聲，魁魁格令人驚愕地吩咐，把那東西立刻搬到他跟前，沒有任何人拒絕他，由此可見，人類中瀕死之人是最專制

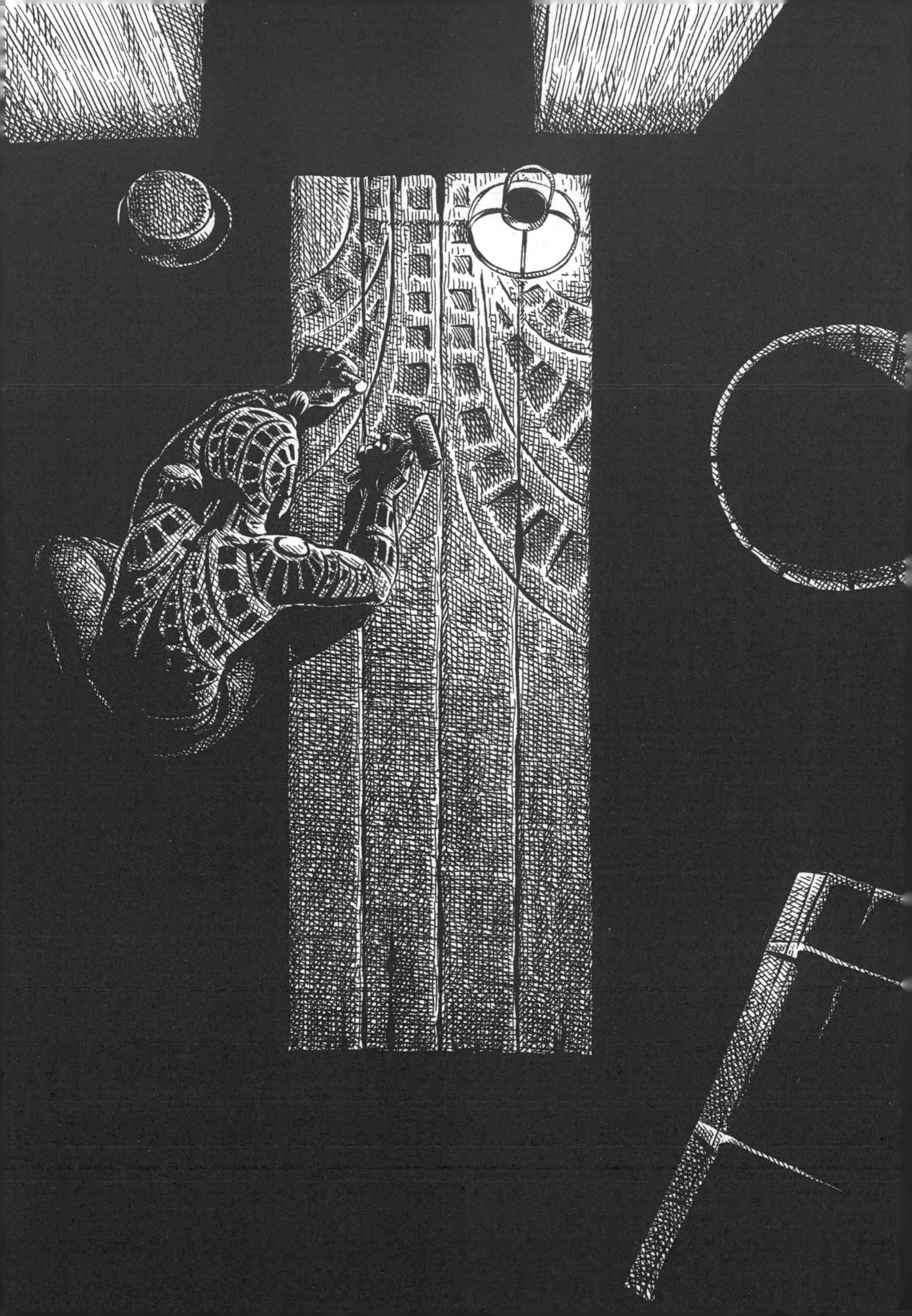

的。當然，既然他們不久就不再能給我們添麻煩了，就應該縱容一下這些可憐的傢伙。

斜倚在吊鋪上，魁魁格把這棺材專注地打量了好半天。然後叫人取來他的標槍，卸下木柄，把鐵槍頭和他小艇上的一支槳葉並排放在棺材裡。一切都出自他本人的要求，棺材裡邊還轉圈擺放了一些硬麵包，一壺淡水放在頭頂，一小袋從船艙刮出來的帶木屑的泥土放在腳底，一片船帆布捲起來當枕頭，然後魁魁格懇求大家，把他抬進他這最後的休憩之所，這樣他可以試試它是否舒適，如果談得到舒適的話。他一動不動地躺了有幾分鐘時間，又叫一個人去他的袋子裡把他的小神攸久取出來。隨後，他交叉手臂，把攸久抱在胸前，吩咐把棺材蓋（他稱之為艙蓋）給他蓋上。棺材蓋頭上有塊地方裝有皮鉸鏈，可以翻開，於是，魁魁格就躺在他的棺材裡，只能看見他瘦削而安詳的面容。「拉米（這就行了，很舒服）。」他最後喃喃說道，示意把他抬到吊鋪上去。

但是，他還沒有被抬到吊鋪上去，一直在周圍頑皮地轉來轉去的皮普，就來到躺在棺材裡的魁魁格身邊，輕聲啜泣著，一隻手抓住魁魁格的手，另一隻手裡握著他的小手鼓。

「可憐的漂泊者！你永遠也不會結束這令人疲憊的漂泊嗎？你現在要去往何方？如果潮流把你帶到美妙的安地列斯群島，那裡只有睡蓮拍打著海岸，你能為我辦一件小小的差事嗎？找到那個皮普，他已經失蹤很久了，我認為他就在遙遠的安地列斯群島。如果你找到他，就安慰安慰他，因為他一定非常悲哀；你看，他把自己的手鼓都丟下了；——我發現的。的——啦——嗒，嗒，嗒！魁魁格，現在死吧，我會為你敲起死亡進行曲。」

「我聽到了，」史塔巴克嘟囔道，從小天窗向下凝視著，「在猛烈的熱病中，人會不知不覺地說出一些古話；祕密一旦查明，原來那些古話都是在完全忘記的童年從一些淵博學者那裡聽來的。所以，我深信不疑，可憐的皮普，在他精神失常時所說的那番奇異又甜蜜的話中，為我們所有人帶來了天國的神聖證明。除了那裡，他能從哪裡學到呢？——聽！他又說開了，不過這時更癲狂了。」

「兩兩排好！我們把他當成個將軍吧！嚯，他的標槍在哪裡？把它橫在這。——的——啦——嗒，嗒，嗒！萬歲！啊，現在要有隻鬥雞站在他頭上，高聲啼鳴！魁魁格死得壯烈！——記住了，魁魁格死得壯烈！——你們得好好注意了，魁魁格死得壯烈！我說，壯烈，壯烈，壯烈！但是卑鄙的小皮普，他死成了一個懦夫，他死時渾身發抖；——滾蛋吧皮普！你聽著，如果你發現了皮普，告訴所有的安地列斯人，他是個逃兵；一個懦夫，懦夫，懦夫！告訴他們，他是從捕鯨艇上跳下海的！如果他在這裡再死一次，我也永遠不會為卑鄙的皮普敲手鼓，絕不會尊他為將軍。不，不！所有的懦夫都可恥——真可恥！讓他們都像從捕鯨艇上跳下去的皮普那樣淹死。可恥！可恥！」

在此期間，魁魁格一直閉目躺著，彷彿置身於夢中。皮普被拉走了，病人被抬到了自己的吊鋪上。

但是，因為他顯然為死亡做好了一切準備，因為他的棺材做得十分舒適，魁魁格的病就突然好了起來；不久，似乎就用不著木匠的棺材了。於是，當有人向他欣喜地表示驚異時，他說，事實上，他突然康復的原因是這樣的——就在關鍵時刻，他恰好想到他在岸上還有一件小小的責任未了，所以他就改變了要死的念頭；他斷言道，他還不能死。他們便問他，死活是不是完全他自己說了算，隨他高興。他回答，當然。一句話，這是魁魁格的玄想，如果一個人打定主意要活，區區疾病是無法要他的命的，只有鯨魚、狂風，或者某些不可控制而又愚昧無知的暴力才能把他毀滅。

這就是野蠻人與文明人之間的一個顯著差別；一個文明人如果患病，可能需要六個月才能逐漸康復，而一般說來，一個野蠻人生了病，幾乎一天之內病情就會好上一半。所以，我的魁魁格很快就恢復體力；最後，他在絞盤上無所事事地閒坐了幾天之後（但是胃口極佳），突然一躍而起，甩甩手臂伸伸腿，好好伸了個懶腰，打了一陣呵欠，便跳上懸掛在大船邊的小艇，站在艇首，端起一支標槍，宣稱自己已經能夠戰鬥了。

出於某種瘋狂的怪念頭，他現在把他的棺材當成從海底撈起的箱子使用了；他把帆布袋裡的衣服一股腦倒在裡面，整整齊齊地放好。很多閒置時間，他就在蓋子上雕刻各種奇形怪狀的圖案和圖畫；似乎要竭力以他拙劣的手法，把他身上彎彎曲曲的文身複製下來一部分。而這種文身是他故鄉島嶼上一位已經過世的先知的作品，先知憑藉這些象形符號，在他身上寫下了一套完整的關於天地的學說，一篇關於如何認識真理的神祕論文；這樣一來，魁魁格自己的身上就有了一個有待解開的謎團；一部單卷本的天書；但是，這天書的祕密連他自己也無法讀懂，儘管他那顆活生生的心就在撞擊著它們；因而，這些祕密註定要隨著銘刻它們的這張活的羊皮紙而腐朽消失，到最後也無人解開。亞哈心中一定產生過這樣的想法，有天早上，查看過可憐的魁魁格之後，他轉身離開時感歎地說：「啊，這眾神惡魔般的挑逗！」

# 第一一一章 太平洋

駛過巴士群島，我們終於進入了茫茫的南海；如果不是為了其他的事情，我一定會用無盡的感謝來向我親愛的太平洋問候致意，因為此刻，我青春時代的夙願已經實現；那平靜的海洋在我眼前展開一片蔚藍，向東滾滾而去，綿延三千英里。

這大洋有一種說不出的親切而神祕的色彩，它溫柔而可怕的波動似乎在預示它下面隱藏著一個靈魂；就像埋葬著福音傳道者聖約翰的以弗所草地，在傳說中總是起伏不定一樣。與之相應的是，在這些海上牧場、遼闊起伏的水上大草原和四大洲的公共墓地上，波浪起起伏伏，潮汐漲漲落落，永無止息；因為這裡，有無數形形色色的魅影幽魂、沉溺的夢想家、夢遊者、幻想家；所有我們稱之為生命和靈魂的，都躺在這裡在做夢，做夢，一直做下去；像睡眠者在自己的床上輾轉反側，那永遠翻騰不息的波浪不過是源自他們的躁動不安。

任何一個耽於沉思的祆教行腳僧，一看到這個寧靜的大洋，一定會從此把它當成自己最後的歸宿。它是位於世界正中的海洋，印度洋和大西洋只是它的兩隻臂膀。它的波浪沖刷著昨天才有最新近的民族移居、新建的加利福尼亞城鎮的防波堤，也沖刷著比亞伯拉罕還要古老、雖已褪色但依然絢爛的亞洲大陸的邊緣；而漂浮在中間的便是銀河般的珊瑚群島，以及地勢低窪、漫無止境、不為人知的群島，還有令人費解的日本諸島。這奧祕神聖的太平洋就這樣環繞著整個世界的身軀；使所有海岸都成了它的海灣；它似乎就是地球那浪潮起伏的心臟。被那些永遠洶湧激蕩的浪頭托舉著，你不得不承認這個富有魅力的牧神，向潘神低下你的頭。

但是，亞哈的腦中很少想到潘神，他像一尊鋼鐵雕像，站在後桅索具旁習慣的地方，一隻鼻孔不假思索地嗅著來自巴士群島的帶甜味的麝香氣息（溫柔的情侶一定在那些美妙的樹林中款款漫步），另一隻鼻孔則有意識地吸著這新發現的海洋的鹹澀氣息；那可恨的白鯨甚至很可能正在這海裡游著。終於駛入了差不多可以說是此行最後的水域，船向日本的巡遊漁場緩緩前進，這老人的意志愈發堅定起來。他堅定的嘴唇像老虎鉗一樣緊緊地閉著；他三角洲似的前額上，脈管像滿溢的溪流一般鼓起；甚至睡夢中，他響亮的叫聲也會在有拱頂的船殼中迴響：「往後划！白鯨在噴濃血了！」

# 第一一二章 鐵匠

珀斯，這個渾身髒汙、兩手血泡的老鐵匠，利用目前這一帶地區溫和涼爽的夏日天氣，為了給不久即可預期的異常繁忙的捕獵做好準備，在協助打造完亞哈的假腿之後，並沒有將他可移動的熔爐搬回到船艙中，而是繼續留在甲板上，牢牢地捆在前桅帶環螺栓上。現在，幾乎不間斷地有小艇領班、標槍手和頭槳手來找他，要他為他們做些零零碎碎的工作，或是改造，或是修理，或是新打製各種各樣的武器和艇上用具。他身邊經常圍繞著一圈焦急的人，全都在等著他幫忙；他們拿著小艇上用的鏟子、魚槍頭、標槍和魚槍，滿懷嫉妒地看著他苦幹時攪起陣陣煤灰的每一個動作。然而，這個老人只是用一隻無比耐心的手敲打著一把無比耐心的錘子。他從不嘟嘟囔囔，從不急躁，從不發火。安靜，緩慢，莊嚴；他更深地俯下自己早已傴僂的脊背，不停地忙碌著，彷彿勞苦就是生活本身，錘子沉重的敲擊就是他心臟沉重的跳動。就是這樣——悲慘至極！

這老頭走路的樣子很是奇特，步態稍微有點偏斜，又顯出十分痛苦的樣子，在航行一開始曾引起水手們的好奇。在大家一再追根究柢的追問下，他終於說出了原因；於是，現在每個人都知道了他那悲慘命運中還有一段不光彩的故事。

一個嚴冬的午夜，夜色沉沉，這個並非無辜的鐵匠還在兩個城鎮之間趕著夜路。他有點神思恍惚，感覺一陣致命的麻木襲遍全身，便去一座頹圮的廢棄穀倉中歇歇腳。結果把兩腳的十根腳趾全都凍掉了。從這次意外遭遇之後，終於逐漸展開了他人生戲劇充滿歡樂的前四幕，和漫長而悲傷的、至今尚未落幕的第五幕。

他本是個年近六十的老頭，卻在這個年紀逢上了姍姍來遲、在災難的專門術語中叫做家破人亡的慘事。他曾是個技藝精湛遠近聞名的手藝人，工作多得做不完；有一座帶花園的房子；一個年輕女兒般的愛妻，還有三個無憂無慮、面色紅潤的孩子；每個星期天他都去一座叢林環繞、喜氣洋洋的教堂做禮拜。但是，一天晚上，在夜色的掩蓋下，憑藉最為狡猾的偽裝，一個窮凶極惡的竊賊溜進了他幸福美滿的家，把他的一切偷得精光。說起來更為難解的是，是這個鐵匠自己無知地引狼入室。那賊簡直就是瓶子裡的魔鬼！一旦打開致命的瓶塞，魔鬼就會飛出來，讓他的家毀於一旦。出於謹慎、精明和節省，鐵匠把鋪子設在他家的地下室裡，但是有一個單獨的門可以進出；所以，他那年輕可愛又健康的妻子就總是緊張而不無快活地，饒有興致地傾聽著自己年老的丈夫用年輕的臂膀猛力敲擊錘子的回聲；這回聲模糊地穿過地板和牆壁，不無甜蜜地傳到育兒室，傳到她的耳邊。就這樣，在這結實的勞動之神的鋼鐵催眠曲中，鐵匠的幾個嬰兒被搖晃著進入夢鄉。

啊，痛上加痛！啊，死神，為什麼有時祢不能準時趕來？祢要是在他家破人亡之前把這個老鐵匠帶走，那麼，那年輕的寡婦還可以痛痛快快地悲傷一場，她的孤兒們還能有一個真正可敬的、傳奇般的父親，供他們在以後的歲月中想像一番；讓他們成為有能力戰勝逆境的人。但是，死神偏偏拖走了一個終日辛勞、肩上擔著另一個家庭責任的善良的哥哥，而撇下了這個一無用處的老頭，直等到生命可怕的腐朽讓他更容易收拾之時才來為他收場。

何必要把這個故事講完呢？地下室裡錘子的敲打聲一天天變得密集，也一下比一下微弱；妻子僵坐在窗前，無淚的雙眼閃閃發亮，凝視著她孩子們流淚的面龐；風箱停了；熔爐塞滿了灰燼；房子賣了；母親一頭扎進了教堂墓地深深的青草叢中；她的兩個孩子也相繼跟著她去了那裡；這無家無室的老人戴著黑紗，蹣跚上路，成了一個流浪者；他的悲痛沒人在乎，他的白髮成了兒童嘲弄的對象！

對於這樣的生涯，死亡似乎是唯一令人滿意的結局；但是，死亡只是投入一個從未去過的陌生領域；它只是對那無邊無際的「遙遠」、「荒蠻」、「汪洋」、「浩無際涯」的可能性的第一聲招呼。所以，在那些渴望死亡而又心存內疚、不肯自戕的人的眼中，貢獻一切又涵容一切的海洋便誘人地展開了一片難以想像的天地，恐怖，奇妙，充滿新生活的冒險。而從無盡的太平洋中央，還有成千上萬的美人魚在向他們歌唱：「到這邊來吧，傷心欲絕的人，這裡有另一種生活，死亡只是一個仲介，不再是負擔；這裡有超自然的奇蹟，沒有人為此而喪生。到這邊來吧！與其在你憎惡也同樣憎惡著你的陸地世界中毀滅，還不如投身於一種比死亡更容易遺忘一切的生活。到這邊來吧！把你那教堂墓地裡的墓碑放到一邊，到這邊來吧，讓我們與你結合！」

傾聽著這些聲音，從東到西，從日出到日落，這鐵匠的靈魂發出了回應，好吧，我來了！於是，珀斯就這樣出海捕鯨去了。

# 第一一三章
## 熔爐

中午時分，鬍子蓬亂的珀斯，繫著一條粗硬的鯊魚皮圍裙，站在熔爐和鐵砧之間。鐵砧放在一塊硬木上面，他一隻手握著一個矛尖放在炭火裡燒，另一隻手拉著熔爐的風箱。這時，船長亞哈走了過來，手裡拿著一個鏽跡斑斑的小皮袋子。離熔爐還有一小段距離的時候，鬱鬱寡歡的亞哈停下腳步，一直等到珀斯從火裡抽出鐵矛尖，開始放在鐵砧上捶打——通紅的矛尖迸射出濃密的火星，在空中飛舞，有的濺到了亞哈跟前。

「這就是你的小海燕嗎，珀斯？它們總是飛在你的後面；帶來好兆頭的鳥兒，但也並不是對誰都這樣——看看這裡，都給它們燒壞了；但是你——你活在它們中間，卻沒有燒焦。」

「因為我全身都燒焦了，亞哈船長，」珀斯回答道，暫時停下了手中的錘子，「我早已經過了燒焦的考驗，你要燒出一個疤來，還真不容易呢。」

「好了，好了，別扯了。你畏畏縮縮的聲音聽起來太冷靜了，對自己的不幸也太理智了。我又不是在極樂世界，別人不至於發瘋的不幸，我全都沒有耐心。你應該發瘋才是，鐵匠；說說，為什麼你沒有發瘋？你怎麼能忍受得了，而沒有發瘋呢？是老天爺還在恨你，你才沒有發瘋的嗎？——你在那裡做什麼呢？」

「焊一個舊矛尖，先生，上面盡是裂縫和凹痕。」

「經過這麼一通狠狠的使用，鐵匠，你還能把它修平嗎？」

「我想會的，先生。」

「我想你能把任何裂縫和凹痕都弄平，不管那鐵有多硬，是吧，鐵匠？」

「沒錯，先生，我覺得我能，所有的裂縫和凹痕，除了一個例外。」

「那你看看這裡，」亞哈叫道，激動地走向前來，雙手搭在珀斯的肩膀上，「你看看這裡——這裡——你能把這樣一條裂縫弄平嗎，鐵匠？」他用一隻手朝自己皺紋累累的前額一抹，「如果你能做到，鐵匠，我會開心地把腦袋擱在你的鐵砧上，讓我的兩眼之間好好嘗嘗你錘子的猛打。回答我！你能把這條裂縫弄平嗎？」

「啊！就是這個例外，先生！我不是說過，除了一個例外，我能對付所有的裂縫和凹痕嗎？」

「沒錯，鐵匠，就是這個；沒錯，老兄，它是沒法弄平的；因為你只看到它長在我的皮肉上，實際上它已經深入我的頭蓋骨裡邊了——所有的皺紋都是這樣！但是，說正經的，今天別再修理魚槍長矛了。你看看這裡！」亞哈把皮袋子搖得叮噹響，彷彿裡面裝滿了金幣。「我也要做一根標槍，一千個魔鬼也弄不斷的標槍，珀斯。它要像鯨魚自己的鰭骨一般扎在鯨魚身上。這是材料，」他把袋子拋在鐵砧上，「你看，鐵匠，這些是收集來的賽馬鐵掌上的釘頭。」

「馬掌上的釘頭，先生？嘿，亞哈船長，你有了我們鐵匠不曾使過的最好最結實的材料。」

「我知道，老頭，這些釘頭會像謀殺犯的骨頭熔成的膠一樣焊在一起。快點！給我鍛造標槍吧。先給我打十二根鐵條，然後弄彎，絞扭在一起，把這十二根鐵條捶成一個標槍頭，就像有十二股繩的捕鯨索那樣。快點！我來拉風箱。」

十二根鐵條終於打出來之後，亞哈一根一根地試過，親手把它們繞在一個又長又重的鐵螺栓上。「這根有裂縫！」最後一根被挑了出來，「把這根重新打一下，珀斯。」

重新打好之後，珀斯正準備把十二根鐵條鍛打成一根時，亞哈止住了他的手，說他要親自鍛打自己的標槍。於是，亞哈便有規律地一哼一喘地在鐵砧上錘打起來。珀斯則把灼熱的鐵條一根根地遞給他，被風箱勁吹的熔爐直射出猛烈的火焰。這時，那個拜火教徒悄悄走過來，俯首朝向爐火，看來不是對這項苦工發出詛咒便是在祝福。但是，當亞哈抬頭看時，他便溜到了一邊。

「那邊那蓬閃閃爍爍的火星是怎麼回事？」史塔布咕噥著，從船頭樓那裡望過來，「那拜火教徒聞見火就成了引信，他自己的氣味就像一個灼熱的滑膛槍火藥池。」

最後，把已經打成一整根的槍頭，再送去回一次火。當珀斯把它嗤的一聲投進旁邊的水桶裡去淬火時，滾燙的蒸汽噴到了正俯身察看的亞哈臉上。

「你是想給我打上烙印啊，珀斯？」他痛得臉上一陣抽搐，「我這是自己在給自己打烙鐵啊？」

「上帝保佑，不是那樣的，不過我還是有點害怕，亞哈船長。這根標槍是不是為了對付白鯨的？」

「是為了對付那白魔鬼的！但是現在要對付的是倒鉤，你得自己打了，老兄。這是我的幾把剃刀——最好的鋼；嘿，要把倒鉤打得像冰海裡的冰凌一樣鋒利。」

老鐵匠瞧了一會兒這些剃刀，好像是不樂意用似的。

「拿去吧，老兄，我不需要它們了，我現在既不刮鬍子，也不吃晚飯，也不禱告，等到——可是，嘿——幹活吧！」

珀斯終於把那些刀片打成箭頭形狀，又焊在槍頭上，不一會兒，那標槍一頭就變得十分鋒利了。鐵匠正要最後給這些倒鉤淬一次火，他叫亞哈把水桶拿到旁邊來。

「不，不——用水不行，我要它經受真正的死亡淬火。喂，聽著！塔什特戈、魁魁格、達戈！你們說呢，異教徒們！你們願意給我點血，把這倒鉤淬淬嗎？」他高高地舉起標槍頭來。一串黑影點頭表示同意。三個異教徒的身上便分別被戳了三個小眼，這對付白鯨的倒鉤就此淬火完畢。

「我不是奉天父之名，而是奉魔鬼之名為你洗禮！」當那惡毒灼熱的倒鉤吸乾洗禮的血時，亞哈

神志失常地嚎叫道。

現在，亞哈從艙下收集起來的備用槍桿中，選出一根還帶著樹皮的山核桃木桿，把它安進標槍頭的套接口裡。然後解開一卷新的捕鯨索，放出十幾英尺來，拉到絞盤上，繃得緊緊的。他把腳踩在繩索上，直到繩索像豎琴的琴弦一樣發出嗡鳴聲，才急切地俯身察看，看到繩股沒有散開，便高叫道：

「好了！現在可以纏起來了。」

於是，把繩索一頭拆散，把分開來的繩股像編辮子一樣纏繞在標槍頭的套接口處，然後把槍桿結結實實地插緊，再從槍桿下端把繩索一直向上交叉纏繞到槍桿中部，牢牢捆住。這樣一來，槍桿、槍頭和繩索——就像命運三女神一樣——不可分割了，亞哈悶悶不樂地拄著這把武器大步走開。他的假腿發出的聲音，和山核桃木槍桿發出的聲音，空洞地沿著每一塊船板迴響著。可是，在走進他的船長室之前，傳來了一陣輕輕的、不自然的、半開玩笑的、卻又極其哀怨的聲音。啊，皮普！你這可憐的笑聲，你這無所事事卻不得安寧的眼睛，你所有奇怪的默劇動作，可不是毫無意義地與這艘陰沉大船的黑色悲劇混在一起，並且嘲弄著它！

# 第一一四章 鍍金工

「皮廓號」愈來愈深地駛進日本海的巡遊漁場，船上不久就忙亂起來。在溫和宜人的天氣裡，水手們經常在小艇裡一忙就是十二、十五、十八，甚至二十個小時。他們有條不紊地猛划，或揚帆行駛，或是跟在鯨魚後面慢慢地划，或者中間歇上六、七十分鐘，安靜地等待牠們浮上水面，儘管他們費盡辛苦，成功的次數卻不多。

在這樣的時刻，在暖和的陽光下，整天漂浮在輕輕泛著微波的海面上，坐在輕盈如樺樹獨木舟一樣的小艇裡，與微波蕩漾的節奏親切地融合在一起，他們就像壁爐邊的貓，靠在舷牆上，發出滿足的呼嚕呼嚕聲。這是夢幻般寧靜的時辰，海面上一派寧靜燦爛的美景，教人一看就會忘記那下面跳動著的是一顆猛虎的心，也不願意想起，那無情的利爪就隱藏在這天鵝絨般柔軟的肉掌之中。

在這樣的時刻，捕鯨艇裡的漂泊者會溫柔地對大海產生一種對待陸地般的孝順與信任的感情，他把大海當成鮮花盛開的陸地。遠方那艘露出桅頂的船隻，奮力向前，彷彿不是在穿過高高翻捲的海浪，而是穿過深草起伏的大草原。宛如西部移民的馬匹，只露出豎著的耳朵，而牠們隱藏的身軀正跋涉在遼闊奇異的碧綠之中。

那些人跡未至的漫長溪谷，那些柔和蒼翠的山坡，只有嗡嗚聲悄悄打破籠罩一切的寂靜；你幾乎會認定，那是一群玩累了的孩子，在快樂的五月天，採完了林中的野花，躺在這肅穆的仙境，呼呼大睡。這一切和你最為神祕的心境交融在一起，以至於真實和幻想中途相遇，互相滲透，形成一個天衣無縫的整體。

這些令人慰藉的景色，無論多麼短暫，至少也曾對亞哈發生短暫的影響。但是，如果這些祕密的金鑰匙確實在他心裡打開了一個祕密金庫，他的呼吸還是使它們最終失去了光澤。

「啊，綠草如茵的林中空地！啊，靈魂中永遠四季如春的風景——儘管塵世生活的苦旱早已讓你們焦乾，人類卻依然可以在你們身上打滾，就像小馬駒在清晨的三葉草中打滾一般；在某些稀有的倏忽而逝的瞬間，還能感受到他們身上那永恆生命的清涼露滴。但願上帝能讓這些幸福的寧靜永遠持續下去。但是，生命之線縱橫交織，混雜在一起：寧靜被風暴打破，風暴又總是會帶來寧靜。在這樣的生活中，沒有不可回溯的不變旅程；我們並不是循著固定的階梯前進，走到最後就一勞永逸地停下——幼年時無意識的沉迷，少年時輕率的信念，成年時的疑惑（普遍的命數），然後是懷疑一切，然後是一無所信，最後安於人類沉思默想的『如果』之中。但是一旦經歷過這一切，我們又會按原路重來；又是幼年、少年、成人和永恆的『如果』。我們不再需要解纜起錨的最後的港灣在哪裡？這世界要在怎樣令人著迷的氣氛中航行，才能使厭倦至極的人永不厭倦？這棄兒的父親躲藏在哪裡？我們的靈魂就像孤兒，他們未婚的母親在生下他們的時候就死掉了：我們父親的祕密埋葬在她們的墳墓中，我們必須到了那裡才能知道真相。」

就在那一天，史塔布從他小艇的舷邊，向下遠遠地凝視著同樣金黃色的大海，低聲喃喃道：

「可愛又深不可測，就像年輕新娘眼中的戀人一樣！——別和我說你那些牙齒層疊的鯊魚，和你綁架誘拐的凶殘方式。讓信念取代事實，讓幻想取代記憶；看見那深處，我就信了。」

於是，史塔布像魚一樣，帶著閃光的鱗片，在那同樣的金色光芒中一躍而起：

「我是史塔布，史塔布有自己的來歷；但在這裡，史塔布發誓，他一直都很快活！」

## 第一一五章 「皮廓號」遇見「單身漢號」

亞哈的標槍打造好之後的幾個星期，順風而來的景色和聲音可真是足夠歡快的。

那是一艘叫做「單身漢號」的南塔克特船，它剛剛把最後一桶油塞進船艙，把它就要爆開的艙口蓋上閂好；現在，正穿著華麗的假日盛裝，興高采烈，又極度虛榮地，趕在船頭對準家鄉的方向之前，在漁場之中遠遠分散的船隻中間繞上一圈。

它桅頂上的三個人，帽子上都垂著細長的紅飄帶；船尾，底朝上懸掛著一艘捕鯨艇；船首斜桅上牢牢吊著他們最近宰殺的一頭大鯨長長的下巴骨。四面八方的索具上飄揚著各種顏色的信號旗、表示國別的船旗和船首旗。三個籃狀桅樓，兩側都分別橫捆著兩桶鯨腦油；鯨腦油桶上方，中桅桅頂的橫杆上，你能看見也捆著裝有同樣珍貴液體的細長小桶；在船的主桅桅頂則釘著一盞黃銅燈。

到後來才知道，「單身漢號」遇見了極其意外的收穫；更為奇怪的是，很多其他的船在同樣的海域巡航了數月卻一無所獲。但是，「單身漢號」不僅把裝牛肉和麵包的桶都騰給貴重得多的鯨腦油，還從遇見的船隻那裡換來許多木桶作為補充。這些木桶都被存放在甲板上，船長室和幾位大副的艙室裡也堆滿了桶。甚至船長室的桌子也被劈成了引火柴，一只大油桶被牢牢捆在船長室的地中央，大家就亂糟糟地把寬大的桶頂當作餐桌就餐。在船頭樓裡，水手們竟然把自己箱子的縫隙用麻絮和瀝青填死，裝滿了油；滑稽的是，廚師給他最大的鍋爐蓋上蓋子，用來裝油了；服務員把他備用的咖啡壺堵上，也裝了油；標槍手們把槍頭去掉，在套接口裡裝了油；實際上，不管是什麼東西，都被裝上了鯨腦油，除了船長馬褲的口袋，他是專門留下來插手用的，以顯示他心滿意足洋洋自得的氣派。

當這艘喜氣洋洋交了好運的船駛近鬱鬱寡歡的「皮廓號」時，從它的船頭樓上傳來幾面大鼓粗獷豪邁的鼓聲；隨著船愈靠愈近，只見一群水手正圍在巨大的煉油鍋周圍，煉油鍋上覆蓋著羊皮紙一樣的黑鯨魚鰾或者是肚皮，攥著拳頭一敲，就發出陣陣響亮的轟鳴聲。後甲板上，大副們和標槍手們正在和從玻里尼西亞群島隨他們私奔出來的橄欖色皮膚的女孩們跳舞；在前桅和主桅之間的高處，牢牢地懸掛著一艘裝飾一新的小艇，上面有三個長島黑人，拿著用鯨骨做成的閃光的提琴弓，正在主持這場歡鬧的舞會。與此同時，船上其他人在亂哄哄的磚石煉油間旁忙碌著，巨大的煉油鍋已經搬走。他們把此刻沒用的磚頭和灰泥拋到海裡，發出狂野的歡呼聲，你幾乎會以為他們是在摧毀那該死的巴士底監獄。

船長筆直地站在高出一塊的後甲板上，主宰和支配著整個現場，這樣一來，整個歡慶的戲劇場面便盡顯眼底，似乎僅僅是為他個人消遣而設計的。

而亞哈，他也站在自己的後甲板上，鬚髮蓬亂，滿身髒汙，帶著一副固執而陰鬱的表情。當兩船彼此擦尾而過時——一個在為過去而歡呼慶祝，一個在為未來而心神不安——它們的兩位船長便各自體現了兩種截然不同的景象。

「上船來，上船來！」放蕩不羈的「單身漢號」船長叫道，高舉著一只酒杯和一瓶酒。

「見過白鯨嗎？」亞哈用牙縫裡擠出來的聲音回答。

「沒有，只聽說過牠，但我根本就不信，」另一個船長愉快地說，「上船來！」

「你們也他媽太快活了。繼續開吧。可曾損失了人手？」

「不值一提——總共就兩個島人；——還是上船來吧，老朋友，來吧。我馬上就能驅散你眉頭上的陰雲。來吧，好不好（高高興興地玩玩）；我們可是滿載而歸啊。」

「這傻瓜可真是異乎尋常地親熱啊！」亞哈咕噥著，然後提高聲音說道，「你說你們是滿載而歸，好吧，那就當我是一艘空船吧，正往外奔呢。所以，還是你走你的，我走我的。往前開！張開所有的帆，搶風行駛！」

於是，當一艘船歡天喜地乘風而去，另一艘則固執地頂風前進。兩艘船就這樣各奔前程。「皮廓號」的水手們表情暗淡，戀戀不捨地望著漸行漸遠的「單身漢號」，但「單身漢號」上的人則沉浸在生氣勃勃的狂歡中，根本沒有注意到他們眼中的神色。亞哈這時斜靠在船尾欄杆上，目送著那艘歸航的船，從口袋裡掏出一小瓶沙子，然後望望那艘船，又將目光移到手中的小瓶子上面，似乎這樣就把兩件毫不相關的東西給牽在一起，因為那瓶子裡裝著的正是南塔克特海底的沙子。

## 第一一六章

# 垂死的鯨

在我們這種生活中，往往會有這樣的情況，儘管剛剛還垂頭喪氣一籌莫展，卻有命運眷顧的船隻從身旁擦過，帶來一股疾風，也讓我們借上點力，我們便開心地覺得自己鬆弛的船帆鼓了起來。「皮廓號」的情況似乎就是如此。因為在與歡天喜地的「單身漢號」相遇的第二天，我們就發現鯨魚，而且捕殺了四頭，有一頭還是亞哈親手打到的。

時辰已近黃昏，血光四濺的戰鬥已經結束。船兒漂浮在滿天餘暉的美麗大海上，太陽和鯨魚都已經一起悄悄地死去。這時，一種甜蜜而哀怨的氣氛，一種如同圍滿花圈一般的祈禱，繚繞著升上玫瑰色的空中，幾乎好像是從遙遠的馬尼拉群島上修道院一般翠綠幽深的峽谷中，吹來一陣西班牙的陸風，嬉鬧地推送著一個水手，滿載著這些晚禱的讚美詩，出海去了。

亞哈心中再次得到安慰，但這安慰只是讓他心中的陰鬱更加深沉，他把小艇倒划著離開了那頭鯨，坐在已經安靜下來的小艇上，專注地觀察著鯨魚最後的掙扎。因為在所有垂死的抹香鯨身上都能觀察到那種奇異現象——牠們把頭轉向太陽的方向，然後慢慢地噴氣——在如此寧靜的黃昏，目睹那種奇異的現象，不知怎的，給亞哈帶來了一種前所未有的驚異之感。

「牠轉啊轉的，把自己轉向太陽——多麼緩慢，又是多麼堅定，牠那種表示崇敬和祈求的神情，還有牠最後垂死時的動作。牠也崇拜火，牠是太陽最忠誠、最坦率、最有氣派的臣民！——啊，那福緣深厚的眼睛理應看到福緣深厚的景象。看！這裡，四面環水的遙遠所在，擺脫了人類所有禍福的嗡營之聲，在這最為公正不偏不倚的海洋中，沒有岩石作為碑匾來書寫傳奇，在和中國朝代一樣久遠的時間中，這裡的巨浪依然默默無言地翻騰不息，就像群星照耀在尼日河不為人知的源頭。在這裡，生命朝向太陽的方向死去，滿懷信念；但是你看！剛剛死去，死神就在屍體周圍盤旋，將它的頭轉到其他方向。

「啊，你這喪失了一半本性的暗黑印度神，你用淹死者的骸骨，在這光禿禿的大海中央建造了你單獨的寶座；你是一個異教徒，你這女王，你用大肆屠殺的颱風和事後風平浪靜沉寂無聲的葬禮，實實在在地告訴了我。你的這頭大鯨將牠垂死的頭朝向太陽，然後又轉過頭去，這對我未嘗不是一個教訓。

「啊，箍了三道又焊得牢牢的有力的髖部！啊，高聳如虹的噴水！——那一個在竭力掙扎，這一個在徒勞地噴水！徒勞，啊大鯨，你是在向那生機勃勃的太陽求助，它只能喚起生命，卻無法再次賦予生命。然而你，你那更加晦暗難解的一半，用一種更加難解也更加自豪的信念震撼了我。你那難以形容的混雜的一切漂浮在我的腳下；我仰賴那曾經活著的東西的呼吸而浮在水上，牠們過去呼的是空氣，現在呼的是水了。

「那麼致敬吧，永遠地向大海致敬吧，在你永恆的顛簸中，這隻野鳥找到了唯一的棲身之所。生於大地，卻被大海所哺育；雖然山崗和峽谷生了我，你的巨浪卻是我的同胞弟兄！」

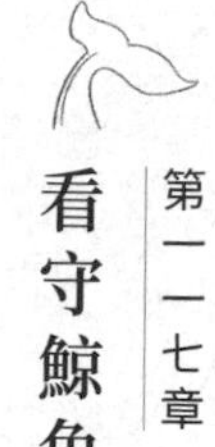

# 第一一七章　看守鯨魚

那天傍晚捕殺的四頭鯨魚死的地方相距很遠；一個是在很遠的迎風處；一個在背風處，稍近些；一個在船前方；一個在船後方。後面三頭鯨在天黑之前就拖到了船邊，但是迎風的那頭要到早上才能去取；那艘捕殺牠的小艇整晚就停在牠旁邊，就是亞哈的小艇。

信號旗杆垂直插在死鯨的噴水孔裡，頂端懸掛著一盞燈籠，將一縷閃爍不安的燈光投在黑色光滑的鯨背上，也遠遠地投射在午夜的波浪上，海浪輕輕地摩擦著鯨魚寬大的身側，像是輕柔的湧浪沖刷著海灘。

亞哈和他小艇的水手們似乎都已睡熟，只有那個拜火教徒蜷縮在艇首，在守望著鯊魚幽靈般地在死鯨周圍嬉戲，用尾巴輕輕拍打著小艇薄薄的雪松船板。一個聲音顫抖著穿過空氣，彷彿是蛾摩拉那些罪無可恕的鬼魂的呻吟掠過死海。

亞哈從沉睡中驚起，與那拜火教徒面面相覷，在陰沉夜色的嚴密籠罩下，他們就像是大洪水過後世界上最後剩下的人。「我又夢到它了。」他說。

「夢見靈車嗎？我不是說過嗎，老頭子，無論是靈車還是棺材，都和你沒關係嗎？」

「死在海上的人哪裡會有靈車呢？」

「可是我說過，老頭子，在這次航行中，你死之前一定能在海上真真正正地看見兩部靈車，第一部不是出自凡人之手，另一部一定是用看得見的美國木料造的。」

「是啊，是啊！那可是一個奇觀，師傅，一部紫羽毛的靈車隨波逐流，碧浪做抬棺人。哈！這樣

的景象我們可不是很快就能看到的。」

「無論你信不信，你不看到它是不會死的，老頭子。」

「那你自己又怎麼樣呢？」

「雖然最後都是一個樣，但我還是會走在你前頭，做你的引航員。」

「既然你要先走——果真如此的話——那麼在我跟你走之前，你一定還會出現，還會給我引航？——不是這樣嗎？那好，就算我相信你的話，我的引航員啊！我這裡也還要發兩個誓，我早晚要宰了莫比・迪克，要牠比我先死。」

「再發一個誓，老頭子，」拜火教徒說，他的雙眼像螢火蟲一樣在黑暗中閃亮起來——「只有麻繩才能殺死你。」

「你指的是絞刑架吧——那麼我就是不死的了，在陸地，在海上，都是不死的了，」亞哈叫道，發出一陣嘲弄的笑聲，「在陸地，在海上，都是不死的了！」

兩個人又都沉默下去，像是變成了一個人。灰色的黎明降臨，沉睡的水手從艇底起身了，不到中午，就把大鯨拖到了大船邊。

## 第一一八章 象限儀

赤道季節終於臨近了；亞哈每天從他的船長室出來，都把目光投向高處，警覺的舵手便炫耀一般地操作他的舵柄，焦急的水手們便迅速奔到轉帆索跟前，站在那裡全神貫注地盯著那枚釘上的古金幣，不耐煩地等待把船首對準赤道的命令。命令終於及時下達。時已近午；亞哈坐在他高高吊起的小艇艇首，正打算對太陽做每天的例行觀察，以確定自己的緯度。

現在，在日本海上，夏季的白晝就像洪水一樣燦爛炫目。那一眨不眨的生機勃勃的太陽似乎就是這玻璃般大洋的巨大凸透鏡燃燒的焦點。天空像是塗了漆一般；一絲雲彩都沒有；地平線在漂浮；這赤裸裸躲無可躲的光輝就像是上帝寶座那難以忍受的光華。好在亞哈的象限儀上裝有彩色鏡片，透過它可以觀看太陽的烈火。於是，亞哈隨著船身的顛簸而搖搖晃晃地坐在那裡，把他那觀察星象的儀器放在眼睛上，以那種姿勢保持了好一陣子，以便捕捉住太陽達到子午線的那個精確瞬間。他全神貫注地投入其中，與此同時，那位拜火教徒正跪在他下面的大船甲板上，像亞哈那樣仰面朝天，注視著同一個太陽；只不過他半閉著眼瞼，遮住他的眼球，狂熱的臉上收斂起平素那種世俗的激情。亞哈終於做完了想要的觀察，用鉛筆在自己的鯨骨假腿上很快就計算出了，在那個確切的瞬間他正處於什麼緯度。然後他沉思片刻，再次抬頭注視著太陽，喃喃自語道：「你這海上的標誌！你這高高在上強大的引航員！你真實地告訴我我置身何處——可是你能不能給我至少一丁點暗示，告訴我我將去往何處？或者你能不能告訴我，除了我，此刻在那裡還有什麼別的東西活著？莫比．迪克在哪裡？這個時刻你一定在注視著牠。我此刻望著的眼睛甚至現在就在注視著牠；沒錯，太陽，你這隻眼睛此刻甚至也同樣在注視著你那一邊的陌生的東西！」

然後，他凝視著自己的象限儀，一個又一個地擺弄著它那許多神祕的零件，再度陷入沉思，並喃喃道：「愚蠢的玩具！傲慢自大的海軍大將、艦隊司令和船長們手中的小娃娃玩具；全世界都在吹噓你的巧妙和威力；但是你究竟有何本領，不過是能說出你自己和拿著你的人碰巧在這個遼闊星球上某個可憐的地點而已。不，此外再也沒有一點用處！你連一滴水或一粒沙明天中午會在哪裡都說不出；然而，你卻以你的無能來侮辱太陽！科學！我詛咒你，你這沒用的玩具；讓所有使人仰望天空的東西都見鬼去吧，天上那生機勃勃的光芒只會把他灼傷，太陽，就像我這雙老眼現在就被你的光芒灼傷一樣！人類的視線天生就是與這片大地的地平線齊平的，而不是從腦袋頂上射出去，彷彿上帝故意要讓人凝視他的蒼穹一般。詛咒你，你這象限儀！」他把象限儀猛擲在甲板上，「我不再憑藉你來指引我塵世的路途了；船上的水準羅盤，以測程儀和航線為根據的水準船位推測法，這些將會引導我，向我顯示我在海上的位置。」他從小艇下到大船甲板，「所以我要踐踏你，你這無力指向高處的毫無價值的東西；我要把你踩碎，毀了你！」

當這發狂的老人邊說邊用他那好壞兩隻腳輪流踩踏的時候，從那一聲不響、一動不動的拜火教徒臉上掠過的神色，似乎既有對亞哈勝利的嘲笑，又有對自己致命的絕望。趁著沒人注意，他起身溜走了；這時，對船長的神態敬畏不已的水手們，都擠在船頭樓裡，直到亞哈煩躁地在甲板上踱來踱去，大叫著發令——「都到轉帆索那裡去！轉舵迎風！——直航！」

立刻，帆桁都轉了過來，船身傾斜著轉了半圈，它的三根牢固而優雅的桅杆筆直豎立在以肋材加固的長長船身上，就像賀拉斯三兄弟騎在一匹堪當此任的駿馬上急轉一般。

史塔巴克站在船首斜桅的支撐杆之間，看著「皮廓號」那狂暴的樣子，也看著同樣狂暴的亞哈在甲板上東倒西歪地走著。

「我曾經坐在塞滿煤炭的爐火前，觀察它燒得通紅，它備受折磨的燃燒的生命；我也曾看著它最後微弱下去，愈來愈小，直到最後變成喑啞的灰燼。海上老人！你這整個熾熱的生命，到最後會剩下什麼，不過是一小撮灰燼罷了！」

「是的，」史塔布叫道，「不過是海煤灰——要注意，史塔巴克先生——是海煤，不是你那普通的木炭。好了，好了，我聽到亞哈在嘟囔，『有人把這些牌塞到我這雙老手裡來了，還發誓得讓我打這些牌，別人都不行。』我發誓，亞哈，你做得對；為賭博而生，就為賭博而死吧！」

## 第一一九章
## 蠟燭

最溫暖的氣候卻孕育了最殘忍的利爪：孟加拉的老虎蹲伏在四季常青的香料樹叢。最燦爛的天空卻蘊藏著最致命的雷霆：光輝的古巴面對著馴服的北國從未颳過的龍捲風。這些日本海域也是如此，水手在這裡要遭遇到所有風暴中最為可怕的颱風。它有時從無雲的天空中迸發而來，就像一顆炸彈落在迷惑不解睡意沉沉的城鎮上。

那天接近傍晚的時候，「皮廓號」被一股迎頭而來的颱風襲擊，所有船帆被撕個精光，只剩下光禿禿的桅杆還在與狂風搏鬥。黑暗降臨，天空和大海咆哮著，被雷霆劈裂，電光閃閃，只見那些失去作用的桅杆上到處撲閃著碎布，那是大風暴最初發作時留作以後玩耍的東西。

史塔巴克抓著一根橫桅索，站在後甲板上，每當閃電劃過，便向上面望去，要看看還會有什麼災難降臨到那些糾結的索具上；與此同時，史塔布和弗拉斯克則指揮著水手，把所有小艇都吊得更高，綁得更牢固一些。但是，他們所有的辛苦似乎都白費了。儘管幾艘小艇都用吊車吊到了最高處，亞哈的那艘頂風的小艇卻沒能倖免。一陣大浪高高地捲起，撲上了搖搖擺擺的大船那高高翹起的船側，撞破了大船尾部的小艇艇底，又把破艇留在那裡，像篩子一樣到處漏水。

「糟糕，糟糕！史塔巴克先生，」史塔布說道，望著小艇的殘骸，「不過，大海有它自己的方式。史塔布反正是對付不了的。你瞧，史塔巴克先生，一頭浪在躍起之前有那麼漫長的助跑，它跑過了全世界，然後才一躍而起！可是至於我，我不得不面對它，我全部的助跑僅僅是穿過這裡的甲板。可是不要在意，這都是開玩笑，那首老歌就是這樣唱的——」（他唱道）

啊！大風真快活，
鯨魚是個丑角兒，
牠把尾巴這麼一揮，——
大海就是這麼個滑稽、放蕩、好勝、俏皮、詼諧、愛鬧的傢伙。

浪花四面飛濺，
那只是它在拌香料，
它的香啤酒在冒沫，——
大海就是這麼個滑稽、放蕩、好勝、俏皮、詼諧、愛鬧的傢伙。

雷霆劈裂了船隻，
它只是咂咂嘴巴，
嘗嘗這香啤酒，——
大海就是這麼個滑稽、放蕩、好勝、俏皮、詼諧、愛鬧的傢伙。

「住嘴，史塔布，」史塔巴克叫道，「讓颱風自己唱吧，讓它用我們的索具彈豎琴；你要是個勇敢的漢子，你就會保持安靜。」

「但我不是個勇敢的漢子，我從來沒有說過我是個勇敢的人，我是個懦夫，我唱歌是為了激勵自己。我告訴你，史塔巴克先生，沒有辦法讓我在這個世界上不唱，除非是割斷我的喉嚨。而且，即便那樣，十有八九我也會為你唱首讚美詩作為收場。」

「瘋子！如果你自己沒有眼睛，那就用我的眼睛看吧。」

「什麼！夜這麼黑，你怎麼就能比別人看得清楚呢，別管這問題有多蠢？」

「看！」史塔巴克叫道，抓住史塔布的肩膀，把手指向迎風的船首，「你沒有注意到大風是從東邊來的，那不正是亞哈追蹤莫比．迪克的航線嗎？那不正是他今天中午轉過去的航線嗎？現在你注意一下他的小艇；那破洞在什麼地方？在艇尾座那裡，夥計，他習慣站的地方——他的立腳處給破壞了，夥計！所以，如果你要唱，你就跳到海裡去，隨便唱吧！」

「我對你的話一點都不懂，要出什麼事了嗎？」

「是的，是的，繞過好望角是回南塔克特的捷徑，」史塔巴克沒有理會史塔布的問話，突然自言自語起來，「現在捶打我們的大風是想把我們毀滅啊，我們可以把它變成順風，送我們回家。那邊，迎風處，一片漆黑陰慘的厄運；可是背風處，回家的方向——我看見那裡亮了，但不是閃電照亮的。」

就在這時，在一陣閃電之後的漆黑一團中，他的身邊響起一個聲音；幾乎與此同時，一串響雷從頭上隆隆滾過。

「誰在那裡？」

「老雷公！」亞哈說，沿著舷牆摸索著，要走到他插假腿的旋孔那裡，但是，突然亮起的肘彎狀的火光，正好讓他把路看得一清二楚。

原來，就和陸地建築的尖頂都安裝避雷針，把危險的電流引到地裡去一樣；在海上，有些船隻在每個桅杆上也裝有類似的避雷針，好把電流引到海裡去。但是，這種避雷針必須伸到水下相當深的地方，以防它的末端接觸到船殼，而且，如果一直這樣拖曳著行進，除了很可能會和索具纏在一起，或多或少妨礙船隻前進，還有可能引發很多的災禍。由於這些原因，船上避雷針的底端並不是始終插在水裡的，而是通常做成長長的細鏈條，這樣更方便搭在錨鍊上收起來，或是根據情況需要拋在海裡。

「避雷針！避雷針！」史塔巴克看到剛才像飛擲而出的大燭臺一般的閃電，把亞哈的去路照得通亮，便突然向水手們發出喊叫，告誡他們要當心。「它們都插在水裡了嗎？把它們都丟下去，船前船後都丟下去，趕快！」

「等一下！」亞哈叫道，「我們來個公平遊戲，儘管我們是弱勢的一方。我還要做點貢獻，把這些避雷針都安到喜馬拉雅和安地斯山上，那樣全世界就都安全了；我們可不要這種特權！隨它去，夥計。」

「看上面！」史塔巴克叫道，「桅頂電光！桅頂電光！」

所有的桁端都閃爍著一朵蒼白的火焰，每一根避雷針頂端的三叉尖上都附著三支纖細的白焰，三根高高的桅杆都在那散發硫黃氣味的空氣中靜靜地燃燒著，就像祭壇前三支巨燭的燭心。

「該死的小艇！把它放開！」史塔布叫了起來，這時，一陣浪頭在他自己的小艇下面湧起，他正在綁繩子，小艇船舷猛地將他的手狠狠擠住。「該死！」——他在甲板上往後一滑，抬頭正好看見了桅頂上的火焰，立時換了一副聲調叫道——「電光可憐可憐我們大家吧！」

對於水手來說，咒罵是家常便飯；他們在風平浪靜昏昏欲睡時要咒罵，在暴風雨的利齒間要咒罵；他們在沸騰的大海上踩蹺蹺板一樣搖晃得最厲害的時候，會在上桅帆桁臂上咒罵；但是，在我經歷過的所有航行中，當上帝燃燒的手指已經按在船上的時候，我很少聽到他們會像通常那樣咒罵；在那時，上帝所寫的「彌尼，彌尼，提客勒，烏法珥新」[1]已經交織在護帆索和索具中間。

當這種蒼白的火焰在桅頂高處燃燒之時，著魔一般的水手很少有人說話，他們密集地擁擠在一起，站在船頭樓上，他們的眼睛在那灰色的磷光中全都熠熠閃爍，就像一群遙遠的星星。烏黑巨大的黑人達戈，在幽靈般光焰的映襯下，彷彿比自己原來大了三倍，雷霆好像就是從他這團烏雲中發出

的。張著嘴的塔什特戈露出鯊魚一樣的白牙，牙齒在奇怪地閃光，好像它們也燃燒著電光。在這股不可思議的電光照耀下，魁魁格的文身就像魔鬼的藍火一般在他身上燃燒。

這個畫面終於隨著桅頂上蒼白的火焰一同消逝了；「皮廓號」和它甲板上的每一個靈魂又再次被籠罩在夜幕之下。隔了一小會兒，史塔巴克向船首走去，撞上了一個什麼人。原來是史塔布。「你在想什麼呢，老兄，我聽到你在哭，那聲音可和你唱歌不同。」

「不，不，那不是哭聲；我是說電光可憐可憐我們大家；我至今還在盼望它們能發發慈悲。但是，難道它們只會可憐拉著長臉的人嗎？——對面帶笑容的人就毫無同情心嗎？你看，史塔巴克先生——但是，天黑得看不見了。那就聽我說吧；我把我們看見的那桅頂火焰當作好運的標誌；因為那些桅杆直插在艙底，那船艙將來是要塞滿鯨腦油的，你可知道。所以說，所有的鯨腦油都會浸到桅杆裡，就像樹幹裡的樹液。沒錯，我們的三根桅杆到時就會像三支鯨腦油蠟燭——那就是我們看見的好兆頭。」

在那一刻，史塔巴克看見史塔布的臉慢慢開始閃光，可以看得清了。他向上望了一眼，叫道：「看！看！」桅頂上尖細的火苗再次出現，那種蒼白似乎更加重了它們的神祕感。

「電光可憐可憐我們大家吧。」史塔布再次叫嚷道。

在主桅底座上，在那枚古金幣和火焰的正下方，那個拜火教徒正跪在亞哈面前，勾著頭，避開亞哈的臉。在他附近，在高掛著的彎成拱狀的索具跟前，一些水手剛才在忙著捆牢一根帆桁，他們被閃光吸引住了，現在聚在一起，手搭在懸垂的索具上，像一群麻木的黃蜂黏在無力下垂著的果樹枝上。他們呈現出各種著魔的姿態，就像是赫庫蘭尼姆古城發掘出來的骷髏，或站，或行，或奔，還有一些

1 見《聖經．舊約．但以理書》第五章二十五節，大意為，神已經數算你國的年日到此完畢，你被稱在天平裡，顯出你的虧欠，你的國將分裂。

人則牢牢釘在甲板上，所有人的眼睛都往上望著。

「喂，喂，夥計們！」亞哈叫道，「向上看，好好留意一下，白火焰照亮的只不過是追捕白鯨的航線！把主桅上的那些鏈條遞給我；我要摸摸它的脈搏，讓我的脈搏對著它一起跳動；血對著火！就這樣。」

他隨後轉過身，把鏈條的最後一節緊緊握在左手裡，一隻腳踏在那拜火教徒身上，眼睛定定地直視著上面，右臂高高揮起，筆直地站在那高高的三位一體的三股火焰之前。

「啊！祢這清澈之火的真神，在這些海域，我曾像波斯人那樣把祢崇拜，在行聖餐禮上被祢狠狠燒灼，至今傷疤猶在。我現在懂得了祢，祢這真神，我現在知道了，對祢真正的崇拜便是反抗。無論是愛，還是尊敬，祢都不會心存感激；甚至出於憎恨，祢不惜大肆殺戮，屠光殆盡。如今連無畏的傻瓜也不敢面對祢。我承認祢無以言表、無處不在的力量。但是在我動盪的一生，只要一息尚存，我就會拒絕讓祢無條件地把我完全掌控。在無人格的人中間，這裡還站著一個有個性的人。儘管這最多只是一個特點；我從哪裡來，就還要回到哪裡去；但只要我還活在人世間，那高貴的個性就會在我身上活著，並享有它至高無上的權利。但是，戰爭是痛苦的，憎恨是悲哀的。如果祢以最低的愛的形式出現，我就會跪下來親吻祢，可是，如果祢僅僅以至高無上的超然威力出現，並且出動全副武裝的海軍，這裡的人還是會不為所動。啊，祢這真神，祢用自己的火焰創造了我，要我像一個名副其實的火的孩子，把火吹回給祢。」

（突然，電光連連閃起，那九股火焰筆直向上竄起，比原先高了三倍，亞哈和其他人一樣，閉上了眼睛，用右手緊緊地捂住。）

「我承認祢無以言表、無處不在的力量；難道我沒有這麼說嗎？這不是我硬逼出的話，我現在也不想放下這些鏈條。祢可以讓我瞎掉，但是，我可以在暗中摸索。祢可以把我焚毀，那也不過使我成為一堆灰燼。接受這雙可憐的眼睛和蒙住眼睛的這雙手的敬意吧。我自己可不會接受。閃電穿過我的腦殼，我的眼球痛楚難當；我遭受打擊的腦袋似乎整個被砍了下來，在震動得使人頭暈目眩的地上滾來滾去。啊，啊！儘管蒙住了眼睛，我還是要和祢說話。儘管祢是光，祢從黑暗中躍出；但是我卻是黑暗，從光中躍出，從祢裡面躍出！標槍不再投射了，睜開眼，看見了沒有？火焰在燃燒！啊，祢真是寬宏大量！現在我可為我的家族增光了。但是，祢只不過是我暴躁的父親，我可愛的母親是誰，我不知道。啊，殘酷啊！祢對她做了什麼？這讓我大惑不解，但是祢的困惑比我更大。

「祢不知道自己的來歷，於是祢便自稱是自有的；祢必定不知道自己的開端，於是祢便自稱是永有的。我知道自己的出身，祢卻不知道自己的來歷，啊，祢這全能的神。祢也有自己無法理解的事物，祢這真神，祢的一切永恆不過是時間，祢的一切創造都是無意識的。透過祢燃燒的自我，我燒灼的眼睛模糊地看到了這一點。啊，祢這棄嬰般的火焰，祢這古老的隱士，祢也有自己難以言傳的隱祕，祢也有無人分擔的悲哀。這裡，再次以傲慢的痛苦，我讀懂了我的祖先。跳吧！跳起來，直舔上蒼穹！我和祢一起跳，我和祢一起燃燒，我願意和祢熔合在一起，我既蔑視祢又把祢崇拜！」

「小艇！小艇！」史塔巴克叫道，「快看你的小艇，老頭子！」

亞哈的標槍，珀斯的爐子裡打造出的那支標槍，依然牢牢綁在顯眼的槍架上，從捕鯨艇的艇首伸出來；但是將艇底打破的海浪，打落了鬆弛地套在槍尖上的皮鞘；從鋒利的精鋼倒鉤上平平地發出一股蒼白分叉的火焰。看到這沉默的標槍像蛇信一般燃燒，史塔巴克抓住亞哈的手臂——「上帝，上帝在跟你作對，老頭子；要克制！這次航行真是不吉利！一開始就不吉利，還會繼續不吉利的；趁著還來得及，讓我來調整帆桁，老頭子，讓它乘順風回家去，這比眼下的航行要好。」

偷聽到史塔巴克的話，那些驚慌失措的水手就馬上奔到轉帆索那裡——儘管桅杆上連一面帆都沒有剩下。一時間，驚慌的大副的所有想法似乎也成了他們的想法，他們發出近乎反叛的喧嚷。但是，亞哈把咔嗒咔嗒響的避雷針鏈條擲在甲板上，抓起那把燃燒的標槍，像火炬一樣在水手們中間揮舞著，賭咒發誓說要是誰第一個解開繩頭，就用標槍把誰釘穿在那裡。被他的模樣嚇得目瞪口呆，加之他手中熾熱的標槍也讓人畏縮，人們沮喪地退了回去，於是，亞哈又開口說道：

「你們大家要捕到白鯨的誓言，都跟我的誓言一樣有約束力；我老亞哈的心、靈魂、身體、五臟六腑和生命，全都和它捆在了一起。你們應該知道我這顆心在合著什麼節拍跳動，你們看著，我就是這樣消滅最後的恐懼的！」說著，他一口氣吹滅了槍頭上的火焰。

彷彿置身於橫掃平原的颶風之中，人們趕緊從一棵孤獨的大榆樹附近逃離，正是因為樹身的高大有力，它更容易招致雷擊，成了更加不安全的地方；就是這樣，許多水手聽到亞哈最後這些話，便在沮喪的恐懼之中，從他身邊逃開了。

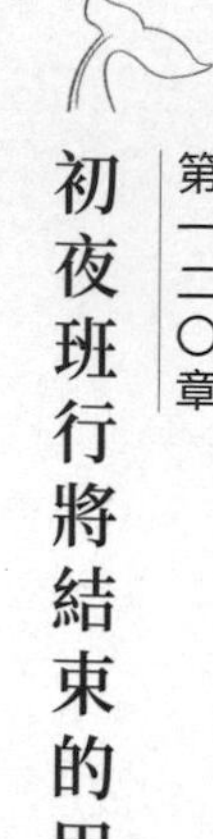

# 第一二〇章 初夜班行將結束的甲板

（亞哈站在舵旁。史塔巴克向他走過去。）

「我們必須卸下主桅中帆的下桁，先生。帶子已經鬆了，背風的吊索也散了一半。我可以把它扯下來嗎，先生？」

「什麼都別去扯，把它捆上。如果我有第三層帆桅杆，我現在就會扯上去。」

「先生！——上帝在上！——先生？」

「嗯。」

「錨鍊都活動了，先生。我可不可以把它們都收上來？」

「什麼都別收，什麼都別動，只要把一切都捆好。起風了，但還沒有吹到我這臺地上來。快，去看一下。——以桅杆和龍骨的名義！他把我當成了沿海小漁船的駝背船長了。要卸下我的主桅中帆的下桁！嚯，一腦子糨糊！最高的桅冠自然能扛得住最猛的大風，而我的這個腦殼桅冠此刻正在亂雲飛沫中航行呢。我要把那個也扯下來？啊，只有膽小鬼才會在風暴最猛烈的時候把自己的腦殼桅冠給卸下來。那上邊呼嚕呼嚕的多猛啊！如果不知道腹絞痛是個吵吵嚷嚷的病，我甚至會把它當成一件莊嚴的事。啊，吃藥吧，吃藥吧！」

# 第一二一章
# 午夜——船頭樓舷牆

（史塔布和弗拉斯克爬上舷牆，給懸掛在那裡的錨重新捆上幾道繩索。）

「不，史塔布；那個繩結你愛怎麼弄都隨你，但你永遠也別想把你剛才說的話弄進我腦子裡。才過了多久，你說的話就完全相反了？你不是說過，無論亞哈駕駛哪艘船，那船就得在保險單上額外再付一筆保險費，就像是船頭載的是一桶桶火藥，船尾載的是一箱箱火柴？停下，馬上，你沒有這麼說過嗎？」

「好吧，就算我說過，又怎麼樣呢？從那時起我的身體已經有所改變，為什麼我的思想就不能改變呢？此外，就算我們船頭載的是一桶桶火藥，船尾載的是一箱箱火柴，在這個浪花四濺把一切都打濕的地方，那該死的火柴怎麼能著得起來呢？嘿，我的小兄弟，你有一頭漂亮的紅頭髮，但你怎麼就不著火呢。振作起來，弗拉斯克，你是寶瓶座，或者是送水人，你的脖領子就可以當水罐灌滿水了。難道你不明白，就是為了這些額外的風險，水運保險公司才有了額外的保證嗎？這裡就有水龍頭，弗拉斯克。但是你再聽好了，我還會回答你另一個問題。你先把你的腿從錨頂上挪開，我好把繩子穿過去；現在聽著。在風暴中握著一根桅杆的避雷針，和在風暴中站在一根根本沒有避雷針的桅杆旁邊，這兩者之間的重大區別何在？你難道不明白，你這木頭腦袋，沒有任何傷害能落到手持避雷針的人身上，除非桅杆先被雷電擊中。那麼，你還在說些什麼呢？裝有避雷針的船還不到百分之一，而亞哈，是的，夥計，還有我們大家，以我的淺見來看，都和此刻航行在海上的成千上萬艘船上的人一樣，都沒有什麼危險。嘿，你這中柱，你呀，我猜你是想讓世界上每一個人都在帽子角上插一根小避雷針走來走去，就像民兵軍官帽子上插的羽毛，並且像綬帶一樣拖在後面。為什麼你就不明白事理呢，弗拉斯克？明白事理並不難，為什麼你就做不到呢？任何人用半隻眼睛就能明白事理。」

「我不知道，史塔布。你有時發現這挺難的。」

「是的，當一個人渾身濕透，要他明白事理很難，這倒是事實。而我就要被這浪花弄濕了。不要在意；捉住彎角，把繩子穿過去。在我看來，我們把這些錨綁得這麼牢靠，好像是要永遠不用了似的。綁好這兩只錨，弗拉斯克，就像是把一個人雙手反綁在身後。而且肯定是一雙慷慨的大手。這是你的鐵拳嗎，嘿？它們握得多緊啊！我很奇怪，弗拉斯克，這個世界是不是在哪裡拋錨了；如果是這樣，那可是用一根不尋常的長纜吊著的。喂，把那個繩結捶下去，我們就完成了。即使比不上著陸，落在甲板上也是最讓人心滿意足的。我說，把我外套下襬擰一擰，好嗎？謝謝了。他們嘲笑上岸穿的衣服，弗拉斯克；但是在我看來，在風暴裡漂著，就應該始終穿燕尾服。兩個後襬那樣窄下去，正好可以把水排走，你明白嗎？捲邊帽也是這樣，翹得像是山形牆的簷槽，弗拉斯克。我再也不穿緊身短上衣和雨衣了；我一定要穿上燕尾服，還要戴上頂高帽子，壓得低低的。就這樣。喂！喲！我的雨衣颳到海裡去了。老天，老天，從天上來的風竟然這麼沒禮貌！這真是個凶險的夜晚，老兄。」

## 第一二二章

# 午夜上空——雷電交加

（主桅中帆下桁。——塔什特戈重新為它捆上幾道繩索。）

「嗯，嗯，嗯。不要再打雷了！這裡的雷也太多了。打雷有什麼用呢？嗯，嗯，嗯。我們不想要打雷；我們要蘭姆酒；給我們一杯蘭姆酒吧。嗯，嗯，嗯！」

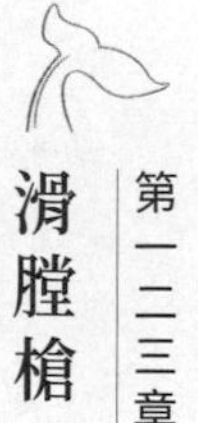

# 第一二三章 滑膛槍

在颱風一陣陣猛烈至極的震動中，操縱「皮廓號」鱷骨舵柄的舵手，屢次被舵柄抽風般地掃倒到甲板上，弄得跌跌撞撞頭暈目眩，儘管舵柄上拴了防護索，但那些繩索都捆得鬆鬆的，因為總要給舵柄留下一些活動餘地。

在這種厲害的狂風中，大船只不過是一只任由狂風拋來拋去的羽毛球，每隔一段時間，看到羅盤裡的指針轉個不停，就沒有什麼可驚奇的了。幾乎隨著每一下震動，舵手就肯定會注意一下指針在羅盤面上的轉速，這種景象，任何人看了都不免產生不同尋常的興奮之感。

午夜後幾個鐘頭，颱風緩和了很多。史塔巴克和史塔布經過一番緊張的忙碌——一個忙船頭，一個忙船尾——終於把船首三角旗、前桅和主桅中帆的那些顫抖的碎片從帆桁上割了下來，讓它們旋轉著漂向下風頭，就像風雨飄搖中飛翔的信天翁，有時羽毛會被風吹落一樣。

三張相應的新帆現在還彎曲地收起著，船尾處向後扯起了一面風暴中用的斜桁帆，於是，大船很快就重新穩定下來，穿過水面。船的航線——目前是東南偏東——再次下達給舵手，如果可行的話，他要把握這個航向。因為在大風肆虐中，他只能根據風勢的漲落來掌舵。但是現在，當他把船盡可能地貼近航線行駛，同時觀察著羅盤的時候，看，一個好兆頭！風似乎繞到船尾去了，沒錯，逆風變成了順風！

水手們高興地唱起了那首活潑的歌：「呵，順風了！哦耶呵，加起勁來，兄弟們！」隨著歌聲，所有帆桁都馬上調正過來，這麼一件大有希望的事情，竟然很快就使得先前的凶兆變成了假象。

為了遵守船長的既定命令——甲板上的事態一旦發生決定性的變化，就得即時彙報——史塔巴克剛剛將帆桁調到順風面——儘管他很不情願，而且心情沮喪——便機械地下到艙中，向亞哈船長報告情況。

在敲船長室的門之前，他不自覺地停了片刻。艙室裡的那盞燈在大幅度地擺來擺去——還在斷斷續續地燃燒著，在那老人家門住的門上投下一陣陣陰影——門很薄，上部裝的不是嵌板，而是固定的百葉窗。這個孤寂地下室般的艙室，籠罩在一片嗡鳴的寂靜之中，儘管它被四下裡的風吼浪嘯緊緊包圍著。槍架上幾枝裝了火藥的滑膛槍閃閃發亮，它們靠著前艙壁立著。史塔巴克是個誠實正直的人，但是在看見那些槍的一瞬間，他心底裡不由得奇怪地產生了一個惡念，但是這個念頭混淆在伴隨而生的不好不壞或者是好的念頭之中，以至於一時間他幾乎被搞糊塗了。

「他有一次本來想開槍打我的，」他喃喃地說道，「是的，他就是用那把槍指著我的；——那把鑲嵌有飾釘的槍；讓我來摸摸——把它舉起來。奇怪，和這麼多致命的魚槍打過交道的我，現在竟會抖成這樣，真是奇怪。裝了火藥？我得看看。是的，是的，藥池裡的確有火藥；——那可不妙。最好是把它倒掉？——等等。我要打消這個念頭。我要勇敢地端起槍來，想一想。——我是來向他彙報順風的。可是順風又怎麼樣？只是順向死亡和厄運——那是順了莫比．迪克的風。這順風僅僅是順了那頭該死的鯨魚的風。——他就是用這把槍指著我的！——就是這把；這把——我在這裡握著的槍；他本來想用我現在擺弄的這玩意兒殺了我的。——是的，他還想把所有的水手都殺了。難道他沒有說過，颳什麼樣的風，他都不會把帆桁扯下來？難道他沒有把他的寶貝象限儀摔在地上？他難道不就是只憑錯誤百出的航海日誌進行死板的推算，在這些危險的海洋上摸索而行嗎？就在這場颱風中，他不是還發誓說，他不需要避雷針嗎？但是，要乖乖忍受這個發瘋的老傢伙，任由他拖著一整船的人走向滅亡嗎？——是的，如果這艘船遭受致命的損害，他就會成為謀殺三十多條人命的蓄意謀殺犯；而我憑靈魂發誓，如果亞哈一意孤行，這艘船註定要遭受致命的損害。那麼，如果這個時候——把他幹掉，他就沒辦法犯下那樣的罪行了。哈！他正在睡夢中喃喃自語嗎？是的，就在那裡，——在那裡，他正在睡著。睡著了？沒錯，但還活著，不久就會醒過來。我受不了你了，老頭子。說理也好，抗議也好，懇求也好，你都充耳不聞，你都斷然蔑視。斷然服從你那些斷然的命令，這就是你想要的一切。沒錯，你還說大家都和你一樣宣過誓，你說我們大家都是亞哈。偉大的上帝決不允許這樣！——可是，就沒有其他辦法了嗎？沒有合法途徑了嗎？——把他囚禁起來，帶回家？什麼！想把這老人活生生的權力從他手裡活活奪走嗎？只有傻瓜才會這樣試。就算把他捆上，用大大小小的繩子捆住他的全身，用鐵鍊把他鎖在艙室地板的圓環螺栓上，即便那樣，他也還是比一頭籠中老虎還要可怕。這景象我可受不了；我也躲不開他的嚎叫；在這漫長難耐的航行中，所有的舒適、睡眠和無價的理智都會離我而去。那麼，剩下的還有什麼？陸地在幾百英里以外，離得最近的還是閉關鎖國的日本。我孤身一人站在這遼闊的海洋上，在我和法律中間隔著兩座大洋和一整座大陸。——是的，是的，就是這樣。——如果閃電把一個未來的謀殺犯劈死在床上，把床單和皮膚一起燒毀，老天就成了謀殺犯嗎？——那麼，我會不會就成了一個謀殺犯，如果——」

他向兩邊望著，同時慢慢地、偷偷地把上了膛的槍口抵住艙門。

「端平到這個位置，亞哈的吊鋪就在裡面搖擺，他的頭就向著這個方向。只要扣一下扳機，我史塔巴克就會生還回家，擁抱老婆孩子了。——啊瑪麗！瑪麗！——孩子！孩子！孩子！——但是如果我把他驚醒，而沒有把他弄死，老頭子，誰能告訴我，一個星期後，史塔巴克和所有水手的屍體就會沉到怎樣的無底深淵！偉大的上帝，祢在哪裡啊？我要動手嗎？我要動手嗎？——風勢已經變小了，轉向了，先生。前桅和主桅的中帆都裝好扯上了，船正沿著航線前進。」

「向後倒划！莫比．迪克啊，我終於抓住了你的心臟！」

從那老人痛苦的睡眠中突然冒出這樣的聲音，彷彿史塔巴克的聲音促使這喑啞已久的睡夢開口說起話來。

那支平端著的滑膛槍抵著門扇，像醉漢的手臂一樣顫抖不已，史塔巴克似乎正在和一個天使角力；但是，他還是轉身離開了門邊，把那致命的槍放回槍架，離開了那個地方。

「他睡得太沉了，史塔布先生，你下去把他叫醒，把情況告訴他。我得去看看甲板。你知道要對他說些什麼。」

# 第一二四章 羅盤針

第二天早晨，尚未平息的大海上掀起大片大片緩慢的長浪，奮力湧入「皮廓號」汩汩作聲的航跡，像是巨人張開的大手推送著大船前進。強勁的風毫不猶豫地漫天吹颳，天空和大氣彷彿成了巨大的挺胸凸肚的風帆；整個世界在風前隆隆作響。太陽裹在明亮的晨曦中不見蹤影，只能憑它四散的強光才能知道它在哪裡，它那刺刀般成排的光線緩緩移動著。它紋章一般光輝燦爛，彷彿頭戴王冠的巴比倫王和王后，君臨萬物。大海就像一只熔金的坩堝，伴隨著泡沫光熱四射。

亞哈一個人站在那裡，久久沉默著，彷彿入迷了一般，每當這顛簸的大船的船首斜桅向下一沉，他就把目光轉向前方明亮的陽光。當船尾深深落下，他就轉回身，望著落在船後的太陽，望著金黃色的陽光怎樣和筆直的航跡混在一起。

「哈，哈，我的船！你現在大可以被當成是太陽的海上戰車。嚯，嚯！所有在我船頭前方的國家，我給你們帶來了太陽！給更遠的巨浪套上軛，嗨！那就是一前一後兩匹馬拉的車了，我就是在駕馭海洋了！」

但是突然間，某個相反的念頭讓他勒住馬韁，他匆忙朝船舵奔去，啞著嗓子追問船在朝什麼方向開。

「東南偏東，先生。」那個吃驚的舵手答道。

「你在撒謊！」他握緊拳頭重重地搗了他一下，「一大早地朝東開，太陽卻落在船後？」

聽到這話，大家都慌了，因為亞哈剛才觀察到的這個現象，居然誰都沒有注意到，不過，原因一定是這種顯而易見反倒讓人視而不見了。

把腦袋半伸到羅盤箱中，亞哈瞥了一眼羅盤，然後慢慢放下舉起的手臂，有片刻時間，他幾乎有點站不穩了。站在他身後的史塔巴克一看，哎呀！兩個羅盤都指向東邊，而「皮廓號」卻在絕對無誤地向西行駛。

但是，最初的驚慌還沒有在船上擴散開，這老人便生硬地笑著，高聲宣稱：「我明白了！這種事以前發生過。史塔巴克先生，昨晚的雷電把我們的羅盤給倒過來了——就是這麼回事。我想，你以前也聽說過這樣的事。」

「沒錯，但是我以前從來沒遇到過，先生。」面色蒼白的大副沮喪地說。

這裡必須要交代一下，在猛烈的暴風雨裡，類似這樣的意外事故並非絕無僅有。大家都知道，船上羅盤指針的磁力，基本上和天空中的閃電是一回事。因此，這樣的事情就不值得大驚小怪了。事實上，閃電擊中船體的例子時有發生，摧毀了一些帆桁和索具，而它對羅盤指針的影響有時還要更為嚴重，把它天然磁石的效力全部消除，原來的磁針就和老太婆的縫衣針一樣毫無用處了。但是，指標一旦受到損傷或是失去磁力，它原來的效力都再也不能自行復原了，如果羅盤箱裡的羅盤受到影響，同樣的命運會波及船上所有其他的羅盤，即使是嵌在內龍骨最深處的羅盤。

謹慎地站在羅盤箱前，眼睛盯著指針反轉的羅盤，這老人伸出他那隻敏捷的手，測定了太陽此刻的精確方位，滿意地發現指標的確是轉反了，便大聲下令相應地改變船的航線。帆桁都轉了過來，「皮廓號」再次將它無畏的船頭刺進逆風之中，因為剛才那股所謂的順風只不過把它耍弄了一番。

與此同時，無論心底有些什麼隱祕的想法，史塔巴克什麼都沒有說，只是安靜地發出一切必不可少的命令；而史塔布和弗拉斯克——這時多少與他有同感——也同樣是默不作聲。至於其他水手，儘管有些人在低聲抱怨，但是，他們害怕亞哈更甚於害怕命運。不過，和以往一樣，那些異教徒標槍手幾乎全然不為所動，或者是，即便被觸動了，也只是被頑強的亞哈的磁力射中了他們意氣相投的心而已。

這老人心潮起伏地在甲板上踱了一會兒。他的鯨骨腿的後跟偶然一滑，不期然看見了他昨天摔在甲板上的那只象限儀的銅製瞭望管。

「你這可憐又自負的觀天器和太陽的領航員！昨天我毀了你，今天羅盤就想把我毀了。哼，哼。可是亞哈還是這水準的天然磁石的主人。史塔巴克先生──拿一把沒有桿的魚槍、一個大錘子和最小的縫帆針來。快！」

也許，他衝動地口授出他馬上就想做的事情，還伴隨著某種審慎的動機，其目的是在羅盤指標倒轉這種怪事上露一手絕活，振作一下水手們的精神。此外，這老人很清楚，靠倒轉的羅盤來掌舵，雖然笨拙，也可勉強對付，但是迷信的水手絕不會同意，他們不免會戰戰兢兢，感覺其中必是凶兆重重。

「夥計們，」當大副把他要的東西拿來給他，他沉穩地轉向水手們說道，「我的夥計們，雷電把老亞哈變成了羅盤指針，但是，用這一點點鋼，亞哈可以自己造一個指標出來，和任何指針一樣準確。」

他說完這話之後，水手們尷尬地互相交換一下充滿奴性的驚奇目光，然後著迷地等著看他隨後會變出什麼戲法來。但是史塔巴克卻將眼睛望向別處。

亞哈用大錘子一敲，就把那魚槍的鋼尖敲了下來，然後把剩下的長長的槍頭交給大副，讓他筆直地舉著，別接觸到甲板。然後，他用大錘反覆敲打槍頭的上端，再把鈍了的縫帆針豎立在槍頭上，又輕輕敲打了幾下，大副仍然像以前那樣握著槍頭。隨後，亞哈又對這根針做了幾個奇怪的小動作──是為了使之磁化而必不可少呢，還是僅僅為了強化水手們的敬畏之感，這可就難說了──他叫人拿來

亞麻繩，走到羅盤箱前，悄悄拿出那兩根反轉的指針，把麻繩繫在那根縫帆針的中間，水平地吊在羅盤面上。起初，那根鋼針轉個不停，兩端都在不停地震顫，但最後還是停在了它應有的位置。這時，一直在專注地觀察這個結果出現的亞哈，坦然地從羅盤箱前退了回來，伸出手臂指著它，大聲說道：「你們自己看看，亞哈是不是還是這水準的天然磁石的主人！太陽在東邊，那羅盤針指的一點沒錯！」

水手們一個接一個走過來向裡窺視，因為除了他們自己的眼睛，沒有任何東西能夠令他們無知的頭腦為之信服，接著，他們又一個接一個地溜到一邊。

這時，在亞哈那充滿輕蔑和勝利的冒火的眼睛裡，你能看見他那分致命的驕傲。

# 第一二五章 測程儀和測量繩

在這次航行中，命中註定的「皮廓號」迄今已漂流了很長時間，測程儀和測量繩卻很少使用。由於過於信任其他確定船隻方位的方法，有些商船，尤其是還有很多巡航中的捕鯨船，會完全忽略測程儀的使用。儘管與此同時，更多的是做做樣子，他們會定期把船隻的航線，以及推測的每小時平均前進速度，記錄在通常的石板上。「皮廓號」也是這種情況。那只和木製繞線輪纏在一起的帶稜角的測程儀，很久沒人碰了，就懸掛在後舷牆的欄杆下面。雨水和浪花把它打得透濕；風吹日晒又讓它彎曲走樣；所有因素都促使這個閒置的物件逐漸腐爛。但是，心事重重的亞哈，根本沒有注意到這一情況，在磁石事件過後的幾個小時，他偶然瞥見了繞線輪，才想起他的象限儀已經毀掉了，才回憶起他就水準測程儀和測量繩所發的狂亂誓言。大船正在向前疾駛，船尾的波浪喧鬧翻騰。

「前面的，喂，把測程儀投下去！」

兩個水手走過來。金黃色頭髮的大溪地人和灰白色頭髮的曼島人。「你們中的一個，拿著繞線輪，我來投。」

他們走向船尾盡頭，船的背風面，那裡的甲板因為斜吹的風，現在幾乎浸在奶油般打橫裡衝過來的海浪之中。

曼島人拿起繞線輪，抓住卷軸凸出的柄端，高高舉起，卷軸上繞著線團，他就那樣站著，讓帶稜角的測程儀筆直地向下垂，等著亞哈走過來。

亞哈站在他面前，輕輕地把線繩撒開了三、四十圈，以便事先繞在手裡，拋到船外去。這時，正在全神貫注瞧著他和測量繩的老曼島人，鼓足勇氣開口說話了。

「先生，我不信任這東西，這測量繩看起來早就不行了，長時間的炎熱和潮濕把它糟蹋了。」

「它撐得住，老先生。長時間的炎熱和潮濕，它們把你糟蹋了嗎？你看起來就撐得住。或者，也許這樣說更準確，是生命撐住了你，而不是你撐住了生命。」

「我撐住的是這卷軸，先生。不過就像船長您說的。我這滿頭灰髮，不值得與人爭論，尤其是和上司爭論，上司是不會認錯的。」

「你說什麼呢？現在竟來了一個大自然女王建在花崗岩上的大學的冒牌教授，不過我認為他太會奉承人了。你是哪裡人？」

「都是小石頭的人島人，先生。」

「好極了！你就用那裡的石頭砸人的。」

「我不知道，先生，但是我出生在那裡。」

「人島，是嗎？嗯，從另一個方面來說，這也不賴。這裡有一個來自『人』的人，一個曾經獨立的『人』生出來的人，現在卻失去了『人』的人；人被吞掉了——被什麼？把繞線輪舉起來！這堵麻木不仁的牆最終會撞壞所有追根究柢的腦袋。舉起來！就這樣。」

測程儀被拋下海去。鬆弛的繩圈迅速展開，伸直成一根長繩，拖在船尾，繞線輪也立刻隨之旋轉起來。測程儀隨著翻湧的波浪痙攣般交替起伏，拖曳的阻力使得這個拿著繞線輪的老人奇怪地東搖西晃起來。

「拿牢！」

啪的一聲！繃得過緊的繩子鬆弛下來，成了船尾上一個長長的裝飾物，拖曳著測程儀不見了。

「我摔碎了象限儀，雷電改變了羅盤指標的轉向，現在這瘋狂的大海又弄斷了測程儀的繩子。不過，亞哈能夠修好一切的。拖上來，大溪地人；捲起來，曼島人。你們聽著，讓木匠再做一個測程儀，你把繩子修補好。當心點。」

「他這就走了，對他來說，什麼事都沒有；但是對我來說，這線軸似乎已經從世界中央脫落了。拖上來，拖上來，大溪地人！這些繩子是整根的，轉著放出去，回來就是斷的，拽起來還很慢。哈，皮普呢？來幫忙，嗯，皮普呢？」

「皮普？你叫誰皮普？皮普從捕鯨艇上跳下去了。皮普失蹤了。讓我看看，你有沒有把他撈上來，老漁翁。繩子拽得很緊；我猜是他在拽著。猛拉一下，大溪地人！猛拉一下，把他甩掉；我們這裡不撈膽小鬼。呵！他的手臂剛剛露出水面了。斧子！斧子！把它砍斷——我們這裡不撈膽小鬼。亞哈船長！先生，先生！皮普在這裡，他又想上船了。」

「安靜，你這瘋狂的笨蛋，」曼島人叫道，抓住他的手臂，「離開後甲板！」

「大傻瓜總是罵小傻瓜，」亞哈咕噥著，走上前來，「別碰這個聖人！你說皮普在哪裡，孩子？」

「在船尾那裡，先生，船尾！看！看！」

「那你是誰，孩子？我在你空洞的瞳仁裡看不到我的影子。啊上帝！人竟然成了讓不朽的靈魂漏過去的東西！你是誰，孩子？」

「我是鐘童，先生；船上的傳令員；叮，咚，叮！皮普！皮普！皮普！找到皮普的報酬是一百磅泥土；五尺高——樣子很膽怯——一看就知道！叮，咚，叮！誰看見皮普這膽小鬼了？」

「在雪線以上不可能有好心人。啊，你這凍僵的上蒼！往下面看看吧。你是這不幸孩子的父親，你拋棄了他，你這創造萬物的浪蕩子。過來，孩子，亞哈的船艙從此就是皮普的家了，只要亞哈還活著。你觸動了我內心深處，孩子；我的心弦編織成的繩子把你和我捆在一起。來吧，我們下去吧。」

「這是什麼？這是天鵝絨一般的鯊魚皮，」他聚精會神地凝視著亞哈的手，撫摸著，「啊，現在，如果可憐的皮普早就能撫摸到這樣親切的東西，也許他就不會失蹤了！對我來說，先生，這就像是一根舷梯索，是軟弱的靈魂可以抓住的東西。啊，先生，讓老珀斯這就過來，把這兩隻手鉚在一起，這隻黑的和這隻白的，我可不願意放開。」

「啊，孩子，我也不願意鬆開你的手，除非我會因此把你拖進比這更可怕的地方。那麼來吧，到我的船艙去。瞧！你們這些人相信眾神都是善的、人類都是惡的，你們瞧吧！看看無所不能的眾神忘在一邊的受苦的人類，而人類，儘管愚蠢，不知道自己在做什麼，卻滿懷甜蜜的愛和感激。來吧！我牽著你這隻黑手，感覺比握著皇帝的手還要自豪！」

「現在有兩個傻子了，」老曼島人嘟囔著，「一個強悍，一個軟弱。但是，這根爛繩子終於到頭了——還濕淋淋的。把它修好，嗯？我想我們最好弄根新繩子。我要去問問史塔布先生。」

## 第一二六章
# 救生圈

在亞哈校準過的羅盤的指引下，航線也完全由亞哈的水準測程儀和測量繩確定，「皮廓號」向東南而行，一路向著赤道線前進。穿過這些很少有人光顧的水域，做這樣的長途航行，看不到任何船隻，而且不久之後，便有從側面吹來的一成不變的信風驅使著它，越過溫和得令人感到單調的海面，所有這一派奇怪的安寧都在預示著某種喧鬧而令人絕望的場景。

終於，當船像過去那樣，靠近赤道漁場的邊緣，在黎明前深沉的黑暗中，駛過一連串岩石累累的小島，值班的人——當時由弗拉斯克領班——被一種哀怨而怪異的狂叫驚起——就像是被希律王殺害的無辜者的幽靈發出的模糊哀號——所有人都從睡夢中驚醒，有片刻時間，大家或站，或坐，或是斜倚著，全都呆呆地傾聽著，像是羅馬奴隸的雕像，而那狂叫依然清晰可聞。基督徒或是較為開化的水手說那是美人魚，一邊說一邊顫抖；但是，那些異教徒標槍手卻一點也不害怕。不過，頭髮灰白的曼島人——船上年紀最大的水手——宣稱大家聽到的那狂野的厲叫聲，是新近淹死在海裡的人發出的。

睡在艙下吊鋪中的亞哈沒有聽到這種聲音，直到黎明灰濛濛地發亮，他來到甲板上，這件事才由弗拉斯克詳細地講給他聽，其中難免添加一些拐彎抹角的不祥涵義。他空洞地笑了笑，對這奇事做了如下解釋。

大船經過的那些岩石累累的島嶼是大群海豹時常出沒的地方。有些小海豹失去了母親，或是有些母海豹失去了自己的孩子，牠們會靠近船隻，陪伴著船隻游動，用類似人的哀號一樣的聲音哭叫和抽泣。但是，這種說法反倒讓水手們更受影響，因為大部分水手都對海豹懷有一種非常迷信的感覺，這種感覺不僅來自牠們身處危難時發出的那種獨特的音調，而且來自牠們圓圓的腦袋和頗有幾分聰明的臉孔，當牠們從船邊的水中升起向船上窺視時，看起來都和人非常相像。在海上，在某些情況下，海豹不止一次地被錯當成了人類。

但是，水手們感到的這個凶兆，那天早上，註定要從他們一個同伴的命運中，得到最為可信的證明。太陽升起的時候，這個人從吊鋪上起來，爬到船前部的桅杆頂上，他是不是還處於半睡半醒的狀態（因為水手們有時睡意朦朧中就會爬到高處），還是他命該如此，現在沒人能說得清楚；不管怎樣，他在自己的崗位上沒有停留多久，便聽到一聲尖叫——一聲尖叫和撲通一聲——大家抬頭望去，只見空中落下來一個黑影，再向下一望，藍色的海面上只有些許濺起的白色氣泡。

救生圈——一只細長的木桶——從船尾拋了下去，它一直用一根靈巧的彈簧乖乖地掛在那裡。但是，水中沒有手伸上來抓住它，由於太陽長期的暴晒，這只木桶已經收縮了，於是它慢慢充滿了水，那些乾透的木板也浸透了水。鑲嵌著鐵箍的木桶隨著那水手沉入了海底，彷彿是給他送去了一個枕頭，只不過這枕頭有點太硬了。

就這樣，「皮廓號」第一個爬上桅杆瞭望白鯨的人，在白鯨自己特殊的領地上，被大海吞沒了。但是，當時也許很少有人想到這些。的確，在某種程度上，他們並不為這個事件感到悲哀，至少不把它作為凶兆；因為他們認為，它並沒有預示未來的不幸，而是一個已經預感到的不幸成為現實。他們宣稱自己現在知道了他們昨夜聽到的那些厲叫的原因。但是，老曼島人再次否定了他們的說法。

現在得把失去的救生圈換上新的，史塔巴克奉命負責此事。但是，因為找不到足夠輕的木桶，並且在大家的焦切熱望中，這次航信似乎也即將接近決定性的時刻，所有人都不耐煩做別的，除了和這次出海的最終結果直接有關的事情，無論最終會是怎樣的結果。所以，他們打算就讓船尾那樣空著，不裝救生圈了，就在這時，魁魁格用手勢旁敲側擊地暗示他的棺材可以利用。

「用棺材做救生圈？」史塔巴克嚷道，吃了一驚。

「我要說，那相當古怪。」史塔布說。

「那會是個很不錯的救生圈，」弗拉斯克說道，「木匠可以輕鬆地把它改好。」

「把它抬上來吧，也沒有什麼別的做救生圈了，」史塔巴克憂鬱地停頓了一下說道，「把它裝備好，木匠，別這樣看著我啊——我指的棺材。你聽見我的話了嗎？把它裝備好。」

「我要把蓋子釘上嗎，先生？」木匠揮著手，像上下揮著一把錘子。

「是的。」

「我要把縫隙都堵死嗎，先生？」他揮著手，像左右擺著一把堵縫鑿。

「是的。」

「我還要刷一層瀝青嗎，先生？」他揮著手，像搖晃著一只瀝青罐。

「走開！你這是中了什麼邪？用棺材做一個救生圈，沒別的。——史塔布先生，弗拉斯克先生，跟我到前面去。」

「他氣呼呼地走了。他大事能忍，小事就退縮。我可不喜歡這套。我為亞哈船長做了一條腿，他裝上就像個紳士了；但是我給魁魁格做了只帽盒子，他卻不願意把腦袋往裡伸。難道那具棺材我算是白做工了？現在又命令我用它做一個救生圈。這就像是把一件舊外套的裡子翻到外面來。我不喜歡這種修修補補的差事——我一點都不喜歡；這有失體面；這不是我分內的事。讓補鍋匠的小夥子們去修修補補吧；我們可比他們強得多。我喜歡接手的工作都得是乾乾淨淨，沒人碰過，光明正大，正兒八經，都得規規矩矩，頭是頭，中間是中間，尾是尾。不能是補鍋匠那種工作，從中間結束，從末尾開始。讓人做些修修補補的工作，那是老太婆的騙局。老天！所有老太婆都是多麼喜歡補鍋匠啊。我認識一個六十五歲的老太婆，就跟一個光頭的年輕補鍋匠跑了。就是這個原因，我在瑪莎葡萄園島有自己門面的時候，從來不願為岸上孤零零的老寡婦工作；她們那孤單的老腦袋瓜子裡興許會打我的主意，想和我私奔呢。但是，嗨！在海上可沒人在乎你這些。讓我想想。把蓋子釘上；縫隙堵死；塗上瀝青；釘得嚴嚴實實，用卡簧把它掛在船尾。以前可有人拿棺材這樣幹過嗎？有些迷信的老木匠，寧可被捆在索具上，也不願意幹這種事。但是，我是用阿魯斯托克河邊帶瘤子的鐵杉樹做成的；我才不會服氣呢。船屁股上掛個棺材，拖著一口墓地裡的箱子駛來駛去！但是不要在意。我們木匠既做婚床和牌桌，也做棺材和靈車。我們或是做月工，或是幹零工，或是賣成品賺錢；我們不會問自己工作是為了什麼，有什麼理由，除非那是太讓人討厭的修修補補，那時我們可是能推就推。哼！這工作我就湊合著做吧。我要計算一下——讓我看看——船上總共有多少人？我可是忘了。反正我要拿三十根打了土耳其頭巾結的救生繩，每根三英尺長，掛在棺材四周。那樣，如果船沉了，就會有三十個大活人爭搶一口棺材了，這場面天底下可是不常見！來吧，錘子、堵縫鑿、瀝青罐，還有穿索針！我們動手吧。」

# 第一二七章 甲板

（棺材放在老虎鉗和敞開的艙口之間的兩只索桶上；木匠在堵棺材縫；彎彎曲曲的麻絮繩慢慢從他衣襟裡的大麻絮團上拉出來。亞哈從艙室舷梯口慢慢走上來，他聽到皮普跟在他後面。）

「回去，孩子，我馬上就會再來陪你。他走了！這個木匠還不如那個男孩更合我脾氣。——教堂裡的中間通道！這是什麼？」

「救生圈，先生。史塔巴克先生下的令。啊，留神，先生！當心那舷梯口！」

「謝謝，老兄。你這口棺材就放得可是方便進墓穴了。」

「先生，你是說舷梯口嗎？啊！是這樣的，先生，是這樣的。」

「你不是做腿的嗎？瞧，這條腿不就是出自你的作坊嗎？」

「的確是的，先生，這套圈管用嗎，先生？」

「夠好的了。可是，你不也兼做殯葬生意嗎？」

「是的，先生，我把這東西東拼西湊起來給魁魁格做棺材，但他們現在又讓我把它改成別的。」

「那麼我來問你，這樣你不就成了一個徹頭徹尾、樣樣伸手、愛管閒事、壟斷獨占、未開化的老流氓，一個今天做腿、明天就做棺材把人關進去、然後又用棺材來做救生圈的老流氓了嗎？你和天上的眾神一樣沒有原則，而且是個什麼事都幹的萬金油。」

「但是我絕無此意，先生。我只管做事。」

「又是和眾神一個樣。你聽著，難道你做棺材的時候從不曾唱歌嗎？據說泰坦給火山鑿出噴火口的時候會哼上幾段，挖墳的拿著鏟子也會唱著取樂。難道你從來不唱？」

「唱歌，先生？我唱不唱歌？啊，我對那個實在是沒興趣，但是為什麼挖墳的要唱歌，那一定是因為他的鏟子沒有聲，先生。我這個撚縫的木槌裡可都是音樂。你聽聽。」

「是的，那是因為棺材蓋是一塊共鳴板，在萬物當中，形成共鳴板的原因在於——它下面空空如也。而且，一口裝有屍體的棺材也差不多同樣的，木匠。你可曾幫人抬過棺材，進墓地的時候，可曾聽到棺材撞到大門的聲音？」

「千真萬確，先生，我曾經聽過——」

「千真萬確？那是什麼樣的聲音？」

「嘿，千真萬確，先生，那只是一種感歎聲——就是這麼回事，先生。」

「嗯，嗯，繼續說。」

「我正要說，先生，那是——」

「你是條蠶嗎？你是自己吐絲為自己織壽衣嗎？看看你的衣襟！趕緊！把這些傢伙都拿走。」

「他向船尾去了。哎，這可真是冷不防。不過，在熱帶地區，暴風也是冷不防就來。我聽說加拉巴哥群島之一的阿爾伯瑪律小島，正好從正中間被赤道一分為二。要我看，最好有個赤道把那邊那個老傢伙也從正中間一分為二。他總是在赤道線下面活動——暴躁得冒火，我告訴你！他朝這邊望呢——來吧，麻絮，快點。我們再來一次。這把木槌就是軟木塞，我就是能讓玻璃瓶奏樂的行家——嗒，嗒，嗒！」

（亞哈自言自語。）

「好景致！好聲音！灰白頭髮的啄木鳥在輕輕敲打空空的樹身！瞎子啞巴現在要教人羨慕了。看！那東西擱在兩只索桶上，裝滿了牽引繩。那傢伙是個最惡毒的小丑。嘞——嗒！人的生命就是這樣一秒一秒地滴滴答答！啊！一切實在之物又是多麼無關緊要！除了無法估量的思想，還有什麼真實的東西存在？眼前這是嚴酷死神可怕的象徵，一有機會，垂危的生命便會做出獲救與希望的生動表示。一口棺材做的救生圈！它能更進一步嗎？從精神意義上說，棺材會不會只是一種使不朽得以保存的東西呢！我得想一想。可是，不成。我在人世的黑暗面中陷得太深了，它的另外一面，理論上說光明面，對我卻似乎僅僅是模糊不定的晨光。木匠，你能不能別再弄出你那該死的聲音？我得下去了，等我再上來，別讓我看見那東西在這裡。喂，皮普，我們來談談這件事，我的確從你那裡吸取了一些最是奇妙的哲理！一定是一些未知的管道給你灌輸了來自未知世界的東西！」

## 第一二八章 「皮廓號」遇見「拉結號」

第二天，一艘叫做「拉結號」的大船出現在視野裡，向「皮廓號」直駛過來，它所有的帆桁上都密密麻麻攀附著人。這時，「皮廓號」正在快速行駛，但是當這艘乘風鼓翼的陌生船隻飛快地靠近時，它鼓脹著的船帆全都像爆裂的氣球縮在了一起，所有的生機也都從這艘遭受打擊的船上溜走了。

「壞消息，它帶來了壞消息。」老曼島人嘟囔著。對方船長把喇叭筒放在嘴邊，在他的小艇裡站起來，但還沒等他打招呼，就先聽到了亞哈的聲音。

「可曾見到過白鯨？」

「見過，昨天。你可曾見過一艘隨波漂流的捕鯨小艇？」

抑制住自己快樂的心情，亞哈對這個不期然的問題作出了否定的回答，他本想親自登上這艘陌生的船，但是那艘陌生船的船長，已經自己把船停下來，從他的船舷邊下來了。猛划了幾下，他小艇的鉤子很快就勾住了「皮廓號」的大錨鍊，他隨後跳上了甲板。亞哈馬上就認出這是他認識的一個南塔克特人。他們也沒有像例行的那樣寒暄問候。

「牠在哪裡？——沒有被殺吧——沒有被殺吧！」亞哈叫道，走向近前，「怎麼個情況？」

情況大致是這樣的，就在昨天下午接近傍晚時，這艘陌生船的三艘小艇正在追擊一群鯨魚直追到離大船四、五英里遠的地方，還在朝迎風處猛追，這時，莫比．迪克的白色背峰和腦袋突然從水裡冒了出來，就在下風頭不遠的地方。於是，第四艘裝有索具的備用艇馬上下水追擊。這第四艘小艇——速度最快的小艇——趁著順風一陣疾駛，似乎已經成功地拴住了鯨魚——至少，在桅頂瞭望的人是這麼說的。他看見遠處的小艇像個小黑點一樣消失了，泡沫翻湧的白水迅疾一閃，便什麼都沒有了，由此推斷，被打中的鯨魚一定像經常發生的那樣，拖著追擊牠的小艇不知跑到哪裡。情況雖然有些讓人擔心，但還沒有引起實實在在的驚慌。索具上掛起了召喚回船的信號旗。黑暗降臨了。在去相反的方向尋找第四艘小艇之前，午夜之前大船被迫要先去接應遠在迎風處的三艘小艇。這樣一來，大船不僅要讓那艘小艇聽天由命，而且，還讓它和自己離得更遠了。不過，在其他水手終於安全上船之後，大船便張開所有的帆——翼帆也都重重疊疊扯了起來——去尋找失蹤的小艇了。船上的煉油鍋裡還升起火作為烽火，每兩人中就有一個人爬到高處去瞭望。但是，儘管這樣行駛了很長一段距離，抵達了最後看見失蹤小艇所在的大概位置，儘管隨後把空餘的小艇都放下海，到處搜尋，卻是一無所獲，於是它又向前疾駛，又停下來，又放下小艇，這樣反反覆複，一直折騰到天光放曉，卻還是沒有看見失蹤小艇的一絲蹤影。

事情的經過講完之後，那艘陌生船的船長馬上表明了他登上「皮廓號」的意圖。他希望「皮廓號」能和他的船一起搜尋，兩船平行，分開四、五英里的距離行駛，這樣就可以把搜尋範圍擴大一倍。

「我敢賭點什麼的，」史塔布對弗拉斯克耳語道，「失蹤的小艇上一定有人穿走了船長最好的外套，也許是戴走了他的手錶——他急得要死要把它找回來。誰曾聽說過兩艘發善心的捕鯨船，會在捕鯨旺季裡，為了一艘失蹤的捕鯨艇而巡航的？看，弗拉斯克，只要看看他的臉色多麼蒼白——連眼珠子都白了——你看——那不是外套——那一定是——」

「我的兒子，我自己的兒子在裡面。看在上帝的分上——我請求你，懇求你——」那艘陌生船的船長此時對亞哈叫喊起來，而亞哈一直對他的請求無動於衷。「把你的船租給我四十八小時——我很願意付你租金，我出高價——如果不出其他的情況——我只要租四十八小時——你一定，啊，你一定得答應，這事你非做不可。」

「他的兒子！」史塔布叫道，「啊，失蹤的是他的兒子！我收回關於大衣和錶的話——亞哈會說什麼？我們必須救那孩子。」

「昨晚，他已經和艇上的其他人一起淹死了，」站在他們後面的老曼島人說道，「我聽到了，你們全都聽到了他們亡魂的哀號。」

事情的原委很快就弄清了，使得「拉結號」這次事故變得更加悲慘的是，失蹤小艇上的人員當中不僅有船長的一個兒子，與此同時，在相反的方向，在昏天黑地、吉凶難料的追擊中，還有一艘小艇與大船失散了，艇上還有船長的另一個兒子。一時間，這位倒楣的父親一下子陷進了殘酷至極、驚慌失措的深淵。幸好他的大副本能地採取了一艘捕鯨船在這種緊急狀況下的通常措施，才使他從兩難困境中擺脫出來。那就是，當大船處於遭受危險而又分散的小艇之間時，總是先去救人多的。但是這位船長，出於某種未知的具體原因，根本沒有提及這些，迫於亞哈冷冰冰的態度，他才提起他還有一個兒子也失蹤了，一個小傢伙，只有十二歲。這位父親出於南塔克特式的父愛，以急切而無所顧忌的魯莽，這麼早就將兒子送進了這個充滿危險和奇蹟的行當接受啟蒙，那幾乎是他家族自古以來命定的職業。南塔克特的船長們把年紀尚幼的兒子送到別人的船上，而不是自己的船上，去經歷漫長的三、四年的航海生活，這種情況並非少見。這樣，他們在捕鯨生涯上最初獲得的知識，就不會因為父親偶爾流露的那自然又不合時宜的偏愛，或是過度的擔心和關切，而受到削弱了。

這時，這個陌生船的船長還在苦苦哀求亞哈施以援手，而亞哈卻還是鐵砧一般站著，任憑怎樣的敲擊，都絲毫不為所動。

「我不會走的，」這陌生人說，「除非你答應我。幫幫我吧，就像在類似的情況下我會幫你一樣。因為你也有個兒子，亞哈船長——儘管還是個孩子，現在安全地待在家裡——你也是老來得子

——是的，是的，你發慈悲了；我看得出來——快，快，夥計們，喂，準備調整帆桁。」

「等等，」亞哈叫道，「一根繩子都別碰，」然後字斟句酌地慢慢說道，「加德納船長，我不會那麼做的。就這樣都已經耽誤了我的時間。再見，再見。上帝保佑你，老兄，但願我也能原諒我自己，但是我必須走了。史塔巴克先生，看一下羅盤箱上的表，從現在起三分鐘之內，請所有陌生人離船，轉直帆桁向前，仍照以前一樣行駛。」

他別過臉，匆忙地轉身離開，下到自己的艙室中，把那位陌生的船長留在那裡，看到自己如此懇切的請求遭到斷然拒絕，不由得目瞪口呆。不過，加德納很快從愣神中醒了過來，一聲不吭地匆忙奔向船邊，滾進而不是跨進他自己的小艇，返回了大船。

不久，兩艘船就各奔東西了。很長時間，那艘陌生的船還在視野之內，可以看見它東拐一下，西拐一下，海上每一個黑點，無論多小，它都會趕過去。它的帆桁轉來轉去；時而右轉舵，時而左轉舵，總是在搶風航行；有時它迎頭衝向大浪，有時又被大浪推向前面；在這個過程當中，它的桅杆和帆桁上始終密密麻麻攀滿了人，就像是三棵高高的櫻桃樹，有一群孩子正在樹枝間採櫻桃。但是，從它蹣跚猶豫、彎彎曲曲航行的悲傷模樣，你能清楚地發現，這艘潑濺著浪花的船，依然沒有得到一絲安慰。

它就是拉結，在為自己的兒女哭泣，因為他們都不在了[1]。

1 見《聖經·舊約·耶利米書》第三十一章，「拉結哭她兒女，不肯受安慰，因為他們都不在了。」

# 第一二九章
# 船長室

（亞哈正要走上甲板；皮普抓著他的手要跟著他。）

「孩子，孩子，我告訴你現在可別跟著亞哈。這會兒，亞哈不會把你嚇走，但也不要你留在跟前。可憐的孩子，就是在你身上，我感覺到有種東西能治我的病。這是以毒攻毒。至於這次狩獵，我的疾病成了我最渴望的健康。你好好待在下面，他們會服侍你，把你當成船長對待。喂，孩子，你就坐在我這用螺栓擰緊的椅子上，你得把自己當成另一根螺栓。」

「不，不，不！你的身體不完整了，先生；你只要把我這小可憐兒當成你失去的那條腿，儘管踩在我身上，先生；我沒有更多要求，這樣我始終就是你身體的一部分了。」

「啊！儘管這世上惡棍無數，這卻讓我固執地相信人類有永不凋謝的忠誠——而且還是個黑人！而且還瘋瘋癲癲——但是我想，以毒攻毒也適合他；他又變得神志清醒起來。」

「他們告訴我，先生，史塔布曾經拋棄過可憐的小皮普，他淹死以後骨頭都發白了，儘管他活著時皮膚是黑的。但是，我永遠不會拋棄你，先生，就像史塔布拋棄他那樣。先生，我必須跟你一起去。」

「如果你再和我說這麼多，亞哈的決心就要動搖了。我跟你說不行，不能這樣。」

「啊，好心的主人，主人，主人！」

「這樣哭哭啼啼，我就會殺了你！小心一點，因為亞哈也是個瘋子。聽著，你會一直聽到我的假腿在甲板上走動，你就知道我還在那裡。現在我要離開你了。你的手！——握一握！孩子，你真像圓周對圓心一樣忠誠。所以，願上帝永遠保佑你；萬一真的來了——那就讓它來吧，上帝永遠會救你。」

（亞哈走了；皮普向前一步。）

「他剛才就站在這裡；我照他的樣子站著——但是我孤身一人。現在即使是可憐的皮普在這裡，我也能忍受得了，但是他失蹤了。皮普！皮普！叮，咚，叮！誰看見皮普了？他一定在這裡；讓我來推推門。什麼？沒有鎖，沒有閂，也沒有插銷，卻還是打不開。一定是有什麼咒語，他告訴我要待在這裡的，是的，他告訴我這把螺栓鎖緊的椅子是我的。那我就坐在這裡好了，靠著橫梁，在船的正中央，它的整個龍骨和三根桅杆都在我前面。我們的老水手說，在那些裝有七十四門黑黝黝大炮的兵艦上，有時將軍們就坐在桌邊，向成排的船長和軍官發號施令。哈！這是什麼？肩章！肩章！一大群戴肩章的全都擠來了！把酒瓶轉圈傳過去；很高興看見你們；斟滿，先生們！多麼奇妙的感覺，現在，一個黑孩子在招待衣服上鑲金邊的白人！——先生們，你們可曾看見一個叫皮普的人？——一個黑小子，五英尺高，面相猥瑣，而且是個膽小鬼！他曾經從捕鯨艇上跳了下去；——看見過他嗎？沒有！那好吧，再斟滿，船長們，我們為所有膽小鬼的可恥乾杯！我沒有點名道姓。他們真可恥！把一隻腳放在桌子上。所有的膽小鬼都真是可恥。——噓！我聽到上面有假腿的聲音——啊，主人！主人！當你在我頭上面走，我心裡真是沮喪。不過我要待在這裡，即使是船尾觸礁，礁石撞穿了船底，牡蠣進來跟我做伴。」

## 第一三〇章 帽子

如今，經過了這麼漫長而遼闊的預備性巡航，已經掃遍了所有其他的捕鯨漁場，亞哈覺得，他似乎已經在合宜的時間和地點把自己的仇敵趕進了一個海上圍欄，更有把握在那裡把牠殺掉。他發現自己已經靠近當初給他留下重創的地方，他與之打過招呼的船就在前一天還確曾與莫比．迪克遭遇——而且他隨後遇見的各種船隻，都從不同角度證明，白鯨在撕裂追擊牠的獵手時，無論是蓄意行凶還是刻意報復，都表現出惡魔般的殘忍。因此，在這老人的眼中，現在便潛藏著一種軟弱的人幾乎無法忍受的東西。就像是永遠不落的北極星，經過長達六個月的北極之夜，依然保持著它銳利、穩定、集中的光芒。亞哈的意志也是如此，死死地照在永遠如午夜般陰鬱的水手們身上。這意志支配著他們，促使他們的預感、懷疑、擔憂和恐懼，都不得不藏在心底，連一個嫩芽或一片葉子都發不出來。

在這充滿預兆的時期，所有的幽默，無論勉強做出來的，還是自然流露的，都消失得無影無蹤了。史塔布不再強顏微笑，史塔巴克不再勉強板起臉。同樣，歡樂與悲哀，希望與恐懼，在這段時間，似乎都在亞哈那鋼鐵般靈魂的研缽中，被搗碎，碾成齏粉。像機器一樣，他們沉默地在甲板上移動，始終能意識到這老人專斷的目光籠罩著他們。

但是，如果在他悄然獨處的時分，當他以為除了一個人，沒有人注意他的時候，你會發現，亞哈的眼睛固然讓水手們望而生畏，那不可思議的拜火教徒的目光甚至也讓亞哈恐懼不已；或者不知怎麼，至少以某種反常的方式，時時影響到他。這時，在這個瘦削的費達拉身上，便開始多了一分游移不定的怪異色彩，他的身子不停地顫抖，以至於人們開始懷疑地望著他，似乎有點拿不準，他究竟是個實實在在的凡人，還是某個無形的存在投在甲板上的顫抖影子。而那影子又始終在那裡徘徊。因為甚至在夜裡，也無法確定費達拉可曾睡過覺，或是到艙下去過。他會一動不動地站上幾個小時，從來不坐，或是斜靠著什麼；他那蒼白而神奇的眼睛在清楚地表明——我們這兩個瞭望員從不休息。

現在，任何時候，不分晝夜，水手們一邁上甲板，定能看見亞哈站在前面，或是站在他那只旋孔裡，或是在主桅和後桅之間筆直地走來走去，要不然就是站在艙室的舷梯口處——那隻好腳踏在甲板上，好像就要邁上去一般，帽子低低地壓在眼眉上。所以，無論他怎樣站著一動不動，無論有多少個日夜他沒有上過自己的吊鋪，人們卻無法準確地判斷，他那雙藏在低垂帽檐下的眼睛，究竟是不是有時會閉上，還是一直在專心地盯著他們。即便他這樣在艙口一直站上整整一個小時，即便夜晚的濕氣悄悄在他那石雕般的外套和帽子上凝結成露珠，他也毫不在意。夜晚打濕的衣服，第二天又穿在身上晒乾，就這樣，日復一日，夜復一夜，他都沒有下到艙裡去，他要什麼東西就派人去艙裡取來。

他也同樣在露天吃飯，那就是說，他只吃兩餐——早餐和晚餐，中餐他一口不動；他不刮鬍子，任其黑乎乎地糾結在一起，像是被風吹倒露在地面上的樹根，赤裸的根基上依然在徒勞地生長著枝杈，儘管上部的青翠已經消失。可是，儘管他現在全部的生活就是在甲板上日夜守望，儘管那個拜火教徒神祕的守望也和他自己一樣毫無間斷，這兩個人卻似乎從不說話——除非隔上很長時間，有必要交換一些瑣事的時候。雖然有一種強大的魔法似乎把他們祕密地連繫一起，而在表面上，在心懷敬畏的水手們面前，他們卻像是隔得遠遠的南北兩極。如果他們白天偶然說上一句，夜裡，兩個人就又都成了啞巴，連一點語言上的交流都沒有。有時，他們一聲招呼都不打，久久地佇立在星光下，隔得遠遠地；亞哈站在艙口，拜火教徒則站在主桅旁邊；但是，他們還是死死地盯著對方；彷彿在拜火教徒身上，亞哈看見了自己投在前面的影子，而拜火教徒則在亞哈身上看見了他被拋棄的實體。

然而，不知怎麼，亞哈始終保持著得體的舉止，每天每時每刻都向屬下展現出居高臨下的威嚴

——似乎是個獨立的君主；拜火教徒不過是他的一個奴隸。但是，兩個人又像是套在一個軛上，有一個看不見的暴君在驅策著他們；瘦削的影子傍著結實的肋材。因為無論這個拜火教徒是個什麼東西，結實的亞哈才是肋材和龍骨。

天光剛剛放亮，他鋼鐵般的聲音便從船尾傳來：「上桅頂！」於是，整整一天，一直到日落，再到下一個黎明，每當舵手的鐘響起，就會聽到他那同樣的聲音：「你們看見了什麼？——留神，留神！」但是，在與尋找孩子的「拉結號」相遇之後，又過了三、四天的時間，也沒有發現任何的噴水，這偏執狂的老人似乎對水手們的忠誠失去了信任，至少，除了那些異教徒標槍手，他幾乎誰都不信任了；他甚至懷疑，史塔布和弗拉斯克可能刻意忽略了他要搜尋的目標。但是，即便他果真有這樣的疑心，不管他在行為上對此有怎樣的暗示，他還是精明地一字不提。

「我要最先發現那頭鯨，」他說，「沒錯！亞哈必須得到那枚古金幣！」於是，他匆忙地用帆腳索親手做了一個籮筐狀的窩，派一個人爬到上面，把一個單輪滑車綁在主桅頂上，他接住穿過滑車垂下來的繩索兩頭，把一個繩頭拴在籮筐上，為另一個繩頭準備了一根栓子，以便固定在欄杆上。忙完這些，他手裡拿著繩索一頭，站在栓子旁邊，環顧四周的水手，目光一個一個地掃過去，在達戈、魁魁格、塔特戈身上停留了很久，卻偏偏避而不看費達拉。然後，他把自己堅定信賴的目光落在大副身上，說道：「接過繩子，先生——我把它交到你的手中，史塔巴克。」隨後他把身子坐進籮筐，下令把他吊到桅頂上去，史塔巴克成了最後拴緊繩索的人，以後便一直站在繩索旁邊。亞哈就這樣用一隻手抱住最上桅，瞭望著前後左右遼闊的海面，在這樣的高度統率全船，視野的範圍大大得以擴展。

每當水手要在這幾乎與世隔絕的高處，用雙手在索具中忙碌，偶爾又沒有立足之處的時候，那水手就會被吊在那裡，支撐他的只有一根繩索；在這種情況下，繩子拴在甲板上的一端總是交由專人嚴格看管。因為在這麼一大片搖來晃去的索具中，它們上邊錯綜複雜的關係，甲板上的人並不總是能萬無一失地分辨出來；而這些繩索拴在甲板上的那端，隨時都會鬆開來，這樣一來，如果不配固定的人看守，自然會帶來禍患，一旦下面的哪個水手粗心大意，那被吊在空中的水手就有可能盪出去，撲通一聲掉進海裡。所以，亞哈在這件事上的措施並沒有什麼與眾不同；唯一奇怪之處似乎在於，史塔巴克，幾乎是唯一一個曾經敢於冒險反對亞哈的人，儘管一點都不堅決——還有一點，在瞭望這件事情上，亞哈對他的忠誠也同樣有所懷疑——這個人竟然會被他選為自己的守護者，隨便把身家性命交到這樣一個在其他方面並不為他所信任的人手中，這可真有點奇怪了。

此刻，亞哈第一次棲身在桅頂上，他在那裡還不到十分鐘，在這些緯度地區，那些經常圍繞捕鯨船桅頂瞭望員轉圈飛翔的、近得沒有轉圜餘地的凶猛紅嘴海鷹，就有一隻尖叫著繞著他的腦袋疾飛，劃著像迷宮一樣讓人眼花繚亂的圓圈。牠時而疾飛沖天，直飛到千尺高空，時而盤旋而下，又圍著他的腦袋打轉。但是，亞哈聚精會神地凝視著模糊遙遠的天際，似乎全然沒有注意到這隻野鷹；的確，任何人都不會怎麼注意牠，因為這種情況並非罕見；只是眼下連最粗心的人都能從鳥兒的幾乎每一個跡象中看出某種奸詐的意圖來。

「你的帽子，你的帽子，先生！」那個西西里水手突然叫了起來，他正在後桅頂上值班，正好站在亞哈後面，只是位置比亞哈低了一些，還隔著一道天空的深淵。

但是，那道黑色的翅膀已經到了老人的眼前，長長的彎嘴對準了他的腦門，隨著一聲尖叫，黑鷹帶著牠的戰利品一掠而去。

相傳有一隻鷹繞著塔克文的腦袋飛了三圈，叼走了他的帽子，又放了回來，因此，他的妻子塔娜奎爾宣稱，塔克文將成為羅馬之王。但是，只因為帽子又被叼了回來，那個預兆才被視為吉兆。亞哈的帽子卻一去不返；那隻野鷹叼著帽子不停地飛，飛向船頭正前面的遠方，最後消失無蹤了。就在牠消失之處，人們看見一個模糊的小黑點，從高空落進了大海。

## 第一三一章 「皮廓號」遇見「歡喜號」

「皮廓號」繼續緊張地航行，翻滾的波濤和日夜一同流逝。棺材做的救生圈還輕盈地懸擺著；視野裡出現了另一艘極其悲慘地被誤稱為「歡喜號」的船。隨著它的靠近，所有的眼睛都盯著它叫做「剪刀」起重機的寬大橫梁，在有些捕鯨船上，它就橫跨後甲板而立，有八、九英尺高，是用來吊起備用的、未裝索具的或是已經破損的小艇。

在這艘陌生船的剪刀起重機上看見了一些破碎的白色肋材，還有少量碎船板，它們曾經屬於一艘捕鯨艇；但是，這些殘骸現在一目了然，分明就像一匹馬剝了皮、有點散架的、發白的骷髏。

「可曾看見過白鯨？」

「看！」站在船尾欄杆處的臉頰深陷的船長，用他的喇叭筒指著小艇殘骸回答道。

「把牠宰了嗎？」

「能殺了牠的標槍還沒有鍛造出來呢。」對方回答說，悲哀地掃了一眼甲板上一個捲起來的吊床，幾個默不作聲的水手在忙著縫合捲起來的兩邊。

「還沒有鍛造出來！」亞哈從槍架上抓起珀斯打製的那支標槍，伸了出去，叫道：「你看看，南塔克特人；我這隻手裡就握著牠的命！這些倒鉤都是用血淬火、用閃電鍛造的；我發誓要在白鯨最致命的地方，鰭後面那個滾熱的地方，再給牠淬上三遍火！」

「那就願上帝保佑你，老人家——你看看那個，」指著那吊床，「五個身強力壯的人，只有一個由我來埋，他們昨天還活著，但還沒到晚上就全死了。只有那一個由我來埋；其他的都給活埋了，你

就航行在他們的墳墓上。」然後他轉向自己的水手說，「你們準備好了沒有？那就把板子放在船欄上，把屍體抬起來，就這樣，來吧——啊，上帝！」他舉起雙手，向那吊床走去，「願復活與生命——」

「帆桁向前！轉舵迎風！」亞哈閃電般對水手們叫道。

但是，儘管「皮廓號」突然啟動，也未及避開屍體落水時發出的潑濺聲。它的確還不夠快，有些飛沫還有可能濺到船身上，為它施以幽靈的洗禮。

就在亞哈悄悄離開灰心喪氣的「歡喜號」時，那只掛在「皮廓號」船尾的奇異的救生圈便扎眼地顯露出來。

「哈！那邊！看那邊，夥計們！」只聽得後面響起一個預言般的聲音，「真是枉費心機，啊，你們這些陌生人，你們飛快地逃離了我們悲哀的葬禮，但你們一轉身，卻讓我們看見了你們的棺材！」

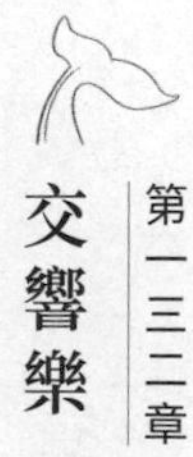

# 第一三二章 交響樂

這是晴朗的一天，天空呈鋼藍色。天空和大海幾乎難以分辨，一片蔚藍；只是那沉思的天空透明而純淨，柔和得有如女子的臉，而男人般粗獷的海洋則強勁地起伏著久久不息的湧浪，像是參孫睡夢中的胸脯。

在高空，這裡，那裡，到處滑翔著沒有一絲斑點的小鳥雪白的翅膀，牠們是那嬌柔天空溫和的思緒；但是在大海裡，在那片無底的藍色深處，強大的鯨魚、劍魚和鯊魚在衝來撞去，牠們就是男性的大海那強大、不安又殘忍的念頭。

儘管內裡有別，但外在差別僅在於陰影的濃淡；海天似乎合二為一了，彷彿只能從性別上把它們區分開來。

高處的太陽，像一個高貴的帝王，似乎把這溫和的天空賜給了魯莽而騷動的大海，就像把新娘交給了新郎。而那腰帶般的地平線上，有一種輕柔的顫抖——這是赤道最常見的景象——標誌著那可憐的新娘在獻出懷抱時那種滿懷信任的溫柔與悸動，以及又驚又愛的心情。

眉頭緊鎖，皺紋糾結，形容憔悴，堅定不屈，亞哈的眼睛像灰燼中還在燃燒的兩塊煤炭，他毫不動搖地站在早晨的晴空下，抬起破頭盔般的額頭，望著蒼穹那美麗少女般的前額。

啊，不朽的天真無邪的藍天！在我們周圍嬉戲的看不見的帶翅膀的生靈！親切的童年時代的天空！你們對老亞哈愁腸百結的悲傷是多麼健忘！但是，我也看見了小小的米里亞姆和瑪莎，這兩個眼中笑意盈盈的精靈，漫不經心地繞著他們的老父親嬉戲，撥弄著生在他那熄滅了的火山口似的腦邊的那圈燒焦的鬈髮。

亞哈從艙口上來，緩慢地穿過甲板，斜靠在船舷上，凝望著自己水中的影子愈來愈深地沉下去，沉得愈深，他愈是想把它的奧祕看穿。但是，那迷人的空氣中的可愛芳香似乎終於將他靈魂中腐蝕性的東西暫時驅散了。那歡樂幸福的空氣，那迷人的天空，終於來撫慰他了。這個一向殘酷而令人難以親近的繼母般的世界，現在張開了親熱的臂膀，摟住了他倔強的脖子，彷彿在他肩頭喜極而泣，無論他曾經怎樣任性胡為，過錯累累，她都發自內心地想要拯救他，祝福他。於是，從低垂的帽檐下面，亞哈掉下了一滴眼淚，落進了大海，整個太平洋還不曾有過像這一小滴淚水這樣的財富呢。

史塔巴克看著這個老頭，看著他怎樣沉重地斜靠著船舷。他似乎以他那顆真誠的心，聽到了從周遭的寧靜深處悄悄傳出來的抽泣聲。他小心翼翼地不去遇到他，或是引起他的注意，但卻還是靠近了他，站在那裡。

亞哈轉過身來。

「史塔巴克！」

「先生。」

「啊，史塔巴克！這風很柔和，很柔和，這天色也很柔和。就在這樣的一天——也像今天這樣甜蜜——我打到了我的第一頭鯨——一個十八歲的小標槍手！四十——四十——四十年前了！——過去了！連續捕鯨捕了四十年！四十年的窮困，危險和風暴！四十年在無情的海上過！四十年，亞哈拋棄了和平的陸地，四十年和恐怖的深淵開戰！是的沒錯，史塔巴克，這四十年中，我在岸上度過的日子還不到三年。當我想起我這一生，這一生的孤獨淒涼，這用石頭牆圍住的與世隔絕的船長生涯，只能從外面翠綠的田野中得到那麼一點點的安慰——啊，厭倦！沉重！幾內亞海岸孤獨的奴隸主！——當我想起這一切，以前只是半信半疑，並沒有透澈地理解——四十年來我吃的都是怎樣乾巴巴的醃貨——正好象徵了我的靈魂乾巴巴缺乏營養！——最窮的陸地人每天都還有新鮮水果可吃，掰開的是世上新鮮的麵包，而我吃的都是發黴的麵包皮——走了，漂洋過海，離開我過了五十歲才迎娶的年輕妻子，婚後第二天就駛向了合恩角，只在新婚的枕頭上留下一個凹坑——妻子？妻子？——還不如說是在守活寡！是的，我一結婚就讓那可憐的女孩成了寡婦，史塔巴克。然後就是瘋狂，暴怒，熱血沸騰，額頭冒煙，老亞哈就是這樣上千次放下小艇，狂暴地、浪花四濺地追擊他的獵物——與其說是個人，不如說更像個惡魔！——是的，是的！老亞哈這四十年是個怎樣的傻瓜——傻瓜——老傻瓜！為什麼要這樣拚命地追擊？為什麼要這麼疲憊地、手臂發麻地扳槳、投標槍、扎魚槍？亞哈現在發了沒有，過得多好了嗎？看看吧。啊，史塔巴克！背著這麼讓人厭倦的負擔，一條可憐的腿又給咬掉了，這還不苦嗎？唉，把這白頭髮撩開，它讓我看不見東西，弄得我像是要哭了。除了從灰燼當中，哪裡還能長出這麼白的頭髮！但是，我顯得很老嗎？很老很老嗎？史塔巴克？我覺得非常虛弱，腰彎背駝，彷彿我就是亞當，從樂園時代起就這樣蹣跚走過了不知多少個世紀。上帝！上帝！上帝！——傷透了我的心！——打冒了我的腦漿！——笑柄！笑柄！這白髮真是痛苦辛辣的笑柄，我是不是過得太高興了才生出了你，才顯得、才感覺老得不可忍受？靠近些！站在我跟前，史塔巴克；讓我來仔細看看人類的眼睛；這比凝視大海或天空都好；比凝視上帝都好。憑綠色的陸地，憑明亮的火爐發誓，這就是一面魔鏡；我在你的眼中看見了我的妻兒。不，不；留在船上，留在船上！——我下海時，打了烙印的亞哈追擊莫比．迪克時，你可不要下海。你不該去冒那個險。不，不！我在你的眼睛裡，看到的可是遙遠的家啊！」

「啊，我的船長！我的船長！高貴的靈魂！終究有偉大而古老的胸懷！為什麼要追擊那頭可恨的鯨魚呢！和我走吧！讓我們逃離這些致命的水域！我們回家吧！史塔巴克也有妻小——至親至愛、少小玩伴的妻兒；就和你一樣，先生，你這鍾情思念的慈父般的老人也有自己的妻兒！走吧！我們走吧！——現在就讓我轉變航向！多麼快活，多麼高興，啊我的船長，那樣我們就會一路順風，再次看見古老的南塔克特！先生，我想，在南塔克特，也有和這裡一樣溫柔的藍天。」

「有的，有的。我見到過——某些夏日的早晨。大致就在這個時間——是的，現在是孩子的午睡時間——那男孩生機勃勃地醒來了；坐在床上；他的母親在向他說起我，說起我這個食人生番的老頭；說我怎樣離家出海，但是總會回來逗弄他玩的。」

「這是我的瑪麗，我的瑪麗本人！她答應我的兒子，每天早上，都會把他帶到山上，讓他第一眼就看到父親的帆！是的，是的！再也沒有了！一切都完了！我們朝南塔克特開吧！來吧，我的船長，研究一下航線，我們走吧！看，看！我的兒子的臉出現在視窗了！我的兒子在山崗上招手了！」

但是，亞哈把目光避開了，他像一株枯萎的果樹一樣搖晃，把最後一顆枯萎的蘋果搖落在地上。

「這是什麼，這是什麼無以名狀、不可思議、神祕可怕的東西；是什麼欺詐的、隱祕的主人和殘忍無情的暴君在支配著我；讓我違背所有自然的愛慕與渴望，這樣一直衝啊、擠啊、塞啊；魯莽地隨時準備做出我的本心不敢做出的事情？是亞哈，亞哈嗎？是我，是上帝，還是什麼人，舉起了這隻手臂？但是，如果偉大的太陽不是靠自身在運轉，而只是天上一個聽差的小男僕，如果不是依靠某種無形的力量，連一顆星星都不能旋轉；那麼，這顆小小的心臟又怎麼能跳動，這個小小的腦袋又怎麼能思考，除非是上帝讓它跳動，讓它思考，讓它活著，而不是我。老天在上，老兄，我們在這個世界上轉了又轉，像那邊的絞盤，而命運就是手桿。瞧！那始終微笑著的天空，那始終深不可測的大海！看！看那邊的金槍魚！誰讓牠對那飛魚又追又刺？謀殺犯到哪裡去了，老兄！法官自己都被拖上了法庭，誰來判決？不過，這風很柔和，很柔和，這天色也很柔和；現在空氣聞起來像是從遙遠的草地上吹來的；安地斯山坡下的什麼地方有人在晾乾草，史塔巴克，割草人正在新割的草堆中睡覺。睡覺嗎？唉，我們不管怎樣操勞，最後都會睡到田野裡去。睡覺？是的，而且還在一片青蔥中腐爛，就像去年抛下的鐮刀，留在割了一半的草叢中──史塔巴克！」

但是，因絕望而面色慘白如同死屍一般的大副，此時已經偷偷走開了。

亞哈穿過甲板，從另一側的船舷向下凝視，可是，水中倒映出的兩隻死死盯著他的眼睛，讓他吃了一驚。原來是費達拉，一動不動地斜靠在同一條欄杆上。

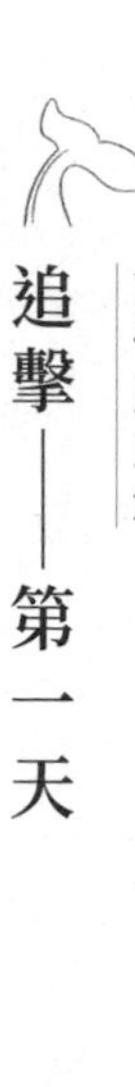

## 第一三三章　追擊——第一天

那天晚上，值午夜班的時候，那老人像往常習慣的那樣，從他斜靠著的艙口走上甲板，走向他插假腿的旋孔時，他猛地把臉伸出來，嗅著海上的空氣，像船上一條聰慧的狗，靠近某座荒蠻的小島時表現的那樣。他斷定附近一定有一頭鯨魚。不久，所有值班的人就清楚聞到了活的抹香鯨發出的有時從很遠的地方就能聞到的獨特氣息。在查看了羅盤，檢查了風標，隨後盡可能確定了這股氣息的準確方向之後，便沒有任何人覺得驚訝了。亞哈迅速下令將船的航向稍作調整，收縮風帆。

到了早上，採取這些精明措施的行為便被證明是完全正確的了，在正前方的海上出現了溜滑的一條長帶，光滑如油，周圍好像還有打褶的漣漪，很像一條很深的湍流在出口處沖激而成的金屬般鋥亮的浪潮。

「上桅頂！把人都叫起來！」

達戈抓起三根手桿，打雷一般敲擊著船頭樓的甲板，把睡著的人都喚了起來，他們似乎被這末日審判的隆隆聲吸出了艙口，手裡拿著衣服，立即湧了出來。

「你們看見了什麼？」亞哈叫道，仰首望天。

「什麼都沒有，什麼都沒有，先生！」桅頂上的一個聲音回答。

「上桅帆！——翼帆！上上下下，左左右右，都升起來！」

所有的帆都扯了起來，他鬆開了救生索，那是專門用來將他吊到主桅最上桅桅頂上去的。不一會兒，人們就把他吊到了那裡，可是，在升空到三分之二高度的時候，他從中帆和上桅帆之間的水平空檣向前一望，便發出海鷗般的尖叫：「牠在那裡噴水！——牠在那裡噴水！一座雪山一樣的背峰！是莫比・迪克！」

三個瞭望員也似乎同時發出了叫聲，甲板上的人頓時激動起來，全都奔向索具，都想看一看這頭他們追逐了這麼久的聞名遐邇的大鯨真容。亞哈現在已經到了最終的落腳處，比其他瞭望員高出幾英尺。塔什特戈就站在他下面的上桅頂的桅冠上，這個印第安人的腦袋幾乎和亞哈的腳後跟在一個水平線上。從這個高度，現在可以看見大鯨在前方一英里開外，隨著每一陣翻湧的浪花，露出牠高聳的閃光的背峰，和有規律地升向空中的無聲的噴水。在容易輕信的水手看來，這同一個無聲的噴水，似乎很久以前，他們在太平洋和印度洋的月光下就曾見到過。

「你們沒人在我之前發現牠吧？」亞哈向他周圍棲息在桅頂上的人叫道。

「我幾乎是和亞哈船長您同時發現的，我也喊了。」塔什特戈說道。

「不是同時；不是同時——不，那枚古金幣是我的，是命運之神專門留給我的。只有我，你們沒有人能第一個發現白鯨。牠在那裡噴水！——牠在那裡噴水！——牠在那裡噴水！又噴了——又噴了！」他拖長了音調，緩慢地，有條不紊地喊著，正好與大鯨噴水間隔明顯逐漸拖長合拍。「牠要下潛了！撐起翼帆！落下上桅帆！準備好三艘小艇。史塔巴克先生，記住，留在船上，你來守船。把好舵！將船首朝上風，朝上風一個羅經點！就這樣，穩住，夥計，穩住！尾巴揚起來了！不，不，只是一團黑水！小艇都準備好了嗎？準備，準備！把我放下來，史塔巴克先生，放，放——快點，再快點！」說著，他從空中滑落到甲板上。

「牠徑直朝背風處去了，先生，」史塔布叫道，「離開了我們，但可能還沒有發現大船。」

「別說話，老兄！準備轉帆索！把緊舵！——帆桁向上！使船帆迎風拍動！——使船帆迎風拍動！——就這樣，好！小艇！小艇！」

不久，所有小艇都放下水去，除了史塔巴克的那艘。小艇上的帆都扯了起來——大槳小槳都在猛划，射向背風處。亞哈一馬當先。費達拉凹陷的眼中閃出蒼白的死亡之光，可怕地動了下嘴巴。

他們輕盈的艇首像無聲無息的鸚鵡螺殼，快速地破浪前進，但在靠近敵人時便放慢下來。隨著他們一點點靠近，大海也變得愈發平靜，像在它的海浪上面蓋了一層毯子，又像是一片中午的草地，寧靜地鋪展開來。終於，屏息靜氣的獵手靠近了似乎毫無察覺的獵物，牠整個燦爛的背峰清晰可見，彷彿一個單獨之物，滑過海面，持續不斷地攪起一圈細緻的、羊毛般發綠的泡沫。獵手還看見了牠那略微伸出的巨大頭顱上複雜的皺紋。在牠前面，遠在柔軟的土耳其地毯一樣的水面上，前進著牠那寬闊的乳白色前額投下的閃光的白影，有潺潺作響的音樂般的水聲伴隨著這陰影嬉戲；而在後面，藍色的海水交替湧入牠穩定的航跡留下的移動峽谷，兩側都有明亮的水泡升起，在牠身旁飛舞。成百上千隻活潑的海鳥遮蔽著海面，時飛時止，用輕盈的腳爪將這些水泡碰碎；新近刺在白鯨背上的一根魚槍，長長的碎裂了的槍桿，像一艘刷著彩漆的大商船上高聳的旗杆；這些雲團般腳爪柔軟的海鳥，像華蓋一樣在鯨魚身上掠來掠去，不時地有一隻會悄悄棲息在這根旗杆上，搖搖晃晃，長尾上的羽毛像槍旗一樣飄動。

一種文雅的歡樂氣氛籠罩在滑行的大鯨周身，牠在迅疾游動中依然保持著溫和寧靜。化身白公牛的宙斯帶著劫奪來的歐羅巴，讓她攀附著他優美的雙角，他那可愛的眼睛全神貫注地斜睨著這位少女，以平穩銷魂的速度，一路微波蕩漾，直向克里特島的婚房而去，就是這時的宙斯，這偉大的眾神之王，也比不過莊嚴游動時的白鯨那樣光芒四射。

大鯨分開波浪，波浪遠遠地湧流開去，這時牠便露出兩側柔軟的肚腹，閃閃發亮，令人目眩神迷。難怪有些獵人會被這種寧靜弄得欣喜若狂，忍不住冒險去攻擊牠，到頭來卻悲慘地發現，那種寧靜下隱藏的只不過是龍捲風。啊，悄悄滑行的大鯨，無論你從前以這種招數欺騙和毀滅了多少人，初次看見你的人，他們眼中看見的依然是寧靜，誘人的寧靜！

就這樣，穿過熱帶海洋的晴朗寧靜，在高興得過了頭、忘記了鼓掌的波浪中間，莫比·迪克向前移動著，但依然不讓人看見牠那沒在水下的恐怖身軀，徹底隱藏著扭曲可怕的下巴。但是不久，牠身體的前部就慢慢升出水面，一瞬間，牠整個帶有大理石花紋的身軀形成了一個高高的拱形，像是維吉尼亞州的天生橋一般，警告性地在空中揮舞著牠旗幟般的尾鰭，這雄偉的大神顯露真身，又潛下水去，從視野中消失了。白色的海鳥盤旋逗留，翅膀掠水，渴望地流連在大鯨留下的動盪的水窩上面。

大槳豎起，小槳垂下，船帆鬆弛，三艘小艇現在都靜靜地漂浮著，等待莫比·迪克再度出現。

「都一個小時了。」亞哈說，他扎根一般站在他小艇的艇尾，凝視著鯨魚消失的遠處，朝向背風處淡藍色的空際和廣袤誘人的汪洋。這只是一瞬間，因為當他掃視一圈水面之後，他的眼睛似乎也打起圈來。此刻微風吹起，大海開始洶湧起來。

「鳥群！——鳥群！」塔什特戈叫道。

一群白鳥就像蒼鷺飛行時那樣，以長長的一列縱隊，朝亞哈的小艇飛來，在距離幾碼遠的時候，牠們開始在水面上撲飛，一圈圈旋轉著，發出快樂期待的叫聲。牠們的視力比人類敏銳；亞哈還不能在海上看出什麼跡象。可是突然之間，當他向海中一望再望，卻真切地看見了一個活動的白點，還沒有一隻白色的鼬鼠大，以奇妙的速度在上升，愈來愈大，直到最後一轉身，清晰地顯露出兩排長長的閃光的白色彎牙，從深不可測的海底浮上來。那是莫比·迪克張開的大嘴和彎曲的下巴；牠巨大的隱蔽著的身軀依然半混在藍色的海水之中。閃光的嘴巴在小艇下張開，就像一個墓門大開的大理石墳塋；亞哈用舵槳向旁邊一掃，將小艇旋向一邊，避開了這巨大的幽靈。隨後，他招呼費達拉與自己交換位置，他到艇首去，抓起珀斯鍛造的標槍，命令水手抓緊自己的槳，準備倒划。

現在，由於把小艇以艇尾為軸及時地一旋，艇首便像預期的那樣，正好朝向了大鯨還隱在水下的

腦袋。但是，彷彿識破了這個計謀，莫比・迪克以其天生的邪惡靈性，側身一轉，瞬間便把牠那打褶的腦袋徑直扎進了艇底。

頓時，小艇整個發起抖來，每一塊船板和每一根肋材，都戰慄起來，大鯨傾斜地仰臥著，樣子像一條張嘴咬齧的鯊魚，玩味一般地慢慢將艇首全部吸進自己的嘴裡，牠那又長又窄扭曲的下巴，便在空中高高探起，一隻牙齒還卡在槳架上。珍珠般淡藍色的下巴內壁離亞哈的腦袋還不到六英寸，嘴巴前端在空中伸得更高。白鯨以這種姿勢搖晃著輕盈的杉木小艇，就像一隻溫和而殘忍的貓在玩弄抓到的老鼠。費達拉毫不吃驚地凝視著這一切，交叉著雙臂；但是，那些虎黃色的水手卻連滾帶爬地越過彼此的頭頂，要到艇尾的最後邊去。

此刻，當大鯨惡魔般地玩弄著這劫數難逃的小艇，兩側有彈性的舷牆一直在一凹一凸地動，因為鯨的身軀還浸沒在小艇下面，而艇首幾乎全部被含在牠嘴裡，從艇首便無法向牠投擲標槍；這時，面對這不可抵擋的突如其來的危機，其他幾艘小艇不由自主地停了下來。於是，偏執狂亞哈，眼看自己的死敵逗弄人一般地近在咫尺，自己又無能為力地活活落入他所憎恨的嘴巴裡，不由得火冒三丈，被氣得發瘋，他赤手抓住那根長牙，魯莽地想把它扭下來。正當他這般徒勞地奮鬥之時，大鯨的下巴一滑，離開了他，那脆弱的舷牆便凹了進去，崩潰了，啪的一聲斷了，而大鯨的上下顎像一把巨剪，又向後一滑，將小艇咬成兩段，然後閉得緊緊的，從兩截漂浮的殘骸中間沒入水中。兩截殘艇漂向一邊，破碎的零星物在下沉，艇尾殘骸上的水手緊緊攀附著舷牆，極力想抓住木槳，好划到前面去。

眼看著小艇就要斷成兩截的一瞬間，亞哈第一個覺察到鯨魚的意圖，便靈巧地把頭往上一頂，暫時鬆開了手。在那一刻，他的手做了最後的努力，要把小艇推出鯨魚的嘴巴。但是小艇反而更深地滑進了鯨嘴，而且這一滑，小艇又側翻過來，把他握著鯨牙的手震開了，就在他俯身要去推時，把他從鯨魚嘴裡摔了出來，仰面朝天跌落在海面上。

莫比・迪克拖著漣漪離開了牠的獵物，躺在不遠的地方，牠長方形的白色巨頭在湧浪中垂直地上下升降，與此同時，緩慢地旋轉著牠紡錘形的身體，如此一來，當牠寬大的布滿皺紋的前額升起時——高出水面大概有二十多英尺——上升的浪潮，連同所有匯合在一起的波濤，便耀眼地撞碎在牠的額頭上，報復性地將顫抖的浪花拋擲到更高的空中[1]。正如在狂風中，部分受阻於海峽的浪濤從埃迪斯通岩腳下反彈回來，不過是想用牠的飛沫一舉越過岩頂。

但是，剛一恢復水平姿態，莫比・迪克就迅速繞著落水的水手一圈圈游動，從一旁攪起復仇的浪花，彷彿準備再一次發起更為致命的攻擊。看到破碎的小艇似乎讓牠發起瘋來，就像是《馬加比父子書》中，在安條克的象群見了拋在牠們前面的血紅的葡萄和桑葚一樣。與此同時，亞哈被大鯨傲慢的尾巴攪起的泡沫幾乎窒息了，況且他還是個殘疾，沒法游泳——儘管如此，他還是設法浮在水面上，即使是在這樣湍急的漩渦中央；只能看見亞哈無助的腦袋，像一個被拋來擲去的水泡，稍微撞一下就會爆裂。從小艇破碎的艇尾上，費達拉漠不關心、不慌不忙地注視著他，攀附在漂浮的艇首殘骸上的水手，也無法救援他，他們自己尚且自顧不暇。

白鯨的圈子轉得令人害怕，快如流星，圈子逐漸收縮，似乎要直接撲到他們身上。而且，雖然其他小艇未受損傷，還徘徊在附近，卻還是不敢划進漩渦，發起攻擊，擔心這樣一來，會馬上給亞哈及其他所有身處危難的人帶來毀滅，而且，那樣做也會讓他們自己無路可逃。於是，大家便眼睜睜地停留在這個悲慘現場的邊緣，而這會兒，那個老人的腦袋便成了這個地帶的核心。

其間，在大船桅頂上的水手，從一開始就看見了全部情況。大船馬上調整了帆桁，直奔現場而來；這時已經近得能聽到亞哈在水中呼喊：「駛向——」但是話還沒說完，莫比・迪克掀起的一個大浪潑濺過來，暫時將他淹沒了。他又掙扎出來，碰巧從一個高聳的浪峰上冒了出來，大叫道：「駛向鯨魚！——把牠趕走！」

「皮廓號」將船首對準鯨魚，劈開那個施了魔法的圈子，把白鯨和受害者徹底分開。當白鯨悻悻地游開，幾艘小艇飛也似的趕去營救。

亞哈被拖上史塔布的小艇，兩眼充血，什麼都看不見，皺紋裡凝結著白花花的鹽水；長時間的緊張讓亞哈的體力衰竭了，他無助地屈服了，只能暫時任憑擺布，像一攤爛泥躺在史塔布的小艇裡，如同被象群踐踏過一般。從他內心深處發出的無可名狀的哀號，像是發自遠方的荒谷哀音。

但是，這來勢凶猛的身體上的虛脫，來得猛也去得快。偉大人物有時將常人分散在一生中的膚淺痛苦，凝聚為瞬間的一次劇痛。因此，這樣的人物，儘管每一次痛苦都很短暫，但是，如果命中註定，他們的一生將彙聚起整個時代的悲痛，而且全部是由瞬間的劇痛所組成；因為哪怕他們的最微末的痛苦，就其高尚的性質來說，都抵得上常人畢生的痛苦。

「標槍，」亞哈吃力地慢慢抬起半個身子，用一隻曲起的手臂撐著，「沒事吧？」

「沒事，先生，因為它沒有投出去，它在這裡。」史塔布說，把標槍拿給他看。

「放在我前面；——有人失蹤嗎？」

「一，二，三，四，五；——一共五支槳，先生，這裡有五個人。」

「那好。——幫我一把，老兄；我想站起來。嗯，嗯，我看見牠了！在那裡！那裡！還在向背風處去；那噴水多猛啊！——把手拿開！永恆的元氣又在亞哈的骨頭裡升騰了！扯起船帆；伸出槳去；轉舵迎風！」

往往有這樣的情況，當一艘小艇被撞毀，艇上的水手被另一艘小艇撈起來，他們就在這艘艇上幫忙，於是就用所謂雙排座槳繼續追擊。現在的情況就是這樣。但是，小艇增加的力量和大鯨增加的力

1 這是抹香鯨獨有的動作。因為和以前描述過的捕鯨槍上下起伏的預備性動作相似，而被稱作投桿。憑藉這個動作，大鯨肯定能最一目了然地觀察到周遭的任何目標。——原注

量並不對等，因為，大鯨似乎每根鰭都有三排座槳，牠游動的速度清楚表明，在這種情況下，如果繼續追擊，即便不是毫無希望，追擊的時間也會無限期地延長。這麼長時間不停頓的緊張划槳，任何水手都是挺不住的，這種事偶一為之，還勉強受得了。這時，正如有時發生的那樣，大船本身就成了最有希望追上獵物的工具了。因此，現在小艇都向大船划去，不久便被吊上了起重機——在此之前，遇難小艇的兩部分殘骸已被大船打撈起來——然後，所有的東西都吊在船側，船帆高高扯起，翼帆也從側邊伸出，像是一隻有兩副翅膀的信天翁，「皮廓號」便這樣直朝背風處的莫比．迪克撲去。桅頂上的人按照大鯨眾所周知有條理的噴水間隔，定期報告牠那閃光的噴水。每當報告說大鯨剛剛下潛，亞哈便記錄下時間，然後手裡拿著羅盤表，在甲板上踱來踱去，一旦過了預定時間的最後一秒，便會聽到他的聲音響起。——「現在古金幣是誰的了？你們看到牠了嗎？」如果回答是沒有看見，他就馬上命令把自己升到桅頂上去。這一天就是這樣耗過去了，亞哈時而在高處一動不動，時而在甲板上不安地踱來踱去。他這樣踱步的時候，一言不發，除非向桅頂的人喊話，或是吩咐他們升高一面船帆，或是把一面船帆張得更大些——他就這樣前後踱步，帽子壓得低低的，每一次轉身，都要經過他那艘遭難的小艇，它現在被扔在後甲板上，翻轉地躺在那裡，破碎的艇首對著破爛的艇尾。最後，他在它前面停下腳步，就像業已陰雲籠罩的天空，有時會有新的流雲掠過那樣，這個老人的臉上此時也悄悄添上了一層陰沉的神色。

史塔布看見他停下了，也許是有意（但並非枉然）要表明他自己的精神並未動搖，從而在他船長的心目中保留一個勇敢的形象，他走上前來，注視著小艇殘骸大聲說道：「這是驢都不吃的薊，它太扎嘴了，先生，哈！哈！」

「多麼無情的東西，竟然嘲笑一個殘骸？老兄，老兄！如果我不知道你勇敢得像無所畏懼的火神（也像火神一樣呆傻），我就敢發誓說你是個膽小鬼。面對一個殘骸，不應該唉聲歎氣，也不應該嘻嘻哈哈。」

「是的，先生，」史塔巴克靠過來說道，「這是個嚴肅的場面；一個預兆，而且是個不祥之兆。」

「預兆？預兆？——這是辭典上的說法！如果眾神想直截了當地對人說話，祂們就會光明正大地說出來；而不是搖著腦袋，給出老太婆一般含糊其詞的暗示。——走開！你們兩個就是一件東西的兩極；史塔巴克是史塔布的背面，史塔布是史塔巴克的背面；你們倆就是全人類；而亞哈則孤零零站在人煙稠密的世界上，既沒有神，也沒有人，與他為鄰！冷，冷——我在發抖——現在怎麼樣了？喂，上邊的！你們看見牠了嗎？每一次噴水都要大聲報告，即使牠一秒鐘噴上十次！」

一天將盡，只有太陽金袍的緄邊還在沙沙作響。很快，天就幾乎全黑了，可是，幾名瞭望員還留在桅頂上面。

「現在看不見噴水了，先生；——天太黑了。」空中一個聲音喊道。

「最後一次看見是朝什麼方向去的？」

「和以前一樣，先生，——徑直向背風處去了。」

「好！天黑了，牠會游得慢些了。降下最上桅帆和上桅翼帆，史塔巴克先生。天亮之前，我們可別追過了頭。牠正在轉移，可能會停下來歇歇。轉舵迎風！讓船吃滿風！上邊的，下來！——史塔布先生，另派一個人上前桅頂，天亮之前，就由你照看，輪換人手。」然後，他向主桅上釘著的那枚古金幣走去——「夥計們，這枚金幣是我的，因為我贏了；但是，我會讓它繼續留在這裡，直到白鯨死掉；而且，到了那一天，無論你們當中誰第一個發現牠，這枚金幣就歸誰；如果到時候，還是我第一個發現牠，我會拿出十倍的錢分給大家！現在走吧！——甲板歸你了，先生！」

這樣說著，他又去站在艙口舷梯的中間，壓低了帽子，一直站到天亮，只是間或振作一下，看看夜色到了什麼時分。

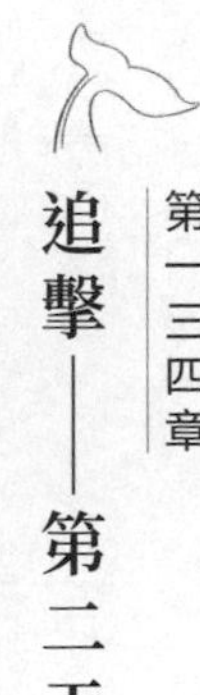

第一三四章

# 追擊——第二天

破曉時分，三根桅頂上準時更換了新的人手。

「你們看見牠了嗎？」亞哈等到天光稍微放亮之後叫道。

「什麼都沒看見，先生。」

「把所有人都叫起來，增加船帆！牠游得比我想的要快；——上桅帆！——唉，應該讓它們整晚上都張著。但是沒關係——這只是休息一番，然後再衝刺。」

這裡應該說一下，這種執拗地追擊一頭特定的鯨魚，持續不斷地從白天追到晚上，從晚上追到白天，在南海捕鯨業中絕不是前所未有的事。在南塔克特船長們中間，有些了不起的天縱之才，他們身懷絕技，具有來自經驗的先見之明，以及戰無不勝的信心，使得他們在某些特定情況下，僅憑對最後發現的鯨魚的簡單觀察，就能相當精確地預言，牠在消失之後的一段時間內會繼續游往什麼方向，以及那段時間中牠可能的前進速度。在這些情況下，他們有點像一個幾乎看不見海岸的領航員，他熟知大致的走向，而且他也想盡快返回到岸邊，只不過是在稍遠一點的地方而已。正如這個領航員站在羅盤旁邊，記錄下目前可見的海岬的準確方位，為了更有把握地靠上那個遙遠的、看不見的，但終會抵達的海角；捕鯨者也是如此，他守著羅盤，追蹤著大鯨，因為經過白天數小時的追逐，又勤勉地做了記錄，當夜色掩蓋了鯨魚的蹤跡，牠在黑暗中的未來的航線，對於精明的獵手來說，也幾乎像是海岸之於領航員那樣有把握。所以，憑藉這個身懷絕技的獵手的經驗，這人盡皆知的寫在水上的東西——航跡，對於他全然渴望達到的目的來說，就和穩固的陸地一樣可靠。就像現代鐵路上那強有力的鋼鐵巨獸，人們如此熟知它的每一個步伐，只要手裡有錶，就能像醫生測出嬰兒脈搏那樣推測出它的速度；並且輕鬆地說出，上行列車或下行列車將在某時某時抵達某地某地；幾乎同樣如此，在有些場合下，這些南塔克特人也能根據對大海獸速度的觀察，推測出若干小時之內，這大鯨能走出兩百英里，牠大致能游到什麼經緯度。但是，要使這種敏銳的推算最終奏效，捕鯨者必須得到風和海潮的助力，因為，如果趕上無風或逆風而不能行駛，行船的人即便有絕技準確推算出他距離港口還有九十三又四分之一里格，那又何用之有？由此類推，在追擊鯨魚這件事上，還有許多連帶的微妙因素。

大船繼續向前疾駛，在海面上留下一道犁溝，就像一顆誤發的大炮彈，變成了犁頭，把平地翻開來一般。

「真是了不起！」史塔布叫道，「甲板的運動快得人腿都抖了，直刺心臟。這船和我是兩個勇敢的傢伙！——哈，哈！有人把我托起來，讓我脊梁順著海面射出去——因為我敢發誓，我的脊梁就是龍骨。哈，哈！我們步態輕盈，沒有揚起一點灰塵。」

「牠在那裡噴水了——牠在噴水！——牠在噴水！——就在前面！」這時，桅頂上有人喊道。

「是的，是的！」史塔布叫道，「我知道——你逃不掉的——大鯨啊，你繼續噴吧，噴吧！瘋狂的惡魔正在親自追你！吹你的喇叭——鼓起你的肺吧！——亞哈會堵住你的血，就像一個磨坊主在激流上關住水閘！」

史塔布的話差不多代表了全體水手的心聲。這一番瘋狂的追逐讓他們熱血沸騰，就像陳年老酒後勁發作一般。他們中間有些人，不管在以前曾有過怎樣模糊的恐懼和預感，現在這些東西不僅隨著對亞哈日益增長的敬畏而隱藏起來，而且全都被打破了，徹底瓦解了，就像大草原上膽怯的兔子，在跳躍的野牛面前四散奔逃。命運之手攫住了他們所有人的靈魂，而且，經過昨天白天震撼人心的危險場面，昨天夜裡懸而未決的折磨，加上他們那艘瘋狂的小艇猛追飛逃的目標時那種執拗、無畏、盲目的勁頭，所有這些，都使得他們的心一路滾滾向前。風把船帆吹得像大肚子一樣鼓起來，用無形的不可抗拒的手臂推送著船隻，這似乎就是那冥冥中驅使他們投入競賽的神力的象徵。

他們成了一個人，而不是三十個人。就像那艘載著他們的船，儘管是由各種截然不同的東西拼湊而成——橡木、楓木、松木、鐵、瀝青和麻繩——然而，這些東西卻緊密結合成一艘具體的船，在長長的主龍骨的平衡與指引下，一路飛馳；同樣，所有性格各異的水手，有的勇敢，有的膽怯，有的有罪，有的有惡，各色人等，統統融為一體，都在亞哈這個他們唯一的主子和龍骨的指揮下，奔向那命中註定的目標。

索具挺住了。桅頂像是高高的棕櫚樹頂，攀滿了一簇簇大張著的手腳。有人用一隻手攀住桅杆，另一隻手伸出去，焦急地揮舞著；還有的用手遮住刺眼的陽光，坐在搖晃的帆桁外端；所有帆桁上都載滿了人，為命運的安排做好了準備。啊！他們還在怎樣拚命地穿過無垠的蔚藍，去尋找那個將要毀滅他們的東西！

「如果你們看到了牠，幹麼不大聲報告？」自從第一次叫喊，已經有一段時間沒有聽見喊聲了，於是亞哈叫道，「老兄，把我吊上去，你們上當了，莫比・迪克絕不會那樣只噴一次水就不見的。」

果真如此。原來，只顧著一個勁地猛追，桅頂上的人錯把別的東西當成大鯨的噴水了，這個情況隨後就得到了證實；因為亞哈剛剛升到他的棲息處，安全繩剛剛拴在甲板上的栓子上面，他便為這支管弦樂隊奏響了主調，連空氣都震動起來，像是一排火槍齊射那樣。三十個穿鹿皮的人從肺腑裡發出勝利的歡呼——原來，比想像中噴水所在的地方要近得多，就在前方不到一英里——莫比・迪克的身軀突然湧入視野！這次發現白鯨就在附近，不是因為看見了牠那平靜懶散的噴水，也不是因為牠頭上那個神祕的噴泉在平靜地湧流，而是因為牠那神奇得多的鯨跳現象。這抹香鯨以最快的速度，從海底一躍而出，將牠整個身軀顯露在純淨的空氣之中，隨之湧起的是山一般耀眼的泡沫，如此一來，從七英里開外就能發現牠的位置。這種時候，那些被牠撕裂和抖落的憤怒的波浪，彷彿就是牠的鬃毛；有些情況下，這種跳躍是一種挑釁行為。

「牠在跳呢！牠在跳呢！」隨著白鯨大展神威地鮭魚般躍向空中，船上響起一片叫聲。牠掀起的浪花，突然出現在蔚藍平原似的海面上，襯著更加蔚藍的天際，頓時像冰川一樣，絢然奪目，難以忍受，然後，這最初耀眼的強光逐漸減弱，終於化為陣雨欲來時山谷中的那種暗淡迷濛。

「唉，朝著太陽做你最後的一躍吧，莫比．迪克！」亞哈叫道，「你的大限和你的標槍都已近在眼前！——下來！你們都下來吧，只留一個人在前桅頂。小艇！——準備！」

水手們毫不理睬那些用側支索做成的冗長的繩梯，而是像流星一般，紛紛從分開的後支索和升降索上滑落到甲板，亞哈沒有那樣猛衝下來，但也迅速地從他的瞭望處降了下來。

「放下去，」他剛剛走到小艇邊——昨天下午才裝上索具的一艘備用艇——便大聲叫道，「史塔巴克先生，大船歸你了——和小艇分開，但不要離遠。下水吧，大傢伙兒！」

這時，莫比．迪克好像要打他們個措手不及，這一次牠搶先發難。牠已經轉過了身，現在正朝向三艘小艇而來。亞哈的小艇居中，他鼓勵著自己的手下，告訴他們，他要面對面地迎上去——也就是徑直划向牠的前額——這並不是什麼非常之舉；因為在一定的距離內，這樣的舉措可以利用大鯨兩眼的斜視而避開攻擊。但是，在進入這個距離之前，三艘小艇就像大船上的三根桅杆一樣，被牠的眼睛看個清清楚楚。白鯨憤怒地一陣攪動，飛馳起來，幾乎在一瞬間，就衝到了小艇中間，張開大嘴，揮起尾巴，在四面八方展開一場惡戰。牠毫不理睬小艇上投來的鐵槍，似乎一心想要把小艇的每一塊船板都徹底粉碎。但是，小艇利用巧妙的策略，不斷地旋來旋去，像戰場上訓練有素的戰馬一樣，暫時避開了大鯨的攻擊，有時僅僅和牠隔著一塊船板的距離。在整個這段時間，亞哈那可怕的口號撕裂了其他人的叫聲，只能聽見他的聲音。

但是，由於白鯨的游動翻來覆去，難以追蹤，三根已經拴住牠的捕鯨索便亂麻一般纏繞在一起，導致它們預先縮短了，把那幾艘忠誠的小艇拖向了牠身上插著的標槍。這時，大鯨暫時略微退後了一點，彷彿要鼓起力量做一次更猛烈的衝擊。抓住這個時機，亞哈頭一個放出一些捕鯨索，然後迅速地又拉又抖——想把一些纏結的地方解開——就在這時，看哪！——一個比鯊魚那嚴陣以待的牙齒還要可怕的景象出現了！

那些鬆開來的標槍和魚槍，又絆又扭地纏進了迷宮般的繩索中，全都豎立著倒鉤和槍尖，光閃閃水淋淋地擁到了亞哈小艇艇首的導纜器上。此時只有一件事可以做了。亞哈抓起一把艇刀，小心地割斷導纜器裡面那束鋼槍的繩索，再把外面的割斷，把外邊的繩索拖進艇裡，交給頭槳手，隨後又把導纜器附近的繩索割了兩刀——把割斷的槍尖都拋到海裡，一切又正常了。這時，白鯨在剩下的還纏在一起的繩子中間猛地一衝，這一下，史塔布和弗拉斯克那兩艘繩索糾纏得更厲害的小艇，便不可抗拒地被拖向了鯨魚的尾鰭，像浪潮沖刷的海灘上兩片滾動的空殼撞在一起，然後，白鯨便潛下海去，消失在沸騰的大漩渦中。那些破艇芳香的杉木碎片在漩渦裡團團亂轉了片刻，像是一碗急速攪動的潘趣酒裡的肉豆蔻碎末。

當這兩艘艇上的水手還在水中打旋，伸手去搆旋轉的索桶、木槳和其他漂浮物時，小個子弗拉斯克傾斜著身子，像個空瓶子一樣忽起忽落，雙腿向上曲起，以避開鯊魚可怕的嘴巴；史塔布則在拚命大叫，讓人把他撈起來；這時，那個老人的繩索——現在已經斷了——他可以把小艇划進奶油色的漩渦，能救誰就救誰；——就在這千般危險同時臨頭的一片混亂當中——亞哈那艘還沒有遭到攻擊的小艇，似乎被一根看不見的繩索拽向了天空——原來是白鯨箭一般從海中筆直射出，用牠寬大的前額頂在小艇底部，把它翻翻滾滾地送上了天空；然後又船舷朝下落了下來——於是，亞哈和他的水手，從艇底下掙扎出來，像海豹從海邊的洞穴裡鑽出來。

大鯨最初向上的衝力——在撞破水面之時改變了方向——使牠不由自主地偏離了牠製造的災難中心，落在有點距離的地方。牠背對著現場，停頓了片刻，緩慢地用尾鰭左右試探，每當有漂浮的槳、船板碎片，或者小艇最小的殘片，碰到牠的皮膚，牠的尾巴都會迅速地縮回來，並橫著向海水中拍擊。但是很快，彷彿對自己的這番作為已經滿意了，牠便將打褶的前額往海面一推，身後拖曳著幾道纏結的繩索，像個遊客那樣，以有條不紊的步伐，繼續向背風處游去。

跟以前一樣，在一旁密切關注的大船目睹了整個戰鬥過程，便直撲過來施加救援，它放下一艘小艇，打撈起漂浮著的水手、索桶、槳葉以及其他任何能夠撈到的東西，安全地救上甲板。有的人扭傷了肩膀、手腕和腳踝；有的受了挫傷，皮膚發青；甲板上到處都是扭曲的標槍和魚槍，解不開的亂糟糟的繩套，破爛的木槳和船板。不過，似乎沒有人遭受致命傷，甚至也沒有人受重傷。和昨天的費達拉一樣，亞哈現在臉色嚴峻地攀附在他的半截破艇上，相對輕鬆地漂浮著，也不像昨天的意外那樣使他筋疲力盡。

但是，當他在別人的幫助下上船時，所有人的眼睛都緊緊地盯著他，他不是憑自己站著，而是半靠在史塔巴克的肩膀上，史塔巴克從一開始就扶著他。他的鯨骨假腿已經斷了，只剩下一截短短的尖茬兒。

「唉，唉，史塔巴克，有時候靠一靠真舒服，不管靠的是誰；如果老亞哈以前多靠一靠就好了。」

「那個鐵箍不頂用了，先生，」這時木匠走過來說道，「那條腿我費了好大工夫呢。」

「不過，我希望骨頭沒斷，先生。」史塔布由衷關切地說。

「唉！全都碎成了片片，史塔布！——你看到了吧。——但是，就算是骨頭碎了，老亞哈也不為所動；對我身上的真骨頭，和我失去的那條假腿相比，我的指望都不會多出一分。白鯨也好，人類也

好，惡魔也好，都傷不到老亞哈那不可接近的真實本質。鉛錘能觸得到海底嗎？桅杆能刮得到天空嗎？——上面的人！什麼方向？」

「一直往下風頭去了，先生。」

「那就轉舵迎風；再加帆，守船的！把空餘小艇都放下來，裝上索具——史塔巴克先生，你去，把小艇水手都召集起來。」

「讓我先扶你到舷牆那邊去吧，先生。」

「啊，啊，啊！這會兒這殘腿頂得我好疼啊！可憎的命運！靈魂上不可征服的船長竟有這麼個怯懦的大副！」

「先生？」

「我是指我的身體，老兄，不是說你。給我個東西當枴杖——那裡，那根破魚槍就行。把人召集起來。我的確還沒有看見他。老天保佑，不會這個樣子的！——失蹤了？——快！把人全叫來。」

老人心中的預感成了事實。水手們集合起來之後，發現那個拜火教徒不見了。

「拜火教徒！」史塔布叫道，「他一定是捲在了——」

「黃熱病纏住你了！——你們趕緊到甲板上，甲板下，艙裡，船頭樓——把他找出來——不會沒有的——不會沒有的！」

但是，人們很快返了回來，報告說哪裡都找不到那拜火教徒。

「唉，先生，」史塔布說，「是你的繩索把他捲住了——我好像看見他被拖到下面去了。」

「我的繩索！我的繩索？沒了？——沒了？這個小小的字眼是什麼意思？——是什麼喪鐘在裡邊敲響，連老亞哈都顫抖了，彷彿他自己就是鐘樓似的。還有標槍！——拋在那邊的垃圾堆上了，——你們看見了嗎？——那把專門為白鯨鍛造的標槍，夥計們——不，不，不，——大膿包！這隻手確實把它投了出去！——它刺在鯨魚身上！——上面的人！盯住牠——快——所有的人都去給小艇裝索具——把槳收集起來——標槍手！標槍，標槍！——把最上帆升高些——所有的帆都扯起來！——喂，掌舵的！穩住，拚命穩住！我要把這無法測量的地球繞上十圈，還要直接穿過去，也要把牠給宰了！」

「偉大的上帝！祢只需現身片刻就好，」史塔巴克叫道，「你永遠永遠也抓不到牠，老頭子——以耶穌的名義，不要再這樣了，這比魔鬼發瘋還要糟糕。追了都兩天了，小艇兩次都被撞個粉碎，你的這條腿又被牠從下面搞掉了，你那不祥的影子總算消失了——所有善良的天使都在圍著你發出警告。——你還想要怎樣？——我們要一直追逐這個凶殘成性的鯨魚，直到牠讓最後一個人滅頂嗎？我們要被牠拖到海底才肯甘休嗎？我們要被牠拖到地獄裡去嗎？啊，啊——再去獵捕牠，就是不虔不敬，就是褻瀆神明！」

「史塔巴克，最近我總是奇怪地被你感動，自從那次我們從彼此的眼睛中都看到了——你知道看見了什麼。但是，在捕鯨這件事上，你的臉，在我看來，就和這隻手掌一樣——沒有嘴唇，沒有特徵，一片空白。亞哈永遠是亞哈，老兄。這場戲就是永恆不變的天意。億萬年前這片海洋還沒有翻騰起來，你我就已經排練過了。傻瓜！我是命運之神的助手，我依照命令行事。注意，你是屬下！你得服從我。——站到我身邊來，夥計們。你們看見一個老人只剩下這麼一點殘肢，靠著一把破魚槍，用一隻腳支撐著。這就是亞哈——他的身體部分已經殘缺，但是亞哈的靈魂是一隻蜈蚣，用一百條腿走動。我感到吃力，近乎擱淺了，就像是繩子，在狂風中拖曳著斷了桅杆的護衛艦，我可能就是這副樣子。但是，在我崩斷之前，你們會聽到我吱嘎作響；只要還沒有聽到那響聲，你們就知道亞哈這根粗繩子還在拖曳著他的目標。夥計們，你們相信叫做預兆的那些東西嗎？那麼，大聲笑吧，喊著再來一次！因為任何東西在淹死前，都會浮上來兩次，等到再浮上來，就會永遠沉底了。莫比·迪克也是如

此——這兩天牠都浮上來了——明天牠會第三次浮上來。是的，夥計們，牠會再次浮上來——但只是為了最後噴一次水！你們可都有勇氣，勇氣？」

「就像無所畏懼的火神。」史塔布嚷嚷道。

「也像火神一樣呆傻。」亞哈喃喃自語道。隨後，當人們向前走去，他繼續嘟囔道：「叫做預兆的那些東西！昨天，在涉及我的破艇時，我還和史塔巴克這麼說過呢。啊！我多麼英勇，竟想從別人心中驅走那緊緊扎在我心中的東西！——那拜火教徒——拜火教徒！——沒了，沒了？他想走在前頭——不過，在我毀滅以前，還會看見他的——那是怎麼回事？——現在還是個謎，會把那一長串法官的幽靈做後盾的律師們都搞糊塗！——好像有一隻鷹在啄我的腦袋。可是，我一定要把這個謎解開，把它解開！」

黃昏降臨，仍然能看見鯨魚在背風處。

於是，船帆再次收縮，一切都幾乎和昨晚一模一樣；只有錘子的聲音和磨石的霍霍聲，整夜響著，幾乎直到黎明，那是水手們在借著燈光忙碌，給備用小艇仔細全面地安裝索具，為了次日的戰鬥把他們的新武器磨得飛快。與此同時，木匠用亞哈那艘殘艇破碎的龍骨，為他另外打造了一條腿；同樣，也和上一夜一樣，亞哈低低地壓下帽檐，一動不動地站在艙口舷梯上；他那隱蔽的、回照儀一樣的目光，期待地回到回照儀的盤面上，等待著東方的第一抹霞光。

## 第一三五章

# 追擊——第三天

第三天早上，天清氣朗，前桅頂上那個孤獨的守夜人再次由一群白晝的瞭望員所接替，他們點綴在每一根桅杆上，和幾乎所有的帆桁上。

「看見牠了嗎？」亞哈叫道，但大鯨還沒有在視野裡出現。

「不過，還是跟著牠的尾跡，只要跟著那個尾跡，就可以了。喂，掌舵的，穩住，按照你現在的方向開。又是多麼美好的一天！如果這是一個新創造的世界，是為天使們建造的一個夏宮，而今天早上是它第一次開放，世界上就不會再有今天早晨這麼好的天氣了。這是用於思考的好材料，如果亞哈有時間思考的話；但是亞哈從來不思考；他只是感受，感受，感受；對凡人來說，這就足夠刺激的了！思考是一種厚顏無恥。上帝才有那個權力，那是祂的特權。思考是，或應該是，一種冷靜和鎮靜的事；我們可憐的心臟跳得太快，我們可憐的腦子動得太快，做不了這事。然而，我有時想，我的腦子非常鎮靜——鎮靜得都凍住了，這個老腦殼裂開了，像一個玻璃杯子，裡面的液體成了冰，讓它直打哆嗦。可是這頭髮現在還在長，此刻就在長，一定是炎熱催發的；但是不對，它就像到處都長的普通的草，在格陵蘭冰原的地縫裡，或是維蘇威火山的熔岩裡。狂風在怎樣地吹著它；風抽打著我的頭髮，就像撕裂的船帆碎布抽打著它們所依附的顛簸的船隻。這股惡風在此之前，無疑吹過了監獄的走廊和囚室，醫院的病房，給它們通風，現在又吹到這裡來了，像羊毛一樣清白無辜。滾開！——這風被汙染了。如果我是風，我就不會在這邪惡、悲慘的世界上吹。我會爬進一處洞穴，藏在那裡。然而，這風可是一種高貴而英勇的東西！可曾有人征服過它？在每一次戰鬥中，它都有最後最厲害的一擊。你斜著向它衝過去，你也只能撲個空。哈！怯懦的風打擊赤身裸體的人，卻從不站住接受一下打擊。甚至亞哈都比它勇敢——都比它要高貴。但願風現在就有一個形體，不過，最讓世人惱怒和憤慨的東西，全都是沒有形體的，只是沒有形體的物體，而不是沒有形體的神明。這裡存在著一個最為特別、最為狡猾，啊，也是最為惡毒的差別！然而，我還要說一次，我現在敢發誓，風中存在著一種光榮而親切的東西。這些溫暖的信風，至少，它們在晴朗的天空中徑直往前吹，強勁而堅定，有力而溫和；而且不管海裡的暗流怎樣彎來繞去，不管陸地上最強大的密西西比河怎樣迅速轉向，確定不了最終流向哪裡，信風卻從不偏離自己的目標。這樣的信風把我這艘不錯的船直吹向永恆的北極！這些信風，或是類似的東西——如此不可改變，如此強勁，吹送著我這龍骨似的靈魂！吹到它那裡去！喂，上面的！你們看見什麼了嗎？」

「什麼都沒有，先生。」

「什麼都沒有！眼看要到中午了！那枚古金幣還無人問津呢！看看太陽！唉，唉，肯定是這樣。我追過了頭。怎麼領先了呢？唉，現在是牠在追我了；不是我追牠了——那可糟了；我應該事先料到的。傻瓜！牠現在還拖著繩索和標槍。唉，唉，我昨天晚上從牠身邊開過去了。掉頭！掉頭！你們都下來，只留下常規的瞭望員！準備轉帆索！」

按照原來的航向，風多少是在「皮廓號」的船尾吹，現在一經轉桁掉頭，它便重新在它自己的白色尾波中攪起奶油色的浪花，艱難地頂風行駛了。

「它現在是頂風朝那張開的大嘴開去了，」史塔巴克自言自語道，一邊把剛拖上來的主桅轉帆索繞在欄杆上，「上帝保佑我們，但是，我身體裡面的骨頭已經感覺到潮濕了，從裡到外都潮濕了。我擔心我服從了他就是違背了我的上帝！」

「準備把我吊上去！」亞哈叫道，一邊向那只麻繩筐走去，「我們應該很快就能遇見牠。」

處。

「是，是，先生，」史塔巴克徑直按照亞哈的吩咐做了，於是，亞哈再一次被搖搖晃晃吊到了高處。

整整一個小時過去了，像捶打金箔一樣延展下去。強烈的懸念使得時間老人自己也長久地屏住了呼吸。不過，到了最後，在距離上風舷三個羅經點的地方，亞哈再次發現噴水，頓時，從三根桅頂彷彿火舌般傳來三聲尖叫。

「這是第三回，莫比‧迪克，我與你前額對前額相遇！喂，甲板上的！——轉帆索再扯緊點，讓船頂到風眼裡。牠離得太遠，還不能放艇，史塔巴克先生。船帆在震動！去拿個大鍛錘監視著那個舵手！嗯，嗯，牠游得很快，我得下去了。但是，讓我從這高處再四下好好看看大海；時間還來得及。還是過去的老景色，但不知怎麼又挺新鮮；唉，自從我小時候，在南塔克特的沙丘，第一次看見牠，牠一點都沒變！還是老樣子！——老樣子！——諾亞看到的什麼樣，我看到的還是什麼樣。背風處飄起了一陣柔和的陣雨。多麼可愛的背風處啊！風一定吹向什麼地方——吹向一個非同一般的所在，比棕櫚還要茂盛的所在。背風處！白鯨朝那個方向去了；那麼，就看看迎風處吧；船尾風颳得愈緊愈好。但是再見吧，再見吧，老桅頂！這是什麼？——這綠色的東西？啊，這些彎曲的裂縫裡竟長出了小苔蘚。亞哈頭上可沒有這種天氣留下的綠色痕跡！人老了和東西老了就是有這種差別！唉，老桅杆，我們兩個一起老了；但我們的軀殼還很硬朗，不是嗎，我的船？沒錯，少了一條腿，不過如此。老天爺在上，這根死木頭在任何方面都強過我身上的活肉。我不能和它比；我知道有些船隻是用死木頭做成的，比最有活力的父母用最有活力的材料造出的人，壽命還要持久。他都說了些什麼啊？我的那位領航員，他更應該走在我前頭；還能再看見他嗎？可是，在哪裡啊？如果我走下這些無盡的階梯，來到海底，我的眼睛還能看見嗎？無論他沉沒在什麼地方，整夜我都在航行，都離開他更遠。唉，唉，就和你多次吐露自己可怕的真情一般，拜火教徒，可是，亞哈，你還沒有命中目標。再見，桅頂上的人——我不在的時候，好好盯著鯨魚。我們明天再聊，不，今晚吧，等到白鯨躺在那裡，頭尾被綁起來的時候。」

他做出了許諾，一邊環顧著四周，一邊劈開藍天，穩穩地降到甲板上。

全部小艇準時下水了，但是，當亞哈站在自己的艇尾上，正懸盪著要往下降的時候，他向大副揮揮手——大副這時正在甲板上握著一根滑車索——吩咐他停下來。

「史塔巴克！」

「先生？」

「這次航行中這是我的靈魂第三次出發，史塔巴克。」

「是的，先生，是你執意要這樣做的。」

「有些船出港之後，就再也不見蹤影了，史塔巴克！」

「這是事實，先生，極可悲的事實。」

「有些人死於退潮，有些人死於淺水，有些人死於洪水；——我現在覺得像一頭湧到最高點的巨浪，史塔巴克，我老了；——和我握握手吧，老兄。」

他們的手握在一起，他們的眼睛凝視著對方，史塔巴克的淚水沾在臉上。

「啊，我的船長，我的船長！——高貴的心——別去——別去！——看，這是一個勇敢者的哭泣，可見這勸告多麼讓人痛苦！」

「放下去吧！」亞哈甩脫大副的手，叫道，「水手們準備！」

馬上，這艘小艇便貼著船尾划走了。

「鯊魚！鯊魚！」從大船低處的舷窗口傳來一陣叫聲，「啊主人，我的主人，回來吧！」

但是亞哈什麼都沒有聽見，因為那時他抬高了自己的聲音，小艇躍向前方。

然而，那陣叫聲沒有喊錯；因為他剛剛離開大船，一大群鯊魚，彷彿從大船下面的黑水中湧起來一般，每當木槳點水，便惡毒地咬齧起槳葉來；就這樣，牠們伴隨著小艇，邊游邊咬。在熙熙攘攘的海域，捕鯨小艇遇到這種情況並不稀奇。鯊魚有時顯然頗有先見之明，牠們跟隨著小艇，就和在東方的行軍佇列的旗幟上盤旋的禿鷹一樣。但是，從發現白鯨以來，這是「皮廓號」觀察到的第一批鯊魚；是不是因為亞哈的水手都是虎黃色的野蠻人，在鯊魚聞來，他們身上更有一股子麝香味——大家都知道，這種味道有時會吸引鯊魚——無論究竟原因如何，這群鯊魚似乎只跟著一艘小艇，卻沒有騷擾其他的小艇。

「鐵打的心！」史塔巴克喃喃說道，凝視著船邊，目光追逐著那艘逐漸消失的小艇，「面對那種景象，你還能誇口勇敢嗎？——在一群貪婪掠食的鯊魚中間放下你的小艇，讓牠們在後面跟著，張大嘴追著，而且這還是生死攸關的第三天？——因為把這三天算作一次不停頓的緊張追逐，第一天是早晨，第二天是中午，而第三天就是黃昏，也是這件事情的結尾了——無論這結尾會是個怎樣的情況。啊！我的上帝！這是什麼東西，射穿了我的心，讓我如此可怕地鎮靜，又有所期待——讓我顫抖得無法移動！未來的事物在我前面游動，彷彿是空虛的輪廓與骨架；不知怎麼，所有的過去變得模糊了。瑪麗，我的妻子！在我死後，妳將變得黯淡無光；兒子，我似乎看到你的眼睛奇妙地發藍。人生最奇異的難題似乎都變得清晰了；但是，還有片片烏雲從中掠過——是我的旅程行將結束了嗎？我的雙腿虛弱無力；好像站了一整天的人。摸摸你的心——它還在跳動嗎？振作起來，史塔巴克！——擺脫它——行動，行動！大聲叫吧！——桅頂上的人！你們看見我兒子在山崗上揮手了嗎？——瘋了；——上面的人！——放亮眼睛盯住那些小艇！——好好注意那頭大鯨！——嚯！又來了！——把那隻鷹趕走！看！牠在啄——在撕扯風信旗——」他指著主桅冠上飄舞的紅旗，「哈！牠叼著它遠走高飛了！——那老頭子現在何處？亞哈啊，你可曾看見這番景象！——真教人發抖，教人發抖！」

幾艘小艇還沒有走遠，就見桅頂上傳下來一個信號——一條手臂向下一指，亞哈知道鯨魚已經下潛了；但是，他想在牠下一次升起時靠近牠，便將小艇稍稍偏離大船的航線，繼續前進；那些著了魔的水手意味深長地沉默著，只有迎頭而來的大浪一下下捶打著艇首。

「釘吧，釘你們的釘子吧，你們這些大浪！一直把釘頭敲平為止！你們只不過在敲打一件沒有蓋子的東西；棺材和靈車都和我無關——只有麻繩才能殺得了我！哈！哈！」

突然，周圍的水面慢慢湧起許多大圓圈來，隨後，快速地隆起，彷彿一座水下的冰山從一旁冒了出來，迅速升上水面。一陣低沉的轟鳴聲響起，一種發自水下的嗡嗚，眾人都屏住了呼吸。這時，一個巨大的形體，渾身拖曳著長長的繩索、標槍和魚槍，縱向傾斜著射出海面。牠籠罩在一層低垂的薄霧中，在閃爍虹彩的空中停頓了片刻，又撲通一聲落回海裡。被壓碎的海水濺起三十英尺之高，像許多噴泉閃爍了片刻，又一陣雪花般散落下來，在水面上留下奶油色的圓圈，像新鮮的牛奶圍繞在大鯨那大理石一般的身軀。

「猛勁划呀！」亞哈對槳手們叫道，所有小艇都衝上前去，展開攻擊；但是，昨天新刺在牠身上的魚槍已經開始生鏽，弄得莫比．迪克火冒三丈，似乎所有從天堂墮落的天使都附在牠身上。牠那寬大前額上密布的一層層筋腱彷彿是焊接起來的，在透明的皮膚下面交織在一起；牠一邊前進，一邊用尾巴在小艇中間攪動，再一次把它們攪散，使得大副和二副小艇上的標槍和魚槍都拋了出去，還撞壞了艇首上部的一側，但是，亞哈的小艇卻幾乎沒有留下一點傷痕。

達戈和魁魁格正忙著堵受損船板上的漏洞。鯨魚離開了他們，轉過身，從他們旁邊飛快地游過，露出整個的側面；就在這時，響起一聲急促的叫喊。原來，昨天晚上，大鯨把牠周圍糾纏的繩索都繞了起來，一圈又一圈地纏在身上，把那拜火教徒被撕去一半的屍體緊緊捆在背上，他的黑衣服已經磨成了碎片，鼓脹的雙眼翻上來，瞪著老亞哈。

標槍從亞哈的手中掉落了。

「上當了，上當了！」——他長長地輕輕吸了口氣——「唉，拜火教徒！我又看見你了。——唉，你先走了；而這個，這個就是你曾經指望過的靈車。但是，我完全相信你的話。第二部靈車在哪裡？走吧，大副二副，回大船上去！那些小艇現在沒用了；如果你們能及時修好，就回到我這裡來；如果不能，亞哈自己死就夠了——下去吧，夥計們！不過，誰要是從我這艘小艇裡跳下去，那就先讓他嘗嘗我的標槍。你們不是別人，而是我的手足；所以服從我吧。——鯨魚在哪裡？又下潛了嗎？」

但是，牠看起來離小艇很近，因為牠好像一心要背著那屍體逃走，這次遭遇的地點似乎只不過是牠朝向背風處的航程中的一站，莫比．迪克現在重新堅定地向前游去；牠幾乎從大船邊擦過，大船迄今為止一直與牠背道而馳，現在暫時停了下來。白鯨似乎以最快的速度游動，現在只想專心致志地徑直趕路。

「啊！亞哈，」史塔巴克叫道，「就算是現在，第三天，要就此罷手，也不太晚。看！莫比．迪克沒有找你。是你，你，在發瘋地找牠！」

風勢見長，孤零零的小艇迎風揚帆，帆槳並用，迅速向背風處逼去。最後，當亞哈從大船旁掠過時，近得能清晰分辨出斜倚在欄杆上的史塔巴克的臉，亞哈向他招呼了一聲，讓他掉轉大船船頭，跟在他後面，不要太快，保持適當的距離。他向上望去，看見了塔什特戈、魁魁格和達戈，正急著要爬上那三根桅頂；與此同時，那些槳手待在搖搖晃晃的兩艘破艇裡，剛剛被吊起到大船船邊，他們在忙著修理小艇。當亞哈快速駛過時，透過舷窗，一個接一個地，他還飛快地瞥見了史塔布和弗拉斯克，兩人正在甲板上成捆的新標槍和魚槍中間忙碌著。當他看到這一切，當他聽到破艇上一陣陣捶打聲，似乎有一把截然不同的錘子正在往他心上釘釘子。但是他回過神來。現在他注意到主桅頂上的風信旗不見了，於是他向剛剛爬到桅頂的塔什特戈大喊，讓他再下來，另取一面風信旗，一把錘子和釘子，好把旗釘在桅杆上。

究竟是由於三天來不斷的追擊把牠累壞了，身上纏結的累贅又增加了游動時的阻力，還是牠心懷奸詐與惡意，無論事實如何，白鯨的勢頭現在開始放慢，從小艇這麼快就再次接近牠來看，情況似乎如此，事實上大鯨這次衝刺搶險的距離也不像以前那麼長了。當亞哈的小艇掠過波浪，那些毫不留情的鯊魚依然如影隨形，牠們如此頑強地緊追不捨，不斷地咬齧那些划動的木槳，把槳葉變成了鋸齒狀，嘎嘣作響，幾乎每划一下，就在海裡留下一些細小的碎片。

「別理牠們！那些牙齒只不過給你們的槳提供了新的槳架。繼續划！鯊魚嘴可比柔順的海水更好借力。」

「可是先生，每咬一下，薄薄的槳葉就變得愈來愈小了！」

「它們會支援夠久的！只管划吧！——但是誰能說得清楚呢！」他喃喃自語道，「究竟這些鯊魚是趕來享用大鯨的呢，還是享用亞哈的呢？——不過，繼續划吧！喂，都振作起來，現在，我們靠近牠了。掌舵的！掌好舵！讓我過去。」這樣說著，兩個槳手扶著他來到還在飛馳的小艇艇首。

最後，當小艇衝向一邊，與白鯨並排平行著前進時，白鯨似乎奇怪地沒有在意小艇趕了上來——鯨魚有時就是這樣——而亞哈已經進入這山峰般的煙霧之中，那是從鯨魚噴水口中泛出來的，繚繞在牠那巨大的、蒙納德諾克山一般的背峰周圍。亞哈就這樣逼近了牠，他身體向後一弓，兩臂筆直地高舉起來，把他那凶狠的標槍，連同更為凶狠的詛咒，一起投向那可憎的鯨魚。當標槍和詛咒同時投進大鯨的眼窩，彷彿陷進了沼澤，莫比·迪克側身一扭，抽風一般將肋腹向著艇首一滾，沒有撞出一個窟窿，就猛地把小艇撞翻了，如果不是抓住了舷牆翹起的部分，亞哈會再次被拋進海裡。事實上，有三個槳手——他們預見不到標槍投出去的確切時間，因此對其後果毫無準備——被拋出艇外，但是在下墜的時候，其中兩個又立即抓住了舷緣，浪頭一湧，把他們送到與船舷齊平的高度，將他們又拋回了艇裡；另外一個人則無助地墜落在艇尾後面，但還在漂浮著，游動著。

幾乎與此同時，白鯨以毅然決然的強大意志，迅疾射進了翻騰的大海。但是，當亞哈向舵手叫喊，讓他把繩索再放出幾圈，並且緊緊抓住，又命令水手們在座位上轉過身來，把小艇拖向目標時，那根不牢靠的繩子在又拉又拽的雙重壓力下，啪的一聲在半空裡崩斷了！

「我身上啥東西斷了？斷了一根筋！——又接上了；划呀！划呀！向牠猛衝過去！」

聽到小艇劈波斬浪不顧一切地猛衝過來，白鯨把身子一旋，準備以牠白茫茫的前額來抵擋；但就在牠轉身的剎那，正好看見了逐漸靠近的大船的黑色船體；牠似乎看出大船就是牠所受禍患的根源；認為大船——也許是——一個更大更值得交手的仇敵；於是，牠猝然撲向迎面而來的船首，在一陣陣激烈的泡沫中，張開大嘴發動猛攻。

亞哈的身體搖搖晃晃，他用手捶打著前額。「我看不見了；手！把你們的手伸到我面前，那樣我也許還能摸索著走路。是晚上了嗎？」

「鯨魚！大船！」畏畏縮縮的槳手們叫道。

「划呀！划呀！逃到海底去吧，啊大海，讓亞哈最後一次、最後一次悄悄接近他的目標，否則就永遠來不及了！我明白，大船！大船！衝吧，我的夥計們！難道你們不想拯救我的大船嗎？」

但是，當槳手們極力迫使小艇穿過大鐵錘一樣猛擊的海浪，先前遭到鯨魚重擊的艇首的兩塊船板爆裂開來，幾乎在一瞬間，暫時無能為力的小艇幾乎就平躺在浪峰上；水手們半個身子泡在嘩嘩作響的水裡，拚命堵住漏洞，把湧進來的海水舀出去。

這時，瞬間一瞥之下，只見桅頂上的塔什特戈，手裡的錘子停在了半空。那面紅旗半裹在他身上，像一件格子呢披風，接著，從他身上飄了出去，就像他自己向前飄落的心一樣。史塔巴克和史塔布正站在他下方的船首斜桅上，剛好和塔什特戈同時看見了撲下來的那個怪物。

「鯨魚，鯨魚！轉舵迎風，轉舵迎風！啊，你這可愛的全能的風，現在緊緊地擁抱我吧！別讓史塔巴克死掉，如果他必須死，就讓他像個女人那樣暈死過去。轉舵迎風，我說——你們這些蠢貨，看那張大嘴！大嘴！難道我所有懇切的禱告，我整整一生的虔誠，就是這個結局嗎？啊，亞哈，亞哈，瞧，這就是你幹的。穩住！舵手，穩住。不，不！再次轉舵迎風！牠轉過來迎著我們了！啊，牠怒不可遏的前額直向一個因為責任而不能逃避的人撲來了。我的上帝，站在我身邊吧！」

「不是站在我身邊，而是站在我下面，不管是誰，現在都去幫助史塔布；因為史塔布也堅守在這裡。我對你咧著嘴笑，你這齜牙咧嘴的鯨魚！除了史塔布自己一眨不眨的眼睛，誰救過史塔布，讓史塔布保持清醒？現在可憐的史塔布要躺在一張再軟不過的床鋪上了，但願它塞滿了樹枝！我對你咧著嘴笑，你這齜牙咧嘴的鯨魚！你們看哪，太陽，月亮，星星！我把你們和那個始終噴射著鬼影的傢伙都叫做殺人犯。儘管如此，我還是願意和你們碰杯，只要你們把酒杯遞過來！啊，啊！啊，啊！你這齜牙咧嘴的鯨魚，很快就有很多東西讓你狼吞虎嚥了！亞哈啊，為什麼你還不快逃！換了是我，我會脫掉鞋子和衣服逃走；就讓史塔布死在他的櫥櫃裡吧！儘管那是個又黴又鹹的死法；——櫻桃酒！櫻桃酒！櫻桃酒！啊，弗拉斯克，我們死前來一杯紅櫻桃酒多好！」

「櫻桃酒？我只希望我們現在是在長櫻桃的地方。啊，史塔布，我希望我可憐的母親此前已經領了我的那份報酬；如果沒有的話，她就得不到幾個銅板了，因為航程結束了。」

現在，幾乎所有的水手都一動不動地待在船頭上；錘子、船板的碎片、魚槍和標槍，還無意識地留在他們手中，恰似他們突然中斷了手中各種各樣的工作。他們著魔的眼睛死死盯著大鯨，而大鯨那決定命運的腦袋奇怪地左右擺動，一邊猛衝，一邊呈半圓形噴出一道寬寬的覆蓋一切的泡沫。牠整個擺出懲罰、即刻復仇、永遠心存歹毒的架勢。不管人類極盡所能，牠那白色前額的堅固壁壘都照樣重重地撞擊船首右舷，直撞得人和木頭都翻滾起來。有的人臉朝下跌趴在甲板上。桅頂上的標槍手們的

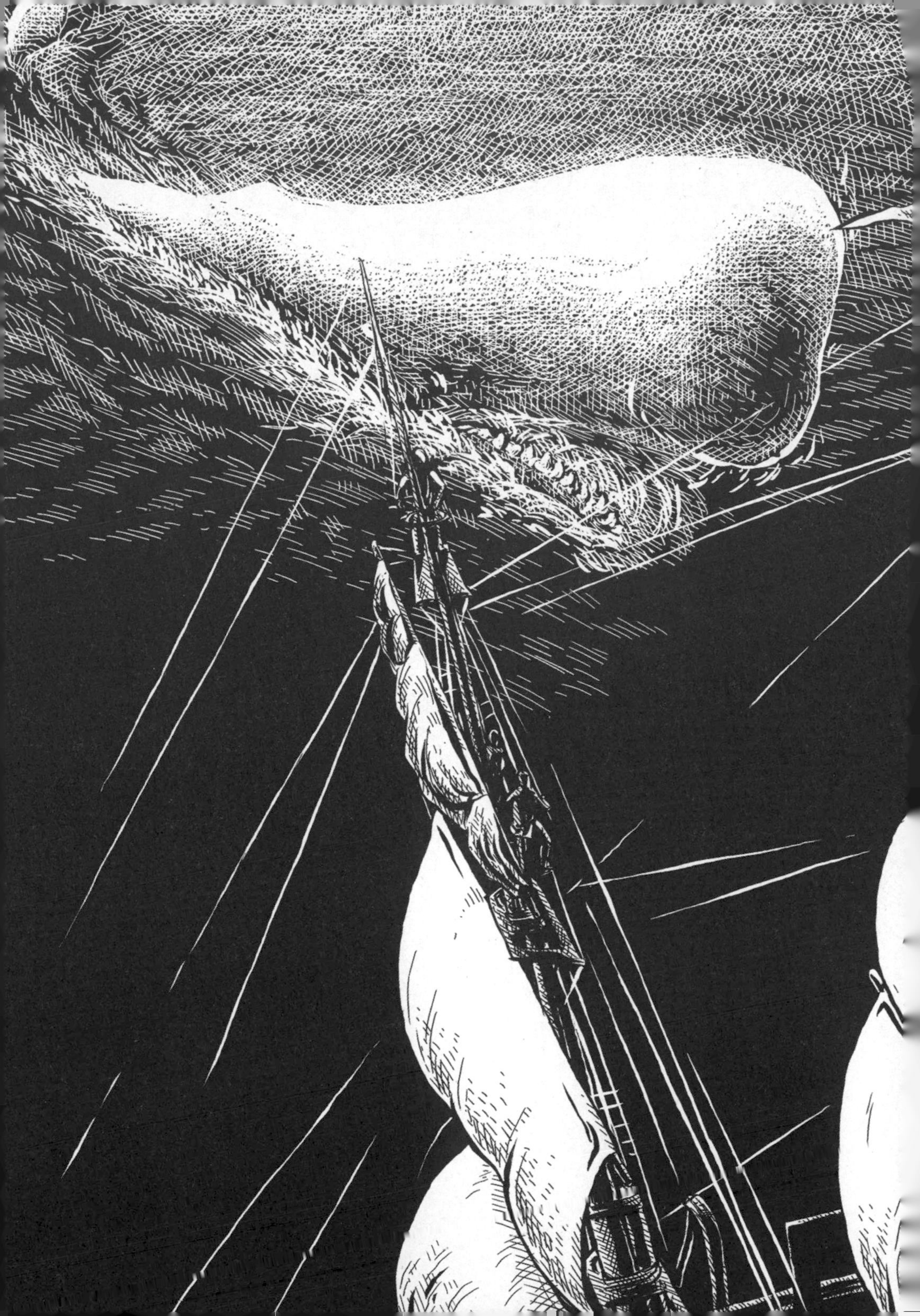

腦袋，像錯位的桅冠一樣，在他們公牛般的脖子上搖來晃去。他們聽到海水從裂口湧了進來，就像山洪瀉下山谷。

「大船！靈車！——第二部靈車！」亞哈在小艇裡叫喊，「它的木料只能是美國的！」

大鯨潛到正在下沉的大船下面，顫抖著沿著龍骨游動，但是又在水下轉過身來，再次迅疾地射出水面，遠遠地出現在船首的另一側，離亞哈的小艇只有幾碼遠，牠在那裡安靜地躺了一會兒。

「我轉過身，避開太陽了。喂，塔什特戈！讓我聽見你錘子的敲打聲。啊！你們是我的三個不屈不撓的尖塔；你這沒有裂縫的龍骨；唯一讓神害怕的船殼；你這堅實的甲板，高傲的舵和指向北極的船頭——死得光榮的船！你非得撇下我就此毀滅嗎？難道我連最卑微的失事船船長最後引以為榮的驕傲都被剝奪了嗎？啊，孤獨的生，孤獨的死！啊，現在我覺得我絕頂的偉大就在於我絕頂的悲哀。嚯，嚯！你們這些我整整一生經歷過的勇敢的巨浪，從最遙遠的地方，向我湧來吧，蓋過我這死亡的浪潮！我向你翻滾而去，你這毀滅一切卻不能征服一切的大鯨；我要和你格鬥到最後；到了地獄的中央，我也要用刀戳你；為了仇恨，我要向你啐出最後一口氣。把所有的棺材和所有的靈車都沉到一口普通的水塘裡去吧！既然兩者都和我不沾邊，就讓我給拖得粉身碎骨吧，雖然和你拴在了一起，我仍在追擊你，你這該死的大鯨！這樣，我就連標槍都放棄了！」

標槍投了出去。被擊中的鯨魚向前飛躥。捕鯨索以燃燒的速度穿過細槽——纏住了。亞哈彎身去把它解開，故障排除了，那飛轉的繩圈卻一下子套住了他的脖子，就像沉默的土耳其人絞死受害者一樣，他無聲無息地被射出了小艇，一時連水手們都不知道他消失了。緊接著，捕鯨索末端沉重的索眼從空蕩蕩的索桶裡飛了出去，抽倒了一個槳手，重重地打在海面上，消失在大海深處。

一時間，小艇上嚇呆了的水手一動不動地站在那裡，隨後才慢慢回過神來。「大船呢？老天爺，大船在哪裡啊？」很快，透過讓人困惑的迷濛的霧氣，他們看見大船傾斜的身影正在消失，彷彿虛幻

的海市蜃樓，只有最高的桅杆還露出在水面上。而那三個異教徒標槍手，不知是戀戀不捨，還是出於忠誠，還是聽天由命，依然一動不動地留在曾經高聳的桅頂，一邊下沉一邊還在瞭望著海面。現在，同心圓攫住了孤零零的小艇和所有的水手，還有每一支漂浮的木槳，每一把槍桿，活的死的，都在一個漩渦中一圈圈旋轉著，帶著「皮廓號」最小的碎片，消失無蹤了。

但是，當最後幾股浪潮交錯淹沒主桅上那個印第安人下沉的頭時，水面上只能看見幾英寸豎起的桅杆，連同數碼長的飄揚的旗幟，在幾乎觸及它們的那毀滅的巨浪之上，鎮靜地起伏著，充滿諷刺意味的巧合。就在這時，一隻紅色的手臂和一把向後揚起的錘子，舉起在空中，正要把那面旗子牢而又牢地釘在下沉的桅杆上。一隻蒼鷹從牠群星中間的老家飛來，嘲弄般地順著主桅冠往下飛，啄著那面旗子，騷擾著塔什特戈。此刻，這隻鷹撲閃的闊翅偶然從錘子和桅杆之間橫截過去，已經沒在水下的野蠻人，頓時感覺到了那微妙的震顫，他拚著最後一口氣，把錘子死死地釘在了那裡。於是，這隻天空之鳥，發出天使長一般的尖叫，把牠威嚴的嘴喙向上直刺，整個身子被活活捲在亞哈的旗子裡，隨著他的大船一同沉了下去。那船像撒旦一樣，不把天上的一件生物一起拖走，當作自己的頭盔，是決不肯沉到地獄裡去的。

這時，一群小鳥還在那張著大嘴的漩渦上尖叫著飛翔；一陣慍怒的白浪拍打在這漩渦陡峭的周邊；然後，一切都崩潰了，海洋那巨大的裹屍布又像五千年前那樣繼續不息地翻騰。

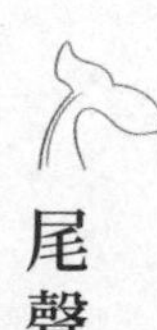

# 尾聲

「唯有我一人逃脫，來報信給你。」

——《約伯記》

戲已收場。那為什麼還有人走上臺前？——因為有一個人倖免於難。

事情如此偶然，在拜火教徒失蹤之後，亞哈小艇上頭槳手的位子空了出來，我在命運之神的授意下接替了那個頭槳手的位置。最後一天，有三個人從搖晃的小艇裡被拋出去，落到艇尾的就是我。於是，我就漂浮在事故隨後發生的現場邊上，目睹了整個過程，後來，當沉船的那股消耗一半的吸力殃及我的時候，我開始慢慢被拖向正在合攏的漩渦。當我到達漩渦邊緣時，它已經消退成了一個奶油色的池塘。於是，一圈又一圈地，我在這逐漸收縮的漩渦中旋轉，像又一個伊克西翁，逐漸靠近那慢慢轉動的軸心，那個鈕釦一般的黑色水泡。等我到了那個生死攸關的中心，黑色水泡向上迸裂開來，這時，那只棺材做成的救生圈，仗著它那巧妙的彈簧和巨大的浮力，居然猛地一下，整個從海裡射了出來，落在海面上，漂到了我旁邊。憑藉那口棺材，幾乎整整一天一夜，我漂浮在柔和的安魂曲一般的大洋上。那些不來傷我的鯊魚，像嘴巴上了鎖似的從我身邊一閃而過；凶猛的海鷹從頭上飛過，也像嘴上套了鞘一樣。

第二天，一艘船駛來，愈來愈近，終於把我撈了起來。它就是那艘繞來繞去到處巡航的「拉結號」，在折回來搜尋那兩個失蹤的孩子，卻只是找到了另一個孤兒。

譯後記

# 文學奇書的「命運啟示錄」

梅爾維爾從來就不是我們今天所謂的「成功的」作家。

在他的文學生涯的早期，雖曾短暫地得到過認可，但是，他的寫作終其一生既沒有給他帶來體面的收入以供養家庭，也沒有得到大量讀者的好評與關注。他的書從未獲得過任何當時的文學獎項，也從未在我們現在所謂的「暢銷書榜單」上出現過。

一八九一年他去世之時，他的作品就被貶低為青少年冒險故事，作為一個作家和一個人，他幾乎都被世界遺忘了。

文學史上的沉浮本就是一件奇妙又「正常」的事情，偉大作家和詩人不為同時代所欣賞的例子還有很多，比如艾蜜莉．狄金生、惠特曼、梭羅、亨利．詹姆斯等。

到了二十世紀，梅爾維爾聲譽日隆，普遍被認為是美國最偉大的三、四位小說家之一。而其關於玄學和海洋的傑作《白鯨記》在全世界都被認為是人類有史以來最偉大的文學成就之一。

梅爾維爾的散文體著作的風格，可以用豐富、浮誇、充滿暗示和隱喻、極其富有想像力甚至詩意來形容。他的小說中充塞著大量的描述性細節、戲劇性張力、來自閱讀的材料、幾近壓倒一切的象徵。他的文學趣味在情感上可謂豐富，在智力上則可謂複雜。

從他先前的小說《泰皮》到《白鯨記》，我們似乎可以窺見他的寫作風格從十九世紀斯威夫特或笛福式的明晰、迅捷，一變而為以音樂和象徵精心編織而成的更為多彩、富有韻律、有時近乎狂想曲的風格。

梅爾維爾和霍桑一樣，善於從普通事物和事件中看出超乎純粹客觀事實之上的道德、精神和美學價值。自《歐穆》之後，梅爾維爾的所有著作都揭示出他與日俱增的對於事實之上的精神意義的興趣，比如《白鯨記》中第四十二章〈大鯨之白〉，清晰而詳細地反思了白色的神祕影響。

他擅長借用各種透過閱讀得來的資料，加以變形，為己所用，例如，《白鯨記》中按照實際篇幅，幾乎占全書四分之一的部分是由鯨類學資料和捕鯨業的資訊組成的，它們基本上來自湯瑪斯·比爾的《抹香鯨的自然史》及其他科學著作。

有時，在梅爾維爾不那麼成功的作品中，這些來源與他的個人經驗和哲學思考融合得不夠均勻，甚至導致一些哲學論述有離題之嫌，但是，在他最好的作品中，個人經驗與觀察、引用材料、哲學論述總是透過支配性的象徵結合成一個藝術整體，並且其作品中的某種幽默和喜劇氣氛，也讓人想起拉伯雷和莎士比亞。

一般論家將梅爾維爾置於浪漫主義和象徵主義視野之中，但是他並不像華茲華斯和其他偉大的浪漫主義者那樣，認為自然是一種溫和、美麗而仁慈的力量，而是更接近於達爾文的觀點，認為在自然的外在之美的下面隱藏著的是殘忍和殺戮。在第五十八章〈鯨魚食料〉中，作者就明確有言——

> 想想海洋的奸詐吧，它最可怕的生靈如何在水下滑行，大部分深藏不露，陰險地隱藏在可愛至極的藍色海水下面。想想海中許多最為冷酷的族類那惡魔般的絢爛與美麗吧，就像種類繁多的鯊魚都裝扮得分外講究。再想想，海洋中普遍存在的同類相殘，所有的生靈都在弱肉強食，自開天闢地以來就在無休止地戰鬥。

因此，作為深受康德哲學與超驗主義影響的作家，梅爾維爾同樣認為，真正的實在隱藏在可感知的事實的外衣之下。在第三十六章〈後甲板〉中，當亞哈船長與大副史塔巴克談論他追擊白鯨的個人原因時，這種認識有著明確的體現——

> 一切有形之物，夥計，都不過是紙板糊的面具。但是，在每件事之中——實際的行動中，無可置疑的功績中——都有某種未知但依然合乎情理的東西，從不合情理的面具後面顯出它的本來面目。只要人類能夠戳穿，戳穿那面具！除了衝出圍牆，囚犯怎麼能脫身而出？在我看來，白鯨就是那圍牆，堵在我跟前。有時我以為外面什麼都沒有。但這就夠了。牠給了我一件苦差事，牠壓在我身上；我在牠身上看見了凶殘的力量，一種不可理解的惡意使牠更加強大。我恨的主要是那不可理解的東西；白鯨是從犯也好，是主犯也罷，我都要把仇恨發洩在牠身上。不要和我說什麼褻瀆神明，夥計；如果太陽侮辱了我，我也會戳穿它。太陽可以那樣做，我就可以這樣；自從世上有了公平競爭，嫉妒就支配了所有的造物。但是夥計，甚至那公平競爭也做不了我的主。誰能主宰我？真理沒有界限。

由此可見，梅爾維爾在這部作品中著力探討的是一個哲學問題：尋求宇宙中人與上帝關係的真實解釋。這本書絕不僅僅是一部海洋冒險故事，表現了奮鬥不息的美國精神，而是一部命運的啟示錄。

《白鯨記》是一部不適合已有文學分類標準的「邪典」。首先，它是一部相當可靠的有關鯨類學和捕鯨業的論著，它包含的數量眾多的鯨類學資料會讓讀者困惑，而從藝術角度考慮，這些資料有助於控制全書的敘事節奏，為故事增添了一定程度的現實感。

其次，書中有很明顯的戲劇化形式，有些人物的大段對話具有舞臺效果，這樣的設置使得作者有機會以旁白或離題的形式插入自己有關宇宙和人類命運的評述，它們往往出自敘述者以實瑪利之口，在不同情況下也由其他幾個角色承擔，並不僅僅是由作者本人現身說法。

第三，本書中充滿了各種各樣的象徵，外在敘述下面往往隱藏著深沉的有關上帝與自然的哲學沉思。D．H．勞倫斯在《論美國名著》中認為，白鯨象徵著什麼，恐怕連梅爾維爾本人都沒有很確切的理解。然而，亞哈船長的動機卻顯然不只在於狩獵的樂趣和對一個啞巴畜生的刻意復仇。幾乎每個讀者都能依據自己的理解，為書中的象徵給出自己的闡釋。例如，以佛洛伊德心理學為基礎，可以將白鯨視為梅爾維爾的清教徒良知，與他的自我處於生死攸關的鬥爭中。還可以將白鯨視作惡的象徵，將亞哈看作與惡對抗的當代基督或者是普羅米修斯。還可以將白鯨等同於宗教，亞哈便是自由思想的象徵，甚至將亞哈與白鯨的鬥爭看成是個人主義與社會習俗、科學與自然等等之間的鬥爭。

這些理解自然各有其道理，但是總括而言，亞哈所竭力追逐的絕不僅僅是頭現實的大鯨，更是一頭象徵之鯨，亦即宇宙的終極奧祕。亞哈知道人的有限，無法透過智力去認識上帝，但是，他拒絕接受人的有限性，沒有屈服於人類的這種天然弱勢，而是希望用純粹的蔑視與反抗來超越它。而人智無能穿透象徵之牆，這種失敗導致亞哈對命運和自身的軟弱都報以憤慨，使他甚至在意識到自己厄運的時候也訴諸盲目的反抗。

梅爾維爾揭示了亞哈的反抗既是一種勇氣，又是徒勞無功，他在書中一再提醒我們，亞哈是個瘋子，作者似乎在告訴我們，追求絕對會帶來挫折和瘋狂，而這追尋中的傲慢自大必定帶來自我毀滅。這種對上帝的反抗便是七宗罪中的第一宗罪「傲慢」。

就哲學沉思這一方面而言，梅爾維爾只是提出了一些問題，而沒有給出確切的解答，但是，他擅長將意味深長的思想包裝在趣味盎然而令人愉悅的形式之中，將寓言隱藏起來，我們甚至有時意識不到它的存在。我們不應該把他當成是哲學家或是社會批評家，因為他的思想儘管可以持續不斷地引發哲學沉思與社會批評，但它們不是以抽象的形式呈現在讀者面前的，它們僅僅是作為文學而存在的。他以充滿激情的方式寫出了人的行為、渴望、內在的思考、感情、矛盾與個性。他從來也沒有學會像愛默生那樣以冷靜的智力觸及人和宇宙關係的各種問題，並以美麗的抽象方式予以討論。

他揭示這些問題用的不僅僅是自己的頭腦，而是整個精神，他更多的不是透過智力而是透過感受，不是透過對細節的精確觀察，而是透過激發讀者內在固有的渴望和情感，來發揮對讀者的影響力。

他時時告訴我們，完滿實現獨特個性的方法在於經由感覺。用他描繪亞哈的話說，「亞哈從來不思考；他只是感受，感受，感受；對凡人來說，這就足夠刺激的了！思考是一種厚顏無恥。上帝才有那個權力，那是他的特權。思考是，或應該是，一種冷靜和鎮靜的事；我們可憐的心臟跳得太快，我們可憐的腦子動得太快，做不了這事」。

因此，無論我們對本書中的象徵意義做出怎樣個人化的理解，至少我們不要忘記欣賞梅爾維爾粗糙有力、充滿詩意的語言，這樣的語言比比皆是，如「一頭浪在躍起之前有那麼漫長的助跑，它跑過了全世界，然後才一躍而起」！（見第一一九章〈蠟燭〉）

有論家曾言，《白鯨記》部分是戲劇，部分是歷險故事，部分是哲學探討，部分是科學研究，部分是史詩。對於這樣一部博大精深、充滿瑰奇想像力的作品，也許沉默的閱讀本身才是最大的敬意。

白鯨記 / 赫曼．梅爾維爾；馬永波譯 . -- 初版 . -- 臺北市：時報文化 , 2021.04
688 面；14.8×21 公分 . --（愛經典；49）
譯自 : Moby-Dick
ISBN 978-957-13-8776-5（精裝）

874.57 110003734

作家榜经典文库®

ISBN 978-957-13-8776-5
Printed in Taiwan

愛經典 0 0 4 9

# 白鯨記

作者—赫曼．梅爾維爾｜譯者—馬永波｜編輯總監—蘇清霖｜特約編輯—劉素芬｜企畫經理—何靜婷｜美術設計—FE 設計｜內頁繪圖—Evan Dahm ｜董事長—趙政岷｜出版者—時報文化出版企業股份有限公司　臺北市和平西路三段二四〇號四樓　發行專線—（〇二）二三〇六—六八四二　讀者服務專線—〇八〇〇—二三一—七〇五、（〇二）二三〇四—七一〇三　讀者服務傳真—（〇二）二三〇四—六八五八　郵撥—一九三四四七二四時報文化出版公司　信箱—10899 台北華江橋郵局第 99 信箱　時報悅讀網—http://www.readingtimes.com.tw ｜法律顧問—理律法律事務所　陳長文律師、李念祖律師｜印刷—紘億印刷有限公司｜初版一刷—二〇二一年四月一日｜初版二刷—二〇二三年八月二十八日｜定價—新台幣五九九元｜（缺頁或破損的書，請寄回更換）

時報文化出版公司成立於一九七五年，並於一九九九年股票上櫃公開發行，於二〇〇八年脫離中時集團非屬旺中，以「尊重智慧與創意的文化事業」為信念。